教育部人文社科重点研究基地四川大学中国俗文化研究所项目

西华师范大学博士科研启动项目"晚明曲选研究"(20E019)阶段性成果

南北曲衍变中的
天启戏曲选本研究

李将将 著

四川大学出版社
SICHUAN UNIVERSITY PRESS

项目策划：罗永平
责任编辑：罗永平
责任校对：王　静
封面设计：墨创文化
责任印制：王　炜

图书在版编目（CIP）数据

南北曲衍变中的天启戏曲选本研究 / 李将将著．— 成都：四川大学出版社，2021.11
（中国俗文化研究大系．俗文学与俗文献研究丛书）
ISBN 978-7-5690-5174-2

Ⅰ．①南… Ⅱ．①李… Ⅲ．①古代戏曲－文学研究－中国－明代 Ⅳ．① I207.37

中国版本图书馆 CIP 数据核字（2021）第 240227 号

书　名	南北曲衍变中的天启戏曲选本研究
	Nanbeiqu Yanbian zhong de Tianqi Xiqu Xuanben Yanjiu
著　者	李将将
出　版	四川大学出版社
地　址	成都市一环路南一段 24 号（610065）
发　行	四川大学出版社
书　号	ISBN 978-7-5690-5174-2
印前制作	四川胜翔数码印务设计有限公司
印　刷	成都金龙印务有限责任公司
插　页	2
成品尺寸	170mm×240mm
印　张	25
字　数	426 千字
版　次	2022 年 1 月第 1 版
印　次	2022 年 1 月第 1 次印刷
定　价	128.00 元

版权所有 ◆ 侵权必究

◆ 读者邮购本书，请与本社发行科联系。
　电话：(028)85408408/(028)85401670/
　(028)86408023　邮政编码：610065
◆ 本社图书如有印装质量问题，请寄回出版社调换。
◆ 网址：http://press.scu.edu.cn

四川大学出版社
微信公众号

总　序
项　楚

　　四川大学中国俗文化研究所作为教育部人文社会科学重点研究基地，已经走过了二十年的历程。不忘初心，重新出发，是我们编辑这套丛书的目的。

　　俗文化是中国传统文化的重要部分，与雅文化共同形成中国文化的两翼。俗文化集中反映出中华民族独特的思维模式、风俗习惯、宗教信仰、语言风格、审美趣味等，在构建民族精神、塑造国民心理方面，曾经起过并正在起着重要的作用。因此，俗文化研究不仅在认知传统的中华民族文化方面具有重大的学术价值，而且在促进社会主义精神文明建设方面具有传统雅文化研究不可替代的意义。不过，俗文化和雅文化一样，都是极其广泛的概念，犹如大海一样，汪洋恣肆，浩渺无际，包罗万象，我们的研究只不过是在海边饮一瓢水，略知其味而已。在本所成立之初，我们确立了三个研究方向：俗语言研究、俗文学研究、俗信仰研究，后来又增加了民族和民俗的研究。同时，我们也开展了相关领域的研究，如敦煌文化研究、佛教文化研究等。在历史上，雅文化主要是士大夫阶级的意识形态，俗文化则更多地代表了下层民众的意识形态。它们是两个对立的范畴，有各自的研究领域和研究路数，不过在实践中，它们之间又是互相影响、互相渗透、互相转化的。当我们的研究越来越深入的时候，我们就会发现它们在对立中的同一性。它们虽然看起来是那样的不同，但都是我们民族心理素质的深刻表现，都是我们民族性格的外化，都是我们民族的魂。

　　二十年来，本所的研究成果陆续问世，已经在学界产生了广泛的影响。本套丛书收入的只是本所最近五年来的部分研究成果，正如前面所说，是在俗文化研究大海中的一瓢水的奉献。

序　言

　　天启间的剧坛，其主要特点之一便是南北曲的分合。在这种曲意识的影响下，南北曲逐渐形成了双向比对的发展趋势。李将将的《南北曲衍变中的天启戏曲选本研究》从南北曲的角度入手，讨论了天启间的四种戏曲选本，以北曲选本《万壑清音》、南曲选本《词林逸响》，并关联到《太霞新奏》中的南曲部分及《彩笔情辞》中的南北曲部分，探究了南北曲融合的问题及其不为人注意的细微变化，更清晰地认识了南北曲交叉渗透、互为体用的关系，更好地揭示了中国古代戏曲体制与音乐传统的内在逻辑发展和嬗变轨迹，对戏曲选本与南北曲递变的关系进行深入考察和开拓性研究。

　　回望戏曲选本的百年研究史，天启间四种戏曲选本研究一直处于相对边缘位置，其专题性与整体性研究目前基本处于一片空白。该书力求从文本入手，注重版本对勘和文本细读，通过对《词林逸响》《万壑清音》《太霞新奏》《彩笔情辞》文献的整理与比勘，对选本收录作品之宫调、曲牌、套式、犯调、书写情致等都进行了细致比勘与整理。

　　就宫调而言，该书梳理了天启间选本中出现的仙吕入双调、杂调、黄钟入双调、商黄调、杂调、过曲等独特的宫调形式，结合南曲宫调体系之建构过程，以南北曲宫调双向比对为切入点，参照嘉靖后期逐渐出现的商黄调、黄钟入双调、仙吕入双角、仙吕羽调等宫调，比较清晰地对仙吕入双调之衍生脉络与生成原因做出考量，进一步窥探南北曲融合视域下宫调体系的演变规律，从而准确定位南北曲交融在古代曲学发展史中的意义。

　　就曲牌而言，该书详细统计了南曲曲牌在北曲套式中、北曲曲牌在南曲套式中的使用频率。一支支南曲曲牌，逐渐融入北曲的体制中；一支支北曲曲牌融入南曲套式中。随着这种相融，北曲的音乐体系与艺术藩篱逐渐消解，南曲曲牌的性质与功能逐渐确立。而在这种性质与功能消解与确立中，新的艺术体制也逐渐形成，南北曲曲体文学完成了内部的融合与新陈代谢。

就套式而言，该书在对南北曲套式大量统计和材料分析的基础上，考察流行剧目的形制特征，如联套手法、惯用技巧、套式类型等，探究了南北曲套式在交融发展中从其内部结构中产生的一种规则调适与对话，揭示了南北曲曲牌联套体的艺术创变。

就犯调而言，该书以选本中的犯调为考察点，结合万历年间戏曲选本所选曲目，以【黄龙滚犯】【扑灯蛾犯】等曲及【中吕·粉蝶儿】套的实例分析，考见南北曲融合、南北合套过程中"犯调"的问题及南北曲融合中产生的特殊现象，从音乐表演的角度揭示南北曲的交融嬗变。

就书写情致而言，该书通过对选本中角色、人物、形象的梳理，发现其往往体现了编选者个人的审美倾向与道德观念，包含了其所处时代的思想变迁与审美风潮。南北曲在书写情致上体现出明显的分野与差异，有助于我们进一步探究南北曲在文人观照与民间意识渗透双重作用下戏曲编选的复杂性及文化影响力。

总之，晚明天启间北曲固有的、束缚其发展的程式藩篱逐渐消解。这种消解虽然相比南曲较为自由开放的体制套式发生得较晚，但促使天启间逐渐形成了南北曲交汇融合的繁盛时期。这一时期，北曲套式中的联套形式、技巧、基本特征等逐渐为南曲所打破，无论是曲牌联套形式还是人物角色演唱体制，都在逐渐打破原有的体制套式，吸收融合南曲因素，为其后的南北融合进行艺术积淀。

天启间戏曲选本较多体现出了编选者的个人主观意识。选曲家的好尚取舍，所反映的就是一种倾向与见解，甚至可以说是一种并非直接诉诸文字的评论。编选者的取此舍彼，在本质上反映的是其个人观念与话语形式，而这种个人观念又不自觉地为社会文化思潮与文艺心理所裹挟，其中往往孕育了时代审美观念与思潮的变迁。因此，通过对戏曲选本的研究，往往可以见微知著，窥见一个时代的审美倾向与道德观念变迁。《南北曲衍变中的天启戏曲选本研究》，通过对文本细致地梳理与分析，深刻揭示了晚明以来曲家曲体观念、文艺心理、文化思潮的嬗变。

然而，戏曲是一门综合艺术，其程式化特征和南北曲理念亦有深入挖掘的必要。南北曲各自的乐调特点、曲体衍变、情致表达是其中的一个层面。在对南北曲双向发展过程中的现象和问题展开研究的基础上,就南北曲在舞台搬演层面的具体呈现,戏曲之音乐性、程式性与作品题材内容、场上表演如何实现,南北曲自身系统运化的独立性以及融变问题,异日或可继续延展探究。

  李将将是我的博士生,现在在工作岗位上一如既往地踏实肯干、勤于钻研,希望他在今后用自己的才志胆略,在学术道路上开辟出一片天地!

丁淑梅

2021 年 12 月 12 日·蓉城

目 录

绪 论 …………………………………………………………………… 1
  一、选题缘起 …………………………………………………………… 1
  二、关于戏曲选本研究的几个问题 …………………………………… 4
  三、研究意义 …………………………………………………………… 12
  四、研究综述 …………………………………………………………… 21
  五、研究思路和方法 …………………………………………………… 26

第一章 晚明南北曲态势与戏曲选本刊刻 ………………………… 29
  第一节 晚明南北曲创作与戏曲选本刊刻 …………………………… 29
    一、晚明南北曲创作 ………………………………………………… 29
    二、晚明戏曲选本与南北曲集刊刻 ………………………………… 33
    三、天启间戏曲选本的南北曲编选 ………………………………… 39
  第二节 《词林逸响》附《昆腔原始》检讨与南北曲体之同源异流
    ………………………………………………………………………… 41
    一、关于《昆腔原始》论曲的几个问题 …………………………… 42
    二、南曲与北曲之曲体同源异流 …………………………………… 51
  第三节 晚明南曲诸腔纷争与北曲兴衰 ……………………………… 60
    一、南曲诸腔之纷争 ………………………………………………… 61
    二、北曲的衰落与复兴 ……………………………………………… 66

第二章 天启间戏曲选本之编选则例与选曲倾向 ………………… 70
  第一节 天启间戏曲选本之复杂的编选则例 ………………………… 71

一、戏曲选本视域中的剧曲与散曲……………………………… 71
二、天启间戏曲选本之选曲标准与编选则例…………………… 72
三、天启间戏曲选本的辑录差异………………………………… 82

第二节 天启间选本之南曲选曲倾向……………………………… 87
一、选本中的南曲剧曲…………………………………………… 87
二、南曲剧曲之选曲倾向………………………………………… 89
三、南曲散曲之选曲倾向………………………………………… 104

第三节 天启间选本之北曲概况与选曲倾向…………………… 116
一、北曲剧曲选曲………………………………………………… 117
二、北曲剧曲之选曲倾向………………………………………… 119
三、北曲散曲之选曲倾向………………………………………… 127

第四节 天启间戏曲选本之编选价值与意义…………………… 130
一、选本的文献价值……………………………………………… 130
二、选本的传播价值……………………………………………… 135
三、选本的思想价值……………………………………………… 138

第三章 从天启间戏曲选本看南北曲之曲体衍变 …………… 142
第一节 选本之曲体流变态势……………………………………… 143
一、南曲之流变态势……………………………………………… 143
二、北曲之流变趋势……………………………………………… 152

第二节 选本之宫调………………………………………………… 163
一、南北曲宫调源流……………………………………………… 163
二、选本视域下之"仙吕入双调"……………………………… 170
三、仙吕入双调与"南九宫"体系……………………………… 171
四、南北曲宫调体系融合与仙吕入双调………………………… 175

第三节 选本之曲牌………………………………………………… 179
一、选本中的北曲曲牌流变……………………………………… 180
二、选本中的南曲曲牌流变……………………………………… 184

第四节 选本之南曲套式…………………………………………… 191

一、南曲套式概述 ·················· 192
　　二、南曲剧曲之套式流变 ············ 196
第五节　选本之北曲套式 ················ 203
　　一、北曲套式概述 ·················· 204
　　二、北曲剧曲之套式流变 ············ 207
　　三、北曲套式与舞台环境、人物情感、排场 ···· 216
第六节　选本之犯调 ···················· 221
　　一、《万壑清音》之"黄龙滚犯""扑灯蛾犯"现象 ···· 222
　　二、《万壑清音》【中吕·粉蝶儿】套曲的渊源与流变 ···· 225
　　三、"北曲南腔"与"南曲北调" ···· 228

第四章　选本视域下南北曲的人物关系与书写情致 ···· 235
第一节　礼法纲常渗透下南北剧曲之家国人物 ···· 237
　　一、视角与自我：平民视角与自我观照 ···· 238
　　二、北曲与君臣纲常：焦点变化与士子之心 ···· 240
　　三、南曲与家庭人伦：家庭女性与道德关注 ···· 250
第二节　经世教化观念引导下北曲剧曲中的神仙鬼怪 ···· 257
　　一、度脱与心性：出世表象下的心灵度脱 ···· 259
　　二、果报与警世：果报外衣下的警世教化 ···· 264
　　三、现实与理想：双重张力下的精神困惑 ···· 270
第三节　重情思潮观照下南曲剧曲中的才子佳人 ···· 276
　　一、晚明以来戏曲之言情思潮 ···· 277
　　二、言情与才色：发于情性，由乎自然 ···· 280
　　三、风情与风教：从一而终，情理相融 ···· 285
第四节　闺恋相思曲的精神寄托 ···· 289
　　一、南曲与题材：两大流脉与闺恋相思 ···· 291
　　二、性别与表达：男女曲家笔下闺恋之情的不同书写 ···· 294
　　三、言情与言志：志情寄托与出世之心 ···· 297
第五节　青楼讴欹的精神旨趣 ···· 299

一、南北曲与青楼讴歗···299
　　二、情辞与谐谑：歌妓之情与文人之谑·····················301
　　三、玩世与避世：同而不同的南北青楼曲·····················306

结　语···310
附　录···312
　　天启间戏曲选本之曲牌统计···312
　　天启间戏曲选本部分曲牌套式统计·································318
　　《万壑清音》《词林逸响》收录曲目与明清其他选本比对表·········347

参考文献···381
后　记···389

绪 论

天启间戏曲选本主要有《词林逸响》《万壑清音》《彩笔情辞》《太霞新奏》四部，其刊刻时间在天启三年（1623）至天启七年（1627）。选本收录南戏 29 种、传奇 37 种、杂剧 8 种、南散曲 353 套、小令 210 首，北散曲 104 套、小令 100 首。就收录标准与选曲观念看，天启间的四部选本彼此关联性不强，收录标准、选曲类型都相对杂乱。这四部选本，《万壑清音》为北曲选集，《词林逸响》《太霞新奏》为南曲选集，《彩笔情辞》为南北曲选集。如此看来，这四种选本大体呈现了南北曲递变的某些特征。天启间是北曲开始复兴的一个特殊时期，当然北曲的这种复兴仅相对于嘉靖以来"北调几废"的极度衰亡的局面而言，并不能与这一时期南曲的兴盛相提并论。南曲昆腔的兴盛与崛起，北曲的复兴之潮，使得天启间南北曲融合与借鉴的趋势更为深入。讨论这四种戏曲选本，有助于我们进一步考察晚明南北曲递变的展开过程和诸多细节问题。通过对选本中作品的宫调、曲牌、角色等音乐体制和人物、语言、思想等精神风貌的分析归纳，总结出天启以来南北曲相互借鉴与融合的规律及选本中所蕴含的文学精神与时代风潮，进而探究中国古代戏曲的演变历程与历史规律，明晰南北曲发展革新在整个历史进程中的价值与作用。

一、选题缘起

天启（1621—1627）是明熹宗朱由校的年号。天启曲坛呈现出独特的艺术风貌和文学风潮，是明代戏曲史上特殊的一段时期。嘉靖以来，南曲四大声腔逐渐崛起，曲坛上呈现出诸腔争艳的繁荣场面。随着魏良辅、梁辰鱼等人对昆腔的改良，昆腔曲目《浣纱记》搬演的成功，昆腔逐渐崛兴，其发展势头超越了其他声腔，成为南曲之正宗。魏良辅《南词引正》的记载即可印证这一发展过程。如：

> 腔有数样，纷纭不类。各方风气所限，有：昆山、海盐、余姚、杭州、弋阳。自徽州、江西、福建俱作弋阳腔；永乐间，云贵二省皆作之；会唱者颇入耳。惟昆山为正声，乃唐玄宗时黄幡绰所传。

> 苏人惯多唇音，如：冰、明、娉、清、亭（之）类。松人病齿音，如知、之、至、使之类；又多撮口字，如朱、如、书、厨、徐、胥。此土音一时不能除去，须平旦气清时渐改之。如改不去，与能歌者讲之，自然化矣。殊方亦然。

这两段材料均出自明代嘉靖时期文徵明抄录并署名"娄江尚泉魏良辅"之《南词引正》，主要强调了两点：一是昆腔与南曲其他声腔的关系。这段材料虽然称"惟昆腔为正声"，但是提及其他声腔，认为"会唱者颇入耳"，说明昆山腔与其他声腔并兴；二是提及苏人土音，表明此时的昆山腔主要流传于苏州地区。但是，天启三年（1623）《词林逸响》中的《昆腔原始》①，这两条不复存在，而是在全文前面多了一段小序：

> 按元魏良辅，昆山州人。瞽而慧，以师旷自期。先为丝竹之音，巧绝一世，既则定曲腔点板，发古人未有之心思，海内宗之。度曲必称昆腔者，不忘其所自始也。相传有《曲律》，吴人成诵习焉。如海盐、弋阳、四平，皆奴隶矣。

这段话将昆腔之祖魏良辅与中国音乐始祖师旷相提并论，认为魏氏"既则定曲腔点板，发古人未有之心思，海内宗之"，表面上看是在肯定魏良辅的历史地位，实则是认可昆山腔为曲坛正宗的地位。"度曲必称昆腔者，不忘其所自始也。相传有《曲律》，吴人成诵习焉"，而其他声腔则"皆奴隶矣"。昆腔的地位已经今非昔比，从与诸腔并行发展为凌驾于其他

---

① 《南词引正》《昆腔原始》实际上均为魏良辅《曲律》的不同版本。《南词引正》为嘉靖二十五年（1546）夏五月金坛曹含斋叙长洲文徵明书于玉磬山房的抄本。《乐府红珊凡例二十条》为万历三十年（1602）秦淮墨客（纪振伦）选辑、金陵唐氏振吾广庆堂刊行的《新刊分类出像陶真选粹乐府红珊》卷首附录。《魏良辅曲律十八条》为万历四十四年（1616）刊刻《吴歈萃雅》卷首附录。《昆腔原始》为天启三年（1623）刊刻《词林逸响》卷首附录，共十七条。各版本之间流变出入较大。

声腔之上,其流传范围也从苏州地区扩至整个吴中地区。

与此同时,北曲逐渐告别趋于消亡的态势,呈现出复兴局面。

> 将《伯喈》与《秋碧乐府》,从头至尾熟玩,一字不可放过。《伯喈》,乃高则诚所作。秋碧,姓陈氏。
>
> (《南词引正》第 14 条)

> 初学必要将南《琵琶记》、北《西厢记》从头至尾熟读,一字不可放过,自然有得。
>
> (《新刊分类出像陶真选粹乐府红珊》附录《曲律》第 18 条)

> 《琵琶记》,乃高则诚所作,虽出于《拜月亭》之后,然自为曲祖,词意高古,音韵精绝,诸词之纲领,不宜取便苟且,须从头至尾,字字句句,须要透彻唱理,方为国工。
>
> (《吴歈萃雅》附录《曲律》第 9 条)

自嘉靖以来,北曲形成"自吴人重南曲,皆祖昆山魏良辅,而北调几废"[①]的局面,开始受到"北曲岂唐、宋名家之遗?不过出于边鄙裔夷之伪造耳"[②]的质疑。然而,通过魏良辅《曲律》的流变,我们发现万历以来曲学家们对北曲的态度发生了微妙的变化。《南词引正》中将南曲之祖《伯喈》与《秋碧乐府》并举,在时人看来,"沈青门、陈大声辈,南词宗匠,皆本朝成、弘间人"[③],将《秋碧乐府》作者陈大声视为"南词宗匠",《南词引正》以南曲为尊之观点可见一斑。然而,在万历年间的《乐府红珊》《吴歈萃雅》中,此条则变为"南《琵琶记》、北《西厢记》"并举,在一定程度上体现出时人对北曲态度的转变。至天启间选本《词林逸响》附录《昆腔原始》中,此条则被删去,但是删除并不代表选者对该条的否定,从具体选曲与曲目编排来看,《词林逸响》选曲《琵琶记》33首、《西厢记》18首,而且两剧分列首位、次位,说明选者对两剧之

---

① 沈德符:《万历野获编》卷二十五,文化艺术出版社,1998 年版,第 485 页。
② 徐渭:《南词叙录》,见《中国古典戏曲论著集成》(三),中国戏剧出版社,1959 年版,第 241 页。
③ 沈德符:《万历野获编》卷二十五,文化艺术出版社,1998 年版,第 684 页。

重视。

天启间是北曲开始复兴的一个特殊时期，南曲昆腔的兴盛与崛起、北曲的复兴之潮，使得天启间南北曲的交融更为深入。其具体表现是：北曲体制不断被南曲体制打破，而南曲体制不断得到建构和完善。南北曲相融的过程，实质上也是明末曲学的发展过程，曲体衍变是其重要表征，而明曲的地域区分、文学正统的辨识、曲的艺术归属等问题都是围绕明末曲学的发展过程展开的。天启间，南曲的宫调体系、曲牌套式等逐渐在参照北曲体制的基础上定型和完善，建立并发展起较为完善的南曲体制。尤其是鼎盛时期的昆腔，更是不断融合和借鉴北曲的音乐体制，从而保持了其在明末戏曲舞台上长久的艺术生命力。同时，北曲逐渐冲破元杂剧原有的体制藩篱，从宫调、曲牌、结构框架、角色体制等诸多方面吸收南曲特色，形成了长短不拘、折出相融、角色均匀、南北皆宜的新特点。此外，天启间的南北曲精神风貌继承万历以来的重情思潮，并在此基础上有所发展，呈现出玩世、入世、出世的雅俗相长的多元化状态，对崇祯及清初向传统理学思想的复归、务实等思潮产生了重要影响。本书通过对南曲选本《词林逸响》《太霞新奏》、北曲选本《万壑清音》、南北曲选本《彩笔情辞》中作品的宫调、曲牌、角色等音乐体制和人物、语言、思想等精神风貌的分析归纳，总结出南北曲相互借鉴与融合的规律及选本中所蕴含的文学精神与时代风潮，进而探究中国古代戏曲的演变历程与历史规律，明晰天启间南北曲发展革新在整个历史进程中的价值与作用。

二、关于戏曲选本研究的几个问题

学术界目前对戏曲选本尚未形成统一的界定标准。戏曲选本概念混乱，主要是因选本本身的形态各异、不同的选本体例千差万别，其体现在两个方面：一是编选体制千差万别。有的选本以声腔为编选体制，如《群音类选》《徽池雅调》《时调青昆》《怡春锦》；有的选本以宫调为编选体制，如《太霞新奏》；有的选本以南北曲为编选体制，如《南音三籁》《吴歈萃雅》《增订珊珊集》《万壑清音》等；还有的以体裁、题材等为编选体制。二是编选内容千差万别。有些选本以整本为收录单位，如《元曲选》《古今名剧合选》《盛明杂剧》《六十种曲》；有的选本以出、折为收录单位，如《万壑清音》《徽池雅调》《缀白裘》；有的选本则既收整本，亦收出、折；有的选本只收散曲，如《南宫词纪》《北宫词纪》《吴骚合编》等；有的选本只收剧曲，如《万壑清音》《醉怡情》《时调青昆》；有的兼收散曲、剧曲，如《群音类选》《词林逸响》《南北词广韵选》；如此等等，不一而足。

（一）戏曲选本的定义

最早为戏曲选本下定义的是郑振铎先生，其言："所谓'戏曲的选本'，便是指《纳书楹》《缀白裘》一类选录一部戏曲的完全一出或一出以上之书本而言。像《雍熙乐府》，像《九宫大成谱》，像《太和正音谱》，那都是以一个曲调为单位而不是以一出为单位而选录的。那不是戏曲的选本，乃是'曲律'与'词律'一类的书，专供作词的人之用一样。"[①] 又言："戏曲的选本，可分为二类。第一类如《纳书楹》，本不是供一般人阅读的，乃是专供唱曲者之用的。……第二类像《缀白裘》，它是不注音谱的，其目的也似乎与他们两样。它不仅供给专门的伶工或爱美之'票友'所用的，它且是给一般人以戏曲的精华，而使之尝一鼎脔的。"[②] 从中可以看出，郑振铎先生对戏曲选本的界定角度并不一样。认为必须是选择剧曲一出或一折以上的选本，是从选本形态上而论；认为选本要么服务于唱曲者，要么服务于一般人，是从选本功用上而论。郑振铎先生对戏曲选本的定义并不严谨，而且他将一些曲谱如《九宫大成谱》《旧编南九宫谱》《北词广正谱》等排除在外，实际上这些作品虽以曲调为单位选录，但其中确实收录了一大批曲目，甚至有很多是佚曲。

当代学者对戏曲选本的定义也存在诸多分歧。吴书荫在《古代戏曲选本的价值》中从戏曲选本的选录形式和内容上将其分为两类，"一类是专门选录一部戏中的一出或数出的戏曲选集；另一类则以剧曲为主，兼收供清唱用的散套、小令以及时调小曲"。孙霞在《二十世纪戏曲选本研究概述》中亦称，从现存的明代戏曲选本的内容和编选体制上看，一般可分为两大类，"一类是专门选录一部戏中的一出或数出的戏曲选本，如胡文焕辑的《群音类选》，明郁冈樵辑古、积金山人采新的《缀白裘合选》等；一类是以剧曲为主，兼收供清唱用的散套、小令以及时调小曲的戏曲选

[①] 郑振铎：《郑振铎文集》（第七卷），人民文学出版社，1988年版，第240页。
[②] 郑振铎：《郑振铎文集》（第七卷），人民文学出版社，1988年版，第240页。

本,如明吉州景居士编的《玉谷新簧》,明方来馆主人辑的《万锦清音》等"①。这个分法其实与吴书荫先生的分法一致。其后,赵山林在《中国戏剧学通论》第九章第四节"戏剧选本解题"中将戏曲选本分为三类:戏曲剧本选集,戏曲剧本单出选集,戏曲、散曲(俗曲)选集。但是,此划分标准也不严谨,赵先生从选本的形态来划分前两种类型,又从选本的内容来划分第三种类型,且第三种与第二种之间存在交叉,如《词林逸响》的风、花两卷收录了散曲、小令,雪、月两卷收录了剧曲散出,其既可归入第一类,又可归入第三类。

  总而言之,已有的研究在定义戏曲选本时充分注意到戏曲选本的内容、形态及功能,基本上涵盖了戏曲选本的主要内容,但也存在三方面问题:一是划分标准不统一。对戏曲选本的分类既涉及选本形态,又涉及选本内容,甚至还涉及选本功能,究竟是以哪一个为标准呢?二是涵盖不全。按照他们的划分标准,一些可以作为戏曲选本的作品往往被排除在外,如按照郑振铎先生的定义,《北词广正谱》《南九宫大成曲谱》《九宫正始》《南北词广韵选》等则被排除在戏曲选本之外。三是明显忽略了戏曲选本编选者的选本意识。将不同的戏曲作品收集编选到一起,并非戏曲作品的简单堆积与罗列,其中既有编选者个人喜好和阅历等种种因素,还有编选者要表达的个人批评观点和文学思想。编选者是按照一定的编选目的对作品进行选择与摘录的,绝不是对戏曲作品的随意排列与收录。朱崇志在《中国古典戏曲选本研究刍议》中,认为戏曲选本至少应该包含三类:第一,《元曲选》等非作家个人作品的结集而是由他人编选的合集;第二,具有清唱娱乐、指导演出等功能的散出选本;第三,主要针对下层民众观摩演出之用的选本。其为戏曲选本所下的定义为:"这里所谈及的戏曲选本,是指编者根据一定的意图(文学、表演、音乐),依据一定的编选原则(曲白俱录或只录曲文)和编选体例(以宫调为序或以剧为序),在浩如烟海的古代戏曲作品中选择具有代表性的单剧、单出或单曲汇聚而成的作品集。在外在形式上,戏曲选本表现为剧选、出选、曲选三种形

---

① 孙霞:《二十世纪戏曲选本研究概述》,《戏曲艺术》,2006年第2期。

态；而在内层价值上，它则分别具有清读、清唱、表演、制曲的功能。"①他的定义既关注到了戏曲选本的外在形态，又涵盖了编选者的意图、编选原则和编选体制，比较全面地界定了戏曲选本。

（二）戏曲选本的形态、种类

吴敢在《说戏曲散出选本》中将戏曲选本分为剧本选集、散出选本、零曲选本。他认为收录每部戏曲作品中若干出的选本，以"散出选本"较为合适。② 在他的界定中，《盛世新声》《词林摘艳》《雍熙乐府》皆属于散出选本。他所统计的散出选本共94种，但本着"宁多不少，宁分不合，宁是不非"的原则，并非只有剧本散出的选本，而是囊括所有涉及剧本散出的选本，所以他所统计的"散出选本"有一个理论外延，即只要含有戏曲散出的选本皆可称为"散出选本"。而"零曲选本"只不过是散出选本的进一步细化，其实也可归入"散出选本"。如此一来，他的选本划分也可分为"剧本选集"和"散出选本"。仔细分析，不同人对于戏曲选本有不同的分类和定义，但大体上可分两类：一类是收全本剧曲的选集，如《元曲选》，是为"剧曲选本"；另一类是收非全本的剧曲，可算作"散出选本"。"散出选本"中，有的收录散曲，有的没有。笔者认为两分法是较为科学的。杜海军把戏曲选集分为剧本选集和散出选集，认为"剧本选集所收皆全本，散出选集所收只是某剧中的一部分"③。他把《元刊杂剧三十种》《脉望馆抄校本古今杂剧》《元曲选》《古本戏曲丛刊》视为剧本选集，把《盛世新声》《词林摘艳》《词林逸响》《万壑清音》视为散出选集。只不过戏曲散出选本表现出不同的形态：有的是散出剧曲和散曲合选，如《词林逸响》；有的是纯粹的剧曲散出，如《万壑清音》，但总体上都可归为"散出选本"。

（三）天启间四种戏曲选本的版刻面貌与收录曲目情况

天启间四种戏曲选本为《词林逸响》《万壑清音》《彩笔情辞》《太霞新奏》，刊刻于天启三年（1623）至天启七年（1627）。

---

① 朱崇志：《中国古典戏曲选本研究刍议》，《重庆工商大学学报（社会科学版）》，2004年第3期。
② 吴敢：《说戏曲散出选本》，《艺术百家》，2005年第5期。
③ 杜海军：《论戏曲选集在戏曲史研究中的独立价值》，《艺术百家》，2009年第4期。

《词林逸响》现存版本有天启三年（1623）刻本、萃锦堂刻本、书业堂刻本、《四库未收书辑刊》第八辑第三十册影印本。《善本戏曲丛刊》根据明代明许宇编天启三年（1623）书业堂刻本影印①。全书分风、花、雪、月四集，各一卷，共四卷。前两卷收明代唐伯虎《折梅逢使》、陈大声《昨夜春归》等散曲120套（实际仅收套数89套、小令69支），其中主要选录的作家为明代作家，共38人②，按作品收录多少排序，为梁伯龙、陈大声、高东嘉③、张伯起、刘东生、郑虚舟等。后两卷收《琵琶记》《西厢记》《荆钗记》《白兔记》《幽闺记》《浣纱记》等44剧④中套曲93套（其中北曲5套、南北合套2），残套只曲106首。选本选曲均以南曲为主，酌收北曲，以套曲为主，附有点板，无宾白，专供清唱或案头赏玩用。卷首有勾吴愚老人（邹光迪）序以及魏良辅《昆腔原始》。

《万壑清音》全名为《新镌出像点板北调万壑清音》，刊刻于天启四年（1624），止云居士选辑，白雪山人校点。此外，存有《万壑清音》刻本，题词前一页标有"出像点板乐府北调万壑清音，西爽堂藏板"字样。抄本与刻本的最大区别是刻本第26、27、154、155、224、225、278、279、366、367、400、401、430、431、464、465、548、549、616、617页有插图。据介绍，"每曲附图，均为双面大版。构图精练，疏密得当，刀法灵活，线条流畅，清朗可喜，绘刻双佳，有着大家风范，含有新安派版画韵味"⑤。其选录的主要是北曲作品，共八卷，收录杂剧传奇39⑥种68

---

① 吴新雷在《中国昆剧大词典》中言："《善本戏曲丛刊》是根据明代天启三年（1623）萃锦堂刻本影印。"其中篆刻者为赵邦贤，但是根据瞿冕良《中国古籍版刻辞典》考证："赵邦贤，明天启间长洲人，刻字工人。参加刻过《词林逸响》（书业堂本）。"所以，《善本戏曲丛刊》中的《词林逸响》是否为萃锦堂本值得商榷。

② 目录标注37人，其中一人作品选本目录中未做任何标示，后据龙榆生先生考证为范夫人作品。

③ 高明为元末明初的南曲大家，此处姑且将其列入明代。

④ 朱崇志《中国古代戏曲选本研究》统计为45剧，但是选本月卷收录《昭君出塞》一套，朱崇志将其单独列为一剧，实际上该套出自《种玉记》二十七出《妃怨》，故实际选录作品44种。

⑤ 李春霞：《明代苏州版画探微》，《淮北煤炭师范学院学报（哲学社会科学版）》，2007年第3期。

⑥ 齐森华《中国古代曲学大辞典》认为选剧37种，朱崇志亦列出37出剧目，但是实际上选本中的《西游记》四折分属于两剧目。"诸侯饯别""回回迎僧"属于吴昌龄《唐三藏西天取经》，"擒贼雪耻""收服行者"则属于杨讷《西游记》。此外选本收录《草庐记》之《怒奔范阳》和《姜维救驾》亦分别属于元杂剧《气张飞》和《草庐记》两剧，故选本共涉及39剧目。

出，分别为：卷一《负薪记》《连环记》；卷二《金貂记》①《草庐记》②《鸣凤记》《歌风记》《绣球记》③；卷三《西厢记》《双红记》《妆盒记》④《昙花记》；卷四《西天取经》《西游记》《宝剑记》《鲛绡记》《题塔记》《太和记》；卷五《焚香记》《义侠记》《浣纱记》《灌园记》《红梨记》；卷六《千金记》《精忠记》⑤《麒麟记》《长生记》；卷七《明珠记》《三国记》《青楼记》《百花记》《红拂记》《八义记》《李丹记》；卷八《红梅记》《龙膏记》《蕉帕记》《还魂记》《樱桃梦》⑥。

《彩笔情辞》全名《石镜山房汇彩笔情辞》，又名《青楼韵语广集》⑦，张栩辑，目录前附有天启四年（1624）虎林张栩书《彩笔情辞叙》、不盈道人题《彩笔情辞引》以及凡例12条，叙述了作品的编选依据、作者考辨、插图版画来源、文本考订等信息。其中明确"是集所选，皆文人散辞，诸传奇、杂剧内者并不混入"，多为元明文人散曲作品。扉页天鸎斋主人识语云："石镜山房汇彩笔情辞。是集皆两朝文人之作，故云彩笔。又皆为青楼诸姬之曲也，故云情辞。"共12卷，每卷有两幅插图，共24幅。《彩笔情辞插图》是木版画，双面大版，对页连式，绘刻精工。卷首张栩自序称："图画俱系名笔仿古，细摹词意，数日始成一幅。后觅良工，

---

① 选本中所选《敬德装疯》和《收服高丽》标作《金貂记》，但是经比对，实际为元末明初杨梓杂剧《敬德不服老》。

② 选本所选两折《怒奔范阳》《姜维救驾》，然而《怒奔范阳》并不是《草庐记》的内容，而是元杂剧《气张飞》的情节。

③ 所选曲目《夫妇团圆》一折，根据文献比对，此剧改自南曲戏文《绣楼记》和《李九我批评破窑记》。之所以标作《绣球记》是为了与南曲戏文区别。《破窑记》第二十九出、《彩楼记》第二十出主要讲了吕蒙正考中状元，皇帝敕封吕蒙正夫妇与刘员外夫妇，一家团圆的欢乐场景。

④ 选本中所选曲牌当出自元杂剧《金水桥陈琳抱妆盒》第三折，而宾白则出自明传奇《金丸记》。

⑤ 《精忠记》第二十八出为《诛心》，主要讲述了秦桧陷害岳飞父子之后于心不安，到灵隐寺庙中拈香拜佛，后遇寺中疯和尚点化与教导。选本内容除少数宾白与《精忠记》相似外，曲牌唱词则接近元杂剧《东窗事犯》。

⑥ 选本中标作《樱桃记》，但是笔者比对文本发现其文并不是明代史槃的《樱桃记》，而是陈与郊的《樱桃梦》。该剧共35出，据《太平广记》之《樱桃青衣》故事改编，写唐代范阳书生卢子应举不第，听仙人黄里先生说法，不觉入梦。梦中与郑氏婚配，擢第授官，与古代美人西施、昭君和绿珠相会，见项羽破秦军等。他宦途多艰，遭贬夜郎，寄居邮亭，享尽荣华后忽然梦醒。与唐人小说《枕中记》主旨大致相似。

⑦ 据郑振铎《中国文学史》（中国文史出版社，2015年版，第654页）云："此书后被坊贾改为《青楼韵语广集》，题方悟编。"另外，任中敏先生在《散曲研究》中提及此书，亦多采用《青楼韵语广集》。

精密雕镂，神情绵邈，景物灿彰。"所图山光水色，屋宇树石及人物器用，皆潇洒绵密，摇曳多姿，情景交融，意味浓郁。其收录作品：散套203套（南散套92套、北散套103套、南北合套8套；元人65套、明人138套），小令306首（南小令109首、北小令189首、南北小令8首；元人85首、明人221首）。

《太霞新奏》今存天启七年（1627）刊本，《善本戏曲丛刊》第五辑据之影印。任二北先生则将《太霞新奏》收入《散曲丛刊》，并将其中的《发凡》及批注收入《新曲苑》。此外《冯梦龙全集》与《冯梦龙文学全集》分别收录《太霞新奏》（为俞为民点校本）。全本十四卷，按宫调编排，前十二卷为套数168套，分别为仙吕15①套、羽调3套、正宫19套、大石调3套、正宫16套、南吕35②套、黄钟8套、越调3套、商调40③套、双调3套、仙吕入双调23④套。后杂调、小令各一卷，选曲154首。所收作品多讲求格律和用韵。篇后附有评语，多谈论写曲方法，有不少曲坛掌故。选曲作家以吴江派为主，选集中涉及沈伯英、王伯良、龙子犹、卜大荒、陈荩卿、陈海樵等44位作家及无名氏作品。大都为南曲，以吴江派作品为多，且不少以元人北词翻为南词之作。选曲重格律及用韵。冯氏在发凡中云："如往时所传诸套，习闻易厌，兹选辑名'新奏'，大都名家新制，未经人耳目者。间采一二古调，或拂下里之尘蒙，或显高人之玉琢，要令遗珠早获，残璧再完，匪云借才，实谐公好尔。"又云："是选以调协韵严为主，二法既备，然后责其词之新丽。若其芜秽庸淡，则又不得以调韵滥竽。"卷前还有沈璟《二郎神》散套代序，主要阐明了格律派曲论主张。

（四）以天启间四种戏曲选本作为研究对象的原因

就选本形态而言，《词林逸响》《万壑清音》《彩笔情辞》《太霞新奏》四种选本中，《词林逸响》收录剧曲和散曲。剧曲以套和曲为单位，或为完整一套，或为单曲，均不是全本；散曲部分则与《太霞新奏》《彩笔情

---

① 原本目录为14套，缺失无名氏"训妓"【八声甘州】。
② 原本目录为34套，缺失无名氏"罗江怨一套"。
③ 原本目录为39套，缺失沈子勺"集贤宾一套"。
④ 原本标作21套，但经过比对，缺失王伯良"步步娇套（宿沈姬闺中赋）"和陈荩卿"步步娇套题（吴肃卿冶麓园）"。

辞》类似，都是典型的"散出选本"。而《万壑清音》所收68折（出）剧目虽然有宾白，且《负薪记》一剧情节较全，但与原作《渔樵记》比对仍有不完整之处，所以本书所提及的戏曲选本主要指"散出的选本"。

就收录标准与选曲观念看，天启间的四个选本彼此关联性不强，收录标准、选曲类型都相对杂乱。《万壑清音》八卷，杂收杂剧《负薪记》《西游记》《太和记》《西厢记》部分片段11折，传奇《浣纱记》《红梅记》《牡丹亭》《龙膏记》《歌风记》等33剧目57折。各卷之间无内在关联，选曲亦比较随意，但因编者感叹南曲"今日难从北方从前，如云如缕，俱似二八女郎所哗，少者正铜将军铁绰板唱苏学士大江东耳"，故而所收曲目主要为北曲，即使是南曲剧目，曲牌、板式也都经过修改。《词林逸响》分为风、花、雪、月四卷，风、花卷主要收录散曲，雪、月卷主要收录剧曲（不收宾白），其选曲"广收博采，大半用南，间附北曲之最传者，亦云弦索不可变焉耳"①。《彩笔情辞》共十二卷，所收作品主要按题材类型划分，分别为赠美类、合欢类、调合类、叙赠类、题赠类、携春类、耽恋类、问阻类、嘱劝类、赋物类、离别类、送饯类、感怀类、访遇类、相思类、嘲谑类、寄酬类、伤悼类，共18类。每类又分为南散套、北散套、南北合套、南小令、北小令、南北小令诸项，共收392首散曲（其中，北小令、北散套200首，南小令、南散套192首）。《太霞新奏》十四卷，按宫调分为类仙吕、羽调、正宫、大石调、中吕宫、南吕宫、越调、黄钟宫、商调、双调、仙吕入双调、杂调12类，每类收散套和小令两部分。

四个选本彼此分类错综复杂，如何寻绎一种考察角度，以利于更清晰、准确地考量这些选本的选曲理念？在细读四种选本选录的曲目并做了资料分类统计的基础上，笔者注意到这四种选本中，《万壑清音》为北曲选集，《词林逸响》《太霞新奏》为南曲选集，《彩笔情辞》为南北曲选集。如此看来，这四种戏曲选本大体呈现了南北曲递变的某些特征。或许，通过对这四种戏曲选本的具体讨论，可以进一步考察晚明南北曲递变的展开过程和诸多细节问题。如果从南北曲的角度入手，来讨论天启间的四种戏曲选本，一条可行的研究路径就是以北曲选本《万壑清音》、南曲选本

---

① 许宇：《词林逸响》，见王秋桂主编：《善本戏曲丛刊》，台湾学生书局，1987年版，第11页。

《词林逸响》，并关联到《太霞新奏》中的南曲部分及《彩笔情辞》中的南北曲部分，探究戏曲选本与南北曲递变的关系问题；而《吴歈萃雅》《南音三籁》虽未刊于天启年间，却与《词林逸响》实为一个系统，故也将其作为辅证纳入本书研究范围。

三、研究意义

天启间是中国古代曲学史上较为特殊的时期。北曲在经历了极度衰亡的局面后，开始出现复兴，南曲昆腔不断兴盛和崛起，这种曲学背景使得天启间南北曲的融合与借鉴趋势更加深入。笔者以南北曲衍变为切入点，通过对南曲选本《词林逸响》《太霞新奏》、北曲选本《万壑清音》、南北曲选本《彩笔情辞》中作品的宫调、曲牌、套式、犯调等音乐体制流变的探究以及作品中人物、语言、思想等的分析归纳，总结天启以来南北曲相互借鉴与融合的规律。天启间戏曲选本对于研究明末曲学发展历程具有重要的意义，无论是研究明代南北曲体制的衍变，还是研究明末戏曲观念与曲学批评的嬗变，都需借助于这一时期之戏曲选本。

首先，戏曲选本的基础性研究价值在于它的文献辑录与剧目保存。有学者认为文献保存作用主要体现在戏曲作品的辑佚和校勘两个方面，现存的 150 余种元杂剧中，有 143 种见于戏曲选本。[①] 明代传奇存目大约有 966 种，但大多数已经佚失，现存约 207 种，流传的戏曲选本也保留了大量的佚曲，大约有 157 种。[②] 再如，元代单刊杂剧作品除《西厢记》留存残本外，其余基本上亡佚。我们今天能管窥元人杂剧的原始风貌，就是有赖于明人的元杂剧选本，如《改定元贤传奇》《古今杂剧选》《杂剧选》《元曲选》《古今名剧选》《元刊杂剧三十种》等。诚如杜海军教授所言："戏曲史发展过程中，许多剧作是借助戏曲选集这一载体得以流传的，没有戏曲选集，多数的戏曲作品（特别在元、明时期）便无处可觅。"[③] 一方面可以补佚，如现存明代刊本《金貂记》散佚七出，而《群音类选》《尧天乐》《大明天下春》等则可补其中四出。另一方面，不同作者的同名

[①] 朱崇志：《中国戏曲选本研究》，上海古籍出版社，2004 年版，第 124 页。
[②] 据傅惜华《明代传奇全目》，明代传奇 966 种。据金宁芬《明代戏曲史》（社会科学文献出版社，2007 年版，第 2 页），佚曲 157 种。
[③] 杜海军：《论戏曲选集在戏曲史研究中的独立价值》，《艺术百家》，2009 年第 4 期。

剧作可以得到分辨。如《金貂记》现存明万历年间金陵富春堂刊本（缺第三至第九出），通过文献比对，此剧与《曲海总目提要》第三十六卷所述薛仁贵征辽解救李世民获赐金貂的《金貂记》不同，也和《玉谷调簧》《八能奏锦》《词林一枝》《摘锦奇音》等书选录的青阳腔系统的《敬德钓鱼》《敬德牧羊》《敬德罢职耕田》《胡敬德诈装疯魔》等标名《金貂记》的散出关联不多。此外，选本还可以为戏曲研究者的论述提供一定的参考。《焚香记》是讲述王魁、敫桂英婚姻事件的优秀剧作，其中《阴告》《阳告》二出经常被搬演于戏曲舞台，赵景深曾对之有过考辨，"后来昆剧场常唱的《阳告》便是《陈情》的前半，《缀白裘》和《六也曲谱》均载之，《阴告》便是《陈情》的后半，不及《阳告》多矣"①。此处的《陈情》指的是《焚香记》全刻本的第二十六出，但从选本《词林逸响》《醉怡情》来看，其所选的《阳告》"恨漫漫"、《阴告》"虚飘飘"分别来自玉茗堂本《焚香记》的《陈情》和第二十七出《明冤》，《词林逸响》是昆腔清唱选本，《醉怡情》也自称"昆音点板"，都属于昆曲演出本，上述结论显然有修正的必要。另一显著的例证是《青楼记》。傅惜华《明代传奇全目》将《水浒青楼记》与《万壑清音·青楼记》混而为一，但是通过对选本与《水浒记》刻本的研究，我们可以知道这两剧风马牛不相及，由此更可看出戏曲选本之于校勘的重要性。就选本《万壑清音》而言，虽然其收录的作品不算多，仅 39② 部，但其中仍旧保留了《负薪记》《太和记》《三国记》《歌风记》《西天取经》《鲛绡记》③《青楼记》④《题塔记》《长生

---

① 赵景深：《赵景深文丛》，上海古籍出版社，2016 年版，第 400 页。
② 齐森华《中国古代曲学大辞典》认为选剧 37 种，朱崇志亦列出 37 出剧目，但是实际上选本中《西游记》"诸侯饯别""擒贼雪耻""回回迎僧""收服行者"四折分属于两剧目。"诸侯饯别""回回迎僧"属于吴昌龄《唐三藏西天取经》，"擒贼雪耻""收服行者"则属于杨讷《西游记》。
③ 现存本《鲛绡记》主要讲述了南宋书生魏必简与沈琼英的爱情故事，选本中的《鲛绡记》讲述的是宋太祖赵匡胤雪夜访贤的故事，两剧恐非一事，因此《鲛绡记》当为佚曲。
④ 傅惜华《明代传奇全目》中将《水浒青楼记》与《万壑清音·青楼记》混而为一，但是笔者通过对选本与《水浒记》刻本的研究，可知两剧风马牛不相及。

记》《百花记》《八义记》①共 11 种散佚作品②，约占三分之一，这些作品对于明代戏曲作品辑佚与校勘都有重要作用。早期戏曲创作者，即使在以文人为创作主体的明代，依然为下层文人、书会才人、梨园艺人，这些人的社会地位、文化水平参差不齐，加之戏曲作品时代久远、坊刻粗滥，或"牌名板眼，坊刻讹谬相仍，甚至句少文缺，于理难通"，或"失于无板，间有点板者，则又苦于无白。使玩之者茫然不知为何物，即有有白者，又多鄙俚可厌"，而天启间戏曲选本往往"系名家订定""兹悉宗正派"，因此，这些戏曲选本的文献校勘作用值得仔细研究。

在元代和明初，戏曲依然被视为"俚俗小道"，即使是一些名儒大家的戏曲作品往往也不受重视。一些戏曲选本往往收录了世不经见之作，如一代大儒王阳明所制散曲，在其文集中并未收入，而仅仅见于《南宫词纪》所载【双调步步娇】"归隐"和《词林逸响》所载【甘州歌】"恬退"。再如王雅宜、陆包山、顾仲芳等文名几为书画所淹，而《吴歈萃雅》《词林逸响》《乐府珊珊集》所收他们的作品为后世留下了宝贵的文献资料。绝大部分戏曲散曲作家也是下层文人，他们的作品往往没有自己的别集，最终也是依靠选集保存，即便有别集者，也往往未能搜罗齐全，选集恰可以补别集之不足。散曲选集的出现与留存对散曲的流传和保存起到了不可替代的作用。

其次，戏曲选本研究的重要性还在于它连接着戏曲的双重传播。一是文本传播，即戏曲选本以刊印的方式流播，具有凝固性、类同性的特点。许多选本所保留的众多剧目，多数都深受当时观众的欢迎。文本传播有全本刊印单行或作者全本结集印行的方式，也有选编剧出、合成一帙的方式。二者的不同之处在于，选本往往同剧本的演出密切相关，常能保留表演的曲白甚至身段。因此，选本能够弥补舞台传播难以留存的遗憾。就这一点而言，选本传播是舞台传播与文本传播的有机结合，在戏曲传播方面具有特殊的研究价值。在某种意义上，戏曲选本即为戏曲舞台传播实况的

---

① 据吴歌《八义记》考证，《万壑清音》本《八义记》与后世刊行的 60 种曲本并非一个版本体系，而现可见本仅 60 种曲本，其他诸本已经散佚。

② 卓明星《〈万壑清音〉所辑佚曲论析》一文提及《万壑清音》中的佚曲为《负薪记》《歌风记》《绣球记》《三国记》《太和记》《题塔记》《百花记》《长生记》八个剧目，但是笔者比对具体文献发现，其中的《绣球记》主要由南戏《破窑记》《绣楼记》两剧目合成，不能算严格意义上的佚曲。此外，《西天取经》《鲛绡记》《八义记》《青楼记》亦属于佚曲。

文字载体。随着人们的价值观念、审美情趣和观赏要求的变化，不少作品不能经受历史长河的淘洗，已经黯然失色而被人遗忘，许多选本保留下来的众多剧目并没有失去它们原有的光泽，经过历代艺术家不断地精雕细琢和移植改编，成为活跃在戏曲舞台上的艺术精品。选本编选者惨淡经营的戏曲文本，经演员"场上表演"再度创作，展现于观众面前。但是舞台传播的特点是瞬间性、互异性和变更性，如明代传奇《连环记》，随着时代的发展，至明末舞台上已很少见到整本《连环记》的演出，但其中《议剑》《献剑》《小宴》《大宴》《梳妆》《掷戟》依然是舞台上经常演出的折子戏。这主要是因为《乐府玉树英》《乐府红珊》《吴歈萃雅》《歌林拾翠》《醉怡情》《万壑清音》等戏曲选本收录了《连环记》的散出，从而促进了戏曲作品的传播。由于文本传播具有类同性与固定性，而舞台传播具有瞬时性、流动性等特点，研究者在研究过程中往往注重戏曲选本的文本价值，而忽视舞台传播价值。如《万壑清音》中的《连环计·董卓差布》《金貂记·收服高丽》《双红记·田营盗盒》，就选本的文学价值而言并不十分突出，但这些作品在历代选本中反复出现，其舞台传播价值较突出。古代由于传播条件的限制，一些文学价值不突出但是舞台价值突出的选本的保存往往借助于以文字为载体的戏曲选本，因此在选本中这一类型作品的舞台价值更值得关注。对这些作品进行解读，能够进一步了解明代戏曲的真实情况，对于研究戏曲史、戏曲批评、戏曲美学都有重要价值。

最后，戏曲选本还具有一定的批评功能。编选者对作品的组合排列体现出对待作品的不同态度，有助于研究者考量其编选理念和艺术观念。借助于戏曲选本，研究者还可以考察选本背后反映的戏曲理念及曲体变迁中的一些具体问题，如声腔类型、题材源流、故事变异、曲体衍变、剧目与南北曲的关系等，有助于拓展戏曲史研究的视野，进而探究戏曲的思想倾向及其历史走向。

从声腔角度看，万历间许多选本是杂收各种声腔的，从选本名目上即可看出其声腔分类，如《徽池雅调》《时调青昆》主要收青阳腔和昆曲剧目，而《怡春锦》礼、乐、射、御、书、数六卷分别标目"幽期写照""南音独步""名流清剧""弦索元音""新词清赏""弋阳雅调"，其声腔主要涉及"弋阳""昆腔""弦索"。天启间戏曲选本《词林逸响》的目录前附有《昆腔原始》，并且认为"度曲必称昆腔者，不忘其所自始也"，高度赞扬昆腔，以此可推测其主要涉及昆腔。而《万壑清音》虽标作"北曲""北调"，但徐扶明、朱崇志认为其为昆山腔唱本①，是"北曲南唱"的典型范本。散曲选本《太霞新奏》与《彩笔情辞》在凡例与序言中并未明确其声腔问题，但结合冯梦龙、周羽等人的生平曲唱活动，亦可知其主要涉及的仍然是昆腔。

从题材流变与剧目存录看，《万壑清音》中的《负薪记》是现存非常完备的一部明代杂剧。《负薪记》同样是写朱买臣的故事，内容大致与《渔樵记》《烂柯山》相同，以至后世常常将三剧混为一谈。如《怡春锦》中收录了《负薪记·立威》一折，但是剧中"张西桥"这一人物并不是《负薪记》中的，通过与《万壑清音》《歌林拾翠》等的比对，可知该剧中的"张西桥"实为《烂柯山》中的人物。再如朱崇志《古代戏曲选本研究》将《负薪记》题为《渔樵记》，但据《万壑清音》凡例所言，《负薪记》与臧晋叔所辑之《元人百种》（即《元曲选》）中的《渔樵记》并无关联。通过比对《元曲选·渔樵记》和《万壑清音·负薪记》，发现有些曲文已遭改写，同时因为故事情节安排有改动，人物的性格塑造也与《渔樵记》不同。事实上，不唯戏曲适用，散曲也同样如此。这也是通过戏曲选本储备的文献，可以进行研究的问题。《词林逸响》收录了许多世不经见的散曲作品，如王阳明、王雅宜、顾仲芳、陆包山等人的罕见作品，除了收录杨慎之妻黄峨的作品外，还收录了范夫人的作品。天启间的四个选本保存了大量孤本，如果没有它们，很多曲辞已经亡佚。所以，正是因为文献储备丰富，后人才得以有文献对比的机会，进而可以发现、解决很多新问题。

从戏曲理念和批评功能看，《万壑清音》"专选词家北调，搜寻索隐靡有遗珠矣"，对北曲北调的重视对崇祯年间的戏曲选本和创作都产生了一定的影响。《万壑清音》题词、凡例、序、叙则具有明显的理论观念，体现出编选者独特的审美追求、文体观念、格律认识。从作品排列来看，《万壑清音》把追求功名类作品排在重要位置，显示出强烈的文人意识。

---

① 徐扶明在《昆剧中北杂剧剧目初探》（《艺术百家》，1995年第4期）中认为："《万壑清音》和《乐府红珊》都是昆剧折子戏选本"。朱崇志在《论明代昆腔戏曲选本》中指出"昆腔选本有南北之分"，《万壑清音》是昆腔选本中的北曲选本。（参见朱恒夫编：《中华戏曲论丛》，2004年版，上海辞书出版社，第98页）

选本 68 折曲目中,有 25 折与功名愿望相关:

> 董卓差布、敬德装疯、收服高丽、怒奔范阳、姜维救驾、雪夜访贤、百花点将、韩信救主、垓下困羽、决策御敌、齐王祭贤、平章游湖、席上题春、采花邂逅、击碎玉斗、吹散楚兵、辕门听点、月下追贤、十面埋伏、韩公报愤、萧后起兵、渔樵闲话、诸侯饯别

这 25 折都表现出强烈的功名愿望,希望得到明君的重视,能够施展创作者的抱负。千百年来,封建社会文人都有一种功名情结,这种情结始终在召唤着他们。隐逸山林中,放浪红尘外的一生,他们是不甘心的,他们骨子里魂牵梦绕的仍然是那种名垂千古的功名情结。这种情结来自儒家推崇的"事君""为政"的政治信仰,来自"兼济天下"的人生信念。文人不得志时内心充满恐慌,害怕"功名未遂令人笑,思量起暗里魂消,辛勤苦尽枉徒劳,终须埋没荒郊草"的悲剧;得志时往往抒发"将相当朝,听吾号令宣,爵位崇高,身势恍登蓬岛"的感慨。此外,《万壑清音》选录的年代,正好道教在明代影响较大,尤其是朱常洛父子对道教的信奉,也会影响当时的戏曲选本编选。《万壑清音》除了选录驰骋沙场、施展抱负的功名理想追求的剧目,还有许多亦真亦幻、神仙道化剧目。这在一定程度上反映了当时社会人们的思想倾向和审美情趣。

从南北曲关系的认知看,《词林逸响》虽为南曲选集,但是相比其前的《吴歈萃雅》、其后的《南音三籁》,对北曲的态度要宽容得多。其编者在凡例中言,"广收博采,大半用南,间收北曲之最传者",如其中就收入了北曲《千金记》中的"北追""北点将"。再如选本中【泣颜回·郊游】"东野翠烟消"所选曲牌分别是【北石榴花】【泣颜回】【前腔】【北普天乐】【千秋岁】【前腔】【北上小楼】【越恁好】【前腔】【北十二月】【红绣鞋】【前腔】【北尧民歌】【尾声】,曲牌是南北合套的,但是在《吴歈萃雅》和《南音三籁》中所选曲牌是【泣颜回】【前腔】【千秋岁】【前腔】【越恁好】【前腔】【红绣鞋】【前腔】【尾声】,只保留了南曲曲牌。这在一定程度上也反映出《词林逸响》编选者许宇对北曲的宽容态度。《万壑清音》《词林逸响》《彩笔情辞》均在序言中阐释了编者的编选依据。此外,《词林逸响》收曲的倾向、字句、韵律、曲牌的改动也反映了当时社会人们的思想倾向。

从散曲收录与论曲主张看，《太霞新奏》为散曲总集，明冯梦龙编，共十四卷，按宫调编排，前十二卷为 168 套，分别为仙吕 15 套、羽调 3 套、正宫 19 套、大石调 3 套、正宫 16 套、南吕 35 套、黄钟 8 套、越调 3 套、商调 40 套、双调 3 套、仙吕入双调 23 套。后杂调、小令各一卷，选曲 154 首，所收作品多讲求格律和用韵。篇后附有评语，多谈论写曲方法，有不少曲坛掌故。选曲作家以吴江派为主，主要涉及万历天启间沈伯英、王伯良、龙子犹、卜大荒、陈荩卿、陈海樵等 44 位作家以及无名氏作品。研读选本作品对于我们研究天启间曲坛思想动态、审美追求、格律主张等都有重要价值。

从题材类型与曲学意识看，《彩笔情辞》目录前附有天启甲子岁虎林张栩书《彩笔情辞叙》、不盈道人题《彩笔情辞引》及凡例 12 条，叙述了作品编选依据、作者考辨、插图版画来源、文本考订等信息。其中明确"是集皆文人散辞，诸传奇杂剧内者并不混入"，其作品主要是元明文人散曲作品。选本共十二卷，按照散曲作品题材类型分别为：卷一、卷二为赠美类，卷三为合欢类，卷四为调合类和叙赠类，卷五为题赠类、携春类和耽恋类，卷六为问阻类和嘱劝类，卷七为离别类、送饯类和赋物类，卷八为感怀类，卷九为感怀类和访遇类，卷十为相思类，卷十一为相思类和嘲谑类，卷十二为寄酬类、伤悼类。其中编者对赠美类、合欢类、题赠类、相思类等九类题材进行了阐释与定义。《彩笔情辞》之选曲，无论是元人作品还是明人作品，无论是南曲作品还是北曲作品，往往采取一种兼收并蓄的态度。这些都在一定程度上反映了当时人们曲学意识的转变与发展。

此外，从刊刻版画与图文关系看，《万壑清音》《词林逸响》《太霞新奏》《彩笔情辞》四种选本都刊刻了珍贵的木质版画。这些版画刊本插图诚如张栩自序称："图画俱系名笔仿古，细摩词意，数日始成一幅。后觅良工，精密雕镂，神情绵邈，景物灿彰。"所图山光水色，屋宇树石及人物器用，皆潇洒绵密，摇曳多姿，情景交融，意味浓郁。这无疑成为我们研究明清戏曲选本的又一视角，这些版画不仅能够反映出外在的思想艺术观念，也可深入挖掘文学文本与图像叙事之间的内在关联。总而言之，《万壑清音》《词林逸响》《太霞新奏》《彩笔情辞》四个选本是明代天启年间的重要选本，对于研究万历以后明代戏曲的创作潮流、思想倾向、审美追求等具有重要价值。朱光潜说："编一部选本是一种学问，也是一种艺术。顾名思义,它是一种选择。有选择就要有排弃,这就可显示选者对于文学的好恶或趣味。这好恶或趣味虽说是个人的,而最后不免溯源到时代的风气,选某一时代文学作品就无异于对那时代文学加以批评,也就无异于替它写一部历史,同时,这也无异于选者替自己写一部精神生活的自传,叙述他自己与所选所弃的作品曾经发生过的姻缘。一部好选本应该能反映一种特殊的趣味,代表一个特殊的倾向。"① 对选本体制、题材、思想、编选者批评态度的分析,有助于探究这一时期的思想倾向和发展走向,对研究中国古代戏曲思想史甚至整个中国古代思想史都有重要的意义。

当然,戏曲选本并不是文献资料的简单保存,能够被选本收录的,往往是一定时期内品质佳、影响广的优秀作品。尽管各个选本的选录标准不一致,也难免误选、漏选,但是从总体上而言,戏曲选本的编选本身就是一个对戏曲作品去粗取精的过程。明代杂剧传奇作品数目庞大,由于地域、交通等客观条件的限制,难免会产生泥沙俱下的现象,戏曲选本其实正是从许许多多良莠不齐的作品中最终选出的具有一定代表意义的作品,整体上为当时的精品。鲁迅先生曾说:"凡选本,往往能比所选各家的全集或选家自己的文集更流行,更有作用。册数不多,而包罗诸作,固然也是一种原因,但还在近则由选者的名位,远则凭古人之威灵,读者想从一个有名的选家,窥见许多有名作家的作品。"② 这"有名的作品",无疑就是时代的精品。因此,戏曲选本中的作品通常是较为经典的、优秀的,具有较高的文学价值。对于天启间戏曲选本的价值,事实上民国时期的学人早已有过高度赞美。龙榆生先生曾赞美《词林逸响》说:"本编之价值,可就音乐与文艺两方面言之。予于昆腔,虽经瞿翁之诱劝,颇有心于肄习。……本编所列昆腔原始,似未见于他书。……当此昆腔一线,正在若断若续之际,安得有心之士,广搜旧籍,而证以口耳相传之法式,别撰专书,以延此数百年盛行于中国之乐艺,而为改进国乐之参考,是亦区区之所厚望矣。……本编所录曲词,多为世不经见之作,其当行作家,为世所

---

① 朱光潜:《朱光潜全集》,安徽教育出版社,1993年版,第217—218页。
② 鲁迅:《集外集》,人民文学出版社,1959年版,第128页。

晓者,兹不具述。……至本编所载王雅宜散曲,只三套之多。"① 总之,经过选本择汰的作品往往是比较优秀的。在《万壑清音》和《词林逸响》中,《负薪记》《青楼记》《焚香记》《妆盒记》《绣球记》等多部作品后来还被《醉怡情》《歌林拾翠》《缀白裘》《纳书楹曲谱》等收录,《宝剑记》《浣纱记》《红梅记》更是千古名剧;而《词林逸响》所收《琵琶记》《荆钗记》《拜月亭》《破窑记》均是南戏之中的精品,具有极高的文学价值。

　　戏曲选本的编选择汰,在一定程度上保留了精华。郑振铎曾云:"在选本中,则把这些精华的地方取了出来,不觉的使我们精神为之一振,较之放在全局中读来只有更为精神,更可爱,反倒诱引起我们读全剧的勇气。"② 总而言之,一部戏曲作品有起承转合的剧情发展过程,从创作角度而言,不同的折、出,创作水准亦不相同,因而,一部作品有相对精彩之处,也有相对平庸的部分。选本所收录的片段往往是一剧之精华,让受众可以直接略过平庸的部分,直抵最精彩的部分。

　　学界对戏曲选本的整体关注度与其价值并不对等。有学者说:"戏曲史研究者通常所注意、研究的问题,多集中在具体的戏曲作品和作家的生平与创作,戏曲选集所选作品在戏曲史研究中常被使用,但是戏曲选集作为一个整体的存在,在戏曲史研究中却基本为视而不见,极少有人关注。若说或有关注,也是研究者在研究某一具体剧作时注意到了其中的某种,一样对戏曲选集的史学价值不予涉及。因此我们说,戏曲选集是广大戏曲史研究者应该关注却关注不够的一个领域。"③ 亦有学者认为,"戏曲散出选本是戏曲研究中的薄弱环节",甚至是"一片准空白"。④ 目前,除了嘉靖、万历年间及晚明的一些选本如《雍熙乐府》《词林摘艳》《盛明杂剧》等已得到相对充分的研究外,天启年间选本的研究尚未全面、深入。对于这四种戏曲选本,除了任二北先生将《太霞新奏》收入《散曲丛刊》、《善本戏曲丛刊》收录四个选本、《续修四库全书》收入《词林逸响》、《冯梦龙全集》收录《太霞新奏》外,再无相关的文献整理著作,而直接以四个选本为研究对象的仅有民国时期龙榆生先生的一篇文章。1949 年后,研

---

① 龙榆生:《〈词林逸响〉述要》,《同声月刊》,1942 年第三卷第二号。
② 郑振铎:《郑振铎文集》(第七卷),人民文学出版社,1988 年版,第 247 页。
③ 杜海军:《论戏曲选集在戏曲史研究中的独立价值》,《艺术百家》,2009 年第 4 期。
④ 吴敢:《说戏曲散出选本》,《艺术百家》,2005 年第 5 期。

究论文仅有卓明星《〈万壑清音〉所辑佚曲论析》、黄亮《〈太霞新奏〉用韵研究》、艾立中《论〈太霞新奏〉与吴江派散曲家之关系》、王小岩《〈太霞新奏〉征引〈曲律〉的方式和意义》，分别从辑佚、用韵、曲派、曲律等角度有所论及，此外尚无整合性的专题研究和深入掘进。天启间戏曲选本处于晚明南北曲体递变的纽结期，其研究亟待开掘。

四、研究综述

关于天启间戏曲选本的相关研究成果较少，研究状况缺略不齐。仅在古代戏曲选本的研究、相关折子戏研究、剧目个案研究、插图版画研究中，零星可见对这四种戏曲选本的研究。

首先，古代戏曲选本的研究是关涉天启间四种戏曲选本研究最多的领域。古代戏曲选本的研究肇始于民国。20世纪20年代到30年代，部分有眼光的学者发现了很多在民间流通的戏曲选本，开始挖掘、阐释它们的价值。很多戏曲选本流失海外，学者们又进行了一系列域外文献的搜集和整理。整体上，民国时期处于一个搜集、整理戏曲选本文献的阶段，是重新鉴定、挖掘戏曲选本价值的时期。

郑振铎先生是最早关注戏曲选本的学者，他的《中国戏曲的选本》是最早系统论述戏曲选本的文章。[①] 这篇文章意义有二：首次明确提出"戏曲选本"这一概念，并进行了界定；首次明确提出了戏曲选本包括保存文献、择取精华在内的几种价值，后来学者进一步挖掘的选本价值其实都没有超出这个范围。作为最早涉猎戏曲选本的学者，郑振铎先生无疑显示出卓越的学术眼光。但毕竟是戏曲选本的起步研究，此文还是存在一定的问题，比如对选本概念的界定不够严谨，因此并没有得到学术界的广泛认可。不过，郑振铎先生首倡戏曲选本研究之风，其功无量。然而民国时期，戏曲选本经过几百年的流传，有的亡佚，有的散佚，很多选本流落海外，于是傅芸子等学者开启了海外文献搜集工作。20世纪30年代，傅芸子先生深感"国中发见之资料，殆皆可遇而不可求者"[②]，于是到日本遍访宫内省图书寮、内阁文库等，访得《词林一枝》《八能奏锦》《玉谷新

[①] 收录于郑振铎：《中国文学研究》，商务印书馆，1927年版。
[②] 傅芸子：《白川集》，日本文求堂书店，1943年版，第77页。

簧》《摘锦奇音》等十余种选本,并撰文《东京观书记》《内阁文库读曲记》《释滚调》,介绍了所搜集的选本的版刻型制等信息。

20世纪40年代以后,戏曲版本极为稀少,掌握文献的人极少,所以参与研究的人也极少,导致戏曲选本陷入长达40年的研究空白。及至20世纪80年代,一方面得益于《善本戏曲丛刊》的刊行,另一方面得益于互联网的普及和域外文献的网络开放,更多的人可以获得研究文献,加之学界愈加重视戏曲选本研究,戏曲选本的研究迎来一个高潮。自20世纪80年代至今,已有戏曲选本研究专著近十部,论文几十篇。

这一阶段出现了几篇呼吁学界加大戏曲选本研究投入的论文。这些文章侧重于对戏曲选本价值、意义的宣讲和介绍,呼吁学界重视戏曲选本。如吴敢《〈赵氏孤儿〉剧目研究与中国古代戏曲选本》[1]和《说戏曲散出选本》[2]都强调戏曲研究之重要意义,希望引起学界重视。杜海军《论戏曲选集在戏曲史研究中的独立价值》[3]《论戏曲选集的戏曲批评与价值》[4] 讨论了戏曲选集在戏曲史研究、戏曲批评中的价值和意义,呼吁广大戏曲史研究者能够更加关注戏曲选集。在前一篇论文中,杜海军除了重申戏曲选本的文献保存价值,还指出戏曲选集也保留了一些演剧、服饰、风俗等资料。在后一篇论文中,他总结戏曲选本有包括序跋、批点在内的几种独特的批评形式,首次明确提出了戏曲选本和戏曲批评之间的关系。

朱崇志的《中国古代戏曲选本研究》[5]是迄今为止唯一的对古代戏曲选本进行系统、全面研究的成果。该著作分为四章,从戏曲选本的源流、文本、思想和文献四个方面进行了全面研究。这部著作有两个重要贡献。第一,作者从宏观的、历史的高度梳理了戏曲选本的发展脉络,呈现出较为清晰的戏曲选本发展史。他把古代戏曲选本分为三个阶段:元代至明代嘉靖、隆庆时期,为草创阶段;万历至清初,为成熟阶段;清代康熙、雍正之后,戏曲选本开始没落,并转向民间。这个阶段划分可以说是令人信

---

[1] 吴敢:《〈赵氏孤儿〉剧目研究与中国古代戏曲选本》,《徐州教育学院学报》,1999年第1期。

[2] 吴敢:《说戏曲散出选本》,《艺术百家》,2005年第5期。

[3] 杜海军:《论戏曲选集在戏曲史研究中的独立价值》,《艺术百家》,2009年第4期。

[4] 杜海军:《论戏曲选集的戏曲批评与价值》,《广西师范大学学报(哲学社会科学版)》,2000年第5期。

[5] 朱崇志:《中国古代戏曲选本研究》,上海古籍出版社,2004年版。

服的。第二，这部著作对戏曲选本文献做了细致的梳理和总结。详细统计了古代戏曲选本的数量，并一一进行了介绍，完整、详细呈现了现存戏曲选本的面貌。据他统计，选本所涉及的元杂剧有 144 种，明杂剧有 144 种，清杂剧有 62 种，戏文有 115 种，传奇有 412 种。他标出各个杂剧名，并于杂剧名目之后附列收录此部作品的选本。如果是单出，还会明细到收录的具体出目。此外，他还介绍了戏曲选本 85 种。每本皆考辨作者、版本、曲文内容。可以说，这一资料的整理对后学帮助极大。随着戏曲选本研究的深入和广泛开展，孙霞《二十世纪戏曲选本研究概述》一文对 20 世纪戏曲选本研究状况进行了回顾和总结。[①] 作者大致梳理了选本研究发生、发展的情势，可惜总结不全面，尚有不少研究成果未涉及。20 世纪 80 年代以来，戏曲选本研究的态势是上升的，也取得了一定的成果，但也呈现出过于零散、"占山为王、各自为政"的特点。研究成果多集中于不同的选本个体，满足于对个体选本的介绍、考辨，缺乏整体、宏观的研究。

　　回望戏曲选本的百年研究史，天启间四种戏曲选本一直处于边缘地位，对其专题性与整体性的研究目前尚属空白。就单篇论文看，卓明星《〈万壑清音〉所辑佚曲论析》从后世剧目流传角度将《万壑清音》所选曲目分为两大类：一类是全本留存者，如《连环计》《金貂记》《草庐记》《鸣凤记》《樱桃梦》等 29 种；另一类是佚曲，如《负薪记》《百花记》《歌风记》《长生记》《三国记》《题塔记》《太和记》《绣球记》8 种。这一研究在文献梳理上存在一些问题。一是剧目溯源有误，以《万壑清音》所选《青楼记》为许自昌《水浒青楼记》，傅惜华《明代传奇全目》亦以《水浒青楼记》为《万壑清音·青楼记》，但事实并非如此，比对文本可以发现，两剧所叙并非一事，《万壑清音》所选《青楼记》并非后世全本流传的《水浒青楼记》剧本。二是剧目辑佚有误，如《万壑清音》中的《绣球记》实际上是南戏代表作品《吕蒙正》，也题作《绣楼记》，由《古本戏曲丛刊初集》收录，所以该剧并非佚曲。三是版本考订不清晰，《万壑清音》所收《西游记》情况比较复杂。元吴昌龄《西天取经》，其剧名著录最为繁复，全名是《唐三藏西天取经》，简称为《西天取经》。后此剧与杨

---

① 孙霞：《二十世纪戏曲选本研究概述》，《戏曲艺术》，2006 年第 2 期。

景贤《西游记》杂剧相混淆,不久又佚失。《万壑清音》选《西游记》"诸侯饯别""擒贼雪耻""回回迎僧""收服行者"四折,其中"诸侯饯别""回回迎僧"乃吴昌龄《唐三藏西天取经》①,"擒贼雪耻""收服行者"则属于杨讷《西游记》②。此外,《草庐记》《金貂记》《妆盒记》《千金记》《精忠记》《八义记》选文内容与现存版本出入较大,这种版本差异在研究中并未加以区别。由此可以看到,关于天启间四种戏曲选本相关剧目的溯源与辑佚、版本考辨,还有相当多的工作需要开展。

艾立中《论〈太霞新奏〉与吴江派作家关系》③、王小岩《〈太霞新奏〉征引〈曲律〉的方式和意义》④、黄亮《〈太霞新奏〉用韵研究》⑤ 三文直接以天启间戏曲选本《太霞新奏》为研究对象。《论〈太霞新奏〉与吴江派作家关系》主要从选本序言、选本收录作品出发,着重探讨了选本编选者顾曲散人(冯梦龙)对吴江派沈璟、王伯良的继承与发扬,从曲学思想源流上探讨了《太霞新奏》与吴江派的关系。《〈太霞新奏〉征引〈曲律〉的方式和意义》则主要从选本内容出发,着重探究了冯梦龙的曲律曲学观点以及作家品评观点与王伯良《曲律》的前后继承关系,其中或为直接引述《曲律》观点,或是间接套用化用,均说明二者曲学观点之一致性。王小岩与艾立中的论文思路实际一致,都探究了《太霞新奏》之曲学思想渊源,只是前者从选本作品出发,后者从选本理论出发,殊途同归,皆论证了《太霞新奏》对吴江派曲学理论的继承与发扬。《〈太霞新奏〉用韵研究》则以选本作品的用韵为研究对象,探究了以"律必叶、韵必严"著称的《太霞新奏》对《中原音韵》的遵循,以及其中对吴音、方言的运用。三篇论文从理论渊源、用韵角度探究了《太霞新奏》,为天启间戏曲选本的研究提供了可资借鉴的视角和思路,但尚未涉及选本宫调、曲牌、曲体、作品思想等层面,可见对天启间四种戏曲选本的研究还有相当大的

---

① 《北词广正谱》收录《唐三藏》,《九宫大成南北词宫谱》收录《唐三藏》,《纳书楹曲谱》续集卷二收录《唐三藏·回回》,正集卷二收录《北饯》。
② 《元曲选》收录吴昌龄《西游记》六本(据孙楷第考证,此作并非吴昌龄《唐三藏西天取经》,而是杨讷托名),《古今名剧合选柳枝集》收录该剧《二郎神收服猪八戒》,《九宫大成南北词曲谱》收录《西天取经》,《纳书楹曲谱》续集卷三收录《撇子》《认子》《胖姑》《伏虎》《借扇》《女还》,补遗卷一收录《饯行》《定心》《揭钵》《女国》。
③ 艾立中:《论〈太霞新奏〉与吴江派作家关系》,《苏州科技学院学报》,2008年第1期。
④ 王小岩:《〈太霞新奏〉征引〈曲律〉的方式和意义》,《文学遗产》,2008年第4期。
⑤ 黄亮:《〈太霞新奏〉用韵研究》,《常州理工学院学报》,2011年第5期。

空间。

其次，已有的戏曲研究成果中，于相关折子戏研究、选本中杂剧体制研究、具体剧目个案研究中，有零星可见的涉及天启间四种戏曲选本的内容。从折子戏的研究看，2013 年余治平的博士学位论文《升平署昆剧折子戏改编研究》，在讨论折子戏标目问题时，梳理了《万壑清音》的标目特点，并比较分析了选本中《千金记》《义侠记》与其他选本的差异。2008 年李慧的博士学位论文《折子戏研究》在讨论天启、崇祯年间作为折子戏的延续发展时以《词林逸响》《万壑清音》为代表。2009 年尤海燕的博士学位论文《明代折子戏研究》，则以《万壑清音》中的选本《西厢记·惠明传书》为例，分析了这一时期选本在戏曲角色安排上的变化。这些研究从不同侧面，针对具体讨论的问题，或多或少涉及了天启间四种戏曲选本的特点、所选剧目差异以及在戏曲史上、折子戏发展过程中的地位。从选本中杂剧体制的研究看，徐子方《明杂剧分期论》[①]主要讨论了昆腔改良之后，南杂剧、文人杂剧的昆曲化趋势，其中结合《万壑清音》所选《太和记》《西游记》等文人杂剧，分析了万历后期、天启早期的南曲化现象，并参考相关演出史料讨论了杂剧传奇化问题。刘建新《明清戏曲选本宗元研究》第五章"明清戏曲选本与元曲经典名篇关系研究"，则从传奇与这些杂剧体制的相似之处解释了为何传奇选本中会选录《西厢记》《西游记》《太和记》一类的杂剧作品。这些研究从剧目流变、角色变化、题材演变等方面探讨了天启间戏曲选本的标目特点、人物角色安排、体制流变，为进一步研究天启间选本作品之曲学流变提供了重要借鉴。从具体剧目个案研究看，虽然有徐扶明《昆剧中北杂剧剧目初探》[②]，解玉峰《元曲杂剧舞台遗存考论》[③]，吴歌、邓瑞琼《〈八义记〉考辨》[④]，徐宏图《南戏〈江天暮雪〉遗存考》[⑤]，俞为民《南戏〈破窑记〉本事和版本考述》[⑥]等研究成果涉及《万壑清音》之《西厢记》《八义记》中的人物形象变化与剧目题材流变、《词林逸响》之《崔君瑞传》《破窑记》中的剧目

---

① 徐子方：《明杂剧分期论》，《艺术百家》，2011 年第 3 期。
② 徐扶明：《昆剧中北杂剧剧目初探》，《艺术百家》，1995 年第 4 期。
③ 谢玉峰：《元曲杂剧舞台遗存考论》，《南大戏曲论丛》，2014 年第 1 期。
④ 吴歌、邓瑞琼：《〈八义记〉考辨》，《文学遗产》，1983 年第 4 期。
⑤ 徐宏图：《南戏〈江天暮雪〉遗存考》，《戏曲艺术》，2005 年第 4 期。
⑥ 俞为民：《南戏〈破窑记〉本事和版本考述》，《文献》，1990 年第 3 期。

流变，但大多从版本流变和演出角度述及，关联到的具体剧目多为一些名剧，如《八义记》《江天暮雪》《破窑记》《西厢记》《西游记》《东窗事犯》等，题材上集中选取"关公戏""朱买臣戏""三国戏"，也涉及一些散曲作家，如陈铎、黄峨、陈海樵等。这些研究成果从剧目流变、人物形象、曲辞特点等方面探讨了天启间戏曲选本《万壑清音》之《负薪记》《绣球记》《妆盒记》《八义记》，为进一步研究元明以来戏曲剧目题材之流变奠定了重要的文献基础。从选本刊刻版画研究看，郑振铎先生《中国古代木刻画史略》谈到《词林逸响》的刊刻者和插图时说："赵邦贤疑是吴郡人，他刻了《词林逸响》的插图。那书分作风、花、雪、月四卷，木刻画家的赵氏就在那上面做文章。画面是干净利落透了，除了'美'，没有别的什么，一点一划都是不可少的，也不可能是更多。这是受有徽派的好影响的。……他所作的木刻画细润清秀，刀工深透纸背，能不失画家的笔锋，足与徽派的诸大名家分庭抗礼。"[①] 李茂增《宋元明清的版画艺术》云："万历四十四年（1616）章镛刊《吴歈萃雅》四集，每集四图。……从风格看，该书的图版近于徽派作风。天启三年（1623）萃锦堂刊《词林逸响》四卷系萃改此书而成。而图却不相同。"[②] 李春霞《明代苏州版画探微》云："天启四年徽名工黄光宇在苏州刻的《新镌出像点板北调万壑清音》每曲附图，均为双面大版。构图精练，疏密得当，刀法灵活，线条流畅，清朗可喜，绘刻双佳，有着大家风范，含有新安派版画韵味。"[③] 这种讨论从版画构图、线条、刀法等角度充分肯定了天启间戏曲选本中的版画。天启间《万壑清音》《词林逸响》《太霞新奏》《彩笔情辞》四种戏曲选本中，有 64 幅插图版画，但尚未有关于天启间选本之戏曲版画与戏曲作品的专门研究。以上讨论观点从插图版画角度观照天启间四种戏曲选本的戏曲作品，为我们从插图角度展开插图版画和图文关系带来重要启发。

五、研究思路和方法

研究明代天启年间的戏曲选本，以《万壑清音》《词林逸响》《彩笔情

---

① 郑振铎：《中国古代木刻画史略》，上海书店出版社，2011 年版，第 130—132 页。
② 李茂增：《宋元明清的版画艺术》，大象出版社，2000 年版，第 108 页。
③ 李春霞：《明代苏州版画探微》，《淮北师范学院学报（哲学社会科学版）》，2007 年第 3 期。

辞》《太霞新奏》为主体，其实需要考量的是如何将阶段性的研究与明代后期戏曲史发展过程相表里。而天启年间是明清戏曲发生转折的一个特殊时期。《词林逸响》《万壑清音》《彩笔情辞》《太霞新奏》作为天启间的戏曲选本，处在万历年间戏曲创作、批评、选本的高潮，与明末崇祯年间和清初的戏曲创作转型时期之间，显示了明代中后期的戏曲尤其是南曲由繁荣到回落进而转型的某种变化轨迹。如何梳理这种不仅是选本之间而且是戏曲动态发展前后相续的历史链条，是研究天启间戏曲选本不可回避的话题。

本书的研究思路是，在观照戏曲观念的发展历程中，以南北曲的曲体递变为问题切入点，立足于天启年间的具体时代和具体选本，从天启间曲坛态势与戏曲选本刊刻，选本编选与选曲倾向，选本体制与曲体衍变，选本视域下以南北曲在曲牌、套式、犯调等诸多方面的细微变化为出发点，通过考察晚明南北曲递变的展开过程和诸多细节问题，总结归纳明代中后期以来南北曲相互借鉴与融合的规律，进而探究中国古代戏曲的演变历程与历史规律，以及这一时段的南北曲发展革新在整个历史进程中的价值与作用。除体制流变外，通过对作品人物类型的归纳与题材的流变特点，探究南北曲作品之人物形象、精神风貌，进而分析隐含于文本内容中的晚明以来文人道德观念与审美情趣的流变，通过这种流变对选本作品的直接映像分析戏曲作品的历史价值与含义。

本书的研究方法是，其一，爬梳文献，整理材料。对于四种戏曲选本收录的散出剧本、剧目、曲辞进行分类；从南北曲比例、题材来源、曲牌套式等不同方面进行整理；与此同时，旁及与选本相关的戏曲、历史、学术文献，尽可能搜集归纳与研究对象有关的资料。

其二，文本细读，校勘对比。《万壑清音》《词林逸响》《彩笔情辞》《太霞新奏》与其他不同时期的戏曲选集收录的曲文往往有很多不同之处，通过校勘对比、辨明异同、探寻原因，追问曲文异同背后的戏曲理念发展问题。

其三，以选本为中心，辐射戏曲、散曲、俗曲的艺术形态和发展状态研究。选本所收包括戏曲、散曲等不同体裁，包括不同作者、剧作、题材、思想，所以选本之中隐含着戏曲发展中的创作方式、艺术形态、价值观念、文艺潮流，通过考察选本收录情况，可以窥见选本编选者的审美情趣、道德观念等问题。

　　总之，本书试图立足已有的文献整理与选本研究基础，从宏观视野考察天启年间戏曲选本的历史地位和意义，以及戏曲选本与戏曲史的关系、与明代戏曲发展脉络的内在联系。力求从文本入手，注重版本对勘和文本细读。研究的依据主要为体制、文本两方面。一依体制，通过统计南北曲曲牌使用实况，结合曲律研究，探索内在的使用规律和戏曲理念；探究南北曲熟套套式变化，通过考察流行剧目的形制特征变化，探究套式转化背后的南北曲体制流变；通过曲牌犯调等内在体制的转化，整合南北曲视域，透视选本所收戏曲剧作的艺术风貌，解读南北曲流行的深层原因，为明末戏曲选本研究及南北曲递变融合之势提供细节性的论证和系统性的理论支撑。二依作品，一方面，通过分析归纳作品中的人物类型，探讨人物形象背后所隐含的道德伦理、宗教观念、言情观念等的变化，进而探讨晚明南北曲作品中人物形象与道德、宗教、文艺思潮之关联；另一方面，归纳作品之精神风貌，通过解读作品，探究晚明文人的精神状态及雅俗嬗变等。

第一章　晚明南北曲态势与戏曲选本刊刻

明代后期，无论是南北曲创作、曲本编选刊刻，还是戏曲之观演都呈现出繁盛的景象。北曲在经历了衰亡的局面后开始复兴，当然这种复兴不能与这一时期南曲的兴盛相提并论；南曲诸腔尤其是昆山腔，在此后数百年间始终在戏曲舞台上占有重要地位。在这种曲学背景影响下，时人之曲学观念发生了较为明显的变化，其中最主要的是南北曲曲体意识不断明晰。而在这种曲体意识分野的影响下，南北曲逐渐形成了双向比对的局面。在双向比对中，南北曲的辞情、板式、声律等诸多方面的区分亦逐渐清晰，在一定程度上促进了南北曲的相互融合借鉴，双向渗透。

第一节　晚明南北曲创作与戏曲选本刊刻

明代后期的戏曲创作和曲选刊刻都进入了一个持续繁盛的时期。就戏曲创作而言，无论是南曲作品，还是北曲作品，抑或是南北曲合套作品，其作品体制都发生了较大变化。体制之演变是明代后期南北曲创作勃兴态势中最为显著的变化之一，使得这一时期的南北曲作品在中国古代曲学史上独树一帜、别具一格。就曲选刊刻而言，万历、天启年间，各种戏曲选本层出不穷，这一时期选本的曲文质量、版式设计、插图版画雕刻水平都达到了新的高度。

一、晚明南北曲创作

明代后期是中国古代曲学史上的繁盛时期，这种繁盛在东南一带尤为风行。当时文人士大夫宴会听曲、观戏已经成为一种普遍存在的社会风气，如冯梦祯在其日记中记录了他于万历三十年（1602）九月游乐观剧之事就有五次，由此可见一斑。这一时期，南北曲在双向比对过程中，二者在辞情、板式、声律等诸多方面的区分亦逐渐清晰，南北曲在这种分野中显现出各自的优劣，在一定程度上促进了南北曲的相互融合与双向渗透。这一时期的南北曲创作亦体现了这种趋势。

  明代后期的北曲创作主要集中于北曲杂剧和散曲。据曾永义先生在《明杂剧概论》中的统计，明代后期杂剧作品共有235本，其中散佚146[①]种，现存89种。在明代后期众多北曲杂剧家中，最为典型的代表是王衡、凌濛初、孟称舜和沈自征。王衡的北曲杂剧作品主要有《郁轮袍》《真傀儡》《没奈何哭倒长安街》三种。王伯良称《郁轮袍》《真傀儡》两剧"大得金元本色，可称一时独步"（《今乐考证》著录三引）。孟称舜的杂剧作品主要有《桃花人面》《花前一笑》《死里逃生》《英雄成败》《眼儿媚》五种，其中仅《死里逃生》一剧共四折，三折使用南曲，一折使用南北合套，其余四种都为北曲作品。沈自征的杂剧作品主要有《鞭歌妓》《簪花髻》《霸亭秋》三种，均采用北曲。除了孟、沈，明代后期曲坛从事北曲杂剧创作的还有卓人月、叶小纨等人。这些人的北曲杂剧创作在晚明曲学史上形成了一种复古的风气，但是除凌濛初、沈自征、王衡外，其余人的北曲作品都呈现绮丽的风格，与元人本色自然的曲风相去甚远。在现存的89种明代后期杂剧作品中，遵守元人成规者仅有9种，其余则改变了元人科范。在明代后期的235种杂剧中，纯用北曲的作品共84种，约占36%。总之，这一时期虽然北曲杂剧创作仍然繁盛，但是其体制与风格都与元代相去甚远。

  相比北曲杂剧创作的繁荣，明代后期北散曲的创作则要冷清得多。随着南曲昆山腔的兴盛及南方经济文化的繁荣，北散曲逐渐出现衰落甚至消亡的局面。如任二北先生云："昆腔以后，只有南曲，而北曲亡矣！南曲又多参词法以为之，形成所谓'南词'，而曲亡矣。"[②] 郑振铎《中国文学

---

  ① 曾永义《明杂剧概论》（商务印书馆，2015年版）第61页统计有10种无名氏作品，亦将其归入散佚一类，本书按照曾先生的统计。
  ② 任二北：《散曲概论》（卷二），凤凰出版社，2013年版，第42页。

史》亦云:"从嘉靖到崇祯是南曲的时代。散曲到了嘉靖,已入发展、转变的饱和期,呈现着凝固的状态。南曲过分发达的结果,大部分的作家都追逐于绮靡的昆山腔之后而不能自拔。北曲的作家,几至绝无仅有。"①李昌集《中国古代散曲史》亦云:"昆腔兴起以后,南曲乃成曲坛主流,北曲则已成余响。"② 关于明中后期北曲之消亡与否,学界目前尚存争论,如赵义山先生在《明清散曲史》中认为北曲成余响至少在"明末天启崇祯以后",而且地域上"最多只表现在吴中",③ 即使在吴中,仍有施绍莘、赵南星、丁惟恕、王寅等散曲作家。不可否认的是,明代末期仍有北散曲之余流,但这种余流很难与元代及明嘉靖以前的散曲创作潮流相提并论,从总体趋势而言,北散曲逐渐走向了一条衰亡的道路。

明代后期的南曲创作主要集中于南曲杂剧与南散曲。明后期杂剧作品共有235种,其中纯用南曲者67种,约占明后期杂剧作品总数的29%。南曲杂剧的代表作家有沈璟、王伯良、徐复祚、陈与郊等人。沈璟的南曲杂剧作品主要有《博笑记》十种,其中《巫孝廉》《也县佐》《虎扣门》《叔卖嫂》《义虎记》《贼救人》《出猎治盗》《卖脸人》八种使用南曲,《假妇人》《假活佛》两种使用南北合套。徐复祚的杂剧代表作《一文钱》,其中五折使用南曲,一折使用北曲。陈与郊的作品主要有《昭君出塞》《文君入塞》《袁氏义犬》《淮阴侯》《中山狼》五种,其中前三种使用南曲,后两种使用南北合套。总之,这一时期的南曲杂剧作品打破了北杂剧"四折一楔子"的固定结构,有了较为开放自由的结构形式,剧本长短不拘,音乐体制较为随便。体制方面的创新是其在中国古代戏曲史上受到重视的主要原因之一。

明代后期,南散曲创作的繁盛时期已经过去,开始了"香风大炽""晚霞灿烂"的继盛期。这种"鼎盛""继盛"的界定是基于散曲的文学成就作出的,而非作品数量上的比较。赵义山先生在《明清散曲史》中对《全明散曲》收录的曲文进行了统计,"产生在明万历以后的散曲作品,现存有4000多首(套),比起鼎盛期内的作品还多出1000首(套)左

---

① 郑振铎:《中国文学史》,江西教育出版社,2014年版,第734页。
② 李昌集:《中国古代散曲史》,华东师范大学出版社,1991年版,第356页。
③ 赵义山:《明清散曲史》,人民出版社,2005年版,第201页。

右"①，说明晚明散曲虽然在文学成就上开始走下坡路，但其创作却并未衰竭。这一时期的南曲创作一方面追求语言本色；恢复曲之浅近本色，另一方面又提倡"宁声协而词不工，无宁词工而声不协"，片面追求"格律"。田守真将明后期的南散曲创作称为"畸形繁荣"时期。近人任中敏曾如此概括晚明曲坛，"起嘉隆间以迄明末，将近百年，主持词余坛坫者，文章必梁氏为极轨，韵律必推沈氏为极轨，此为昆腔以后之两大派。一时词林，虽济济多士，要不出两派之縠中也"②。任讷先生的概括是较为中肯的，比较准确地涵盖了晚明南曲的两大主流。在这两种主流思想的引领下，追求辞藻的清丽化和对音律的过分追求，使得明代散曲的发展趋于形式化。这一时期的戏曲选本在辞藻和韵律上亦呈现较为明显的倾向。

除单纯使用北曲或南曲创作作品外，明代后期南北曲混合使用或使用南北合套的作品亦较多。明后期杂剧作品中，南北曲兼用者共73种，约占明后期杂剧作品总数的31%。杂剧创作中较多使用南北曲的代表作家有吕天成、汪廷讷。吕天成的杂剧作品有《齐东绝倒》《秀才送妾》《儿女债》《耍风情》《缠夜帐》《姻缘帐》《胜山大会》《夫大人》八种，其中除去《秀才送妾》《缠夜帐》两种，其余六种为南北合套。明代后期的传奇创作，就其体制而言，与早期南戏以及明初的南戏传奇作品已经有了较大区别。一方面，明代后期传奇作品之曲牌连缀基本按照宫调，而不像宋元南戏及明代早期传奇作品那样不分宫调；另一方面，传奇作品中吸收融合北曲，或者某一折使用北曲，或者某一折使用南北合套，这种使用不是简单的套用，而是与剧情、人物、舞台等有着密切的关联。这一时期传奇作品中较为典型的有《李丹记》《焚香记》《红梅记》《昙花记》《樱桃梦》《灌园记》等。

总之，无论是南曲作品，还是北曲作品，抑或是南北曲合套作品，其体制都发生了较大变化。体制之演变是明代后期南北曲创作勃兴态势中最为显著的变化之一，使得这一时期的南北曲作品在中国古代曲学史上独树一帜、别具一格。而在明后期曲学勃兴的态势中，文人化是这一时期曲作的典型特征。诚如沈德符所言，"年来俚儒之稍通音律者、伶人之稍习文

---

① 赵义山：《明清散曲史》，人民出版社，2005年版，第208页。
② 任讷：《散曲概论》，见《散曲丛刊》（十四），中华书局，1931年版，第42页。

墨者动辄编一传奇"①。从形式层面而言，由于文人士大夫的积极参与，这一时期的南北曲创作体现出较为浓厚的文人色调，如辞藻骈俪化、格律化是文人参与对曲学作品的直接影响。从思想内容层面而言，由于受到明代中后期心学思潮影响，士大夫阶层的自我意识逐渐觉醒，越来越执着地借助于传奇戏曲表达自身的主体精神，这一时期曲学创作逐渐"成为文人士大夫社会存在和生命意识的艺术表现形态"②。一些作品对社会现实的黑暗与统治阶级的暴虐丑恶进行了较深刻的揭露和批判，如《鸣凤记》《南柯记》《邯郸记》《义侠记》《水浒记》等。还有一些作品对人性的丑恶进行了深刻的揭露，如徐复祚《一文钱》中写富豪卢至贪婪吝啬，在路上捡到一文钱，藏在身上怕丢掉，就紧攥在手里；买来芝麻饼吃，又恐鸟来啄食，便躲在山上丛林里吃；天帝为教化卢至，变幻相貌后将其家私尽意施舍，最终卢至在天帝点化下开悟。该剧刻画了一个守财奴形象，较深刻地揭露了其贪吝本性。晚明社会新思潮同样深刻地影响了戏剧创作，一些作品高扬个性解放的思想，对封建礼教进行了激烈的批评，大胆讴歌青年男女对爱情的追求和反抗封建礼教的精神，如《牡丹亭》《玉簪记》《西园记》等，在思想和艺术上都取得了杰出的成就，闪耀着时代进步思想的光辉。

二、晚明戏曲选本与南北曲集刊刻

伴随着明代中后期南北曲创作的繁荣与勃兴，这一时期的戏曲选本亦呈现出一派繁荣景象。万历、天启年间，各种戏曲选本层出不穷，戏曲演出亦较为频繁，既有民间草台之酬神赛社，又有富室豪绅之厅堂氍毹，还有文人士夫之雅曲清唱与案头赏玩。戏曲创作与演出的繁荣从客观上促进了戏曲选本之繁荣，市井书坊为赚取商业利润是戏曲选本刊刻繁荣的直接助推力。在各种力量的推动下，明代后期戏曲选本终于迎来了繁盛期，"戏曲选本在数量上较萌生期剧增，现存戏曲选本在六十部以上，几乎是前一时期的六倍，结合同一时期传奇刊刻的情况来看，当时戏曲选本的编选必定远远超过这一数字。同时，成熟期的戏曲选本的编刻在质量上也远

---

① 沈德符：《顾曲杂言》，见《中国古典戏曲论著集成》（四），中国戏剧出版社，1959年版，第206页。
② 郭英德：《明清传奇史》，人民文学出版社，2012年版，第161页。

非萌生期所能相比"[1]。据笔者统计,明万历中后期至天启间的戏曲选本有 38 部,见表 1-1:

表 1-1　万历中后期至天启间的戏曲选本统计[2]

选本	编者	刊者	属性	内容	版式	备注
《六合同春》	无名氏选辑,陈继儒评点	明万历间萧腾鸿师俭堂	全本	戏曲		元杂剧 1 种,元明南戏 2 种,明传奇 3 种
《六十种曲》	毛晋	汲古阁	全本	戏曲	一栏十二行	该选本出版时分 6 套,每套 10 本,标作"绣刻演剧",故后人往往将其与《绣刻演剧》混淆。元杂剧 1 种,元南戏 4 种,明传奇 54 种(其中,《还魂记》兼收原作与硕园改本)
《绣刻演剧》	不详	富春堂、文林阁等	全本	戏曲		该选本现存 55 种,分别藏于北京图书馆、南京图书馆。其中,富春堂刻本 30 种,文林阁刻本 20 种,世德堂 7 种,文秀堂、继志斋各 1 种。元杂剧 1 种,元明南戏 3 种,明传奇 56 种
《词林一枝》	黄文华 郄希甫	福建书林叶志元	散出	戏曲散曲时调		上下两栏及卷四中栏收元明戏文,传奇中栏除卷四外收录散曲与时调
《八能奏锦》	黄文华	书林爱日堂蔡正河	散出	戏曲时调		上下栏收戏曲,中栏收时调
《群音类选》	胡文焕	虎林文会堂	散出	戏曲散曲	一栏十行	分官腔、诸腔、北腔、清腔

---

[1] 朱崇志:《中国古代戏曲选本研究》,上海古籍出版社,2004 年版,第 15 页。
[2] 笔者主要统计了自万历、天启以来的戏曲选本,对于崇祯时期的选本则未收录,此外一些选本未标注明确刊刻时间,仅注云"明末"刊,如《怡春锦》《歌林拾翠》等亦未收录。还有一些选本虽未标明确时间,但据考证,其编选年代大致在万历、天启年间,如《南音三籁》《增订珊珊集》《南北词广韵选》等,亦被统计在列。

续表1-1

选本	编者	刊者	属性	内容	版式	备注
《乐府玉树英》	黄文华	书林余绍崖	散出	戏曲时调	上下栏收戏曲，中栏收时调	
《乐府菁华》	豫章刘君锡编辑	三槐堂王会元	散出	戏曲	上下两栏，上栏四字，下栏六字	
《乐府红珊》	秦淮墨客（纪振伦）	唐振吾	散出	戏曲	一栏八行	分庆寿、伉俪、诞育、训诲等16类
《乐府名词》	无名氏编辑，新都鲍启心校正	徽州周敬吾	散出	戏曲散曲		《琵琶记》《伍伦记》《千金记》等33个剧目74出，散曲21套，卷首附残本《曲律》
《玉鼓新簧》	吉州景居士	书林廷礼	散出	戏曲散曲时调	上下栏收戏曲，中栏收散曲、时调	
《词林白雪》	窦彦斌编辑		散出	戏曲散曲		共八卷，前六卷收录南北散曲，按内容分为"美丽""闺情""闺怨""咏物""宴赏""栖逸"等
《摘锦奇音》	龚正我选辑	书林敦睦堂张三怀	散出	戏曲、小曲、时调	上栏为小曲、酒令、灯谜等，下栏为戏曲散出	滚调、乐府、官腔，版画37幅
《月露音》	李郁尔选辑	杭州李氏刊本	散出	戏曲	一栏十行	杂剧戏文、传奇90种22出。分《庄》《骚》《愤》《乐》4集，每集都有独自编选者，版画72幅
《乐府万象新》	安成阮祥宇编	书林刘龄甫刊刻	散出	戏曲时调	上下栏为戏曲，中栏为时调俗曲	前集4卷，后集4卷（今仅存前集）杂剧、南戏、传奇60种125出，今仅存67出
《大明春》	程万里编选	福建书林金魁刻本	散出	戏曲时调	上下栏收戏曲，中栏有江湖方语、离别诗词、劈破玉歌、挂真儿歌等	徽池雅调、南北官腔，乐府版画26幅

续表 1-1

选本	编者	刊者	属性	内容	版式	备注
《赛征歌集》	无名氏	不详	散出	戏曲	一栏七行，曲辞单排大字，行十七字，宾白小字双排，行三十四字	杂剧、南戏、传奇 24 种 53 出，版画 53 幅
《彩笔情辞》	明虎林张栩辑	黄君倩刊刻	散出	散曲	一栏九行	散套 203 套（南散套 92 套、北散套 103 套、南北合套 8 套，元人 65 套、明人 138 套）。小令 306 首（南小令 109 首、北小令 189 首、南北小令 8 首，元人 85 首、明人 221 首）。按内容分为赠美、题赠、叙赠等 18 类，版画 24 幅
《南北词广韵选》	徐复祚	不详	散出	戏曲 散曲		六峡十九卷，按《中原音韵》十九韵目分卷，杂剧、传奇、南戏、散曲杂收
《大明天下春》	不详	不详	散出	戏曲 时调	上下栏为戏曲，中栏为俗曲时调	杂剧、南戏、传奇 44 种 96 出，存版画 31 幅
《古名家杂剧》	陈与郊	书林徐□□覆刻	全本	杂剧		元杂剧 42 种，明杂剧 23 种；分八集，以八音标题
《古今杂剧选》	息机子	现存脉望馆抄本和刊刻本	全本	杂剧	一栏九行	选录杂剧 30 种，元杂剧 26 种、明杂剧 4 种（现存 26 种，其中明杂剧 1 种）
《阳春奏》	黄正位	尊生馆校刊	全本	杂剧		杂剧 39 种，其中元杂剧 20 种（现存 13 种，其中明杂剧 11 种）
《顾曲斋元人杂剧选》	王伯良		全本	杂剧		陈与郊作序。残存 20 种，其中元杂剧 17 种
《元曲选》	臧晋叔	吴兴臧氏原刊	全本	杂剧	一栏九行	全书 10 集，以天干列次，每集 1 卷，每卷 1 剧，每集又分上下，10 集 20 部 100 卷 100 剧

续表1-1

选本	编者	刊者	属性	内容	版式	备注
《元明杂剧四种》	明□□辑	现存《古本戏曲丛刊》本	全本	杂剧	上小栏评点,下栏戏曲	存插图两幅。马致远《荐福碑》、白朴《梧桐雨》、乔吉《扬州梦》、明贾仲明《金童玉女》四种
《元明杂剧四种》	明陈□选辑	金陵陈氏继志斋刊本	全本	杂剧		马致远《荐福碑》、白朴《梧桐雨》、乔吉《金钱记》、明王九思《杜甫游春》四种
《童云野刻杂剧》			全本	杂剧		明杂剧4种,元杂剧16种
《北宫词纪》	陈所闻	陈氏继志斋	散出	散曲		6卷,先按题材分宴赏、祝贺、隐逸等类别,再按宫调排列
《万壑清音》	止云居士选辑,白雪山人校点	西爽堂	散出	戏曲	一栏十一行	8卷杂剧南戏传奇共39种68出,附有版画12幅
《南音三籁》	凌濛初	不详	散出	戏曲散曲	版式为一栏九行二十二字。栏上、曲尾时有眉批、尾批	分上、下2卷,以宫调为序,均为套曲,不收宾白,存版画16幅
《吴歈萃雅》	周之标	古吴章铺刊刻	散出	戏曲散曲	版式一栏九行,行二十二字	分4集,共4卷。元、亨2集收散曲,利、贞2集收戏曲,卷首附魏良辅《曲律》,附有插图12幅
《词林逸响》	许宇编辑	赵邦贤刊刻	散出	戏曲散曲	版式一栏九行,行二十二字	分4卷,风、花卷收散曲,雪、月卷收戏曲。曲文以宫调曲牌为序。附有插图12幅。卷首附有《曲律》
《增订珊珊集》	周之标	不详	散出	戏曲散曲	一栏十行	全书分文、行、忠、信四卷,前2卷收散曲,后2卷收戏曲。选本中小引云此选本是继《吴歈萃雅》而编
《太霞新奏》	冯梦龙	不详	散出	散曲	一栏八行	14卷。按宫调编排,前12卷为套数168套,后2卷小令154首。版画16附

续表 1-1

选本	编者	刊者	属性	内容	版式	备注
《乐府南音》	洞庭箫士选辑，湖南主人校点	不详	散出	戏曲散曲	一栏十行，行二十二字	全书分日、月 2 集，日集收戏曲，月集收散曲
《南宫词纪》	陈所闻	陈氏继志斋刊刻	散出	散曲		大都为南曲作品，卷一至卷三为套数，卷四至卷六为小令。先按题材分为美丽、闺怨、咏物等十余类，接着按宫调排列

关于明代中后期选本，按照选曲情况可分为以下三种：

一是南北曲兼收选本。这一时期南北曲兼收选本共 21 部，如《六合同春》《六十种曲》《绣刻演剧》等。这些选本并没有明确的南北曲分体意识，而且虽然选录北曲，但所占比重较小。许多选本仅仅收录北曲《西厢记》，其余皆为南戏与传奇。《群音类选》虽然有较为明确的曲体分辨意识，但分为官腔、诸腔、北腔、清腔，侧重于从声腔角度分类。《彩笔情辞》虽然南北曲兼收，但仅局限于散曲。

二是以北曲为主的选本。这一时期收录北曲作品的选本共 10 部。其中《古名家杂剧》《古今杂剧选》《阳春奏》《顾曲斋元人杂剧选》《元曲选》《童云野刻杂剧》《元明杂剧四种》（两种）为北曲杂剧全本选录本；《万壑清音》收录北曲杂剧及南戏、传奇中的北曲部分曲词；《北宫词纪》则收录北曲散曲作品。这些北曲选本有着较为强烈的"尊北抑南"的思想，往往"极诋南曲传奇而尊元曲"[1]，如《万壑清音》中所附听濑道人的叙将国家兴亡与南曲之盛衰相联系。在这种倾向的影响下，自万历以来北曲"衰而不亡"，在曲坛上形成了短暂的复兴思潮。

三是以南曲为主的选本。这一时期主要选录南曲的选本共七部，其中《南音三籁》《吴歈萃雅》《词林逸响》《增订珊珊集》《乐府南音》五部为剧曲、散曲兼收，《太霞新奏》《南宫词纪》两部仅收录散曲作品。这一时期南曲选本在曲文方面往往注重音律宫调，另外对辞藻要求较高，冯梦龙在《太霞新奏》中云"是选以调协韵严为主，二法既备，然后责其词之新

---

[1] 吴敢：《中国古代戏曲选本·剧本选集叙录》，《徐州教育学院学报》，1999 年第 2 期。

丽。若其芜秽庸淡,则又不得以调韵滥竽",且卷前还有沈璟《二郎神》散套代序,可见南曲选本深受"吴江派"格律思想的影响。

明代天启只有短短七年,所涉戏曲选本却达四部,分别是《万壑清音》《词林逸响》《彩笔情辞》《太霞新奏》。选本质量的提高是这一时期戏曲选本的一大特点,具体体现在以下两个方面:

一是曲文质量的提高。天启间四个选本在凡例中均先表达对时下"鄙俚可厌""讹谬相仍""腔板讹传妍媸不辨""传讹袭舛""悉取文人姓字妄配诸曲"曲坛乱象的不满,接着标明其"特访名家""俱系名家订定""悉宗正派,务使声律中于七始,而字字改订,不厌其详",且"细查中原音韵""多是从古本择改""按谱定板""不敢伪填"。此种表述虽然带有主观性,但在一定程度上说明这一时期的选本注重编选质量。即使是《万壑清音》这部选本,宾白与曲文兼收,宾白的收录往往会影响选本的曲文质量,但是编选者指出"选曲至今日极矣,然有选得稍备,失于无板,间有点板者,则又苦于无白。使玩之者茫然不知为何物,即有有白者,又多鄙俚可厌,亦在选中",表达了选者在选曲过程中对于宾白"多鄙俚可厌"现象的不满,以及对曲词与宾白的重视。这种看重宾白与曲词的曲学态度,对明末清初李渔"宾白"观念有一定的启发。

二是选本版式设计精美。这一时期戏曲选本版刻精良,并且配有较为精美的版画插图。这一时期的四种选本,"所刻刊本在文字校对、图画装饰等方面更胜一筹,成为坊刻戏曲中的善本"[①]。如《彩笔情辞》插图是天启四年(1624)刊本木质版画插图,十二幅,双面大版,对页连式,绘刻精工。连选本编选者张栩在序言中都称赞其"图画俱系名笔仿古,细摩词意,数日始成一幅。后觅良工,精密雕镂,神情绵邈,景物灿彰"。精美版画成为天启间戏曲选本的主要特点之一,使得这一时期的戏曲选本更具艺术价值。

三、天启间戏曲选本的南北曲编选

天启间的四种选本中,《太霞新奏》与《彩笔情辞》收录了散曲作品,《万壑清音》和《词林逸响》收录了剧曲作品。其中,《词林逸响》收录

---

① 廖华:《明代坊刻戏曲考述》,《山西师大学报(社会科学版)》,2014年第2期。

《琵琶记》《西厢记》《荆钗记》《白兔记》《金印记》等44部作品,《万壑清音》收录《负薪记》《青楼记》《八义记》《连环记》等39部作品。笔者结合作品的曲牌组合形式及人物角色差异,对天启间四种戏曲选本作品进行划分,详情见表1-2:

表1-2 天启间四种戏曲选本剧目统计

体裁	剧目	统计
南戏	《连环记》《草庐记》《绣球记》《千金记》《宝剑记》《三国记》《精忠记》《明珠记》《琵琶记》《荆钗记》《金印记》《牧羊记》《寻亲记》《投笔记》《还带记》《四节记》《罗囊记》《玩江楼记》《崔君瑞传》《幽闺记》《香囊记》《彩楼记》《五伦记》《龙泉记》《绣襦记》《玉玦记》《宝剑记》《南西厢记》《白兔记》	29种
传奇	《金貂记》《鸣凤记》《歌风记》《双红记》《昙花记》《鲛绡记》《题塔记》《焚香记》《义侠记》《浣纱记》《灌园记》《红梨记》《麒麟记》《长生记》《青楼记》《百花记》《红拂记》《八义记》《李丹记》《红梅记》《龙膏记》《蕉帕记》《还魂记》《樱桃记》《玉簪记》《玉合记》《祝发记》《葛衣记》《紫钗记》《红梨花记》《异梦记》《西楼记》《双雄记》《鸳鸯记》《种玉记》《节侠记》《花亭记》	37种
杂剧	《负薪记》《太和记》《西游记》《三藏取经》《不服老》《气张飞》《妆盒记》《西厢记》	8种

《万壑清音》编选者止云居士在凡例中指出,"曲盛于元,而北曲尤元人之长技。今则元人所作多不选入,大都取我国朝名家最善者辑而刻之"[①],可知选本收录的作品主要是明人所作"北曲",《词林逸响》则收录"大半用南,间附北曲之最传者"。这就使得两个选本选录的南北曲有所交叉与关联,两个选本涉及《西厢记》《浣纱记》《千金记》《明珠记》《焚香记》《彩楼记》《八义记》《还魂记》《灌园记》《红梨记》《宝剑记》《花亭记》12部重合剧目。南北曲选本虽然存在剧目重合,但选录内容存在较多差异,由此得以窥见南北曲在人物、题材、角色等诸多方面的差异性。

天启间戏曲选本在散曲收录方面较为全面,对南曲作品的选录在一定程度上反映了明后期南曲发展的进程与演变,其中《词林逸响》风、月两

---

① 止云居士:《万壑清音·凡例》,见王秋桂主编:《善本戏曲丛刊》,台湾学生书局,1987年版,第13页。

卷、《彩笔情辞》中南散套与南小令和《太霞新奏》共选录南散套353套、小令210首。这一时期的选本涉及广泛，视野开阔，除无名氏作品11套散曲、13首小令外，涉及作家87位，其中有元末明初散曲家高明、刘兑、李邦佑，有明代中期散曲家曹含斋、常楼居、陈大声、冯惟敏、沈青门、祝枝山、唐伯虎、王九思、杨慎、梁晨龙，还有明中后期散曲家沈璟、王伯良、龙子犹、卜大荒、史叔考、张叔周、陈荩卿。选本还收录了世不经见之作，如一代大儒王阳明所制散曲，《词林逸响》收录【甘州歌】"恬退"一套。再如文名几为书画所淹者王雅宜、陆包山、顾仲芳，著名出版商刘龙田等，他们的南曲作品亦被天启间戏曲选本收录。

收录北散曲作品的天启戏曲选本主要是《彩笔情辞》，共收北散曲104套、北小令189首，涉及汤舜民、关汉卿、张养浩等32位散曲作家。天启间戏曲选本中收录北曲以元人作品为主，涉及21位元代曲家，收录套数共63套、小令共87首。涉及明代嘉靖前的曲家陈大声、诚斋、杨慎、王九思、冯惟敏等8位，收录散曲共37套、小令共100首。嘉靖后期的北散曲作品则仅收录套数3套、小令2首，主要涉及冯延年、孙子真、倪公甫3位散曲作家。

就天启间戏曲选本选录作品而言，既有元人作品又有明人作品，既有南北合套又有集曲套曲、南北小令等。总之，这一时期的选本编选者视野开阔，广收博选，力求"广览以成续梓""遍觅笥稿"，曲学家选曲时亦力求遍阅前辈名公之作，较为全面地收录了两代曲学代表作，具有一定的历史价值。

第二节　《词林逸响》附《昆腔原始》检讨与南北曲体之同源异流

《昆腔原始》与嘉靖时期魏良辅作《南词引正》存在较大差异，然而依然具有重要的文献价值。天启前该文献有四个版本：嘉靖本《南词引正》、万历三十年（1602）《乐府红珊》本《曲律》、万历四十四年（1616）《吴歈萃雅》本《曲律》、天启三年（1623）《词林逸响》本《昆腔原始》。具体分析比较此文条目，不同时期流传的版本往往都是一改再改，可能已经离魏良辅本人原意相去甚远,但是,在这种版本流变中包含了重要的戏曲史信息。梳理其不同版本,有助于我们更加清晰地探究戏曲史发展过程中的南北曲之融合、昆山腔之改革、语音流变等相关辩题。

一、关于《昆腔原始》论曲的几个问题

《词林逸响》附录《昆腔原始》"似未见于他书",其为"延此数百年盛行于中国之乐艺,为改进国乐之参考,是亦区区之所厚望矣"。[①]《昆腔原始》是一部重要的关于南曲昆山腔改革的著作,主要涉及演唱、赏曲、昆山腔缘起、伴奏等方面内容,其中又以归正演唱法为主要内容,从发声、吐字、唱法、唱腔、板式、曲牌、伴奏等诸多方面分析南北曲差异,进而希望用北曲科学的以字声带行腔方法来引正南曲,去除南曲演唱中诸如苏州口音太浓的弊病等。

(一)《昆腔原始》与魏良辅《曲律》的版本

《昆腔原始》是明嘉靖时期魏良辅作《南词引正》之又一版本,此作品甫一出现便广为流传,在后世流传的版本主要有以下几种。

1. 1961年从路工同志所藏明玉峰(昆山)张广德编的《真迹日录·二集》中发现的文徵明抄本。其署名"娄江尚泉魏良辅《南词引正》",文末题有"毗陵吴昆麓校正"字样,并标有"金坛曹含斋嘉靖丁未(1547)"。此本现有钱南扬先生校注本,见于《戏剧报》(1961年第Z2期)。此版《南词引正》是现存最早的《曲律》版本,按钱南扬先生校注共20条。[②]

2. 万历三十年(1602)由秦淮墨客纪振伦选辑,金陵唐氏振吾广庆堂刊行的《新刊分类出像陶真选粹乐府红珊》卷首附刻,题曰"乐府红珊凡例二十条"。

[①] 龙榆生:《〈词林逸响〉述要》,《同声月刊》,1942年第三卷第二号。
[②] 对于此本《南词引正》,目前学界存在较大争议。比较有代表性的学者为刘有恒、汪诗佩。刘有恒先生编辑《昆曲史料声腔格律资料考略》(第二集)共收录53篇相关论文,关于《南词引正》真伪的论文达19篇,占三分之一。两位先生的基本观点是路工与赵万里1960年于江南访书时发现张丑《真迹日录》,但是其后赵万里将其伪作《南词引正》混入其中。本书姑且将两位先生的观点列出,未做相关辨析,并采用大多数学者的看法,认为《南词引正》为魏良辅所作。

3. 万历间①《乐府名词》，全称是《新镌汇选辨真昆山点板乐府名词》，题署为"新都鲍启心献荩甫校、岩镇书林周氏敬吾梓"，刻印者是徽州书商周敬吾，校正者是鲍启心（字献荩）。该选本卷首附录《曲条》，但是第一、二页残缺，仅存第三页，七条半文字。

4. 万历四十四年（1616）由宛瑜子周之标编选的《吴歈萃雅》卷首附刻，右上角标有"吴歈萃雅曲律，魏良辅曲律十八条"，每页九排，每排二十一字。

5. 天启三年（1623）许宇编辑的《词林逸响》收录魏良辅《曲律》，题为《昆腔原始》，共十七条。

6. 崇祯十年（1637）张琦编选的《吴骚合编》卷首附刻，题作《魏良辅曲律》，共十七条。

7. 崇祯十二年（1639）沈宠绥撰《度曲须知》，其中卷下引魏良辅之《曲律》，题为《曲律前言》，共十四条。

8. 近代刻本，如《曲苑》《重订曲苑》《读曲丛刊》《增补曲苑》等书均收录《曲律》，但是各本选录的《曲律》版本不同。

9. 《中国古典戏曲论著集成》第五册收录《曲律》，其中由傅惜华先生以《吴歈萃雅》本《曲律》为底本，参照明人许宇《词林逸响》卷首附刻本，互为校勘。

（二）天启前《曲律》各版本之流变

关于魏良辅《曲律》之版本流变，本书重点比对天启前的四个版本②：嘉靖间抄本《南词引正》、万历三十年（1602）《乐府红珊》本、万历四十四年（1616）《吴歈萃雅》本、天启三年（1623）《昆腔原始》。四个版本之间既有承袭，又有区别，四者涉及的《曲律》内容为 21 条。

---

① 据吴新雷先生考证，"《乐府名词》比《乐府红珊》晚出，但比《吴歈萃雅》早出"（《明刻本〈乐府红珊〉和〈乐府名词〉中的魏良辅曲论》，《南京师范大学文学院学报》，2005 年第 1 期）。而陈志勇《稀见明末戏曲选本四种考述》（《文化遗产》，2014 年第 1 期）又进一步指出："《乐府名词》所选戏曲，集中在万历二十六年（1598）之前的南戏、传奇作品。如梅鼎祚《玉合记》，据徐朔方《晚明曲家年谱》（第四卷）考证，撰讫于万历十四年八月，同年冬付梓。又如张凤翼最后一部传奇《祝发记》，撰于其六十岁，即万历十四年（1586）。据上，《乐府名词》编刻时间或在万历十五年（1587）之后不远的时间。"

② 这一时期的《曲律》本还有《乐府名词》附录本《曲条》，但因其为残本，仅存七条半，故未列入。

1. 四个版本中均出现的条目为 13 条，见表 1-3：

表 1-3　天启前四个版本《南词引正》共同涉及的内容比对

序号	《昆腔原始》	序号	《吴歈萃雅》本	序号	《乐府红珊》本	序号	《南词引正》
2	学曲先引发其声响，次辨别其字面，又次理正其腔调，不可混杂强记，以乱规格。如学【集贤宾】，只唱【集贤宾】；学【桂枝香】，只唱【桂枝香】，久久成熟，移宫换吕，自然贯串	2	初学先从引发其声响，次辨别其字面，又次理正其腔调，不可混杂强记，以乱规格。如学【集贤宾】，只唱【集贤宾】；学【桂枝香】，只唱【桂枝香】，久久成熟，移宫换吕，自然贯串	1	初学不可混杂多记，如学【集贤宾】，只唱【集贤宾】，学【桂枝香】，只唱【桂枝香】。移宫换吕，自然贯串	1	初学不可混杂多记，如学【集贤宾】，只唱【集贤宾】；学【桂枝香】，只唱【桂枝香】。如混唱别调，则乱规格。久久成熟，移宫换吕，自然贯串
3	五音以四声为主，四声既得其宜，则五音自立。平、上、去、入，务为考究，若苟且舛误，声调自乖，虽具绕梁，终不入彀。其或上声扭作平，去声混作入，交付不明，终落野狐，不成证果	3	五音以四声为主，四声不得其宜，则五音废矣。平、上、去、入，逐一考究，务得中正，如或苟且舛误，声调自乖，虽具绕梁，终不足取。其或上声扭作平，去声混作入，交付不明，皆做腔卖弄之故，知者辨之	12、13	12. 五音以四声为主，四声不得其宜，五音废矣。平、上、去、入，必要端正明白。有以平声唱作平声，去声唱作入声者，皆因做捏腔调故耳。 13. 四声皆实，字面不可泛泛。然又不可太实，太实则浊	10	五音以四声为主，但四声不得其宜，一音废矣。平、上、去、入，务要端正。有上声字扭入平声，去声唱作入声，皆作腔之故，宜速改之。《中州韵》词意高古，音韵精绝，诸词之纲领。切不可取便苟简，字字句句，须要唱理透彻
4	唱生曲，贵虚心玩味，如长腔虽要流活，不可太长，短腔固期简捷，却忌太短。至过腔接字，乃曲谱之关锁，其迟速不同，须稳重严肃，方无佛轶之病	4	生曲贵虚心玩味，如长腔要圆活流动，不可太长；短腔要简径找绝，不可太短。至如过腔接字，乃关锁之地，有迟速不同，要稳重严肃，如见大宾之状	3、7、8	3. 生曲要虚心玩味，到处模傲。不可自作主张，久之成癖，不能改矣 7. 长腔要圆活流动，不可太长，短腔要遒劲找捷，不可太轻 8. 过腔接字，乃关锁之介，最要得体。虽迟速不同，必要稳重严肃，如见大宾之状，不可扭捏弄巧	4、12、13	4. 词要细玩，虚心味之，未到处再精思。不可自作主张，终为后累 12. 长腔贵圆活，不可太长；短腔要遒劲，不可就短 13. 过腔接字，乃关琐之地，最要得体。有迟速不同，要稳重严肃，如见大宾之状，不可扭捏弄巧

第一章　晚明南北曲态势与戏曲选本刊刻 | 45

续表1-3

序号	《昆腔原始》	序号	《吴歈萃雅》本	序号	《乐府红珊》本	序号	《南词引正》
6	唱曲须分出曲名理趣，宋元人自有体式。如【玉芙蓉】【玉交枝】【玉山供】【不是路】，要驰骤。【针线箱】【黄莺儿】【江头金桂】，要规矩。【二郎神】【集贤宾】【月云高】【念奴娇序】【刷子序】，要抑扬。【扑灯蛾】【红绣鞋】【麻婆子】，虽疾而无腔，然而板眼自明，妙在下得匀净	6	曲要须唱出各样曲名理趣，宋元人自有体式。如【玉芙蓉】【玉交枝】【玉山供】【不是路】，要驰骤。【针线箱】【黄莺儿】【江头金桂】，要规矩。【二郎神】【集贤宾】【月云高】【念奴娇序】【刷子序】，要抑扬。【扑灯蛾】【红绣鞋】【麻婆子】，虽疾而无腔，然而板眼自在，妙在下得匀净	6	唱须要唱出各样牌名理趣，如【玉芙蓉】【玉交枝】【不是路】，要驰骋；如【针线箱】【黄莺儿】【江头金桂】，要规矩；如【二郎神】【集贤宾】【月云高】【本序】【刷子序】，要抑扬；如【扑灯蛾】【红绣鞋】【麻婆子】，虽疾而无腔有板，要下得匀净	11	唱曲俱要唱出各样曲名理趣，宋元人自有体式。如【玉芙蓉】【玉交枝】【玉山颓】【不是路】，俱要驰骋；如【针线箱】【黄莺儿】【江头金桂】，要规矩；如【二郎神】【集贤宾】【月云高】【本序】【刷子序】，要悠扬；如【灯扑蛾】【红绣鞋】【麻婆子】，虽疾而无腔有板，板要下得匀净，方好
7	双迭字，上两字，接上腔，下两字，稍离下腔。如【字字锦】："思思想想，心心念念"。又如【素带儿】："他生得齐齐整整，袅袅婷婷"之类。至单迭字，比双迭字不同，全在顿挫轻便。如【尾犯序】："一旦冷清清"之类，要抑扬。此中意味，非演绎不得	7	双迭字，上两字，接上腔，下两字，稍离下腔。如【字字锦】："思思想想，心心念念"。又如【素带儿】："他生得齐齐整整，袅袅婷婷"之类。至单迭字，比双迭字不同，全在顿挫轻便。如【尾犯序】："一旦冷清清"之类，要抑扬。于此演绎，方得意味	9、10	9.双迭字，上两字接上腔，下两字稍离下腔。如【字字锦】中"思思想想、心心念念"，【素带儿】中"他生得齐齐整整、袅袅婷婷"之类是也 10.单迭字，与双迭字不同，如"一旦冷清清"类，却要抑扬	7、8	7.双叠字，上两字接上腔，下两字稍杂下腔。如【字字锦】中"思思想想、心心念念"，又如【素带儿】中"它生得齐齐整整、袅袅婷婷"类。余仿此 8.单叠字又不比双叠字，如"冷冷清清"等，要抑扬
8	清唱，俗云"冷板凳"，不比登场演剧，借金鼓以藏拙，全要闲雅整肃，清俊温润。其有专于磨腔调，而板眼全疎；又有专事板眼，而腔调未审，二者交病，惟两工乃为上乘。或而面目红赤，喉间筋露，摇头顿足，起立不常，则贱矣。曲虽工，亦冥以为		清唱，俗语谓之"冷板凳"，不比戏场借锣鼓之势，全要闲雅整肃，清俊温润。其有专于磨拟腔调，而不顾板眼；又有专主板眼，而不审腔调，二者病则一般。惟腔与板两工者，乃为上乘。至如面上发红，喉间筋露，摇头摆足，起立不常，此自关人器品，虽无与于曲之工拙，然能成此，方为尽善	4	清唱谓之冷唱，不比戏曲。戏曲借锣鼓之助，有躲闪省力处，知者辨之	3	清唱谓之"冷唱"，不比戏曲。戏曲借锣鼓之势，有躲闪省力，知者辨之

续表 1-3

序号	《昆腔原始》	序号	《吴歈萃雅》本	序号	《乐府红珊》本	序号	《南词引正》
9	北曲遒劲,以弦索傅之。南曲宛转,以鼓板按之,各有不同,犹规矩之于方圆,其相资一也。故唱北曲而精于【呆骨朵】【村里迓鼓】【胡十八】,南曲而精于【二郎神】【香遍满】【集贤宾】【莺啼序】;如打破重关,余头头是道	10	北曲以遒劲为主,南曲以宛转为主,各有不同。至于北曲之弦索,南曲之鼓板,犹方圆之必资于规矩,其归重一也。故唱北曲而精于【呆骨朵】【村里迓鼓】【胡十八】,南曲而精于【二郎神】【香遍满】【集贤宾】【莺啼序】;如打破两重禅关,余皆迎刃而解矣	1	南曲要唱【二郎神】【香遍满】【集贤宾】【莺啼序】熟;北曲要唱【呆骨朵】【村里迓鼓】【胡十八】熟,犹如打破两重玄关也	16	南曲要唱【二郎神】【香遍满】与【集贤宾】熟,北曲唱得【呆骨朵】【村里迓鼓】【胡十八】精,如打破两重关也。亦有讹处,从权
10	北曲字多调促,促处见筋,故词情多而声情少。南曲字少调缓,缓处见眼,故词情少而声情多。北力在弦索,宜和歌,故气忌粗。南力在磨调,宜独奏,其气忌弱。若以弦索唱作磨调,南曲配入弦索,则方员枘凿之不相入,曲之魔矣	11	北曲与南曲,大相悬绝,有磨调、弦索调之分。北曲字多而调促,促处见筋,故词情多而声情少。南曲字少而调缓,缓处见眼,故词情少而声情多。北力在弦索,宜和歌,故气易粗。南力在磨调,宜独奏,故气易弱。近有弦索唱作磨调,又有南曲配入弦索,诚为方底圆盖,亦以坐中无周郎耳	2	北曲与南曲大相悬绝,唱无南字者佳。大抵南曲由北曲中来,变化不一;有磨调,有弦索调。近来有弦索调唱作磨调,又将南曲配入弦索,诚为圆凿方穿,亦犹座中无周郎耳	8	北曲与南曲大相悬绝,无南腔南字者佳,要顿挫。有数等,五方言语不一,有:中州调、冀州调。有磨调、弦索调,乃东坡所仿,偏于楚腔。唱北曲宗中州调者佳。伎人将南曲配入弦索,直为方底圆盖也。关汉卿云:"以小冀州调按拍传弦,最妙。"
11	曲有三绝:字清为一绝;腔纯为二绝;板正为三绝	12	曲有三绝:字清为一绝;腔纯为二绝;板正为三绝	5	唱有三绝:字清一绝,腔纯二绝,板正三绝	18	曲有三绝:字清为一绝,腔纯为二绝,板正为三绝 五音:宫、商、角、徵、羽。(俱要正,不宜偏侧) 四实:平、上、去、入(俱要着字,不可泛然;不可太实,则浊)
13	曲有五不可:高不可;低不可;重不可;轻不可;自作主张不可	14	曲有五不可:不可高;不可低;不可重;不可轻;不可自作主张	14	五不可:不可高,不可低,不可轻,不可重,不可自作聪明	19	五不可:不可高,不可低,不可重,不可轻,不可自作主张

续表1-3

序号	《昆腔原始》	序号	《吴歈萃雅》本	序号	《乐府红珊》本	序号	《南词引正》
14	曲有五难：开口难，出字难，过腔难，低难，转收入鼻音难	14	曲有五难：开口难，出字难，过腔难，低难，转收入鼻音难	14	四难：开口难，出字难，过腔难，低难高不难	18	五难：闭口难，过腔难，出字难，低难，高不难
15	曲有两不辨：不知音者，不与辨；不好者，不与辨	16	曲有两不辨：不知音者，不可与之辨；不好者，不可与之辨	16	两不辨：不知音者不与辨、不好音者不与辨	20	两不辨：不知音者，不可与之辨；不好者，不可与之辨
16	听曲不许一人喧哗，聆其吐字、板眼、过腔，始辨工拙。而喉音清亮，未足夸奇。必矩度既正，巧由熟生，天资功力，斯为两到	17	听曲不可喧哗，听其吐字、板眼、过腔得宜，方可辨其工拙。不可以喉音清亮，便为击节称赏。大抵矩度既正，巧由熟生，非假师传，实关天授	20	听曲要肃然雅静，不可喧哗，不可容俗人在旁混接一字。必听其唾字、板眼、过腔、轻重得宜，方可言好，不可因其喉音清亮而许可之也	15	听曲尤难，要肃然不可喧哗。听其唾字、板眼、过腔得宜，方妙。不可因其喉音清亮，就可言好

以《昆腔原始》标序为准，可将13条涉及内容分为以下四类。

第一，曲唱方法。第2、3、4、6、7、8条主要涉及的是唱曲方法，分别从发声、字面、腔调、曲牌、叠字、清唱等方面对不同情形的演唱技巧与方法进行了全面总结。关于此类内容，各个版本虽然亦存在差异，但仅是个别字面词语差异，并不影响整体文意。如《昆腔原始》云"长腔虽要流活"，其他版本则云"长腔要圆活流动""长腔贵圆活"，其大意并未发生改变。

第二，曲唱问题归纳。第11、13、14、15条涉及的是曲唱中的常见问题，如三绝、五难、五不可、两不辨等。关于此类内容，四个版本中差异最大的是《南词引正》还提出了"五音""四实"的问题，其余各本则均未提及。

第三，曲学接受问题。第16条主要强调在听曲的过程中要肃然的态度，以及如何通过吐字、板眼、过腔来赏曲。第11条主要关注的是曲唱者和赏曲者，且多为唱曲、听曲过程中的原则性问题。四个版本虽然具体遣词有所区别，但基本上保持大意一致。

第四，各版本在流变过程中变异较大，难以确定作者魏良辅之本意，难以辨明哪一种才更接近魏良辅之本意。关于此种情况，处理的基本原则是姑且遵从最早的版本，将《南词引正》内容作为魏氏之原意。关于第

9、10条,从《昆腔原始》和《吴歈萃雅》本看,这两条主要涉及南北曲之比较,主要分析了南北曲声情、衬字、风格等方面的区别。而《乐府红珊》本和《南词引正》此条则论说南北曲分别应唱熟的曲牌,主要涉及的依然是曲唱问题。《昆腔原始》第10条为《南词引正》第8条,《南词引正》则主要是论述北曲中的众多流派,以及对南曲配入弦索的基本观点与看法。而此条是魏良辅《曲律》各版本中变异最大的一条。

2. 四个版本中此有彼无的差别条目为8条,见表1-4:

表1-4 天启前四个版本《南词引正》此有彼无之差别条目比对表

序号	《昆腔原始》	序号	《吴歈萃雅》本	序号	《乐府红珊》本	序号	《南词引正》
1	曲必择声,沙喉响润,发于丹田,方能耐久。若起口拗劣,尖粗沉郁,非其质料矣,费力奚为	1	择具最难,声色岂能兼备。但得沙喉响润,发于丹田者,自能耐久。若发口拗劣,尖粗沉郁,自非质料,勿枉费力		无		—
12	曲有两不杂:南曲不杂北腔,北曲不杂南字	13	曲有两不杂:南曲不可杂北腔,北曲不可杂南字		无	20	两不杂:南曲不可杂北腔,北曲不可杂南字
17	丝竹管弦,原与声谐,故音律自有正调,箫管以尺工俪词曲,犹琴之勾剔以度诗歌也。倘不知探讨深微,强相应和,以音之高低凑曲,淆乱正声,徒为聒耳。陈可琴云:"箫有九不吹,不入调;非作家;唱不定;音不正;常换调;腔不满;字不足;成群唱;人不静,皆不可吹。"会此者可与谈曲	18	丝竹管弦,与人声本自谐合,故其音律自有正调,箫管以尺工俪词曲,犹琴之勾剔以度诗歌也。今人不知探讨其中义理,强相应和,以音之高而凑曲之高,以音之低而凑曲之低,反足淆乱正声之低,殊为聒耳。陈可琴云:"箫有九不吹,不入调;非作家;唱不定;音不正;常换调;腔不满;字不足;成群唱;人不静,皆不可吹。"正有鉴于此也		无		无

续表1-4

序号	《昆腔原始》	序号	《吴歈萃雅》本	序号	《乐府红珊》本	序号	《南词引正》
	无	9	《琵琶记》，乃高则诚所作，虽出于《拜月亭》之后，然自为曲祖，词意高古，音韵精绝，诸词之纲领，不宜取便苟且，须从头至尾，字字句句，须要透彻唱理，方为国工	18	初学必要将南《琵琶记》、北《西厢记》从头至尾熟读，一字不可放过，自然有得	14	将《伯喈》与《秋碧乐府》，从头至尾熟玩，一字不可放过。《伯喈》，乃高则诚所作。秋碧，姓陈氏
	无		无	17	士夫唱不比惯家，要恕。听字到、腔不到也罢，板眼正、腔不满也罢，取而已	9	士夫唱不比惯家，要恕。听字到腔不到也罢，板眼正腔不满也罢。意而已，不可求全
21	按元魏良辅，昆山州人。瞽而慧，以师旷自期。先为丝竹之音，巧绝一世，既则定曲腔点板，发古人未有之心思，海内宗之。度曲必称昆腔者，不忘其所自始也。相传有《曲律》，吴人成诵习焉。如海盐、弋阳、四平，皆奴隶矣。谨述如左		无		无	5	腔有数样，纷纭不类。各方风气所限，有：昆山、海盐、余姚、杭州、弋阳。自徽州、江西、福建俱作弋阳腔；永乐间，云贵二省皆作之；会唱者颇入耳。惟昆山为正声，乃唐玄宗时黄旛绰所传。元朝有顾坚者，虽离昆山三十里居千墩，精于南辞，善作古赋。扩廓帖木儿闻其善歌，屡招不屈。与杨铁笛、顾阿瑛、倪元镇为友。自号风月散人。其著有《陶真野集》十卷、《风月散人乐府》八卷行于世。善发南曲之奥，故国初有昆山腔之称

续表 1-4

序号	《昆腔原始》	序号	《吴歈萃雅》本	序号	《乐府红珊》本	序号	《南词引正》
	无		无		无	17	苏人惯多唇音，如冰、明、娉、清、亭（之）类。松人病齿音，如知、之、至、使之类；又多撮口字，如朱、如、书、厨、徐、胥。此土音一时不能除去，须平旦气清时渐改之。如改不去，与能歌者讲之，自然化矣。殊方亦然
	无		无		无	4	词要细玩，虚心昧之，未到处再精思。不可自作主张，终为后累

分析整理魏良辅《曲律》各版本中"此有彼无"条目，可以分为以下几种情形：

(1)《昆腔原始》与《吴歈萃雅》本的第1条、第17条是其他两本没有的。第1条涉及的仍是演唱之发声方法。第17条涉及的是昆山腔丝竹管弦与唱腔的配合，即伴奏问题。

(2)《乐府红珊》本和《南词引正》均有，其他两本均无之条目1条，主要论述士大夫唱曲的态度，魏氏认为"士夫唱不比惯家，要恕。听字到、腔不到也罢，板眼正、腔不满也罢，意（趣）而已"，但是后两本均未提及。

(3)《乐府红珊》本无，其他三本皆有之条目1条，主要论述曲唱中的"两不杂"问题，三个版本此条较为一致，均云及"南曲不可杂北腔；北曲不可杂南字"。

(4)《昆腔原始》无，其他三本皆有之条目1条，主要论述初学者应该具体学习的曲目。但是三个版本具体指定篇目并不一致，《南词引正》云及要学习《琵琶记》《秋碧乐府》，《乐府红珊》本云及要学习《琵琶记》和北《西厢记》，而《吴歈萃雅》本云及要学习《琵琶记》。

(5)《南词引正》和《昆腔原始》均有，其他版本均无之条目1条。

此条《南词引正》为第 5 条，主要叙述了元末明初顾坚、顾瑛等人的昆山曲唱活动，以及昆山、弋阳、海盐、余姚四大声腔流传概况。《昆腔原始》则正文前附魏良辅之小传，并简要说明海盐腔、弋阳腔、四平腔与昆山腔的关系。

（6）独《南词引正》有，其他三本皆无之条目 2 条。《南词引正》第 17 条主要论述昆山腔演唱过程中苏州口音的问题，魏氏认为虽然"此土音一时不能除去"，但是"须平旦气清时渐改之"。《南词引正》第 4 条主要讨论如何习词，认为"词要细玩，虚心味之"，而"不可自作主张"。

可以发现，四个版本之《曲律》应该是同出一源，皆出自《南词引正》。但是，各版本之间具体各条又存在差异，通过对其中差别的分析，可以看出嘉靖本《南词引正》、万历三十年（1602）《乐府红珊》本较为接近，而万历四十四年（1616）《吴歈萃雅》本与天启三年（1623）《昆腔原始》较为接近。前两本距离魏良辅生活时代较接近，更为接近魏良辅之原意；后两者虽距魏良辅之本意较远，但其中融入了王伯良、王世贞等人关于南北曲风格比较的曲学思想，反映出明代中后期尤其是万历后期至天启年间曲学思想的嬗变。

二、南曲与北曲之曲体同源异流

南北曲之分野虽由来已久，早在宋代便已初现端倪，经历金元，到明代分野达到顶峰，不仅涉及地域、时代的区分，更涉南北曲曲体的区分。虽然区分越来越深入，但不可否认的是，二者实际上同源异流，"譬之同一师承，而顿、渐分教；俱为国臣，而文、武异科"。至明万历、天启年间，南北曲各自特色泾渭分明，在这种分野中更加清晰地显现出彼此之优劣，在一定程度上促进了南北曲之相互融合借鉴，双向渗透。

（一）南曲之渊源

南曲渊源已久，早在宋代文人的诗歌中便已经记载了其演出情况，如陆游诗云："斜阳古柳赵家庄，负鼓盲翁正作场。死后是非谁管得，满村听说蔡中郎。"[①] 其中，满村听说之"蔡中郎"，应当就是指早期南戏剧目

---

① 陆游：《小舟游近村舍舟步归》（其一），《剑南诗稿》卷三十三。

"赵五娘与蔡伯喈"的故事。然而"南曲"一词在元明早期文献中并不常见，往往提及的是"南曲戏文""戏文""俳优戏文""南戏"等。

1. 钟嗣成《录鬼簿》

方今才人相知者，纪其姓名行实并所编，凡古文俱噪栝为南曲①，街市盛行，又有南曲戏文。②

2. 周德清《中原音韵》

南宋都杭，吴兴与切邻，故其戏文如《乐昌分镜》等类，唱念呼吸，皆如约韵。③

3. 刘一清《钱塘遗事》

贾似道少时佻挞尤甚，自入相后犹微服闲行，或饮于妓家，至戊辰己巳间，王焕戏文甚行于都下，始自太学有黄可道者为之。④

4. 叶子奇《草木子》

俳优戏文，始于《王魁》，永嘉人作之。识者曰：若见永嘉人作相，国当亡。及宋将亡，乃永嘉陈宜中作相。其后元朝南戏盛行，及当乱，北院本特盛，南戏遂绝。案宋官本杂剧中，有《王魁三乡题》，其翻为戏文，不知始于何时，要在宋亡前百数十年间。至以戏文为永嘉人所作，亦非无据。⑤

5. 徐渭《南词叙录》

南戏始于宋光宗朝，永嘉人所作《赵贞女》《王魁》二种实首之。⑥

6. 祝允明《猥谈》

南戏出于宣和之后，南渡之际，谓之温州杂剧。予见旧牒，其时有赵闳夫榜禁，颇述名目，如《赵真女蔡二郎》等，亦不甚多。⑦

---

① 天一阁本作"凡古人俱噪栝为南曲"。
② 天一阁本作"又有南戏文"。
③ 周德清：《中原音韵》，见《中国古典戏曲论著集成》（一），中国戏剧出版社，1959年版，第219页。
④ 《景印文渊阁四库全书·史部》第166册《杂史类》，台湾商务印书馆，1983年版，第408页。
⑤ 《历代史料笔记丛刊·草木子》，中华书局，1997年版，第83页。
⑥ 《中国古典戏曲论著集成》（三），中国戏剧出版社，1959年版，第239页。
⑦ 《续修四库全书》1192册卷46《续说郛》，上海古籍出版社，2002年版，第365页。

通过对上述几则材料的梳理，可以看出：其一，"南曲""戏文""南曲戏文""南戏""温州杂剧""俳优戏"这几个词，虽然称谓繁简不同，但实际含义并无太大差别。钱南扬先生亦认为其"含义是一样的"，"温州杂剧、永嘉杂剧是以地名来称呼南戏的，其含义是相同的"。其二，既然区别称之，当是别有深意，是地域性的区分。"温州杂剧，永嘉杂剧含义相同，是宋南渡之际，戏文传入杂剧流行地杭州，为区别于宋杂剧，才冠以地名以区别。"而"南曲戏文""南戏"前之所以加"南"字，是"为了要别于北杂剧"。① 其三，除了地域性区分，亦有时代先后之区分。北曲杂剧相比南戏起源较晚，其源生之前称为"戏文"，源生之后则与南戏区分而称。通过这种称谓的变化，我们亦可推究出南北曲的源起时段。

（二）北曲之渊源

"北曲"一词源起稍迟于南曲，在早期文献中很少涉及，直至元末明初相关文献中才开始出现。

1. 钟嗣成《录鬼簿》卷上"前辈已死名公，有乐府行于世者"，"董解元"条下云：

金章宗（1168—1208）时人，以其创始，故列诸首。②

2. 陶宗仪《辍耕录》卷25"院本"名目下载：

唐有传奇，宋有戏曲唱诨词说，金有院本杂剧诸宫调。院本杂剧，其实一也。国朝院本杂剧始厘而二之。

《辍耕录》卷27"杂剧曲名"条目下云：

金季国初，乐府犹宋词之流，传奇犹宋戏曲之变，世传谓之杂剧。金章宗时，董解元所编《西厢记》，世代未远，尚罕有人能解之者，况今杂剧中曲调之冗乎？③

3. 徐士荣《新街曲》

东街南曲声婉扬，西街北曲声激昂。佳人唱曲不下楼，楼下白马

---

① 钱南扬：《戏文概论》，上海古籍出版社，1981年版，第1—3页。
② 钟嗣成：《录鬼簿》，见《中国古典戏曲论著集成》（二），中国戏剧出版社，1959年版，第103页。
③ 陶宗仪：《南村辍耕录》，见《元明史料笔记丛刊》，中华书局，1997年版，第306、332页。

青丝缰。①

北曲杂剧起源于金院本,而金院本与宋杂剧并无太大区别,所区分者是演出人员由宫廷伶优转为民间"行院人家",所以易名为"院本"。而"院本快速注入民间鲜活生命力,发展出以市井口语为名称的新剧种,有'院幺'与'幺末'两种"②,"院幺"则是"改副净主演之滑稽诙谐为末色主唱之北曲套数","幺末""朗末""撇末""撇朗末"等异名同实的剧体皆衍生于"院幺"。金元易代之际,"幺末"则又取"杂剧"而代之。北曲杂剧又以董解元之《西厢记》为最佳。北曲杂剧缘起时存在诸多称谓,是由于演出主体或者环境的变化而加以区分的。

通过对早期戏曲文献中"南曲""北曲"源起的梳理,可知宋室南渡之后,北宋杂剧传入杭州地区,为区别于宋杂剧才冠以地名,如温州杂剧、永嘉杂剧。而金元之际,北方杂剧兴起,北曲渐盛,为区别于北杂剧,则称南方盛行的杂剧为"南曲戏文""南戏"。总之,无论是"北曲杂剧"还是"南曲戏文",其早期体制有无区别,由于文献遗失已无从考证,直至元末明初徐士荣之"东街南曲声婉扬,西街北曲声激昂""曲分南北",南北之别才逐渐开始由地域时代划分转向风格、板式、腔调等方面的划分。

(三)"南北曲"曲体之分野

万历、天启年间,随着南曲的崛兴与发展,南曲宫调体系不断完善,并在一定程度上产生了北曲趋势。通过对南曲相关概念的梳理,发现实际上南曲"曲体"在不断完善。如南曲"昆山腔"亦被称为"水磨腔",指"明嘉、隆年间以魏良辅为领袖的音乐家们据已有的'剧曲'昆山腔加以改革而创新的新腔"③,而到万历后期、天启间逐渐有了"昆曲"与"时曲""时调""水磨调""冷板调"之称。昆山腔之"腔"主要是针对"声腔"而言的,"腔是一个大概念",随着"昆山腔的曲体指义增强",遂有了"昆曲""时曲""时调"等概念。④ 由此看来,天启间《昆腔原始》第

---

① 徐士荣:《新街曲》,见赖良:《大雅集》(卷二),清文渊阁四库全书本,第7页。
② 曾永义:《戏曲源流新论》,文化艺术出版社,2001年版,第112页。
③ 徐宏图:《"昆山腔"源流新证》,《戏曲艺术》,2013年第1期。
④ 俞为民:《昆山腔的产生与流变考论》,《南京大学学报(人文社会科学版)》,2004年第1期。

10条变化，亦反映出南北曲曲体之分野的形成，见表1-5的统计：

表1-5　天启前四个版本《南词引正》关于"南北曲"论述比对

序号	《昆腔原始》	序号	《吴歈萃雅》本	序号	《乐府红珊》本	序号	《南词引正》
10	北字多而调促，促处见筋，故词情多而声情少。南曲字少调缓，缓处见眼，故词情少而声情多。北力在弦索，宜和歌，故气忌粗。南力在磨调，宜独奏，其气忌弱。若以弦索唱作磨调，南曲配入弦索，则方员枘凿之不相入，曲之魔矣	11	北曲与南曲大相悬绝，有磨调、弦索调之分。北曲字多而调促，促处见筋，故词情多而声情少。南曲字少调缓，缓处见眼，故词情少而声情多。北力在弦索，宜和歌，故气易粗。南力在磨调，宜独奏，故气易弱。近有弦索唱作磨调，又有南曲配入弦索，诚为方底圆盖，亦以坐中无周郎耳	2	北曲与南曲大相悬绝，唱无南字者佳。大抵南曲由北曲中来，变化不一；有磨调，有弦索调。近来有弦索调唱作磨调，又将南曲配入弦索，诚为圆凿方穿，亦犹座中无周郎耳	8	北曲与南曲大相悬绝，无南腔南字者佳，要顿挫。有数等，五方言语不一，有：中州调、冀州调。有磨调、弦索调，乃东坡所仿，偏于楚腔。唱北曲宗中州调者佳。伎人将南曲配弦索，直为方底圆盖也。关汉卿云："以小冀州调按拍传弦，最妙。"

《南词引正》此条为第8条，然而后世各版本在流传中对原作大加删改，距离魏良辅之原意愈来愈远。魏氏之本意主要是就北曲而言，认为"南曲与北曲大相悬绝"，所以在北曲演唱中"无南腔南字者佳，要顿挫"，接着讨论了北曲之"中州调与冀州调""弦索调与磨调"及其流变"楚腔"等诸多流派，认为"小冀州调"最妙，并且认为"伎人将南曲配弦索"的行为是"方底圆盖"，是不合理的。此说正确与否姑且不论，但是此条在后世各版本中的变化愈来愈大。首先是《乐府红珊》本加入"大抵南曲由北曲中来，变化不一；有磨调，有弦索调"，如此则误导后世认为北曲即为"弦索调"，而南曲即为"水磨调"。虽然后半句"近来有弦索调唱作磨调，又将南曲配入弦索，诚为圆凿方穿"，看似契合原意，实则距离原意已远。而《吴歈萃雅》本首句作"北曲与南曲大相悬绝，有磨调、弦索调之分"，显然承接了《乐府红珊》本之文意，下文则插入王世贞《曲藻》"北字多而调促，促处见筋"一段。"近有弦索唱作磨调，又有南曲配入弦索，诚为方底圆盖……"《昆腔原始》更把《南词引正》首两句"北曲与南曲大相悬绝"也删去，直接以王世贞《曲藻》"北字多而调促，促处见筋"展开。从万历三十年（1602）《乐府红珊》本始，此条在逐渐加强南

北曲之区分，至天启间《昆腔原始》则已经去魏良辅《南词引正》之本意甚远，变为直接讨论南北曲曲体分别的条目。这和万历以来南北曲之曲体区分日渐清晰有着密切的关系，如：

> 凡曲：北字多而调促，促处见筋；南字少而调缓，缓处见眼。北则辞情多而声情少，南则辞情少而声情多。北力在弦，南力在板。北宜和歌，南宜独奏。北气易粗，南气易弱。此吾论曲三昧语。[①]

此段文字是王世贞《曲藻》中关于北曲与南曲区分的重要论断，分别从字词、词情、音乐、气格等多方面对南北曲进行了区分。万历四十四年（1616）《吴歈萃雅》本《曲律》第11条、天启三年（1623）《昆腔原始》第10条分别引入，此外胡震亨《唐音癸签》、王骥德《曲律》亦引用了王世贞此段话。王骥德还借用康海之言，云"南词主激越，其变也为流丽；北曲主慷慨，其变也为朴实。惟朴实故声有矩度而难借，惟流丽故唱得宛转而易调"，可见南北曲曲体区分之盛行。《昆腔原始》第9条与《南词引正》相比，原意亦发生变化，最突出的是《昆腔原始》此条句首插入"北曲遒劲，以弦索傅之，南曲宛转，以鼓板按之，各有不同"的内容，亦是从风格与配乐的角度对南北曲进行比较的。此外，这一时期的戏曲选本含有明确的辨体意识，如《太霞新奏》中冯梦龙于王骥德《越王台吊古》后批注云：

> 入声派平上去三韵，在北曲用三声者则然。曲仍有四声自不得借北韵而废入声一韵也。如皆来韵时，曲每以容色等字押上，额墨等字押去。使周郎听之，有不笑为两头蛮者乎，伯良此曲绝不借北韵一字，可以为法。

冯梦龙此处之意是说，南曲分四声，北曲只有三声，因此南曲在创作中往往受北曲之牵制，如"皆来韵时，曲每以容色等字押上，额墨等字押去"，借北韵而押南曲，而为人所耻笑。其强调的是在南曲创作中要坚守南曲之韵，而不能为北韵所牵制。其于沈子勺《闺情》（翻北词）后云"此套萃雅三借作杨斗望，吴骚又借作李日华，余特为表而出之，翻北曲

[①] 王世贞：《曲藻》，见《中国古典戏曲论著集成》（四），中国戏剧出版社，1959年版，第27页。

故每借北韵，然非南曲之体也"①，这亦表明其对南曲创作中翻北曲、借北韵之情形的不满。南曲有南曲之韵律，不能因翻作北曲而失南曲之体。这种从韵律角度明辨南北曲之曲体，与晚明南北曲曲体分野的背景相关。

万历以来对曲目的南北区分也和南北曲曲体的区分相关，如《词林逸响》收录《千金记·月下追信》一折，明确标曰"北追"，《纳书楹曲谱》正卷卷二收录《唐三藏西天取经·诸侯饯别》一折，标曰"北饯"。"北追""北饯"何以加"北"，"北"意有所指，当指什么？通过对两剧目的分析发现，其用曲牌主要为北曲曲牌，因此可以推断此处之"北"主要指"北曲"，那么为何要强调此处"北曲"之意呢？笔者认为有两方面原因：一是由于南曲盛行，北曲发展相对衰弱，在南曲的冲击下，选本有意凸显其"北"，表现出对北曲的坚守；二是由于南北曲曲体分野，南曲、北曲皆有同题材的作品，加"南""北"则可以明确区分。此外，还有一些作品名称未明确区别南北，这种"一剧多名"现象和南北之区分可能相关。如《万壑清音》卷二选录《绣球记·夫妇团圆》一折，经文献比对发现，该剧改编自南戏《破窑记》和《绣楼记》，而之所以标作"绣球记"，笔者推测是为了和南曲作品相区别。再如《妆盒记·拷问承玉》一折，曲文主要采用元杂剧《金水桥陈琳抱妆盒》第三折，而宾白则采用传奇《金丸记》，其标作"妆盒记"，亦是为了和南曲《金丸记》相区别。在这种时代风气的影响下，天启间的戏曲选本关于南北曲目之区分日渐清晰。如万历早期选本胡文焕《群音类选》分"官腔类""北腔类""清腔类""诸腔类"四大类，再如《新镌出像点板怡春锦曲》分"幽期写照礼集""南音独步乐集""名流清剧射集""弦索元音御集""新词清赏书集""弋阳雅调数集"六类，其中"南音独步"虽然涉及南北曲之区分，但其界定并不清晰，而到万历晚期逐渐出现了《南宫词纪》《北宫词纪》《南音三籁》②《吴歈萃雅》等南北分明的戏曲选本。天启间的四个选本虽然具体选曲标准各不相同，但其内在南北曲曲体之分野是非常清晰的。

为什么在万历后期至天启间较为集中地出现这种从风格、辞情、音乐

---

① 冯梦龙：《太霞新奏》，见王秋桂主编：《善本戏曲丛刊》，台湾学生书局，1987年版，第608页。

② 其具体刊刻年代不确定，据程华平先生《明清传奇编年史稿》考订其时间为1616—1626年。

等角度探讨南北曲之区别的理论呢？其根本原因是至明代中后期，南曲体制在仿制北曲的基础上形成，虽然因此认为南曲源于北曲未必准确，但是不可否认北曲对于南曲体制的成熟能起到重要的参照。而在南北曲之双向比对过程中，两者辞情、版式、声律等诸多方面的区分亦逐渐清晰，区分南北曲体虽然使得南北曲各自之特色泾渭分明，但更重要的是南北曲在这种分野中更加清晰地显现出彼此之优劣，从而在一定程度上促进了南北曲之相互融合借鉴，双向渗透。作为一部重要的南曲著作，《南词引正》亦为这种时代曲学发展潮流所裹挟，其在流变中距魏良辅之本意甚远，但也折射出晚明以来曲学思想之流变对于明代中后期的曲学史、戏曲史的研究有重要意义。

（四）南北曲与词

南北曲之分野在明代达到顶峰，不仅涉及地域、时代的区分，还涉及南北曲曲体的区分。虽然二者之区分越来越深入，但实际上同源异流，二者"譬之同一师承，而顿、渐分教；俱为国臣，而文、武异科"①，南北曲皆承词变而来，其体裁主要继承了词体。王国维、任二北、羊春秋、罗锦堂等学者研究曲时，皆将源头指向"唐曲""鼓子词"等。王国维《宋元戏曲史》分析北曲杂剧335章所用曲，出于大曲者11种，出于唐宋词者74种，出于诸宫调各曲者29种。而南曲543章用曲，出于大曲者25种，出于唐宋词者190种，出于金诸宫调者13种，出于南宋唱赚者10种，出于元杂剧15种。由此可知南北曲与词关系之密切。结合诸家之说，可以推断由词到曲的大致演变情况，如图1-1所示：

---

① 王骥德：《曲律》，《中国古典戏曲论著集成》（四），中国戏剧出版社，1959年版，第57页。

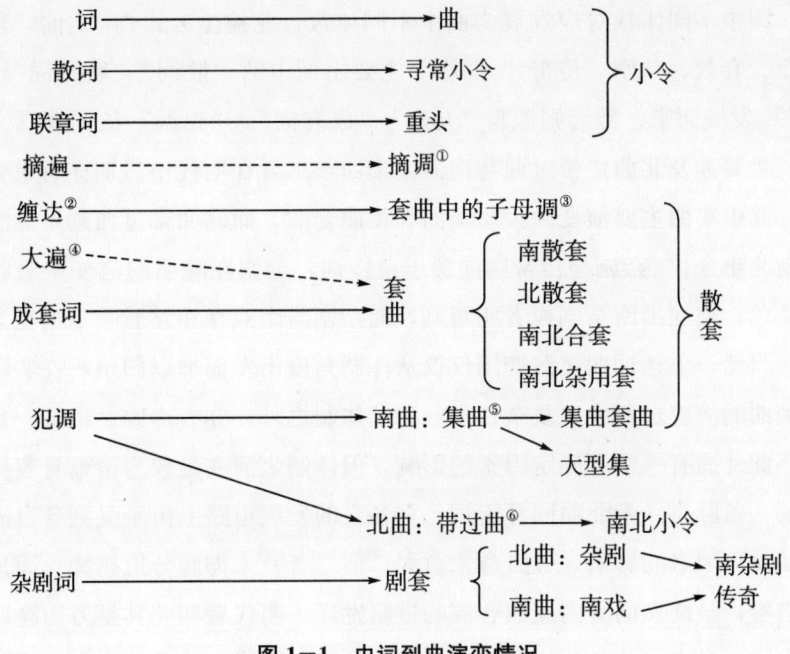

第一章　晚明南北曲态势与戏曲选本刊刻 | 59

```
词 ─────────────→ 曲           ┐
散词 ────────────→ 寻常小令     ├ 小令
联章词 ───────────→ 重头         ┘
摘遍 - - - - - - - →摘调①
缠达② ───────────→ 套曲中的子母调③
大遍④ - - ┐                    ┌ 南散套 ┐
         ├──→ 套曲 ┤ 北散套 ├ 散套
成套词 ────┘                    │ 南北合套 │
                               └ 南北杂用套 ┘
犯调 ────────────→ 南曲：集曲⑤ ──→ 集曲套曲
                                 ↘ 大型集
                 → 北曲：带过曲⑥ ──→ 南北小令
杂剧词 ──────────→ 剧套 ┤ 北曲：杂剧 ──→ 南杂剧
                       └ 南曲：南戏 ──→ 传奇
```

图 1-1　由词到曲演变情况

---

① 汪经昌《曲学例释》（卷二）第 36 页云："至于摘调小令，原系联套曲牌，或以声律优美，或以词章清丽，而为曲家采撷，从套曲内摘出单唱，传咏既久，亦视同小令，特以入套为主耳。"

② 又称"转踏"或"缠踏"，为古代踏歌式的歌舞小戏。最早有本事可考的为北齐民歌《踏摇娘》。吴梅在《中国戏曲史》（江西教育出版社，2014 年版，第 31 页）中说："其歌舞相兼者，则谓之传踏。"（曾慥《乐府雅词》卷上），亦谓之"转踏"（王灼《碧鸡漫志》卷三），亦谓之"缠达"（《梦梁录》卷二十）。北宋之转踏，恒以一曲连续歌之。每一首咏一事，共若干首则咏若干事。然亦有合若干首而咏一事者。《碧鸡漫志》（卷三）谓石曼卿作《拂霓裳转踏》，述开元天宝遗事。宋至汴宋之末，则其体渐变。《梦梁录》（卷二十）："在京时，只有缠令缠达，有引子尾声为缠令，引子后只有两腔迎互循环，间有缠达。"此缠达之音，与传踏同，其为一物无疑也。

③ 后世散曲中其曲牌组合基本形式为：A+B+A+B……或为 A+B+C+A+B+C……或为 A+B+A+C+A+D……

④ 亦称"法曲""曲破""大曲"，对北曲套数之形成有先驱作用。所谓"大曲"是指由数支曲段组成的具有完整结构的长而复杂的乐曲。

⑤ 任中敏：撷取各调之零碎句法相连续，而另为定一新名。自南曲由原音而渐至昆腔，传奇家于全部传奇之数十回中，不欲复用同调，始称当行，于是此等集曲乃盛行。

⑥ 北曲之犯调除带过曲外，还有借宫、南北相犯问题，但笔者认为借宫涉及的是宫调范畴，南北相犯涉及的是声腔问题，与曲辞之体式没有较大关联，故此处不提。曾永义先生则罗列"南北相带""北带北""南带南"三种，但本书从选本角度出发，认为"南北小令"属于"南带南"和"集曲"交互发展下所产生的新的词体形式，故此处暂列。

词中不同体裁对应发展为曲中不同体裁，龙榆生云："南北曲，包括小令、套数、杂剧、传奇。"而小令主要由词中的"散词""联章词""摘遍"[①]发展而来。散套则源自"大遍""成套词"。"犯调"从词体意义而言，主要涉及北曲之带过曲与南曲之集曲，二者在明代中后期亦有重要发展，其中集曲主要演变为大型集曲和集曲套曲，而北曲带过曲则可能演变为南北小令。[②]杂剧与传奇则同源于杂剧词，杂剧在晚明的流变中吸收南戏特色，演变出南杂剧或者叫短剧，而杂剧与南戏在相互影响下演变为传奇。当然，上述词曲之演变图仅仅从体制角度出发而加以归纳，在实际由词到曲的演变过程中要复杂得多。除了体制之外，亦有声腔、语音、音乐等，此外尚有一些不确定因素的影响，但体制之演变是较为清晰且容易把握的一条脉络。南北曲同源于词，在各自的发展道路上由于受到各自流传地域文化因素的影响，分野愈来愈大，但二者并未彻底分道扬镳，而是相互借鉴，最终又向着南北曲合流的道路发展。明代后期尤其是万历晚期至天启间，是南北曲由分到合的重要过渡阶段，通过对戏曲选本中南北曲体之演变的分析，可以窥见南北曲交相融合的演进过程，从而明晰曲学发展史，把握其发展过程中的内在规律。

第三节　晚明南曲诸腔纷争与北曲兴衰

明代后期，南曲剧坛呈现出一种欣欣向荣的繁茂景象。"弋阳腔、昆山腔、余姚腔、海盐腔"此消彼长，而又不局限于此四种声腔，"青阳腔、徽州腔、四平腔、太平腔"等其他诸多声腔亦蓄势待发，诸腔轮番登场，一派"百花齐放"之象。万历、天启、崇祯年间戏曲选本在一定程度上亦反映出诸腔纷争现象。北曲之衰落与复兴折射出一个时代的文学理想和曲学趣味，对于促进中国戏曲文学的发展、曲学的成熟繁荣有着重要意义。

[①] 关于"摘遍"与"小令"，二者之间并不一定就是"摘遍"演变为"小令"，亦有未演变的情况。

[②] 关于南北小令实例，可见《彩笔情辞》选录八首，主要分两种情况，其中一种由南北两支曲牌组合而成，形式类似于集曲，但是笔者认为其与带过曲更为接近，因为南北小令之两支曲牌句式要求相近，更类似于带过曲之产物。

一、南曲诸腔之纷争

明代中后期的戏曲舞台主要有南曲"四大声腔"与"五大声腔"之说。四大声腔可谓由来已久,早在嘉靖五年(1526),祝允明便于《猥谈》中云:"自国初以来,公私尚用优伶供事。数十年来,所谓'南戏'盛行,更为无端,于是,声乐大乱……盖已略无音律、腔调,愚人蠢工,徇意更变,妄名'余姚腔'、'海盐腔'、'弋阳腔'、'昆山腔'之类——交易喉舌,趁逐抑扬,杜撰百端——真胡说也。若以被之管弦,必致失笑。"①祝允明的这段文字虽然对民间出现的四大声腔演唱情况表现出极大不满,但也为四大声腔的存在提供了文献依据。此外嘉靖后期的抄本《南词引正》第五条云"腔有数样,纷纭不类。各方风气所限,有:昆山、海盐、余姚、杭州、弋阳"②,提到了"昆山、海盐、余姚、杭州、弋阳"五种声腔。而天启三年(1623)之《词林逸响》卷首附录《昆腔原始》则云"度曲必称昆腔者,不忘其所自始也。相传有《曲律》,吴人成诵习焉。如海盐、弋阳、四平,皆奴隶矣"③,则提及"昆山腔、海盐腔、弋阳腔、四平腔"。沈宠绥在谈及万历间戏曲声腔时云:"腔则有海盐、义乌、弋阳、青阳、四平、乐平、太平之殊。"王骥德在《曲律》中亦云:"数十年来,又有弋阳、义乌、青阳、徽州、乐平诸腔之出,乐平诸腔之出。今则石台、太平梨园几遍天下,苏州不能与角十之二三。"明代后期相关作品如《曲律》《度曲须知》等均未提及四大声腔"余姚腔",可见其已消逝。总之,明后很长一段时间内,南曲的曲坛呈现出各种声腔此消彼长、纷争互融的局面。

(一)弋阳腔

弋阳腔,是嘉靖至万历间流播最远的一种声腔。《南词引正》第五条云:"自徽州、江西、福建俱作弋阳腔;永乐(1403—1424)间,云贵二

---

① 祝允明:《猥谈》,《续修四库全书》1192册卷四十六《续说郛》,上海古籍出版社,2002年版,第365页。
② 今人于张广德所编《真迹日录·二集》中,发现有文徵明写本"娄江尚泉魏良辅《南词引正》",下题"毗陵吴昆麓较正",末有金坛曹含斋嘉靖二十六年(1547)叙。现有钱南扬先生校注本(《戏剧报》,1961年第Z2期)。
③ 许宇:《词林逸响》,天启三年(1623)刊刻,台湾学生书局,1987年影印版,第13页。

省皆作之；会唱者颇入耳。"而徐渭《南词叙录》则云："今唱家称'弋阳腔'，则出于江西，两京、湖南、闽、广用之。"由此可见弋阳腔流传范围之广。《六十种曲·鸾镲记》第 22 出介绍了"弋阳腔""滚调"唱法代替昆山腔的情形：

> （丑）他们都是昆山腔板，觉道冷静。生员将驻云飞带些滚调在内，带做带唱，何如？（末）你且念来看。（丑唱弋阳腔带做介）

可见，昆山腔演唱时有时显得冷静，而"弋阳腔""滚调"，"带做带唱"，则可弥补昆山腔演唱时冷静的场面。"弋阳腔"主要采用方言演唱，拥有广泛的群众基础，受到四方人士之喜欢，但是晚明以来，随着中下层文人日渐成为文化的主导，出现了"万历以前，士大夫宴集多用海盐戏文娱宾，间或用昆山腔，多属小唱。若用弋阳、余姚，则为不敬"[①] 的局面。明代袁宏道评汤显祖说："词家最忌弋阳诸本，俗所谓过江曲子是也。《紫钗》（汤显祖作《紫钗记》）虽有文采，其骨骼却染过江风味，此临川（汤显祖生于江西临川）不生吴中之故耳。"袁氏所云"过江风味""过江曲子"，即指弋阳腔不够文雅，较为通俗，使得弋阳腔在与以"文雅"著称的昆山腔的角逐中处于劣势，逐渐走向舞台边缘。范濂在《云间据目抄》中说："戏子在嘉（靖）隆（庆）交会时，有弋阳人入郡为戏……其后渐觉丑恶，弋阳人复学太平腔、海盐腔以求佳，而听者愈觉恶俗……"但是，弋阳腔在诸腔纷争中展现出顽强的生命力，汤显祖在《宜黄县戏神清源师庙记》中言："至嘉靖而弋阳之调绝，变为乐平、为徽、青阳。"刘廷玑在《在园杂志》中言："近今且变弋阳腔为四平腔、京腔、卫腔。"[②] 可见，一方面弋阳人学习太平腔、海盐腔之长处，另一方面弋阳腔流变为四平腔、京腔、卫腔等。正因如此，直至清末，弋阳腔仍为四大声腔之一。

（二）海盐腔

海盐腔，明代万历前盛行的又一声腔，产生于浙江海盐县，海盐县与

[①] 张牧：《笠泽随笔》，转引自佟晶心：《八百年来地方剧的鸟瞰》，《剧学月刊》，1934 年第 9 期。吴弋《海盐腔纵谈》亦引此，谓《笠泽随笔》写作于清顺治三年（1646），见《戏剧艺术》2003 年第 1 期。

[②] 刘廷玑撰，张守谦点校：《在园杂志》，中华书局，2005 年版，第 89 页。

产生余姚腔之余姚县隔杭州湾相对。关于海盐腔之起源，李日华认为源于南宋张镃。他在《紫桃轩杂缀》中说："张镃字功甫，循王（张俊）之孙，豪俊而有清尚。尝来吾郡海盐作园亭自恣，令歌儿衍曲，务为新声，所谓海盐腔也。"① 清人谭莹《论词绝句》第六十五首收录张镃一首，其云"玉照堂开夜不扃，海盐腔衍与谁听。满身花影词工绝，将种何须蟋蟀经"，这似乎为此说提供了文献依据。还有一种观点认为海盐腔始于元末。元末姚桐寿在《乐郊私语》中说："（海盐）州少年，多善乐府，其传多出于澉川杨氏……"并且由于杨梓与散曲大家贯酸斋交好，"杨氏家僮千指""善南北歌调者"，"往往得其（贯酸斋）家法，以能歌有名于浙右云"，"康惠（杨梓）独得其传"。清代王士禛在《香祖笔记》卷一中说："今俗所谓海盐腔者，实法贯酸斋，源流远矣。"② 海盐腔在元末较为兴盛，进入明代，在与南曲诸腔的纷争中逐渐胜出，产生了"近日多尚海盐南曲，士夫禀心房之精，从婉娈之习者，风靡如一，甚者北土亦移而耽之……"③的局面，受到士大夫之喜爱，甚至"北土亦移而耽之"。明代世情小说《金瓶梅》第三十六回、六十三回、六十四回、七十四回皆插入了西门庆宴请各方达官贵人时海盐子弟演唱海盐腔的情形，如其第六十三回：

蔡状元又叫别的生旦过来，亦赏酒与他吃。因吩咐："你唱个《朝元歌》'花边柳边'。"荀子孝答应，在旁拍手唱道：

"花边柳边，檐外晴丝卷。山前水前，马上东风软。自叹行踪，有如蓬转，盼望家乡留恋。雁杳鱼沉，离愁满怀谁与传？日短北堂萱，空劳魂梦牵。（合）洛阳遥远，几时得上九重金殿！"

唱了一个，吃毕酒。又唱第二个：

"十载，青灯黄卷。萤窗苦勉旃，雪案费精研。指望荣亲，姓扬名显；试向文场鏖战。礼乐三千，英雄五百争后先。快着祖生鞭，行瞻尺五天。"（合前）

上述引文描写的是西门庆宴请蔡状元、安进士传唤"苏州戏子"的场

---

① 李日华：《紫桃轩杂缀》，襟霞阁主人 1935 年刻本，第 80 页。
② 李调元：《剧话》，见《中国古典戏曲论著集成》（八），中国戏剧出版社，1960 年版，第 46 页。
③ 何良俊：《曲论》，见《中国古典戏曲论著集成》（四），中国戏剧出版社，1959 年版，第 6 页。

景,所唱【朝元歌】出自《香囊记》。此外,所唱曲目还有《南西厢》《玉环记》《红袍令》等。这与"士大夫宴集多用海盐戏文娱宾"的情形相吻合,可见当时"海盐腔"影响之远。①

(三)余姚腔

除弋阳腔、海盐腔外,祝枝山与徐渭还提及余姚腔。《南词叙录》云:"称余姚腔者,出于会稽,常、润、池、太、扬、徐用之。"②明传奇《想当然》卷首署名茧室主人所撰《成书杂记》谓余姚腔"俚词肤曲,因场上杂白混唱,犹为以曲代言",与祝枝山"略无音律、腔调,愚人蠢工,徇意更变""交易喉舌,趁逐抑扬,杜撰百端"③之说相一致,可见,余姚腔所表现出的俚俗、直白与明代以文人为主体追求的"典雅"之风相去甚远,因此,在明末天启之后的相关著作中均未被提及。沈宠绥在谈及万历间戏曲声腔时云:"腔则有海盐、义乌、弋阳、青阳、四平、乐平、太平之殊。"王骥德在《曲律》中亦云:"数十年来,又有弋阳、义乌、青阳、徽州、乐平诸腔之出,乐平诸腔之出。今则石台、太平梨园几遍天下,苏州不能与角十之二三。"④王氏、沈氏均未提及四大声腔"余姚腔",可见此时余姚腔已经消逝。

(四)四平腔与南曲其他声腔

明中后期曲坛,除弋阳腔、海盐腔、余姚腔外,与昆山腔抗衡的尚有"四平腔",关于四平腔腔名来历,顾起元《客座赘语》云其"乃稍变弋阳而令人可通者"。当时相关论著均少提及,世无可考。近代关于此有多种说法,其中代表性的有三种:一是认为四平腔发源于南京句容县的四平山,持此观点的学者有钱南扬先生;二是认为四平腔出于安徽,因为有安徽流行的四平调,而四平调则由四平腔衍生而来,持此观点的学者有周贻白先生;三是四平腔即徽州腔、青阳腔,这种强调衍生自弋阳腔,持此观

---

① 也有学者认为《金瓶梅》所唱曲目为昆山腔,如周靖竹《〈金瓶梅〉作者对我说》一书中认为苏州戏子主要指昆山腔戏子。孙崇涛《〈金瓶梅〉戏剧史料辑说》亦认为苏州戏子为早期昆山班社。本书采用徐宏图《"苏州戏子"即"海盐子弟"辨——读〈金瓶梅〉》中的观点。
② 徐渭:《南词叙录》,李复波、熊澄宇注释,中国戏剧出版社,1989年版,第37页。
③ 沈宠绥:《度曲须知》,见《中国古典戏曲论著集成》(五),中国戏剧出版社,1959年版,第183页。
④ 王骥德:《曲律》,见《中国古典戏曲论著集成》(四),中国戏剧出版社,1959年版,第43页。

点的学者有流沙、林庆熙先生。对于各家之说，笔者认为钱南扬先生之说较为可靠，其《戏文概论》称：

> 弋阳腔到了明清，经过时间这么长，流行地域这么广，不能不有所发展变化。如在明代南京的一支，发展成为四平腔。案：当时习惯，腔调都冠以地名。但明朝府县未见称四平的，仅南京附近句容有四平山，腔调盖即由此得名。清初北京的一支，发展成为京腔。①

从昆山腔、弋阳腔、徽州腔、池州腔、青阳腔等晚明传统习惯命名而言，四平腔之"四平"亦有可能是地名，但是"明朝府县未见称四平的"，而"仅南京附近句容有四平山"，因此，四平腔可能由此而来。钱南扬先生之说更符合声腔缘起之传统。此说正确与否姑且不论，但是，从现存典籍来看，万历后期至明末很长一段时间内，四平腔不断发展壮大，甚至在一定程度上形成了与昆山腔一争高下的局面，如文震亨《秣陵竹枝词》所云"梨园子弟也驰名，半是昆腔半四平"②，萧士纬《春浮园全集·南归日录》所云"新桥笨倡唱四平腔调，自豪也"，张大复《梅花草兰笔记》所云"昆腔稍有不振，乃有四平弋阳诸部登场"，可见当时诸腔纷争之局面。

明代后期，南曲剧坛呈现出一种欣欣向荣的繁茂景象。弋阳腔、昆山腔、余姚腔、海盐腔此消彼长，然而又不局限于此四种声腔，青阳腔、徽州腔、四平腔、太平腔等其他诸多声腔亦蓄势待发，诸腔轮番登场，一派"百花齐放"之象。万历、天启、崇祯间戏曲选本之编选在一定程度上亦反映出诸腔纷争现象。胡文焕《群音类选》分官腔类、北腔类、清腔类、诸腔类四大类，其于"诸腔类"注云"如弋阳、青阳、太平、四平等腔是也"③。选本《八能奏锦》全名为《鼎雕昆池新调乐府八能奏锦》，此处"昆池新调"当指"昆山腔与池州腔"。《乐府歌舞台》全名为《新镌南北时尚青昆合选乐府歌舞台》，可见其曲目主要为青阳腔和昆山腔。此外，《昆弋雅调》《时调青昆》《徽池雅调》等选本，从其题目即可看出为南曲诸腔兼收。而另外一些选本虽然从名称上看不出，但其内容确实是诸腔兼

---

① 钱南扬：《戏文概论》，上海古籍出版社，1981年版，第68页。
② 文震亨：《秣陵竹枝词》，见苏子裕：《中国戏曲声腔剧种考》，新华出版社，2001年版，第54页。
③ 胡文焕：《群音类选》（三），中华书局，1980年版，第1453页。

收的。如《新镌出像点板怡春锦曲》,分为"幽期写照礼集""南音独步乐集""名流清剧射集""弦索元音御集""新词清赏书集""弋阳雅调数集"六类,其中"南音独步""弦索元音""弋阳雅调"涉及南曲诸腔与北曲。而"昆山腔"从明代中后期的诸腔纷争中逐渐崛兴,并在此后数百年间始终在戏曲舞台上占有重要地位,不断流播。

二、北曲的衰落与复兴

明代中后期的北曲剧坛,相比南曲诸腔纷争的繁荣局面显得异常沉寂。一方面北曲杂剧体制僵化,难于变通,流失了大量的观众。另一方面,随着江浙一带经济文化的发展与复苏,南曲逐渐兴盛。在自身与外在诸多因素影响下,北曲逐渐走向衰落,出现了"近日多尚海盐南曲,士夫禀心房之精,从婉娈之习者,风靡如一,甚者北土亦移而耽之……"[①]的局面。"燕赵之歌童舞女咸弃其捍拨,尽效南声,而北词几废"[②],"尽效南声"则弃原来之"捍拨"(琵琶),即使在"北土","燕赵之歌童舞女"都"移而耽之"。北曲之衰落,一方面是习北曲者纷纷改习南曲。"古调既不谐于俗耳,南人又不知北音。听者既不喜,则习者亦渐少。"[③]嘉靖时期南曲大家魏良辅、张野塘等人改习北曲,虽然从现存史料看,主要是有各种客观原因,但应该和北曲衰落的大趋势有关联。另一方面则是,北曲剧目大量遗失,擅唱北曲杂剧之人越来越少。何良俊说:"今教坊所唱,率多时曲。此等杂剧古词,皆不传习。三本(指《㑇梅香》《倩女离魂》《王粲登楼》)中,独《㑇梅香》头一折【点绛唇】尚有人会唱。至第二折'惊飞幽鸟'与《倩女离魂》内'人去阳台',《王粲登楼》内'尘满征衣',人久不闻,不知弦索中有此曲矣。"[④]沈德符《万历野获编》则详细记载了北曲衰落的情况:

自吴人重南曲。皆祖昆山魏良辅。而北调几废。今惟金陵存此

---

① 何良俊:《曲论》,见《中国古典戏曲论著集成》(四),中国戏剧出版社,1959年版,第6页。
② 王骥德:《曲律》,见《中国古典戏曲论著集成》(四),中国戏剧出版社,1959年版,第55页。
③ 何良俊:《四友斋丛说》卷三十七,明万历七年(1579)张仲颐刻本,第210页。
④ 何良俊:《四友斋丛说》卷三十七,明万历七年(1579)张仲颐刻本,第210页。

调。然北派亦不同。有金陵、汴梁、云中。而吴中以北曲擅场者，仅见张野塘一人，亦与金陵小有异同处。……今南教坊有傅寿者，字灵修，工北曲。其亲生父家传，誓不教一人。寿亦豪爽，谈笑倾坐。若寿复嫁以去。北曲真同《广陵散》矣。①

在沈氏看来，"北调几废"的直接原因是"吴人重南曲"。北调虽然有诸多流派，如"金陵""汴梁""云中"，但是到明代中后期，"汴梁""云中"基本灭亡，仅存"金陵"一派，这亦可视为北曲衰落的直接体现。沈氏更进一步揭示了北曲后继乏人的现实困境，"若寿复嫁以去"，则北曲最终可能"同《广陵散》"。但是，明中后期衰落的北曲最终并没有走向衰亡。明中后期北曲被认为是"郑卫之音"，但是何良俊认为其"然犹古者，总章北里之韵，梨园教坊之调"。他赞同杨慎《曲品》中引用蔡仲熊语，"五音本在中土，故气韵调平。东南土气偏颇，故不能感动木石"②，认为此诚公言也。于是，他积极地为宣扬北曲而奔波，据记载：

嘉隆间，度曲知音者有松江何元朗，畜家僮习唱，一时优人俱避舍。然所唱俱北词，尚得金、元蒜酪遗风。予幼时犹见老乐工二三人，其歌童也，俱善弦索。今绝响矣！何又教女鬟数人，俱善北曲，为南教坊顿仁所赏。顿曾随武宗入京，尽传北方遗音，独步东南。暮年流落，无复知其技者，正如李龟年江南晚景。其论曲，谓南曲箫管，谓之唱调，不入弦索，不可入谱。近日沈吏部所订《南九宫谱》盛行，而《北九宫谱》反无人阅，亦无人知矣！③

面对北曲的衰落，何良俊积极蓄养家僮习唱北词，"俱善北曲"，"尚得金、元遗风"。值得一提的是，何良俊积极传习北曲的行为受到了南教坊顿仁的欣赏。顿仁者，何人也？顿仁，也是北曲衰落后一位重要的北曲推广者，其"曾随武宗入京，尽传北方遗音，独步东南"，虽然"暮年流落，无复知其技者，正如李龟年江南晚景"，面对"近日沈吏部所订《南

---

① 沈德符：《万历野获编》卷二十五，清道光七年（1827）姚氏刻同治八年（1869）补修本，第477页。
② 杨慎：《曲品》卷一，丛书集成初编本，商务印书馆，1936年版，第46页。
③ 沈德符：《万历野获编》卷二十五，清道光七年（1827）姚氏刻同治八年（1869）补修本，第477页。

九宫谱》盛行，而《北九宫谱》反无人阅，亦无人知矣"的局面，他依旧痴心不改，"于《中原音韵》《琼林雅韵》终年不去手"。① 北曲虽然在明代中后期逐渐衰落，但仍有一批文人伶工公坚持传习北曲，高扬曲学复古之风，"斯时笃志复古者之伤悼。此类复古者当亦不少，杨慎、何良俊皆其人也"，何良俊《四友斋丛说》卷三十七自言其家藏杂剧本几三百种，颇伤时人之不习北曲。除何、杨、顿仁外，亦有坚持传习北曲者。而此后息机子于明万历二十六年（1598）刊刻《杂剧选》，臧懋循于万历四十三年（1615）刊刻《元曲选序》，曰："若曰妄加笔削，自附元人功臣，则吾岂敢。"此外崇祯间孟称舜刊刻《古今名剧合选》。息机子、臧懋循、孟称舜亦可算作"笃志复古"、振兴北曲的文人。北曲虽然衰落，但是并未消亡，现存史料中亦时可发现记载晚明北曲演出的情形：

> 顷甲辰（1604）年，马四娘以生平不识金阊为恨，因挈其家女郎十五六人来吴中，唱《北西厢》全本。其中有巧孙者，故马氏粗婢，貌甚丑而声遏云，于北词关捩窍妙处，备得真传，为一时独步，他姬曾不得其十一也。四娘还曲中，即病亡，诸妓星散，巧孙亦去为市妪，不理歌谱矣。②

1604年，马四娘携带其家女僮来吴中演唱北曲《西厢记》全本。其中"巧孙者，故马氏粗婢"，"貌甚丑而声遏云，于北词关捩窍妙处，备得真传，为一时独步"。由此可以肯定的是，直至万历后期北曲确实尚有演出，并且出现于南曲舞台上，"为一时独步"，可见北曲生命力之顽强。万历后期，虽然北曲受到南曲诸腔的巨大冲击，但依然占据重要的舞台位置。如沈德符《万历野获编》称："内廷诸戏剧俱隶钟鼓司，皆习相传院本，沿金元之旧，以故其事多与教坊相通。至今上（指万历帝）始设诸剧于玉熙宫，以习外戏，如弋阳、海盐、昆山诸家俱有之。"③ 再如袁宏道《场屋后记》云："丙子宴于秦藩，乐七奏，杂以院本、北剧、跳舞。"④

---

① 何良俊：《四友斋丛说》卷三十七，明万历七年（1579）张仲颐刻本，第213页。
② 沈德符：《万历野获编》卷二十五，清道光七年（1827）姚氏刻同治八年（1869）补修本，第477页。
③ 沈德符：《万历野获编补遗》卷一"禁中演戏"条，清道光七年（1827）姚氏刻同治八年（1869）补修本，第798页。
④ 袁宏道：《袁中郎全集》卷十一，明崇祯刊本，第93页。

由此可见，北曲在万历年间仍然展现出强大的生命力，占据着重要的位置。而随着南曲的盛行，南曲的诸多弊端逐渐显露，如题材狭窄、风格柔弱、情感单一等。因此，天启间逐渐形成了北曲复兴之潮。一方面，北曲创作开始复兴。曲学家们在戏曲创作中除了继续使用南曲曲牌，也开始关注北曲曲牌。尤其是在散曲创作中出现了大量"翻北曲"的现象，如《太霞新奏》共收录套曲120套，其中翻元曲之作达40套，占其套曲总数的三分之一。这一时期戏曲选本中也产生了《杂剧选》《元曲选》《古今名剧合选》《盛明杂剧》《万壑清音》《杂剧三集》等北曲选本。另一方面，曲学家对北曲的态度也发生了转变，开始"兼收并蓄，南北兼收"。《万壑清音》虽然是以北曲为主的选本，但是选者止云居认为"然则南曲独无所取乎？余曰否，有南曲练响嗣刻行世"，兼收并蓄的选辑态度可见一斑。邹式金在《杂剧三集》序中亦云："北曲南词如车舟各有所习，北曲调长而节促，组织易工，终乖红豆；南词调短而节缓，柔靡倾听，难协丝弦。"然而，曲学家们重新重视北曲，并不是真正意义上的要复古，振兴元人之北曲仅仅是出于对当时南曲骈俪之风的不满。如凌濛初在《谭曲杂札》中说："自梁伯龙出，而始为工丽之滥觞，一时词名赫然。盖其生于嘉隆间，正七子雄长之会，崇尚华靡……以故吴音一派，竞为剿袭……不惟曲家一种本色语抹尽无余，即人间一种真情话埋没不已。"[1]他批评梁伯龙将南曲带入"崇尚华靡""本色语抹尽无余"的弊病中，冯梦龙甚至批评南曲缺乏学理，"然而南不逮北之精者，声彻于下，而学废于上也"[2]，于是在曲学家们极力寻求矫正南曲之弊的背景下，天启以来掀起了北曲复兴之潮。听瀫道人在《万壑清音叙》中云："今日难从北方从前，如云如缕，俱似二八女郎所哗，少者正铜将军铁绰板唱苏学士大江东耳。"[3]可知当时文人曲学家们所倡北曲复兴是为了弥补南曲之缺憾。北曲之兴衰与复兴折射出一个时代的文学理想和曲学趣味，成为明代戏曲史上的重要环节，对于促进中国戏曲文学的发展、曲学的成熟繁荣有着重要的意义。

---

[1] 凌濛初：《谭曲杂札》，见《中国古典戏曲论著集成》（四），中国戏剧出版社，1959年版，第253页。

[2] 冯梦龙：《步雪初声集序》，见谢伯阳：《全明散曲》（三），齐鲁书社，1997年版，第3646页。

[3] 听瀫道人：《万壑清音叙》，见王秋桂主编：《善本戏曲丛刊》（第3辑），台湾学生书局，1987年版，第17页。

第二章　天启间戏曲选本之编选则例与选曲倾向

天启间《词林逸响》《万壑清音》《太霞新奏》《彩笔情辞》四个选本虽然刊刻时间相距不远①，但在编选则例、选曲倾向等方面都体现出极大的繁杂性。其背后体现的是曲学观念、审美趣味、道德标准的差异，也反映了天启以来曲坛的兴盛与活跃，表现出明代后期选本编选"百花齐放"的繁荣局面，这也使得这一时期戏曲选本有更重要的曲学价值。

天启间四种选本无论是编选则例还是选曲倾向都错综复杂、难以统一。就编选者主观而言，其对文本文体的界定和今天研究者的界定并不一致。无论是套数还是小令，无论是南戏、杂剧还是传奇，当时编选者对文体的辨别侧重于作品的音乐体制，注重对南北曲曲体的区分。就曲学发展的客观背景而言，明代末期，尤其是万历中后期到天启间是曲学史上较为特殊的一段时期，曲坛上呈现出大繁荣、大融合的生机勃勃的景象。这一时期南曲创作持续万历以来的繁荣势头，曲学体系和批评理论不断完善，而北曲亦处于衰而不亡，甚至一度出现复兴态势，南北曲交相辉映，呈现出融合态势。因此，在这个南北融合、雅俗嬗变的时代，戏曲选本也呈现出较为复杂的状态。

---

① 最早的《词林逸响》刊刻于天启三年（1623），《万壑清音》刊刻于天启四年（1624），《彩笔情辞》刊刻于天启四年（1624），《太霞新奏》刊刻于天启末年（1627）。

第一节　天启间戏曲选本之复杂的编选则例

天启间四种选本中，《万壑清音》选曲内容为剧曲，包括南戏、杂剧、传奇，收录曲牌唱词主要是北曲，并收录旁白。《词林逸响》则剧曲散曲兼收，收录曲牌曲词主要是南曲，且不录旁白。《彩笔情辞》《太霞新奏》都收录散曲作品，但《太霞新奏》只收录南曲，而《彩笔情辞》南北曲兼收。天启间四种选本的内容基本包含了曲学发展史上的各种题材，既有元杂剧又有明代中后期的南杂剧，既有南戏又有传奇，说明这一时期的选本编选者视野开阔，广收博选，"广览以成续梓""遍觅笥稿"，亦力求阅遍前辈名公之作，这也在一定程度上造成了不同选本之间辑录的差异。

一、戏曲选本视域中的剧曲与散曲

曲分剧曲和散曲，剧曲侧重于"演剧"，不演故事者为散曲，这个概括似乎明确区分了散曲与剧曲的界限，但是任中敏先生对此并不认同，"惟普通以为凡演故事者谓之剧曲，杂剧、传奇皆是也；凡不演故事者即为散曲。以余所知，则此种解释殊非"，"倘谓内容演故事者即非散曲，断乎不可矣"，散曲与剧曲皆可以演故事，但是剧曲记录故事，采用韵文，且需有首有尾，这就得借助科白加以串联，但是散曲记录故事往往是零碎片段，且"描写居多，叙述有限"，并不需要科白加以串联，所以他给散曲下的定义为"凡不须有科白之曲谓之散曲"。那么明清部分选本选录剧曲并未选录宾白，这类作品如《词林逸响》是否可归为散曲呢？其实，任中敏先生认为这类作品"本为杂剧中有科白之套曲，而选者削其科白，仅登曲文，如《词林摘艳》、《雍熙乐府》等书所载者，当然不能误认也"[①]。任先生认为此类作品"不能误认"为散曲，那么是否可以归入剧曲呢？

散曲源于宋、金末年，是诗歌正统的延续发展，仍属于"诗乐传统"。由诗歌到宋词，由宋词到散曲，这是正统诗歌文学的一条发展脉络。剧曲则属于戏剧文学，一方面与散曲一样，含有"诗乐传统"抒情文学的因

[①] 任中敏：《散曲研究》，凤凰出版社，2010年版，第7页。

素,另一方面其外延又不断扩展,融合叙事、表演、美术、舞蹈、书法等各种技艺,成为一门综合性艺术。王国维在《宋元戏曲史·宋之乐曲》中对戏曲的定义是"后代之戏剧,必合言语、动作、歌唱,以演一故事,而后戏剧之意义始全。故真戏剧必与戏曲相表里"[①]。剧曲就其舞台扮演故事而言,属于代言体之"戏剧传统"。

散曲无宾白,很少演故事,而剧曲有宾白,以搬演故事为主,这是剧曲与散曲之区别。明代以来,大量文人参与戏曲创作、选本编选及戏曲演唱活动,其演唱多采取"清唱"形式。而"清唱"虽然并未扮演角色,但是并不代表其属于业余演唱,往往标榜"兹悉宗正派",标志着曲唱的规范与正统。明清文人编选戏曲选本的初衷往往是为了纠正唱曲者——伶工艺人演唱中不合规范的行为,这就使得明代戏曲选本编选时侧重曲韵、格律、声腔等音乐文学要素,而在一定程度上对作品之角色、宾白有所忽视。许多选本往往剧曲、散曲兼收,如嘉靖年间《词林摘艳》《雍熙乐府》、万历年间《时调青昆》《群音类选》《怡春锦》、天启和崇祯年间《词林逸响》《歌林拾翠》等,这种选本的盛行在一定程度上推动了明代戏曲的曲唱活动,但也对明代戏曲的发展产生了许多不利影响。其一,戏曲选本编选时往往兼选剧曲与散曲,并且选录剧曲时一般不收录宾白,这在一定程度上造成了剧曲与散曲体制的混同。其二,大多数选本收录剧曲而不录宾白,造成了"剧""曲"的失衡,剧曲本兼"演"与"唱",但是这一时期许多戏曲选本往往只注重"唱",强调曲牌、韵律,而忽视"演",忽视作品人物角色。其三,"曲""剧"失衡在一定程度上也使得选本的文人化特征日益凸显,如片面追求格律化、辞藻典雅骈俪化等。因此,本书在分析南曲时依然分为南曲剧曲和散曲两个部分,旨在对天启间戏曲选本进行较为全面的分析探讨,既从"曲"的角度,又从"剧"的角度,分析南曲剧曲选本在韵律、宫调、曲牌、人物、题材等方面的选曲特点与发展演变规律。

二、天启间戏曲选本之选曲标准与编选则例

天启间戏曲选本主要有四部,即《词林逸响》《万壑清音》《彩笔情

[①] 王国维:《王国维戏曲论文集》,中国戏剧出版社,1984年版,第29页。

辞》《太霞新奏》。不同时代的编选者随着时代的变迁，个人兴趣、专业水平、审美视角的不同，各个时期选录标准也不一致。天启间四种选本刊刻时间相距较近，但无论是选曲标准还是编选则例都体现出较大差异。

（一）选曲标准的差异

笔者对各个选本的主要选曲标准做了统计，见表2-1：

表2-1 天启间四种选本选曲标准

选本	选曲标准
《词林逸响》	1. 大半用南，间附北曲之最传者。
《万壑清音》	1. "所选劲切雄壮者十之六，清雅柔远者十之四""宁尚壮而黜柔"。 2. "使后世亦知国朝文人（北曲）之盛。"
《彩笔情辞》	1. "是集皆两朝文人之作，故云彩笔。又皆为青楼诸姬之曲也，故云情辞。" 2. 南北兼收。"合南与北，大套与小令，搜罗既广，选覈（核）益严。" 3. "从乎声而止乎辞"，"借宫商以挥云锦，谐音节而焕珠玑"。
《太霞新奏》	1. 新曲。"兹选辑名'新奏'，大都名家新制，未经人耳者。间采一二古调。诸传奇杂剧内者并不混入。" 2. 韵律。以调协韵严为主。 3. 辞藻。"择其词之新丽。若其芜秽庸淡，则又不得以调韵滥竽。"

关于《词林逸响》编者许宇的生平目前无从考证，但是通过对《词林逸响》序和《词林逸响》凡例的分析，我们可以对其曲学主张有一定了解。勾吴愚谷老人邹迪光为《词林逸响》作序，云：

南北中原言语不通者，而音通焉；传响傅形，窃其单词只字，辄为矢口之歌。不□合节，而侪偶且尊为耆宿。虽然，歈非吴不善也。吴之声柔，柔则疾徐高下，喉舌方开，齿口即应。腔定板、板归腔，由来所推曲中祭酒，皆吴之人也。吴之派于曲为最真，然取材于博，萃涣于群，充栋之坊本，仅供覆瓿。唯兹《逸响》之刻，如薪传火，深者可以深味，浅者可以浅尝，低回转换，一度一刻之余袅，遏行云而回飞雁，片纸毫端，显三千大千世界，刹那间弹指顷现。曲师身得度者，匪斯人其谁与归。①

在这段文字中，邹氏高度赞扬"吴派"之曲，认为虽然"歈非吴不善也"，但是"由来所推曲中祭酒，皆吴之人也"。在他看来，吴曲吴声"疾徐高下，喉舌方开，齿口即应，腔定板、板归腔"。吴曲，即南曲，无论声调、腔板还是取材，都是"曲中祭酒"，这是对南曲的高度赞赏。许宇以邹氏之观点为序言，其曲学主张应当与之相近，其于《词林逸响》凡例中云"《琵琶》为曲祖，于戏曲独尊焉"，"南词虽于北词而变，然萧管独与南词合调"，亦反映出其对南曲的推崇。对于北曲，《词林逸响》较其他南曲选本如《吴歈萃雅》《南音三籁》②要宽容得多，其选曲标准为"广收博采，大半用南，间附北曲之最传者"。对于曲文内容则相当严谨，诚如其云"曲不分今古，期于共赏。是编遍觅箸稿，就正名公，稍涉粗鄙，不敢漫收"，"兹悉宗正派，务使声律中于七始"，"用韵不同之处，细查《中原音韵》，即为注出"。③可见许宇对选本辞藻、声律、音韵等的严谨态度。许宇虽然推崇南曲，但其于选本中往往兼收北曲之最传者，并且对选文的辞藻、声律、板眼、音韵等细究细查，体现了"博而不滥，精益求精"的选曲态度。

《万壑清音》以北曲为主，选本编选者止云居士同许宇一样，其生平虽难以考证，但其曲学主张比较明确。止云居士编选《万壑清音》的出发点是对"今日难从北方从前，如云如缕，俱似二八女郎所哗，少者正铜将军铁绰板唱苏学士大江东耳"的曲学现状的不满，选录北曲为的是不妨以正铜将军铁绰板稍振其气。

在《万壑清音叙》中，听瀬道人将南北曲的兴盛与天下治乱之相联系起来，认为如今天下南曲的兴盛实际上是"天下乱"的标志。这种观点实际上源于"治世之音安以乐，其政和；乱世之音怨以怒，其政乖；亡国之音哀以思，其民困"的思想，将南曲的兴盛视为政治衰亡的标志。笔者认为此观点未免偏激，《万壑清音叙》提及的"今日难从北方从前，如云如缕，俱似二八女郎所哗，少者正铜将军铁绰板唱苏学士大江东耳"的曲学

---

① 勾吴愚谷老人邹迪光作《词林逸响·序》附于《词林逸响》前。
② 《吴歈萃雅》《南音三籁》选曲纯收南曲，即使是套曲为南北合套，亦仅收南曲。
③ 见《词林逸响》凡例第一条、第二条、第三条。

现状的确是当时的社会现实，从此层面而言，对北曲的推行就显得尤为必要。止云居士显然对此深有感触，他在《万壑清音〈题词〉》中引用李空同的话，"南音靡曼，如三春睍睆黄鸟呖呖花间；北音如苍松翠柏，清音崩湃，流于丘壑"①，比较公允地总结了南北曲的艺术特点。因此，《万壑清音》的选曲态度是"集中所选劲切雄壮者十之六，清雅柔远者十之四。余宁尚壮而黜柔，以东事无雄壮之夫耳"，表现了对"劲切雄壮"的北曲的欣赏。同时，其选曲态度并不偏激，一方面以选录"劲切雄壮"的北曲为主，另一方面也选录了"清雅柔远"的南曲。选曲时又不仅仅选录元人之北曲，而是"元人所作多不选入，大都取我国朝名家最善者辑而刻之"，这样使得后世"亦知国朝文人之盛，不徒仅以制艺已也"。

《彩笔情辞》全名《石镜山房汇彩笔情辞》，编选者为张栩，其选曲标准为南北兼收，"合南与北，大套与小令，搜罗既广，选覈（核）益严，分类弟编，萃兹流艳"，选录作品"皆两朝文人之作"，作品内容又"皆为青楼诸姬之曲也"。选集前附有张栩《〈彩笔情辞〉叙》、凡例十二条、张冲《〈彩笔情辞〉引》。编选者的选曲出发点是"往岁六观堂刻青楼韵语，声价藉藉，一时海内争先指赏"，期望通过该选集"而青楼诸丽其与佳词并不朽云"。张栩认为南北曲"其格律短长，各具丰神"，但是"今古多情者，莫文士若，而文士之题情往往托之讴歈"，认为文人之多情往往借助于"讴歈"，"歈"即"歌曲"，因此其选录的标准在于"从乎声而止乎辞"，"借宫商以挥云锦，谐音节而焕珠玑"的"情辞"。张冲在序言中所云"圣人之情见乎辞，舍情则无以见性，无以致命，人能真其情，则为圣为贤，为仙为佛，离其情，则为槁木，为死灰，溺其情则恐丧吾宝"的观点与其基本一致，都表述了对文人与佳丽"情辞"的推崇。他认为"尼父删诗，并存郑卫，维摩诘不废声闻，彩女成就辩才，情也"，青楼之地虽如淤泥，但其中生莲，文人与歌姬交往之词所蕴含的情是真挚的。除了"情辞"的推崇，编者还表现出对时下流行的戏曲作品的反感，如其云"而独于男女为最切，语男女于青楼，其相遇也常，岂必窥东邻之墙？何须待西厢之月？其为欢也易，琴挑奚假夫司马，香窃曷效乎韩？"其所云"西厢之月"当指以崔莺莺和张生为题材的戏曲作品，如《西厢记》《升仙

---

① 止云居士于西湖听松轩作《〈万壑清音〉题词》。

记》等,"琴挑奚假夫司马"当指以卓文君和司马相如为题材的戏曲作品,如《蓝桥记》《当垆记》等,"香窃曷效乎韩"则是指以韩寿偷香为题材的戏曲故事,如《偷香记》《怀香记》等,这些都是南曲戏文中表现男女爱情故事经常使用的题材,被历代文人反复翻作,张栩对此极为反感,因而"所选皆文人散辞,诸传奇杂剧内者并不混入"。

顾曲散人冯梦龙编选《太霞新奏》的出发点则是因"散曲如往时所传,诸套习闻易厌",其选曲的首要标准是"新",选曲"大都名家新制,未经人耳目者",然而其中"间采一二古调,或拂下里之尘蒙,或显高人之玉琢"。冯梦龙选曲的另一标准则是"韵律",其序言词隐先生沈伯英撰【二郎神】套曲共九支曲牌,强调从句法、声调、曲牌、宫调、平仄、律谱、声腔等诸多方面都应"合律依腔""审详""细量",不可盲目"改弦更张","宁使时人不鉴赏,无使人挠喉捩嗓"。冯梦龙在韵律方面亦坚持沈璟的看法,其于《太霞新奏》发凡第二条提出"词学三法",即"调""韵""词",对于曲坛上流传的"于南未尝不严于北""北词必韵,南词不必韵"进行批判,第三条则对曲学上"重头、借韵、犯韵"等现象进行分析指正。因此,其在编选时"选以调协韵严为主",然后才"择其词之新丽",并且"不得以调韵滥竽",可见"新曲""韵律""辞藻"是冯梦龙编选的三条重要标准。

总之,天启间四种选本的收录标准是比较杂乱的。从文学体制而言,或以传奇、杂剧为主,或以散曲、小令为主,或二者兼收。从音乐体制而言,或以南曲为主,或以北曲为主,或南北曲兼收。从风格而言,或以"劲切雄壮"为主,或以"流丽清远"为主,或注重作品表现的内在情感,或注重作品的外在格律。选曲标准的杂乱,反映出天启以来曲坛的兴盛与活跃。这些繁杂的选曲标准亦反映出曲学观念的混杂,为研究这一时期的戏曲选本及把握曲学发展脉络造成了困难。

(二)编选体例的繁杂与文体意识的混乱

关于戏曲选本的编选体例较少受到关注,一方面是许多研究者认为其研究价值不大,另一方面则是不同选本的编选体例不同,难以找到统一的切入点。天启间四种选本选曲标准的复杂亦体现在编选体例的复杂上。《词林逸响》分风、花、雪、月四卷,诚如许宇所言"时曲戏曲,世所共艳",因此选本前两卷收录时曲,后两卷收录戏曲。《词林逸响》这种分卷编选体例实际源自刊刻于万历四十四年（1616）的周之标所编《吴歈萃雅》。二者除了编选内容相似①，编选体例亦相似，《词林逸响》"风花雪月"与《吴歈萃雅》"元亨利贞"（元、亨两卷收录散曲，利、贞两卷收录戏曲）相对应，但是《词林逸响》具体篇目的编选较杂，如花、月两卷收录散曲，主要是依据曲牌而编，将使用同一曲牌的曲目编排在一起，不同曲牌的编排则无规可循，较为随意。散曲部分既收录套曲又收录小令，如风卷收录高东嘉《四时闺怨》"群芳绽锦鲜"，范夫人越调【棉搭絮】"薄寒轻悄"四支，花卷则收录杨夫人《苦雨》【黄莺儿】"积雨酿清寒"四支，杨斗望《清课》【松下乐】"归来重整"两支。这些小令杂收于散套之中，使得收录作品的数量难以准确统计。虽然编者分别于风、花卷尾标注"共收录56套""共收录64套"的字样，但实际收套数89套、小令69首，可见编者对"套曲"和"小令"的文体观念并不清晰。而在雪、月两卷收录剧曲时，选者又不再按曲牌编排，而是按作品编排，将出自同一作品的整套或残套只曲集中编排，将同一作品的曲词基本按照原作情节先后排列，然而不同作品的排列较为杂乱，44部作品列在前五的分别是《琵琶记》《西厢记》《荆钗记》《白兔记》《幽闺记》。之所以将《琵琶记》《西厢记》列于众作之前，是源于魏良辅《南词引正》第14条，见表2-2统计：

表2-2　《南词引正》第十四条曲文流变统计

序号	《词林逸响》	序号	《吴歈萃雅》本	序号	《乐府红珊》本	序号	《南词引正》
	无	9	《琵琶记》，乃高则诚所作，虽出于《拜月亭》之后，然自为曲祖，词意高古，音韵精绝，诸词之纲领，不宜取便苟且，须从头至尾，字字句句，须要透彻唱理，方为国工	18	初学必要将南《琵琶记》、北《西厢记》从头至尾熟读，一字不可放过，自然有得	14	将《伯喈》与《秋碧乐府》，从头至尾熟玩，一字不可放过。《伯喈》，乃高则诚所作。秋碧，姓陈氏

---

① 《吴歈萃雅》收录剧曲涉及37个剧目，其中32个与《词林逸响》相同；所选剧曲作品共158部，其中102部与《词林逸响》相同；所选散曲共122套，其中63套与《词林逸响》相同。

这是嘉靖至天启以来词条在各个版本中的流变情况，《词林逸响》虽未收录词条，但其选曲时将词条中提及的剧目《琵琶记》列于首位，《西厢记》次之，亦体现出编者对这两部作品的重视。选本收录《琵琶记》157支曲子（其中整套29套、残套4套），约占选曲总数的五分之一，而《西厢记》仅次于《琵琶记》，共68支曲子（其中整套9套、残套4套）。《词林逸响》虽未收录《南词引正》第14条，但在实际选本编排中基本遵循词条。总之，《词林逸响》的编排体例是较为杂乱的，前两卷主要依曲牌排列，在具体编排中又套曲、小令杂收，而曲牌的排列较为随意，并未依宫调排列。后两卷则先收录选录最多、作者认为最重要的作品《琵琶记》《西厢记》，又将剩余作品按照创作年代简单排列。

《词林逸响》编选者许宇的编排体例体现了对"散套"和"小令"体制的混同，而《万壑清音》的编排体例则体现了对"杂剧"和"南戏""传奇"体制的混同。《万壑清音》八卷所收主要作品排列如下。

卷一：《负薪记》《连环记》

卷二：《金貂记》《草庐记》《鸣凤记》《歌风记》《绣球记》

卷三：《西厢记》《双红记》《妆盒记》《昙花记》

卷四：《三藏取经》《西游记》《宝剑记》《鲛绡记》《题塔记》《太和记》

卷五：《焚香记》《义侠记》《浣纱记》《灌园记》《红梨记》

卷六：《千金记》《精忠记》《麒麟记》《长生记》

卷七：《明珠记》《三国记》《青楼记》《百花记》《红拂记》《八义记》《李丹记》

卷八：《红梅记》《龙膏记》《蕉帕记》《还魂记》《樱桃记》

《万壑清音》各卷不仅收录作品数量不均，而且其文体意识不明确，其中杂剧、南戏、传奇混收。《万壑清音》收录杂剧作品是《负薪记》《三藏取经》《西游记》《太和记》《西厢记》《妆盒记》；收录南戏作品是《连环记》《草庐记》《绣球记》《宝剑记》《千金记》《三国记》《精忠记》《明珠记》；收录传奇作品是《昙花记》《青楼记》《八义记》等。编选者对作品的文体并不明确，杂剧、传奇、南戏混收，如将同以尉迟敬德为题材的杂剧《不服老》和南戏《金貂记》混淆，将杂剧《气张飞》与南戏《草庐记》混淆,其中或许有书商的原因①,但是深层次原因则是编选者文体意识不明确。

无论是《词林逸响》的编选,还是《万壑清音》的编选,都反映了文体意识不够清晰的问题,对散曲中的套曲和小令,剧曲中的杂剧、南戏、传奇都没有清晰的界定,导致选本在作品的统计、不同时期同题材作品的界定上产生了一系列错误,但我们不应过分苛责编选者,其文体意识的不明确是有深刻的现实原因的。从主观上讲,在于编选者对文本文体的界定与今人的界定不一致。无论是套数还是小令,无论是南戏、杂剧还是传奇,如今多就作品的文学体制而言,但在当时编选者的观念中,对文体的辨别侧重于作品的音乐体制。客观上讲,明代末期,尤其是万历中后期到天启间是曲学史上较为特殊的时期,这一时期杂剧发展愈来愈传奇化、南曲化,而南戏、传奇亦愈来愈杂剧化、北曲化,诚如徐朔方先生所言,这一时期是"杂剧传奇化,传奇杂剧化"的曲体演变过渡时期,因此也在一定程度上造成了这一时期编选者文体意识的模糊。

相比《词林逸响》《万壑清音》对作品体例区分的模糊,《彩笔情辞》和《太霞新奏》则相对明确。《彩笔情辞》中的作品"以类分则所重在辞题,故每篇特揭题目一行于前",分别为赠美类、合欢类、调合类、叙赠类、题赠类、携春类、耽恋类、问阻类、嘱劝类、离别类、送饯类、赋物类、感怀类、访遇类、相思类、嘲谑类、寄酬类、伤悼类,共18类,见表2-3的统计:

表2-3 《彩笔情辞》收录作品统计

类型	套数				小令			
	南	北	合	总计	南	北	合	总计
赠美类	9	29	1	39	24	35	3	62
合欢类	10	5	1	16	16	11	2	29
调合类	1	4	0	5	2	16	0	18
叙赠美	5	1	1	7	3	34	0	37

---

① 现存《古本戏曲丛刊》本《草庐记》前附录元杂剧《不服老》,这对读者在一定程度上也造成了误导。

续表2-3

类型	套数 南	套数 北	套数 合	套数 总计	小令 南	小令 北	小令 合	小令 总计
题赠类	3	2	0	5	3	12	0	15
携春类	1	0	0	1	5	6	0	11
耽恋类	8	0	0	8	2	22	0	24
问阻类	9	6	0	15	5	13	0	18
嘱劝类	0	4	0	4	1	1	0	2
离别类	6	4	0	10	10	3	0	13
送钱类	2	1	0	3	3	0	0	3
赋物类	1	3	0	4	4	6	3	13
感怀类	20	11	2	33	12	3	0	15
访遇类	5	0	0	5	6	5	0	11
相思类	10	14	3	27	8	7	1	16
嘲谑类	0	5	0	5	2	8	0	10
寄酬类	9	4	0	13	2	4	0	6
伤悼类	2	1	0	3	1	3	0	4
合计	101	94	8	203	109	189	8	306

《彩笔情辞》共12卷，"每卷中即一类之辞，其南北套数及小令亦各为首尾，或中有二三类者亦如之。庶观者不致混乱，且令后可增入也"①。编选者对每一类作品按照南散套、北散套、南北合套、南小令、北小令、南北小令的次序编选，对同类题材的同种类型"则以宫调为次"，而"宫调先后俱照元人旧谱编次"，如果宫调曲牌相同，"则又以辞人之先后序焉"。其编排体例是比较清晰的，问题在于对18类作品题材的划分并不明确。

《彩笔情辞》一卷卷首和二卷卷首对赠美类进行了"揭题"说明，如"盈盈逸度，宁惟蝉翼翠翰；皎皎丰神，奚啻横波束素"和"明眸善盼，

---

① 张栩：《彩笔情辞》，见王秋桂主编：《善本戏曲丛刊》，台湾学生书局，1987年版，第14页。

嗤芳泽以无加；庞辅承欢，薄铅华而不御"分别对书写的对象进行了形象生动的描摹，但是关于两卷所述赠美类有何区别、为何分卷而收，则未做任何说明。而且两段都集中于对书写对象进行描摹，关于其与题赠类、叙赠类有何区别，在文体或题材上对几类作品又怎样区分界定，并未做相关解释。选本中相思类、感怀类的"揭题"亦存在类似问题，既未就为何分卷而题进行说明，亦未对相关类型题材的区分进行解释，而之所以产生这样的问题，主要原因则是被选本中的插图牵扯。选本中所谓的"揭题"，实际上首先针对每卷前的插图而言，其次才涉及对各类题材的界定。而且各类题材的区分标准亦不尽相同，有些是就曲词描摹的对象而言，如赠美类、赋物类；有些是就曲词表达的主题而言，如相思类、耽恋类；有些则是就曲词的功能而言，如嘲谑类、伤悼类、寄酬类。因此，《彩笔情辞》虽然在作品的具体编排及文体的区分方面较为清晰，但在选本各卷的划分方面并不明确，对相关题材的界定仍然存在问题。

《太霞新奏》共14卷，冯梦龙坚持"歌先审调，不知何调何曲则板与腔俱乱矣"的编排原则，故"兹选以宫调分卷"，分别按仙吕、羽调、正宫、大石调、中吕宫、南吕宫、越调、黄钟宫、商调、双调、仙吕入双调、杂调而列。其中南吕宫和商调各分上、下两卷，杂调类则主要收录各种集曲犯调和小令。因此，在凡例第12条中，对选本的编选曲目数量及编选次序都进行了清晰准确的说明，"是选各宫调分十二卷，得曲165[①]套，杂犯曲、小令各一卷，又得曲154支，虽未空群，庶几巨览，其他名家著作尚多，一时难购，容俟广搜，以成续梓，倘肯闻风嘉惠，尤拜明赐"。

《太霞新奏》可以说是四个选本中编排体例最完善、文体观念最明确的。这和冯梦龙的曲学观点、曲学追求有着密切的关系。冯梦龙在《曲律》序中云："余早岁曾以《双雄》戏笔，售知于词隐先生，先生丹头秘诀，倾怀指授。"他早年曾受到"词隐先生"沈璟的"倾怀指授"，而沈璟先生的曲学造诣除了曲文创作的"格律"外，还致力完善南曲宫调体系，冯梦龙《太霞新奏》以沈璟【二郎神】套曲九支为序，亦可见沈璟对其影响。因此，冯氏戏曲选本按照南曲宫调体系来编排，是比较清晰、有条理的，但

[①] 实际收录167套，不是编选者冯梦龙统计错误，而是有3套作品或依照词律而作，或为附录，笔者在统计时均将其计入。

是就天启间四种选本整体而言，其编排体例是较为复杂的，或按曲体分散曲与剧曲，或按题材区分而编排，或杂录杂剧、传奇、南戏而编排。总之，各个选本之间并没有形成一个明确、统一、清晰的编排体例，这种差异背后所体现出的则是这一时期曲学家曲学观念、曲学主张的多样化。

三、天启间戏曲选本的辑录差异

天启间四种选本所收内容较为繁杂：《万壑清音》选曲内容为剧曲，包括南戏、杂剧、传奇，但收录的曲牌唱词主要是北曲，并收录旁白；《词林逸响》则剧曲、散曲兼收，但收录的曲牌曲词主要是南曲，并且不录旁白；《彩笔情辞》《太霞新奏》虽然都是收录散曲作品，但《太霞新奏》只收南曲作品，而《彩笔情辞》南北曲兼收。这一时期的选本编选者视野开阔，广收博选，力求"广览以成续梓""遍觅笥稿"，曲学家选曲时亦力求阅遍前辈名公之作，但也在一定程度上造成了不同选本之间辑录的差异，以致各个版本相互抵牾。具体而言，这种抵牾主要体现在以下几方面。

（一）作家、作品内容的抵牾

不同的选本收录了相同的内容，各个选本间的内容却存在一定差异。如选本《万壑清音》和《词林逸响》皆收录《千金记》之《北追》《北点将》和《焚香记》之《阳告》《阴告》两折，两个选本收录的都是北曲，但其具体选文内容存在较大差异，见表2-4《千金记》套数比对。

表2-4 《千金记》套数比对

《千金记》	北追	《词林逸响》	【新水令】【驻马听】【沉醉东风】【雁儿落】【挂玉钩】【川八樟】【七弟兄】【梅花酒】【收江南】
	月下追信	《万壑清音》	【天下乐】【新水令】【驻马听】【双声子】【川拨棹】【双声子】【雁儿落】【得胜令】【挂玉钩】【七弟兄】【收江南】【梅花酒】【煞尾】【柰子花】【前腔】
	北点将	《词林逸响》	【粉蝶儿】【醉春风】【石榴花】【斗鹌鹑】【出队子】【哈麻子】【上小楼】【圣药王】
	辕门听点	《万壑清音》	【粉蝶儿】【石榴花】【前腔】【出队子】【十二月】【上小楼】【越调·雪里梅】【中吕·山花子】

由此可见，内容存在较大差异：首先体现在出目上，其次体现在曲牌上，且曲文、曲词上的差异亦较大。为什么同样是北曲本《千金记》，曲文却千差万别呢？是《千金记》作为南戏作品，于嘉靖前便已经流行，在明中后期近两百年的流传中曲文产生了变化，不断融合吸收新的因素的缘故吗？固然有这方面的原因，那么作于万历间创作的《焚香记》，为何在选本中亦差异如此大呢？在曲牌、出目、作者、曲文等诸多方面都存在较大差异。此外，《词林逸响》《太霞新奏》《彩笔情辞》三个选本中选录重叠的作品共有 16 组，这 16 组作品虽然曲词内容相同，但是其中 14 组作品的题目在三个选本中均不相同。如俞君宣所作【商调二郎神】套"春时候"，《词林逸响》标作"赠女郎"，《彩笔情辞》标作"赠傅姬灵修"，《太霞新奏》则标作"传灵修五调"。有 6 组作品作者存在争议，《词林逸响》收录过曲【九回肠】"一从他春思牵挂"，标沈青门作，《彩笔情辞》却标张伯起作；《彩笔情辞》收录各调犯【十样锦】"幽窗下"一套，标为元古辞，《词林逸响》却标祝枝山作。之所以造成选本中曲文内容的差异，一方面是曲词历来被视为文人末技，即使晚明以来大量文人从事曲词创作，但是曲词的地位并未有较大提高，故曲词内容在其流传过程中较为随意；另一方面则是由曲词自身的曲体特点决定的，曲词由文人创作之后，到舞台上的扮演传唱，又经过乐工、伶人的二度加工创作，其间不断融合吸收诸多新的元素，由此造成曲文内容的变化。即使是同一段曲文、相同剧目，仍然存在各种差异，天启间戏曲选本内容的复杂性可见一斑。

（二）宫调体系的混乱

宫调问题在曲学中尤为重要，何为宫调？《顾曲麈谈》云："宫调便是限定乐器管色的高低。"[①] 按照中国古代乐理，一曲终了，各有其结声，倘若结声于五音中的"宫"，便称作"宫"，倘若结声于"商""角""徵""羽"，便称作"调"。张源《词源》、姜夔《白石旁谱》皆提及乐曲之结声又称作"住字"或"杀声"，即曲词的句末归韵所用的声音。中国曲学史上宫调体系的完善成形于唐宋时期，这一时期比较典型的宫调体系是唐燕乐"二十八宫调"和张源所提的"八十四宫调"，但宋代常用的则是"七宫十二调"：

---

① 吴梅：《顾曲麈谈》，商务印书馆，1916 年版，第 7 页。

七宫：正宫 1①、高宫 8、中吕宫 22、道宫 36、南吕宫 50、仙吕宫 57、黄钟宫 71

十二调：大石调 2、般涉调 6、双调 23、中吕调 27、小石调 37、正平调 41、歇指调 51、高平调 55、商调 58、仙吕调 62、越调 72、黄钟羽 76

元杂剧北曲所用宫调"六宫十一调"基本承袭自宋乐，但是其较宋乐少"高宫""正平"两调。而南曲的宫调音乐体系实际又承袭自北曲元杂剧，至明代中后期才逐渐定型。南曲宫调体系中较为典型的是"五宫四调"，其较元杂剧体系又进一步简化。《万壑清音》②云"九折者何"，所谓九折，即"五宫四调"，黄钟、正宫、中吕、仙吕、南吕、大石调、商调、双调、越调，但是选者在凡例中明确指出选本未选录大石调和商调，仅仅涉及"五宫二调"。《词林逸响》《彩笔情辞》《太霞新奏》选曲内容虽然都涉及 12 个宫调，但这三种选本的宫调并不相同，见表 2-5 的统计：

表 2-5 《词林逸响》《彩笔情辞》《太霞新奏》宫调统计

选本	相同宫调	不同宫调
《万壑清音》	黄钟宫、正宫、仙吕宫、南吕宫、中吕宫、越调、商调、双调	黄钟入双调、仙吕入双调、羽调、过曲
《彩笔情辞》	黄钟宫、正宫、仙吕宫、南吕宫、中吕宫、越调、商调、双调、大石调	小石调、般涉调、各调犯
《太霞新奏》	黄钟宫、正宫、仙吕宫、南吕宫、中吕宫、越调、商调、双调、大石调	杂调、羽调、仙吕入双调

天启间戏曲选本除涉及常见的"五宫四调"外，还涉及黄钟入双调、仙吕入双调、小石调、羽调、过曲、各调犯、杂调等。选本中产生如此混乱的宫调体系，就编选而言，是源于内容的繁杂。选本收录杂剧、南戏、

---

① 宫调后面的数字表示该宫调在张源"八十四宫调"中的排序，后文皆如此例，不再注释。

② 《万壑清音》凡例云："九折者何？黄钟醉花阴，正宫端正好，仙吕点绛唇，中吕粉蝶儿，南吕一枝花，双调新水令，越调斗鹌鹑，商调集贤宾，大石调六国朝是已。然商调与大石调实未尝选也。今集中有选粉蝶儿间以泣颜回得，毋笑，曰此北调之类，识者谅之。"可见，其所云"九折"，即曲学所谓"五宫四调"，分别是黄钟宫、正宫、中吕宫、仙吕宫、南吕宫、大石调、商调、双调、越调。

传奇、散曲,既有明代文人的剧作,又有元代甚至部分早期宋元南戏曲文,这就使得其宫调体系较为复杂。此外,随着曲学的发展,新的曲体形式的产生以及新的音乐因素的融合,都使得曲学宫调体系日益复杂化。这种混乱主要体现在两方面:一是某些曲牌的归属问题,如同样是【小措大】这一曲牌,《词林逸响》将其列入过曲,《太霞新奏》《彩笔情辞》则将其列入仙吕宫,这诚然和曲牌宫调属性的不唯一性有关,有的曲牌本身可在多个宫调内使用,但《彩笔情辞》和《太霞新奏》都收录冯千秋【梧桐树】"春风苏小家"一套,前者将其列入南吕宫,后者却将其列入商调。类似情况尚有【解三酲】【锦缠道】等曲牌的归属问题。二是集曲的宫调问题,集曲往往是集同一宫调的曲牌而成,但在戏曲选本中逐渐呈现出一些矛盾之处。如《词林逸响》将集曲【六犯清音】【七犯玲珑】【九回肠】归入过曲类,又将集曲【十样景】【九嶷山】【巫山十二峰】【七贤过关】收入南吕宫,又将【十二红】【闹十八】等曲牌归入商调。《太霞新奏》虽然专列杂调类一卷,收录各种集曲犯调,但其中所收主要是"六个曲牌以上"的大中型集曲,将小型集曲收入各个宫调体系。《彩笔情辞》亦将其列入各调犯一类,但仅收录类似【九嶷山】【巫山十二峰】【六犯清音】一类较长的集曲犯调,而对于【二犯江儿水】【二犯月云高】【榴花泣】一类的较短集曲则将其归入传统的"五宫四调"之列。那么集曲究竟该怎样列呢?是按曲牌之宫调分列入各个宫调内呢,还是当列"犯调""杂调""过曲"一类呢,能否建立统一的标准收录杂曲、犯调呢?

(三) 曲学术语的混用

天启选本编选内容、宫调体系的混乱及编排体例的杂乱等问题,也使得选本在相关曲学术语、曲类使用上复杂化。如"前腔""幺篇"的使用,冯梦龙在《太霞新奏》中云:

> 北曲凡第二曲谓之幺篇,南曲谓之前腔,《墨憨斋改刻传奇定本》用其一、其二三四,今从之。其小令题同人同则用"又"字,即人同而各题或题同而各人,仍用前腔字。

北曲中第二曲称作"幺篇",南曲称作"前腔",但在各个选本中并不统一。《太霞新奏》中冯梦龙坚持其《墨憨斋改刻传奇定本》所用"其一、其二三四",但是小令题同人同则用"又"字,即人同而各题或题同而各人仍用"前腔";《万壑清音》则"前腔""幺篇"混用;《彩笔情辞》则"前腔"不标,仅标"换头"。可见选本中各家对于"前腔"使用分歧之大。

"集曲"虽然由来已久,但直至天启间戏曲选本中才开始大量使用。随着明代曲学文人化进程的推进,集曲的使用已经越来越普遍。《南词新谱》中共收录961个曲牌,其中集曲占了三分之一,而《永乐大典戏文三种》收录曲牌577个,其中集曲数量则少之又少。随着集曲的普遍使用,这一时期衍生了"大型集曲"和"集曲套曲",但是戏曲选本对此并未过多区分,因此造成了这一时期选本在"集曲"究竟该划入小令还是划入套曲这一问题上的分歧很大。如《词林逸响》将曲牌【十样锦】(【挂真儿】【绣带儿】【宜春令】【降黄龙】【醉太平】【浣溪沙】【啄木儿】【鲍老催】【上小楼】【双声子】【莺啼序】【尾声】)视为套曲,《太霞新奏》则将其视为小令。《彩笔情辞》在集曲上亦存在诸多自相矛盾的做法,如所收王玉阳《访旧》、张伯起《题情》、梁伯龙《代友怀杜隐娘》这三个作品分别使用集曲【十二楼】【巫山十二峰】【十样锦】,均归入"南散套"一类,选本中另外所收张伯起《题情》、梁伯龙《寄陈姬芳兰》亦使用集曲【七犯玲珑】【九回肠】,但是被归入小令。由此可见天启间四个选本在集曲问题上的分歧。

总之,天启间四种选本无论是选曲标准、编选则例还是编选内容,都错综复杂、难以统一。而之所以呈现这种现象,首先与这一时期曲学发展的时代背景有着密切关联。万历后期,曲坛上呈现大繁荣、大融合的景象。南曲创作持续万历以来的繁荣势头,曲学体系和批评理论不断完善,而北曲则"衰而不亡",甚至一度复兴,南北曲交相辉映,呈现了融合态势。其次,随着明代中后期以来文人大量参与戏曲创作,明代戏曲创作不断文人化、文雅化,无论是沈璟之"格律派",还是汤显祖之"意趣派",其实质都是明代曲学文人化趋向的一种体现。因此,在这个南北融合、雅俗嬗变的时代,戏曲选本亦呈现出较为复杂的形态。此外,戏曲选本的编选并不是简单的文献资料收集与保存,在编选过程中,编者融入了个人的审美情趣、曲学主张、学识修养等个体因素,亦使得不同的选本体现出不同的艺术旨趣和选曲风格。

第二节 天启间选本之南曲选曲倾向

天启间戏曲选本南曲剧曲共收录《琵琶记》《西厢记》《荆钗记》《白兔记》《金印记》等44部作品，南曲剧曲部分共收录南曲曲牌787支，其中《千金记》《焚香记》收录北曲曲牌共51支，为了便于整体性研究，笔者将其中的北曲亦计入南曲。选本共涉及南曲曲牌756支，标作109个题目，其中完整套曲91套（南北合套2套）、残套12套、只曲6支。三个选本共选录南散套353套、小令210首。无论是散曲还是剧曲，其选曲语言风格、题材都具有一定的特色，通过对这些特征的分析，可以窥见天启曲坛之发展流变与选本编选的内在关联，更进一步理解选本在曲学发展史上的作用。

一、选本中的南曲剧曲

天启间选录南曲的选本主要有《词林逸响》《太霞新奏》《彩笔情辞》。其中《太霞新奏》和《彩笔情辞》主要收录散曲作品，《词林逸响》共有风、花、雪、月四卷，风、花两卷收录散曲作品，雪、月两卷收录剧曲，其中南曲剧曲涉及《琵琶记》《西厢记》《荆钗记》《白兔记》《金印记》等44部作品。选本中南曲剧曲的作品底本主要分为以下四种情况：

第一，散佚作品残套残曲。选本中所收《龙泉记》《四节记》《罗囊记》《玩江楼记》《崔君瑞传》《花亭记》6部作品当前并未见有全本流传。选本分别收录《龙泉记·赏菊》《四节记·春游》《四节记·游览》《四节记·泛舟》《玩江楼记·春游》《崔君瑞传·走雪》《罗囊记·春游》《花亭记·演武》等8套42支曲牌。

第二，后世整本流传，选本内容与现存版本一致，共涉及作品35部：《琵琶记》《西厢记》《荆钗记》《白兔记》《金印记》《明珠记》《牧羊记》《寻亲记》《投笔记》《还带记》《幽闺记》《香囊记》《彩楼记》《绣襦记》《玉玦记》《宝剑记》《焚香记》《浣纱记》《红拂记》《灌园记》《还魂记》《红拂记》《八义记》《玉簪记》《玉合记》《祝发记》《葛衣记》《紫钗记》

《红梨花记》《异梦记》《西楼记》《双雄记》《鸾镜记》《种玉记》《节侠记》。选本收录35部南曲作品,但共涉及36个底本。《荆钗记》选录《祭江》《苦别》《忆别》《别任》《捞救》《行路》《严训》7套,《荆钗记》现存的本子有:影钞士礼居旧藏明初本(简称"影钞本")、明姑苏叶氏刻本《王状元荆钗记》、明万历金陵继志斋刻本《重校古荆钗记》(简称"重校本")、明刻本《李卓吾先生批评古本荆钗记》、明万历金陵唐氏富春堂刻本《新刻出像音注节义荆钗记》、明万历刻《屠赤水先生批评古本荆钗记》(简称"屠改本")、明毛氏汲古阁刻本《荆钗记定本》、《古本戏曲丛刊》初集收录影钞明初刊本和继志斋本两种。而《别任》一套出自明初影钞本,其余五套出自屠改本。与《荆钗记》一剧目两底本情况类似的还有《金印记》。《金印记》现存版本主要有万历间《重校金印记》(简称"重校本")、嘉靖间进贤堂刻《风月锦囊苏秦》(简称"锦囊本")、万历间继志斋刻《重校苏季子金印记》(简称"继志斋本"),以及崇祯间刻本《金印合纵记》(简称"崇祯本")。《词林逸响》收录《议试》《鹭钗》《寻夫》《旅叹》四套,但是其中《鹭钗》与其他三套底本并不相同,出自"崇祯本",这说明后世流传的崇祯本《金印合纵记》[①]可能在天启间就已经产生。

第三,后世虽有流传版本,但是选本选录内容与现存版本出入较大,涉及作品共两部,为《五伦记》和《跃鲤记》。这两部作品后世均有全本剧目流传,但是选本中所选《五伦记·祖饯》和《跃鲤记·仙聚》两套不见于现存两剧各本,因此推测两剧可能尚有其他后世未见之版本,或者选本选录的两套为文人杜撰,在原本中并无此内容。

第四,另有两部作品《千金记》和《焚香记》后世都有全本流传,选本内容与底本内容亦较为一致,但所选曲牌皆为北曲曲牌,且其选录内容与北曲选本《万壑清音》虽有重合,却又明显不同。

总之,关于这一时期的剧曲作品内容值得注意的主要有以下几点:一是选本所收《跃鲤记·仙聚》和《伍伦记·祖饯》两套不见于现存选本,疑为在剧目流传过程中文人伪作;二是选本所收《荆钗记》和《金印记》选录内容均涉及两个版本;三是选本收录《红梨记》并不是徐复祚所作的

---

① 玉夏斋《十种传奇》收录《金印合纵记》,与崇祯本相一致,又名《黑貂裘》。

后世较为常见的版本，实际为《红梨花记》；四是虽然选本编者曾言其选曲以南曲为主，但是其中《千金记》和《焚香记》选录内容为北曲。

二、南曲剧曲之选曲倾向

天启间南曲剧曲涉及 44 个剧目，其中 10 个作品作者不详，其余作品共涉及陈黑斋、冯梦龙、高濂、高明、顾大典、柯丹邱、李开先、李日华、梁辰鱼、陆采、梅鼎祚、丘邱俊、邵灿、沈采、王玉峰、王元寿、徐霖、徐元、许三阶、叶宪祖、袁于令、郑若庸、张凤翼、汤显祖等 31 位作家。其中张凤翼作品选本涉及《红拂记》《灌园记》《祝发记》三部，汤显祖作品选本涉及《还魂记》《紫钗记》两部，可见编者对这两人作品的偏爱。通过对这些作品的分析整理，笔者发现这一时期的南曲剧曲选本主要呈现以下几种倾向：

（一）关注明人作品，聚焦剧目流变

自魏良辅改革昆山腔以后，"崭新的昆山腔出现在舞台上"，"传奇创作逐步繁荣起来，作家作品大量涌现，形成金元杂剧以后我国戏曲史上又一个创作新高潮"。[1] 梁辰鱼、张凤翼、王世贞、屠隆、汤显祖、沈璟、顾大典、卜世臣、吕天成、王伯良、史槃、梅鼎祚、汪廷讷、徐复祚、叶宪祖等一批文人躬身于传奇创作。万历四十一年（1613）左右，吕天成在《曲品》卷上《新传奇序》中说："博观传奇，近时为盛。大江左右，骚雅沸腾；吴浙之间，风流掩映。"[2] 然而《词林逸响》选辑剧目并没有表现出对嘉靖之后传奇创作的特别青睐，笔者对 44 个剧目的创作年代进行了简要归类，见表 2-6。

---

[1] 张庚、郭汉城：《中国戏曲通史》，中国戏剧出版社，2006 年版，第 427 页。
[2] 吴天成：《曲品》，见《中国古典戏曲论著集成》（六），中国戏剧出版社，1959 年版，第 211 页。

表 2-6　《词林逸响》选辑剧目年代统计

时代	作品	数量
元人作品	《牧羊记》《荆钗记》《白兔记》《幽闺记》《崔君瑞传》	5
明初至嘉靖时期	《琵琶记》《千金记》《明珠记》《金印记》《香囊记》《彩楼记》《五伦记》《跃鲤记》《龙泉记》《绣襦记》《投笔记》《还带记》《四节记》《连环记》	14
嘉靖至万历后期	《西厢记》《浣纱记》《玉簪记》《玉玦记》《八义记》《罗囊记》《玉合记》《玩江楼记》《宝剑记》《红拂记》《灌园记》《祝发记》《葛衣记》《焚香记》《还魂记》《紫钗记》《红梨记》《西楼记》《双雄记》《鸾鎞记》《种玉记》《节侠记》《异梦记》	23
不详	《寻亲记》《花亭记》	2

通过上表可以看出，南曲剧曲的编选在一定程度上体现出对明人作品的青睐。选本涉及剧曲共 44 部，有 37 部是明人作品。与徐渭《南词叙录》所收录的宋元旧篇[①]相比，除了《琵琶记》《崔君瑞传》《牧羊记》《破窑记》《寻亲记》《玩江楼记》六部宋元旧篇外，其余选录作品如《明珠记》《金印记》《跃鲤记》等主要出自明人。而编者的这种选曲倾向可从《词林逸响》序中寻到脉络：

> 且生人喜怒哀乐之性，并托于风云月露之谭。故雅降为风，风降为骚，骚变而汉魏有诗，诗变为李唐工律，词盛于宋，艺林之雅韵堪夸，曲肇于元，手腕之巧思欲绝。至我明而名公逸士漱芳撷润之余，杂剧传奇种种青出古人之蓝，而称创获，其所为时曲者，不征事实，独肖神情，壮士听而徘徊，幽人闻之坠泪。盖一代之声韵，真有往来于千百年者，即或不比于风骚，而词律词阕之变态，尽收于此。自王公贵族，以逮街涂巷陌之黄发白髫，无不习也。南北中原言语不通者，而音通焉；传响傅形，窃其单词只字，辄为矢口之歌，不□合节，而倚偶且尊为耆宿。[②]

[①] 其中提及宋元南戏《赵贞女蔡二郎》《王魁负桂英》《陈巡检梅岭失妻》《鬼元宵》《王祥卧冰》《王十朋荆钗记》《杀狗劝夫》《朱买臣休妻记》等 62 部作品。
[②] 邹迪光：《词林逸响》序，见王秋桂主编：《善本戏曲丛刊》，台湾学生书局，1987 年版，第 1 页。

这是勾吴老人邹迪光为《词林逸响》所作的序。这篇序言先论古代的诗体演变，由风雅历代相变而至曲，叙述曲学脉络的发展。紧接着对当时明人之杂剧传奇、时曲创作予以高度肯定，认为其"种种青出古人之蓝，而称创获"，"独肖神情，壮士听而徘徊，幽人闻之坠泪"。在其看来，明人之曲作即使"不比于风骚"，亦极尽"词律词阙之变态"。这段论述极力盛赞明代"名公逸士潄芳撷润"的曲学创作，亦道出了明代中后期"自王公贵族，以逮街涂巷陌之黄发白竖"，无不学习曲作的曲学现象。这种极为推崇明人作品的情况，即使是在以选录北曲为主的《万壑清音》中亦有具体体现：

> 曲盛于元，而北曲尤元人之长技。今则元人所作多不选入，大都取我国朝名家最善者辑而刻之，使后世亦知国朝文人之盛，不徒仅以制义已也。①

虽然其认为北曲是"元人长技"，但"元人所作多不选入"，大都选明代的作品，其目的则是使"后世亦知国朝文人之盛，不徒仅以制义已也"，可见《万壑清音》亦表现出对明人作品的青睐。选本《词林逸响》在编选则例、编选内容、选曲标准等诸多方面与《吴歈萃雅》一致，其所选剧目42种，有32种与《吴歈萃雅》相同。两者不同的剧目中，仅《词林逸响》收录的作品共七部：《花亭记》《节侠记》《西楼记》《还魂记》《紫钗记》《异梦记》《种玉记》。这几部作品根据程华平先生《明清传奇编年史稿》考证，除《花亭记》外皆作于万历二十八年②（1600）前后。可见，天启间选本不仅关注明人之作，而且尤为关注明人中后期作品。如《金印

---

① 听潄道人：《万壑清音》叙，见王秋桂主编：《善本戏曲丛刊》，台湾学生书局，1987年版，第17页。

② 《双雄记》为冯梦龙早年作品，其创作不早于1601年。《曲海总目提要》卷九云此剧是冯梦龙更改他人之作，不知何据。又云"世俗骨肉参商，多因财起。丹三木之事，万历庚子（二十八年，1600）、辛丑（二十九年，1601）间实有之"，故其创作不会早于此。《西楼记》，据明施绍莘《花影集》卷二《梧桐树·舟中端午》，《西楼记》主角穆素徽即为万历间名妓周绮生，且"辛亥午日，偶谱人小词"。辛亥为万历三十九年（1611），而吕天成《曲品》成书于万历三十八年（1610），未著录此剧，《西楼记》当作于万历三十九年之前。《异梦记》现存版本为1618年版本，其创作年代当在此前不久。《异梦记》署名"兰畹居士"的《异梦记序》作于"万历戊午孟春"。戊午为万历四十六年（1618），则此剧当作于是年或之前。而《紫钗记》，汤显祖《紫钗记题词》云："南都多暇，更为删润，讫，名《紫钗》，以中有紫玉钗之事也。"汤显祖于万历十二年（1584）至万历十九年（1591）任南京太常寺博士，此剧当作于这一时期。

记》现存版本主要有万历间《重校金印记》(简称"重校本")、嘉靖间进贤堂刻《风月锦囊苏秦》(简称"锦囊本")、万历间继志斋刻《重校苏季子金印记》(简称"继志斋本"),以及崇祯间刻本《金印合纵记》(简称"崇祯本"),《词林逸响》收其《议试》《鬻钗》《寻夫》《旅叹》四套,但是《鬻钗》与其他三套底本并不相同,出自崇祯本,这一方面说明后世流传的崇祯本《金印合纵记》可能在天启前就已经产生,另一方面亦说明选本编者对当时曲坛动态的关注。选本不仅关注最新创作情况,还关注早期作品的曲体变化,笔者统计了《群音类选》和《词林逸响》收录《崔莺莺月下听琴》一节的曲牌,详情参见表2-7:

表 2-7 《崔莺莺月下听琴》曲牌比对

剧目	曲牌
《群音类选》	【梁州序】【渔灯儿】【前腔】【前腔】【步步娇】【前腔】【前腔】【骂玉郎】【前腔】【前腔】【临江仙】【好姐姐】【前腔】
《词林逸响》	【梁州序】【渔灯儿】【前腔】【锦渔灯】【锦上花】【锦中拍】【锦后拍】【骂玉郎带上小楼】【前腔】【前腔】【雁过声】【倾杯序】

通过对比两个选本曲牌,可以发现变化较为显著的有两处:一是曲牌【骂玉郎】变为【骂玉郎带上小楼】。实际上两处曲文并未变异,只是曲牌在《词林逸响》中写作"骂玉郎带上小楼"。吴梅《南北词简谱》云:"此调标【骂玉郎带上小楼】者,大误也。试思【骂玉郎】为南吕宫曲,【上小楼】为中吕宫曲,如何带得过去,况此曲声谱完全南音,又联在【渔灯儿】套,万无改唱北词之理乎?谭儒卿南词谱以此为四犯【福马郎】,妄为分析,亦觉不妥,故仍以南词正曲为是。"[①] 由此可知,此处【骂玉郎带上小楼】是误写,这可能和这一时期曲作高度格律化的趋势相关。另外一处变化是最后三支曲牌【临江仙】【好姐姐】【前腔】变成【雁过声】【倾杯序】,且其曲文亦发生变化:

【雁过声】花阴夜静礼碧空,正遥天雾敛冰轮莹,只见风扫残红,香阶拥,好伤情。这堆积处似我眉峰,望东墙密意难通,何日鱼水同

---

① 吴梅:《南北词简谱》,见谢伯阳:《全明散曲》(第5卷),齐鲁书社,1994年版,第6146页。

只索向梦儿中，暂尔相和哄，你做了镜内情郎，我做了画儿里爱宠。

【倾杯序】朦胧，启珉筵，捧玉钟，做兄妹相陪奉，把他剪寇深恩，等闲负却，许配良姻，顿徒成空，只落得香消玉减，意悬心耿，怨绿愁红，叹嫦娥不胜惆怅广寒宫。

《词林逸响》中《崔莺莺月下听琴》后三支曲牌内容与《群音类选》出入较大，《群音类选》中的刊刻于万历中期，其"官腔类"属于昆曲唱法，所收曲目应更接近早期《南西厢记》演唱。而《词林逸响》中关于这两支曲子，编选者标注云："此二词乃后人所作如歌此词便接莫不是，步摇得不用晴空云敛一只。"实际上这两支曲子出自《缠头百练怡春锦》第六卷，为冲和居士所作的《西厢余韵》。这一时期的选本重视明人作品，而且对曲体曲文之最新演变尤为关注。如选本收录《西厢记·秋暮离怀》使用了【普天乐】【雁过声】【倾杯序】【玉芙蓉】【小桃红】【尾声】六支曲子，《西厢记》早期版本中此套共14支曲子，选本选录其中5支，增加【玉芙蓉】"秋风听马嘶"一曲。此外选本中《金印记》《荆钗记》选录内容涉及多个底本，也说明编选者虽然关注明人作品，但是更聚焦于作品流变。

（二）"文雅蕴藉"和"合律依腔"文人化选曲风尚

一定时期选本收录的作品往往能够反映这一时期编选者共同的审美视角、题材倾向。统计与分析选本作品出现的频率，有助于对选本选辑作品的质量、编选者的曲学追求、审美视角做出相关判断，详情参见表2-8：

表2-8 元明戏曲作品收录频率统计表

序号	剧名	次数	序号	剧名	次数
1	《琵琶记》	38	23	《玉合记》	13
2	《幽闺记》	32	24	《焚香记》	12
3	《浣纱记》	30	25	《牧羊记》	12
4	《玉簪记》	30	26	《还带记》	12
5	《绣襦记》	27	27	《玉玦记》	12
6	《红拂记》	27	28	《宝剑记》	12
7	《千金记》	26	29	《祝发记》	11

续表2-8

序号	剧名	次数	序号	剧名	次数
8	《金印记》	25	30	《八义记》	10
9	《白兔记》	24	31	《西楼记》	10
10	《香囊记》	22	32	《五伦记》	9
11	《四节记》	21	33	《葛衣记》	7
12	《寻亲记》	20	34	《玩江楼记》	6
13	《荆钗记》	19	35	《龙泉记》	5
14	《连环记》	19	36	《罗囊记》	5
15	《投笔记》	18	37	《崔君瑞传》	5
16	《西厢记》	16	38	《紫钗记》	5
17	《彩楼记》	16	39	《异梦记》	4
18	《跃鲤记》	16	40	《鸾鎞记》	3
19	《灌园记》	15	41	《种玉记》	3
20	《红梨记》	15	42	《节侠记》	3
21	《明珠记》	14	43	《双雄记》	2
22	《还魂记》	14	44	《花亭记》	1

作品在选本中出现的频率和作品出现的时间先后密切相关，如选本收录《异梦记》《鸾鎞记》《种玉记》明显低于早期南戏《幽闺记》《荆钗记》《拜月记》，但是若对同时段作品进行比较，可发现编选者不同的审美情趣、选曲标准。如早期南戏作品在各个选本中出现频率最高的是《琵琶记》，共有38个选本收录，而作为明代"四大南戏"之《荆钗记》《白兔记》《幽闺记》（《拜月亭》）分别出现了19次、32次、24次，出现频率亦相对较高。明人对"四大南戏"一直存在争议，王骥德《曲律》卷三云"古戏如'荆'、'刘'、'拜'、'杀'……"[1] 这是目前所见关于明代四大南戏最早的文字记载，而不久之后吕天成《曲品》卷下将"'蔡''荆'

---

[1] 王骥德：《曲律》卷三，见《中国古典戏曲论著集成》（四），中国戏剧出版社，1959年版，第123页。

'刘''杀'"①并举，其中"蔡"即指《琵琶记》，将《琵琶记》取代《拜月亭》，可见其对《琵琶记》之推崇，而此后凌延喜《拜月亭》跋云"《拜月亭》一记，属元词四大家之一"②，至此明代众说纷纭，难以定论，而直至清代朱彝尊又复云"识曲者以'荆''刘''拜''杀'为四大家"。对此进行梳理，我们不难发现：其一，各家对"四大南戏"具体出目存在争议，但《杀狗记》一直都赫然在列，然而天启间戏曲选本并没有收录这一作品。反观整个明代戏曲选本，收录《杀狗记》的选本也仅有《风月锦囊》和《六十种曲》两种。既然作为"四大南戏"的代表作之一，《杀狗记》为何在各个时期的戏曲选本中未受青睐呢？其二，《拜月记》是"四大南戏"争议较大的作品，就天启间戏曲选本选录作品而言，其在明代戏曲选本中出现 32 次，仅次于"南戏之祖"《琵琶记》，将其列入"四大南戏"亦未尝不可，但是又为何成为各时期争论的焦点呢？

《杀狗记》是早期南戏作品之一，因语言俚俗而饱受明清曲学家诟病，如李渔认为四大南戏之传"则全赖音律，文章一道，置之不论可矣"③，梁廷楠亦云："荆刘拜杀，曲文俚俗不堪。《杀狗记》尤恶劣之甚者，以其法律尚近古，故曲谱多引之。"④ 直至民国时期，吴梅先生曾在《顾曲麈谈》中评价"四大南戏"："文字最不堪者，莫如《白兔》《杀狗》。"⑤ 王季烈《螾庐曲谈》亦云："按今所传《杀狗》，曲词鄙俚不堪。"⑥ 显然《杀狗记》在很多文人看来其"音律尚近古"，但辞藻不符合明清大多数选本编选者的审美标准。明万历中后期，随着曲学创作走入骈俪化的轨道，选本在编选过程中亦出现这种倾向，如《词林逸响》凡例云"稍涉粗鄙，不敢漫收""要皆人口之赠炙也"，冯梦龙《太霞新奏》云"择其词之新丽。若其芜秽庸淡，则又不得以调韵滥竽"，龙榆生曾盛赞《词林逸响》

---

① 吕天成：《曲品》卷下，见《中国古典戏曲论著集成》（六），中国戏剧出版社，1959年版，第335页。
② 参见《幽闺怨佳人拜月亭记》，明吴兴凌延喜刻朱墨本。
③ 李渔：《闲情偶寄》，见《中国古典戏曲论著集成》（七），中国戏剧出版社，1959年版，第3页。
④ 梁廷楠：《滕花亭曲话》，见《中国古典戏曲论著集成》（八），中国戏剧出版社，1960年版，第235页。
⑤ 吴梅：《顾曲麈谈》，上海古籍出版社，2010年版，第104页。
⑥ 王季烈：《螾庐曲谈》，见俞为民、孙蓉蓉编：《历代曲话汇编：新编中国古典戏曲论著集成（近代编）》，黄山书社，2009年版，第530页。

选文"类皆清丽缠绵,极堪赏玩","其他诸人之作,并属雅音"。① 选本编选者典雅新丽的选辑标准与审美趋向可见一斑,而《杀狗记》古朴自然,显然不符合这种标准。《词林逸响》选录的《还带记·游赏》一套"【黄莺儿】【前腔】【前腔】【前腔】"四支曲牌亦体现了文人对辞藻的审美趋向,详情见表2-9:

表2-9 《还带记·游赏》曲本比对

曲牌	曲词《还带记》	朱权《风花雪月》
【黄莺儿】	雪 遍地撒琼瑶, 舞长空蝶翅飘, 白茫茫占断蓝关道, 银铺小桥,玉妆破窑, 望江天满目梨花落, 剪鹅毛,山童来报,压折老梅梢。	雪 遍地撒琼瑶, 舞长空蝶翅飘, 白茫茫占断蓝关道, 银铺着野桥,玉妆着小楼, 佳人团坐围炉笑。 饮羊羔,山童来报,压着腊梅梢。
【前腔】	月 疏影荡银河, 扬清光映碧波。 玉钩斜挂冰轮坠。 到黄昏望他,到中秋赏他, 江湖常伴渔翁卧, 问姮娥,分明似镜,谁肯下工夫把他磨。	月 疏影荡银河, 展清光漾碧波。 玉钩番作冰轮舵。 到黄昏吟他,遇中秋赏他, 江湖上常伴渔翁坐, 问嫦娥,分明是镜,谁下得苦功磨?
【前腔】	风 无影又无踪, 卷杨花西复东。 江湖常把扁舟送 飘黄叶舞空,推白云出峰, 过园林乱摆花枝动。 吼青松,穿帘入户,银烛影摇红。	风 无影又无踪, 卷杨花西复东。 过园林乱摆花枝动。 飘黄叶舞空,推浮云出峰, 江湖上常把孤舟送。 吼青松,穿帘入户,银烛影摇红。
【前腔】	花 落尽又还开, 逞娇姿妆嫩色, 千红万紫人人爱。 娇滴滴满台,香馥馥满阶, 佳人笑语阑干外。 解愁怀,王孙公子,压得帽儿歪。	花 落尽又还开, 逞娇姿妆嫩色, 千红万紫人堪爱。 娇滴滴满台,翠巍巍满阶, 佳人笑倚阑干外。 解愁怀,王孙公子,斜插帽檐歪。

这套曲目选自沈龄《还带记》第十九出《众朋看榜》,但是,《风月锦囊》收录"臞仙"②朱权【黄莺儿】共十首,其中分别以风、花、雪、月,

---

① 龙榆生:《〈词林逸响〉述要》,《同声月刊》,1942年第三卷第二号。
② 《风月锦囊》【黄莺儿】"风花雪月"下标"臞仙作",而据《神奇密谱》考证,"臞仙"为朱权自号,故认为其为朱权作品。

春、夏、秋、冬为题八首，而风、花、雪、月四首除了少数字句有差异外，二者如出一辙，当然关于"朱权"与"沈龄"二人究竟谁为原作，此处姑且不论，需要强调的是这四首曲目曲词文雅清丽，很明显属于文人之作。在《词林逸响》中类似此曲之风者还有《玩江楼记·春游》《四节记·春游》《四节记·游览》《四节记·泛舟》《龙泉记·赏菊》《伍伦记·祖饯》等，这些作品文辞典雅清丽，显然出自文人之手，比较典型地反映了天启间戏曲选本曲词"文雅蕴藉"的选曲倾向。

这一时期选本的另一个表现在于"合律依腔"，体现了对曲律的坚守。《词林逸响》凡例第二条、第三条云：

> 牌名板眼，坊刻讹谬相仍，甚至句少文缺，于理难通，兹悉宗正派，务使声律中于七始，而字字改订，不厌其详。
>
> 曲中之调，有单有合，歌者茫然不解所犯，今尽标明，至声分平仄，字别阴阳，用韵不同之处，细查《中原音韵》，即为注出，使教者可导迷津，学者得乘宝筏。①

编者许宇在编选《词林逸响》的过程中，针对曲文"板眼坊刻讹谬相仍，甚至句少文缺，于理难通""歌者茫然不解所犯"的情况，"兹悉宗正派，务使声律中于七始，而字字改订，不厌其详"，"声分平仄，字别阴阳，用韵不同之处，细查《中原音韵》，即为注出"，可见其对音律的重视程度。对选本中的曲调进行统计，会发现集曲所占比例较大：选本共用245种曲牌，其中南曲曲牌199种，集曲犯调33种（其中两种为带过曲），约占曲牌总数六分之一。虽然这个比例与明代后期南曲曲谱相差较远，但又比明初《永乐大典戏文三种》的比例要高很多，这从一定程度上亦反映出选本的格律化。如选本选录《牧羊记·劝亲》：

> 【仙吕过曲·一秤金】鸡鸣初起，入厨调理。儿夫曾付托频繁，侍奉萱堂甘旨。劝娘亲放怀，劝娘亲放怀，略略尝滋味。这粥汤，尤更美。香甜软白，似雪飘匙起。加餐饭，是便宜。劝娘亲休得怨别离，愿夫君及早便回归。叹光阴，如逝水。亲骨肉，在天涯。倚遍门

---

① 许宇：《词林逸响》，见王秋桂主编：《善本戏曲丛刊》，台湾学生书局，1987年版，第9页。

间信音稀，草连天把王孙路迷。尘土生罗绮，裙带宽肢体。愁见园林燕子归，羞睹鬼雏傍母栖。叹人生，是怎的。伤怀抱，泪珠垂。听启，休得吁气。算悲欢离合，古今如斯。伤悲，叹孤身老矣。似风中烛，难存济。膝下无人戏斑衣。孤帏里，冷凄凄。云雨情悭两东西，把金钱暗卜无归意。惜分飞，怕见燕莺期。不如归去，愁听子规啼。要相逢，知几时。边事未期，扬鞭仗节，何时跨马回乡里。倚危楼凝望，云山万叠人千里，这相思甚时已。①

这支曲子出自《牧羊记》第七出《劝亲》，集【桂枝香】【锁金帐】【金娥神曲】【锦上花】【武陵花】等16支曲牌而成，可见其格律之严谨。戏曲选本往往对此类集曲的句式做详细的注解，而在全本中则往往不注。此外，选本中【巫山十二峰】【莺集御林春】【十二红】【六犯清音】【七犯玲珑】【醉歌小帐缠春姐】【五月红楼别玉人】【九回肠】【江头金桂】等大型集曲的使用频率亦较高。集曲的频繁使用及在选本中的反复选录，均体现出南曲发展高度格律化的趋势，这种格律化的趋势主要与戏曲创作中的文人化趋势相关。除了出现"集曲"，选本中还出现了"集曲套曲"，如：

倾杯赏芙蓉　　祖饯

【倾杯赏芙蓉】步蹑云霄际圣朝，叨（切）沐恩波浩。不负十载寒窗，映雪囊萤，刺股悬头，继晷焚膏。一官幸喜居清要，敢直谏输忠佐舜尧。（合）分别去为功名攘扰。望白云缥缈，亲舍恨（路）迢遥。②

【前腔】从今临郡城，抚字勤，四远敷民教。痛忆慈闱，对景伤情。万种离愁，郁萦怀抱。朱轮五马添荣耀，千里桑麻雨露饶。（合前）

【普天乐犯】短长亭，崎岖道。雨初霁，风光好。唱骊歌，别酒初醒，执手话别难抛。期（斯）登廊庙，鹏程万里从兹到，当养民直谏，休辞定有青史名标。③

【朱锦缠】趱程途，只宜在早。钦限迫，岂堪迟调。叨君厚禄当

---

① 许宇：《词林逸响》，见王秋桂主编：《善本戏曲丛刊》，台湾学生书局，1987年版，第638页。
② "步蹑"六句为【倾杯序】，"一官"五句为【玉芙蓉】。
③ "期登"四句为【绣衣郎】。

思报，离乡井休惮勤劳。看红日渐沉，杳见投林作队，晴鸦声韵高，痛忆亲年迈，不堪回首泪珠抛。①

【尾声】忠孝情萦怀抱，被蜗角蝇头顿恼，离恨在眼前多少。②

这套《伍伦记·祖饯》在现存的全本《伍伦记》中并未出现，《伍伦记》现存版本主要有嘉靖间《风月锦囊》本、明万历间世德堂本及韩国奎章阁本。其中世德堂本与嘉靖本曲文相对吻合，可知这两个版本是《伍伦记》早期流传版本。除韩国奎章阁本外，其余两个版本中均未见此套《祖饯》，仅仅收录于《吴歈萃雅》《增订珊珊集》《词林逸响》《乐府南音》《月露音》《乐府遏云编》③《南北词广韵选》这七个选本中。这几个本子关于此套的大致流变情况详情参见表2-10：

表2-10　《伍伦记》"祖饯"套曲曲牌流变

《伍伦记》"祖饯"套曲	时间	曲牌
《风月锦囊》本、富春堂本	嘉靖、万历初	无
《月露音》《乐府遏云编》	万历中后期	【倾杯赏芙蓉】【前腔】【普天乐】【朱奴儿】【尾声】
《吴歈萃雅》《词林逸响》《珊珊集》《乐府南音》	万历后期、天启间	【倾杯赏芙蓉】【前腔】【普天乐犯】【朱锦缠】【尾声】

除《祖饯》"步蹑云霄"【倾杯赏芙蓉】一套外，关于《伍伦记》尚有《游街》"万卉争妍"【望吾乡】一套、"起□末忝官"【渔家傲】一套。通过前后不同选本之曲文比对，可以确定其流变是一个渐进的过程，从无到有，到追求格律化、套曲化的渐进式演变轨迹。最初嘉靖本曲文中无此套曲，万历中后期《群音类选》中出现此套曲，然而只有【倾杯赏芙蓉】【前腔】两支集曲，而至万历后期、天启间选本中则全套四支都流变成集曲，形成集曲套曲。这说明南曲在流变中集曲越来越普遍，其格律化越来

---

① "趱程"四句为【朱奴儿】，"看红"五句为【锦缠道】。
② 许宇：《词林逸响》，见王秋桂主编：《善本戏曲丛刊》，台湾学生书局，1987年版，第644页。
③ 据考证《吴歈萃雅》刊刻于万历四十四年（1616）、《增订珊珊集》刊刻于1616—1626年间、《词林逸响》刊刻于1623年，《乐府南音》"万历间刻本"、《月露音》选本前有"万历四十四年（1616）序言"，《乐府遏云编》为明末刻本，《南北词广韵选》虽然未明确标示刊刻时间，但结合编者徐复祚之生平推断，其最晚于崇祯前已经刊刻完善。

越精细。七个选本出现的时间相对集中,且此前的戏曲选本和此后的戏曲选本均未收录,因此笔者妄断这些作品可能是这一时期文人所创,这种整套都为"集曲"的套曲形式在早期南曲作品中并未发现,万历末期才在一些作品中出现。如选本收录无名氏《红梨花记·选胜》一套,亦使用【刷子序犯】【虞美人犯】【普天乐犯】【朱奴儿犯】一套,关于作者信息存在较多争议,可以肯定的是这种套曲形式出现时间较晚,集中出现在万历末期。选本中选录这类套曲体现了编选者在格律上的审美追求。

(三)风情与教化并重,题材日益文人化

天启间戏曲选本在题材和角色上亦表现出一定的倾向性。对于明清传奇,吕天成曾依据题材将其划分为六类:"一曰忠孝,一曰节义,一曰仙佛,一曰功名,一曰豪侠,一曰风情。"[①] 其中,忠孝和节义均属于道德伦理层面,故可并为一类。笔者据此将《词林逸响》涉及的44部作品进行归类,详情参见表2-11:

表2-11 《词林逸响》选辑作品分类

类型	作品	小计
忠孝节义	《浣纱记》《香囊记》《五伦记》《寻亲记》《龙泉记》《还带记》《八义记》《罗囊记》《灌园记》《祝发记》《节侠记》	11种
风情	《琵琶记》《西厢记》《荆钗记》《白兔记》《幽闺记》《焚香记》《明珠记》《彩楼记》《牧羊记》《玉簪记》《跃鲤记》《绣襦记》《玉玦记》《玉合记》《葛衣记》《还魂记》《红梨记》《异梦记》《西楼记》《鸾镜记》《崔君瑞传》	21种
文人	《金印记》《投笔记》《四节记》《玩江楼记》《紫钗记》	5种
豪侠	《千金记》《连环记》《宝剑记》《红拂记》《双雄记》《种玉记》《花亭记》	7种
仙佛	—	0种
合计		44种

上述五个分类是否可以全面涵盖一部传奇作品,周贻白先生对此提出质疑,"因为南戏的篇幅,冗长者居多,关目较繁,自不能单纯地把一个

---

① 吕天成:《曲品》,见《中国古典戏曲论著集成》(六),中国戏剧出版社,1959年版,第223页。

剧本分在某一类"①。一些选本中所选内容与作品的整体类型确实存在差异，如《词林逸响》收录《连环记·拜月》一出，如果从整剧而言，当属豪侠一类，但是就《拜月》一出而言，将其列入"风情"类就显然不符。再如《金印记·旅叹》以苏秦妻为主角，将其列入文人功名剧亦显然不妥，但是此类情况仅是特例，不影响对南曲剧曲题材倾向的判断。为了论述的准确性，后文根据剧目套曲内容进行划分。

通过上述梳理可知，男女风情题材是这一时期选本收录关注的重点，共选录21部作品。选本的这种选曲倾向在一定程度上亦反映了南曲剧曲的创作倾向。南曲戏文和传奇的一般题材"颇偏重于写恋爱故事，而且多写男子的负心，或女子的薄命，虽然多半是始离终合地以团圆结局"②。这实际上就是南曲戏文和传奇故事取材上的一种倾向，这类题材作品反映婚姻问题的特别多，主要走向为两类，"其中一类是争取婚姻自由，一类是婚变"③。选本对这些作品的选录，一方面反映出这一时期戏曲创作的潮流题材走向，另一方面也说明大众喜爱风情剧的审美趋势。如：

【风云会四朝元】春闱催赴，同心带绾初。叹阳关声断，送别南浦，早已成间阻。谩罗襟泪渍，谩罗襟泪渍，和那宝瑟尘埋，锦被羞铺。寂寞琼窗，萧条朱户，空把流年度。嗏！瞑子里自寻思，妾意君情，一旦如朝露。君行万里途，妾心万般苦。君还念妾，迢迢远远，也须回顾。

【前腔】朱颜非故，绿云懒去梳。奈画眉人远，傅粉郎去，镜鸾羞自舞。把归期暗数，把归期暗数，只见雁杳鱼沉，凤只鸾孤。绿遍汀洲，又生芳杜，空自思前事。嗏！日近帝王都，芳草斜阳，教我望断长安路。君身岂荡子，妾非荡子妇。其间就里，千千万万有谁堪诉。

【前腔】轻移莲步，堂前问舅姑。怕食缺须进，衣绽须补，要行时须与扶。奈西山暮景，奈西山暮景，教我倩着谁人，传语我的儿夫。你身上青云，只怕亲归黄土，我临别也曾多嘱咐。嗏，那些个意

---

① 周贻白：《中国戏剧史长编》，上海书店出版社，2007年版，第164页。
② 周贻白：《中国戏剧史长编》，上海书店出版社，2007年版，第167页。
③ 钱南扬：《戏文概论》，上海古籍出版社，1981年版，第122页。

孜孜，只怕十里红楼，贪恋着他人豪富。丈夫，你虽然是忘了奴，也须念父母。苦，无人说与，这凄凄冷冷怎生辜负？

【前腔】文场选士，纷纷都是才俊徒。少甚么镜分鸾凤，都要榜登龙虎，偏是他将奴误。也不索气蛊，也不索气蛊，既受托了蘋蘩，有甚推辞？索性做个孝妇贤妻，也落得名标青史，今日呵，不枉受了些闲凄楚。喋，俺这里自支吾，休得污了他的名儿，左右与他相回护。丈夫，你便做腰金衣紫，须记得荆钗与裙布。苦，一场愁绪，堆堆积积宋玉难赋。

这一段出自《琵琶记》第九出《临妆感叹》，主要描绘赵五娘在丈夫蔡邕前去参加科举"奈画眉人远"之后，自己一个人"绿云懒去梳"，"望断长安路"的场景。这段文字主要表达了新婚不久的赵五娘对丈夫的思恋之情。此外，《幽闺记》《西厢记》《荆钗记》《明珠记》《玉簪记》等作品皆选录了类似的曲词。这些作品表现的题材情节大致围绕男女双方的离合而展开，主要形成以下几种倾向：

第一，离别后，女方独守空房，思念恋人。男方由于科举、做官等原因不得不外出，男女双方不得不离别。《琵琶记》之《寻夫》《弹怨》《自叹》，《西厢记》之《惊梦》《报捷》《闺思》，《浣纱记》之《采莲》《闺欢》，《幽闺记·拜月》，《玉簪记·魂游》，《玉合记·嗣音》，《异梦记·思梦》，《节侠记·相思》，这些曲词主要都表达了男女双方分别后彼此思恋的情感。

第二，离别时，双方难舍难别的情景。《琵琶记·拜托》《琵琶记·叙别》《西厢记·送别》《浣纱记·嘱行》《彩楼记·离情》《种玉记·往边》共六套作品展现了男女主人公离别时难舍难分的情景。

第三，相合时，男女双方夫唱妇随、琴瑟和鸣的情景。《琵琶记》之《规奴》《询情》，《西厢记》之《游殿》《对月》《请宴》《写恨》《传情》《暗许》《暗约》《自叹》《闺怨》《佳期》《会合》，《白兔记·游春》，《幽闺记》之《闺情》《寻路》，《浣纱记》之《溪遇》《女吴》《歌舞》，《明珠记》之《窥绣》《偷觑》《赎别》《游仙》《怨诉》，《彩楼记》之《闺思》《喜庆》，《玉簪记》之《欢会》《魂游》，《绣襦记》之《妓馆》《剔目》，《红拂记·私奔》，《灌园记·私会》，《还魂记》之《寻梦》《惊梦》，《紫钗记》

之《议允》《盟香》主要描写了男女主人公相会时一起游赏、题诗传情的浪漫场景。

第四，遭遇婚变时，女性哀怨情感的表达。《焚香记》之《阴告》《阳告》，《荆钗记》之《祭江》《行路》，《崔君瑞传·走雪》，《祝发记·追叹》表现了女性在惊闻婚变消息时痛苦、哀怨的情景。

选本对于风情剧的偏爱，使得选本中的人物角色亦围绕男女主人公，据统计，《词林逸响》共使用曲牌787支，其中生204支，旦201支，生旦合41支。除以生旦为主角的风情题材外，表现忠孝节义的伦理剧目亦备受编者青睐。许多作品即使是围绕男女主人公离合而展开的风情剧，其中也渗透了道德伦理色彩。选本通过男女主人公双方的离合而牵涉到君臣、夫妻、母子、婆媳、朋友等诸多方面的伦理关系，强调主人公在处理这些关系时所坚持的伦理准则。如《琵琶记》之《疑餐》《吃糠》《汤药》《剪发》《筑坟》，描写赵五娘在丈夫赴考后，一个人承担起照顾公婆、安葬公婆的种种责任，体现了女性在婚姻中的伦理道德。《牧羊记·劝亲》体现的亦是对这种道德准则的肯定。《跃鲤记·忆母》《荆钗记·忆母》《寻亲记·教子》则主要描述了母子关系，以及女性在教导子女中的伦理职责。《金印记·鬻钗》《议试》则主要侧重表现夫妻关系，进而肯定女性在支持丈夫功名道路上含辛茹苦、忍辱负重的精神。如《灌园记》这部作品以齐世子田法章与太史女的故事为主轴，中间又穿插了齐王荒淫无度的情节，但是选本所收情节《制衣》《愁诉》《私会》主要展现的是史女的贤惠，其关注焦点更贴近于家庭女主人公的道德操守。总之，选本中涉及的忠孝节义伦理题材的南曲剧目，主要关注点就在于女性在家庭中的道德操守，以围绕婆媳关系的"孝"为主。此外还涉及兄妹、父子关系，在夫妻双方离合的情节中牵涉夫妻、婆媳、母子、朋友甚至君臣关系，着重展示女性在家庭中的道德伦理操守，这是南曲道德伦理题材剧目的显著特征。

文人题材在这一时期的选本中亦占有一定比例。文人题材剧目选本表现的主题有以下几种：首先，文人落魄时或流落在外时抒发的人生感慨，如《金印记·旅叹》《牧羊记·寄雁》。其次，文人游宴聚会时抒发诗情逸志，如《龙泉记·赏菊》《玩江楼记·春游》《还带记·分题》《葛衣记·赏梅》《红梨花记·选胜》《西楼记·邸聚》。这些作品主要描述文人相聚时或赏景饮酒，或谈古论今，或吟诗作赋，展现出浓烈的文人旨趣。此外，还有一类作品亦描述文人聚会时的场景，但表达的是对现实钩心斗角的厌倦和对金钱财物的舍弃，具有较浓的道家出世思想。

选本中选录的豪侠题材类剧目虽然有七种，但是这几种或属于北曲内容，如《千金记》；或选录内容多侧重表达英雄豪侠的爱情故事，如《红拂记》《双雄记》；或表达英雄人物遭难时的人生感慨，如《宝剑记·感怀》。这类作品与文人题材的感慨相似，因此亦可归入此类。南曲选本真正属于英雄豪侠题材的仅有《花亭记·演武》，但其主人公是百花公主，说明这一时期南曲剧目中表现英雄豪侠英武之气的作品较少，体现了天启以来曲坛上"难从北方从前""少者正铜将军铁绰板唱苏学士大江东耳"的现实困境。① 从这个角度而言，这一时期一些曲学家所提倡的北曲复兴有一定的现实意义。

天启以来，仙佛题材亦是一个重要类型，如《昙花记》《修文记》《长生记》《蕉帕记》《樱桃梦》等，但是这一时期的南曲选本均无涉及。选本所收《跃鲤记·仙聚》一套，结合曲文看，似乎涉及仙佛题材，然而，在北剧曲选本中，这一类题材的剧目比较多。笔者认为随着南北曲曲体的分野，在题材、文武场等诸多方面逐渐产生了区分，这种区分成了南北曲曲体发展的一种新的表现。

三、南曲散曲之选曲倾向

明代后期的曲坛，"散曲中心全部集中在江浙一带，北曲一系几乎绝迹"②，散曲选本《吴歈萃雅》《吴骚合编》《吴骚集》皆暗示了这一时期散曲兴盛的地域性中心。明代嘉靖以来"南曲日趋隆盛，尤其是昆腔勃兴后，北曲迅速衰落，南曲成了曲坛的主流"③，万历、天启间的南曲"处于继续兴盛之中"④，作家人才辈出，呈现出一派繁荣景象，散曲代表作家有梁辰鱼、沈璟、王伯良、陈所闻、冯梦龙、卜大荒、史叔考、张叔周

---

① 止云居士：《万壑清音》序，见王秋桂主编：《善本戏曲丛刊》，台湾学生书局，1987年版，第4页。
② 田守真：《试论明代散曲流变》，《四川师范大学学报（哲学社会科学版）》，1992年第5期。
③ 李昌吉：《中国古代散曲史》，华东师范大学出版社，1991年版，第379页。
④ 赵义山：《明清散曲史》，人民出版社，2005年版，第208页。

等。但是这一时期，天启间戏曲选本亦反映出明代后期的这种南曲兴盛之风，其中《词林逸响》风月两卷、《彩笔情辞》中南散套与南小令、《太霞新奏》共选录南散套 353 套、小令 210 首。如果按宫调体系加以统计，结果见表 2-12：

表 2-12　《词林逸响》《彩笔情辞》《太霞新奏》收录散曲统计①

宫调	《太霞新奏》散曲 套数	小令	《彩笔情辞》南散曲 套数	小令	《词林逸响》散曲 套数	小令	总计 套数	小令
仙吕宫	15	28	11	18	10	7	36	53
羽调	3	2	0	2	1	0	4	4
正宫	19	4	3	4	11	4	33	12
大石调	3	1	0.5	2	0	0	3.5	3
中吕	16	7	11	16	7	0	34	23
南吕宫	35	20	21	8	18	2	74	30
黄钟宫	8	1	6.5	0	9	0	23.5	2
越调	3	2	3	0	1	4	7	6
商调	40	15	15.5	16.5	26	6	81.5	37.5
双调	3	5	18	23	0	5	21	33
仙吕入双调	21	12	0	0	16	0	37	12
杂调	17	35	3	28	8	7	28	70

通过上表可知，南曲选本中套曲倾向于商调、南吕调、仙吕入双调。而小令则主要使用杂调、仙吕、南吕宫。这一时期的选本涉及广泛，视野开阔，除无名氏作品 11 套散曲、13 首小令外，涉及作家 87 位，其中有元末明初散曲家高明、刘兑、李邦佑，有明代中期散曲家曹含斋、常楼居、陈大声、冯惟敏、沈青门、祝枝山、唐伯虎、王九思、杨慎、梁晨龙，还有明中后期散曲家沈璟、王伯良、龙子犹、卜大荒、史叔考、张叔

---

① 由于《彩笔情辞》南北曲收入较为平衡，故其中南北合套统计时各算 0.5。《词林逸响》则以收南曲为主，故其中南北合套计入南曲。此外由于编选者原因，有些曲调选本中并未出现，如《太霞新奏》中无小石调，《彩笔情辞》中无仙吕入双调。《词林逸响》将杂调称作过曲，此处都统归为"杂调"，黄钟入双调暂归入黄钟。

周、陈荩卿。选本还收录了世不经见之作,如一代大儒王阳明所制散曲《词林逸响》收其【甘州歌】"恬退"一套。虽然选本收录南曲作家广泛,作品繁多,但是这些作品仍具有一定的倾向性,具体而言主要体现在以下三方面:

(一)散曲选曲的语言的清丽化和格律化倾向

明万历后期的南曲逐渐走上一条日趋雅化的道路。这种南曲雅化的趋势,"在艺术上,南曲——尤其是昆腔的典雅精致,一方面导致了语言上的华美,另一方面又导致了声律上的严谨,声韵谐和成了作曲的第一要求,这样,作曲便更多地属于曲人之事"[1]。总体而言,晚明南散曲的雅化主要体现在两个方面:一是词风的清丽化,二是格律的极致化。选本选曲亦体现出这种倾向。笔者统计了南散曲选本中作品收录的前20位作家,见表2-13:

表2-13 选本收录南曲作家统计表

排序	作家	套数	小令	排序	作家	套数	小令
1	沈璟	37	9	11	陈荩卿	6	3
2	王伯良	34	26	12	高东嘉	6	1
3	梁伯龙	32	12	13	秦时雍	6	3
4	龙子犹	20	5	14	史叔考	6	3
5	张伯起	15	8	15	郑灵舟	6	0
6	沈仕	12	14	16	王九思	6	2
7	陈大声	12	8	17	高濂	5	1
8	张叔周	11	4	18	刘东生	4	3
9	沈自晋	7	7	19	杨慎	3	11
10	沈子勺	7	1	20	冯惟敏	0	12

选本中收录的作家情况亦在一定程度上反映出明代后期的曲坛格局。明代后期,"散曲中心全部集中在江浙一带,北曲一系几乎绝迹"。在前20位作家中,王九思、冯惟敏属于北方戏曲家,杨慎属于四川籍作曲家,

---

[1] 李昌集:《中国古代散曲史》,华东师范大学出版社,2007年版,第379页。

秦时雍属于安徽亳州人,刘兑生平籍贯不详,其余人都是江浙一带的作家。选本中虽然收录了冯惟敏、杨慎、王九思、秦时雍四人的作品,但大都是比较短小的小令,套曲数量三个人共收录15套,其数量远不及江浙作家,而且这三人主要的散曲创作在万历前,属于明代中前期,因此,选本收录的作品主是明代后期江浙一带作家的作品。而在以上20位作家中,收录作品最多的四位是沈璟、王伯良、梁伯龙、龙子犹,选本中所收他们的作品远超其他人,这基本可以反衬出明代后期南曲的发展脉络,如《衡曲尘谭·作家偶评》云:

> 若《江东白苎》一辞,读之有学士风,张伯起评以"掷地金声",殆非虚语。与伯龙相后先者,吾乡之沈青门,峻志未就,托迹醉乡,其辞冶艳出俗,韵致谐和,入南声之奥室矣。①

梁伯龙作《江东白苎》,其词"读之有学士风"。所谓"学士风",当要指曲词的"冶艳出俗,韵致谐和",沈仕、梁伯龙属于明代散曲"香奁体"的代表人物,对他们作品的收录体现出散曲选曲词风的追求。凌濛初在《谭曲杂札》中指出:"自梁伯龙出,而始为工丽之滥觞,一时词名赫然,盖其生嘉、隆间……崇尚华靡。"②他的这种评价是较为客观的。选本中收录梁伯龙散套32套、小令12首,排名第3;收录沈仕散套12套、散曲12首,排名第6。这些都是梁伯龙、沈仕较有代表性的作品,能集中体现他们创作的艺术特点:

> 【梁州序】郊原风暖,园林春霁,日午香薰兰蕙。翩翩绿草,寻芳竞拂罗衣。只见秋千初试,纨扇新开,惊得双飞起。为怜春色也,任风吹,飞过东家,知为谁!(合)花底约,休折对!奈悠扬春梦浑无际。关塞路,总迢递!
>
> (以下数曲略,出自《词林逸响》选录梁辰鱼《咏蝶》)
>
> 【八声甘州】如醉如痴,这冈怀深似,沧海无底烟波迢递,青鸟断绝消息,伤情最怕日傍晚,听幽砌蛩吟苦韵悲,故人尚离,隔万山

---

① 张琦:《衡曲尘谭》,见《中国古典戏曲论著集成》(四),中国戏剧出版社,1959年版,第270页。

② 凌濛初:《谭曲杂札》,见《中国古典戏曲论著集成》(四),中国戏剧出版社,1959年版,第253页。

千水。

【前腔】无奈，遣芳心似织，把情云态何，日重会鸳衾鸾枕，一旦顿成抛弃，相思最苦成病也，料人在天涯，犹未归此情，仗谁人传与消息。

（以下数曲略去，沈青门《托雁传情》）

这些作品呈现出一派香艳清丽之风。自沈仕、梁伯龙后，"吴音一派，竞为剿袭，靡词如绣阁罗筛、铜壶银箭、黄莺紫燕、浪蝶狂蜂之类。启口即是，千篇一律"①。但不可否认的是，自此之后，梁伯龙的这种香艳清丽之曲席卷整个南曲曲坛，"吴闾自面冶游儿，争唱梁郎雪艳词"②，"歌儿舞女，不见伯龙，自以为不祥，人有轻千里而来者"③。此外，"又有陆九畴、郑思笠、包郎郎、戴梅川辈，更唱迭和，清词艳曲，流播人间"④。而无论是选本《词林逸响》还是《太霞新奏》，皆表现出对这种词风清丽作品的青睐。

除梁伯龙的清丽之词外，选本还集中收录了沈璟、王伯良、龙子犹的词，而且不仅仅是这三人，周围人的作品均有涉及，如沈璟之族侄沈伯明、沈君善、王伯良之弟王伯成、王伯玉。这些曲学家在辞藻上纠正了梁伯龙主导的清丽香艳之风，但也使得这一时期的曲坛向着高度格律化的方向发展。在选本中，这种趋势最明显之处就体现在集曲的普遍使用。沈璟改梁辰鱼拼凑十二调而成的【巫山十二峰】，至于套数中每一支曲皆集二三调而成者更是寻常可见。选本共收录集曲小令三首，而且还出现了"集曲套曲"，如《太霞新奏》收录龙子犹《为董遐周赠薛彦升》，其套式为【绣待引】【懒针线】【醉宜春】【锁窗寒】【大节高】【浣拨帽】【东瓯莲】【尾声】。此套共使用八支曲牌，除【尾声】外，其余皆使用"集曲"形式，这即是一种追求韵律的体现。而选本中对此类集曲、套曲的收录皆占有一定比重，这在一定程度上反映了编选者对这种追求音律新奇的创作方式的认可。以沈璟、冯梦龙、王伯良等人为代表的音律派虽然在一定程度

---

① 凌濛初：《谭曲杂札》，见《中国古典戏曲论著集成》（四），中国戏剧出版社，1959年版，第253页。
② 王世贞：《嘲梁伯龙》，《弇州山人稿》卷四十九。
③ 张大复著，阿英校点：《梅花草堂笔谈》，上海杂志公司，1935年版，第91页。
④ 朱彝尊：《静志居诗话》卷十四，人民文学出版社，1990年版，第430页。

上扭转了明代散曲的香艳之风,如沈璟就曾提倡恢复曲之浅近本色,但同时又提倡"宁声协而词不工,无宁词工而声不协"的主张,而这种思想又受到明代中期选本编者的认可。在这种思想影响下,其选曲又体现了"以词协韵严为主"的音律倾向。无论是《词林逸响》,还是《彩笔情辞》《太霞新奏》,选本编选者在编选过程中均表现出对选录作品之音律严格谨慎的态度。

田守真将明代后期的南散曲称为"畸形繁荣"时期,追求辞藻的清丽化和对音律的过分追求,使得明代散曲的发展趋于形式主义,在辞藻和韵律上呈现出较为明显的倾向。

(二)选曲题材的风情闺怨化倾向

明代后期,"南曲所擅长的男女情致成了散曲的主要内容,虽然传统的言志抒怀之作并未绝迹,但已远不像前散曲以'志情'为重要的主题"①。因此,"以香奁为题,多写闺中之思、伤感之情"已成了明末南散曲的普遍特征。在这种风潮的影响下,选本中闺情、闺怨、离情、感怀、有怀之类的作品俯拾即是。笔者对散曲收录作品进行了分类,见表2-14:

表 2-14 选本收录作品题材分类

分类	套数	小令
风情类	240	128
赠和类	50	46
抒怀类	23	13
咏物类	31	18
悼亡类	3	1
嘲谑类	5	4

选本收录作品最多的是风情类,其中套数240套、小令128首,代表作家主要有沈仕、陈大声、梁伯龙、沈璟、冯梦龙、卜大荒、郑若虚等。选本中收录的此类作品,主要分为以下三种:(1)闺怨类,这类作品写得含蓄委婉,主要为男性词人模拟女性口吻,表达思恋以及怨愤之情。此

---

① 李昌集:《中国古代散曲史》,华东师范大学出版社,2007年版,第379页。

外,选本中亦收录了一些"男闺怨"的作品,如沈璟之《男思情》【集贤宾】套"彩云妆凤台",秦时雍之《忆情》《闺情》《寄少华》等,皆通过"男想女"的模式来表达相思之情,但是描写内容仍集中于"绣幌""梧桐""海棠""珠泪""香腮""娉婷"等闺房意象上,因此与"女想男"的套式并无太大区别。(2)欢愉类,主要描述男女相会时的愉快场景。这类作品多以"幽欢""欢会""幽会"为题。(3)艳情类。主要展现绮罗香泽、男幽女怨,甚至包含一些色情描写,充斥着世俗市民情趣的作品。

选本中亦选录了一些闺怨类作品,但这类作品往往是"因假闺人之意,以开烈士之膺"的言志之作,如沈青门《秋怨》:

【集贤宾】梧桐露冷生嫩黄,半檐秋浸纱窗。玉马无情频斗响,顿惊开梦里鸳鸯。教人暗想,怨只怨西风狂荡。空悒怏,怎能够倩魂重往?

【其二】记别时话儿都是谎,好教人暗里彷徨。莫不是信着他人闲论让,他那壁厢背后轮枪。难遮怎挡?俺只有青天在上。君细访,枉了人算甚高强!

【黄莺儿】消瘦杜韦娘,惨离情泪两行。几回怕入芙蓉帐,衣残麝香,楼空画梁。愁来暗觉如天样,细思量,天犹较短,不比这愁长。

【其二】砧韵度东墙,月中庭漏渐长。秋来倍觉添惆怅,诗闲锦囊,衾闲象床。相思暗把浓愁酿,最心伤,数声归雁,凄楚过潇湘。

【猫儿坠】想去秋厮傍,醉倚石头床。觑着眉儿画短长,花前携手说高唐。萧郎,又不知甚处迷留,软玉温香?

【其二】倾心吐胆,博得个假乖张。有话何人远寄将?看今年不似旧行藏。参商,为甚的负却初心,顿忍相忘?

【尾声】谩劳魂梦频相向,这是还不了生前业帐,为雨为云枉断肠。

这套作品分别收录于《词林逸响》和《太霞新奏》,虽然两个选本皆标作者为"沈青门",但实际上"前四套为沈青门作,后几支为张凤翼续"①,曲词中描述了一位无奈叹息与等候心上人的闺中女子,心上人"不知甚处迷留,软玉温香",而她只能"谩劳魂梦频相向","为雨为云枉断肠"。这套曲词可以说是"借闺怨"言怀,寄寓了作者孤独寂寞、凄惨悲凉的心境,"沦身未济,落魄不羁""非儿女之情多,是英雄之气塞",显然其中寄寓着某种情感。

在这种以闺怨题材为选曲倾向的引导下,编者在收录选本作品时将视野投向闺阁女子。选本近90位南曲作家中,其中3位女性曲家格外引人注目,即黄峨、范夫人、方氏。她们的作品见表2-15:

表2-15 选本收录女性作家统计表

作者	作品题目	收录内容	选本名称
黄峨	苦雨	【黄莺儿】"积雨酿清寒"四支	《词林逸响》
范夫人	春日书怀	越调【棉搭絮】套"薄寒轻悄"四支	《词林逸响》《太霞新奏》
方氏	新秋	【浪淘沙】"昨夜雨绵绵"两支,【集贤宾】套"高城漏尽"	《太霞新奏》

杨慎夫人黄峨的作品受到时人的推崇,王世贞尝举其《黄莺儿》"积雨酿春寒,见繁花树树残。泥涂满眼登临倦。江流几湾,云山几盘,天涯极目空肠断。寄书难,无情征雁,飞不到滇南"盛称之,以为"杨又别和三词,俱不能胜"。其作品在题材上仍属闺情类,但别有一种鲜妍的情趣、纤丽的格调。

总之,选本在选曲上体现出对闺怨题材的青睐,在一定程度上反映出晚明曲词家在心学思潮引导下"以情反礼"的心境,而且晚明小说、诗歌创作都表现出这种较浓厚的市民情趣,曲学家又怎能不受这种风潮之影响。选本编选者对这些作品的青睐,在一定程度上亦体现出"以情为主""肆意畅情""近情从俗"的思想旨趣。这种倾向与晚明南曲曲坛态势有着密切的联系。晚明南散曲多表现闺房"艳情幽思","满纸娘行多娇",呈

---

① 《吴骚合编》此曲后编著云:"此曲前四阕,散见青门《唾窗绒》内,皆佳句也。偶得《敲月轩词稿》,见伯起先生此作,续而成套,诚如贯明月之珠,合苔华之璧矣。但后曲虽飘逸绝尘,惜气稍弱,盖笔致之相岐。不可以过论耳。"可知此套为沈青门、张伯起两人所作。

现出不同于"北之雄壮"的柔婉特点,任半塘先生更是将这种柔婉之曲风称为"甜俗红腐之习,阘茸委靡之风",认为"曲之运终由此而衰,不得谓之由是而振"。① 此说未免太过偏激,却比较准确地概括了晚明曲坛的发展趋势,在这种影响下,选本作品亦表现出对"闺怨""言志"类题材的青睐。

(三)"翻元曲"作品的收录与曲坛"南北争宗"

天启间选本还对另外一类作品尤为青睐,即"翻元曲"或"翻北曲"。关于"翻北曲",戏曲作品中亦有,如王济《南连环记》,李日华、崔时佩《南西厢记》,数量不多,但是在选本中较为丰富。选本中共出现"翻元曲"套曲28套,小令2支,主要涉及沈璟、沈瓒兄弟二人及沈伯明、卜大荒。

"翻北曲"作品自晚明以来便饱受各个时期曲学家之诟病,如晚明凌濛初在《谭曲杂札》中批评《南西厢》"截鹤续凫""点金成铁"。② 李渔在《闲情偶寄》中认为"词曲中音律之坏,坏于《南西厢》"。③ 对于散曲领域的"翻北曲",任中敏先生《散曲概论》云:"沈氏于所翻诸曲,虽自命曰青冰,实则去蓝水。犹甚远,直是点金成铁,活文字则死之,新意境则腐之耳。"④ 这类作品是否真如各家所云,是失败的范本呢?其实,笔者认为各家批判太过偏激,从曲学发展史上看,这类作品有积极的意义。

谈及南曲,曲学家的观点主要是"词不快北耳而后有北曲,北曲不谐南耳而后有南曲"⑤。关于南北曲的关系实际是北曲为正宗,南曲承北曲之变而来。但是晚明曲坛的发展态势是南曲逐渐兴盛,北曲逐渐消亡,随着这种南北曲发展的不平衡,北曲的正宗地位逐渐受到质疑,曲坛逐渐萌发南北曲平等的思想,形成了"南、北二曲,譬之同一师承,而顿、渐分

---

① 任讷:《曲谐》卷一,见《散曲丛刊》,凤凰出版社,2013年版,第1112页。
② 凌濛初:《谭曲杂札》,见《中国古典戏曲论著集成》(四),中国戏剧出版社,1959年版,第257页。
③ 李渔:《闲情偶寄》,见《中国古典戏曲论著集成》(七),中国戏剧出版社,1959年版,第33页。
④ 任中敏:《散曲概论》,见《散曲丛刊》,凤凰出版社,2013年版,1099页。
⑤ 王世贞:《曲藻》,见《中国古典戏曲论著集成》(四),中国戏剧出版社,1959年版,第28页。

教；俱为国臣，而文、武异科"①的思想。南曲诸家亦积极地为南曲获得曲坛正宗地位寻求理论支持。如王骥德《曲律》云：

> 曲之有南、北，非始今日也。关西胡鸿胪侍《珍珠船》（其所著书名）引刘勰《文心雕龙》，谓：涂山歌于"候人"，始为南音；《有娀》谣于"飞燕"，始为北声。及夏甲为东，殷整为西。古四方皆有音，而今歌曲但统为南、北。如《击壤》《康衢》《卿云》《南风》，《诗》之二《南》，汉之乐府，下逮关、郑、白、马之撰，词有雅、郑，皆北音也；《孺子》《接舆》《越人》《紫玉》、吴歈、楚艳，以及今之戏文，皆南音也。豫章左克明《古乐府》载：晋马南渡，音乐散亡，仅存江南吴歌，荆、楚西声。自陈及隋，皆以《子夜》《欢闻》《前溪》《阿子》等曲属吴，以《石城》《乌栖》《估客》《莫愁》等曲属西。盖吴音故统东南；而西曲则后之，人概目为北音矣。以辞而论，则宋胡翰所谓：晋之东，其辞变为南、北；南音多艳曲，北俗杂胡戎。以地而论，则吴莱氏所谓：晋、宋、六代以降，南朝之乐，多用吴音；北国之乐，仅袭夷虏。②

在这段论述中，王氏引用刘勰《文心雕龙》中的观点，认为南北曲各有其渊源，南曲上承涂山氏之歌《孺子》《越人》，下逮吴歈、楚艳，以及今之戏文，在"晋马南渡，音乐散亡"后，北曲亦仅存于"江南吴歌，荆、楚西声"，而且"南曲吴音"虽然"故统东南"，实际为"北音"。这种为南曲溯源的做法，归根结底是认为"南曲""南音"源远流长，代表着曲坛正宗，而北曲仅仅是"杂胡戎""袭夷虏"的混合品。

南曲承北曲而来，对此王伯良、周之标又岂会不知，但是在明代后期，随着南北曲发展的不平衡，南曲家们在这种思潮影响下，一方面通过追溯南北曲源流而提高南曲地位，另一方面则进一步明确南北曲曲体之别。程芸先生认为，"明代曲学的'尊体'大略而言，以推尊北曲为先导，然后波及南曲；……'翻北曲'现象的出现，从另一个角度折射了元曲之

---

① 王骥德：《曲律》，见《中国古典戏曲论著集成》（四），中国戏剧出版社，1959 年版，第 269 页。
② 王骥德：《曲律》，见《中国古典戏曲论著集成》（四），中国戏剧出版社，1959 年版，第 269 页。

于明代曲家的典范价值"①。他从蒋校、沈璟编订南曲宫调曲谱的角度，认为对南曲的"分厘宫调"属于"窃取北曲宫调，强为列次"②的行为，而且沈璟"每制曲，必遵《中原音韵》《太和正音》诸书，欲与金、元名家争长"③。从这个角度而言，确实"翻元曲"体现了对元人宫调体系的模拟，有着较为明确的"尊体"意识。也是基于此，选本中收录沈璟翻元曲作品最多，为14套，约占选本收录其作品总数的三分之一，但是笔者认为，"翻元曲"作品的选录，所体现的不仅仅是明人对元人作品的膜拜，随着南曲宫调体系的建立与完善，其中更含有与北曲"辨体"的意识。在《太霞新奏》收录的30首"翻北曲"作品中，有22首标作"翻北词"，6首标作"翻元词"，两首标作"翻元人北词"，从这个角度看，其含有较为明确的"南北曲"曲体之辨体意识。

如《太霞新奏》中冯梦龙于王骥德《越王台吊古》后批注云：

入声派平上去三韵，在北曲用三声者则然，若南曲仍有四声，自不得借北韵而废入声一韵也。如皆来韵，时曲每以容、色等字押上，额、墨等字押去，使周郎听之，有不笑为"两头蛮"者乎？伯良此曲，绝不借北韵一字，可以为法。

冯梦龙此处之意是说由于南曲分四声，北曲只有三声，因此南曲在创作中往往受北曲之牵制，如"皆来韵，时曲每以容、色等字押上，额、墨等字押去"，借北韵而押南曲，而为人所耻笑。其所强调的是在南曲创作中要坚守南曲之韵，不能因翻作北曲而失南曲之体。这种从韵律角度明辨南北曲之曲体，与晚明南北曲曲体分野的背景相关。

随着南北曲曲体意识的分野更加清晰，"翻元曲"不仅要为南北曲辨体，更重要的是为南曲树立典范。通过梳理选本收录的"翻北曲"作品，发现主要翻作的题材为闺情类，选本中共涉及翻作28套，其中23套为闺情类，为什么在这类题材上沈璟、沈瓒等人大量翻作"北曲"呢？"翻北

---

① 程芸、李艳华：《明人"翻北曲"现象初探——兼论元曲的"经典化"与"再生产"》，《南京师范大学文学院学报》，2015年第3期。

② 俞为民、孙蓉蓉：《历代曲话汇编：新编中国古典戏曲论著集成（清代编）》（第二集），黄山书社，2009年版，第65页。

③ 俞为民、孙蓉蓉：《历代曲话汇编：新编中国古典戏曲论著集成（明代编）》（第三集），黄山书社，2009年版，第65页。

曲"的出发点在于对元人或名人所作的此类作品的不满。王骥德在《曲律·杂论》中云"诸君子间作南调,皆非当家也",甚至连"作南曲者,如高(高明)如施(君美),平仄声韵,往往离错。作法未凉,驯至今日,荡然无复底止,则两君不得辞作俑之罪"。沈德符亦在《顾曲杂言》中云李开先所作南曲"生硬不谐,且不知南曲有入声,自以《中原音韵》叶之,以致吴侬见诮",而之所以受到南曲诸家诟病,主要是其以北曲声韵而谐南调,显然这种做法是不合理的。南北曲声韵之差异导致南北曲曲体上的差异,婉约缠绵之闺情词显然用南曲创作更为合适,如沈子勺《离情》(翻北词):

【步步娇】别凤离鸾惊时变,新景添新怨。雕窗袅篆烟,青琐虚凉,翠幄空展。却忆俏婵娟,酬不了当初愿。

【江儿水】常想西江夜,舣画船,芳菲北苑开春宴。七换凉州歌喉颤,一声金缕香风转。怕对羞人莺燕,旧恨从头,十二阑杆凭遍。

【园林好】昏惨惨愁城似天,远迢迢长日胜年。记一笑春风娇面,灯儿下鬓云偏,急回首已茫然。

【五供养】别来想见,见月缺多时,也有团圆。画堂深窈窕,归翼柱蹁跹。怕玉钩未卷,一天愁着谁消遣?诉一晌心间事,写一幅肠断篇,等一个孤雁回旋。

【川拨棹】双眸倦,看这艳阳时三月天。对一杯闷酒尊前,对一杯闷酒樽前,少一个人儿在眼前。害相思张解元,盼神仙归洞天。

【锦衣香】春衫和泪穿,犹是伊针线。玉箫深夜吹,多是君愁怨。傲杀槎头金盘双荇,笑他并蒂两红莲。香云迢递,蝶浪蜂颠。纵东风难见,怕颠倒风吹花片,不与些儿便。怎生留恋?看看瘦得,沈腰一线。

【浆水令】煞静悄垂杨庭院,虚供养绿暗红嫣。银钩屈曲指骈联,淋漓锦袖,细草鸾笺。刚删订,相思传,迟迟月上桃花扇。香罗帕,阑珊了旧盟新愿。流苏帐,冷落了粉露确烟。

【尾声】愁人怎把闲情遣,一任啼春两泪悬,谁管领春山双翠浅?

沈璟这一套描摹离情可谓层层深入,首曲"别凤离鸾惊时变,新景添新怨"点明离情,"青琐虚凉,翠幄空展"给人一种悲凉凄惨之感,但是紧接着【江儿水】【园林好】两曲时空转换，回忆了"芳菲北苑开春宴。七换凉州歌喉颤，一声金缕香风转"的欢乐场面，最后又回到现实，"诉一晌心间事，写一幅肠断篇，等一个孤雁回旋"，蓦然回首往事已茫然，作者只能"一任啼春两泪悬"。对于"翻北曲"，冯梦龙曾嗤之曰"人翻窠臼，家画葫芦，传奇不奇，散套成套"①，但他是欲指出这类作品中"翻北曲，故每借北韵，然非南曲之体也"的弊病，对于其中比较成功的作品亦不乏赞美之词。

从南曲的角度而言，"翻北曲"现象体现出南曲作家在南曲逐渐兴盛之后，为南曲"辨体"，欲以南曲为典范，树立南曲曲坛正宗的地位的目的。"翻元曲"作品的大量选录，一定程度上说明明代中后期南曲题材之狭窄，"一部分的人便想从北曲里汲取些新的题材与内容来"，"产生了许多'曲海青冰'一类的'以南翻北'之篇什"。②虽然饱受时人和后人诟病，"翻北曲"作品却暗含了曲学流变与发展态势，对于研究晚明曲坛尤其是南北曲的融合发展有着重要的意义。

第三节　天启间选本之北曲概况与选曲倾向

天启间戏曲选本中，《万壑清音》收录北曲剧曲 39 种，其中收录杂剧作品 8 部 15 折。《彩笔情辞》收录北散曲 102 套、小令 189 首。就剧曲而言，以仙佛题材和英雄题材为主，作品内容体现出"宗元"倾向，语言风格相较南曲"流丽缠绵"之曲风显得较为"本色"。就散曲而言，以元人及嘉靖以前的文人作品为主，嘉靖后的北曲作品较少。戏曲选本的编选在一定程度上可以反映戏曲创作情况。天启间戏曲选本散曲的收录情况也比较清晰地反映了北曲的创作情况。北散曲自昆腔兴盛以后迅速消亡，难复昔日之兴盛。

---

① 冯梦龙：《曲律叙》，见《中国古典戏曲论著集成》（四），中国戏剧出版社，1959 年版，第 47 页。

② 郑振铎：《中国文学史》（下），中国文史出版社，2015 年版，第 833 页。

一、北曲剧曲选曲

北曲《万壑清音》收录剧曲 39 种，其中杂剧作品 8 部 15 折，分别是《负薪记》《三藏取经》①《西游记》《太和记》《西厢记》《气张飞》②《不服老》③《妆盒记》④。收录南戏作品《连环记》《草庐记》《绣球记》《宝剑记》《千金记》《三国记》《精忠记》《明珠记》8 部 12 折，收录传奇作品《昙花记》《青楼记》《八义记》等 23 部 41 折。

编者止云居士在凡例中明确云"曲盛于元，而北曲尤元人之长技。今则元人所作多不选入，大都取我国朝名家最善者辑而刻之"，可知选本选录作品主要为明人所作北曲。与《万壑清音》相比，《词林逸响》虽然同为收录剧曲的选本，但是二者收录曲目差异很大，即使是相同的曲目，所选内容也不尽相同。笔者对两个选本所选相同曲目进行了比对，详见表2－16：

表 2－16　《词林逸响》《万壑清音》收录同剧目统计表

剧目	《词林逸响》	《万壑清音》
《西厢记》	李日华南曲本《西厢记》第二十三出《乘夜踰垣》、第二十七出《月下佳期》、第五出《佛殿奇逢》等	北曲杂剧王实甫本《西厢记》之《惠明带书》《草桥惊梦》
《浣纱记》	第二十五出《演舞》、第二十六出《寄子》、第二十三出《迎施》、第二十七出《别施》、第二出《游春》、第三十出《采莲》、第三十四出《思忆》	第十二出《谈义》、第三十三出《死忠》
《千金记》	第二十二出《北追》、第二十六出《北点将》、第三十五《十面埋伏》	第十五出《代谢》、第二十二出《北追》、第三十五出《楚歌》、第二十六出《辕门听点》

---

① 选本收录《西游记》四折，其中《诸侯饯别》《回回迎僧》两折出自吴昌龄杂剧《三藏取经》，《擒贼雪耻》《收服行者》两折出自杨讷杂剧《西游记》。
② 选本收录《草庐记》之《怒奔范阳》一折，原本中并未有此折，实际出自元杂剧《气张飞》。
③ 选本收录《金貂记》之《敬德装疯》《收服高丽》两折，出自元杂剧《不服老》。
④ 选本收录《妆盒记》情况较为复杂，其中曲词源自元杂剧《抱妆盒》，而宾白则出自《金丸记》，故将此暂归入杂剧。

续表2-16

剧目	《词林逸响》	《万壑清音》
《焚香记》	第二十六出《阳告》、第二十七出《阴告》	第二十四出《构祸》、第二十六出《陈情》、第二十七出《鸣冤》、第三十二出《传笺》
《明珠记》	第六出《由房》、第十二出《惊破》、第四十一出《珠圆》、第三出《酬节》、第二十五出《煎茶》	第十五出《探关》、第三十七出《授计》
《绣球记》	第三出《计议招婿》、第八出《旅邸被盗》、第十八出、第二十五出《夫妇荣归》	改编自《破窑记》第二十九出，《绣楼记》第二十出
《八义记》	第五出《宴赏元宵》	第十二出《宣子争朝》（选本作"赵盾挺奸"）
《宝剑记》	第五十一出《自叙》	第三十七出
《灌园记》	第十五出《君后制衣》、第十六出《君后授衣》、第二十一出《朝英夜候》	第二十八出《墓祭王烛》
《还魂记》	第十出《惊梦》、第十二出《寻梦》	第二十三出《冥判还魂》
《红梨记》	无名氏本（《古本戏曲丛刊》初集99种）第二出《选胜》	徐复祚该本（《古本戏曲丛刊》初集98种）第二十三出《再错》
《花亭记》	《演武》（原作遗失）	《百花点将》

《词林逸响》与《万壑清音》虽然同收录剧曲，但是二者的选曲主张、收录标准并不相同。两个选本共有12部同名作品，除《千金记》《焚香记》所选内容较为一致外，其余作品内容差异较大，主要体现在以下三方面：

第一，即使是同一剧目，收录的底本并不相同。如《词林逸响》之《红梨记》选录内容出自无名氏改编本，而《万壑清音》之《红梨记》则选自徐复祚改编本。再如《词林逸响》之《西厢记》选自李日华改编本，而《万壑清音》之《西厢记》则选自元代王实甫本。再如《万壑清音》之《八义记》所选内容究竟出于哪一本已难以确认，但是可以肯定的是与《词林逸响》之《八义记》定非一本，而且《万壑清音》本《八义记》与现存各本明显不同。《破窑记》现存版本主要有李九我批评本、富春堂本（《绣刻演剧》收录）、《绣楼记》改编本、《风月锦囊》本，其中《词林逸响》所选与富春堂本较为接近，而《万壑清音》所选内容《绣楼记·夫妇团圆》则明显与现存各本不同。

第二，即使选本底本相同，选录内容亦不尽相同。如两个选本所选《浣纱记》《宝剑记》《还魂记》《明珠记》虽然选录底本基本一致，但是选录内容不同。如《词林逸响》之《还魂记》主要选录第十出《惊梦》，第十二出《寻梦》，截取的人物以柳梦梅和杜丽娘为主，而《万壑清音》所选为第二十三出《冥判》，截取的人物以杜丽娘和判官为主。再如《词林逸响》之《浣纱记》所选内容分别是第二十五出《演舞》、第二十六出《寄子》、第二十三出《迎施》、第二十七出《别施》、第二出《游春》、第三十出《采莲》、第三十四出《思忆》，截取的人物以西施和范蠡为主，而《万壑清音》所选内容则是第十二出《谈义》，第三十三出《死忠》，截取的人物以伍子胥为主。

第三，原本散佚，选录内容亦不同。两个选本均选录《花亭记》，主要讲述了百花公主与书生海俊的爱情故事，原本《花亭记》已经散佚，难以比对，很难判定两个选本中的内容是否出于同一本，但是两个版本内容明显不同。《词林逸响》之《花亭记》主要选录内容为百花公主与侍女江华右演武一段，选入【二犯江儿水】【前腔】两支曲牌，《万壑清音》主要选录内容为百花公主点将及赠剑一节，科白兼收，共使用【倾杯玉芙蓉】【朱奴儿】【粉蝶儿】等11支曲牌。

二、北曲剧曲之选曲倾向

《万壑清音》共收录剧目39种，其中12种与南曲选本《词林逸响》重合，然而这些剧目无论是作品版本还是截取的人物、情节均不相同。这说明《万壑清音》的选曲倾向明显不同于南曲剧目，主要表现在以下两方面：

（一）选曲重视仙佛题材、英雄题材

天启间选本的北曲剧目在题材上表现出一定的倾向性。对于明清传奇，吕天成曾依题材将之划分为六类："一曰忠孝，一曰节义，一曰仙佛，

一曰功名，一曰豪侠，一曰风情。"① 而在吕氏的划分中，忠孝和节义均属于道德伦理层面，故可并为一类。这五个分类是否可以全面涵盖一部传奇作品，周贻白先生对此提出质疑，"因为南戏的篇幅，冗长者居多，关目较繁，自不能单纯地把一个剧本分在某一类"②。周先生此处虽然是就南戏而言，但其并不是专指宋元南戏，而是泛指明清以来篇幅冗长的戏剧作品，包括南戏和传奇。北曲选本中选录南戏和传奇作品亦占多数，一些选本所选内容与作品的整体类型存在差异，尤其是北曲选本所选篇目与一部传奇之故事主轴存在一定差异，如《还魂记》的故事主线是杜丽娘与柳梦梅的爱情，但选本截取的是第二十三出《冥判》，如若仍将其归入风情类，显然不合理。因此，北曲剧目主要依据选录回目内容分类，见表2-17：

表2-17 选本辑录北曲剧目题材统计

类型	曲目	数目
忠孝节义	《月下追贤》、《击碎玉斗》、《辕门听点》（《千金记》）、《议兵不和》、《继盛典刑》（《鸣凤记》）、《平章游湖》（《红梅记》）、《姜维救驾》（《草庐记》）、《韩信救主》（《歌风记》）、《伍员自刎》（《浣纱记》）、《拷问承玉》（《妆盒记》）、《雪夜访贤》（《鲛绡记》）、《韩公报愤》（《麒麟记》）、《齐王祭贤》（《灌园记》）、《赵盾挺奸》（《八义记》）	11剧14折
风情	《逼写休书》、《诉离赠婿》、《认妻重聚》（《负薪记》）、《璚贞订盟》、《淑贞鼓琴》（《青楼记》）、《城下觅音》《明珠重合》（《明珠记》）、《夫妇团圆》（《绣球记》）、《草桥惊梦》（《西厢记》）、《金石不渝》（《焚香记》）	6剧10折
文人	《决策御敌》（《焚香记》）、《渔樵闲话》（《负薪记》）、《席上题春》（《太和记》）、《青门饯别》（《双红记》）	4剧4折

---

① 吕天成：《曲品》，见《中国古典戏曲论著集成》（六），中国戏剧出版社，1959年版，第223页。

② 周贻白：《中国戏剧史长编》，上海书店出版社，2007年版，第164页。

续表2-17

类型	曲目	数目
仙佛	《郊游点化》、《凶鬼自叹》、《圣力降魔》、《木侯夜寻》、《菩萨降凡》（《昙花记》）、《擒贼雪耻》、《收服行者》（《西游记》）、《回回迎僧》、《诸侯饯别》（《三藏取经》）、《梁芳证道》、《裴湛再度》（《李丹记》）、《无颇买卜》、《无颇脱难》（《龙膏记》）、《超悟脱化》、《逢真幻侠》（《蕉帕记》）、《宫袍报喜》、《破嗔悟道》（《樱桃梦》）、《阴告拘夫》、《诉神自缢》（《焚香记》）、《冥判还魂》（《还魂记》）、《慧娘出现》（《红梅记》）、《惠明带书》（《西厢记》）、《伍员访外》（《浣纱记》）、《疯魔化奸》（《精忠记》）、《掷金却怪》（《长生记》）、《采花邂逅》（《红梨记》）	14剧26折
英雄	《敬德装疯》、《收服高丽》（《不服老》）、《吹散楚兵》、《十面埋伏》（《千金记》）、《萧后起兵》（《题塔记》）、《董卓差布》（《连环记》）、《怒奔范阳》（《气张飞》）、《垓下困羽》（《歌风记》）、《计就追获》（《红拂记》）、《田营盗盒》（《双红记》）、《夜奔梁山》（《宝剑记》）、《武松打虎》（《义侠记》）、《单刀赴会》（《三国记》）、《百花点将》（《百花记》）	12剧14折

天启间北曲选本主要倾向于收录仙佛题材剧目，共收14剧26折，约占选本收录剧目的三分之一。为什么选本中会出现如此多的仙佛题材剧目呢？从历史渊源讲，仙佛题材剧目一直是北曲元杂剧中的一大题材。据统计，《元曲选》及《元曲选外编》162种元剧中，"神仙道化"类剧目有37种，约占总数的23％。[①] 明代北曲选本剧目依然延续元代题材倾向，在佛道神仙题材上形成了三种倾向：一是延续传统之"度脱"剧，主要截取神仙"度人"的情节，表现度脱升仙、归隐向道的主题。选本所收录《昙花记》《蕉帕记》《樱桃梦》《长生记》《李丹记》等皆为此类。二是截取"仙鬼救人"的情节，表现出善恶有报的主题。或出于人物的善良而为，如《红梅记》李慧娘之所以出现，是为了使众姐妹免受贾似道刑罚之苦；或出于"有情人终成眷属"的愿望而惩恶扬善，如《西厢记》传书之惠明和尚、《龙膏记》之道姑、《牡丹亭》之判官、《焚香记》之海神。三是表达"赎罪"之观念。《西游记·诸侯送别》之尉迟敬德、《精忠记·疯魔化奸》

---

① 丁淑梅：《神的色彩，人的世界——元道教题材剧人物形象摭谈》，《文史知识》，1993年第10期。

之秦桧，二人虽然在政治上都有一定作为，但作品中都表现了他们对所做所为的"赎罪"意识。《昙花记·凶鬼自叹》《圣力降魔》虽然表现的是地狱中恶徒的种种惨状，实际上亦是对"为恶"的一种反思，主题仍然为"赎罪"意识。

选本中选录此类题材剧目，除《西厢记》《三藏取经》为元代作品外，其余均为明嘉靖后作品，而且这些作品并不是全本皆使用北曲，仅为其中数折。嘉靖后期南北曲在曲体之分野上逐渐清晰，曲学家们逐渐从声律、音韵、宫调、曲牌等诸多方面进行区分，那么这种区分是否会波及题材，是否会涉及舞台演出中现实与仙境在南北曲音乐体制上的区分呢？北曲选本中仙佛题材较为集中，是否与此相关呢？当然，此处较多猜测之意，古人关于舞台演出的资料留存较少，对仙佛题材曲目难以界定，仅以选本中之北曲曲目作为论据稍显薄弱，但是不可否认的是，戏曲作为一种程式化的舞台艺术，其音乐程式与舞台表演有许多值得深入挖掘之处。

除仙佛题材剧目外，北曲选本中所收忠孝节义题材和英雄题材剧目有14折，南曲选本中主要选录的风情剧涉及6个剧目10折。忠孝节义和风情剧一直是传统戏曲最主要的题材，那么选本中英雄题材为何占有较大比例呢？这实际上和选本编选者的选曲标准有密切关系。如止云居士在凡例中云"集中所选劲切雄壮者十之六"，"余宁尚壮而黜柔"。编选者对"劲切雄壮"之词的青睐，使得选本倾向于英雄题材，也使得选本中的人物角色体现出一定的倾向性，如表2-18对《万壑清音》选本中68折作品的主唱进行的分类：

表2-18　《万壑清音》人物角色统计

角色	净、外、末、丑	生、小生	旦、夫、贴、老旦	生旦	混杂
数量	22折	19折	11折	4折	11折

由上表可知，选本中选录的剧曲以"净、外、末、丑"[①]类角色为主，"生、小生"类次之，而女性角色仅有"旦、贴、老旦、夫"，可见选本选

[①] 选本中有一些人物未标明人物之角色，如《惠明传书》之惠明，《不服老》中尉迟敬德，《昙花记》中的灵照，《连环记》中的探子，等等。比对这些剧目的后世流传本，其中均未标注人物角色，故根据人物在剧中的唱词等推断大概属于何种角色。

曲偏向于男性角色唱词,如《拷问承玉》一折,拷问者和被拷问者作为矛盾双方,彼此唱词应当分布均匀,但是实际选本中唱词仅有"末"陈琳唱词,寇宫人一句唱词都没有。这可能是由于选本继承了元杂剧,但有些剧目为明人创作,如《萧后起兵》其主角应当是小旦萧后,而实际上整套唱词中只有引子属于萧后,其余唱词皆为杂探子。显然作品中的人物角色更倾向于阳刚英武的男性,之所以产生这种倾向,主要是选本选录作品的"雄壮劲切"更适合男性角色。从现实角度讲,则是出于对曲坛"今日难从北方从前,如云如缕,俱似二八女郎所哗,少者正铜将军铁绰板唱苏学士大江东耳"情况的不满与纠正。

(二)选曲作品之"宗元"倾向

除了以仙佛题材为主,选本所收作品亦体现了一定程度的"宗元""宗北"倾向。止云居士在凡例中虽然强调"曲盛于元,而北曲尤元人之长技",但其坚持"元人所作多不选入,大都去我国朝名家最善者辑而刻之,使后世亦知国朝文人之盛"。① 这说明选本编选北曲的目的是弘扬明人创作的北曲作品,其中却不自觉地掺杂了"宗元"的选曲倾向。选本中收录或改编的元人作品见表 2-19:

表 2-19 《万壑清音》收录元人作品统计

编号	选本	备注
1	《负薪记》:《渔樵闲话》《逼写休书》《诉离赠婿》《马前泼水》	元杂剧《渔樵记》
2	《金貂记》:《敬德装疯》《收服高丽》	元杂剧《不服老》第三、第四折
3	《草庐记》:《怒奔范阳》	元杂剧《气张飞》
4	《西游记》:《擒贼雪耻》《收服行者》	元末明初杨讷杂剧
5	《西游记》:《回回迎僧》《擒贼雪耻》	吴昌龄杂剧
6	《妆盒记》:《拷问承玉》	元杂剧《抱妆盒》和明传奇《金丸记》
7	《西厢记》:《惠明传书》《草桥惊梦》	王实甫北曲《西厢记》

---

① 止云居士:《万壑清音》凡例,见王秋桂主编:《善本戏曲丛刊》,台湾学生书局,1987年版,第25页。

续表2-19

编号	选本	备注
8	《精忠记》：《疯僧化奸》	元杂剧《东窗事犯》
9	《千金记》：《月下追信》《辕门听点》《十面埋伏》	前两折改编自金仁杰元杂剧《萧何月夜追韩信》第三、四折，《十面埋伏》则出自无名氏《咏十面埋伏》（据《词林摘艳》卷四收录选曲）

一部声称以"国（明）朝名家最善者"为主的选本，其中近四分之一为元人作品，这能否说明北曲选本具有明显的宗元意识呢？也许这种"宗元"是编选者的无心之举，其主观上并没有这种意识。因为一些原作本身就含有元杂剧成分，而在明代曲学上各种翻作层出不穷。如《千金记·月下追信》一折，《千金记》现存版本主要有世德堂本、仇英绘像本、富春堂本、明末汲古阁本，但是在流传的各个版本中《月下追信》一折皆为元杂剧第三折。同时，有一些作品编者是比较清楚其源流的，如《负薪记》改编自元杂剧《渔樵记》，关于此编选者在凡例中亦明言，"北曲吴兴臧先生有元人百种曲之刻，已专美于前矣。兹所选者，悉不敢蹈袭，然其中若一卷《渔樵闲话》四折，则又大同而小异。若拷问承玉，略稍相同，余皆迥别矣"[①]，选本编选者明知道《负薪记》与元人作品大同小异，却将其选入选本，这不是和其所云"元人所作多不选入"的选曲标准相矛盾吗？类似《负薪记》这种情况选本中较为普遍。如《妆盒记·拷问承玉》一出，在明代选本中亦出现得较为频繁，《乐府玉树英》《乐府菁华》《玉鼓新簧》等南曲选本中皆收录，但无论是作品名称还是具体内容，北曲选本均与各本差异较大，其余三本与现存《金丸记》皆为南曲本，北曲本曲牌使用则出自《抱妆盒》，宾白则出自《金丸记》，编选者对此剧目的曲牌和宾白之来源当是较为清晰的，选本之所以标作"妆盒记"，显然是为了与元剧有所区别。

总之，北曲选本或有意或无意地体现出一种"宗元"倾向。这种"宗元"倾向使得明末濒临灭亡的北曲杂剧获得了短暂复兴的机会，也促进了

———

① 止云居士：《万壑清音》凡例，见王秋桂主编：《善本戏曲丛刊》，台湾学生书局，1987年版，第28页。

元杂剧的经典化。如《千金记》在戏曲选本中广为流传，明代共有 26 个戏曲选本选录此剧。

南曲选本《词林逸响》云其选曲"南曲为主，间收北曲之最传者"，其中选录的北曲即有《千金记》，显然《千金记》即其所谓"北曲之最传者"。其中明代选本中收录《北追》的选本共 22 个，收录《点将》的 12 个，收录《十面埋伏》的 10 个。此外以收录南曲为主的《吴歈萃雅》《乐府南曲》《增订珊珊集》都收录了北曲《千金记》，并标作"北追""北点将"等字样。实际上，《吴歈萃雅》《增订珊珊集》推崇南曲达到一种近乎偏执的态度，前文已述，其收录作品即使是南北合套，也仅仅收录其中的南曲。然而这些作品都收入了《千金记》，这在一定程度上亦反映出这部作品流传之广泛。明人选本编者的"宗元"倾向，在一定程度上可以说从批评、传播、表演、曲体等方面赋予了北曲新的生命力，使得在南曲盛行的晚明时代，北曲依然获得了较为广泛的关注。

（三）曲词和宾白"本色化"

"本色"在明代曲论中是一个非常复杂的概念，既可就语言审美风格而言，亦可就戏曲体制而言，还可就戏曲情感抒发而言。"本色"在最初的诗歌理论中并不复杂。从刘勰、陈师道等人对这个概念早期的运用中，我们会发现"本色"就是指本来的特色。赵山林先生就认为"本色"实际上就是指"某种文学艺术样式固有的审美特色"[①]，就语言风格而言，"本色"实际上是与"骈俪"相对而言的，指戏曲"不可着一毫脂粉""不杂一毫糠衣"，是一种"文而不文，俗而不俗"的清新自然的语言风格。天启间北曲选本是这一时期唯一的宾白和曲词兼收的作品，宾白、曲词都体现了"本色化"的倾向。

（生）俺今年四十九岁，明年五十岁上，去求取功名，倘然得了一官半职，博得紫袍金带回来，那时你就是一位夫人，有什么不好？

（旦）怎么说！你要去做官？什么官！阿是杉木官，柳木官，松木官，河里水判官，这样人做了官，除非是蛇叫三声狗曳车，蚊子穿了答答靴，龟山水母卖包儿，王母娘娘摊饼者，我才做得你夫人哩。

---

① 赵山林：《古代曲论中的"本色"论》，《文艺理论研究》，1998 年第 4 期。

（旦）我这纸休书，商量得不耐烦，计较得不耐烦。我料你又无东阁西轩，南庄北舍；河内无船，岸上无田，人头上又无钱；只有一双赤足，两个空拳，把什么去做官！

——《负薪记·逼写休书》

【双调新水令】（尉）则俺水墨鞭闲放了整三年。又不知哪一个与咱交战，重磨新日月，再整就山川，收灭了六十四处狼烟，更有那一千阵恶征战。

【雁儿落】（尉）骡骅骝走似烟，战马儿急如箭，你休道平地上走不出鬼门关，突□里直要寻见。

【得胜令】呀！这的是难比美良川，假饶你走到滔魔天，今日是你合休日，今年是你该死年，当先不刺刺一骑马疾如箭，心坚，我正是为青山懒赠鞭。

——《不服老·收服高丽》

上面两段话分别摘自《万壑清音》之《负薪记》《不服老》。"蚊子穿了答答靴，龟山水母卖包儿，王母娘娘摊饼者"，"东阁西轩，南庄北舍；河内无船，岸上无田，人头上又无钱；只有一双赤足"，"平地上走不出鬼门关"，这几段曲词或宾白能够化用俗语，通俗易懂，质朴而不失真，可谓"本色化"。冯梦龙曾言："词家有当行、本色二种。当行者，组织藻绘而不涉于诗赋；本色者，常谈口语而不涉于粗俗。"[1]

从渊源上而论，选本中北曲源自元剧，其所体现的"宗元"倾向在一定程度上使得其语言更具元杂剧质朴自然的本色风格。选本语言的"本色化"具有重要的现实意义。明代中后期，随着昆山腔的崛兴，南曲逐渐取代北曲，此后两位曲坛领袖梁辰鱼和沈璟分别将南曲之发展带入骈俪化和音律化的轨道，使得南曲呈现一种清雅柔远的风格。《万壑清音》所选曲目虽有将近十分之四属于"清雅柔远"，但其编选者力求以"正铜将军铁绰板稍振其气"，这种做法在一定程度上纠正了南曲的发展，也使得北曲获得了新的生机，迎来了短暂的复兴。

---

[1] 冯梦龙：《太霞新奏》，见王秋桂主编：《善本戏曲丛刊》，台湾学生书局，1987年版，第609页。

三、北曲散曲之选曲倾向

北散曲产生于元灭金亡宋的动荡时期，而随着元朝的统一，时局逐渐稳定，文学史也迎来了散曲的辉煌时代。这一时期散曲作品题材广泛、风格多样、名家辈出、雅俗共赏，散曲创作极其繁荣，体制亦逐渐完善成熟。据《全元散曲》统计，其中收录可考的散曲作家有213人，散曲作品小令3853首、套曲457套。元代散曲既有豪放通俗之作，又有典雅清新之辞，并且逐渐形成了"文而不文，俗而不俗"的艺术典范，成为中国古代文学史上又一座艺术高峰。此后的散曲创作大多以北散曲为宗，形成了"自缙绅及闾阎歌咏者众"[①]的局面。然而，明代以来，随着南曲昆山腔的兴盛以及南方经济文化的繁荣，北散曲逐渐衰落甚至消亡。

天启间收录北曲作品的戏曲选本主要是《彩笔情辞》，其中收录北散曲104套、北小令189首。如果按宫调统计，则为黄钟调套曲6套、小令2首，南吕调套数43套、小令9首，商调套数8套、小令5首，双调套数20套、小令41首，仙吕套数10套、小令8首，越调套数5套、小令1首，正宫套数3套、小令11首，中吕套数6套、小令22首，此外还有般涉调小令2首，小石调套数2套。可见北曲选本宫调主要倾向于南吕调、双调、中吕、正宫。如果对选本收录作家进行统计，就会发现元明两代北曲收录情况极不平衡，见表2-20：

表2-20　天启间北曲收录情况统计

时代	作家	套数	小令	时代	作家	套数	小令
元	汤舜民	18	0	元	张云庄	0	10
元	关汉卿	3	0	元	无名氏	20	56
元	乔孟符	3	0	小计		63	87
元	曾瑞卿	2	0	明嘉靖以前	陈大声	9	40
元	贯酸斋	1	1	明嘉靖以前	诚斋	5	0
元	兰楚芳	2	0	明嘉靖以前	杨慎	3	21

---

① 周德清：《中原音韵》，见《中国古典戏曲论著集成》（一），中国戏剧出版社，1959年版，第175页。

续表2—20

时代	作家	套数	小令	时代	作家	套数	小令
元	刘廷信	2	0	明嘉靖以前	冯惟敏	1	22
元	张鸣善	2	3	明嘉靖以前	段显之	1	0
元	张小山	2	0	明嘉靖以前	金在衡	1	0
元	胡紫山	0	1	明嘉靖以前	唐以初	1	2
元	贾仲明	1	0	明嘉靖以前	王敬夫	1	12
元	贾伯坚	0	1	明嘉靖以前	无名氏	15	3
元	景元启	1		小计		37	100
元	吕止轩（庵）	1	3	万历天启间	冯延年	1	2
元	王嘉用	1	0	万历天启间	孙子真	1	0
元	庚吉甫	1	0	万历天启间	倪公甫	1	0
元	杨景华	1	0	小计		3	2
元	赵明道	1		合计			
元	马昂夫	1	0	元		63	87
元	王和卿	0	1	明嘉靖以前		37	100
元	徐子方	0	10	万历天启间		3	2
元	卢疏斋	0	1	小计		103	189

天启间戏曲选本收录元代作品套数63套，小令87首，主要涉及汤舜民、关汉卿、张养浩等21位散曲作家。天启选本收录明代嘉靖以前北散曲37套，小令100首，作品主要涉及陈大声、诚斋、杨慎、王九思、冯惟敏等8位散曲作家。嘉靖后期的北散曲作品则仅仅收录套数3套、小令2首，所占比重不足百分之二，主要涉及冯延年、孙子真、倪公甫3位散曲作家。天启间戏曲选本的收录情况比较清晰地反映了北曲的创作情况。北散曲自昆腔兴盛以后，虽然没有迅速消亡，但已经走向没落，难复昔日之兴盛。

天鬻斋主人云："是集（《彩笔情辞》）皆两朝文人之作，故云彩笔。又皆为青楼诸姬之曲也，故云情辞。"这一时期北曲选本的编选明显受到风靡盛行之南曲的影响，因此天启间选本中北散曲在题材上亦体现出这种倾向。按照前文南曲散曲之分类，选本所收散曲作品可分为以下几类，见

表 2-21：

表 2-21 《彩笔情辞》收录散曲统计

类型	套数	小令
赠和类	40	27
风情类	39	47
感怀类	11	2
悼亡类	7	3
咏物类	3	4
嘲谑类	5	7

由上表统计可知，选本收录赠和类作品套数 40 套、小令 27 首，其中 40 套作品皆为与青楼女子交往赠和题材。赠和类作品主要涉及叙赠、赠美、劝嘱题材。这些作品的写作对象都是青楼女子，如珠帘秀、观音奴、张五儿等。这体现出文人与青楼女子关系之密切，如汤舜民《劝妓》、无名氏《嘱嫁》等作品：

【南吕一枝花】丽春园有世情，鸣珂巷无公论。爱村沙欺软弱，嫌文墨笑温纯。别是个家门，饱暖随时运，诙谐教子孙。伴风姨陪月姊甚日辞栅，觅花钱偿酒债何年证本？

【梁州第七】妆镜里暗暗的添了白发，酒席上飘飘的过了青春。急回头已是三十尽。粉褪了杏肋桃脸，涎干了瓠齿樱唇，尘暗了锦筝银甲，香消了彩扇罗裙。恁待要片时间拔类超群，则除是三般儿结果收回。招一个莽庄家便是良人，嫁一个穷书生便是孺人，苦一个俊孤忏便是夫人。小生，暗忖。如今的这女娘每一个个口顺心不顺，多诡诈少诚信。直待红鸾活现身，可不道好景因循。

【牧羊关】试点检莺花薄，细摩挲烟月文，真乃是有奇花便有东君。玉箫女结韦皋两世丝萝。苏小卿配双渐百年眷姻。谢天香遂却耆卿志。李亚仙疼煞郑生贫。薛琼英大享着奢华福，韩索梅深蒙雨露恩。

【尾声】你毕罢了柳衢花市笙歌阵，我准备着凤枕鸳帏锦绣茵，纵然道板障的娘娘有些生仇，明放着玉镜台主婚，金花诰保亲，不愿从良的也算得个蠢。

曲中描述了青楼女子"鸣珂巷无公论","伴风姨陪月姊甚日辞栅,觅花钱偿酒债何年证本"的现实境遇,随着年华的老去,她们"妆镜里暗暗的添了白发,酒席上飘飘的过了青春",劝其"招一个莽庄家便是良人,嫁一个穷书生便是孺人,苦一个俊孤答便是夫人",最后祝愿其"奇花便有东君",分别引用了玉箫女、苏小小、谢天香、李亚仙、薛琼英、韩索梅的例子加以劝说。这套曲子道明了从妓的悲哀下场,劝青楼女子早早从良。北曲赠和歌姬的作品不同于南曲选本中的作品,北曲赠和类和风情类虽然都以妓女为描写中心,但这类作品体现了对妓女的关心,含有较重的道德劝解和道德含义。明代闺情类作品虽然也有一些借助此题材有所兴寄,但大部分仍然侧重于对世俗社会形态的描述,充斥着较为浓厚的脂粉气息。

第四节　天启间戏曲选本之编选价值与意义

从选曲内容的音乐性而言,这一时期的选本既有以收录北曲为主的《万壑清音》,又有以收录南曲为主的《词林逸响》《太霞新奏》,还有南北曲兼收的选本《彩笔情辞》。从曲体角度而言,选本既收杂剧,又收南戏、传奇,还收古辞时调,天启间四个选本选曲标准、编排体例、编选内容的多样化,反映出晚明以来曲学上南北融合、雅俗嬗变的曲坛风貌。四种选本皆标榜其在"厘正""校正""名家考订"层面的作为,皆以曲坛正宗自居,为研究这一时期的曲学思想的发展流变提供了丰富的文献资料。

一、选本的文献价值

戏曲选本的主要价值之一就在于文献价值。朱崇志认为文献保存作用主要体现在"戏曲作品的辑佚和校勘两个方面"[①]。如现存的 150 余种元杂剧中,有 143 种见于戏曲选本。明代传奇存目约有 966 种,但大多已经

---

① 朱崇志:《中国戏曲选本研究》,上海古籍出版社,2004 年版,第 124 页。

佚失，现存约 207 种，流传的戏曲选本中也保留了大量佚曲，约有 157 种。再如，元代单刊杂剧作品除《西厢记》留存残本外，基本上已亡佚，我们今天之所以能够管窥元人杂剧的原始风貌，就是有赖于明人的元杂剧选本，如《改定元贤传奇》《古今杂剧选》《杂剧选》《元曲选》《古今名剧选》《元刊杂剧三十种》等。诚如杜海军教授所言："戏曲史发展过程中，许多剧作是借助戏曲选集这一载体得以流传的，没有戏曲选集，多数的戏曲作品（特别在元、明时期）便无处可觅。"①

(一) 保存了丰富多样的文献资料

天启间戏曲选本《词林逸响》收录了《琵琶记》《西厢记》《荆钗记》《白兔记》《金印记》等 44 部作品。虽然选录作品不多，但是这些作品底本丰富，版本较为珍贵与罕见，其中《花亭记·演武》一套目前仅见于《词林逸响》，同题材的作品如《百花记》虽然在《歌林拾翠》《万壑清音》《时调青昆》《万家合锦》中都有收录，但是《花亭记·演武》使用【二犯江儿水】【前腔】与其他各本内容并不重复，显然并非一本。再如选本所收《崔君瑞传》《西厢记》虽然在南曲选本中亦很常见，但其中某些曲牌与其他选本明显不同，这些不仅为南曲研究提供了丰富的文献底本资料，而且反映了曲学发展态势，有助于我们清晰认识天启间南曲的发展演变。此外选本还收录《罗囊记》《龙泉记》《玩江楼记》《四节记》，亦属于散佚作品。而《荆钗记》《金印记》则一剧两底本，其中《荆钗记》选录《祭江》《苦别》《忆别》《别任》《捞救》《行路》《严训》六套，现存的本子有影钞士礼居旧藏明初本（简称"影钞本"）、明姑苏叶氏刻本《王状元荆钗记》、明万历金陵继志斋刻本《重校古荆钗记》（简称"重校本"）、明刻本《李卓吾先生批评古本荆钗记》、明万历金陵唐氏富春堂刻本《新刻出像音注节义荆钗记》、明万历刻本《屠赤水先生批评古本荆钗记》（简称"屠改本"）、明毛氏汲古阁刻本《荆钗记定本》，《古本戏曲丛刊》初集收录影钞明初刊本、继志斋本两种。而《别任》一套出自明初影钞本，其余五套则出自"屠改本"。与《荆钗记》一剧目两底本情况类似的还有《金印记》，《金印记》现存版本主要有万历间《重校金印记》（简称"重校本"）、嘉靖间进贤堂刻《风月锦囊苏秦》（简称"锦囊本"）、万历间继志斋刻《重校

---

① 杜海军：《论戏曲选集在戏曲史研究中的独立价值》，《艺术百家》，2009 年第 4 期。

苏季子金印记》(简称"继志斋本"),以及崇祯间刻本《金印合纵记》(简称"崇祯本"),《词林逸响》收录其《议试》《鬻钗》《寻夫》《旅叹》四套,但是《鬻钗》一套与其他三套底本并不相同,出自"崇祯本",这说明后世流传的崇祯本《金印合纵记》①可能在天启间就已经产生。

《万壑清音》仅39部,其中仍保留了《负薪记》《太和记》《三国记》《歌风记》《西天取经》②《鲛绡记》③《青楼记》④《题塔记》《长生记》《百花记》《八义记》⑤11种⑥散佚作品,约占三分之一。而且《万壑清音》收录的剧曲非常具有代表性,其收录的杂剧虽只有8部,但既有元杂剧《不服老》《气张飞》《三藏取经》《西游记》《西厢记》,亦有明人改编自元杂剧的《妆盒记》《负薪记》,更有文人杂剧《太和记》,此外还收录了南戏《草庐记》《三国记》《明珠记》等9部作品,传奇《浣纱记》《红梅记》《还魂记》等22部作品。以选录北曲为主的《万壑清音》亦收了改编自南曲的《绣球记》《千金记》《精忠记》等剧目,以选录南曲为主的《词林逸响》却收了北曲《北追》《北点将》《阳告》《阴告》等剧目。既有南曲本《千金记》,亦有北曲本《千金记》,这种选曲倾向一方面反映了这一时期的曲学发展盛况,另一方面也为研究晚明的戏曲文献、曲坛动态提供了丰富多样的文献资料。

天启间戏曲选本《词林逸响》雪、月两卷和《万壑清音》虽然仅涉及72部⑦作品,但是这些作品涵盖元、明两朝各种文体形式,既有元杂剧亦

---

① 玉夏斋《十种传奇》收录《金印合纵记》,与崇祯本相一致,又名《黑貂裘》。
② 《万壑清音》中标作《西游记》,但是笔者经文献比对发现其中《诸侯伐别》与《回回迎僧》并不属于杨景贤作《西游记》,而是属于吴昌龄杂剧《三藏西天取经》。
③ 现存本《鲛绡记》主要讲述了南宋书生魏必简与沈琼英的爱情故事,选本中的《鲛绡记》讲述的是宋太祖赵匡胤雪夜访贤的故事,两剧恐非一事,因此《鲛绡记》当为佚曲。
④ 傅惜华在《明代传奇全目》中将《水浒·青楼记》与《万壑清音·青楼记》混而为一,但是通过选本与《水浒记》刻本的研究,我们可知道两剧风马牛不相及。
⑤ 据吴歌《八义记》考证,《万壑清音》本《八义记》与后世刊行的60种曲本并非一个版本体系,而现可见本仅60种曲本,其他诸本已经散佚。
⑥ 卓明星《〈万壑清音〉所辑佚曲论析》一文中提及《万壑清音》中的佚曲为《负薪记》《歌风记》《绣球记》《三国记》《太和记》《题塔记》《百花记》《长生记》八个剧目,但是笔者经过文献比对发现,《绣球记》主要由南戏《破窑记》《绣楼记》两剧目合成,不能算严格意义上的佚曲。此外尚有《西天取经》《鲛绡记》《八义记》《青楼记》属于佚曲。
⑦ 《词林逸响》涉及作品44部,《万壑清音》涉及作品39部,但两个选本有《西厢记》《灌园记》《百花记》《浣纱记》《还魂记》《千金记》《焚香记》《彩楼记》《连环记》《八义记》《红梨记》《明珠记》12部作品重合,故实际共涉及71部作品。

有明杂剧,既有南戏亦有传奇,为研究明清曲学文体发展演变提供了丰富多样的文献资料。而以收录散曲为主的《词林逸响》风、花两卷和《太霞新奏》《彩笔情辞》共选录套曲作品447套(其中三个选本重复选录作品16套)、小令209首529支。虽然从数量而言,与明代万历以来宏大的创作规模相比显得九牛一毛,但是这些作品具有丰富多样的特点,主要体现在两个方面:一是曲体形式丰富多样。从音乐体制方面来讲,选本不仅涉及南曲选曲,还涉及北曲选曲,其中还有一部分南北合套。从文学体制而言,则涉及套曲、小令,其中既有明万历至天启间流传的"时曲""近辞",亦有元古辞、明古辞。二是一些戏曲选本收录了世不经见之作。如王阳明所制散曲在其文集中并未收入,但是天启间选本《词林逸响》收【甘州歌】"恬退"一套。绝大部分戏曲散曲作家是下层文人,他们的作品最终也是依靠选集得以保存的。散曲选集的出现与留存对散曲的流传和保存起到了不可替代的作用。

(二) 体现了精准的校勘价值

早期戏曲创作者即使到了以文人为创作主体的明代,依然为下层文人、书会才人、梨园艺人。这些人的社会地位、文化水平参差不齐,加之戏曲作品时代久远、坊刻粗滥等原因,或"牌名板眼,坊刻讹谬相扔,甚至句少文缺,于理难通",或"失于无板,间有点板者,则又苦于无白。使玩之者茫然不知为何物,即有有白者,又多鄙俚可厌"。天启间四种选本中的凡例对这种情况均有说明:

> 选曲至今日极矣,然有选得稍备,失于无板,间有点板者,则又苦于无白。使玩之者茫然不知为何物,即有有白者,又多鄙俚可厌,亦在选中。或曰子之集乃尽善矣。然则南曲独无所取乎?余曰否,有南曲练响嗣刻行世。
>
> 兹集点板俱系名家订定,则他刻有误皆已订正,而其中间有二底板者,此诸刻本中所未尝有见者,幸勿作夏虫两疑冰也峰甚。
>
> ——《万壑清音》凡例

> 曲不分今古,期于共赏,是编遍觅笥稿,就正名公,稍涉粗鄙,不敢漫收,虽曰乐府碎金,无填词家完璧。
>
> 牌名板眼,坊刻讹谬相仍,甚至句少文缺,于理难通,兹悉宗正

派，务使声律中于七始，而字字改订，不厌其详。

曲中之调，有单有合，歌者茫然不解所犯，今尽标明，至声分平仄，字别阴阳，用韵不同之处，细查《中原音韵》，即为注出，使教者可导迷津，学者得乘宝筏。

——《词林逸响》凡例

辞人姓氏近刻混淆，不可胜数。今悉为改正，原有无名氏者，但酌其刻本及抄本之先后，而概书元明等辞，以少别之，并不敢伪填。

集中辞有注改刻者，有注删改者，多是从古本择改。间有因所作本佳而或宫调微乖，或音律稍误，或句意重复，或韵脚差讹，特访名家，互相参订，宁冒无知之诮，庶消白璧之瑕。

是集南辞点板悉遵前辈旧式，并不趋时以失古意。韵选辨之甚详。若北辞则多入弦索，但每句圈断而已。

——《彩笔情辞》凡例

曲之衬字，歌时抢带各自有法，皆拈出细书，亦有传讹袭舛，以衬为正者，俱依墨憨斋新谱查定。

坊刻时曲腔板讹传妍媸不辨，兹刻按谱定板，复细加批阅，使歌者可以审腔，作者有所取法，其名家评品有切词理者附载本曲左方。

前辈不欲以词曲知名，往往有其词盛传而不知出于谁手者，吴歈萃雅悉取文人姓字妄配诸曲，欲眩世目，贻笑明眼。兹刻选止新词，于古曲未悉厘正，唯二沈先生制久为人借去数套，今特还之，其有讹传未的者，姑托之无名氏以俟徐考。

——《太霞新奏》凡例

天启间四个选本编者均在凡例中表现出对时下"鄙俚可厌""讹谬相仍""腔板讹传妍媸不辨""传讹袭舛""悉取文人姓字妄配诸曲"现象的不满，接着标明其一方面"特访名家""俱系名家订定""悉宗正派，务使声律中于七始，而字字改订，不厌其详"，另一方面言其"细查《中原音韵》""多是从古本择改""按谱定板""不敢伪填"，这样做可以"使教者可导迷津，学者得乘宝筏"。标榜"从古本择改"的戏曲选本具有较高的参考价值，如《焚香记》是讲述王魁、敫桂英婚姻事件的优秀剧作，其中《阴告》《阳告》两出经常被搬演于戏曲舞台，赵景深曾对之有过考辨，"后来昆剧场常唱的《阳告》便是《陈情》的前半，《缀白裘》和《六也曲谱》均载之,《阴告》便是《陈情》的后半,不及《阳告》多矣"。此处的《陈情》指的是《焚香记》全刻本的第二十六出,但从选本《词林逸响》《醉怡情》来看,其所选《阳告》"恨漫漫"、《阴告》"虚飘飘"分别来自玉茗堂本《焚香记》的《陈情》和第二十七出《明冤》。《词林逸响》是昆腔清唱选本,《醉怡情》也自称"昆音点板",都属于昆曲演出本,则上述结论显然有修正的必要。另一显著例证是《青楼记》。傅惜华在《明代传奇全目》中将《水浒·青楼记》与《万壑清音·青楼记》混而为一,但是通过对选本与《水浒记》刻本的研究,我们可知这两剧风马牛不相及,由此更可以看出戏曲选本之于校勘的重要性。天启间戏曲选本在散曲校勘方面的价值尤为明显,如《太霞新奏》所说的"前辈不欲以词曲知名,往往有其词盛传而不知出于谁手者,《吴歈萃雅》悉取文人姓字妄配诸曲"现象在曲坛上非常普遍,三个选本中亦存在这种情况,沈青门【集贤宾】"梧桐露冷"一套在一些选本中往往标作"张伯起作",但是《太霞新奏》对作者的标准较为明确,即此曲为沈青门作,后经张伯起改订,可见标"张伯起作"并不准确。

二、选本的传播价值

当然,仅仅从选曲涵盖面广、具有代表性、使用底本丰富等方面肯定天启间戏曲选本之价值是武断的。戏曲选本并不是文献资料的简单保存,其编选往往是一个经过编选者主观选择后的择汰过程,因而能够被选本收录的作品往往是一定时期内品质佳、影响广的优秀作品,戏曲选本在流传过程中所体现出的文学价值才是衡量戏曲选本的重要标准之一。戏曲的文学价值则是在选本编者主观择汰、阅读者客观传播过程中呈现的。戏曲选本之传播主要体现为文本传播和舞台传播。所谓文本传播,即以刊印的方式流布民间,具有凝固性、类同性的特点。尽管不同编选者的个人兴趣、专业水平、审美视角不同,各选本的选录标准也不一致,难免有误选、漏选的情况,但总体而言,戏曲选本的传播本身就是一个逐渐凸显戏曲作品艺术价值、显示其精华的过程。明代剧曲、散曲作品数目庞大,受地域、交通等客观条件限制,难免会产生"泥沙俱下"的现象,但是戏曲选本在其流传过程中逐渐去粗取精,最终留存的作品往往是时代的精品。如《词林逸响》就是在不断流传中受到文人学者的青睐,从而日益凸显文学价

值。龙榆生曾盛赞其"类皆清丽缠绵,极堪赏玩","其他诸人之作,并属雅音"。如其所选陈海樵《锁南枝·夜思》五首:

黄昏后,鼓一更,知君读易临小亭。灯火隔帘明,人声四邻静。停樽待,扫径迎,猛可的月移花,浑疑是君影。

天街静,二鼓余,思君此时犹读书。庭草未曾除,囊萤灿如许。门双掩,榻半虚,猛可的竹生风,长疑是君语。

三更转,夜半天,知君此时犹未眠。铁马傍风传,银河绕檐转。临闲衅,当案前,试展寄来书,浑如对君面。

樵楼鼓,刚四咚,思君不来尊已空。鬼病害得我带围松,佳期数得我指头痛。灯初暗,睡正浓,可喜的共君眠,原来是一梦。

残更断,星斗稀,思君出门来也未。隔水一鸡啼,喧林乱鸦起。人将至,喜上眉。休问我夜来情,但看我枕边泪。

这五首小令用细腻的笔触描写了女子在夜间辗转反侧难以成眠,思念丈夫的画面。五首小令就像五个特写镜头,映出了一幕幕主人公相思的动人形象。虽未曾提及相思,但是一寸月色、一缕清风、一片竹叶、一声鸡鸣、一盏青灯都包含了主人公浓烈的相思,使感情抒发实在而不空泛,倾吐了女主人公的满腹辛酸,显示了较高的艺术造诣。在《词林逸响》《太霞新奏》《彩笔情辞》中,这样的散曲作品还有很多,有待我们深入研究。

除了文学价值,戏曲艺术的价值更体现在诗、乐、舞一体,融说、唱、念、表于一体的综合性价值。戏曲选本虽然能够弥补舞台传播难以留存的遗憾,但一定程度上也造成了大众对戏曲舞台价值的忽视。天启间戏曲选本收录一些曲目并非源于其文采优美、格律严谨。如《连环记·董卓差布》:

【粉蝶儿】将相当朝,听吾号令宣。(吕上)爵位崇高,身势恍登蓬岛。

【醉花阴】(末扮探子上)虎啸龙吟动天表,黑漫漫纷纭乱搅。兵百万退雄豪,唬得俺汗似汤浇。紧紧将芒鞋捎,密悄悄奔荒郊。声喳军门,报!报!道分晓。

【喜乔迁】(末)打听各军来到,展旌旗战马连路绕周遭。闹攘攘争先鼓噪,尽打着白旛旗号将义字标,声声道肃宇宙,斩除妖孽,奋威风，扫荡①尘嚣。

【出队子】（末）俺只见先锋前道，猛张飞胆气高，却似黑煞神降下碧云霄。手执点钢长蛇矛晃耀。怎当掣电锋芒来缠绕？

【刮地风】（末）后队云长智勇骁，倒拖着偃月长刀。焰腾腾赤马红缨罩，跳突阵咆哮，刘玄德弩箭称奇妙，发一矢能射双雕。这壁厢那壁厢金鼓齐敲，天下声振星斗摇，地轴翻腾起波涛。中军账号令出曹操，他们展三军用六韬。

【四门子】（吕）乱纷纷甲胄知多少，摆队伍，分旗号，部队高，把城池，蚁聚蜂屯绕。左哨又攻，右哨又挑，满乾坤烟尘暗了。

【古水仙子】（净）忙忙挂战袍，吕将军领兵须及早。快快骑战马，走赤兔，持画戟，鬼哭神嚎，紧紧虎牢关紧守着。狠狠，看群雄眼下生骄傲。蠢蠢，那群雄不日气自消，咱咱，截住了关隘咽喉道，望太师策应助勋劳。

这一段选自《连环记》第十六回，主要描述了曹操会合各路诸侯攻打董卓，探子打探军情并向董卓父子汇报的情景。单就文采格律而言，此折比较普通，既无华丽的文采又无特殊的韵律，但是在当时及后代的戏曲舞台上广为流传。后世昆曲中丑角"五毒戏"②之一《起步问探》即源于此。事实上，至明末舞台上已很少见到整本《连环记》的演出，但是其中《问探》《议剑》《献剑》《小宴》《大宴》《梳妆》《掷戟》依然是经常上演的折子戏。

《乐府玉树英》《乐府红珊》《吴歈萃雅》《歌林拾翠》《醉怡情》《万壑清音》等戏曲选本都收录了《连环记》的散出，从而促进了戏曲作品的传播。就这一点而言，戏曲选本传播是舞台传播与文本传播的有机结合，在戏曲传播方面具有特殊的研究价值。如《百花亭》，由于一些客观原因，全本《百花亭》实际上早已散佚，但是其中的《百花点将》与《百花赠剑》依旧活跃于明清甚至近代戏曲舞台上，其原因就是戏曲选本《时调青

---

① "扫荡"后《古本戏曲丛刊》本和乙丑本有"得这"二衬字。
② "五毒戏"指的是昆曲《起布问探》《时迁盗甲》《活捉三郎》《义侠记》《说穷·羊肚》五出丑角戏，其中探子的"蜈蚣"、时迁的"蝎子"、张文远的"壁虎"、武大郎的"蛤蟆"、张婆的"花蛇"，并称"五毒"。另有说法为《下山》之小和尚的"蛤蟆"、《起布问探》之探子的"蜈蚣"、《盗甲》之时迁的"壁虎"、《戏叔别嫂》之武大郎的"蜘蛛"、《羊肚》之张婆的"花蛇"。

昆》《万壑清音》《歌林拾翠》《醉怡情》等保留了其中的片段。在某种意义上，戏曲选本即为戏曲舞台传播实况的文字载体，所以郑振铎先生说："我们在这些选本中，便可以看出近三百年来，最流行于剧场上的剧本，究竟有多少种，究竟是什么性质的东西，更可以知道究竟某一种传奇中最常为伶人演唱者是哪几出。"① 随着人们的价值观念、审美情趣和观赏要求的变化，不少作品已被人们遗忘，而许多选本所保留的众多剧目并没有失去它们原有的光泽，经过历代艺术家不断地精雕细琢和移植改编，成为活跃在戏曲舞台上的艺术精品。这些戏曲文本经演员以场上表演为标准进行了再度创作，重新展现于观众面前。然而由于文本传播具有类同性与固定性，而舞台传播具有瞬时性、流动性等特点，研究者往往比较注重其文本价值，而对舞台传播价值有所忽视。如《万壑清音》中《连环记·董卓差布》《金貂记·收服高丽》《双红记·田营盗盒》的文学价值并不突出，但是这些作品在历代选本中反复出现，主要在于其舞台传播价值。受古代媒体传播条件的限制，一些文学价值不突出但是舞台价值突出的选本的保存往往借助于以文字为载体的戏曲选本，因此选本作品的舞台价值更值得我们关注。透过对这些作品的解读，我们能够进一步了解明代戏曲的真实情况，更深入地研究戏曲史、戏曲批评及戏曲美学。

三、选本的思想价值

戏曲选本还具有重要的时代价值。一定时期的戏曲选本能够反映当时的审美趣味和潮流，有助于我们从戏曲角度探究古人的思想倾向。戏曲选本还具有一定的批评功能，如序跋部分体现的编选理念和文艺观点、编选者对作品的组合排列等，都反映了编选者对待不同作品的不同态度；选本的批评功能还表现在编选者对曲词的改动、增删上，取彼舍此，本质上乃是一种观念、一种话语形式。借助于戏曲选本，能够比较同一题材在不同时代的流变与叙事重心、叙事焦点的嬗变，有助于我们把握戏曲发展的思想潮流、戏曲观念、审美趣味的变迁。

实际上，同一剧目或截取人物、选辑情节不同，或使用底本不同，或

---

① 郑振铎：《中国戏曲的选本》，见《郑振铎文集》（第七卷），人民文学出版社，1988年版，第246页。

人物、情节、底本皆不相同。从主观层面而言，这些体现出编选者独特的编选角度与审美追求，反映出天启间活跃的戏曲批评思想；从客观层面而言，这些为后世戏曲研究提供了丰富的底本，彰显了天启以来戏曲创作的繁盛。通过对这些作品的梳理可以看到曲学发展动态。以南曲戏文《千金记》不同时期的版本流变为例，见表 2-22：

表 2-22 南曲戏文《千金记》曲牌流变①

曲目	富春堂本《千金记》曲牌	六十种曲《千金记》曲牌	《万壑清音》本《千金记》曲牌
月下追信	【天下乐】【金索挂梧桐】【随事兴】【双声子】【新水令】【驻马听】【双声子】【川拨棹】【双声子】【雁儿落】【得胜令】【挂玉钩】【七弟兄】【收江南】【梅花酒】【柰子花】【前腔】	【天下乐】【金索挂梧桐】【随事兴】【双声子】【新水令】【驻马听】【双声子】【川拨棹】【双声子】【雁儿落】【得胜令】【挂玉钩】【七弟兄】【收江南】【梅花酒】【柰子花】【前腔】	【天下乐】【新水令】【驻马听】【双声子】【川拨棹】【双声子】【雁儿落】【得胜令】【挂玉钩】【七弟兄】【收江南】【梅花酒】【柰子花】【前腔】
辕门听点	【金钱花】【神仗儿】【大叩令】【前腔】【赏宫花】【前腔】【尾声】【大环着】【前腔】【越恁好】【尾声】	【金钱花】【神仗儿】【大叩令】【前腔】【赏宫花】【前腔】【尾声】【大环着】【前腔】【越恁好】【尾声】【中吕·粉蝶儿】【十二月】【山花子】	【粉蝶儿】【石榴花】【前腔】【出队子】【十二月】【哈麻子】【上小楼】【雪里梅】【山花子】
十面埋伏	【强弓矢】【粉蝶儿】【水底鱼儿】【歧鱼急】【水底鱼儿】【前腔】【山歌】【前腔】【前腔】【水底鱼儿】【玉抱肚】【前腔】【前腔】【前腔】【前腔】【水底鱼儿】【水仙子】	【强弓矢】【粉蝶儿】【水底鱼儿】【歧鱼急】【水底鱼儿】【前腔】【山歌】【前腔】【前腔】【水底鱼儿】【玉抱肚】【前腔】【前腔】【前腔】【前腔】【水底鱼儿】【水仙子】	【仙吕·点绛唇】【混江龙】【倘秀才】【水底鱼】【油葫芦】【天下乐】【哪吒令】【鹊踏枝】【寄生草】【村里迓鼓】【元和令】【上马娇】【游四门】【胜葫芦】【后庭花】【柳叶儿】【尾】【水底鱼儿】

《千金记》现存版本主要有富春堂本、世德堂本、仇英会像本及明末汲古阁六十种曲本②，其中前三种为明末本，富春堂本、汲古阁本属于同一系列，且更接近明初南戏。③ 富春堂本与保留较多明初南戏曲文之《汇

---

① 注：表中黑体加粗为北曲曲牌，其余则为南曲曲牌。
② 笔者目前只见到富春堂本、世德堂本、汲古阁本，因此论述可能存在偏颇。
③ 马衍《〈千金记〉明刻本考辨》中云："富本（包括仇本）与明初本子更为接近，而世本则有某些时本的特征。"

纂元谱南曲九宫正始》几乎全部相同，而世德堂本则差异较大。富春堂本《千金记》只有第二十二折《月下追信》套用北曲，而《万壑清音》本《千金记》及汲古阁本《千金记》则在第二十六折《辕门听点》、第三十八折至四十折《十面埋伏》中均涉及北曲，由此可见北曲之比重在南曲戏文中逐渐增多，南曲戏文之北曲化趋势不断深入。

　　《万壑清音》中《负薪记》一剧是现存非常完备的一部明代杂剧作品。《负薪记》同样写朱买臣故事，内容大致与《渔樵记》《烂柯山》相同，以至后世常常将三剧混为一谈。如《怡春锦》中收录《负薪记·立威》一折，但是剧中张西桥这一人物并不是《负薪记》中的，通过与《万壑清音》《歌林拾翠》等比对，可知该剧中的张西桥当为《烂柯山》中的人物。再如朱崇志《古代戏曲选本研究》将《负薪记》题为《渔樵记》，但据《万壑清音》凡例所言，《负薪记》与臧晋叔所辑《元人百种》(《元曲选》)中的《渔樵记》并无关联，"其中若一卷《渔樵闲话》四折则又大同而小异"[①]。通过比对《元曲选·渔樵记》和《万壑清音·负薪记》，笔者发现有些曲文已遭改写，同时因为故事情节安排有改动，人物的性格塑造也与《渔樵记》不同。《万壑清音》"专选词家北调，搜寻索隐靡有遗珠矣"，这种对北曲北调的重视对崇祯年间的戏曲选本和创作都产生了一定的影响。《万壑清音》题词、凡例、序、叙则具有明显的理论观念，体现了编选者独特的审美追求、文体观念、格律认识。而《词林逸响》虽为南曲选集，但是相比其前《吴歈萃雅》和其后《南音三籁》，编选者对北曲的态度要宽容得多。如其中就收入了北曲《千金记》中的"北追""北点将"。再如选本中【泣颜回·郊游】"东野翠烟消"所选曲牌分别是【北石榴花】【泣颜回】【前腔】【北普天乐】【千秋岁】【前腔】【北上小楼】【越恁好】【前腔】【北十二月】【红绣鞋】【前腔】【北尧民歌】【尾声】，曲牌是南北合套的，但是在《吴歈萃雅》和《南音三籁》中所选曲牌是【泣颜回】【前腔】【千秋岁】【前腔】【越恁好】【前腔】【红绣鞋】【前腔】【尾声】，仅仅保留了南曲曲牌。这在一定程度上也反映出《词林逸响》编选者对北曲的态度。此外，《词林逸响》收曲的倾向、字句、韵律、曲牌的改动也反映了

[①] 止云居士：《万壑清音》凡例，见王秋桂主编：《善本戏曲丛刊》，台湾学生书局，1987年版，第28页。

当时社会的思想倾向。《太霞新奏》为散曲总集，明冯梦龙编，所收作品多讲求格律和用韵。篇后附有评语，多谈论写曲方法，有不少曲坛掌故。选曲作家以吴江派为主，涉及万历天启间沈伯英、王骥德、龙子犹、卜大荒、陈荩卿、陈海樵等 44 位有名姓的作家作品及无名氏作品。可见，《太霞新奏》选曲大都为"名家新制，未经人耳目者"，并且以南曲为主，其中"间采一二古调"，以吴江派作品为多，且不少以元人北词翻为南词之作。选本共选套曲 168 套，其中翻北词作品近三十套，约占总套曲的三分之一。选曲重格律及用韵，又云："是选以调协韵严为主，二法既备，然后责其词之新丽。若其芜秽庸淡，则又不得以调韵滥竽。"卷前还有沈璨《二郎神》散套代序，内容也叙格律派曲论的主张。研读选本作品，对于研究天启间曲坛思想动态、审美追求、格律主张等都有不可替代的作用和价值。《彩笔情辞》目录前附有天启甲子岁虎林张栩书《彩笔情辞叙》、不盈道人题《彩笔情辞引》及凡例 12 条，叙述了作品编选依据、作者考辨、插图版画来源、文本考订等信息，明确了"是集皆文人散辞，诸传奇杂剧内者并不混入"，主要是元明文人散曲作品。选本共 12 卷，按照散曲作品题材类型分 18 类，其中编者对赠美类、合欢类、题赠类、相思类等 9 类题材进行了阐释与定义。《彩笔情辞》之选曲，无论是元人作品还是明人作品，无论是南曲作品还是北曲作品，均采取一种南北兼收的态度。这些都在一定程度上反映了当时人们曲学态度的转变与发展。

此外，《万壑清音》《词林逸响》《太霞新奏》《彩笔情辞》选本中都刊刻了珍贵的木质版画。这些版画刊本插图诚如张栩自序称："图画俱系名笔仿古，细摩词意，数日始成一幅。后觅良工，精密雕镂，神情绵邈，景物灿彰。"[①] 所图山光水色、屋宇树石及人物器用，皆潇洒绵密，摇曳多姿，情景交融，意味浓郁。这无疑是我们研究明清戏曲选本的又一视角，透过这些版画，我们可深入挖掘文学文本与图像叙事之间的内在关联。

总而言之，《万壑清音》《词林逸响》《太霞新奏》《彩笔情辞》是明代天启年间的重要选本，对于研究万历以后明代戏曲的创作潮流、思想倾向、审美追求等具有重要价值。

[①] 张栩：《彩笔情辞》凡例，见王秋桂主编：《善本戏曲丛刊》，台湾学生书局，1987 年版，第 16 页。

第三章　从天启间戏曲选本看
　　　　南北曲之曲体衍变

　　南北曲之融合是天启曲坛的主要发展趋势，而这种趋势又为南北曲之文人化、昆腔化等发展趋势所裹挟，使得这一时期曲坛之发展复杂化，其所折射出的曲坛之雅俗嬗变、南北融合等皆使得这一时期的选本内容日益复杂。通过对选本文献的梳理，可以发现这一时期选本中的文本发生了较大变化，无论是南曲还是北曲，其中宫调、曲牌、套式及犯调等都体现出南北融合的趋势。就宫调而言，天启间戏曲选本中出现了"仙吕入双调""杂调""黄钟入双调""商黄调""杂调""过曲"等独特的宫调形式，这些宫调或与集曲的发展相关，或因南北曲宫调体系交融而产生。就曲牌而言，南曲曲牌之集曲形式不断吸收借鉴北曲之固有方式，北曲中则套入大量南曲曲牌，而这种南曲曲牌的使用又体现了北曲人物、套式等诸多方面的变化，南北合套等形式在这一时期选本中占有重要比例。就套式而言，南曲之曲牌连缀方式日益北曲化，而北曲之曲牌连缀方式又日益南曲化，南北曲在双向比对中融合发展。这一时期北曲固有的、束缚其发展的程式藩篱逐渐消解，虽然这种消解相比于南曲较为自由开放的体制套式发生得较晚，但是在明末天启间逐渐形成了南北曲交汇融合的繁盛时期，这一时期北曲套式中的联套形式、技巧、基本特征等逐渐为南曲所打破，无论是曲牌联套形式还是人物角色演唱体制都逐渐打破了原有的体制套式，吸收融合南曲因素，为其后的南北曲融合做了铺垫。然而这种南北融合之艺术积淀又不仅仅是外在曲牌组合形式的变化，选本套式与故事情节、人物、排场等结合亦更加紧密。这一时期的北曲套式可谓"极变化新奇之致"，正是这种"新奇"之变化，天启间的北曲才衰而不亡，甚至迎来了短暂的"复兴"。天启间的剧坛主要特点之一便是南北曲的分合。这一时期戏曲作品和戏曲选本都有较为明确清晰的南北曲曲体意识。南曲节奏较为舒缓，曲词安排较疏朗，旋律演进以小跳跃为主，风格则以清丽柔婉为主，而北曲节奏紧凑急促，旋律演进跳跃性较大，风格则以豪迈刚健为主。这既是文学风格的差异，亦是音乐风格的差异。在这种南北曲分合的大背景下，"南曲北唱""北曲南腔"等现象日益普遍，而如此种种皆是天启曲坛南北融合繁盛的标志。

第一节　选本之曲体流变态势

南北曲在天启间呈现出较大的发展变化。通过对选本文献的梳理，可以发现天启间戏曲选本在人物语言、曲牌联套、韵律、声腔等诸多方面发生了较大变化。南曲不断吸收融合北曲因素，主要体现出三种趋势：北曲化、文人化、昆曲化。南曲戏文中北曲曲牌的使用频率不断增大，南曲在韵律、套式等变化中都体现了较为明显的北曲化趋势。南曲文人化的趋势主要体现在两个方面：一是南曲中格律日益严谨，二是南曲创作形式日益诗词化。昆山腔本是南曲中的一个重要声腔源流，但是明代后期随着昆山腔的发展壮大，南曲愈来愈体现出昆曲化的特点。南曲早期戏文中较为典型的"滚调""滚白"在天启间戏曲选本中逐渐消失，而为其他曲牌所取代，这是南曲昆曲化较为典型的标志。明代北曲亦呈现出南曲化、昆曲化的趋势。北曲杂剧呈现出南曲化的发展趋势，北曲之收尾模式日益南曲化，"北曲昆唱"亦成为明代天启间较为典型的艺术形式。

一、南曲之流变态势

南曲分为散曲、剧曲，其中剧曲又分为南戏、传奇、杂剧。通过对选本文献的梳理，可以发现天启间戏曲选本文献在人物语言、曲牌联套、韵律、声腔等诸多方面都发生了较大变化。南曲不断吸收融合北曲因素，总体而言，体现了以下三种趋势：

（一）南曲之北曲化

南戏的北曲化自元代中叶以后开始，大量北杂剧作家在元中后期涌入杭州，而杭州此前便是南曲戏文流传的中心区域①，同在一地，二者自然相互接触并发生变化。如凌景埏、谢伯阳校注《诸宫调两种》则从"南北合腔""传奇中之北曲"论述南曲戏文之北化，云"今得见明早期的传奇，则为成化、弘治、正德见作品，如邵文明《香囊记》、姚茂良《精忠记》、沈采《千金记》、邱濬《投笔记》、薛近兖《绣襦记》、沈受先《三元记》诸本均有北曲"，其中"《香囊》《三元》仅偶用单支北词，《精忠》《绣襦》中已见合套，然全本各只一回，还不见整套北曲戏。《千金》《投笔》中始见北套"。② 凌景埏、谢伯阳先生从单支北曲、南北合套、纯北套的渐进过程来论述南曲戏文北曲化趋势，而天启间南曲戏文北曲化的趋势依旧增强，如前文提及的《千金记》之流变。《千金记》现存版本主要有富春堂本、世德堂本、仇英会像本及明末汲古阁六十种曲本③，其中前三种为明代万历间刻本，汲古阁六十种曲本为明末本，而富春堂本、汲古阁本属于同一系列，且更接近明初南戏。④ 因为富春堂本与保留较多明初南戏曲文的《汇纂元谱南曲九宫正始》几乎全部相同，而世德堂本则差异较大。富春堂本《千金记》只有第二十二折《月下追信》套用北曲，《万壑清音·千金记》和汲古阁本《千金记》则在第二十六折《辕门听点》、第三十八折至四十折《十面埋伏》中涉及北曲，由此可见北曲在南曲戏文中逐渐增多，南曲戏文的北曲化趋势不断加深。

此外，南曲戏文之北曲化趋势不仅体现在北曲曲牌的使用，还体现在韵律、套式等变化中。如明代早期戏文《金印记》、晚明改本《金印合纵记》及《词林逸响·金印记》之曲文流变就体现了此种趋势，详情参见表3—1。

---

① 钱南扬《宋元南戏百一录》第3页（哈佛燕京学社，1934年版）云："从此南渡之后，杭州遂成了南戏的中心区域。"第9页又云："元初作剧者均北人，中叶以后则奚为杭州人，其中虽有北籍的，然亦久居浙江了。"
② 《诸宫调两种》，凌景埏、谢伯阳校注，齐鲁书社，1988年版，第312—316页。
③ 笔者目前只见到富春堂本、世德堂本、汲古阁本，因此论述可能存在偏颇。
④ 马衍《〈千金记〉明刻本考辨》中云："富本（包括仇本）与明初本子更为接近，而世本则有某些时本的特征。"

第三章 从天启间戏曲选本看南北曲之曲体衍变

表 3-1 《金印记》曲文流变

万历重校本《金印记》	《词林逸响》本《金印记》	崇祯本《金印合纵记》
【集贤宾】君身恨不能插翅，飞上雪路天梯，休悾心高不务实未来事似暗如漆，强要求名夺利，那趱得铜斗家计，须劝你，且安分守己别寻活计。 【前腔】词源倒流三峡水，论胸中才学无敌，那管傍人讲是非，愁只愁缺少盘缠，把你钗梳卖取博换得凤冠霞珮，休笑耻，穷骨头终有日发积。 【前腔】前程万里全靠你，奴岂不愿荣贵，只怕了甜桃去寻苦李，怕只怕外人谈议，全不记得道你，满腹文章不疗饥，须劝你把心猿意马拴住。 【前腔】裙钗女儿有甚见识，好一似龙被虾戏，激得我怒从心上起，将咱些荡家夫婿，也值得甚的男子汉自当成器，全没些恩和义，有何颜再与伊完聚。 【猫儿坠】妾身苦乐任君主张，可见伊忒乔妆，膏沐从今无心向，情愿把首饰钗梳当，休悒怏，卖助壮士腾踏飞黄。 【前腔】贤妻不比寻常，为功名分两行。宝钗远送青霄上，夺取紫绶金章返故乡。妻，休惆怅，我和你凄凉日短，富贵时长。	【集贤宾】同《金印记》 【前腔】同《金印记》 【前腔】同《金印记》 【前腔】同《金印记》 【琥珀猫儿坠】官人息怒，妾身敢不依，便卖了钗梳与你为盘费，嫁鸡怎不逐鸡飞，须知道世态炎凉，莫笑寒儒。 【前腔】自思厚意，兀的不是有贤妻，倘若成名先报你，管教夫妇受荣贵，我是男儿好和歹，皆由这番命理。 【尾声】君家不必多忧虑，早把钗梳卖取，有日龙头夺锦归。	【集贤宾】同《金印记》 【前腔】同《金印记》 【前腔】同《金印记》 【前腔】同《金印记》 【琥珀猫儿坠】官人息怒，妾身敢不依，便卖了钗梳与你为盘费，嫁鸡怎不逐鸡飞，须知道世态炎凉，莫笑寒儒。 【前腔】自思厚意，兀的不是有贤妻，倘若成名先报你，管教夫妇受荣贵，我是男儿好和歹，皆由这番命理。 【尾声】君家不必多忧虑，早把钗梳卖取，有日龙头夺锦归。

《金印记》现存版本主要有万历间《重校金印记》（下文称"重校本"）、嘉靖间进贤堂刻《风月锦囊苏秦》（下文称"锦囊本"）、万历间继志斋刻《重校苏季子金印记》（下文称"继志斋本"），以及崇祯间刻本《金印合纵记》（下文称"崇祯本"），此外一些戏曲选本皆有选录，如《八能奏锦》《尧天乐》《词林逸响》《大明天下春》等。而据孙崇涛先生考证，明初南戏《冻苏秦》、继志斋本《金印记》、崇祯间《金印合纵记》属于同

一系列①，而重校本《金印记》与锦囊本属于同一系列，亦源自南戏《冻苏秦》，而且俞为民先生认为《冻苏秦》为成化朝改本，而重校本《金印记》则稍晚于《冻苏秦》，但亦是正德、嘉靖间版本。② 其时间上较接近《冻苏秦》，但此改本较继志斋本改动较大。两个系列版本虽然存在较大差异，但是其中一些曲文仍有重叠，如"逼妻卖钗"这一情节无论是选本还是现存全本曲文差异都不太大，又如上面所提及的例子，各本中关于此段曲牌差异并不大，区别在于【猫儿坠】【前腔】和【琥珀猫儿坠】【前腔】【前腔】这几支曲牌上，前者采用的是"江阳韵"，与前面【集贤宾】三支所采用的"齐微韵"分属两个韵部，后者采用的是"齐微韵"，整套采用的韵部是一致的。一套之内采用多个韵部是南曲的特点；反之则为北曲特点。这段曲文看似无关曲意的变化，所反映的依然是南曲戏文的北曲化趋势。

（二）南曲之文人化

进入明代，北曲杂剧逐渐衰落，南曲戏文逐渐兴盛。而且明代以来南曲戏文在延续宋元南戏的发展轨迹上，在曲牌套式、人物角色、腔调等诸多方面因时代变迁、环境变化而产生变异，最突出的一个特点就是文人参与创作，南曲戏文逐渐分化演变为民间系统和文人系统。俞为民先生曾云："南戏到了明清时期，也发生了一些变化，即出现了分流，分化为民间南戏（传奇）与文人南戏（传奇）两大类。"③ 明初民间南戏以《小孙屠》《张协状元》《荆钗记》等为代表与典范，这一类作品的创作者大多不明，多由书会文人创作，而且是世代累积型创作。文人传奇则以《琵琶记》《香囊记》《千金记》等为代表。王伯良《曲律·杂论上》云："古曲自《琵琶》《香囊》《连环》而外，如《荆钗》《白兔》《破窑》《跃鲤》《牧羊》《杀狗劝夫》等记，其鄙俚浅近，若出一手，岂其时兵革孔棘，人士流离，皆村儒野老涂歌巷咏之作耶？"④ 王氏指出《荆钗记》《破窑记》《跃鲤记》等作品"鄙俚浅近，若出一手"，但是南戏作品于"村儒野老涂

---

① 孙崇涛：《〈金印记〉的演化》，《文学遗产》，1984年第3期。
② 俞为民：《南戏〈金印记〉的版本及其流变》，《文献》，1993年第4期。
③ 俞为民：《南戏〈金印记〉的版本及其流变》，《文献》，1993年第4期。
④ 王骥德：《曲律》，见《中国古典戏曲论著集成》（四），中国戏剧出版社，1959年版，第191页。

歌巷咏之作"外，还有一部分作品明显不同，如《琵琶记》《香囊记》《千金记》，这种不同即体现为创作者身份的转变。宁献王引赵子昂语云："杂剧出于鸿儒硕士，骚人墨客，所作皆良人也。若非我辈所作，倡优岂能扮乎？"① 即强调了传奇杂剧作者身份的转变，认为若非"鸿儒硕士，骚人墨客"的创作，"倡优岂能扮乎"，突出了文人士大夫在戏曲创作中的作用。诚如曾永义先生在《明杂剧概论》总论中云：

> 明代剧作者，无论传奇或是杂剧，除了几个藩王、宗室外，全部是士大夫。"今则自缙绅、青襟，以迨山人墨客，染翰为新声，不可胜纪。"（王骥德《曲律》）"今士大夫才任一官，即以教戏唱曲为事，官方民隐，置之不讲。"（顾炎武《日知录》）他们所说的虽然是万历年间及以后的现象，但由此可见明代剧戏的兴盛是以士大夫的推动为骨干，而他们自然是声伎戏剧的拥护者。②

在曾永义先生看来，明代戏曲主要是文人士大夫所作，并且引用王骥德、顾炎武的相关论述说明文人墨客在明代尤其是明中后期戏曲兴盛过程中所起到的"骨干"作用。以文人墨客为创作主体的戏曲作品体现了以下两方面特点：

一是曲文高度格律化。大型集曲与集曲套曲的出现体现出南曲在天启间的格律化趋势。如北曲《万壑清音》八卷共选用曲牌154种，其中北曲曲牌116种、南曲曲牌37种，而集曲仅1种，但是南曲《词林逸响》风、花两卷选用曲牌共计214个，其中南曲曲牌190种、北曲曲牌21种，犯调曲牌35个，雪、月两卷共用245种曲牌，其中南曲曲牌199种、北曲曲牌46种，犯调33个（其中两个为带过曲）。南曲选本中集曲使用频率明显高于北曲。而且，南曲戏文之曲文流变亦呈现出此特点，如表3-2《伍伦记》之《祖饯》套式流变。

---

① 朱权：《太和正音谱》引赵子昂语，《太和正音谱笺评》，中华书局，2010年版。
② 曾永义：《明杂剧概论》，商务印书馆，2015年版，第37页。

表 3-2 《伍伦记》之《祖饯》套式流变

《伍伦记》"祖饯"套曲	时间	曲牌
《风月锦囊》本、富春堂本	嘉靖、万历初	无
《月露音》《乐府遏云编》	万历中后期	【倾杯赏芙蓉】【前腔】【普天乐】【朱奴儿】【尾声】
《吴歈萃雅》《词林逸响》《珊珊集》《乐府南音》	万历后期、天启间	【倾杯赏芙蓉】【前腔】【普天乐犯】【朱锦缠】【尾声】

《伍伦记》现存版本主要有嘉靖间《风月锦囊》本、明万历间世德堂本及韩国奎章阁本。其中，明万历间世德堂本与嘉靖间风月锦囊本曲文相对吻合，可知这两个版本是《伍伦记》早期流传版本，而万历以来戏曲选本中逐渐产生了一些曲文，如祖饯"步蹑云霄"【倾杯赏芙蓉】一套、游街"万卉争妍"【望吾乡】一套，在早期《伍伦记》中皆不见。这些作品究竟如何而来，虽然目前文献资料有限，难以考辨，但是通过前后不同选本之曲文比对，可以确定的是其流变是一个渐进的过程，如祖饯"步蹑云霄"【倾杯赏芙蓉】一套，最初嘉靖本曲文中并无此套曲，之后万历中后期《群音类选》中出现此套曲，仅有【倾杯赏芙蓉】【前腔】两支集曲，而至万历后期、天启间选本中则全套四支都有，形成集曲套曲。这说明南曲在流变中集曲越来越普遍，其格律化越来越精细，且出现了大型集曲，如：

鸡鸣初起，入厨调理，儿夫曾付托频繁，侍奉萱堂甘旨。劝娘亲放怀，劝娘亲效怀，略略尝滋味，这粥汤，尤更美，香甜软白，似雪飘匙起，加餐饭，是便宜。劝娘亲休得怨别离，愿夫君及早便回归。叹光阴，如逝水，亲骨肉，在天涯，倚遍门闾信音稀，草连天把王孙路迷。尘土生罗绮，腰带宽腰体，愁见园林燕子归，羞睹凫雏傍母栖，叹人生，是怎的，伤怀抱，泪珠垂，听启，休得吁气。算悲欢离合，古今如斯。伤悲，叹孤身老矣。似风中烛，难存济。膝下无儿戏斑衣，孤帏里，冷凄凄。云雨情悭两东西，把金钱暗卜无归意。惜分飞，怕见燕莺期。不如归去，愁听子规啼。要相逢，知几时。边事未期，扬鞭仗节，何时跨马还乡里。危楼凝望，云山万叠人千里，这相思甚时已。①

这支曲子出自《牧羊记·劝亲》,【集桂枝香】【锁金帐】【金娥神曲】【锦上花】【武陵花】等 16 支曲牌,可见其格律之严谨。这一时期戏曲选本中还有【巫山十二峰】【莺集御林春】【十二红】【六犯清音】【七犯玲珑】【醉歌小帐缠春姐】【五月红楼别玉人】【九回肠】【江头金桂】等大型集曲。这些集曲的频繁使用及选录均体现出南曲发展高度格律化的趋势,而这种格律化趋势亦主要与戏曲创作中文人化之趋势相关。

二是南曲中引入诗词创作形式。如散曲作品中出现许多叙、小序一类的内容。序言、小序附加于诗作之前,这是诗词创作中的惯用手法,而至天启间,许多南曲作品中亦出现这种现象,如《太霞新奏》中选录龙子犹《青楼怨》《长恨曲》《金阊纪遇》《为董遐周赠薛彦升》《端午忆别》五套、王伯良《赠燕市胡姬》《别妓》《赠都门同好》三套、俞君宣《傅灵修五调》一套的作品有序言。文人在诗词创作中不仅注重格律,而且将诗词创作形式引入散曲创作,体现出南曲文人化的发展趋势。

(三)南曲之昆曲化

昆山腔自嘉靖以来,经由魏良辅、梁伯龙等人进行了一系列改革,既包括唱法如发声、吐字等,亦包括伴奏、文辞等,至此昆山腔逐渐兴盛,其艺术品位与艺术魅力有了很大提高。昆山腔与海盐腔、余姚腔、弋阳腔并称为"南戏"四大声腔,但此处为何作"昆曲化",而非"昆腔化",首先"昆山腔"与"昆曲"这两个概念并不相同。沈宠绥云:"腔曰昆腔,曲名时曲,声场禀为曲圣,后世依为鼻祖。"② 虽然是就嘉靖中后期之昆山腔而言,但仍然可作为重要参考。"昆曲"与"时曲""时调""水磨调""冷板调"这几个概念主要针对"曲"而论,昆山腔之"腔"则主要针对"声腔"而言,"腔是一个大概念",相比之下"曲"之概念的"外延就相

---

① 此曲牌具体集曲情况为:【桂枝香】5 句,【锁金帐】2 句,【金娥神曲】2 句,【锦上花】2 句,【武陵花】4 句,【红林檎】2 句,【侍香金童】3 句,【锦衣香】2 句,【破金歌】2 句,【金钱花】4 句,【一盆花】4 句,【惜黄花】7 句,【三月海棠】2 句,【桃花红】6 句,【满院榴花】1 句,【红叶儿】6 句。

② 沈宠绥:《度曲须知·曲运衰微》,中国戏剧出版社,1959 年版,第 198 页。

形较小了"。① 嘉靖时期的昆山腔改革是南曲发展史上的一个重要时期，伴随着昆山腔的崛兴，尚有南曲曲体意识之发展与完善。这是一个过渡时期，许多理论家在进行相关戏曲范畴的界定时也往往以此为时间节点。如钱南扬先生以嘉靖年间魏良辅改革昆山腔与梁辰鱼作《浣纱记》为时间节点，划分"南戏"与"传奇"。随着昆山腔的流播，其"腔"的概念范畴日益淡化，"曲"之概念范畴日益强化，至天启间，南曲尤其是昆曲之"曲体"思想已经基本完备，因此，此处南曲之发展亦作"昆曲化"。如明初早期南曲戏文富春堂本《绣球记》与《词林逸响》选录《离情》中【剔银灯】一支的曲文流变：

【剔银灯】荒荒地奔驰到京畿，愿此去高攀仙桂，男儿得遂平生志，更笔下文章无比。他时荷衣挂体，休教我在破窑中眼巴巴望你。

在《绣刻演剧》所收录的富春堂本中，这段并没有作为一支曲牌，而是位于【渔家傲】"闻知上国招贤"后面。据俞为民先生考证，富春堂本《破窑记》要早于《绣楼记》②，他认为富春堂本保留了更多的元代南戏成分，这几句究竟是属于早期南曲中的"滚调""滚白"一类，还是编选者在抄写过程中将曲牌【剔银灯】遗漏呢？通过比对《破窑记》的不同版本，我们可以找到相关证据，见表3-3：

表3-3 《破窑记》【似娘儿】曲文流变

《绣球记》（《万壑清音》本）	《破窑记》（富春堂本）
【似娘儿】（外夫上）和气蔼庭帷，绣幕香风细。孩儿未至，看看渐午，日转花枝。（外）香风罗绮画堂春，珠翠成行饶画屏，金盏频斟笙歌沸，（末）正疑仙客会蓬莱。	【似娘儿】（外夫上）和气蔼庭帷，绣幕香风细，孩儿未至，看看渐午，日转花枝。宾白：（外）香风罗绮画堂春，（夫）珠翠成行饶画屏。（外）金盏频斟笙歌沸，（合）正疑仙客会蓬莱。（外）夫人，屡次使人去请女婿，未见到来，莫不是他心下有些怀恨我。（夫）想他不致如此。一定到来。

---

① 沈周忆：《昆山腔、昆腔、昆曲、昆剧辨析》，《宁波大学学报（社会科学版）》，2011年第3期。

② 俞为民：《南戏〈破窑记〉版本考述》，《温州大学学报（社会科学版）》，2015年第6期。

据《增订南九宫曲谱》【似娘儿】,其正体为:

一女貌天然,缘分浅,亲事迁延。愿天早与人方便,丝萝共结,蒹葭可倚,桑梓相联。①

《荆钗记》第八出《受钗》

由上可知其基本句式为六句四韵:5△,7△,7△,4△,4▲,4▲(△表示必须押韵,▲表示可韵可不韵),其中第二句可分为3字句和4字句。而在《绣球记》《破窑记》中,此段【似娘儿】的基本句式为五句三韵②:5△,5△,4△,4▲,4▲。而后面"香风罗绮画堂春,珠翠成行饶画屏,金盏频斟笙歌沸,正疑仙客会蓬莱"显然与前面的不属于一支曲牌,其前后韵律亦不相统一。但《万壑清音》本将其归入曲牌【似娘儿】,而富春堂本和李九我本《破窑记》却均将其与曲词区别书写③,据此判断这几句应该是早期南曲戏文中的一些"滚调""滚白"。俞为民先生在《南戏〈破窑记〉版本考述》中亦云:"现存的钞本《彩楼记》也为余姚腔剧本,在曲文中多有滚白,显然钞本是在富春堂本、李评本等余姚腔版本的基础上改编而成的。"④ 而《万壑清音》本有意将明钞本《彩楼记》此类"滚调""滚白"列入曲词,使其曲牌化,进而昆曲化。《万壑清音》在吸收融合滚调并将其曲牌化之后,进一步消解融合这些滚调,如《六十种曲》本和《万壑清音》本《鸣凤记》均收录了《继盛典刑》【哭相思】曲牌:

【哭相思】:(老旦)骨肉一朝皆拆散,分崩五内添凄怆。(《六十种曲》本)

【哭相思】:我那相公呀,你章未上,曾频劝,何期此地遭迍难。(《万壑清音》本)

前者【哭相思】曲牌是基本的两句相对的七字句,后者则变为"三、

---

① 沈璟:《增定南九宫谱》,见王秋桂主编:《善本戏曲丛刊》,台湾学生书局,1987年版,第101页。

② 关于后面一体各个曲谱中均未有记载,亦未有说明,但是笔者结合文献比对,认为此处依然为【似娘儿】,只是首句五字句使用了两次,但又不是重复。

③ 富春堂本《破窑记》、李九我本的书写字体大小均区别于曲词,但是又和宾白字体大小不同,显然这几句较为独特。

④ 俞为民:《南戏〈破窑记〉版本考述》,《温州大学学报(社会科学版)》,2015年第6期。

三、七"句式。此外,《六十种曲》本还收录《明珠记》第二十五出"煎茶"【哭相思尾】一支,其句式亦是两句七字句①,而关于【哭相思】之体式,在早期南曲曲谱无论是《旧编南九宫谱》《新编南九宫谱》还是《南词新谱》中均未收录,因此笔者推测此支曲牌在早期并非作为一支曲牌使用,可能亦是早期南曲中的"滚调""滚白",而《万壑清音》进一步消解了早期"滚调"七字句的形式,使其愈来愈昆曲化。

二、北曲之流变趋势

明代北曲杂剧呈现出南曲化的发展趋势,主要体现在两处:一是明初刘东升剧作《娇红记》第三折【出队子】"小慧向金炉内添炭,陡恁的越罗衫怯乍寒。你道我沈腰轻争奈客衣单;你道我潘貌瘦羞将宝镜看;你怎知道我肠断春风花月颜",是旦末同唱,虽然尚未形成接唱,但其"破北剧单唱之例,开杂剧复唱之端"。② 二是朱有燉《诚斋乐府》,其剧目从折数、复唱、舞唱、定场诗、收场五方面体现出南曲化趋势。折数上《诚斋乐府》之《牡丹园》《曲江池》均采用五折,打破了元杂剧"四折一楔子"的惯例。而且《牡丹品》《牡丹园》《牡丹仙》《得驺虞》《蟠桃会》《八仙庆寿》等剧都有两人或两人以上的同唱及轮唱,打破了元杂剧一人主唱的格局。《蟠桃会》第三折、《牡丹仙》第二折与第四折、《牡丹园》第五折出现了北曲未见之体例舞唱。《继母大赛》则以封赠作结,亦类似南戏以团圆封赠收场。明代中后期北曲的南曲化流变主要体现在两个方面。

(一)体制上,北曲杂剧南曲化

这一时期戏曲选本的曲目内容流变反映出北曲曲体流变,如选本《万壑清音》中的《怒奔范阳》《姜维救驾》均标作出自《草庐记》,但笔者仔细比对《草庐记》内容,发现并未有张飞"怒奔范阳"之情节,经查《怒奔范阳》一剧实际源自元杂剧《气张飞》。此外将《群音类选》之《气张飞》与《怒奔范阳》《姜维救驾》之曲牌做如下比较,见表3-4:

---

① 《明珠记》第二十五出:"【哭相思尾】(从此)两下分离音信杳,无由再见情人了。"
② 凌景埏,谢伯阳校注:《诸宫调两种》,齐鲁书社,1988年版,第305—312页。

表 3—4 《气张飞》曲牌流变

曲目	《张飞走范阳》	《怒奔范阳》	《草庐记》第二折
版本	《群音类选》北腔类	《万壑清音》卷二	《古本戏曲丛刊》本
曲牌	双调【新水令】【驻马听】【乔木查】【步步娇】【折桂令】【搅筝琶】【雁儿落】【庆宣和】【甜水令】【么】【得胜令】【络丝娘煞尾】	（南中吕）【菊花新】【耍孩儿】，（北仙吕）【点绛唇】【混江龙】，（商调）【醋葫芦】【后庭花】，（正宫）【耍孩儿】，（正宫）【滚绣球】【尾声】	（南中吕）【菊花新】【鹧鸪天】【花心动】【菊花新】【前腔】【好姐姐】【前腔】【前腔】【前腔】
演唱角色	末 张飞唱	第一支【耍孩儿】生刘备、外关羽演唱，第二支【耍孩儿】末赵云演唱，其余由张飞演唱	【花心动】由张飞、关羽演唱，其余由刘备唱

《群音类选》刊刻于万历二十年（1592），但是被列入"北腔类"，特标作"《气张飞》杂剧"，应当比较接近北曲杂剧之本来面貌。而《万壑清音·怒奔范阳》虽与《张飞走范阳》同属北曲系列，但无论是曲牌组合还是角色演唱体制，均更接近南戏《草庐记》，可能也正因如此，《万壑清音》的编者才误将其划归入《草庐记》名目下。再如《万壑清音》所选《敬德装疯》和《收服高丽》两折，均出自元杂剧《尉迟敬德不服老》，但选本编选者亦将其列入南戏《金貂记》，这与书商的行为有直接的关联，富春堂刻印本《金貂记》剧目前附录元杂剧《不服老》，但更重要的原因则在于北曲杂曲体制的南曲化。

北曲南曲化，除体制自身的变化外，还有北曲杂剧吸收融合传奇的因素，形成了新的杂剧体制——南杂剧。何谓南杂剧？"南杂剧"一词始见于《群音类选》卷二十六《高唐记》标目注语"以下皆系南之杂剧"。曾永义先生认为南杂剧界说有广义、狭义之分。"狭义的南杂剧，是指每本四折，全用南曲，王骥德所谓'自我作祖'的剧体，其形式与元人北杂剧正是南北相反。广义的南杂剧，则指凡用南曲填词，或以南曲为主而偶杂北曲、合套，折数在十一折之内任取长短的剧体。"[①] 南杂剧这种剧体是南北曲交融的结果，其与狭义的传奇最大的区别是长短不同，而其篇幅与体制更接近北曲杂剧。可见"南杂剧"的体制特点在于"短"，因此卢前

---

① 曾永义：《明杂剧概论》，商务印书馆，2015 年版，第 102 页。

在《明清戏曲史》中其称为"短剧",他认为"短剧虽未必尽能登诸场上,然置诸案头,亦足供文士吟咏。无论何种文体之兴,其作也简,其毕也钜。杂剧之起为四折,终而至于有数十出之传奇;物极必反,繁者亦必日益就简,短剧之作,良有以也"①。天启年间戏曲选本中的相关曲目改编亦反映出受"南杂剧""短剧"影响而日益就简的趋势。如改编自元杂剧的《负薪记》四折曲牌比较,见下表3—5:

表3—5 《渔樵记》与《负薪记》曲牌比对

	《渔樵记》曲牌	《负薪记》曲牌
第一折	【仙吕点绛唇】【混江龙】【油葫芦】【天下乐】【村里迓鼓】【元和令】【游四门】【上马娇】【后庭花】【寄生草】【青哥儿】【赚煞尾】(12种)	【点绛唇】【混江龙】【村里迓鼓】【元和令】【寄生草】(5种)
第二折	【正宫端正好】【滚绣球】【倘秀才】【滚绣球】【快活三】【朝天子】【脱布衫】【醉太平】【三煞】【二煞】【随尾煞】(11种)	【端正好】【滚绣球】【倘秀才】【快活三】【朝天子】【脱布衫】【小梁州】【雁儿落】(8种)
楔子	【仙吕赏花时】(1种)	无
第三折	【中吕粉蝶儿】【醉春风】【迎仙客】【喜春来】【上小楼】【幺篇】【满庭芳】【般涉调耍孩儿】【一煞】【煞尾】(10种)	【端正好】【滚绣球】【粉蝶儿】【醉春风】【迎仙客】【上小楼】【幺篇】【耍孩儿】【煞尾】(9种)
第四折	【双调新水令】【川拨棹】【七弟兄】【梅花酒】【喜江南】【雁儿落】【得胜令】【甜水令】【折桂令】【落梅风】【沽美酒】【太平令】(12种)	【新水令】【川拨棹】【七弟兄】【雁儿落】【沽美酒】(5种)

虽然《万壑清音》序言中云两剧略稍相同,但是从体制而言,《负薪记》不仅打破了北曲杂剧"四折一楔子"的套式,更接近"每本四折"的狭义南杂剧体制,而且每一折曲牌在减少,原剧四折共使用47支曲牌,但《负薪记》仅用27支曲牌,明显较原剧目"短化"。又如,对《万壑清音》68套剧目的曲牌数进行统计发现,其中使用曲牌数5个至10个的有44套,使用曲牌数11个至15个的有20套。这种趋势不仅仅体现在曲牌、曲文上,还体现在宾白部分,如《渔樵记》第一折朱买臣、王安道、杨孝

---

① 卢前:《明清戏曲史》,台湾商务印书馆,1971年版,第74页。

先三兄弟见面时写道：

> 王安道云：兄弟咱闲口论闲话，我想来这会稽城中有钱的财主每，不知他怎生受用，兄弟细说一遍我试听咱。
>
> 正末云：哥哥，便好道风雪酒家，据着哥哥说呵，也有那等受苦的人。据着你兄弟说呵，也有那等受用的人。王安道云：兄弟也可是那一等人受用。
>
> 正末云：哥哥且休提别处，则说会稽城中有那等仕户财主，每遇着那大热的时节，他也不受热；遇着那大冷的时节，他也不受冷。哥哥不信，听你兄弟说一遍咱。王安道云：兄弟你道那财主每，他冬月间不受冷，夏月间不受热，你说的差了也，可不道冷呵大家冷，热呵大家热，偏他怎生受用，你说，你说。①

在《渔樵记》中王安道先上场，介绍自己和朱买臣的情况，接着朱买臣、杨孝先上场，分别介绍各自的情况，接着兄弟三人谈及天气，谈及会稽城中的财主，接着正末抒发一大段言论，才开始唱。但是到《负薪记》，此段仅仅写道：

> （三人相见介）（净）兄弟，今日天气寒冷，我沽一壶酒在此，我和你共饮几杯。（生，丑）小弟时常搅扰哥哥，何以克当？（净）你看这等大雪，此乃国家祥瑞也。②

三人见面简短寒暄之后，直接进入正题，不似杂剧本《渔樵记》那般冗长拖沓。这种简短化的改编处理，显然与明代中后期南杂剧短化的趋势有着密切关系。

此外，《渔樵记》保留了元杂剧"一角独唱"的体制，剧中生、末皆由一个角色演唱，但是《负薪记》第三折主唱人物张别古已被改作由末演唱。有人质疑，认为末又有正生之别称，是否为书写错误，实际上仍由一人演唱不同角色呢？但在《负薪记》中这种情况肯定不存在，因为第三折生朱买臣与末张别古同时出场，并有对手戏，所以《负薪记》有生与末两

---

① 《渔樵记》，臧晋叔编：《元曲选》（第三册），中华书局，1958年版，第860页。
② 《负薪记》，止云居士编：《万壑清音》（一），见王秋桂主编：《善本戏曲丛刊》，台湾学生书局，1987年版，第49页。

角色于戏中对唱，而不再是元杂剧"一角独唱"的体制。

明代中后期随着南曲的兴盛，北曲逐渐衰落，一方面其宫调、曲牌、角色等诸多方面开始打破之前的体制藩篱，借鉴融合南曲体制形式；另一方面其内容、体裁亦在借鉴南曲曲目，见表3-6统计《万壑清音》选录曲目：

表3-6 《万壑清音》选录曲目统计

体裁	剧目	统计
杂剧	《西厢记》《西游记》《太和记》《负薪记》《三藏取经》《妆盒记》《气张飞》《不服老》（选本中标作《金貂记》）	8种
南戏	《连环记》《草庐记》《绣球记》《千金记》《宝剑记》《三国记》《精忠记》《明珠记》	8种
传奇	《鸣凤记》《歌风记》《双红记》《昙花记》《鲛绡记》《题塔记》《焚香记》《义侠记》《浣纱记》《灌园记》《红梨记》《麒麟记》《长生记》《青楼记》《百花记》《红拂记》《八义记》《李丹记》《红梅记》《龙膏记》《蕉帕记》《还魂记》《樱桃记》	23种

《万壑清音》所选曲目虽以北曲为主，但其内容多来自南曲，所选39部作品除杂剧类《西厢记》《三藏取经》《负薪记》《不服老》为北曲题材外，《西游记》内容偏于南曲，《太和记》为明中后期"南杂剧""短剧"，其余均改编自南戏和传奇。以团圆封赠收场是南戏的特点之一，《万壑清音》所选《绣球记·夫妇团圆》即体现了这一特点，而且唱词曲牌主要改编自南戏《破窑记》《彩楼记》，见表3-7统计：

表3-7 《绣球记》《破窑记》《彩楼记》曲文比对

《绣球记》《善本戏曲丛刊》本《万壑清音》	《破窑记》富春堂本	《彩楼记》明抄本第二十出
【似娘儿】（外夫上）和气蔼庭帏，绣幕香风细。孩儿未至，看看渐午日，转花枝。（外）香风罗绮画堂春，珠翠成行饶画屏，金盏频斟笙歌沸，（末）正疑仙客会蓬莱。	【似娘儿】同左	北【中吕粉蝶儿】（外）瑞霭光辉今日里，瑞霭光辉，满庭帏篆烟笼蔽。（老旦）喜成龙，红杏鲜枝，一对对，泥金捷至。（生）宴琼林，插宫花，衣锦荣归。（旦）美满夫妻。（合）百岁共偕连理。

续表3-7

《绣球记》 《善本戏曲丛刊》本《万壑清音》	《破窑记》 富春堂本	《彩楼记》 明抄本第二十出
【满庭芳】（末）绮阁宏开，绣帘高揭，相门珠翠成行，金炉烟袅，缭绕喷沉香，满耳笙歌，笙歌声沸楼台，灯烛荧煌须知道，金钗十二和气满，兰房玉堂金马客，水盘犀筋，绣褥银床，琼姬仙子，端不比寻常，烹龙炮凤，歌舞处列红妆人，都道甚么朱紫星斗映文章。	【满庭芳】同左	无
【疏影】（生旦）夫妻美满，百岁共伊同谐缱绻，子母同辐辏方显好姻眷。（外）如今喜睹孩儿面，喜他已功名荣显。（合）画堂光映，笙歌韵美，玳筵开展。	【疏林影】同左（生旦哭见介）	无
【乔合生】（生旦）喜得功名遂，重沐提携，荷天天配，合一对儿，如鸾似凤夫共妻，腰金衣，紫身荣贵，今日到得，亲帏两情深感激。（合）喜重相会，喜重相会，画堂罗绮屏珠翠，欢声宴乐香风细。今日再成姻契，和你效学，于飞如鱼似水。	【□□□】同左。《雍熙乐府》标作16卷1103页作【合笙】。调笑令、道合、耍厮儿、豹子令、圣药王、梅花酒、尾声	【乔合生】同左。《雍熙乐府》标作16卷1103页作【合笙】。调笑令、道合、耍厮儿、豹子令、圣药王、梅花酒、尾声
【么篇】（旦）深蒙意美旧恨休提，曾记得彩楼上约会时，巫山待阻云雨期，争些儿误了鸾凤配，叫我受尽好孤凄，冷落在荒村里。（合前）	【前腔】（旦）同左（合前）喜重相会画堂。	无
【调笑令】（生）笑吟吟庆喜，笑吟吟庆喜，高擎着凤凰杯，高擎着凤凰杯。呀，端的是，象板鸾笙间玉笛，列杯盘水陆上排佳会，状元郎虎榜上名题。我只见兰台画阁列鼎食，永团圆世世夫妻。	无	【调笑令】（全唱）笑吟吟庆喜，笑吟吟庆喜，高擎着凤凰杯，高擎着凤凰杯。呀，端的是，象板鸾笙间玉笛，列杯盘水陆上排佳会，状元郎虎榜上名题。我只见兰台画阁列鼎食，永团圆世世夫妻。

续表 3-7

《绣球记》 《善本戏曲丛刊》本《万壑清音》	《破窑记》 富春堂本	《彩楼记》 明抄本第二十出
【圣药王】（旦）前日惟恐怕人谈耻，一时嗔怒似虚脾，不道相嫌弃，此时无计，可留意，到今日里，欢乐弃沉醉，欢乐弃沉醉，叫旁人传说绣楼记。	【前腔】前部分同左。（丑）一时到此闲言语，是非今日忽休提，看此殷勤意，世情冷暖心自知。（合前）喜重相会。	【道合】刘懋夫人唱（夫）同左。不枉了昔日绣楼儿。
无	【前腔】（外）效学双双团圆尽老，常常如是，悄似奇花同根并蒂，永不暂离。（生）美满相看，人人尽说咱共伊。（外夫合前）算姻缘这般辐辏，皆前世。（旦）双亲见喜，幸然身受皇恩，再得荣贵团圆到底。（合前）	无
无	【前腔】（末）算姻亲事姻亲事，悄如昔日相如题桥各遂时，又似月梅荣贵，子母相欢会，人间有几到今日里欢乐弃沉醉，弃沉醉，莫忘昔日绣球儿。（合前）	【秃厮儿】（全唱）喜孜孜筵开玳瑁，细氤氲香袅似金□，俺只见红园翠绕锦绣堆，听一泒乐，嗳，端的是甚依。
【鲍子令】（外）春赏名园花似绮，乐芳菲，十里荷花棹轻移，也么两相宜。（合）画堂日日排佳会，莫教辜负好良时，也么好良时，教旁人传说绣楼记。	【鲍子令】（外）春赏名园花似绮，景最齐。（夫）十里荷花棹轻移，两相宜。（合）画堂日日同欢会，莫教辜负好良时，好良时，教旁人传说绣楼记。（生旦）丹桂飘香花五辉，秋夜迟。（外）冬雪洋洋绽寒梅，饮琼卮。（占）梅花酒逢即遇时，称心如意。香花院落歌声费，斟绿蚁泛金杯。（合）画堂中都笑语，悄如我和伊同乐绣鸳衾，今生效连理。珠箔绣帷，洞天福地，却似误入桃源里，这荣贵世无比。	【鲍子令】（外）春赏名园花似绮，乐芳菲，十里荷花棹轻移，也么两相宜。（合）画堂日日排佳会，莫教辜负好良时，也么好良时，教旁人传说绣楼记。
【么篇】（夫）丹桂飘香秋夜迟，景偏移，冬雪洋洋绽寒梅，也么饮琼卮。		无
【秃厮儿】（生旦）我只见音律齐声韵美，乐滔滔庆赏做筵席，不暂离，步步随，好姻缘，不相离，永远效于飞逢节过时。		【圣药王】俺则见音律齐声韵美，乐滔滔庆赏做筵席，不暂离，步步随，好姻缘，不相离，永远效于飞逢节过时。

续表 3-7

《绣球记》 《善本戏曲丛刊》本《万壑清音》	《破窑记》 富春堂本	《彩楼记》 明抄本第二十出
【越恁好】洞天福地，一似误入桃源里。（合）斟绿蚁泛金杯，画堂中欢笑美，争如我和伊同乐绣帷，尽今生效连理，效连理，珠幌翠闲。		【梅花酒】（合唱）逢节过时，称心如意，香风宴乐歌声细。斟绿蚁，泛金杯。画堂中欢笑美，（旦唱）争如似我和伊和你同乐绣帷，尽今生效连理。
【么篇】称心如意，香风隐约歌声美。（合前）		无
【煞尾】前生料想曾结会，又喜得今生重会，父母共夫妻，团圆齐贺喜。	【尾声】前生料想曾结会，又喜得今生相聚。正是华筵庆会时。	【尾声】（众唱）前生料想曾结会，又喜得今生相聚。父母共夫妻，团圆齐贺喜。
金紫加封恩赐渥，碧纱笼罩墨题新。夫荣妻贵传今古，翻为梨园乐府声。	困厄饥寒名未成，破窑寒雪受艰辛。他时误辩璠玙器，今日方知桃李春。金紫加封恩赐渥，碧纱笼罩墨题新。夫荣妻贵传今古，翻为梨园乐府声。	

其中《万壑清音》本《绣球记·夫妇团圆》共使用 13 条曲牌，其中【似娘儿】【满庭芳】【疏影】【乔合笙】【么篇】【鲍子令】等 9 支与富春堂本《破窑记》相似，【秃厮儿】【调笑令】与明抄本《彩楼记》相似，【乔合笙】【煞尾】两支曲牌则三个版本中共有。据俞为民先生考证，"富春堂本较接近元本，而抄本《彩楼记》是南戏《破窑记》的改编本"[①]，而通过上述文献比对可知，《绣球记》是《破窑记》和《彩楼记》的改编本，而且属于北曲改编本。除此之外，《万壑清音》中《妆盒记》《千金记》《八义记》《连环计》等剧目中的曲牌、曲辞、角色体制等都与后世流传的南戏版本存在较大差异，这些都说明天启间北曲一方面吸收改编南曲题材和曲目，另一方面也保留了一些北曲的特点，这也成为天启间北曲曲目流变的一大特点。通过对这些曲目变化的分析研究，我们能够窥见南北曲从

---

① 俞为民：《南戏〈破窑记〉版本考述》，《温州大学学报（社会科学版）》，2015 年第 6 期。

分流对峙到逐渐融合同流的演变过程。

（二）演唱形式上日益昆曲化

北曲演唱时有诸多流派，有从地域划分的，如《南词引正》云及"冀州调""小冀州调""中州调"等，沈德符《万历野获编》则云"有金陵、有汴梁、有云中"①，还有从伴奏乐器划分的，具体如"弦索调""水磨调"之分，"诸宫调""杂剧"之分。

元末明初之文人曲唱活动之"昆山腔"演唱的具体曲目内容是什么呢？虽然相关著作中鲜少提及，而提及的作品《陶真野集》《风月散人乐府》后世又未见流传本。通过对《草堂雅集》《大雅集》《玉山名胜集》等作品的分析，或许能够找到一些当时曲唱具体活动的线索，如"教坊弦索惨不骄，歌舞堂中静如水"②，"时时对客教弦索，绣领单衫月色罗"③，"时时对客理弦索，月色罗衫月小钗集"④，"弦索蚕缲绿水丝，金屋有花频赌酒"⑤，其中虽未直接出现所唱内容，却反复出现"弦索"，据此可以推断当时的曲唱活动是以"弦索调"为主的。何为弦索调呢？《南词引正》云："北曲与南曲大相悬绝……有磨调、弦索调，乃东坡所仿，偏于楚腔。……伎人将南曲配弦索，直为方底圆盖也。"关于此条，钱南扬先生的注解为："本条在专论北曲，则此磨调，自然是指北曲。可见在昆山腔之前，北曲唱腔中已经有磨调了。而各改本仍以磨调为南曲，弦索为北曲，大失魏良辅原意。"⑥钱先生的意思是说"弦索调"与"磨调"皆是北曲的演唱方法，但是后人人为地用"弦索"指北曲，用"磨调"指南曲。此说正确与否，姑且不论，可以肯定的一点是，"弦索"通常指北曲。但是，由此而判断当时演唱的就是"北曲"似乎有些武断，结合元末明初

---

① 沈德符：《万历野获编》卷二十五，清道光七年（1827）姚氏刻同治八年（1869）补修本，第477页。
② 张翥：《紫檀筚篥曲赠善吹者任子中》，见《草堂雅集》（卷四），《文渊阁四库全书》集部第1369册，台湾商务印书馆，1982年版，第264页。
③ 杨维桢：《奉同袁子英柬呈杨廉夫先生》，见《草堂雅集》（卷九），《文渊阁四库全书》集部第1369册，台湾商务印书馆，1982年版，第350页。
④ 郭翼：《怀铁崖先生》，见《大雅集》（卷七），《文渊阁四库全书》集部第1369册，台湾商务印书馆，1982年版，第559页。
⑤ 顾瑛：《唐宫词次铁崖先生无题韵十首》，见《大雅集》（卷七），《文渊阁四库全书》集部第1369册，台湾商务印书馆，1982年版，第557页。
⑥ 钱南扬：《〈南词引正〉校注》，《戏剧报》，1961年第22期。

北曲盛行、南曲受到压制的背景,"弦索"亦可能是南北曲的概称。然而,顾瑛词《蝶恋花·春江暖》题记中详细记载了当时曲唱者姓名以及曲唱情形,"陈浩然招游观音山,宴张氏楼,徐姬楚兰佐酒,以琵琶度曲,郯云台为之心醉,口占",不仅指出演唱者的姓名"徐姬楚兰",还指出所用乐器"琵琶"。而《清平乐·春寒侧》中亦云"酒醉休扶上马,为君一洗琵琶",可以推测当时演唱的主要为"弦索",而所用乐器为"琵琶"。据明徐充《暖姝由笔》云,"有白有唱者名杂剧,用弦索者名套数,扮演戏文,跳而不唱者名院本"①,结合其文意,"有白有唱"为"杂剧",而"扮演戏文,跳而不唱"为"院本",可知此处"用弦索名套数"者为"唱而无白""唱而不跳",当是一种清唱。再据李开先《词谑·词乐》中所言弹唱家往往使用的弦索乐器有琵琶、三弦和筝,可知当时清唱所用乐器为琵琶,而琵琶往往为"北曲"的代称。如王骥德《曲律》中云"燕赵之歌童舞女咸弃其捍拨,尽效南声,而北词几废"②,"尽效南声"则弃原来之"捍拨"即琵琶,可见琵琶主要指代"北曲"。而顾瑛甚至于一些作品中表达了对这种遍地北曲现象的不满,如"莫辨黄钟瓦釜声,且携斗酒听春莺;河西金盏翻新谱,汉语夸音唱满城"③,诗中"河西"即曲牌【河西后庭花】,"金盏"即曲牌【金盏儿】,皆为北曲曲调,"汉语夸音"亦当代指北曲乐府,而"唱满城"表明当时北曲传唱的普遍。再如《稗史汇编·曲中广乐》云:"若顾仲瑛辈,更招致宾客,至千金卖□□□者求杨铁笛一盼以为荣。编有《玉峰草堂集》,□皆其同时唱和诸诗者。……而其雅不能诗者,尤好搬衍杂剧,即一段公事,亦入北九宫中。"④ 可见,当时的曲唱活动除了北曲散曲作品,亦有北剧杂剧。而王王禛在《香祖笔记》中论及海盐腔源流时云:"海盐少年多善歌,盖出于澉浦杨氏,其先人康惠公梓与贯云石交善,得其乐府之传,今杂剧中《豫让吞炭》《霍光鬼谏》

---

① 焦循:《剧说》(卷一),见《中国古典戏曲论著集成》(八),中国戏剧出版社,1960年版,第85页。
② 王骥德:《曲律》,见《中国古典戏曲论著集成》(四),中国戏剧出版社,1959年版,第55页。
③ 顾瑛:《玉山璞稿》,文渊阁四库全书本(电子版)。
④ 胡忌、刘致中:《昆剧发展史》,中国戏剧出版社,1989年版,第26页。

《敬德不伏老》皆康惠自制。"[1] 此段虽然并非言及昆山腔，但亦可作为重要参考，在早期南曲昆山腔、海盐腔中确实存在"昆唱北曲"的现象。

明代中后期以来北曲逐渐衰落，昆山腔逐渐崛兴并称霸曲坛，"昆唱北曲"现象亦越来越普遍。如徐扶明和朱崇志皆认为北曲选本《万壑清音》为昆曲选本，他们认为选本中所涉及的北曲皆为昆唱北曲。此说正确与否，姑且不论，但不可否认的是，这一时期"昆唱北曲"现象确实较为普遍。在演唱中，这一时期北曲的一些曲调可以直接用在南曲中，如【清江引】曲往往代替南曲尾声，不用乙、凡二音，唱作昆山腔。而《词林逸响》所选《玉玦记·争风》一套所用曲词【双调·夜行船】"百岁光阴"，实际出自马致远的散曲《秋思》，关于此，原剧曲文是这样说的：

（丑）大姐，央你唱一套马东篱《百岁光阴》。（小旦做北调唱介）

（丑）我不喜北音，要做南调唱才好。（小旦）也罢。

（唱）【集贤宾】光阴百岁如梦蝶，回首往事堪嗟。

通过上述曲文可知，马致远这套词分别被唱作北曲和南曲，可见当时北曲唱作南曲的现象已经产生。明胡文焕《群音类选》"北腔"卷五选录了马致远的这套散曲，并注云"近偷入《玉玦记》"，而李开先在《词谑》中亦对此现象赞不绝口，云："东篱先生之作，周德清以为古今绝唱，取以为式。且谓其无重押，无衬垫字，非寻常作者可及。虚舟取以改入南腔，亦甚佳，略无牵合扭造痕迹，不妨并美。大江以南歌者每不便于北调，故非改南不传。独以此为冯五郎人马之曲，殊无为。"[2] 可见当时虽然曲文为北曲，但其曲调、声韵实际上是昆山腔，在一定程度上反映了当时曲坛"北曲南腔"现象的流行与普遍。而之所以产生这种现象，实际上源自魏良辅对昆山腔的改革，改革之后的昆山腔采用了北曲依字行腔的演唱方式，且在音韵、语音等诸多方面学习借鉴北曲。至明之中叶，昆腔盛行后，当时所唱的北曲曲调可能亦改为昆腔之北曲，俞为民先生云"若从俚歌北曲的演唱形式及曲体特征来衡量与昆山腔合流后的北曲，的确已不

---

[1] 王士禛：《香祖笔记》，见《笔记小说大观》第二十八编第五册，新兴书局，1979年版，第2943页。

[2] 李开先：《词谑》，见《中国古典戏曲论著集成》（三），中国戏剧出版社，1959年版，第293页。

是以前的北曲"①。实际上,这一时期的南曲亦与之前的南曲发生了较大变化,可以说当时所演唱的南北曲皆已非昔日之南北曲。南北之融合是这一时期曲坛发展的必然结果,而这种融合又为雅俗嬗变、心学思潮等学术思潮所裹挟,由此造成了曲坛问题的复杂化。

第二节 选本之宫调

天启间戏曲选本的宫调体系与传统南北曲的宫调体系有所区别。《万壑清音》编选者止云居士在凡例中云"九折者何",按其说明,即"五宫四调",黄钟、正宫、中吕、仙吕、南吕、大石调、商调、双调、越调,但是编选者在凡例中明确指出选本未选录大石调和商调,故其仅仅涉及"五宫二调"。《词林逸响》《彩笔情辞》《太霞新奏》选曲内容除涉及常见的"五宫四调"外,还涉及"黄钟入双调""仙吕入双调""小石调""羽调""过曲""各调犯""杂调"等,其中"小石调""羽调"在"十三调"的范畴,但是"各调犯""过曲""杂调""仙吕入双调"呢,这些宫调是如何产生的呢?为何选本中会产生如此混乱的宫调体系?这种杂乱的宫调又与明代中后期以来曲坛之流变有着怎样的关系呢?

一、南北曲宫调源流

宫调问题在曲学中尤为重要。何为宫调?《顾曲麈谈》云"宫调便是限定乐器管色的高低"②,根据中国古代乐理,一曲终了,各有其结声,倘若结声于五音中的"宫",便称作"宫",倘若结声于"商""角""徵""羽",便称作"调"。据张源《词源》、姜夔《白石旁谱》,乐曲之结声,又称作"住字"或"杀声",即曲词的句末归韵所用之声音。"宫""商""角""徵""羽"即我国传统音律学中的五音。五音如果以各音起调一次,或者说以各音为主音,则可构成一种调式,形成以下几种组织形式(——表示整音,~表示短三阶):

---

① 俞为民:《曲体研究》,中华书局,2005年版,第129页。
② 吴梅:《顾曲麈谈》,商务印书馆,1935年版,第7页。

宫调：宫——商——角～徵——羽～宫

商调：商——角～徵——羽～宫——商

角调：角～徵——羽～宫——商——角

徵调：徵——羽～宫——商——角～徵

羽调：羽～宫——商——角～徵——羽

如果加上"变徵"和"变宫"，各为主音一次，则形成以下几种调式（～表示半音）：

宫调：宫——商——角——变徵～徵——羽——变宫～宫

商调：商——角——变徵～徵——羽——变宫～宫——商

角调：角——变徵～徵——羽——变宫～宫——商——角

变徵调：变徵～徵——羽——变宫～宫——商——羽——变徵

徵调：徵——羽——变宫～宫——商——角——变徵～徵

羽调：羽——变宫～宫——商——角——变徵～徵——羽

变宫调：变宫～宫——商——角——变徵～徵——羽——变宫

五音或者七音之外，尚有十二律吕，据《吕氏春秋·卷五》记载，十二律吕即黄钟、大吕、太簇、夹钟、姑洗、中吕、蕤宾、林钟、夷则、南吕、无射、应钟。这两种调式结合传统音律中的十二律吕，采用"旋相为宫"的方法，便形成了六十调或说八十四调。宫调最初的指义包含两个方面，一是调高，二是调式，如中吕宫的调式为"宫"，调高为"夹钟"。中国曲学史上，宫调体系完善成形于唐宋时期，这一时期比较典型的宫调体系是唐燕乐"二十八宫调"和张源所提的"八十四调"，见表3-8：

表3-8 "二十八宫调"和"八十四调"比对

十二律吕	序号	七音	宫调名	燕乐二十八调	备注
黄钟	1	黄钟宫	正黄钟宫	正宫	
	2	黄钟商	大石调	大食调	
	3	黄钟角	正黄钟宫角		
	4	黄钟变	正黄钟变徵		
	5	黄钟徵	正黄钟正徵		
	6	黄钟羽	般涉调	般涉调	
	7	黄钟闰	大石角	大食角	

续表3-8

十二律吕	序号	七音	宫调名	燕乐二十八调	备注
大吕宫	8	大吕宫	高宫	高宫	宋代用
	9	大吕商	高大石调	高大食调	
	10	大吕角	高宫调		
	11	大吕变	高宫变徵		
	12	大吕徵	高宫正徵		
	13	大吕羽	高般涉调	高般涉	
	14	大吕闰	高大石角调	高大食角	
太簇宫	15	太簇宫	中管高宫		
	16	太簇商	中管高大石调		
	17	太簇角	中管高宫角		
	18	太簇变	中管高宫正徵		
	19	太簇徵	中管高宫变徵		
	20	太簇羽	中管高般涉调		
	21	太簇闰	中管高大石角		
夹钟宫	22	夹钟宫	中吕宫	中吕宫	
	23	夹钟商	双调	双调	
	24	夹钟角	中吕正角		
	25	夹钟变	中吕变徵		
	26	夹钟徵	中吕正徵		
	27	夹钟羽	中吕调	中吕调	元代中吕调（存疑）
	28	夹钟闰	双角	双角	
姑洗宫	29	姑洗宫	中管中吕宫		
	30	姑洗商	中管双调		
	31	姑洗角	中管中吕角		
	32	姑洗变	中管中吕变徵		
	33	姑洗徵	中管中吕正徵		
	34	姑洗羽	中管中吕调		
	35	姑洗闰	中管双角		

续表 3-8

十二律吕	序号	七音	宫调名	燕乐二十八调	备注
仲吕宫	36	仲吕宫	道宫	道宫	
	37	仲吕商	小石调	小食调	
	38	仲吕角	道宫角		
	39	仲吕变	道宫变徵		
	40	仲吕徵	道宫正徵		
	41	仲吕羽	正平调	正平调	
	42	仲吕闰	小石角	小食角	
蕤宾宫	43	蕤宾宫	中管道宫		
	44	蕤宾商	中管小石调		
	45	蕤宾角	中管道宫角		
	46	蕤宾变	中管道宫变徵		
	47	蕤宾徵	中管道宫正徵		
	48	蕤宾羽	中管正平调		
	49	蕤宾闰	中管小石角		
林钟宫	50	林钟宫	南吕宫	南吕宫	
	51	林钟商	歇指调	歇指调	
	52	林钟角	南吕角		
	53	林钟变	南吕变徵		
	54	林钟徵	南吕正徵		
	55	林钟羽	高平调	南吕调	
	56	林钟闰	歇指角	歇指角	
夷则宫	57	夷则宫	仙吕宫	仙吕宫	
	58	夷则商	商调	商调	
	59	夷则角	仙吕角		
	60	夷则变	仙吕变徵		
	61	夷则徵	仙侣正徵		
	62	夷则羽	仙吕调	仙吕调	元人商角调（存疑）
	63	夷则闰	商角	商角	

续表3-8

十二律吕	序号	七音	宫调名	燕乐二十八调	备注
南吕宫	64	南吕宫	中管仙吕宫		
	65	南吕商	中管双调		
	66	南吕角	中管仙吕角		
	67	南吕变	中管仙吕变徵		
	68	南吕徵	中管仙吕正徵		
	69	南吕羽	中管仙吕调		
	70	南吕闰	中管商角		
无射宫	71	无射宫	黄钟宫	黄钟宫	
	72	无射商	越调	越调	
	73	无射角	黄钟角		
	74	无射变	黄钟变徵		
	75	无射徵	黄钟正徵		
	76	无射羽	羽调	黄钟羽	宋代黄钟羽（存疑）元人之角调（存疑）
	77	无射闰	越角		
应钟宫	78	应钟宫	中管黄钟宫		
	79	应钟商	中管越调		
	80	应钟角	中管黄钟角		
	81	应钟变	中管黄钟变徵		
	82	应钟徵	中管黄钟正徵		
	83	应钟羽	中管羽调		
	84	应钟闰	中管越调		

宋代常用的是"七宫十二调"：

七宫：正宫1[①]、高宫8、中吕宫22、道宫36、南吕宫50、仙吕宫57、黄钟宫71。

[①] 宫调后数字表示该宫调在张源"八十四宫调"中的排序，后文皆如此例，不再注释。

十二调：大石调 2、般涉调 6、双调 23、中吕调 27、小石调 37、正平调 41、歇指调 51、高平调 55、商调 58、仙吕调 62、越调 72、黄钟羽 76。

早期宫调主要涉及调式和调高。其中调式与五音或七音相关，调高则与十二律吕相关。元杂剧北曲所用宫调为"六宫十一调"：

六宫：正宫、高宫 8、中吕宫 22、道宫 36、南吕宫 50、仙吕宫 57、黄钟宫 71。

十一调：大石调 2、般涉调 6、双调 23、宫调 27、小石调 37、歇指调 51、高平调 55、商调 58、商角调 62、越调 72、角调 76。

元乐基本承袭宋乐，较宋乐少"高宫""正平"两调，而且"宫调""商角调""角调"与宋乐名称不相符合。关于此三调究竟产生于哪里，与宋代"中吕调""仙吕调""黄钟羽"有何关系？仅仅是宫调名称的变化，还是另有新变？由于相关资料缺乏及笔者学识水平有限，此处仅做对应处理。总之，可以确定的是元杂剧北曲的宫调体系与宋代宫调体系存在源流关系。通过与张源"八十四调"的比对可知，宋元宫调体系有"宫""商""羽"三调，调高主要涉及"黄钟""夹钟""仲吕""林钟""夷则""无射"六个律吕。

南曲的宫调音乐体系则仿自北曲宫调体系。南北曲中较为典型的是"南北九宫"，而"南九宫"显然源自元杂剧宫调体系，其数量名称均与"北九宫"吻合。《十三调谱》则与金末《董西厢》的宫调系统几乎一致，二者同为六宫八调，宫调名称亦相吻合。可见南北曲宫调之源流关系。[①]但是目前学界对于记录南曲宫调体系之书《九宫谱》和《南曲十三调音节谱》之成书时间争议较大，尚未形成统一的看法。钱南扬先生认为其为"元朝的曲谱"[②]，依据是其与《九宫正始》所引之"元谱"相似。俞为民先生在《中国古代曲体文学格律研究》中亦认为南曲宫调早见于元代天历年间刊刻的《十三调谱》和《九宫谱》，依据是冯旭作《九宫正始》序中

[①] 亦有学者持不同意见，如刘有恒认为南曲宫调体系早于北曲宫调体系，则主要源自南宋之赚词。

[②] 钱南扬：《论明清南曲谱的流派》，见《汉上宦文存续编》，中华书局，2009 年版，第 163 页。

云"大元天历间九宫十三调谱"。但是青木正儿在《近世戏曲史》中认为南曲《九宫谱》《十三调》为"明初时所制定也",主要依据两点:一是《南九宫谱》与元末明初《辍耕录》所录宫调较相似,年代亦相差不远;二是徐渭《南词叙录》中亦云"今南九宫不知出于何人,意亦国初教坊人所为"。针对钱南扬先生、俞为民先生之观点,黄仕忠先生已经证明《九宫正始》所言之"元谱"出于伪托①,显然"九宫谱""十三调"产生于元代的说法不可信。黄仕忠《〈九宫十三调曲谱〉考》,廖奔、刘彦君《中国戏曲发展史》,郑祖襄《"南九宫"之疑——兼述与南曲谱相关的诸问题》等均采用青木正儿之说,认为《九宫谱》《十三调谱》大约形成于明初。

然而关于《九宫谱》《十三调谱》究竟载何内容,嘉靖乙酉冬蒋孝所编《旧编南九宫谱》并没有明确言说,王伯良据此断定:"《九宫》《十三调》二谱,得之陈氏、白氏,仅有其目,而无其辞,蒋为辑古戏及散曲,合数十家,每调各谱一曲。"蒋氏所提《九宫谱》《十三调谱》"仅有其目,而无其辞"。九宫与十三调究竟有何区别呢?沈自晋在《南词新谱·宫调总论》中云:

> 《中原音韵》所载六宫十一调,其所属曲声调各有不同……此总之所谓十七宫调也,自元以来北又失其四,道宫、歇指调、角调、宫调,而南又失其五,商角调并前北之四,自十七宫调而外又变为十三调。十三调者盖尽去宫声不用,其中所列仙吕、黄钟、正宫、中吕、南吕、道宫。但可呼之为调,而不可呼之为宫。然惟南曲有之变之最晚。调有出入,词则略同,而不妨与十七宫调并用者也。(鞠通生纂补,元喜氏全订)②

由这段文字可知南曲之"十三调"实际上承自北曲之"六宫十一调",其中六宫"可呼之为调,而不可呼之为宫",而"宫、歇指调、角调、宫调"四调散佚,故云"十三调"。由此可知"南九宫""十三调"实际上都

---

① 黄仕忠:《〈九宫十三调曲谱〉考》,见《中国古代戏曲与古代文学研究论集》,中华书局,2001年版。
② 沈自晋:《南词新谱》,见王秋桂主编:《善本戏曲丛刊》,台湾学生书局,1987年版,第114—115页。

是仿照北曲"六宫十三调"而成的，即南曲宫调体系主要是模仿北曲宫调体系而成的。

宫调体系上对北曲的仿照，在一定程度上可以说是南北曲之融合交流，但是明代中后期以来，随着南北曲曲体分野意识的不断加强，曲学家又开始从源头上将"南九宫"与"北九宫"相区别。蒋氏所云之陈氏、白氏之《南九宫》《十三调》，为何"仅有其目，而无其辞"？如果按照钱南扬先生之说法，《南九宫》《十三调》在元代甚至元代之前便已经产生，而为何在明初《永乐大典》收录的南曲戏文中皆未标注宫调呢？同时，曲学家又于"九宫"外提出"十三调"之说，实际是欲掩盖其与北曲宫调的源流关系，而这种做法显然与明代中后期以来南北曲之曲体分野意识的加强相关。

二、选本视域下之"仙吕入双调"

天启间戏曲选本中的宫调体系与传统南北曲宫调体系有所区别。《万壑清音》编选者止云居士在凡例中云"九折者何"，按其说明，即"五宫四调"，黄钟、正宫、中吕、仙吕、南吕、大石调、商调、双调、越调，但是编选者在凡例中明确指出选本未选录大石调和商调，故其仅涉及"五宫二调"。《词林逸响》《彩笔情辞》《太霞新奏》选曲内容则主要涉及12个宫调，但这三个选本的宫调并不相同，见表3-9：

表3-9 《词林逸响》《彩笔情辞》《太霞新奏》宫调统计

选本	相同宫调	不同宫调
《万壑清音》	黄钟宫、正宫、仙吕宫、南吕宫、中吕宫、越调、双调	
《词林逸响》	黄钟宫、正宫、仙吕宫、南吕宫、中吕宫、越调、商调、双调	黄钟入双调、仙吕入双调、羽调、过曲
《彩笔情辞》	黄钟宫、正宫、仙吕宫、南吕宫、中吕宫、越调、商调、双调、大石调	小石调、般涉调、各调犯
《太霞新奏》	黄钟宫、正宫、仙吕宫、南吕宫、中吕宫、越调、商调、双调、大石调	杂调、羽调、仙吕入双调

由上表可知，天启间戏曲选本除涉及常见的"五宫四调"外，还涉及黄钟入双调、仙吕入双调、小石调、羽调、过曲、各调犯、杂调等。以"仙吕入双调"为例，或可明晰南北曲融合背景下选本的宫调问题。"仙吕

入双调"究竟为何,又是如何产生的?其究竟有无存在的必要?又是否属于"南九宫"体系?如果属于"南九宫",那么其应另成一调,还是附于仙吕、双调、商角、高平?归入仙吕、双调、商角、高平各调的曲牌与原属此类宫调的曲牌又有何区别?如果不属于"南九宫",为何在《词林逸响》《太霞新奏》中要附录此调?这有何用意?其出现与明嘉靖以来的曲坛流变有着怎样的渊源?其中又裹挟了怎样的曲学意蕴?结合明嘉靖以来的曲坛动态,以南北曲融合为切入点考量"仙吕入双调"的生成脉络,参照南曲宫调体系之建构过程,或可进一步窥探南北曲融合视域下宫调体系之演变规律,对于厘清选本之宫调体系有着重要的参照价值。

三、仙吕入双调与"南九宫"体系

仙吕入双调最早见于蒋孝所编《旧编南九宫谱》[①],按照蒋氏的编排则例,"南九宫"即仙吕调、正宫调、中吕调、南吕调、黄钟调、越调、商调、大石调、双调,每一调又分为引子、过曲、别本附入引子、过曲、净唱附后等。但是在该曲谱中,双调的分类尤为特殊,分双调引子、过曲、别本附入双调引子、仙吕入双调过曲、别本附入仙吕入双调、双调总论。蒋孝在《旧编南九宫谱》中收录仙吕入双调过曲70章,但并未将该调作为"南九宫"体系,仅仅附于双调之后。仙吕入双调究竟是否属于"南九宫"体系呢?为何蒋氏将其附于双调之后?这反映出嘉靖以来怎样的曲学思想呢?作为首部南曲格律曲谱,《旧编南九宫谱》对后世南曲宫调体系的建立产生了重要的影响。后世之相关南曲著作,如沈璟《增定南九宫谱》、沈自晋《南词新谱》、冯梦龙《墨憨斋词谱》、徐于室和钮少雅《九宫正始》、查继佐《九宫谱定》等基本依其例收录仙吕入双调,并对该调下辖曲牌做了大幅充实,笔者分别对相关曲谱收录情况进行了统计,见表3—10。

---

① 钱南扬先生在《曲谱考评》中认为:仙吕入双调最早见于宋代,其依据为《宋史·乐志》卷一百四十二·志第九十五·乐十七中"仙吕双"之谓(《汉上宦文存续编》,中华书局,2009年版,第205页)。石艺则认为仙吕入双调产生于南宋至元代之间,其依据为《九宫正始》所涉"元谱"(《沈璟曲学研究》,南京大学博士学位论文,2011年,第116页)。黄仕忠先生《〈九宫十三调曲谱〉考》已经证明"元谱"之说实际是明末清初徐于室、钮少雅伪托,并不是元人之谱(《中国古代戏曲与古代文学研究论集》,中华书局,2001年版,第21页)。本书主要用黄仕忠先生的观点,认为仙吕入双调产生于明嘉靖以后。

表 3-10　仙吕入双调在曲谱中收录情况统计

曲谱	《旧编南九宫谱》	《增定南九宫谱》	《曲律·论调名三》	《南词新谱》	《九宫正始》
年代	明嘉靖	明万历中期	明天启间	清顺治十二年（1655）	清顺治十八年（1661）
编者	蒋孝	沈璟	王伯良	沈自晋	徐于室、钮少雅
仙吕入双调	仙吕入双调、别本附入仙吕入双调（附于双调后，不计入九宫内）	仙吕入双调过曲（附于双调后）	仙吕入双调过曲（附于双调过曲与双调慢词之间）	仙吕入双调过曲（单列一调）	仙吕入双调引子（有目无词）、仙吕入双调过曲
曲牌数	70 种	88 种	97 种	131 种	113 种

由上表可以看出，后世南曲谱基本依《旧编南九宫谱》之则例，后世曲学家一方面不断充实仙吕入双调所辖曲牌，另一方面则逐渐将仙吕入双调从双调附录中单列出来。至《九宫正始》[1]该调下分引子与过曲，引子仅仅"有目无词"，其基本体例与其他宫调几无区别，已经将其列入"南九宫"之列。嘉靖以来曲学家对于仙吕入双调渐进式的接受态度可见一斑。

曲学家逐渐接受并将仙吕入双调纳入南九宫体系，但是自仙吕入双调产生以后，制谱者和选本编选者对于仙吕入双调呈游移不定的态度，主要体现在他们对仙吕入双调处理方式的不相。一方面，遵循蒋孝《旧编南九宫谱》体例者，逐渐将仙吕入双调作为一宫，增列于南九宫之内，也收入明清两代各类戏曲选本和传奇作品中，如周之标《吴歈萃雅》[2]、凌濛初《南音三籁》[3]、冯梦龙《太霞新奏》、许宇《词林逸响》等皆收录大量仙吕入双调作品；另一方面，因仙吕入双调命名形式与其余宫调不同且来源不明，后世部分曲谱或戏曲选本将其删除，如周祥钰等编订的《九宫大成

---

[1]《九宫正始》列仙吕入双调，但是其在此调处批注云："向统属双调，今因与仙吕入双调过曲名同者分复之，但其词仍见双调，第此有目无调。"

[2]《吴歈萃雅》收录剧曲涉及 37 个剧目，所选剧曲作品共 158 套，其中标作仙吕入双调作品 17 套；散曲则共 122 套，其中标作仙吕入双调作品 16 套，小令 2 支。

[3]《南音三籁》收录剧曲《琵琶记》《西厢记》《连环记》等标作仙吕入双调作品 20 种；散曲标作仙吕入双调作品套曲 12 套，小令 12 支。

南北词宫谱》、张大复的《南词便览》《词格备考》、吕士雄等人的《新编南词定律》、无名氏的《南九宫谱大全》、吴梅的《南北词简谱》，均将仙吕入双调排除在宫调系统外。明天启四年（1624）选本《彩笔情辞》收录作品亦不见仙吕入双调。有的曲谱则重新启用高平调与商角调来统领仙吕入双调曲牌①，有的曲谱则将仙吕入双调曲牌归入仙吕和双调②，有的曲谱及选本则将仙吕入双调归入双调③。

即使是将仙吕入双调排除在"南九宫"体系外的曲学家，对该调的处理也有诸多前后矛盾之处。如吴梅先生在《顾曲麈谈·论宫调》中言："余按名为仙吕入双调，实则仙吕宫耳。"④但是吴梅先生在《南词简谱》中又将仙吕入双调所属曲牌归入双调。既然仙吕入双调是仙吕宫，为何吴梅先生又不将其归入仙吕宫？王季烈在《螾庐曲谈》卷二中云："南曲中有所谓仙吕入双调者，其实即仙吕也。往往与北双调联作南北合套，故有此名。"⑤王守泰《昆曲格律》，何为、王琴所编《简明戏曲音乐词典》皆从此说。但是此说有两点不足之处：其一，从曲谱来看，《旧编南九宫谱》此调收录曲牌70种，《增定南九宫谱》收录曲牌88种，《南词新谱》收录曲牌131种，但其中用作合套的曲牌仅有6种⑥，而晚明戏曲选本《词林逸响》涉及一套作品为合套⑦，仅因此就另列一调显然不合常理。其二，王季烈先生云"仙吕入双调者，其实即仙吕也"，为什么仙吕入双调即

---

① 张大复在《南词便览》中取消了仙吕入双调，将传统属于仙吕入双调的65章曲牌归入高平调，使高平调所辖曲牌达到385章左右。

② 无名氏《南九宫谱大全》凡例言："即如沈谱之所谓仙吕入双调一宫，仙吕之于双调，声音迥然两途，合在一处，此大谬也。寒山子《新谱》削去仙吕入双调一宫，将是宫之曲分隶于商角、高平二调。削去仙吕入双调，则是矣；分隶商角、高平，未尽善业。因而商酌，必使仙吕归于仙吕，双调归于双调，始为妥协。"此外，吕士雄等人编《新编南词定律》，亦将仙吕入双调曲牌归入仙吕和双调。

③ 吴梅先生《南词简谱》将仙吕入双调删除，将其所对应曲牌归双调统辖。明天启间戏曲选本《彩笔情辞》亦将仙吕入双调删除，将对应作品统辖于双调内。

④ 吴梅：《顾曲麈谈》，见《吴梅全集·理论卷（上）》，河北教育出版社，2002年版，第17页。

⑤ 王季烈《螾庐曲谈》，收入《集成曲谱》，商务印书馆石印线装本，1925年版，声集第8页。

⑥ 涉及的六支曲牌分别是：【步步娇】【江儿水】【好姐姐】【园林好】【忒忒令】【沉醉东风】。

⑦ 《词林逸响》所收《跃鲤记·仙聚》的套式为北双调【新水令】南仙吕【步步娇】【折桂令】【江儿水】【雁儿落带得胜令】【侥侥令】【收江南】【园林好】【沽美酒】【清江引】。

"仙吕"，因何种原因而将两种调相区别呢？此说又出于何处，据何得出？显然王季烈先生之仙吕入双调与南北合套相关缺乏理论依据值得商榷。

仙吕入双调究竟源于何，此类宫调标识又有怎样的特殊用意？除仙吕入双调外，明代中后期以来相关曲学作品中有无类似宫调？早期曲学家难以明晰仙吕入双调的来源与用法，形成了众说纷纭、莫衷一是的局面。笔者归纳各家观点，主要有以下五种，即转调说①、犯调说②、转调集曲说③、夺字说④、生造说⑤。这五种观点主要从音乐性质、书写习惯、曲牌分类三个方面对仙吕入双调做了深入翔实的考证。但无论哪一种，都难以全面涵盖《旧编南九宫谱》所辖70章曲牌。⑥

实际上，早在《十三调谱》中便已经出现了与宋乐宫调体系不同的宫调形式，如"商黄调"，关于此调，蒋孝注曰："此系合犯，乃商调黄钟各半支或各一支合成者，皆是也。但不许黄钟居商调之前，由无前高后低之理，古人无此氏也。"⑦既然蒋孝亦云"古人无此式也"，那么为什么蒋氏仍将其列入呢？"古人无此式"，言外之意则是时人有此式，蒋孝《旧编南

---

① 持此观点的主要是陈多、叶长海二位先生。他们在《曲律注释》（湖南人民出版社，1983年版，第72页）中认为仙吕入双调有两种情况：一种是我国古代犯调，即"乐曲在旋律进行中，从仙吕转至双调，又从双调转至仙吕"；另一种则是"因管乐器三度间半音位置游移不定时，致使仙吕调递变为双调，因而并入双调，这就是仙吕入双调"。

② 持此观点的主要是周维培先生和俞为民先生。周维培在《曲谱研究》（江苏古籍出版社，1997年版，第271页）中提出"仙吕入双调的产生与犯调有关"的看法。他的理论依据是《十三调谱》中所列"商黄调"，原作在提及此调时云："此系合犯，乃商调黄钟各半支或各一支合成者，皆是也。但不许黄钟居商调之前，由无前高后低之理，古人无此氏也。"俞为民先生在《中国古代曲体文学格律研究》中亦持此观点，其云："《九宫谱》之仙吕入双调，也是仙吕与双调的合犯曲，故事实上亦无存在的必要。"

③ 持此观点的是台湾地区学者洪惟助。他在《昆曲宫调与曲牌》中云"仙吕入双调不是宫调名"，因为"无论是六十调、八十四调、三十六调、燕乐二十八宫调均无此调"，但是"仙吕调和双调主音相同，调式相近，可能在风格、韵味上亦相近，所以产生转调、集曲"。

④ 持此观点的是魏洪洲，他在《明清戏曲格律谱研究》（黑龙江大学博士学位论文，2015年，第92页）中认为仙吕入双调在《旧编南九宫谱》中【桂花遍南枝】理应有"亦入仙吕，又入双调"的释文，但是蒋孝在抄录过程中可能发生了夺字，而误将注释"亦入仙吕，又入双调"作"仙吕入双调"。

⑤ 关于此说，后文将详细说明。

⑥ 分为仙吕入双调和别本附入仙吕入双调两类，其中仙吕入双调共收录【桂花遍南枝】【四朝元】【朝元令】【朝元歌】【摊破金字令】等48种曲牌，别本附录则收入【朝元歌过】【金水令】【江儿水】【玉交枝】等22种曲牌。

⑦ 蒋孝：《旧编南九宫谱》，见王秋桂主编：《善本戏曲丛刊》，台湾学生书局，1987年版，第42页。

九宫谱》刊刻于"嘉靖乙酉冬",为何会在这一时期产生此类宫调名称呢?此外,《词林逸响》中收录燕仲义、刘东生的两套作品①,其宫调名称则标作"黄钟入双调"。在《南词新谱》中则有"仙吕羽调",沈自晋注释为"此二调合用"。嘉靖以来南曲宫调体系中为何会不断衍生出诸如仙吕入双调的宫调?衍生背后的深层原因究竟为何?其与嘉靖以来曲坛发展趋势又有着怎样的关联?

四、南北曲宫调体系融合与仙吕入双调

仙吕入双调究竟为何,又是怎样产生的?青年学者杨伟业经过排查南曲谱中的双调和仙吕入双调曲牌,认为此类曲牌都来自那些模仿"北曲谱双调"的曲牌,提出"仙吕入双调是一种人为的区分"的看法,仙吕入双调"可能只是随机的划分——某些事物的产生不见得一定是水到渠成的。它可能出于人为需要被生造出来",仙吕入双调与双调的"区分方式是偶然的,任意的"。②他虽然分析了南曲中被归入双调或仙吕入双调的曲牌,但并未能分析出双调和仙吕入双调两类曲牌的区别。杨伟业的分析为我们辨明仙吕入双调的产生根源提供了重要思路,结合南曲宫调体系之建构过程,以南北曲宫调曲牌双向比对为切入点,再结合嘉靖以来逐渐出现的商黄调、黄钟入双调、仙吕入双角、仙吕羽调等宫调,或可对仙吕入双调之衍生脉络与生成原因做出考量。《词林逸响》中选录的两套"黄钟入双调"作品所使用的曲牌如下:

【画眉序犯】【锦堂月犯】【簇御林犯】【黄莺儿犯】【排歌犯】【一封书犯】【马鞍儿犯】【皂罗袍犯】【红花带念佛】【念佛水红花】【尾声】

——燕仲义《秋闺》

【画眉昼锦】【画锦贤宾】【贤宾黄莺】【黄莺一封】【一封罗袍】【罗袍甘州】【甘州解酲】【解酲姐姐】【姐姐醉翁】【醉翁侥侥】【尾声】

——刘东生《春闺》

---

① 周之标《吴歈萃雅》亦收录了这两套作品,《词林逸响》标目、宫调与之皆同,本书主要以《词林逸响》为例。
② 杨伟业:《南曲宫调系统的首次建构——沈璟〈南曲全谱〉研究》,南京大学硕士学位论文,2014年,第20页。

若以宫调来考量，作品中的【画眉序犯】主要犯黄钟【画眉序】、羽调【金凤钗】、双调【昼锦堂】三种曲牌，【画眉昼锦】则犯黄钟【画眉序】和双调【昼锦堂】两种曲牌。这两套作品所使用的曲牌主要是黄钟、双调、仙吕、商调、仙吕、羽调宫调。"黄钟入双调"集曲为何会有如此多的宫调？这反映出南曲怎样的行曲惯例？究竟是什么原因造成的呢？而南曲宫调体系建立之前，南曲中的"集曲""转调"等现象已经产生，南曲中的曲牌使用情况亦基本成型，显然这种基本成型的曲牌连缀并不是以宫调为依据的。

随着魏良辅的音乐改革，笛子成为南曲的主要伴奏乐器。南曲以"笛色来确定曲调调高"[①]，南曲曲牌往往依据笛色来组合。笛子的气孔分别代表七个音调：五子调（正工调）、六字调、凡字调、小工调、尺字调、上字调、乙字调。在南曲的笛色体系中，五子调调高最高，乙字调最低。《词林逸响》"黄钟入双调"套曲中集曲所犯黄钟、双调、仙吕、商调、仙吕、羽调，宫调虽多，但笛色较为集中，主要是"小工"，因此才可以连缀。俞为民先生认为"以笛调来确定曲调之调高，更能准确细致显示出南北曲曲调声情的丰富性与多样性"[②]。俞先生举《南西厢记·佳期》，结合剧情和角色转换，该出使用了小工、正工、凡字调三种不同笛色。南曲中的各宫调与笛色存在如下对应关系[③]，见表3-11：

表3-11 南曲宫调与笛色对应关系

宫调	仙吕	南吕	中吕	黄钟	正宫	双调	商调	越调	大石	小石	羽调
笛色	小工	凡字	小工	凡字	小工	小工	小工	小工	小工	小工	凡字
	尺字	六字	尺字	六字	尺字	正工	六字	凡字	尺字	尺字	六字

[①] 关于南曲音乐体系，陈万鼐先生在《元明清剧曲史》（台湾商务印书馆，1966年版，第382页）中认为南曲以笛色定调系统产生于魏良辅昆山腔改革之后，而刘有恒先生在《谈魏洪洲先生论仙吕入双调》一文中则认为南曲音乐系统当源自南宋赚词。笔者认为虽然南曲音乐体系究竟源于何难以确定，但不可否认的是南曲按笛色定调系统或者相类似的定调系统在明初就应该已经存在。如元末明初《琵琶记》中便已经有【风云会四朝元】【江头金桂】【五马江儿水】【柳摇金】【桂枝香】）等集曲，这些集曲中的曲牌宫调并不统一，但笛色相同。可见，明初曲牌中便已经存在通过笛色（或相类似的音乐系统）来组合曲牌的形式。

[②] 俞为民：《中国古代曲体文学格律研究》，中华书局，2012年版，第438页。

[③] 周期政：《〈螾庐曲谈〉疏证》，见刘崇德、龙建国等主编：《古代曲学名著疏证》，南昌教育出版社，2015年版，第87页。

由上表可知，南曲中主要使用小工、尺字、六字、正工、凡字五种，很少使用乙字调和上字调。但是随着南曲体系的完善，原有音乐体系与蒋孝、沈璟等人所构建的宫调体系发生冲突，南曲集曲难以按照宫调体系来统一。如《增定南九宫谱》所收《琵琶记》中的【风云会四朝元】① 集曲，其具体曲牌内容为：

【五马江儿水】春闱催赴，同心带绾初。叹阳关声断，送别南浦，早已成间阻。

【桂枝香】漫罗襟上泪渍，漫罗襟上泪渍。

【柳摇金】和那琴瑟尘埋，锦被羞铺。寂寞琼窗，萧条朱户。

【驻云飞】空把流年度。嗟，酴子里自寻思。

【一江风】妾意君情，一旦如朝露。君行万里途，妾心万般苦。

【朝元令】君还念妾，迢迢远远，也索回顾。

按照沈璟的注释，该集曲包括【五马江儿水】（双调）、【桂枝香】（仙吕）、【柳摇金】（双调）、【驻云飞】（中吕）、【一江风】（南吕）、【朝元令】（双调），主要涉及双调、仙吕、中吕、南吕、双调等曲牌，其笛色较为相近，除南吕为"凡字、六字"外，其余皆可作"小工"。这在一定程度上说明了南曲的曲牌使用并不是依照宫调，"南曲本市里之谈，即如今吴下【山歌】，北方【山坡羊】何处求取宫调"，"南曲固无宫调，然曲之次第。须用声相邻以为一套，其间亦自有类辈，不可乱也。如【黄莺儿】则继之以【簇御林】，【画眉序】则继之以【滴溜子】之类，自有一定之序"。②

嘉靖之后的曲学家依然继承北曲宫调体系，参照北曲宫调体系来构建南曲宫调体系，这显然与南曲既有的音乐体系相冲突。到明代，北曲宫调之调式已经逐渐消失，虽然这一时期曲学家们提出了所谓"声情说"，但是此做法显然不符合戏曲创作与演唱实际。诚如王正祥所言："元人所分六宫十一调，杂乱无章，已非后学典则。至若曲分南北，声音迥异，又不啻秦越人之相去远也。"南曲家蒋孝、沈璟、沈自晋、龙子犹等人却枉顾

---

① 沈璟：《增定南九宫谱》，见王秋桂主编：《善本戏曲丛刊》，台湾学生书局，1987年版，第661页。

② 徐渭：《南词叙录》，见《中国古典戏剧论著集成》（三），中国戏剧出版社，1959年版，第241页。

"南北异音"之事实,无不"竞宗九宫",以致"茫无定见,乃窃取北曲宫调,强为列次,又且舛错不伦。殊不知北曲宫调,已属效法乖谬。既定《南曲全谱》,岂可袭其陋习?"[1]

南曲之宫调实际上仅仅是"曲牌分类标目","曲牌与宫调所代表的标准音之间并无关系","南曲中只有少数本套和宫调有关"。[2] 笔者认为南曲谱中所录曲牌与宫调并不都存在对应关系。此类曲牌难以涵盖南曲宫调体系的曲牌,其使用较为灵活。李昌集先生在论及北曲宫调"借宫""出入"时曾云:"不是有了先行存在的'宫调',然后才有了曲牌的'宫调'之属,而是先有曲牌和由相对固定的曲牌所构成的套类、套式,当'宫调'成为套类的代号时,才产生了若干曲牌分属不同'宫调'的划类。而若干'通用'于不同'宫调'的曲牌,其不同于其它曲牌之处,即在其可以应用于两三个不同的套类。这里无'主客'之分,没有'本借'之别。所谓'借宫',只是明人对某些曲牌'通用'、'出入'性质不恰当的概念转换。我们宁可将'借宫'还原为'出入'和'通用',这样对北曲的真正面貌的把握或许更有帮助。"[3] 北曲宫调体系与南曲笛调体系存在一定的矛盾,这种矛盾在《十三调谱》中便已经有所体现,如其中列"商黄调"。关于"商黄调",冯梦龙云:"北谱有商黄调,可见二调相通,但每曲必前商而后黄,方不落调耳。"[4] 钱南扬先生对此条的批注则是"此调(商黄调)仅南曲有之,北谱云云盖误"[5]。无论是商黄调、黄钟入双调,还是仙吕入双调,宋元曲学著作中并无此调,而到明嘉靖年间的相关曲学著作中才开始出现,其音乐意义并不十分突出。但是这几种"宫调"是北曲宫调体系融合南曲音乐系统的产物,是南北曲宫调体系融合的时代印证。

嘉靖之后,曲学家们开始重视南曲宫调音乐,努力解释曲坛新变现象,努力构建南曲宫调体系,然后衍生了各种宫调名称。南北曲之融合是

---

[1] 王正祥:《新定十二律京腔谱》,见王秋桂主编:《善本戏曲丛刊》,台湾学生书局,1987年版,第3、37、45页。
[2] 王守泰:《昆曲格律》,江苏人民出版社,1982年版,第196页。
[3] 李昌集:《中国古代散曲史》,华东师范大学出版社,2007年版,第201页。
[4] 冯梦龙:《太霞新奏》,见王秋桂主编:《善本戏曲丛刊》,台湾学生书局,1987年版,第412页。
[5] 钱南扬:《汉上宧文存》,中华书局,2009年版,第54页。

明嘉靖以来曲坛的主要发展趋势，这种趋势又为南北曲之文人化、昆腔化等发展趋势所裹挟，其所折射出的曲坛之雅俗嬗变、南北融合等曲坛态势亦日益复杂化。无论是南曲还是北曲，其中宫调、曲牌、套式及犯调等都体现出南北融合的趋势。就宫调而言，嘉靖以来逐渐出现了商黄调、仙吕入双调、黄钟入双调、仙吕入羽调等独特的宫调名称，这些宫调虽与集曲、犯调相关，但主要是因南北曲宫调体系融合而产生。北曲宫调体系逐渐与南曲音乐体系融合，然而其又难以与南曲中笛色音乐系统融合，于是就产生了商黄调、仙吕入双调、黄钟入双调。明代人对仙吕入双调的认识与理解有一个变化的过程。由于信息不对称，人们的接受理解呈现出多维度阐释的局面，有人对，有人误，对者不被认同，误者传误则成为共识，经过"同频共振"之后，其观点日渐趋同，这一趋同过程亦反映出这个时代的曲学趣味和曲学理想。

第三节　选本之曲牌

选本北曲散曲共使用 128 种曲牌，其中带过曲 6 种。双调、正宫、仙吕曲牌使用相对较多，小石调、般涉调使用较少。选本收录北散曲之曲牌、套式都相对稳定，其中使用带过曲 5 种，涉及作品共 11 篇，元人作品仅 2 篇，可见元人作品中曲牌的使用较为严谨、固定。反观这一时期的北曲剧曲，其曲牌使用较为灵活。选本北曲剧曲共选用曲牌 154 种，其中北曲曲牌 116 种，南曲曲牌 37 种，未知曲牌 1 种。全卷曲牌总数 648 种，其中北曲曲牌 525 种，南曲曲牌 76 种。从曲牌种类上讲，南曲曲牌约占总数的四分之一，而从具体使用情况来看，南曲曲牌约占十分之一。南曲曲牌在北曲剧曲中有重要作用。南曲曲牌逐渐渗入北曲体制，使北曲的音乐体系和戏剧体系都受到了冲击，在这种冲击中，新的戏剧体系又不断地形成并逐渐固定。北曲中融入的南曲曲牌的性质与功能逐渐确立，北曲原有的套式、体制逐渐消解，新的艺术体制逐渐形成，这实际上是曲体文学内部的融合与新陈代谢。

选本南曲散曲共使用曲牌 327 种，其中集曲 132 种。南曲散曲曲牌主要涉及大石调、黄钟、商调、南吕、仙吕入双调、双调、仙吕、越调、中吕、正宫、道宫、羽调 12 个宫调，其中使用曲牌较多的是正宫、仙人双、南吕，使用曲牌较少的是双调、羽调、道宫。选本中关于南曲曲牌的主要问题有二：一是曲牌之宫调问题，二是集曲问题。南曲剧曲共用 241 种曲牌，其中南曲曲牌 186 种，北曲曲牌 55 种，集曲 44 种（其中 1 种为带过曲）。这一时期，南曲剧曲中的集曲比例显然低于在南曲散曲中的比例，但是南曲剧曲中北曲曲牌的使用比率相对高于北曲中南曲曲牌的比率。

一、选本中的北曲曲牌流变

（一）北曲散曲中的曲牌

北曲散曲共使用曲牌 128 种，其中带过曲 6 种。双调、正宫、仙吕、正宫曲牌使用相对较多，小石调、般涉调则使用较少。其中【黄钟煞】【浪里来煞】【离亭宴煞】【离亭宴煞带歇拍煞】【本调煞】【鸳鸯煞】【赚尾】【净瓶儿煞】【卖花声煞】【煞尾】【三煞】【二煞】【一煞】13 种曲牌是北曲散曲中的收尾专用曲牌，由此可见北曲散曲作品尾声之重要。此外黄钟【寨儿令】，般涉调【耍孩儿】，南吕【水仙子】、商调【梧叶儿】【油葫芦】，双调【步步娇】【沉醉东风】【风入松】【胡十八】【落梅风】【水仙子】【折桂令】、仙吕【寄生草】【一半儿】【醉扶归】，越调【小桃红】，正宫【塞鸿秋】【四换头】【小梁州】【醉太平】，中吕【朝天子】【红绣鞋】【满庭芳】【普天乐】【喜春来】25 种曲牌作小令。选本中带过曲除【小梁州带脱布衫】于套曲中出现外，其余【醉高歌带红绣鞋】【水仙子带折桂令】【雁儿落带得胜令】【玉环带清江引】【叨叨令带折桂令】主要为小令作品。①

收录北曲散曲作品的选本主要是《彩笔情辞》，其中收录北曲散曲 104 套、北小令 100 首，其中元代作品 63 套、小令 87 首，主要涉及汤舜民、关汉卿、张养浩等 21 位元代散曲作家。天启选本收录明代嘉靖以前北曲散曲 37 套、小令 100 首，主要涉及陈大声、诚斋、杨慎、王九思、

---

① 带过曲小令共 11 首：【醉高歌带红绣鞋】出现在贾伯坚《寄妓金莺儿》、明古辞《寄情》作品中，【水仙子带折桂令】出现在陈大声《欢情》、元人辞《盼股梁锦堂》、杨用修《叹别》、冯汝行《题青楼四誓》《题青楼八美》作品中，【雁儿落带得胜令】出现在陈大声《风情》《代人春情》、杨用修《写恨》作品中，【玉环带清江引】出现在王敬夫《吊咸阳妓》作品中，【叨叨令带折桂令】出现在元人辞《嘲驼背妓陈观音奴》作品中。

冯惟敏等 8 位散曲作家。而嘉靖后期的北曲散曲作品仅收录套数 3 套、小令 2 首，主要涉及冯延年、孙子真、倪公甫 3 位散曲作家。选本中的北曲作品较多地保留了元人的曲牌使用和套式，变化较少，相对稳定；即使涉及相对变化活跃的曲牌使用情况，也主要以明人作品为主。

(二)北曲剧曲中的曲牌

天启间戏曲选本中北曲剧曲主要收录于《万壑清音》，共八卷，共选用曲牌 154 种，其中北曲曲牌 116 种，南曲曲牌 37 种，未知曲牌 1 支。全卷曲牌总数为 648 种，其中北曲曲牌 525 种，南曲曲牌 76 种。从曲牌种类上讲，南曲曲牌约占总数的四分之一，而从具体使用情况来看，南曲曲牌约占十分之一。为什么作为北曲剧曲却使用如此多的南曲牌？具体而言，南曲在北曲中的作用主要有三方面。

第一，充当北曲中的引子。明代中后期北曲套式发生变化，北曲中越来越多地使用引子。北曲中的引子除少数使用北曲曲牌外，大都使用南曲曲牌，如选本中涉及【似娘儿】【真薄幸】【节节高】【声声慢】【赏花时】【挂真儿】【洞仙歌】【出队子】【凤凰阁】【出队子】【双鸂鶒】【玉楼春】【番卜算】【菊花新】【神仗儿】等。在此以《千金记》为例，对选本中收录的作品与早期作品进行比对：

【天下乐】、【双调·新水令】、【驻马听】、(南)【黄钟·双声子】、【沉醉东风】、【双声子】、【雁儿落】、【得胜令】、【挂玉钩】、【川拨棹】、【七弟兄】、【梅花酒】、【收江南】、【煞尾】、【奈子花】、【前腔】
——《万壑清音》本《千金记·月下追贤》

【双调·新水令】【驻马听】【沉醉东风】【雁儿落】【得胜令】【挂玉钩】【川拨棹】【七弟兄】【梅花酒】【收江南】【尾】
——《雍熙乐府》本《千金记·月下追信》

通过比对，可以发现北曲套式发生了较明显的变化，《雍熙乐府》收录之《千金记·月下追信》改编自元金仁杰杂剧《萧何月夜追韩信》，其体式较多地保留了元杂剧的套式，整套作品前没有引子，但是《万壑清音》本《千金记·月下追贤》则明显出现了引子【天下乐】，可见天启间北曲之套式较元代或明初已经发生了较大的变化。而南曲曲牌在北曲中的主要作用之一便是充当北曲中的引子。

第二，表示角色转换。北曲采用一角主唱的形式，一套作品一般只由一人演唱。随着南北曲的融合，北曲的套式中逐渐融入南曲，而南曲的作用则主要是表示演唱过程中角色的转换。如前文所引《万壑清音》本《千金记·月下追信》和《雍熙乐府》本《千金记·月下追贤》，前者在整套双调套曲中，除插入引子【天下乐】外，还插入了南曲曲牌【双声子】和【奈子花】。与原文比勘，会发现整套双调的套曲演唱者皆为韩信，而所插入的第一支曲牌【双声子】是由萧何和众人合唱，第二支【双声子】是由韩信和众人合唱，【奈子花】是由张良、萧何演唱，前腔是由韩信演唱。可见北曲中一角主唱的格局已经随着南曲曲牌的渗入而逐渐瓦解。

（南）【南吕·真薄幸】、（南）【黄钟·西地锦】、【南吕·一枝花】、【脱布衫】、【牧羊关】、【四块玉】、【乌夜啼】、【骂玉郎】、【乌夜啼】、【尾声】

——《草庐记·姜维救驾》

（南）【商调·水红花】、【双调·新水令】、【折桂令】、【雁儿落】、【得胜令】、【沽美酒】

——《义侠记·武松打虎》

上述两套作品中的南曲曲牌【真薄幸】【西地锦】【水红花】都是北曲套曲中的引子，其演唱人物亦与后面套曲的演唱人物不同。这些曲牌从套式体制上消解了北曲的传统套式，也从人物角色上打破了"一角主唱"的演唱形式。此外尚有南曲曲牌【泣颜回】【耍孩儿】【水底鱼】【懒画眉】【挂真儿】【节节高】【胜如花】等在具体的剧目中都发挥了打破北曲体制的作用。

第三，南曲曲牌除充当引子、配角演唱的作用外，还可推动情节发展。如《万壑清音》本《西游记·诸侯饯别》的套式为"（仙吕）点绛唇—混江龙—油葫芦—天下乐—（南南吕）金钱花—后庭花—煞尾"，相比该剧目的其他选本[①]，则在仙吕一套内多出了【南吕·金钱花】一支南曲曲牌，为什么会多出这支南曲曲牌呢？显然此曲牌亦不可能充当引子，

[①] 收录该剧目的尚有清代叶堂《纳书楹曲谱》标作《莲花宝筏·北饯》，清乾隆年间演出的剧目《升平宝筏》（朱一冰、刘毓忱编：《西游记资料汇编》，南开大学出版社，2002年版，第431页收录此曲剧）。

那此曲牌是否作为配唱曲牌呢?将两本进行比对,见表3-12:

表3-12 《三藏取经·诸侯饯别》与《升平宝筏》第十六回曲文比对

《万壑清音》本《三藏取经·诸侯饯别》	《升平宝筏》第十六回
(唐)又闻得老将军上阵无敌,用计无失,天色尚早,请老将军再说一遍。贫僧再听者。(尉) 【金钱花】上阵时忽剌剌两面彩旗摇,不剌剌马到处阵冲开。(唐)这是旗开得胜马到成功,好将军。(尉)只我这一鞭颠碎他一万片天灵盖。(唐)阿弥陀佛,我折奈也。(尉)我如今说着折奈。(唐)为国头先白。(尉)不觉得鬓边白,只我这枪尖上鞭节上血光在。(唐)少年做下孽,福谢一时来。(尉)果然是少年做下孽,福谢一时来。	(杂扮四典膳官,各带纱帽、穿圆领、束带,从两场门上)(白)禀众位老爷,圣上赐有斋宴,命众位老爷陪宴。(众官白)排宴过来。(内奏乐,场上设筵宴桌椅,唐僧众官各入桌座科。杂随意扮二乐丞/引杂扮众宫戏呈技人,同从上场门上。各随意发挥,呈应宫戏科。众男女乡民、王留儿、胖姑儿各从两场门上,作拥挤看科。众男女乡民,宫戏人各从两场门下)

虽然《纳书楹曲谱》之《莲花宝筏》《升平宝筏》现存为清代版本,但其中曲词与《北词广正谱》相类似,因此可以确定其与元本、明本较为接近。赵景深先生《元杂剧钩沉》亦参照《升平宝筏》内容加以确定元杂剧《三藏取经》的内容。虽然《万壑清音》本与《纳书楹曲谱》《升平宝筏》本究竟哪种更接近元代本,已经难以考证,但是通过梳理两则文献材料,可以确定南曲牌【金钱花】在相类似的剧目中,实际上是一段歌舞宫戏表演。《升平宝筏》中对应的场面是"场上设筵宴桌椅,唐僧众官各入桌座科。杂随意扮二乐丞/引杂扮众宫戏呈技人,同从上场门上。各随意发挥,呈应宫戏科"。就情节而言,《诸侯饯别》一出主要讲述的是文武百官众多将领为三藏送行,而尉迟恭在送行时为三藏讲解其一生南征北战时的荣耀场景,其间插入皇帝赐宴、宴乐呈技的场景,对故事情节的推动并没有太大作用。插入【金钱花】一支,则描述了尉迟恭"上阵时忽剌剌两面彩旗摇,不剌剌马到处阵冲开"的场景,并且融入了浓厚的抒情性表演,呈现了主人公"不觉得鬓边白,只我这枪尖上鞭节上血光在"的内心独白,与故事情节结合得更加紧密,人物形象亦更加饱满。

北曲杂剧在南戏之前形成了较为成熟完整的戏剧体系,但是这种戏剧体系逐渐成为北曲发展的藩篱,束缚了北曲的艺术创新。明代中后期以来,北曲越来越多地受到南曲的冲击,濒临消亡的北曲从自身的体系中再求新变。一方面吸收融合南曲之因素,产生了所谓"南曲化"的进程;另一方面又不断消解自身原有的音乐体系和联套方式。在这种变革过程中，北曲原有的套式、体制逐渐消解，新的艺术体制逐渐形成。

二、选本中的南曲曲牌流变

（一）南曲散曲曲牌

天启间南曲散曲共使用曲牌 327 支，其中集曲 132 支。南曲散曲曲牌主要涉及大石调、黄钟、商调、南吕、仙吕入双调、双调、仙吕、越调、中吕、正宫、道宫、羽调 12 个宫调，其中使用曲牌较多的是正宫、仙入双、南吕三个宫调。双调、羽调、道宫三个宫调使用曲牌则较少。选本中关于南曲曲牌的问题主要有两个。

第一，曲牌之宫调问题。天启间选本中所收曲牌最大的问题是宫调不统一。如《彩笔情辞》和《太霞新奏》都收录冯千秋散套《携孙娘绣鞋归戏赋》①"春风苏小家"一套，《彩笔情辞》和《词林逸响》皆收录散套"香醪为解愁"②，其使用的曲牌都为【梧桐树】【东瓯令】【大胜乐】【解三酲】【尾声】。但是，《彩笔情辞》将此作品归入南吕调，而《太霞新奏》《词林逸响》将此作品归入商调。《太霞新奏》编选者的态度较为矛盾，作品收录【梧桐树】套曲九套，其中八套收录商调，一套附录归入南吕调，并且将选本中曲牌"梧桐树"皆改作"金梧桐"。究竟是什么原因造成选本中同一曲牌之相关套曲收录在不同的宫调，甚至还要改宫调名称呢？

【金梧桐】春风苏小家，夜月徐卿榻，携得春归，香惹鲛绡帕。似奇葩瓣，欲飘半月光初发。白縠轻罗，底样些儿大，千金一扛真非假。

——《太霞新奏》选录《携孙娘绣鞋归戏赋》

【梧桐树】春风苏小家，夜月徐卿榻，忽睹文鸳，浪里翻红姹。似奇葩瓣，欲飘□魄光初发。素縠轻罗，底样些娘大，千金一捏看非假。

——《彩笔情辞》选录《携孙姬雁来绣鞋》

---

① 《彩笔情辞》题作"携孙姬雁来绣鞋"，但经文献比勘，实为同一作品。
② 《彩笔情辞》题作"春思"，署名为"陈大声"，《词林逸响》作"遣愁"，署名为"郑灵舟"。但是经文献比对，两作除《词林逸响》首句为"香醪曾解愁"外，余皆同，因此可视为同一作品。

【梧桐树】香醪为解愁，酒醒愁依旧。斜月残灯，正是愁时候。愁凭酒破除，酒被愁拖逗。酒力无多，酒去愁还又。愁深酒薄难禁受。

——《彩笔情辞》选录陈大声《春思》

【梧桐树】香醪曾解愁，酒醒愁依旧。斜月残灯，正是愁时候。愁凭酒破除，酒被愁拖逗。酒力无多，酒去愁还又。愁深酒薄难禁受。

——《词林逸响》选录郑灵舟《遣愁》

通过文献比勘可知，选本中选录的作品虽然个别字句存在差异，但其基本句式并未发生较大变化，都是九句六韵：5▲，5△。4，5△。5，5△。4，5△。7△。根据《增订南九宫谱》《南词新谱》可知，其体式为商调【金梧桐】。为什么都是商调曲牌，《彩笔情辞》却被收入南吕宫呢？《彩笔情辞》为南北曲兼收，为了南北宫调相统一，将南曲"仙吕入双调"并入双调，而在曲牌上则很明显依照北曲宫调体系划分曲牌。细查《中原音韵》《北词广正谱》，其中将【梧桐树】归入南吕宫内，但是此"梧桐树"曲牌非彼"梧桐树"。南曲牌【梧桐树】与北曲中的曲牌明显不同，其基本句式为：5△，5▲，7▲，6▲①，二者曲体形式千差万别，显然《彩笔情辞》受北曲影响，将【梧桐树】套曲划入南吕宫。南曲之宫调体系在一定程度上与北曲存在着源流关系，因此南曲早期曲谱受到北曲影响，如蒋孝《旧编南九宫谱》中将商调集曲【金索挂梧桐】收入南吕调内，而将【梧桐树】收入"别本附入商调"一类。关于"别本附入"究竟其原意为何，后人对其争论不休，但诚如周维培在《曲谱研究》中所云，其中一层含义即为"与其他宫调互见出入者"，其举例"如仙吕之【解连环】，见南吕；黄钟之【凤凰阁】，见商调；商调之【西河柳】，见仙吕"②。由此可见这一时期曲学家关于曲牌宫调问题之矛盾。而蒋孝之后的沈璟、沈自晋等人应该深谙曲学家的这种矛盾，或许这是他们修改曲牌名称的主要原因之一。细查曲谱，早期的曲谱中并无曲牌【金梧桐】，但

---

① 李渔《北词广正谱》《善本戏曲丛刊》，台湾学生书局，1987年版）第267页收录北曲【梧桐树】，其内容为："问甚么两碗通轻汗，岂不闻一粒度三关，管什么馄饨皮馒头馅和和饭，有酒食先生馔。"

② 周维培：《曲谱研究》，江苏古籍出版社，1999年版，第99页。

是后来的曲谱如《增定南九宫谱》《南词新谱》中增加了【金梧桐】曲牌。如果沈璟叔侄本于修订完善南曲曲谱的出发点，增加曲牌则无可厚非，但是细查两支曲牌：

【梧桐树】腌臜小贱奴，辄敢相欺负，我是你官人，你是咱使数，如何在我行回言语。只怨我哥哥做不得主，却使今朝，外鬼相调戏，心中自想愁如许。①

【梧桐树】腌臜小贱奴，怎不思量取，我是你东人，你是咱奴婢。辄敢对主出言语。自恨我家神做不得主，致使今朝，外鬼相调戏，兀的（不是）势败奴欺主。②

通过上文的比勘可知，蒋孝《旧编南九宫谱》和沈璟《增定南九宫谱》中【梧桐树】曲牌的个别字句虽稍加改动，但并无太大差异，其基本句式为九句五韵：5△，5△。4，5，7△，7△，4，5，7△。与曲牌【金梧桐】相比仅仅是第五、六句的具体字数产生变化，将两个七字句转化为五字句。沈璟、沈自晋二人于曲牌【金梧桐】后皆标注云：

按后人所作如"香蓼曾解愁"分明是金梧桐，而却题曰梧桐树，亦误也。③

显然，沈璟、沈自晋二人增列【金梧桐】曲牌的出发点是一致的，皆是针对曲牌【梧桐树】。那么沈璟叔侄为何要将【梧桐树】与【金梧桐】两曲牌区别得如此细致呢？从客观上讲，曲牌【金梧桐】和【梧桐树】句式基本相似，时人出现错误亦在所难免，但其二人亦有主观目的，沈璟、沈自晋关于【金梧桐】曲牌使用的曲词并不相同，前者使用的是剧曲中的曲牌，后者使用的是散曲中的曲牌，但是这两段曲词内容下却标注相同的内容，显然有意为之，是为了与北曲曲牌【梧桐树】相区别，从而避免曲学家们在曲牌归属宫调问题上的矛盾。

第二，曲牌之集曲问题。天启间戏曲选本中的集曲主要体现了以下三

---

① 蒋孝：《旧编南九宫谱》，见王秋桂主编：《善本戏曲丛刊》，台湾学生书局，1987年版，第193页。
② 沈璟：《增定南九宫谱》，见王秋桂主编：《善本戏曲丛刊》，台湾学生书局，1987年版，第576页。
③ 沈璟《增定南九宫谱》第576页、《南词新谱》第663页都收录【金梧桐】曲牌。

种发展趋势。

一是集曲之宫调体系化。天启间戏曲选本对集曲的处理亦较为矛盾。一方面，选本编选者当列一调，《词林逸响》将集曲【六犯清音】【七犯玲珑】【九回肠】归入过曲类，《太霞新奏》则专列杂调类一卷，收录各种集曲犯调。《彩笔情辞》亦将【九嶷山】【巫山十二峰】【六犯清音】一类较长的集曲犯调列入各调犯一类。"犯调""杂调""各调犯"都是针对选本中的集曲而列，这亦说明编选者认为集曲之独特。但另一方面，选本又将一些曲牌归入传统的宫调体系。如《词林逸响》将集曲【十样景】【九嶷山】【巫山十二峰】【七贤过关】归入南吕宫，将【十二红】【闹十八】等曲牌归入商调。《太霞新奏》杂调一卷外，各调小令中亦收入一些集曲，如【浣纱刘月莲】【醉云高】等。而《彩笔情辞》各调犯收录集曲主要是"六个曲牌以上"的大中型集曲，其中的小型集曲则散收入各个宫调体系。【二犯江儿水】【二犯月云高】【榴花泣】一类较短的集曲则又归入传统的"五宫四调"之列。"各调犯""杂调""过曲"这些称谓亦可反映出集曲发展规模之大，甚至需要自列一调。

二是集曲之北曲化。虽然集曲是南曲牌中的特有现象，受北曲影响较小，但是这一时期选本的集曲体现出北曲化发展趋势。关于北曲犯调之命名，俞为民先生云："两支或三支整曲相犯的，则在所犯曲调名中，加'带'或'过''带过'等字，如【雁儿落带得胜令】、【骂玉郎过感皇恩采茶歌】、【快活三带朝天子】、【十二月带尧民歌】等。"[①] 这一时期戏曲选本中的南曲集曲亦出现了类似北曲之命名，如"玉枝带六么""东瓯令带皂罗袍""园林带侥侥""红花带念佛"，那么这些曲牌究竟是集曲还是北曲中的带过曲呢？相关曲牌的曲文内容如下：

【玉枝带六么】：【玉交枝】叹我情多缘寡，被蜂蝶无端妒杀。【六么令】春明门外即天涯，人偏远，室非遐，铁心下得将人诖，铁心下得将人诖。[②]

【园林带侥侥】：【园林好】乱纷纷衷肠似麻，远迢迢音书怎达？

[①] 俞为民：《中国古代曲体文学格律研究》，中华书局，2012年版，第397页。
[②] 冯梦龙：《太霞新奏》，见王秋桂主编：《善本戏曲丛刊》，台湾学生书局，1987年版，第668页。

【侥侥令】趁着旅雁南征烦传语，切莫信他人闲磕牙。我衷肠伊应谅着，你中情我也三分料着，合一个青铜相照。只待讨得个东君真消息，便学做鸠儿借鹊巢。①

【东瓯令带皂罗袍】：【东瓯令】云袅袅，水盈盈，缥缈嫦娥下太清。水云乡恰称秋娘性，与淡月相辉映。绿杨影里画船轻，飞棹向蓬瀛。【皂罗袍】不羡锦营花阵，笑红粉翠盖，金星银屏。惊飚吹逗蝶儿魂，晚凉睡杀鸳鸯颈。江天雪浪，香风未醒。素波星彩，娇姿横生。长河十里看明镜。②

经过与《增定南九宫谱》相关曲牌比对③可知，选本中涉及的【玉枝带六么】【园林带侥侥】【红花带念佛】实际是南曲中的集曲，即集不同曲牌之数句而成一新曲牌。【东瓯令带皂罗袍】则由【东瓯令】和【皂罗袍】两支完整曲牌组成，这是北曲中的"带过曲"。说明这一时期的南曲集曲不仅在命名形式上吸收借鉴了北曲，而且在具体犯调形式上借鉴融合了北曲。天启以来，南北曲无论是剧情题材还是套式，甚至集曲组合都体现了一定程度上的相互借鉴融合的发展趋势。

三是集曲之才情化。集曲是南曲曲牌的一种体式，即从同宫调或不同宫调的若干支曲牌中摘取部分乐句联成新的曲牌。与集曲相关的主要是曲文之平仄、押韵、句式等形式化的层面，因此集曲亦受到曲学家们的诟病。李渔在《闲情偶寄》中云"集曲"为"曲谱无新，曲牌名有新，盖词人好奇嗜巧，而又不得展其伎俩，无可奈何，故以二曲、三曲合为一曲，熔铸成名，如【金索挂梧桐】【倾杯赏芙蓉】【倚马待风云】之类是也"④，吴梅先生在《顾曲麈谈》中云其"老于音律者，往往别出心裁，争奇好胜，于是北曲有借宫之法，南曲有集曲之法"⑤。虽然李渔、吴梅言"集

---

① 冯梦龙：《太霞新奏》，见王秋桂主编：《善本戏曲丛刊》，台湾学生书局，1987年版，第671页。

② 冯梦龙：《太霞新奏》，见王秋桂主编：《善本戏曲丛刊》，台湾学生书局，1987年版，第547页。

③ 《增定南九宫谱》第412页记载：【东瓯令】全曲七句六韵：3，3△，7△，7△，5△。7△，5△。第121页记载【皂罗袍】十句七韵：6△，5，4△，7△，7△，4，4△，4，4△，7△。第709页【玉交枝】全曲八句八韵：4△，7△，7△，6△。7△，7△，7△。第681页【六么令】全曲八句八韵：4△，7△，7，6△，7△，7△。

④ 李渔：《闲情偶寄》，崇文书局，2012年版，第71页。

⑤ 吴梅：《顾曲麈谈》，商务印书馆，1935年版，第203页。

曲"为"词人好奇嗜巧，而又不得展其伎俩"，"争奇好胜之法"，但是，不可否认，"集曲"的使用使曲学创作充满"才情"。如《太霞新奏》选录祝希哲《咏张敞画眉事》一套，其使用的曲牌为：

【女子上阳台引】（女冠子犯商调高阳台）、【仙登照画眉】（玩仙灯合画眉序）、【啄木叫画眉】（本宫啄木儿合画眉序）、【集贤听画眉】（商调集贤宾带本宫画眉序）、【尾声】。

关于此套，冯梦龙评注云："北谱有商黄调，可见二调相通，但每曲必前商而后黄，方不落调耳。此套曲名亦系希哲新造咏黄眉事，故每曲带画眉序，读此可想见前辈风流。"冯梦龙在注释中先解释了此集曲之"商黄调"，认为"每曲带画眉序"，可谓"前辈风流"，祝希哲此套以"咏画眉事"为题材，而所使用集曲中又均带"画眉序"，说明随着文人集曲化的盛行，曲牌已经不再是单纯形式化的存在，与作品之题材内容亦产生了一定关联，使得这一时期的曲学作品从形式到内容都富有才情，体现了较为浓重的文人色调。

（二）南曲剧曲曲牌

南曲剧曲共用241种曲牌，其中南曲曲牌186种、北曲曲牌55种、集曲44种（其中1种为带过曲）。南曲剧曲中的集曲比例显然低于南曲散曲中的比例，但是南曲剧曲中北曲曲牌的使用比例相对高于这一时期北曲中南曲曲牌的比例。这一时期使用北曲曲牌的作品见表3-13：

表3-13 天启间戏曲选本南曲剧曲中北曲曲牌使用情况统计

题名	剧名	宫调	曲牌
北追	《千金记》	双调	【新水令】【驻马听】【沉醉东风】【雁儿落】【挂玉钩】【川八棹】【七弟兄】【梅花酒】【收江南】
北点将	《千金记》	中吕	【粉蝶儿】【醉春风】【石榴花】【斗鹌鹑】【出队子】【哈麻子】【上小楼】【圣药王】
十面埋伏	《千金记》	仙吕	【点绛唇】【混江龙】【倘秀才】【滚绣球】【油葫芦】【天下乐】【哪吒令】【鹊踏枝】【寄生草】【村里迓鼓】【元和令】【上马娇】【游四门】【胜葫芦】【青哥儿】【柳叶儿】

续表3—13

题名	剧名	宫调	曲牌
阳告	《焚香记》	正宫	【端正好】【滚绣球】【叨叨令】【脱布衫】【小梁州】【么篇】【上小楼】【满庭芳】【快活三】【朝天子】
阴告	《焚香记》	正宫	【四边静】【耍孩儿】【五煞】【四煞】【三煞】【二煞】【一煞】【尾声】
祭江	《荆钗记》	双调	【新水令】【步步娇】【折桂令】【江儿水】【雁儿落带得胜令】【侥侥令】【收江南】【园林好】【沽美酒】【尾声】（南北合套）
仙聚	《跃鲤记》	双调	【新水令】【步步娇】【折桂令】【江儿水】【雁儿落带得胜令】【侥侥令】【收江南】【园林好】【沽美酒】【清江引】（南北合套中有时以【清江引】作尾声）

由上表可知，天启间南曲中使用的北曲共七套，其中双调三套，正宫两套，中吕、仙吕各一套。相比北曲中打破其传统联套形式的个别单支南曲牌，南曲剧曲中使用北曲主要是以整套或合套的形式出现。这在一定程度上说明南曲剧曲之北曲化程度明显高于北曲之南曲化程度。而南曲中使用北曲曲牌之时间亦明显较早。凌景埏、谢伯阳校注《诸宫调两种》从"南北合腔""传奇中之北曲"论述南曲戏文之北化，其云"今得见明早期的传奇，则为成化、弘治、正德间作品，如邵文明《香囊记》、姚茂良《精忠记》、沈采《千金记》、邱濬《投笔记》；薛近兖《绣襦记》、沈受先《三元记》诸本均有北曲"，其中"《香囊》《三元》仅偶用单支北词，《精忠》《绣襦》中已见合套，然全本各只一回，还不见整套北曲戏。《千金》《投笔》中始见北套"①。凌、谢二位先生统计了传奇中的北曲使用情况，由单支北曲到南北合套再到整套北曲，可见南曲之北曲化是一个渐变的过程。两位先生仅仅提及了明代传奇作品中的北曲，实际上早在南戏《小孙屠》②《错立身》③中便已经出现南北合套，可见南曲中使用北曲曲牌之渊源。

---

① 凌景埏、谢伯阳校注：《诸宫调两种》，齐鲁书社，1988年版，第312—316页。
② 《小孙屠》使用南北合套两套：北【新水令】、南【风入松】、北【折桂令】、南【风入松】、北【水仙子】、南【风入松】、北【雁儿落】、南【风入松】、北【得胜令】、南【风入松】；北【端正好】、南【锦缠道】、北【脱布衫】、南【刷子序】。
③ 《错立身》使用南北合套共一套：北【赏花时】、南【排歌】、北【哪吒令】、南【排歌】、北【鹊踏枝】、南【乐安神】、北【六么令】、南【尾声】。

第四节　选本之南曲套式

中国古代戏曲史上，对于"套式"的研究是较为迟缓的，直至明末清初相关研究才初见端倪。李玉在《北词广正谱》各个宫调曲牌后附录"套数分题"，标注该宫调曲牌的常用套式，对于其中所涉及的"借宫"、南北同格、联套技巧等加以阐释说明。清代允禄等编《九宫大成南北词宫谱》虽然对北曲套式的惯常用法做了较为完整的归纳，但缺少关于南北曲套式的相关理论概括和总结。直到康熙年间王正祥《十二律昆腔谱》《十二律京腔谱》，才摆脱了只罗列现象而不做理论说明的弊病，但是综观王氏二谱，其中关于联套之次序亦缺乏系统说明，很多套式并无实际阐释。但是，需要强调的是，南曲曲谱虽并列专门章节讨论曲牌联套形式，但其曲谱往往在收录曲牌时按照引子、过曲先后次序编排，而且在论及一些曲牌时，亦谈及其在套式中使用的特殊之处，在一定程度上讲，这即是对套式的一种独特关注。

直至近代，曲学家们才开始逐渐关注并研究曲牌套式。王季烈《螾庐曲谈》、吴梅《顾曲麈谈》《曲学通论》、王守泰《昆曲格律》等人的著作结合剧情、文武场等，从度曲角度对曲牌套式加以说明，其中不乏真知灼见。此外，张敬《南曲联套述例》从结构形式出发，探讨了南戏、传奇剧情与套式结构的关系。钱南扬《戏文概论》重点研究了南戏联套的常用方法与主要特征。蔡莹《元剧联套述例》[①]、郑骞《北曲套式汇录详解》则以北曲的套式为主要研究对象。周维培《曲谱研究》探究了南北曲套式之渊源，并总结了南北曲套式的常用方法与主要特征。以上关于套式研究的著作，在大量统计和材料分析的基础上，对南北曲曲牌联套的常用手法、惯用技巧、套式类型等做了全面研究。然而，这些作品大都就南北曲分列而论，或以北曲套式为研究对象，或专门讨论南曲联套，实际上南曲套式、北曲套式都已非原貌，逐渐形成了大融合的发展趋势。尤其是明代天

---

① 此书未见，只是在郑骞《〈北曲套式汇录详解〉序》（艺文印书馆，1973年版）一书中有所提及。

启以来，随着北曲的衰落和南曲的复兴，南北曲之交融碰撞更为激烈，也使得这一时期的南北曲曲牌套式变化较为显著。梳理选本中所涉及的套式变化，有助于更加清晰地揭示南北曲在交融发展中从其内部结构产生的一种规则调适与对话，昭示着南北曲曲牌联套体的艺术创变。

一、南曲套式概述

套式由曲牌按联套规律组成，曲牌联套则是在南北曲的曲词格律、曲牌性质、音乐载体等诸多因素影响下所形成的曲牌组合的外在结构。在长期艺术实践经验的积累中，人们根据曲牌性质决定曲牌使用之前后次序、联套规律。徐渭在《南词叙录》中云："曲之次第，须用声相邻以为一套，其间亦自有类辈，不可乱也。如【黄莺儿】则继之以【簇御林】，【画眉序】则继之以【滴溜子】之类，自有一定之序，作者观于旧曲而遵之可也。"[①] 徐氏这段话虽然是针对南曲无宫调的问题而言，但所云曲作家"观于旧曲而遵之"的"一定之序"，实际上指的就是套式。

（一）南散曲套式

天启间戏曲选本共收录南散曲套数353套，其中套式达200种，主要涉及11个宫调，其中商调61种、南吕30种、仙吕入双调26种、正宫22种、仙吕16种、双调13种、黄钟12种、中吕9种、越调7种、大石调和羽调各2种。笔者从宫调和尾声的角度对选本中的200种套式进行了统计，见表3-14。

表3-14 南散曲套式情况统计

宫调	有尾声	无尾声	同一宫调	不同宫调
大石调	2	0	2	0
黄钟	8	4	8	4
南吕	22	8	28	2
商调	57	4	48	13
双调	12	1	10	3

---

① 徐渭：《南词叙录》，见《中国古典戏曲论著集成》（三），中国戏剧出版社，1959年版，第241页。

续表3—14

宫调	有尾声	无尾声	同一宫调	不同宫调
仙吕	15	1	14	2
仙入双	25	1	16	10
羽调	2	0	0	2
越调	6	1	4	3
正宫	21	1	16	6
中吕	7	2	9	0
合计	177	23	155	45

由上表可知，选本中曲套采用"尾声"的达177套，仅有23套未使用。而南曲套式属于同一宫调的有155套，采用不同宫调的有45套。就南曲散曲作品而言，其套式之宫调体系呈现出的发展变化与北曲剧曲刚好相反，北曲剧曲是由统一到杂乱，南曲散曲则呈现出由杂乱到逐渐统一的过程。关于南曲套式之宫调，诚如周维培先生所言，"其实，早期南戏曲调编排上的不稳定性，与宫调关系并不大。南戏脱胎于村坊小曲，结构松散，场次繁多，各类角色均能演唱，因而特别强调曲牌声情的喜怒哀乐与剧情悲欢离合之间的密切配合。同时，早期南戏作家也在不断地摸索曲牌连缀上的规律性，比如到了《琵琶记》和明初南戏作品中，某些套式的相对稳定性便表现出来了"[①]。他实际上道出了早期南曲宫调连缀形式的现实境况和实际准则。南曲之联套并不严格遵循曲牌宫调，而是采用笛色相近的原则加以连缀。选本中南散曲的不同宫调套数多达45组，涉及作品61套，属于嘉靖前期的作品达31套，其余作品除去无名氏作品及"翻北曲"作品则不足10套。为什么嘉靖前期的作品中会有如此多套式不规范的作品呢？其套式如下：

【商调·黄莺儿】【南吕·香罗带】【醉扶归】【双调·好姐姐】【玉山颓】【南吕·香柳娘】【尾声】

——文衡山《闺怨》

[①] 周维培：《曲谱研究》，江苏古籍出版社，1999年版，第308页。

【黄钟·画眉序】【商调·黄莺儿】【集贤宾】【琥珀猫儿坠】【尾声】

——明古辞《丽情》《赠妓》、唐伯虎《咏妓》、祝枝山《乍起》

【黄钟·画眉序】、【商调·黄莺儿】、【羽调·四时花】、【仙吕·皂罗袍犯】、【解三酲】、【浣溪沙犯】、【南吕·奈子花】、【商调·集贤宾】、【琥珀猫儿坠】、【啄木鹂】、【仙吕入双调·玉交枝】、【越调·忆多娇】、（北）【月上海棠】、【尾声】

——王九思《闺怨》

【字字锦】、【前腔】、【赚】、（北）【鹊踏枝】、【前腔】、【尾声】

——高东嘉《四时闺怨》①

【绛都春序】、【出队子】、【闹樊楼】、【滴滴金】、【画眉序】、【浣溪沙犯】、【三段子】、【滴溜子】、（北）【上小楼】、【永团圆犯】、【尾声】

——王九思《四时闺怨》②

　　选本所收宫调不统一的套曲主要集中于明代嘉靖前期的作品，这与南曲早期的艺术特点有着密切的关系。南曲曲调有很大一部分实际上脱胎于南宋以来的村坊小曲，因此其曲牌在编排上往往与宫调体系的联系不是非常紧密，结构较为松散，出目繁多、角色混唱，侧重于剧情之悲欢离合与曲牌之声情喜怒哀乐之间的密切配合。因此，南曲之曲牌连缀往往是在主腔相近或相似的原则上缀合，即徐渭所云"声相邻"③的原则。然而嘉靖之前的曲坛北曲兴盛，南曲发展明显受到压制，曲学家很少填写南词，即使填写，亦较为随意。曲学家不仅在南词套式曲牌连缀上较为随意，甚至在较为完备的南曲套式中杂入北曲曲牌。这种北曲曲牌的杂入，与这一时期北曲套式中有意识地杂入南曲曲牌的行为明显不同，其对北曲曲牌的使用是一种无意识行为。这说明虽然南曲有自身的联套原则，但是曲学家在

---

① 许宇：《词林逸响》，见王秋桂主编：《善本戏曲丛刊》，台湾学生书局，1987年版，第195页。
② 许宇：《词林逸响》，见王秋桂主编：《善本戏曲丛刊》，台湾学生书局，1987年版，第150页。
③ 徐渭：《南词叙录》，见《中国古典戏曲论著集成》（三），中国戏剧出版社，1959年版，第241页。

填曲时并未遵循南曲之规则，反映了南曲在嘉靖前期不受重视的曲学现状。

（二）南剧曲套式

南曲套式包括明显的引子、过曲、尾声三段。这种"三部曲"的结构形式是中国古代乐曲的传统。曾永义先生在《论说曲牌》中结合《乐府诗集》梳理了乐府、大曲、南北曲等的基本关系，认为南北曲之"三部曲"的套式与乐府、大曲等有着较为相似的结构形式：

艳—解—趋或乱（乐府）
散序—排遍—入破（大曲）
首曲—正曲—尾曲（北曲）
引子—过曲—尾声（南曲）

由此可知，南曲套式基本上与乐府、大曲及北曲套式一致，基本延续了中国古代乐曲"三部曲"的套式。需要强调的是，南曲虽然外在形式上与北曲甚至唐宋大曲有关联，但其套式是否就是乐府、大曲的直接流变，明人关于南曲套式是取古称而名今物，还是真的是古称古物，还值得商榷。此外，虽然南曲与北曲的基本套式类似，但是二者的联套原则并不相同。徐渭在《南词叙录》中云："曲之次第，须用声相邻以为一套，其间亦自有类辈，不可乱也。如【黄莺儿】则继之以【簇御林】，【画眉序】则继之以【滴溜子】之类，自有一定之序，作者观于旧曲而遵之可也。"徐氏在此提出了南曲联套的"一定之序"，但与北曲明显不同，徐氏所提及的【黄莺儿】【簇御林】【画眉序】分别属于黄钟、商调、南吕这三个宫调体系，显然南曲的曲牌联套并不是像北曲一样遵循同一宫调曲牌相连缀的原则。

天启间戏曲选本南曲剧曲共涉及《琵琶记》《西厢记》《荆钗记》《白兔记》《金印记》等44部作品。若按曲牌对选本内容进行统计，南曲剧曲共收录曲牌787支，其中《千金记》《焚香记》所收为北曲曲牌，共51支。选本中还涉及南北合套共两套，为了便于整体性研究，笔者将其中的北曲亦计入南曲之列。如此，选本共涉及南曲曲牌756支，选本标作141

个题目，其中完整套曲 109① 套，残套 19 套，只曲 6 支，北套 6 套，南北合套 2 套。笔者从宫调和尾声的角度对选本中的 127 种套式进行了统计，见表 3-15：

表 3-15 南曲剧曲套式情况统计

宫调	有尾声	无尾声	同一宫调	不同宫调
大石调	1	1	2	0
黄钟	5	4	7	2
南吕	19	7	21	5
商调	11	11	15	7
双调	16	3	15	4
仙吕	0	3	3	0
仙入双	10	9	15	4
羽调	0	1	1	0
越调	2	1	3	0
正宫	7	6	11	2
中吕	6	5	8	3
合计	77	51	101	25

由上表可知，选本中分别选录南吕调 26 种、商调 22 种、双调 19 种、仙吕入双调 19 种、正宫 13 种、中吕 11 种、黄钟 9 种、越调 3 种、仙吕 3 种、大石调 2 种、羽调 1 种。南剧曲套式中，有尾声套式 77 套，无尾声套式 51 套，使用曲牌属于同一宫调的有 101 套，不同宫调的有 25 套。通过对选本中涉及曲牌的梳理发现，天启间戏曲选本中剧曲之曲牌无论是"三部曲"的结构形式还是曲牌连缀之宫调，都形成了较为明显的"北曲化"发展趋势。

二、南曲剧曲之套式流变

关于南曲剧曲套式之研究，王季烈先生《螾庐曲谈》、张敬《南曲联

---

① 选本中有 109 套完整套式，其中有 99 种套式缺少引子，在具体统计时，将其暂列入全套。

套述例》、王守泰《昆曲格律》等均以南曲之套式为例，结合剧情对南曲的曲牌使用情况做了较为详细的研究，其中不乏真知灼见，这些研究"从统计和实证出发，在较为广阔的材料搜寻、排比和分析的基础上，对南北曲联套的方法技巧、套性类别以及各自特征做了全面的总结，成为这个方面的代表性研究"①。但是，这些研究的立足点是南曲联套中较为固定的特征与规律研究，而天启间戏曲选本所涉及的南曲联套是变化的，其所反映的南曲联套特征与规律亦是不固定的。因此笔者主要从变化的角度，认为与传统的固定的南曲套式相比，天启间戏曲选本的南曲剧曲套式呈现出北曲化的趋势。具体而言，主要体现在以下几个方面。

一是关于南曲中的引子问题。"引子"之称，与古乐府中的"艳"、大曲中的"散序歌头"相关联，关于"引子"的作用与特点，王骥德先生在《曲律》中云：

> 引子……盖一人登场，必有几句紧要说话，……使一折之事头，先以数语该括尽之，勿晦勿泛，此是上谛。……自来唱引子，皆于句尽处用一底板，词隐（沈璟）于用韵句下板，其不韵句止以鼓点之，谱中只加小圈读断，此是定论。②

由这段材料可以梳理两点：一是关于"引子"的作用，南曲中的引子实际上就相当于上场诗，用几句紧要的话，"使一折之事头，先以数语该括之"；二是引子的音乐特点，南曲中的引子，"于用韵句下板，其不韵句止以鼓点之"，可知其主要采用的是散板，不用笛和，甚至有板无腔，不入套数，因此，引子可不拘宫调，也可不拘南北。张敬先生在《南曲联套述例》中分析了传奇作品中的引子，认为引子之长短、引子所使用"粗细曲"与人物有密切的关系，主要角色上场往往使用较长的引子，次要角色则往往使用较短的引子，此外，他认为引子还分为正引子、副引子。总之，无论是从剧情发展角度，还是从舞台演唱实际情况看，南曲中的引子都具有重要的作用。然而，天启间戏曲选本中的"引子"却在逐渐消失，笔者对选本中的南曲套式进行了比对统计：

---

① 周维培：《曲谱研究》，江苏古籍出版社，1999年版，第301页。
② 王骥德：《曲律》，《中国古典戏曲论著集成》（四），中国戏剧出版社，1959年版，第138页。

选本套式：【金索挂梧桐】【前腔】【前腔】【刘泼帽】【前腔】【前腔】

原作套式：【忆秦娥先】【忆秦娥后】【金索挂梧桐】【前腔】【前腔】【刘泼帽】【前腔】【前腔】

——《琵琶记·埋怨》

选本套式：【忒忒令】【园林好】【前腔】【皂罗袍】【江儿水】【皂罗袍】【川拨棹】【前腔】【尾声】

原作套式：【光光乍】【菊花新】【忒忒令】【园林好】【前腔】【皂罗袍】【江儿水】【皂罗袍】【川拨棹】【前腔】【尾声】

——《西厢记·游殿》

选本套式：【懒画眉】【前腔】【不是路】【前腔】【忒忒令】【嘉庆子】【尹令】【品令】【豆叶黄】【玉交枝】【月上海棠】【二犯么令】【江儿水】【川拨棹】【前腔】【前腔】【意不尽】

原作套式：【夜游宫】【月儿高】【前腔】【懒画眉】【前腔】【不是路】【前腔】【忒忒令】【嘉庆子】【尹令】【品令】【豆叶黄】【玉交枝】【月上海棠】【二犯么令】【江儿水】【川拨棹】【前腔】【前腔】【意不尽】

——《牡丹亭·还魂》

比对可知，天启间戏曲选本之套式变化主要体现在引子上。作为引子之曲牌如【忆秦娥先】【忆秦娥后】【光光乍】【菊花新】等在选本中均不选录。选本中涉及的完整的南曲套式共109套，其中有99套套式中未选录引子。为什么南曲选本中有如此多的作品不选录引子呢？一方面是由于天启间南曲选本主要为清唱本，凸显的是曲词演唱，戏曲人物表演则相对较少，因此引子的"冲场"作用从这个层面而言并没有实际意义。而且引子多采用"散板""干唱"，对于清唱选本而言，板式变化不多的"引子"往往不受重视，因此选本不选此类曲牌亦属正常。另一方面，从南北曲融合的角度而言，引子本来是南曲套式中的重要组成部分，而在北曲中较少使用引子，南曲受北曲套式影响，南曲中的引子亦逐渐消失。如《青楼记·璘贞订盟》一折采用"越调【斗鹌鹑】"一套，但在整套前实际还有【长相思】一支，而在北曲中由于套式中没有引子，南曲受北曲套式影响，亦在逐渐消解其套式中的"引子"。关于引子，虽然仅涉及几支曲牌，但通过对比分析这几支曲牌，我们仍然可窥见南曲套式之北曲化的演变趋势。

二是关于南曲套式中的尾声问题。"尾声"本来是北曲套式中较为重要的部分。燕南芝《唱论》第十一节下半部分举例"尾声"有"赚煞、随煞、隔煞、羯煞、本调煞、拐子煞、三煞、七煞"①。周德清《中原音韵》收录乐府共335章，其中关于尾声就有二十多种，可见"尾声"已经成为北曲套式的一个重要特征，而北曲尾声之变化多样，亦说明这是曲唱活动长期发展的产物。南曲中的尾声则明显与北曲不同。首先，在最初的南曲体制中，"尾声"为三句，往往被称作"露余音""余文""意不尽"。如《琵琶记》中还偶见用"意不尽"（"情未断煞"之类别稚）为尾声标牌。但是需要强调的是，在早期的南戏中，南曲之尾声并不是一支独立存在的曲牌，其形式主要为三句，实际上主要原因就是这种"尾声"与"前一曲"密不可分，即所谓"尾随令行"②。一出之尾，虽然从文学意义上代表了一篇之结束，但这尚不能说明其音乐体制上的结束。因此，在早期南戏作品中"尾声"并不一定只出现在一出之尾，有时一出中间亦会有"尾声"。

而天启间戏曲选本中南曲套式中的"尾声"却体现了较明显的变化。在南曲剧曲之套数受到北曲"无尾不成套"观念的影响下，尾声亦逐渐从附录中独立出来，蒋孝、沈璟、沈自晋在南曲曲谱中都将"尾声"单列为独特的现象加以考察。王骥德在《曲律》中亦云"尾声以结束一篇之曲，须是愈著精神，末句更得以一极俊语收之方妙"，并且在《曲律》中载录《十三调谱》"旧定诸格"目录下收录各种"尾声""收煞"达十几种，这说明曲学家们逐渐开始受北曲尾声之影响，南曲之尾声亦逐渐独立。在无尾声的51种套式中，其中《琵琶记》19组、《荆钗记》4组、《白兔记》2组、《明珠记》2组、《幽闺记》1组、《彩楼记》2组、《金印记》2组、《绣襦记》1组、《跃鲤记》1组、《浣纱记》5组、《寻亲记》1组，此外，《灌园记》《南西厢记》《四节记》《红拂记》等共11组。就这些作品分析，无尾声的套式主要集中于《琵琶记》《荆钗记》《白兔记》《幽闺记》《彩楼

---

① 陶宗仪：《南村辍耕录》卷二十七，李梦生校点，上海古籍出版社，第300页。
② 李昌集：《中国古代散曲史》，华东师范大学出版社，2007年版，第89页。

记》《金印记》等嘉靖之前的早期南戏作品中,而嘉靖之后作品之"尾声"已经越来越北曲化了。笔者对南戏《破窑记》各个版本中"团圆封赠"一折中的"尾声"进行了统计,见表 3-16。

表 3-16 《破窑记》"团圆封赠"一折"尾声"统计

版本	曲牌
富春堂本《破窑记》	【尾声】前生料想曾结会,又喜得今生相聚。正是华筵庆会时。
李九我批评本《破窑记》	【尾声】前生料想曾结会,又喜得今生相聚。正是华筵庆会时。
《万壑清音》本《绣球记》	【煞尾】前生料想曾结会,又喜得今生重会,父母共夫妻,团圆齐贺喜。
明抄本《彩楼记》	【煞尾】前生料想曾结会,又喜得今生重会,父母共夫妻,团圆齐贺喜。
《雍熙乐府》本《彩楼记》	【煞尾】前生料想曾结会,又喜得今生重会,父母共夫妻,团圆齐贺喜。

  关于《破窑记》版本,据俞为民先生考证,"富春堂本较接近元本,而钞本《彩楼记》是南戏《破窑记》的改编本","在版本的年代上,富春堂本早于李评本"。[①] 总之,关于《破窑记》的版本,可以确定的是富春堂本是各个版本中相对较早的,其曲牌使用当保留了早期南戏的特点。如其"团圆封赠"一折中的"尾声"亦保留了南戏中的通式三句,但是在后期的版本中,南戏的这种通式逐渐被打破,其句式由三句"7△,7△,7△"转变为四句"7△,7△,5△,5△"。从表面看上,仅仅是句式的转变,但是其背后所反映的则是南曲尾声固有的通式"三句"的逐渐消解,其尾声亦不再仅仅从属于前一曲牌,而逐渐独立成一曲,这反映了南曲尾声的北曲化趋势。此外,《群音类选》"官腔类"收录《西厢记·长亭送别》中【尾声】为"话别临岐共惨凄",其为南曲尾声典型的三句格式,但是《词林逸响》中此曲则变为"蜗角名蝇头利,拆散鸳鸯两下离,笑吟吟一处来,哭啼啼独自归",句式明显发生转变。再如《词林逸响》选录《跃鲤记·仙聚》一套,其套式为:

[①] 俞为民:《南戏〈破窑记〉版本考述》,《温州大学学报(社会科学版)》,2015 年第 6 期。

【新水令】【步步娇】【折桂令】【江儿水】【雁儿落带得胜令】【侥侥令】【收江南】【园林好】【沽美酒】【清江引】

关于此套,选本将其收入《跃鲤记》,但是现存的各个版本中均无此套。选本中此套之后还有"忆亲"一套,出自《跃鲤记》第二十三折。因此,"仙聚"一套可能亦出自《跃鲤记》。此套采用南北合套的形式,最后以【清江引】这支曲牌作为尾声。其曲文为:

遨游八极鸾骖转,沧海更翻变,飞涛日月昏,夺穴蛟龙战,少不得变桑田波浪浅。

据《北词广正谱》载【清江引】的基本句式为五句四韵:7△,5△,5▲,5△,7△(▲表示可韵可不韵,△表示押韵)。《跃鲤记》中"仙聚"一套的尾声【清江引】与早期南戏中的尾声相比产生了较大变化,已经不再附属于"前一曲",不再是"尾随令行",而是单独使用一支曲牌,音乐性上具有较大的独立性,这和北曲中的"尾声"更相似,可见南曲中"尾声"之北曲化趋势。

三是关于南曲之宫调问题。关于南曲套式之宫调问题,明代中叶曲学史上产生了较多争论,其焦点是早期南曲套式中究竟有无宫调。关于南曲的宫调体系,由于早期南戏作品中曲牌较为自由,因此一些学者对南曲宫调体系存在疑问。但是,通过对明代早期曲谱的梳理,可以确认的是南曲中有宫调体系,如《旧编南九宫谱》前附录《十三调谱》即可说明南曲宫调体系的存在。需要强调的是,南曲虽然存在宫调体系,但是南曲之曲牌连缀与北曲明显不同。北曲采用"一角主唱"的体制,其套式往往采用同一宫调之曲牌连缀而成,这能够从音乐角度保证主唱之"字正腔圆"。但是,早期南戏之曲牌连缀并不是依照同一宫调相连缀的原则,李昌集先生在《中国古代散曲史》中谈及"南曲戏曲之联曲方式"时,以《琵琶记》第十六出为例,认为南曲之组曲方式"非同一宫调,亦非一韵到底,独唱、对唱、合唱俱有,显然非'一套',与北杂剧一折一套的方式完全不同"[1]。这与早期南戏脱胎于村坊小曲有着密切的关系,也说明南曲音乐体系与北曲宫调体系存在一定差异。然而南曲之曲牌连缀在逐渐向北曲靠

---

[1] 李昌集:《中国古代散曲史》,华东师范大学出版社,1996年版,第65—66页。

拢，明代中后期传奇剧本中有大量联套较为成功的典范，其所体现的则是逐步形成套数规范化和追随北曲联套的倾向。这一时期无论是南曲散曲还是北曲剧曲，都呈现了相同的发展趋势，即南曲套式之宫调同一化、规范化。

选本中涉及的南曲剧曲曲牌共126套，其中整套不属于同一宫调之调式的有25套，而散曲套式共200套，其中宫调不统一的套式有45套。这些作品套式如下：

【黄钟·绛都春序】【前腔】【仙吕·皂罗袍】【前腔】【商调·梧叶儿】【前腔】

——《白兔记》第二出《访友》

【南吕·宜春令】【前腔】【大胜乐】【越调·下山虎】【亭前柳】【蛮牌令】【仙吕·一盆花】【胜葫芦】【尾声】

——《牧羊记》第二十出《寄雁》

【南吕·绣带儿】【宜春令】【黄钟·降黄龙】【正宫·醉太平】【南吕·浣溪沙】【黄钟·滴溜子】【鲍老催】【商调·琥珀猫儿坠】【尾声】

——《玉簪记》第十九出《词媾》

【商调·山坡羊】【水红花】【梧桐花】【水红花】【金钱花】【中吕·念佛子】【前腔】【前腔】【尾声】

——《幽闺记》第十九出《偷儿挡路》

【中吕·红衫儿】【前腔】【黄钟·狮子序】【前腔】【南吕·东瓯令】【前腔】

——《寻亲记》第二十五出《教子》

上述南曲联套不拘泥于宫调，曲牌组合较为自由。这与南曲之人物演唱体制有直接的关联，南曲并不像北曲那样采用"一角主唱"的体制，往往一出中有多个角色演唱，因此在曲牌使用上不拘泥于宫调。关于此，周维培先生在《曲谱研究》中的解释是："早期南戏曲调编排上的不稳定性，与宫调关系并不大。南戏脱胎于村坊小曲，结构松散，场次繁多，各类角色均能演唱，因而特别强调曲牌声情的喜怒哀乐与剧情悲欢离合之间的密切配合。"① 总之，南曲之历史渊源与其自身体制使得南曲之曲牌连缀并不严格按照宫调来编排。仔细比对选本中所涉及的相关套式，其中不统一的主要集中于嘉靖前期。但是明代中后期戏曲作品之联套逐渐北曲化，即使是早期南戏中的相关套式，选本在编选时亦多从宫调同一的角度出发，如选本中所收《琵琶记》第二十一套式：

【商调·山坡羊】【前腔】【双调·孝顺儿】【前腔】【前腔】【前腔】【正宫·雁过沙】【前腔】【前腔】【前腔】【仙入双·玉抱肚】【前腔】【前腔】

——《琵琶记》第二十一出《糟糠自厌》

此套即体现出南曲早期连缀的特点：一是宫调不统一，分别使用了商调、双调、仙吕入双调、正宫四个宫调；二是套式比较短，分别由四个短套组成，每个短套含两支至四支曲牌。此套出自《琵琶记》第二十一出《糟糠自厌》，按照选本的编选习惯，往往按同一套式编排，但是选本中对于此套的处理是按照宫调收录"【商调·山坡羊】【前腔】"两支，题作"吃糠"，收录"【双调·孝顺儿】【前腔】【前腔】【前腔】"四支，题作"自厌"。《糟糠自厌》本是一出，却分为"吃糠"和"自厌"两套，情节明显割裂，而这种划分的潜在依据是宫调。选本中对于南曲剧曲之套式在编排处理上亦基本遵循了北曲宫调同一化的原则，这在一定程度上说明南曲之套式在嘉靖后期逐渐规范化，无论引子、尾声还是宫调编排，都呈现了北曲化之趋向。

第五节　选本之北曲套式

天启间选本选录北曲散曲作品共 104 部，但使用套式仅有 55 种，共涉及九个宫调，分别为黄钟 3 套、南吕 6 套、商调 7 套、双调 18 套、仙吕 6 套、小石调 2 套、越调 4 套、正宫 3 套、中吕 6 套。套式变化最丰富的是双调，其他宫调则变化较少。天启间的北曲剧曲相比散曲则显得不稳

---

① 周维培：《曲谱研究》，江苏古籍出版社，1999 年版，第 308 页。

定,无论是曲牌还是宫调、套式都体现出了较大的变化。天启间选本选录北曲剧曲作品共68部,却使用了70套曲牌组合套式。北曲固定的曲牌套式显示出北曲乐曲旋律的单调,限制了北曲从音乐角度塑造饱满的人物,阻碍北曲通过旋律体现情节之跌宕起伏。尤其是到了明代中后期,随着昆山腔的崛兴,北曲套式之程式化、固定化越来越束缚其发展。在这样的曲学发展大背景下,北曲之套式体现出较大的变化,受南曲影响融入了引子,逐渐打破一人主唱之体制,北曲套式中插入南曲的作用之一即体现不同人物演唱之区别。

一、北曲套式概述

(一) 北曲散曲套式

关于北曲套式,诚如郑骞先生所云:"北曲联套规律至为谨严,一套之中所用牌调,其数量之多寡,位置之先后,皆有一定法则,是即所谓套式。苟不遵套式而任意增减移动,即成纷乱之噪音而非美妙之乐歌。每一牌调,各有其高下疾徐,依声协律,以类相从,自不能有所颠倒错乱也。"[①] 天启间选本选录北曲散曲作品共104部,但是使用套式仅55种,涉及九个宫调,分别为黄钟3套、南吕6套、商调7套、双调18套、仙吕6套、小石调2套、越调4套、正宫3套、中吕6套。套式变化最丰富的是双调,其他宫调相对变化较少。笔者从宫调和尾声的角度对选本中的58种套式进行了统计,见表3-17:

表3-17 北曲散曲套式情况统计

宫调	有尾声	无尾声	同一宫调	不同宫调
黄钟	3	0	3	0
南吕	6	0	6	0
商调	7	0	4	3
双调	17	1	18	0
仙吕	6	0	6	0

[①] 郑骞:《北曲套式汇录详解序》,艺文印书馆,1973年版,第1页。

续表3-17

宫调	有尾声	无尾声	同一宫调	不同宫调
小石调	2	0	2	0
越调	4	0	4	0
正宫	3	0	3	0
中吕	5	1	6	0
合计	53	2	52	3

北曲之套式一般由同一宫调或笛色相近的曲牌组成，主要分为过曲和尾声两部分。选本中北曲散曲套式较为稳定，共涉及55种套式，其中仅有2组套式没有尾声，3组套式使用曲牌为不同宫调。选本中选录作品最多的为南吕套，共选录41套，约占选本北曲散曲作品的40%，但是南吕调套式变化较少，仅有5种：

【一枝花】【梁州第七】【尾声】

【一枝花】【梁州第七】【隔尾】【黄钟煞】

【一枝花】【梁州第七】【牧羊关】【尾声】

【一枝花】【梁州第七】【三煞】【二煞】【尾声】

【一枝花】【梁州第七】【骂玉郎】【感皇恩】【采茶歌】【尾声】

由上可知，北曲南吕宫使用最多的是"【一枝花】【梁州第七】【尾声】"套式，即使变化，亦相对简单，所有作品均以"【一枝花】【梁州第七】"为两支曲牌，变化主要集中在后面几支曲牌上。

总体而言，选本中北曲散曲之套式是相对稳定的。一方面是因为选本选录北曲散曲作品以元人作品为主，且选录作品相比南曲较少；另一方面是因为北曲曲牌套式使用相对规范。

（二）北曲剧曲套式

北曲散曲联套和北曲剧曲联套虽然同属于北曲音乐体系，但是二者并不能等同，在套式上不能混用。在北曲中虽然剧曲套式有时可以借用于套曲，但是散曲套式一般不得用于剧曲套式。北曲中有散曲专用套式、剧曲专用套式之分，而且二者在长短上存在差异，宫调亦存在差异。剧套一般涉及的宫调主要是"五宫四调"，而天启年间的北曲选本《万壑清音》则又未选录商调、大石调套曲，仅有"五宫二调"。而散曲中使用的般涉调、小石调、商角调在剧曲中几乎没有套式。

相比散曲之稳定，天启间的北曲剧曲则显得不稳定，无论是曲牌还是宫调、套式都体现了较大的变化。天启间选本北曲剧曲共选录 68 折作品，使用 70 套曲牌组合套式，除去《韩信救主》《伍员访友》《无颜买卜》使用仙吕"【点绛唇】【混江龙】【油葫芦】【天下乐】【哪吒令】【鹊踏枝】【寄生草】【么篇】【煞尾】"套式，《木侯夜寻》与《城下觅音》均使用正宫"【端正好】【滚绣球】【叨叨令】【倘秀才】【滚绣球】【白鹤子】【煞尾】"套式外，其余作品中均无相同套式，因此选本中北曲剧曲共使用 67 种套式，涉及 7 个宫调，分别是仙吕宫 18 套、双调 12 套、正宫 16 套、中吕 7 套、越调 4 套、南吕 6 套、黄钟 4 套。笔者亦从宫调和尾声的角度对选本中的 67 种套式进行了统计，见表 3-18：

表 3-18　北曲套式情况统计

宫调	有尾声	无尾声	同一宫调	不同宫调
黄钟	3	1	0	4
南吕	6	0	4	2
双调	6	6	7	5
仙吕	9	9	9	9
越调	5	0	3	2
正宫	11	4	7	8
中吕	5	2	3	4
合计	45	22	33	34

由上可知，北曲剧曲套式中按照北曲之固有形式使用【尾声】的仅有 45 套，其余 22 套则没有【尾声】。关于"尾声"，《九宫大成南北词宫谱》载："北调煞尾，最为紧要。所以收拾一套之音节，结束一篇之文情。宫调既分，体裁各别。在仙吕调曰'赚煞'，在中吕调曰'卖花声煞'，在大石角曰'催拍煞'，在越角曰'收尾'，诸如此类，皆秩然不紊。""尾声"既然在北曲套式中如此重要，为何选本中的作品有近三分之一的套式不使用呢？

此外，关于套式之"宫调"，北曲由于采用"一人主唱"之体制，因此，一般而言其套式中曲牌之宫调亦尽量统一，这样往往能使人物唱腔一致而达到"字正腔圆"，也能使乐师伴奏较为便捷。总之采用一种宫调为主的套式，对北曲作品剧情之统一、人物性格之完整都有积极的作用。但是，较为固定的曲牌程式也显示了北曲乐曲旋律的单调，限制了北曲从音乐角度塑造饱满的人物，阻碍了北曲通过旋律体现情节之跌宕起伏。尤其是到了明代中后期，随着昆山腔的崛兴，北曲套式之程式化、固定化越来越束缚其发展。在这样的曲学发展大背景下，北曲套式体现出较大的变化，主要表现在两个方面：

一是南北曲混用。北曲套曲中往往杂用南曲牌。选本共涉及67种套式，其中37种全用北曲曲牌组合，28种杂用南北曲牌，2套纯用南曲者。南曲曲牌在这一时期的北曲套曲中主要有两种作用，一是充当引子，二是表示角色转换。通过南曲牌的使用，北曲的套式、人物角色等都发生了变化，北曲之体制逐渐为南曲所消解融合。

二是曲牌之宫调不统一。选本涉及的67种套式中，仅有29种由同一宫调曲牌组成，其余38种则由不同宫调之曲牌组成，其中有28套是由于使用引子而造成北曲套式宫调不统一。而充当引子之曲牌，其中有8种使用北曲曲牌，其余则使用南曲曲牌。

总之，这一时期北曲剧曲的宫调、曲牌、角色、体式都发生了变化，最终使得北曲发展过程中形成的束缚其发展的体制藩篱逐渐消解，在明末天启间逐渐形成了南北曲交汇融合的繁盛时期。

二、北曲剧曲之套式流变

关于北曲之套式，周维培先生在《曲谱研究》中认为："可以明代宣德年为界分作两个阶段。金元北曲作家的作品代表了北曲纯正格律及套式典型；而宣德以后北曲渐衰，剧曲创作及演出几成绝响，偶有拟作也不甚宗北曲规则，而是有意无意间向南曲靠拢。"[①] 明代中后期之戏曲选本中，不仅仅是剧曲，散曲亦存在类似情况。虽然北曲之选调联套形式仍为一些文人所使用，但是其中或仿北曲旧套，或采南曲新声，已失去金元风范。根据选本之南北曲及曲牌宫调变化情况，这一时期剧曲使用主要有以下几种情况：

第一，纯用北曲套数共37套，其中全套由同一宫调的北曲曲牌组成

---

① 周维培：《曲谱研究》，江苏古籍出版社，1999年版，第305页。

的共29组，其中南吕2组、双调7组、仙吕7组、越调3组、正宫8组、中吕2组。

南吕曲牌组合方式：

【一枝花】【梁州第七】【牧羊关】【四块玉】【哭皇天】【乌夜啼】【煞尾】

——《歌风记·垓下困羽》

【一枝花】【梁州第七】【隔尾】【牧羊关】【骂玉郎】【感皇恩】【采茶歌】【哭皇天】【乌夜啼】【么】【红芍药】【菩萨梁州】【尾】

——《西游记·收服行者》

双调曲牌组合方式：

【新水令】【川拨棹】【七弟兄】【雁儿落】【得胜令】【沽美酒】

——《负薪记·认妻重聚》

【新水令】【雁儿落】【甜水令】【折桂令】

——《不服老·收服高丽》

【新水令】【步步娇】【落梅风】【乔木查】【搅筝琶】【锦上花】【清江引】【庆宣门】【乔牌儿】【甜水令】【折桂令】【水仙子】【雁儿落】【鸳鸯煞】

——《西厢记·草桥惊梦》

【新水令】【沽美酒】【雁儿落】【沉醉东风】【川拨棹】【七弟兄】【收江南】【梅花酒】①【煞尾】

——《妆盒记·拷问承玉》

【新水令】【驻马听】【雁儿落】【川拨棹】【七弟兄】【梅花酒】【收江南】

——《西游记·擒贼雪耻》

【新水令】【驻马听】【胡十八】【沽美酒】【庆东园】【沉醉东风】【雁儿落】【搅筝琶】【尾声】

——《三国记·单刀赴会》

【新水令】【驻马听】【折桂令】【水仙子】【雁儿落】【得胜令】

---

① 【梅花酒】误标作"菊花酒"。

【太平令】【鸳鸯煞】

——《樱桃记·官袍报喜》

仙吕曲牌组合方式：

【点绛唇】【混江龙】【油葫芦】【天下乐】【哪吒令】【鹊踏枝】【寄生草】【么篇】【赚煞尾】

——《浣纱记·伍员访友》

【点绛唇】【混江龙】【油葫芦】【天下乐】【哪吒令】【鹊踏枝】【胜葫芦】【寄生草】【么】【赚煞尾】

——《红梨记·采花邂逅》

【点绛唇】【混江龙】【油葫芦】【天下乐】【村里迓鼓】【元和令】【胜葫芦】【上马娇】【后庭花】【青哥儿】【寄生草】【煞尾】

——《青楼记·淑贞鼓琴》

【点绛唇】【混江龙】【油葫芦】【天下乐】【哪吒令】【鹊踏枝】【后庭滚犯】【寄生草】【么篇】【煞尾】

——《浣纱记·伍员访友》《龙膏记·无颜买卜》《歌风记·韩信救主》

【点绛唇】【混江龙】【油葫芦】【天下乐】【哪吒令】【寄生草】【后庭花】【金盏儿】【赚煞尾】

——《樱桃记·破嗔悟道》

【点绛唇】【混江龙】【村里迓鼓】【元和令】【寄生草】

——《负薪记·渔樵闲话》

【仙吕·六么序】【么】【元和令】【柳叶儿】【青哥儿】【赚煞】①

——《西厢记·惠明传书》

越调曲牌组合方式：

【斗鹌鹑】【小桃红】【金蕉叶】【调笑令】【秃厮儿】【大圣乐】【麻郎儿】【么篇】【络丝娘】【耍三台】【么篇】【煞尾】

——《不服老·敬德装疯》

---

① 此套曲后尚有正宫【端正好】一套，本书为便于研究，将其按两套处理。

【斗鹌鹑】【紫花儿序】【小桃红】【天净沙】【秃斯儿】【圣药王】【麻郎儿】【络丝娘】【东原乐】【棉搭絮】【拙鲁速】【尾声】

——《青楼记·璿贞订盟》

【斗鹌鹑】【小桃红】【金蕉叶】【调笑令】【小桃红】【秃斯儿】【鬼三台】【天净沙】【麻郎儿】【么篇】【络丝娘】【尾声】

——《龙膏记·无颇脱难》

正宫调曲牌组合方式：

【端正好】【滚绣球】【快活三】【朝天子】【脱布衫】【小梁州】【雁儿落】

——《负薪记·逼写休书》

【端正好】【滚绣球】【叨叨令】【倘秀才】【滚绣球】【白鹤子】【煞尾】

——《昙花记·木侯夜寻》与《明珠记·城下觅音》

【端正好】【么篇】【滚绣球】【倘秀才】【滚绣球】【倘秀才】【叨叨令】【白鹤子】【煞尾】

——《题塔记·萧后起兵》

【四边静】【耍孩儿】【五煞】【四煞】【三煞】【二煞】【收尾】

——《焚香记·阴诉拘夫》

【耍孩儿】【五煞】【四煞】【三煞】【二煞】【煞尾】

——《昙花记·凶鬼自叹》

【端正好】【滚绣球】【叨叨令】【倘秀才】【滚绣球】【煞尾】

——《八义记·赵盾挺奸》

【正宫·端正好】【滚绣球】【叨叨令】【白鹤子】【二煞】【三煞】【四煞】【五煞】【煞尾】

——《西厢记·惠明传书》

中吕曲牌组合方式：

【粉蝶儿】【醉春风】【迎仙客】【石榴花】【斗鹌鹑】【红绣鞋】【十二月】【尧民歌】【快活三】【朝天子】【耍孩儿】【尾声】

——《精忠记·疯魔化奸》

【粉蝶儿】【醉春风】【红绣鞋】【石榴花】【斗鹌鹑】【上小楼】【么】【随煞】

——《樱桃记·逢真幻侠》

第二，全套由两种或两种以上宫调的北曲曲牌组成的共八组，其中七组添加了引子，导致曲牌宫调不统一。

【正官·端正好】【滚绣球】【中吕·粉蝶儿】【醉春风】【迎仙客】【上小楼】【么篇】【耍孩儿】【煞尾】

——《负薪记·诉离赠婿》

【仙吕·端正好】【双调·新水令】【驻马听】【乔牌儿】【搅筝琶】【雁儿落】【得胜令】【折桂令】【甜水令】【收江南】【鸳鸯煞】

——《蕉帕记·超悟脱化》

【正官·端正好】【中吕·上小楼】【石榴花】【红绣鞋】【满庭芳】【煞尾】

——《麒麟记·韩公抱愤》

【中吕·粉蝶儿】【黄钟·醉花阴】【喜乔迁】【出队子】【刮地风】【四门子】【古水仙子】

——《连环记·董卓差布》

【南吕·骂玉郎】【前腔】【中吕·粉蝶儿】【醉春风】【迎仙客】【石榴花】【上小楼】【小梁州】【朝天子】【煞尾】

——《明珠记·明珠重合》

【黄钟·出队子】【越调·斗鹌鹑】【紫花儿序】【柳营曲】【么篇】【小沙门】【圣药王】【尾声】

——《红拂记·计就追获》

【仙吕·点绛唇】【双调·新水令】【驻马听】【水仙子】【折桂令】【雁儿落】【得胜令】【沽美酒】【收江南】

——《宝剑记·夜奔梁山》

以上七套曲牌，前面一支或两支为其他宫调的曲牌，后面为统一的另一种宫调曲牌组合。之所以出现这种情况，是因为受南曲影响，南曲重引子，北曲重尾声，套曲前面的一支两支曲牌相当于南曲中的引子。引子的宫调不受限制。此外一套由于整套中使用其他宫调曲牌而导致套式中宫调不一致：

【仙吕·混江龙】、【油葫芦】、【天下乐】、（北）【黄钟·节节高】、【元和令】、【上马娇】、【胜葫芦】、【后庭花】、【柳叶儿】、【寄生草】、【尾声】

——《昙花记·郊游点化》

上述套曲在两种宫调曲牌套式中又杂糅了黄钟宫曲牌，从而造成套式宫调不统一，这种情况实际上即为北曲中的"借宫"现象。最早提出"借宫"（现在可见的）这个观点的戏曲家是李玉，其所谓"借宫"是指元人作品中"通用"出入不同宫调者之曲牌。即如上述套式中的曲牌"节节高"，主要使用于北曲黄钟宫，此处借用于"仙吕宫"。关于"借宫"与"出入"，后人争论较多。此处仅列出宫调具体使用过程中的特殊现象，并且根据后世相关作品，阐明此种现象之"称谓"，对于此种"称谓"合理与否，究竟该用"借宫""出入"等姑且不论。

第三，南北曲牌不同宫调混合在一起的共28套，其中由于加了引子或尾声而导致曲牌混乱的有15套：

（南）【大石调·玉楼春】【越调·斗鹌鹑】【紫花儿序】【小桃红】【秃厮儿】【麻郎儿】【圣药王】【络丝娘】【东原乐】【南吕·玉交枝】【鬼三台】【煞尾】【尾声】

（南）【正宫·洞仙歌】、【双调·新水令】、【雁儿落】、【沽美酒】、（南）【南吕·金字经】、【川拨棹】、【煞尾】

（南）【中吕·菊花新】、【耍孩儿】、（北）【仙吕·点绛唇】、【混江龙】、【商调·醋葫芦】、【后庭花】、【正宫·耍孩儿】、【正宫·滚绣球】、【尾声】

——《气张飞·怒奔范阳》

【黄钟·出队子】【正宫·倘秀才】【双调·庆东园】【雁儿落】【沉醉东风】【十忧传】【正宫·滚绣球】【醉太平】【尾声】

——《昙花记·圣力降魔》

【仙吕·杏卜算】【桂枝香】【前腔】【仙入双·二犯江儿水】【前腔】【寄生草】【青哥儿】【桂枝香】

——《李丹记·梁芳证道》

第三章　从天启间戏曲选本看南北曲之曲体衍变 | 213

（南）【南吕·挂真儿】、（北）【南吕·一枝花】、【梁州第七】、【牧羊关】、【四块玉】、【骂玉郎】、【哭皇天】、【乌夜啼】、【煞尾】

（南）【商调·水红花】【双调·新水令】【折桂令】【雁儿落】【得胜令】【沽美酒】

【南吕·挂真儿】【一枝花】【梁州第七】【牧羊关】【四块玉】【哭皇天】【乌夜啼】【尾声】

（南）【羽调·胜如花】【前腔】【前腔】【前腔】【双调·新水令】【驻马听】【乔牌儿】【搅筝琶】【雁儿落】【得胜令】【沽美酒】【川拨棹】【太平令】【七弟兄】【梅花酒】【清江引】【前腔】

【南吕·一枝花】【南吕·懒画眉】【前腔】【越调·斗鹌鹑】【紫花儿序】【金蕉叶】【调笑令】【秃厮儿】【圣药王】【么】【节节高】【尾声】

（南）【南吕·节节高】、（南）【正宫·声声慢】、【正宫·端正好】、【滚绣球】、【倘秀才】、【呆骨朵】、【滚绣球】、【倘秀才】、【滚绣球】、【倘秀才】、【滚绣球】、【倘秀才】、【滚绣球】、【脱布衫】、【醉太平】

【南吕·真薄幸】【黄钟·西地锦】【南吕·一枝花】【脱布衫】【牧羊关】【四块玉】【乌夜啼】【骂玉郎】【乌夜啼】【尾声】

——《草庐记·姜维救驾》

【黄钟·凤凰阁】【仙入双·窣地锦裆】【中吕·菊花新】【正宫·端正好】【滚绣球】【煞尾】

——《鸣凤记·议兵不合》

【仙吕·似娘儿】、【南吕·疏影】、（北）【越调·乔合笙】①、【么篇】、【圣药王】、【鲍子令】、【么篇】、【秃厮儿】、【越恁好】、【么篇】、【煞尾】

——《绣球记·夫妻团圆》

【黄钟·出队子】、【前腔】、（南）【正宫·双鸂鶒】、【前腔】、【前

---

① 曲牌【乔合笙】，据《增定南九宫曲谱》第 324 页云："北曲有乔合笙，南曲无乔字（合音葛）。"其中收录中吕调，但是北曲中究竟属于何调则难以考证。而在《绣楼记》第二十回中眉批中曰"越调北曲"。

腔〕、【仙吕·点绛唇】、【滚绣球】、【滚煞尾】

——《千金记·击碎玉斗》

由于南北合套而造成南北曲牌混用的有 4 套：

（北）【中吕·粉蝶儿】、（南）【泣颜回】、（北）【上小楼】、（南）【黄龙滚犯】、（北）【扑灯蛾犯】、（南）【小桃红】、（北）【叠字犯】、【尾声】

——《百花记·百花点将》

（南）【正宫·剔银灯】、（北）【中吕·粉蝶儿】、（南）【泣颜回】、（北）【上小楼】、（南）【泣颜回】、（北）【黄龙滚犯】、（南）【扑灯蛾犯】、（北）【小楼犯】、（南）【叠字儿】、【尾声】

——《李丹记·裴湛再度》

（北）【中吕·粉蝶儿】、（南）【泣颜回】、（北）【上小楼】、（南）【泣颜回】、（北）【黄龙滚犯】、（南）【扑灯蛾犯】、（北）【上小楼犯】、【尾声】

——《红梅记·平章游湖》

（南）【仙吕·似娘儿】、【前腔】、【黄钟·神仗儿】、（北）【中吕·粉蝶儿】、（南）【泣颜回】、（北）【上小楼】、（南）【泣颜回】、（北）【黄龙滚犯】、（南）【扑灯蛾犯】、（北）【小楼犯】、（南）【叠字儿】、【尾声】

——《昙花记·菩萨降凡》

还有一类是全套以北曲为主，但其中插入一两支南曲，这些南曲曲牌或表示演唱角色的转换，或表示戏曲舞台背景的转换，此类套式有九套：

（北）【仙吕·点绛唇】、【混江龙】、【倘秀才】、（南）【越调·水底鱼】、【油葫芦】、【天下乐】、【哪吒令】、【鹊踏枝】、【寄生草】、【村里迓鼓】、【元和令】、【上马娇】、【游四门】、【胜葫芦】、【后庭花】、【柳叶儿】、【水底鱼】

——《千金记·十面埋伏》

【仙吕·点绛唇】、【混江龙】、【油葫芦】、【天下乐】、（南）【南吕·金钱花】、【后庭花】、【煞尾】

——《三藏取经·诸侯饯别》

(南)【仙吕·楚歌引】、(北)【正宫·倘秀才】、【滚绣球】、【楚歌引】、【倘秀才】、【醉太平】

——《千金记·吹散楚兵》

【仙吕·赏花时】、【么篇】、【点绛唇】、【混江龙】、【油葫芦】、【天下乐】、【节节高】、【元和令】、【上马娇】、【胜葫芦】、【后庭花】、【青哥儿】、【寄生草】、【赚煞】、【仙吕·桂枝香】、【前腔】、(南)【商调·字字金】、【字字金】、【字字金】、【字字金】、【字字金】

——《太和记·席上题春》

(北)【中吕·粉蝶儿】、【石榴花】、【前腔】、【黄钟·出队子】、【十二月】、【上小楼】、【越调·雪里梅】、(南)【中吕·山花子】

——《千金记·辕门听点》

【正宫·端正好】、【滚绣球】、【叨叨令】、【脱布衫】、【小梁州】、【中吕·上小楼】、【满庭芳】、【快活三】、【朝天子】、(南)【仙吕·步步娇】、【商调·山坡羊】、【前腔】

——《焚香记·诉神自缢》

(北)【仙吕·混江龙】、(北)【中吕·粉蝶儿】、(南)【中吕·耍孩儿】、【前腔】、【前腔】、【前腔】、(南)【中吕·哭(苦)相思】、【耍孩儿】、【前腔】、【江儿水】、【前腔】、【前腔】

——《鸣凤记·继盛典刑》

【双调·新水令】、【醉东风】、【雁儿落】、【得胜令】、【挂玉钩】、【川拨棹】、【七弟兄】、【梅花酒】、【煞尾】、(南)【南吕·奈子花】

——《灌园记·齐王祭贤》

(北)【仙吕·天下乐】、【双调·新水令】、【驻马听】、(南)【黄钟·双声子】、【川拨棹】、【双声子】、【雁儿落】、【得胜令】、【挂玉钩】、【七弟兄】、【收江南】、【梅花酒】、【煞尾】、(南)【南吕·奈子花】、【前腔】

——《千金记·月下追贤》

第四,纯用南曲曲牌者有2套。

【黄钟·出队子】【仙入双·二犯江儿水】【黄钟·赏宫花】【二犯

江儿水】

——《双红记·田营盗盒》

【正官·倾杯玉芙蓉】【普天乐】【朱奴儿】【尾声】（此套之后有南北合套中吕【粉蝶儿】【泣颜回套】）

——《百花记·百花点将》

通过上述分析统计，可知北曲套式在天启间的戏曲选本中表现得异常活跃。北曲固定的曲牌程式显示出北曲乐曲旋律的单调，限制了北曲从音乐角度塑造饱满的人物，阻碍了北曲通过旋律体现情节之跌宕起伏。尤其是到了明代中后期，随着昆山腔的崛兴，北曲套式之程式化、固定化越来越束缚其发展。在这样的曲学发展大背景下，北曲套式受南曲影响，融入了引子，一人主唱之体制亦逐渐被打破。

三、北曲套式与舞台环境、人物情感、排场

一场戏剧往往以文字记录故事为经，以音乐演唱情节为纬。张敬先生在《南曲联套述例》中云："故事是浮现发展现象的写实，演唱又是这写实的表征，所以两者决不可脱节。故事的全体必有喜怒哀乐的全部过程，即使是部喜剧，其中亦应配入极小部分悲秋场面，同样的，一部悲剧中，也应该酌配适当的喜乐场面……而歌词穿插方面，又要极变化新奇之致。"① 但是戏剧演出不同于故事的叙述，除有故事的叙述、舞台表演之外，其还具有音乐的演唱特点，也就涉及乐律和组套问题。天启间戏曲选本所收北曲剧曲之套式变化与剧情之变化结合更为紧密，具体而言主要体现在以下几方面：

一是曲牌套式随着舞台环境的变化而变化。古代戏曲演出舞台调度条件较为有限，随着剧情的发展，舞台背景的转换往往难以展现，这时需要借助于音乐套式的变化来体现背景环境之变化。如《太和记·席上题春》一折之套式：

【仙吕·赏花时】、【么篇】、【点绛唇】、【混江龙】、【油葫芦】、【天下乐】、【节节高】、【元和令】、【上马娇】、【胜葫芦】、【后庭花】、

---

① 张敬：《南曲联套述例》，《台湾大学文史哲学报》，1966年第15期。

【青哥儿】、【寄生草】、【赚煞】、（南）【仙吕·桂枝香】、【前腔】、（南）【商调·字字金】、【字字金】、【字字金】、【字字金】、【字字金】

这套曲牌明显分为三段：【仙吕·赏花时】【么篇】；【点绛唇】【混江龙】【油葫芦】【天下乐】【节节高】【元和令】【上马娇】【胜葫芦】【后庭花】【青哥儿】【寄生草】【赚煞】；（南）【仙吕·桂枝香】【前腔】、（南）【商调·字字金】、【字字金】、【字字金】、【字字金】、【字字金】。这三段套式与舞台背景的转换迁移有着较为明显的关系。随着故事背景的转换而分别使用了三段不同宫调之套式，借助于声音旋律的变化而体现出舞台背景环境的变化。选本中类似的情况除《太和记》外，《鸣凤记》《樱桃梦》《李丹记》《昙花记》中的相关套式变化也都是曲牌套式与舞台环境变化的例证，这说明天启间北曲之套式变化愈来愈丰富，而这种变化与剧情之结合亦愈来愈密切。

二是曲牌套式与人物情绪转化。天启间戏曲选本中，北曲之套式转化不仅与外在的舞台环境相关，而且与人物内在的情感亦联系密切。虽然人物情感的变化起伏能够借助于演员主观的面部表情、形体动作等变化而展现，但是戏剧艺术作为一种音乐程式化的艺术，人物情感变化与乐曲套式之变化亦密切相关。如《焚香记·诉神自缢》一折套式变化：

【正宫·端正好】、【滚绣球】、【叨叨令】、【脱布衫】、【小梁州】、【中吕·上小楼】、【满庭芳】、【快活三】、【朝天子】、（南）【仙吕·步步娇】、【山坡羊】

《焚香记·诉神自缢》一折出自原作第二十六出"陈情"，主要讲述敫桂英听闻婚变噩耗后，在海神庙中向海神爷陈述自己的满腹委屈与辛酸，最后自缢于海神庙的情节。这一情节根据人物情绪，实际上分为两部分：一是向海神"陈情"，这时候敫桂英处于情感崩溃的状态，其时产生幻觉，与海神对话，体现的是一个哀哀怨怨的"女鬼"形象；二是敫桂英自缢，由于悲愤过度而晕厥的桂英逐渐清醒，但是清醒后的桂英想到自己无处可归的凄惨处境，无奈之下只能选择自缢，这时的敫桂英是清醒的、理智的，体现的是一个无路可走而选择死亡的失意女子的形象。而在选本中这两段分别使用了"【正宫·端正好】【滚绣球】【叨叨令】【脱布衫】【小梁州】"和"【中吕·上小楼】【满庭芳】【快活三】【朝天子】"两种套式，两种套式分别展现了两个不同的桂英形象,一是为"鬼"的崩溃桂英,一是为"人"的理智的桂英。正是由于其套式变化与人物情感状态之密切结合,这一段"诉神自缢"之传奇才感人肺腑,成为艺术经典。

三是曲牌套式与排场变化。王季烈先生曾云:"作传奇者,情节奇矣,词藻丽矣,不合宫调,则不能付之歌喉;宫调合矣,音节谐矣,不讲排场,则不能演之氍毹。然自来文人,能度曲者已属不多,至能知搬演之甘苦劳逸,及其动人观听之处何在,则更为罕遇。以故所撰传奇,文词虽美,而不风行于歌场,反不若伶工所编之剧,转足以博人喝彩也。"[1] 王先生此处充分强调了戏曲作品中关于"排场"的重要性。然而,戏曲之"排场"一直以来较少受到关注,直至清代中后期许之衡在《曲律易知》卷下《论排场》"武装短剧类"中才从南北曲曲牌运用角度论述文武场,如其云:"凡武剧均可用【北点绛唇】,作引子用,【北点绛唇】之下可接南曲。【清江引带对玉环】或【对玉环带清江引】本属北曲,《南词定律》已收入南曲类,于武装战斗,均可与南曲混用。【金字经】亦与【清江引】相类,凡武剧南曲,不外此数套矣。"而实际上,早在天启间的戏曲选本中便已经开始出现一些文武场专用曲牌之区分。如选本中选录《双红记·田营盗盒》所使用的套式为"【黄钟·出队子】【仙入双·二犯江儿水】【黄钟·赏宫花】【二犯江儿水】",关于此段,文中阐释道:

> (旦内紫袄外戎衣札缚挂剑上) 瞬息游遨碧落间,吴钩双带锦纹鲜,但知恩主报无地,肯使仇来犹戴天,俺红线,奉谪天庭,投身薛府,虽居侍婢,实为上宾,今因田承嗣这厮私养外宅,欲□□□忍见恩主怀忧,敢不将身图报,故于今夜暂驾祥云,潜往魏城,聊觇虚实,果然智勇兼备,管教他身首支离。

通过上文可知,此段是红线女前去田承嗣府上盗取金盒时的情节再现,红线女"紫袄外戎衣札缚挂剑",并且"暂驾祥云,潜往魏城",因此上场后的红线女属于边走边唱,故使用【二犯江儿水】两支。关于这两支曲牌的使用,王季烈先生在《螾庐曲谈》中云:"明人传奇,排场最善者,推《浣纱记》。如《歌舞》折【好姐姐】二支之后,各系以【二犯江儿水】

---

[1] 王季烈:《螾庐曲谈》,见俞为民、孙蓉蓉编:《历代曲话汇编:新编中国古典戏曲论著集成(近代编)》,黄山书社,2009年版,第416页。

北曲一支,盖【风入松慢】与【好姐姐】各二支,自成南仙吕一套。而【二犯江儿水】则为演习歌舞所唱之曲。故宜另用北曲以清界限,且【二犯江儿水】,最宜于且行且唱。"①"且行且唱"说明上场后的红线女有较多的舞台动作,即涉及相关"排场"的问题。此外选本中还涉及的套式有:

【四边静】【耍孩儿】【五煞】【四煞】【三煞】【二煞】【收尾】

——《焚香记·阴诉拘夫》

【耍孩儿】【五煞】【四煞】【三煞】【二煞】【收尾】

——《昙花记·凶鬼自叹》

(北)【中吕·粉蝶儿】、【石榴花】、【前腔】、【黄钟·出队子】、【十二月】、【上小楼】、【越调·雪里梅】、(南)【中吕·山花子】

——《千金记·辕门听点》

(北)【仙吕·点绛唇】、【混江龙】、【倘秀才】、(南)【越调·水底鱼】、【油葫芦】、【天下乐】、【哪吒令】、【鹊踏枝】、【寄生草】、【村里迓鼓】、【元和令】、【上马娇】、【游四门】、【胜葫芦】、【后庭花】、【柳叶儿】、【水底鱼】

——《千金记·十面埋伏》

以上四套所使用的【四边静】【出队子】【水底鱼】等曲牌亦与剧情中的武斗场面相关。而《集成曲谱》则对"武场之套数"使用曲牌套式进行了列举:

(一)引子、【四边静】四支、【水底鱼儿】二支、【包子令】二支、【六么令】四支、【神仗儿】二支、【滴溜子】二支。

(二)引子、【驮环着】二支、【四边静】二支、【清江引】。

(三)北【点绛唇】、【二犯江儿水】二支、北【点绛唇】、【四边静】二支、【对玉环带过清江引】。

(四)北【醉花阴】、南【画眉序】、北【喜迁莺】、南【画眉序】、北【出队子】、南【滴溜子】、北【刮地风】、南【滴滴金】、北【四门子】、南【鲍老催】、北【水仙子】、南【双声子】、【煞尾】。

---

① 周期政:《〈螾庐曲谈〉疏证》,江西教育出版社,2015年版,第117页。

（五）南【普天乐】、北【朝天子】、南【普天乐】、北【朝天子】、南【普天乐】、北【朝天子】、南【普天乐】。

相比《集成曲谱》罗列的较为完整的武斗场面使用套式，天启间戏曲选本所涉及的大多是较为零散的曲牌。但是通过对北曲套式中这些零散的相关曲牌进行分析，可以发现其中对"排场"的关注，尤其是"文武场"的转换与南北曲曲牌的运用。关于"排场"转换的套式虽尚未成熟，但其中亦体现出较为清晰地借助南北曲牌套式变换来体现排场变化的思想，这对于进一步推动南北曲之融合、促进南北曲交融发展之曲坛发展态势有着积极意义。

王季烈先生在《螾庐曲谈》中云"悲欢离合谓之剧情，演剧者之上下动作，谓之排场"[①]，从严格意义上讲，戏剧之"排场"亦是其剧情的一部分。故事情节既包括语言文字的情节叙述，又包括形体动作之排场演进，还包括音乐套式之变化。套式是戏剧艺术音乐程式化的一种表现，但这种程式化又不单纯的仅表示曲牌组合等外在结构形式的变化，在戏曲发展过程中，这种程式的发展变化已经与舞台环境变化、人物情绪、排场等融合在一起了。戏曲之程式，是集舞台背景、物情感、排场等于一体的程式。

总之，这一时期北曲固有的、束缚其发展的程式藩篱逐渐消解，在明末天启间南北曲逐渐交汇融合，达致繁盛。这一时期北曲套式中的联套形式、技巧、基本特征等逐渐被南曲打破，无论是曲牌联套形式，还是人物角色演唱体制，都在逐渐打破原有的体制套式，吸收融合南曲因素，为其后的南北曲融合作了艺术积淀。然而这种南北融合之艺术积淀不只是外在曲牌组合形式的变化，选本之套式与故事情节、人物、排场等的结合亦更加紧密，这一时期的北曲套式可谓"极变化新奇之致"，正是这种"新奇"之"变化"，天启间的北曲才衰而不亡，甚至迎来了短暂的复兴。

天启间的剧坛，主要特点之一便是南北曲的分合。这一时期无论是戏曲作品还是戏曲选本，都体现出较为清晰的南北曲曲体意识。诚如听瀫道人在《万壑清音》叙中所云，"（南音）如云如缕，俱似二八女郎所哔，少

---

① 王秀烈：《螾庐曲谈》，见俞为民、孙蓉蓉编：《历代曲话汇编：新编中国古典戏曲论著集成近代编》，黄山书社，2009年版，第416页。

者正铜将军铁绰板唱苏学士大江东耳"①，南曲节奏较为舒缓，曲词安排较疏朗，旋律演进以小跳跃为主，风格以清丽柔婉为主，而北曲节奏紧凑急促，旋律演进跳跃性较大，风格以豪迈刚健为主，这既是文学风格的差异，亦是音乐风格的差异。南北曲音乐性上的差异造成了南北曲在戏曲作品使用上的差异。此外，天启间戏曲选本中北曲作品集中了大量神仙鬼怪题材，而南曲作品则几乎没有此类作品，这种题材的差异在天启间戏曲选本中只是巧合，还是随着南北曲的交融，戏曲作品曲牌之功能亦在逐渐分野？神仙鬼怪出现的情境较为独特，这种独特的情境借助于舞台转换又难以充分呈现，是否就借助于南北曲节奏旋律的变化来体现外在情境的变化呢？随着南北曲曲体分野意识的清晰化，南北曲是否在题材上亦开始产生分野？

第六节　选本之犯调

犯调，是中国古代曲学发展中一种特殊却又普遍的现象。无论是剧曲作品还是散曲作品，无论是北曲还是南曲，都存在犯调这一种特殊的曲牌使用形式，并且被历代曲家们大量使用。犯调常见的使用形式为集曲与移宫，古代的曲学论著及相关曲谱中对此虽有所涉及，但大都只是现象的罗列。直至吴梅《顾曲麈谈》才对这两种犯调形式做了清晰的界定："北曲有借宫之法……所谓借宫者，就本调联络数牌后，不用古人旧套，别就他宫剪曲数曲（必须色相同者），接续成套是也。南曲有集曲之法……所谓集曲者，取一宫中数牌，各截数句而别立一新名。"② 吴梅之后，人们在谈及犯调时也多基于借宫和集曲③这两种形式。但是，《万壑清音》中的犯调除常见的借宫和集曲形式外，还有南北相犯的形式，这种犯调的具体组合与演唱方式则表现为北曲南腔与南曲北调。

---

　① 听瀫道人：《万壑清音》叙，见王秋桂主编：《善本戏曲丛刊》，台湾学生书局，1987年版，第16页。
　② 吴梅：《顾曲麈谈》，商务印书馆，1935年版，第18—19页。
　③ 丁淑梅《〈新镌出像点板怡春锦曲：新词清赏书集〉选曲研究》、齐森华《中国古代曲学大辞典》、俞为民《中国古代曲体文学格律研究》等著作都谈及犯调的这两种形式，并对集曲的命名、组合形式、规律等做了相关研究。

一、《万壑清音》之"黄龙滚犯"[①]"扑灯蛾犯"现象

《万壑清音》版于明天启四年（1624），由止云居士选辑，白雪山人校点。版式为一栏9行，曲辞单排大字，行20字，宾白小字双排，行38字。有"黄光宇镌"标识。《万壑清音·题词》前页标有"出像点板乐府北调万壑清音，西爽堂藏板"字样。该本共选《负薪记》《歌风记》《西厢记》《西游记》《宝剑记》《浣纱记》等39剧目68折北曲。然而这部以选录北曲为主的选本，在曲体形式上逐渐冲破北曲原有的体制藩篱，其曲牌宫调的使用更为灵活多样。除集曲、借宫两种常见的犯调形式外，选本中还涉及这样一种犯调形式：(中吕)【粉蝶儿】、【泣颜回】、【上小楼】、【泣颜回】、【黄龙滚犯】、【扑灯蛾犯】、(北)【小楼犯】、(南)【叠字儿犯】、【尾声】。[②] 这种套曲分别用于《红梅记·平章游湖》《百花记·百花点将》《昙花记·菩萨降凡》《李丹记·裴湛再度》。曲牌组合上，四剧都是中吕宫曲牌的南北合套。其中标作"犯调"的曲牌主要体现在最后四支曲牌上。这四支曲牌为什么要标为犯调呢？此处犯调是属于借宫，还是属于集曲？对此，这一时期相关的戏曲选本及文献并未有过多的注释与说明。直至民国时期吴梅先生在《秣陵春》第二十二出【黄龙滚犯】的批注中曰"此【斗鹌鹑】"，于【扑灯蛾犯】【叠字犯】处批曰"此(南)【扑灯蛾】"。[③] 这条注释虽不是直接注释《万壑清音》，但是《秣陵春》这一出使用的曲牌组合与以上提到的《万壑清音》四组曲牌形式相同，可互为参证。顺着吴梅先生的思路，我们可以对【黄龙滚犯】【小楼犯】【扑灯蛾犯】的词体进行辨识。

据李玉《北词广正谱》可知，【北中吕·斗鹌鹑】正格主要有三种，都是八句：

> 你用心儿握雨携云，我好意儿传书寄柬。不肯搜自己狂为，则待要觅别人破绽。受艾焙也权时忍这番，畅好是奸。对人前巧语花言，

[①] 在一些选本中也标作"黄龙衮犯"，"黄龙滚犯"与"黄龙衮犯"二者并无太大区别，本书主要涉及"黄龙滚犯"，而在南曲黄钟宫下有曲牌【黄龙衮】，此曲牌与本书所涉及的犯调尚未发现有直接关联。

[②] 止云居士编选，白雪山人校点：《万壑清音》第八卷"红梅记·平章游湖"。

[③] 吴梅：《吴梅全集·理论卷》(中)，河北教育出版社，2002年版，第918页。

背地里愁眉泪眼。①

其基本句式为八句五韵：4，4△，4，4△，7，4（或6或3）△，7（或4）△，7（或4）△。（△表示押韵）。《万壑清音》所选《李丹记·裴湛再度》内容如下：

【黄龙滚犯】软霏霏绛节翩翩，软霏霏绛节翩翩，袅婷婷仙音嘹亮，吠牢牢犬度云中，虚飘飘人游天上。回首见滚滚红尘，罩下方问渠何似恁苦奔忙。向年来堕落香闺，向年来堕落香闺，今始得遨游蓬阆。

结合平仄韵律等比对可知，《万壑清音》标作【黄龙滚犯】的词体形式就是北【斗鹌鹑】。而《南词新谱》《九宫大成》中南曲【扑灯蛾】的正格为：

自亲不见影，他人怎相庇。既然读诗书，恻隐心怎不周急也。我是孤男你是寡女，厮赶着教人猜疑。乱军中谁来问你，缓急间，语言须是要支持。②

其基本句式为九句六韵：5，5△，5（或6或7）③，7△（可分为上下两截）④，4△，7△（可改作四字二句）⑤，7△，3，7△，其中一三八句可韵可不韵。【叠字犯】与【扑灯蛾】的最大区别就是开头三句变为六字⑥。如《万壑清音》选曲中的【扑灯蛾犯】【叠字犯】：

【扑灯蛾犯】总不如，洗干红粉妆。离香闺，脚踏清凉地。修夜课，佛火映琉璃。诵晨经磬钟声细。礼如来玉毫光里。照禅心皓月临清池。擗藕丝刳情破爱。方显得，莲花此日出污泥。

——《昙花记》

---

① 李玉：《北词广正谱》，台湾学生书局，1987年版，第301页。
② 沈璟：《南词新谱》，见王秋桂主编：《善本戏曲丛刊》，台湾学生书局，1987年版，第323—324页。
③ 第三句为六字时，则第七句变为四字。如南戏《拜月亭》"到行朝汴梁"，此二句作"四时常开花木""休思故里"。第三句为七字时，则第四句减为四字，如南戏《苏小卿》"慕汝名已久"，此二句作"有相如才文君貌""肯辜少年"。
④ 明传奇《宝剑记》"忠良杀害了"，此二句作"子孙祸怎生逃""千载作歌谣"。
⑤ 如南戏《陈叔文》"官人听拜启"，此二句作"琵琶呜咽，妙音声美"。
⑥ 沈璟《南词新谱》第324页云："又一体前三句俱用六字，余俱同。"

【叠字儿犯】妙妙西方景美。细细金沙铺地。层层的七宝栏。密密的双行树闪闪巍巍。楼台儿空际。隐隐见绣盖华旗。隐隐见绣盖华旗。袅袅听仙乐参差。晃晃庄严花冠璎珞。明明现，如来大士拥伽黎。

——《李丹记》

通过比对可以发现，除个别字句差异外，基本符合南曲【扑灯蛾】的词体形式。而将选本中涉及的三支【小楼犯】与南曲牌【下小楼】、北曲牌【上小楼】进行词体比对，则发现词体格式上差异较大。【小楼犯】所使用的曲体形式是什么呢？仔细比对《万壑清音》所涉及的四组曲牌，发现《百花记·百花点将》中的套曲曲牌组合与其他三组存在明显差异：

　　（南）【黄龙滚犯】、（北）【扑灯蛾犯】、（南）【小桃红】、（北）【叠字犯】

——《百花赠剑》

　　（北）【黄龙滚犯】、（南）【扑灯蛾犯】、（北）【小楼犯】、（南）【叠字儿犯】

——《裴湛再度》《平章游湖》《菩萨降凡》

两组曲牌最明显的不同在于：第一，虽然两组曲牌都是南北合套的形式，但是这四支曲牌前面的南北位置截然相反；第二，前者【小桃红】曲牌对应处换成了【小楼犯】。这是什么原因呢？为什么同名曲牌其南北之分却截然相反？为什么【小桃红】处换成了【小楼犯】呢？以《南词新谱》中所列正宫【小桃红】例来看：

　　误约在蓬莱岛，冷落了巫山庙。愁云怨雨羞花貌，精神不似当初好。燕来鸿去无消耗，委实的（教我）心痒难挠。[①]

南曲正宫【小桃红】的基本句式为六句三韵：6，6△，7，7△，7，7△。其中一、三、五句可韵可不韵，二、四、六句必须押韵。而《万壑清音》涉及的【小楼犯】与【小桃红】曲为：

　　【小楼犯】断恩爱学跳纲，觅长生不老方。多感煞许氏真君，点

[①] 沈璟：《南词新谱》，见王秋桂主编：《善本戏曲丛刊》，台湾学生书局，1987年版，第249—250页。

出灵丹交付排场。再休忘李下仙娥,守定芳枝多少时光。快燃香忙稽首这恩德无量。

——《李丹记·裴湛再度》

【小桃红】咕咚咚画鼓敲,闪灿灿霓金舞。俺只见落撒珠缨,耀日增辉如花凝露。又只听泡起连珠,声似轰雷烟腾香雾。只恐天关惊破。

——《花亭记·百花赠剑》

通过比对,可知《万壑清音》中【小楼犯】即南曲正宫【小桃红】。可见《万壑清音》四支曲牌的词体形式如表3-19:

表3-19　《万壑清音》【黄龙滚犯】曲牌标目统计

选本中标作	实际曲牌
【黄龙滚犯】	【斗鹌鹑】
【扑灯蛾犯】	【扑灯蛾】
【小楼犯】	【小桃红】
【叠字犯】	【扑灯蛾】

显然这四支曲牌除【小桃红】涉及借宫这种犯调形式外①,其他均与借宫、集曲犯调形式无关。这种犯调既然不是常见的形式,如果不属于犯调的范畴,为何在此标作"犯"呢?难道是作者的笔误吗?为什么这种笔误会在不同的作品中出现四次?显然,这应当是时人有意识地将其标作"犯",这种与常式不同的"犯"调形式究竟是怎样产生的呢?其与借宫、集曲有无关联?为什么选本中会出现这种形式的犯调呢?这种犯调形式在后来的戏曲作品中又有怎样的流变呢?

二、《万壑清音》【中吕·粉蝶儿】套曲的渊源与流变

《万壑清音》【中吕·粉蝶儿】南北合套的形式在曲史上并不陌生,贯云石的《西湖游赏》(小扇轻罗)就采用了这种形式:【粉蝶儿】【好事近】【石榴花】【料峭东风】【斗鹌鹑】【扑灯蛾】【上小楼】【扑灯蛾】【尾

---

① 【小桃红】虽然涉及借宫这种犯调形式,但是根据南北曲中的惯例,借宫曲牌通常不会明确标明。

声】。①《万壑清音》里出现的这种曲牌组合形式虽然源自元曲，但与元曲有明显不同，如最后四条曲牌的使用，原来的【斗鹌鹑】变成了【黄龙滚犯】，【扑灯蛾】变成了【扑灯蛾犯】，【上小楼】变成了【小楼犯】，【扑灯蛾】变成了【叠字儿犯】。对于这种形式的曲牌使用，《万壑清音》并非独创，万历以来其他的戏曲选本亦多有出现，见表3-20：

表3-20 【中吕·粉蝶儿】标目统计

曲牌形式	数目	备注
【黄龙滚犯】【扑灯蛾犯】【小楼犯】【叠字犯】	22种	1. 戏曲选本中主要涉及《红梅记·平章游湖》《昙花记·菩萨降凡》《李丹记·裴湛再度》《邯郸记·极欲》《双红记·忤腊》5剧目共10种。此外清末作品《元宝媒·奏圣》《面缸笑·劝良》《转无心·雪诬》《巧换缘·梦证》《双定案·合征》《未央天》6种，以上16种皆标作"【黄龙滚犯】【扑灯蛾犯】【小楼犯】【叠字犯】"。 2. 清初《党人碑》第十八出、《清忠谱》第二十三出、《秣陵春》第二十二出共三种标作"【北黄龙衮犯】【北扑灯蛾犯】【北上小楼犯】【北叠字犯】"。 3.《纳书楹曲谱》《集成曲谱》等选本中《长生殿·惊变》《满床笏·祭旗》《风云会·送京》三种标为"【斗鹌鹑】【扑灯蛾】【上小楼】【扑灯蛾】"。
【黄龙滚犯】【扑灯蛾犯】【小桃红】【叠字犯】	5种	《歌林拾翠》《醉怡情》《万家合锦》三个选本《百花记·百花点将》中出现各一次，本书算作三种。《偷甲记》第三十六出、《万全记·顽梗》两出中各出现一次，算作两种。
【扑灯蛾犯】【小桃红】【叠字犯】	5种	《怜香伴》第二十一出、《举鼎记·寇操》、《风筝误》第五回、《千忠禄·索命》、《慎鸾交·魇氛》共五种。
【黄龙滚犯】【扑灯蛾犯】【小楼犯】【叠字犯】	4种	《正昭阳·贬忠》：【斗鹌鹑】【扑灯蛾】【下小楼犯】 《十五贯·恩判》：【黄龙滚】【扑灯蛾犯】【小楼犯】 《元宵闹》第二十六折：【黄龙滚犯】、【扑灯蛾】、（北）【叠字令犯】 《金雀记·玩灯》：【黄龙滚犯】【扑灯蛾犯】【上小楼】【前腔】

---

① 隋树森：《全元散曲》，中华书局，1964年版，第377-378页。

以上作品均使用了中吕南北合套这种形式，说明这种曲牌组合方式在明末清初甚至到清末受到当时曲学家的普遍关注。但从后世使用情况来看，这组曲牌的流变主要集中在各支曲牌是否为犯调以及【小楼犯】是否为【上小楼】【下小楼】的问题上。《长生殿·惊变》一折也采用了这种曲牌组合形式，但徐灵昭批注曰："此调弦索仿于《小扇轻罗》，时人喜唱之，作者亦多效之，但【石榴花】【斗鹌鹑】【上小楼】诸曲，皆多衬字重句，【扑灯蛾】又用别体，不识曲者遂杜撰调名传讹袭舛，今悉正之。"① 而对于【斗鹌鹑】变为【黄龙滚犯】，他的解释为："此调时人讹作【黄龙滚犯】，非。不知即【斗鹌鹑】，但多添字添句帮唱耳。"此外对于【叠字犯】，他亦认为是"此调时人讹作【北叠字犯】，非。亦是【扑灯蛾】，乃《风流合三十》格也"。此后，《九宫大成南北词曲谱》于【斗鹌鹑】【扑灯蛾】【上小楼】曲牌名目下另列一格，并标明"此体止用于合套内"②。而对于为何将"斗鹌鹑"标作"黄龙滚犯"，将"扑灯蛾"标作"扑灯蛾犯"，将"小桃红"标作"小楼犯"，则云"《长生殿·惊变》辩之甚悉"，认为"粉蝶儿前用好事近，二曲相间。后用扑灯蛾二曲相间，扑灯蛾原系南曲，前人不知。误将扑灯蛾增损一二字，去也字格式，将第二曲易名叠字令"，并且进一步溯源，认为"一自笠翁误，于斗鹌鹑下填扑灯蛾曲，竟归入北曲，此所谓以讹传讹也，后人当辨之"。③ 实际上，不仅李渔，吴伟业、李玉的作品也是同样的做法。如吴伟业《秣陵春》第二十二出将这几支曲牌改为"【北黄龙滚犯】【北扑灯蛾犯】【北上小楼犯】【北叠字犯】"，对于这种情况，《九宫》中的解释为"以讹传讹"，但是，李玉、吴伟业怎么会分不清曲牌的南北呢？然而，后代曲学家们却遵循了《九宫大成》中的基本看法，如叶堂《纳书盈曲谱》中收录《长生殿·惊变》和《风云会·送京》中均使用了该曲牌，却将最后四支曲牌改为"（北）【斗鹌鹑】、（南）【扑灯蛾】、（北）【上小楼】、（南）【扑灯蛾】"，又复归到贯云石《西湖游赏》中所使用的最初合套形式上。此后，王守泰《昆曲曲牌及套数范例集北套上》提及这种套式，则云："前人有把这种套式解释为

---

① 徐灵昭批注：《长生殿·惊变》，康熙稗畦草堂原刻本。
② 允禄等编：《九宫大成南北词宫谱》，台湾学生书局，1987年版，第1816页。
③ 允禄等编：《九宫大成南北词宫谱》，台湾学生书局，1987年版，第1276页。

南北合套的……我们认为这种套式是复套的一种复杂的形式而不是合套。"

徐灵昭认为明人是"以讹传讹",这种"讹"主要体现在曲牌的南北之分上,明人将属于南曲的曲牌标作北曲。但是对于明人因何将【斗鹌鹑】标作【黄龙滚犯】,又因何将【扑灯蛾】记作【灯蛾犯】,将【小桃红】标作【小楼犯】则语焉不详。【斗鹌鹑】【上小楼】【扑灯蛾】是否如《九宫》所言"此体止用于合套内",为何早在元代使用【中吕·粉蝶儿】南北合套时未曾出现"止用于合套"的新格?如果此说确实成立,另立新格的目的当是区别于旧格,但是这种区别又有何指?徐灵昭之说距离最早使用该形式的《昙花记·降凡》近百年[①],为何在使用近百年之后才发现这种错误?如果真是"讹作",为何时人会频繁使用而一错再错?【斗鹌鹑】与【黄龙滚】二曲牌词体格律形式差异较大,明人又怎会将二者混淆?究竟是明人以讹传讹,还是徐灵昭等人以讹传讹?只有一种可能,就是清人"以讹传讹",清人的讹误造成了后世在各四支曲牌是否为犯调、【小楼犯】是否为【上小楼】【下小楼】的问题上各执一词、难以定论的局面。而之所以如此,是因为对于这一曲牌组合形式产生的社会环境及这几支曲牌没有进行溯源性分析,所以造成了误解,以至于后来"以讹传讹",几成定论。

三、"北曲南腔"与"南曲北调"

南北曲曲牌的曲词和乐谱相互独立又彼此对应,二者之间通常的理解是一对一的关系,即与【斗鹌鹑】曲词相对应的必有【斗鹌鹑】乐谱。然而由于现存资料有限,《万壑清音》所标注的【黄龙滚犯】【扑灯蛾犯】【上小楼犯】【叠字令犯】,当时的演奏乐谱已经无从考证。徐灵昭与《九宫大成》的论述中均提及"皆唱作北腔,以致前半套系南北相间,后半套纯是北套",可知【扑灯蛾犯】【上小楼犯】【叠字令犯】"皆唱作北腔"。从《九宫大成》与《集成曲谱》中《长生殿·惊变》之【扑灯蛾】乐谱的变化,可以进一步证实这种情况:

---

① 《昙花记》刊刻于 1598 年,据王长友《〈长生殿〉写作时间考辨》(《社会科学辑刊》1989 年第 5 期)考订,《长生殿》创作丁卯开始,戊辰(1688 年)完稿,徐灵昭序及批注当于完成之后。二者间相距 90 年。

第三章 从天启间戏曲选本看南北曲之曲体衍变

	肢		软	云	轻	恹	恹	态
《九官大成》：	尺①		上尺	上尺	尺	尺	尺	工
《集成曲谱》：	尺②	一尺四一	合四	尺工尺	一四一	尺		

	眼		乱	迷	花	空	濛	濛	影
《九官大成》：	和		上四	上尺	尺	尺	上	四	尺
《集成曲谱》：	上一四		工尺	工六	尺	尺	四一		四

虽然是同一剧目同一曲牌同一曲词，但其工尺谱明显不同。《九官大成》编者因不满于"后半套纯是北套""皆唱作北腔"，故"今为改正"，此处【扑灯蛾犯】是南曲词南乐谱。而《集成曲谱》中于【扑灯蛾犯】眉批处曰："此折本是南北合套，扑灯蛾二曲皆南曲也，近人唱作北曲，于套数体式不合，相沿已久，姑仍之。"此处【扑灯蛾】系遵循"相沿已久"的唱法，是南曲词北乐谱。【扑灯蛾】一曲两谱，说明曲词与乐谱之间一对一的关系被打破。南词与北曲、北曲与南腔交相错杂，相互渗透，形成了新的音乐形式。《九官大成》与《集成曲谱》均提及中吕【粉蝶儿】南北合套之【斗鹌鹑】后的三支曲牌"皆唱作北腔"，可以推测选本中所标曲牌与实际曲牌存在如下关系：

乐谱　　　　　　　　曲词

（南）黄龙滚（犯）——→（北）斗鹌鹑

（北）扑灯蛾（犯）——→（南）扑灯蛾

（北）上小楼（犯）——→（南）小桃红

（北）扑灯蛾（犯）——→（南）扑灯蛾

由此可知，李渔、吴梅村"于斗鹌鹑下填扑灯蛾曲，竟归入北曲"的做法并非如清人所言是"以讹传讹"，他将【斗鹌鹑】后皆标作北，所标注的并不是曲牌的曲词之南北，而是乐式之南北。此处的"犯"，也并不是指常见集曲、借宫犯宫形式，而是犯腔，即南北声腔相犯。这种南北相犯的常见形式主要有"北曲南腔"和"南曲北调"。

北曲【斗鹌鹑】表现的音乐形式是【黄龙滚犯】，这是典型的"北曲

---

① 允禄等编：《九官大成南北词宫谱》，台湾学生书局，1987年版，第1274页。
② 王季烈：《集成曲谱》，商务印书馆，1931年版，第4页。

南腔"，即以南曲声腔乐谱来唱北词。这种演唱方式所体现的是南曲向北曲的渗透，北曲严谨的唱法逐渐为南曲自由化的唱法所消解，代表了北曲的南曲化倾向。这种倾向主要产生于北曲逐渐衰微及南曲昆腔崛起之后的嘉靖万历年间。"南腔北曲"一词首见于沈德符《顾曲杂言》："今南腔北曲，瓦缶乱鸣，此名北南，非北曲也。……今之学者，颇能谈之，但一启口，便成南腔。"① 而万历范景文《题米家童》详细记载了"北曲南腔"的演出情况："一日过仲诏斋头，出家伎佐酒，开题《西厢》。私意定演日华改本矣，以实甫所作向不入南弄也。再一倾听，尽依原本，却以昆调出之。问之，知为仲诏创调，于是耳目之间遂易旧观。"② 本以为北曲（《西厢记》）"向不入南弄"，但是却"以昆调出之"，并令其"耳目之间遂易旧观"，可见，此时"南腔北曲"已受到了时人的认可。此外，沈宠绥在《度曲须知》中所言的"然腔嫌袅娜，字涉土音"的弦索曲"渐近水磨，转无北气"的情况，所揭示的实际也是"则字北而曲岂尽北哉"的"南腔北曲"现象。③ 正是出于对时下这种北曲南曲化演唱的不满，沈氏才于《弦索辨讹》中指出了"南腔北曲"演唱方式中所存在的"讹音""纰缪""乖舛"等问题，旨在期望"南腔北曲"的演化能够合乎北音。直至清代徐大椿仍提到"其偶唱北曲一二调，亦改为昆腔之北曲，非当时之北曲矣"④的现象，可见北曲南腔现象之流远。

南曲【扑灯蛾】【小桃红】乐式为【扑灯蛾犯】【上小楼犯】，这是典型的"南曲北调"，即以北曲的曲调来演唱南词。这种演唱方式以北曲为音乐主体，体现的是北曲对南曲的渗透，南曲自由化的唱法逐渐受北曲影响而趋于规范化，代表了南曲北曲化的倾向。这种倾向主要产生于北曲兴盛、南曲受到压制的明代初期。"南曲北调"一词首见于徐渭《南词叙录》："（太祖）日令优人进演（《琵琶记》），寻患其不可人弦索，命教坊奉

---

① 沈德符：《顾曲杂言》，见《中国古典戏曲论著集成》（四），中国戏剧出版社，1959年版，第205页。
② 范景文：《文忠集》（卷九），见《景印文渊阁四库全书》集部1295册，台湾商务印书馆，1983年版，第589页。
③ 沈宠绥：《度曲须知》，见《中国古典戏曲论著集成》（五），中国戏剧出版社，1959年版，第198页。
④ 徐大椿：《乐府传声》，见《中国古典戏曲论著集成》（七），中国戏剧出版社，1959年版，第153页。

鉴史忠计之,色长刘果者遂撰腔以献。南曲北调可于筝、琶被之,然终柔缓散戾,不若北之铿锵入耳也。"① 而潘之恒《曲话》则记载了麻城丘大(长孺)万历三十六年(1608)观看"南曲北调"演出的情况。乐工之姊以筝弹《琵琶记·春闱催赴》四阕,丘大疑惑"此南词,安得入弦索",乐工之姊告诉他"妾父张禾,尝供奉武宗,推乐部第一人。口授数百套,如《琵琶记》,尽入檀槽,习之皆合调。今忘矣,惟【(风云会)四朝元】【雁鱼锦】(《琵琶记》中曲子)尚可弹也"。② 实际上,不仅《琵琶记》,南曲《拜月亭》亦可入北调,正如"世知拜月亭可合弦索,而不知琵琶记亦然"③。此外何良俊《曲论》亦列举了吕蒙正"红妆艳质喜得功名遂"等九支"皆上弦索"的南曲曲子④,如虽然《琵琶记》南曲改配以筝琶等弦索的尝试被时人斥为"方底圆盖",但是这种尝试是将南曲纳入北曲规范的具体表现。正是南北曲之间的这种尝试融合,明末清初南北曲才自然地相互融入,形成了新的突破。

"南腔北曲"与"南曲北调"本是南北曲融合在不同时代的具体体现,但是为何在天启间《万壑清音》中会同时出现这两种现象呢?实际上,并非只有《万壑清音》中出现了这种现象,万历以来许多戏曲选本中都有这种现象,见表3-21:

表3-21　万历以来【黄龙滚犯】使用情况统计

序号	选本	剧目	曲牌形式	刊刻年代
1	《乐府遏云编》	《昙花记·降凡》	【黄龙滚犯】【扑灯蛾犯】【小楼犯】【叠字犯】	明末
2	《乐府遏云编》	《李丹记·裴湛再度》	【黄龙滚犯】【扑灯蛾犯】【小楼犯】【叠字犯】	明末

---

　　① 徐渭:《南词叙录》,见《中国古典戏曲论著集成》(三),中国戏剧出版社,1959年版,第240页。
　　② 王效倚注:《潘之恒曲话》,中国戏剧出版社,1988年版,第88页。
　　③ 王效倚注:《潘之恒曲话》,中国戏剧出版社,1988年版,第87页。
　　④ 何良俊:《曲论》,见《中国古典戏曲论著集成》(四),中国戏剧出版社,1959年版,第12页。

续表3-21

序号	选本	剧目	曲牌形式	刊刻年代
3	《增订珊珊集》	《昙花记·降凡》	【黄龙滚犯】【扑灯蛾犯】【小楼犯】【叠字犯】	1616—1626年
4	《时调青昆》	《红梅记·平章游湖》	【黄龙滚犯】【扑灯蛾犯】【小楼犯】【叠字犯】	明末
5	《歌林拾翠》	《红梅记·平章游湖》	【黄龙滚犯】【扑灯蛾犯】【小楼犯】【叠字犯】	明末
6	《月露音》	《邯郸记·极欲》	【黄龙滚犯】【扑灯蛾犯】【小楼犯】【叠字犯】	明万历间刻本
7	《乐府遏云编》	《双红记·忏腊》	【黄龙滚犯】【扑灯蛾犯】【小楼犯】【叠字犯】	明末
8	《醉怡情》	《百花记·百花点将》	【黄龙滚犯】【扑灯蛾犯】【小桃红】【叠字犯】	明崇祯间
9	《歌林拾翠》	《百花记·百花点将》	【黄龙滚犯】【扑灯蛾犯】【小桃红】【叠字犯】	明末
10	《万家合锦》	《百花记·百花点将》	【黄龙滚犯】【扑灯蛾犯】【小桃红】【叠字犯】	清初

可见，这种情况自万历以来逐渐成为一种普遍现象。此外，嘉靖间魏良辅《南词引正》与万历《魏良辅曲律十八条》、天启间《昆腔原始》亦述及此种风潮之兴起。《南词引正》第八条云"伎人将南曲配弦索，直为方底圆盖也"，然而到万历、天启间这一条则变为"近有弦索唱作磨调，又有南曲配入弦索，诚为方底圆盖"[1]，前者提及"南曲配弦索"，即南曲北调现象，说明这一时期主要出现的是这一现象，但是后者还涉及"弦索

---

[1] 此句出自《乐府红珊》与《吴歈萃雅》，《词林逸响》中该句为"若以弦索唱作磨调，南曲配入弦索，则方员枘凿之不相入，曲之魔矣"。三者出入不大，皆描述了万历以来曲坛南北相犯的现象。

唱作磨调",即北曲南腔的现象,说明这一时期两种方式同时出现已是一种普遍风潮。而之所以产生这样的现象,首先与明末北曲的复兴密切相关。这种复兴只是相对于北曲的极度衰落而言,并不能与南曲的兴盛相提并论。一方面,北曲创作复兴,曲学家们在戏曲创作中除了继续使用南曲曲牌,也开始关注北曲曲牌。尤其是在散曲创作中,出现了大量"翻北曲"的现象。戏曲选本中,这一时期产生了《元曲选》《古今名剧合选》《盛明杂剧》《万壑清音》《杂剧三集》等北曲选本。另一方面,戏曲选本和曲学家对北曲的态度发生了明显的转变。《万壑清音》虽然是以北曲为主的选本,但是编者止云居士云:"然则南曲独无所取乎?余曰否,有南曲练响嗣刻行世。"可知其除了编选北曲选集《万壑清音》,还编选了南曲集《南曲练响》,其兼收并蓄的选辑态度可见一斑。邹式金在《杂剧三集》序中亦云:"北曲南词如车舟各有所习,北曲调长而节促,组织易工,终乖红豆;南词调短而节缓,柔靡倾听,难协丝弦。"[①] 然而,曲学家们重新重视北曲,并不是真正意义上的复古。振兴元人之北曲,其出发点不仅是出于对时下南曲骈俪之风的不满,更深层次地体现了曲学意识的嬗变:曲牌联套体的戏曲传统在南北合套、北南对话的过程中逐渐自我消解。如凌濛初在《谭曲杂札》中所言:"自梁伯龙出,而始为工丽之滥觞,一时词名赫然。盖其生于嘉隆间,正七子雄长之会,崇尚华靡……以故吴音一派,竞为剿袭……不惟曲家一种本色语抹尽无余,即人间一种真情话埋没不已。"[②] 他批评梁伯龙将南曲带入"崇尚华靡""本色语抹尽无余"的弊病,冯梦龙甚至批评南曲缺乏学理:"然而南不逮北之精者,声彻于下,而学废于上也。"[③] 于是在曲学家们极力寻求矫正南曲之弊的背景下,天启以来掀起了北曲复兴之潮。听瀬道人在《万壑清音》叙中云:"今日难从北方从前,如云如缕,俱似二八女郎所哗,少者正铜将军铁绰板唱苏学士大江东耳。"[④] 可知当时文人曲学家们所倡之北曲复兴,显在的声音是

---

① 吴毓华:《中国古代戏曲序跋集》,中国戏剧出版社,1990年版,第459页。
② 凌濛初:《谭曲杂札》,见《中国古典戏曲论著集成》(四),中国戏剧出版社,1959年版,第253页。
③ 冯梦龙:《步雪初声集序》,见谢伯阳:《全明散曲》(三),齐鲁书社,1997年版,第3646页。
④ 听瀬道人:《万壑清音》叙,见王秋桂主编:《善本戏曲丛刊》,台湾学生书局,1987年版,第17页。

为了弥补南曲所少者，而隐性的话语则是戏曲从曲牌联套体的音乐束缚中求得自身解放，并开始酝酿向板式变化体的过渡。"南曲北调"和"北曲南腔"折射了一个时代的文学理想和曲学趣味，成为明代南北曲融合的重要环节，对于促进中国戏曲文学的发展、曲学的成熟繁荣有着重要意义。

无论是【黄龙滚犯】之"北曲南腔"，还是【扑灯蛾犯】之"南曲北调"，都是南北曲彼此相互渗透、相互交融的结果。从南北合套规则上看，此种套曲已经不是严格意义上"一南一北相间"的南北合套。从曲牌上看，此类曲牌亦非"曲词"与"乐式"密切的对应关系。但是，北曲在难以摆脱自身消亡命运的同时，以另一种方式介入南曲体系，对南曲形成了隐性渗透；而南曲对北调的吸纳与融会，则促进了明清戏曲音乐的融变。这类组合与演唱方式，在明清以后的戏曲舞台上焕发出不可忽视的光彩和生命力。魏良辅虽在《南词引正》中提出"两不杂"原则："南曲不可杂北腔，北曲不可杂南腔"，但在此后的戏曲撰演中，南北曲却不断突破重重藩篱与层叠的音乐程式的束缚，以更为灵活多变的形式寻求曲体突破。"北曲南腔"与"南曲北调"现象并非《万壑清音》选本独有，作为明万历以后戏曲选本中较为普遍的现象，它其实已经超越了南北曲融合、南北合套中内部结构的一种规则调适与对话，昭示着曲牌联套体对自身内在音乐属性不断丰富与优化的一种自我消解与艺术创变。

第四章　选本视域下南北曲的
　　　　　人物关系与书写情致

明代中后期受心学思潮影响，士大夫阶层自我意识逐渐觉醒，开始借助于戏曲作品创作与编选表达自身的主体精神与主题需求。实际上不仅仅是传奇作品，散曲作品中也融入了士大夫的主观情感，往往"因假闺人之意，以开烈士之膺"[1]，这一时期曲学创作逐渐"成为文人士大夫社会存在和生命意识的艺术表现形态"[2]。在这种创作思潮的影响下，戏曲选本亦较多地渗透了编选者的主观意识，戏曲之刊刻"与现实关系密切，晚明社会风气衰败，戏曲刊刻开始侧重有关风化的作品"[3]，因此明代中后期戏曲选本较多地体现出编选者个人的主观意识。编选者的好尚取舍，其实体现的就是一种倾向与见解，甚至可以说是一种并非直接诉诸文字的评论。编选者的取此舍彼，本质上所反映的是其个人观念与话语形式，而这种个人观念又不自觉地为社会文化思潮与文艺心理所裹挟，其中孕育了时代审美观念与思潮的变迁。因此，通过对戏曲选本的研究，往往可以见微知著；通过对选本的分析，往往能够窥见一个时代的审美倾向与道德观念变迁。

在戏曲作品诸多要素中，晚明曲论家较多关注的是作品之"音律""关目""情辞"[4]，而对于戏曲作品之"脚色""人物""形象"等则关注较少。但是在戏曲作品中，尤其是在戏曲舞台演出中，能给观众造成直接冲击的往往是"脚色"。如汤显祖点评《焚香记》，"作者精神命脉全在桂

---

[1]　梁辰鱼撰，彭飞点校：《江东白苎》，上海古籍出版社，1989年版，第5页。
[2]　郭英德：《明清传奇史》，人民文学出版社，2012年版，第161页。
[3]　廖华：《明代坊刻戏曲考述》，《山西师大学报（社会科学版）》，2014年第2期。
[4]　臧懋循提出"作曲三难"说，认为作曲"情辞稳称之难""关目紧凑之难"及"音律谐叶之难"。

英冥诉几折,摹写得九死一生光景,宛转激烈"①,但是汤显祖所言桂英,实际上仅仅个别作品中的个别人物形象。其后,臧懋循指出"曲有名家,有行家","行家者,随所妆演,无不摹拟曲尽,宛若身当其处,而几忘其事之乌有,能使人快者掀髯,愤者扼腕,悲者掩泣,羡者色飞",②孟称舜提出"极古今好丑、贵贱、离合、死生,因事以造形,随物而赋象"③,才开始关注戏曲人物角色,从创作、接受等角度对戏曲人物进行了较多阐释。关于戏曲之"脚色",曾永义说:"中国古典戏剧的'脚色'只是一种符号,必须通过演员对于剧中人物的扮饰才能具体地显现出来。它对于剧中人物来说,是象征其所必须具备的类型和性质;对于演员来说,是说明其所应具备的艺术造诣和在剧团中的地位。这是就发展完成后的'脚色'来定义的,如果就元杂剧的正末和正旦来说,那么它对于剧中人物只是象征男女性别,而不具类型,所以元剧中的正末可以扮饰各色各样的男性人物,而正旦可以扮饰各色各样的女性人物;对于演员,则说明其主唱全剧,为剧团之主脚。"④曾先生所说之"脚色"主要针对剧中人物与"演员"而言,实际上戏曲作品的人物对于作者及选本编选者而言亦是一种符号,借助这个人物符号,作者和编选者往往"矧脚色尤为其人写照者"。

　　天启间戏曲选本涉及的人物形象共253⑤个,包括生、旦、外、净、末、夫、贴、丑、小生、小外、充末、老旦12个角色行当。南曲《词林逸响》与北曲《万壑清音》两部选集涉及的人物角色倾向是比较分明的。显然南曲选本受南曲"十部传奇九相思"的影响,在以男女爱情故事为主要题材的创作倾向影响下,选本选曲以"生旦"为主。《词林逸响》共使用曲牌787支,其中旦204支、生201支、生旦合41支。而北曲《万壑

---

① 汤显祖:《焚香记总评》,见俞为民、孙蓉蓉编:《历代曲话汇编:新编中国古典戏曲论著集成》(明代编·第一集),黄山书社,2009年版,第607页。

② 臧懋循:《元曲选·序二》,见陈多、叶长海:《中国历代剧论选注》,上海古籍出版社,2010年版,第204页。

③ 孟称舜:《古今名剧合选·序》,见吴毓华编:《中国古代戏曲序跋集》,中国戏剧出版社,1990年版,第198页。

④ 曾永义:《元杂剧体制规律的渊源与形成》,见《参军戏与元杂剧》,台北联经出版事业公司,1992年版,第195页。

⑤ 关于选本人物统计,《词林逸响》部分曲目一方面由于现存版本的散佚,另一方面即使有现存完整的版本,但与原本内容难以对应,因此此类曲文未做统计。此外选本涉及的众人、宫女、衙役等亦未进行统计。

清音》由于编选者在选曲时"不妨以正铜将军铁绰板稍振其气"①，倾向"劲切雄壮"之曲风，因此选本中的人物角色以"净、末、外、丑"一类为主，选本共选曲目 68 折，其中"净、外、末、丑"主唱 22 折。梳理选本中人物角色的类型，可以考察隐含于人物背后的道德话题与观念变迁，有助于我们进一步研究戏曲在文人观照与民间意识渗透的双重作用下的复杂性及文化影响力。

第一节　礼法纲常渗透下南北剧曲之家国人物

　　十二楼居主人与听瀫道人在为《万壑清音》所作的序言中皆认为"（南音）如云如缕，俱似二八女郎所哗"，而北曲则如"正铜将军铁绰板唱苏学士大江东耳"，这种观点基本上概括了南北曲风格上的差异，南曲"清丽缠绵"，北曲"雄壮劲切"，这种区分亦受到时人的广泛接受与认可，也潜在地对戏曲选本之人物截选造成了影响。钮少雅在《九宫正始》中云："元之《王十朋》，今之《荆钗》也；元之《吕蒙正》，今之《彩楼》也。"② 这固然是就戏曲作品之流变而言的，但在一定程度上亦反映出戏曲选本中相关作品的流变。就天启间戏曲选本而言，北曲剧曲在截选人物时侧重历史人物，较多地涉及君臣关系，多体现国法纲常之威严，即使是女性人物也较多偏向此类，如《题塔记》中的萧后、《百花记》中的百花公主、《双红记》中的红拂等，选本主要截取的是驰骋沙场的英武形象。而南曲选本截选人物时较多展现家庭女性的道德操守，侧重通过夫妻关系的变化说明女性安于家室、孝敬公婆的道德伦理，或展现父子、夫妻家庭伦理之亲情，如《浣纱记》与《灌园记》两部作品皆为历史题材，但是南曲《词林逸响》截取《别子》与《授衣》两节，分别展示了父子生离死别式的难舍与夫妻之间默默关心的亲情。总之，这一时期的南北曲选本虽然都涉及忠孝节义题材的剧目，但在截取人物时则体现出较大差异，北曲侧

---

① 十二楼居主人：《〈万壑清音〉序》，见王秋桂主编：《善本戏曲丛刊》，台湾学生书局，1987 年版，第 9 页。
② 钮少雅：《九宫正始》，见王秋桂主编：《善本戏曲丛刊》，台湾学生书局，1987 年版，第 8 页。

重于体现君臣纲常大义,截取的人物多为誓死效忠之忠臣,南曲则侧重于体现夫妻人伦之情,截取的人物多为家庭妇女。

一、视角与自我:平民视角与自我观照

郭英德先生在《明清传奇史》中言:"在明清传奇作品中,故事与叙述充其量只是载体,是对象,是文人作家赖以表现主体情感、主体精神的艺术载体、艺术符号或艺术手段,所以寓言性成为传奇叙事的本体特质。"[1] 郭先生将戏曲作品之"故事与叙述"视为"作家赖以表现主体情感、主体精神的艺术载体、艺术符号或艺术手段",认为戏曲的本质就是对现实人生的书写。只是中国文人在传统"诗言志""文载道"观念的影响下丧失了对自我主体性的观照。明代戏曲家将主体性情感表露出来,将作家对人生存在价值的反思融入戏曲创作,通过戏曲创作释放自己的痛苦,满足自己的梦想,解构社会人生,从而解放自己的心灵。而戏曲作品之"编选",其实是"载体之载体",编选者以作家所创作的戏曲作品为载体,那些承载了"主体情感、主体精神的艺术载体、艺术符号或艺术手段"又成为编选者个人主体情感、主体精神的载体。天启间四种选本的编选者具体是怎样的情况呢?他们借助于选本又表达了怎样的主体情感与主体精神呢?其所反映的编选视角与明代其他时期的选本有怎样的区分呢?笔者分别对天启间戏曲选本编选者情况及各选本序言的书写者进行了统计,见表4-1。

表4-1 天启间戏曲选本编选者情况统计

选本	编选者概况	序言题写者
《词林逸响》	许宇	勾吴愚老人(邹迪光)
《万壑清音》	止云居士选辑,白雪山人校对	十二楼居主人、听瀫道人
《彩笔情辞》	张栩编辑	张栩书《彩笔情辞叙》、不盈道人题《彩笔情辞引》
《太霞新奏》	顾曲散人冯梦龙	沈璟作序

---

[1] 郭英德:《明清传奇史》,江苏古籍出版社,1999年版,第81页。

选本所涉及的一些编者如止云居士、白雪山人、许宇等人的生平已难以考证，但可以通过对邹光迪、张栩、冯梦龙、沈璟等人之生平经历推断，如《（光绪）无锡金匮县志》卷二十二《文苑传》、钱谦益《列朝诗集·丁集第十六》记载：

> 迪光，字彦吉。无锡人。万历甲戌进士。官至副使，提学湖广，罢官时年才及强。以其间疏泉架壑，征歌度曲，卜筑惠锡之下，极园亭歌舞之胜。宾朋满座，觞咏穷日，享山林之乐几三十载。年七十余乃卒。愚公亡，而江左风流尽矣。①

通过上述材料可知，邹迪光虽然"官至副使，提学湖广"，但是罢官后"征歌度曲，卜筑惠锡之下，极园亭歌舞之胜"。而《词林逸响》编于天启三年（1623），此时已是邹迪光罢官多年之后，其身份亦算是中下层士人。除邹迪光外，张栩、冯梦龙、沈璟等人皆有相似的经历，这些人的生平相差不大，代表了文人士大夫的普遍境遇。相比嘉靖年间以皇室贵族为主体的选本编选者，明代天启间的戏曲选本编选者则"平民化"。郭英德先生称这种现象为"文化权力的下移"，"文人从依附贵族转向倾慕平民，或者更准确地说，从附贵族之骥尾转向借平民以自重"。夏允彝《〈岳起堂稿〉序》称：

> 唐、宋之时，文章之贵贱操之在上，其权在贤公卿；其起也以多延奖，其合也或贽文以献，挟笔舌权而随其后，殆有如战国纵横士之为者。至国朝而操之在下，其权在能自立；其起也以同声相引重，其成也以悬书示人，而人莫之能非。故前之贵于时也以骤，而今之贵于时也必久而后行。②

文人的自我意识无疑与明代汹涌澎湃的心学思潮关系密切。王阳明以陆学的本心论为主，兼取朱学的理欲、理气说，又熔铸了禅学的思想，脱胎为博大、精细的王学体系，提出"心即理，致良知""良知之在人心"的观点，主张不必拘泥于《六经》的陈说旧论，强调以"心"作为判断标准。如明人黄佐《翰林记》卷一一云："成化以后，学者多肆其胸臆，以

---

① 钱谦益：《列朝诗集小传》，明文书局，1991年版，第687页。
② 陈子龙：《陈裕公全集》卷首，明嘉靖间刻本。

为自得,虽馆阁中亦有改易经籍以私于家者。此天下所以风靡也夫。"①再如《明史》卷二八二《儒林传》序曰:"原夫明初诸儒,皆朱子门人之支流余裔,师承有自,矩秩然。……学术之分,则自陈献章、王守仁始。宗献章者曰江门之学,孤行独诣,其传不远。宗守仁者曰姚江之学,别立宗旨,显与朱子背驰,门徒遍天下,流传逾百年,其教大行,其弊滋甚。嘉、隆而后,笃信程、朱,不迁异说者,无复几人矣。"② 文人可以随意改写《六经》,表明文人自我意识的觉醒和主体精神的张扬,标志着文人在文化形态领域开始从官方贵族的手中夺取主导权。在这种时代背景影响下,天启间戏曲选本之编选者亦多为中下层文人士大夫,因而这一时期的选本是以中下层士人的主体精神、道德观念、理想追求为编选视角的。中下层文人是介于上层权贵与底层平民之间的一个特殊阶层,以中下层文人主体精神为编选视角的选本,所体现的家国人物关系如君臣关系、夫妻关系等都具有一定的独特复杂性,既有文人意识奋发向上的愿望,亦有民间意识的渗透与融合。梳理选本中的家国人物关系,可以考察隐含于人物关系背后的道德话题与伦理观念的变迁,有助于我们进一步研究戏曲在文人观照与民间意识渗透的双重作用下的复杂性及文化影响力。

二、北曲与君臣纲常:焦点变化与士子之心

(一)凸显与转移:正面凸显与焦点转移

在封建社会,无论是上层权贵还是底层穷儒,均深受儒家思想熏陶。儒家思想中理想的国家社会状态是:君主清明,臣子贤达;谦谦君子,秉承圣教;和顺小民,安分守己;社会各阶层,井井有条,安宁祥和。君臣关系是封建社会中一种主要的关系,在明代许多戏曲作品中均有体现,如《三国记》中的刘备与诸葛亮、《千金记》与《歌风记》中的刘邦与萧何、韩信,《灌园记》中的齐王田法章与众臣,《浣纱记》中的吴王与伍子胥等。天启间北曲选本中也展现了一系列君王形象,见表4-2统计:

---

① 黄佐:《韩林记》卷十一,影印《四库全书》本。
② 张廷玉等修:《明史》卷二百八十二,同文影殿刊本,第1—2页。

第四章　选本视域下南北曲的人物关系与书写情致 | 241

表 4-2　天启间北曲选本中君王形象统计

作品	选出	君王
《气张飞》	《怒奔范阳》	刘备
《草庐记》	《姜维救驾》	刘备
《歌风记》	《韩信遇主》	刘邦
《灌园记》	《齐王祭贤》	田法章
《千金记》	《击碎玉斗》	项羽
《鲛绡记》	《雪夜访贤》	赵匡胤
《题塔记》	《萧后起兵》	萧太后
《不服老》	《敬德装疯》	唐王
《三国记》	《单刀赴会》	刘备
《西游记》	《诸侯饯别》	唐王
《八义记》	《赵盾挺奸》	晋灵公
《浣纱记》	《伍员自刎》	吴王

这些选本大都从正面塑造了君王形象，如《鲛绡记·雪夜访贤》中的赵匡胤在"瑞雪漫天，朔风似箭"之夜前往重臣赵普家中，"定川广之策，取吴越之谋"，全剧使用【节节高】【声声慢】【端正好】【滚绣球】【倘秀才】等16支曲牌，从正面刻画了赵匡胤"忧的是百姓苦，在御榻上心劳意攘"的君主形象。《灌园记·齐王祭贤》则描写了平定内乱之后即位的齐王田法章前去祭奠"负忠贞把纲常控"的太傅王烛，塑造了田法章缅怀老臣、感怀先贤的君主形象。此外还有虚心纳谏、礼贤下士等君主形象。这在一定程度上反映了编选者对明君和清明政治的企盼。总体而言，选本中涉及的君王大都为正面的明君形象。但是实际上，古代社会的帝王有明君亦有昏君，天启间北曲选本直接塑造的反面君王形象仅项羽一个，如《千金记·击碎玉斗》中这样描述：

（外）果去了，罢了罢了。他这孺子不足谋，天下必沛公也。（净怒）你这老贼敢骂我。（外）臣怎敢骂。（净）你这老贼若骂了我，我就砍了你。你要仔细，你要仔细。

【滚煞尾】（外）我范增呵，猛拼一死在沟渠丧。只落得一事无成两鬓霜。立见英雄起汉邦，众叛亲离谁敢当。不笑秦亡笑楚亡，三杰谋臣似虎狼。食尽兵疲类犬羊,祸到临头烧好香。大厦倾来谁主张,你把盖世英雄都沦丧,那时节瓦解冰消方悔想。

（外）天下已定,君王当自为之。乞赐老臣骸骨,归于田亩。（净）你要去自去,我不留你。（外）我也不住。（净）你自去。（外）炼成丹药随烟散,磨就连环堕地分。（外下净吊场）可惜可惜。我恨不得扑杀这老贼才好。张良樊哙。（末丑）大王有。（净）你看范增这老贼当面辱孤,有这等臣子。（末）大王,我那里没有这样的臣子。（净）你去上覆你主人,但若那老贼来时,决不可用他。（末丑）大王,我那里决不用他。

（净）范增老贼太无仁。面对谋臣骂朕身。

（丑末）惟有感恩并积恨。（合）万年千载不生尘。

以上内容出自《千金记》第十五出《代谢》一折,主要讲述了鸿门宴中范增听闻刘邦溜走,而项羽却不予怪罪并欣然接受张良、樊哙献上的礼物,范增感叹"孺子不足谋,天下必沛公也",而项羽则斤斤计较于范增出口骂他,恨不得扑杀范增,并且要求樊哙与张良转告刘邦不得收留范增,塑造了一位鼠目寸光、小肚鸡肠的君王形象。这是选本所截取的唯一一个反面君王形象,其余选本作品虽也涉及了昏君形象,但在具体描述过程中又发生了较为明显的变化,见表4-3:

表4-3　《赵氏孤儿》【混江龙】曲文流变统计

版本	曲文内容
《元刊杂剧三十种》之《赵氏孤儿》	【混江龙】晋灵公偏顺,朝廷重用这般人。忠正的市曹中斩首,逸佞的省府内安身。为主有功的当重刑,于民无益的受君恩。纵得教欺凌天子,恐吓诸侯,但违他的都诛尽。诛尽些朝中宰相,阃外将军。[1]

---

[1] 徐沁君校点：《元刊杂剧三十种》,中华书局,1980年版,第306页。

续表 4—3

版本	曲文内容
《元曲选》之《赵氏孤儿》	【混江龙】不甫能风调雨顺，太平年宠用着这般人。忠孝的在市曹中斩首，奸佞的在帅府内安身。现如今全作威来全作福，还说甚半由君也半由臣！他、他、他把爪和牙布满在朝门，但违拗的早一个个诛夷尽。多咱是人间恶煞，可什么阃外将军。①
《万壑清音》之《八义记》	【滚绣球】割人手当熊羹。（净）只得一桩。（外）崇台上弹打人。（净）也只两桩。（外）只这两桩事残害了几家儿百姓。（净）老人家多管闲事？（外）咳，只图窃权宠显荣身，却不罪干了逢君长君。（净）主公自不出朝，与我何干？（外）你肆奸回蒙蔽了聪明，俺扣庭阍请除了逸佞，那时节主公呵，独断干纲政治清，方信赵盾。②

以赵氏孤儿为题材的戏曲作品主要有元杂剧《赵氏孤儿》、宋元南戏《赵氏孤儿抱冤记》、明代传奇《八义记》。其中杂剧《赵氏孤儿》有元刊本与臧懋循刊本。臧懋循本《赵氏孤儿》可能经由明人删改，但其中亦保留了元人的经本情节与故事原貌，如臧氏《〈元曲选〉序》为万历四十三年（1615）刊刻，其序云"若曰妄加笔削，自附元人功臣，则吾岂敢"③，可见其对元人故事原貌的遵从。《八义记》则改编自宋元南戏《赵氏孤儿抱冤记》④，现存北京图书馆本与《六十种曲》本两个版本体系，而《万壑清音》之《八义记》⑤与现存两个版本有明显不同，通过各个版本的比对，可以确定的是《万壑清音·赵盾挺奸》一折将晋灵公的种种恶行归结于奸贼屠岸贾，矛盾焦点围绕赵盾与屠岸贾的忠奸斗争展开，而杂剧《赵

---

① 臧懋循：《元曲选》（壬集·下），万历四十四年刊本，第一折。
② 止云居士编辑，白雪山人校点：《万壑清音》，台湾学生书局，1987年版，第545页。
③ 臧懋循：《元曲选》序，见吴毓华编：《中国古代戏曲序跋集》，中国戏剧出版社，1990年版，第148页。
④ 据吴歌、邓瑞琼在《〈八义记〉考辨》（《文学遗产》，1983年第4期）中考订，"《八义记》本全剧251曲，其中全同世德堂刊本《赵氏孤儿记》者153曲，另曲词相同而曲牌不同者又45曲，因承超过大半"，由此可见两剧之承袭关系。
⑤ 《万壑清音》本《八义记》与现存全本《八义记》曲文又不同，杜颖陶先生在《曲海总目提要补编》笺注中说："明止云居士《万壑清音》中选《八义记》'赵盾挺奸'一折，曲亦北端正好一套，但字句与今存两本皆不同，此或出于徐叔回本。"但是此说亦受到吴歌质疑，他认为徐元之作既注重史实，又"以曦犬在宣孟侍宴之际"，极有可能把晋灵公拖出，表现君臣矛盾，但是"赵顿挺奸"一折又明显与此不同，此外依据字句不同推断其为徐元本，此说明显亦不可成立。

氏孤儿》则明显与此不同：元刊本《赵氏孤儿》将矛头直指晋灵公，第一折即道："晋灵公偏顺，朝廷重用这般人"，而臧懋循本中虽然亦云"半由君也半由臣"，但对君王的指责较为含蓄、隐晦。曲文中体现的既有君臣矛盾又有忠奸矛盾，既包含了对君王的不满又凸显了对奸臣的痛恨。天启间戏曲选本中很明显在涉及君臣矛盾、昏君形象时，有意凸显奸贼的丑恶行径，而将君臣矛盾的书写转移为忠奸矛盾，《万壑清音》本《八义记·赵盾挺奸》则把君主所有的过错都归结于奸贼"肆奸回蒙蔽了聪明"，认为只要铲除奸佞，君王即可"独断干纲政治清"。这一时期的选本曲文一方面有意为君王的恶行开脱，另一方面则将奸臣塑造得更加邪恶。再如《樱桃梦·破嗔悟道》虽然是神仙道化题材，其中亦寄寓了道德伦理观念，卢生梦游到地府，看到的是张汤、杜周两位受苦难的场景，究其因果，源于其在阳世为官时屈杀了淮阴侯韩信。韩信之死究竟是张汤、杜周与其群臣的矛盾，还是君臣矛盾造成的呢？选本显然有意将君臣矛盾转移为忠奸矛盾。此外还选录了《鸣凤记·议兵不和》《麒麟记·韩公抱愤》《精忠记·疯魔化奸》《红梅记·平章游湖》等作品，展现了严嵩、秦桧、贾似道等奸贼形象。而《鸣凤记·继盛典刑》《伍员自刎》则以忠臣惨死的场景来表达对忠臣的同情，以凸显奸贼形象的可恨。

　　这种做法从表面上看可能与明代戏曲创作有关，大多数戏曲作品在创作时便以凸显忠奸斗争为主，明代传奇作品中的奸贼形象较为鲜明，剧作中矛盾双方主要围绕忠奸双方展开，因此编选者在选曲时往往亦遵从原作。然而从深层次来说，这种做法所反映的是编选者的道德伦理观念的变迁。"君君臣臣，父父子子"，"君使臣以礼，臣使君以忠"，这是儒家传统的君臣观念。但是自明代以来，一方面明初帝王采用严苛的立法，不断加强与巩固君权；另一方面又推行礼法，朱元璋就明确地说："礼法，国之纪纲。礼法立，则人志定，上下安。建国之初，此为先务。"[①] 在这种政治环境影响下，天启间戏曲选本涉及较多的是君臣关系，虽然明代中后期心学思潮的兴起对传统社会的伦理道德观念形成了一定冲击，但是封建社会的文人仍然对君权和封建道德秩序深信不疑。如王夫之说："人不可一

[①] 参见《明太祖实录》卷十四甲辰春正月丙寅朔戊辰条，台湾中研院历史语言研究所点校本，1962年版，第176页。

日无君"①,"亲与我胥生于天地之间,无所逃于君臣之义"②。尤其是明代以来,君权的集中使得君臣关系失衡,体现在戏曲作品中便是正面凸显君王形象,涉及君臣矛盾的往往转化为忠奸斗争。君王形象有正面亦有反面,君臣关系有和谐亦有矛盾,戏曲作品本应是丰富多样的,选本截选人物形象、展现人物冲突亦应是多层面的,但是在明代特殊的政治环境下,道德伦理观念失衡,戏曲选本在人物的截取、人物关系矛盾冲突的展现中,体现出"好人愈好,坏人愈坏"③的趋势,人物形象塑造单一化、扁平化,在一定程度上折损了选本的文学价值与艺术价值。

(二)上层与底层:权贵使命与士子之心

除了君王形象,北曲选本中亦展现了较多的臣子形象。天启间北曲选本所涉及的臣子形象有尉迟敬德、徐茂公、姜维、关羽、张飞、萧何、韩信、范增、伍子胥、贾似道、严嵩、秦桧、杨继盛、赵普、赵盾、韩世忠等。其中既有正面的忠臣形象又有反面的奸贼形象,既有文臣又有武将,选本所涉及的臣子形象分为两种,笔者对选本中所涉及的君臣关系进行了统计,见表4-4:

表4-4 天启间选本忠臣形象统计

作品	君	重臣	臣
《不服老》	唐王	徐茂公	尉迟敬德
《草庐记》	刘备	诸葛亮	姜维
《气张飞》	刘备	诸葛亮	赵云
《千金记》	刘邦	萧何	韩信
《歌风记》	刘邦	—	韩信
《歌风记》	项羽	范增	—
《鲛绡记》	赵匡胤	赵普	石守信、王金斌等
《鸣凤记》	皇帝	杨继盛、夏太师、严嵩	鲍道明等

---

① 王夫之:《读通鉴论》卷十九《炀帝》(五),中华书局,1975年版,第653页。
② 王夫之:《诗广传》卷三《小雅》,见《船山全书》(第三册),岳麓书社,1996年版,第389页。
③ 康保成:《从〈东窗事犯〉到〈东窗记〉〈精忠记〉》,《艺术百家》,1990年第1期。

续表4-4

作品	君	重臣	臣
《连环记》	皇帝	董卓	吕布
《龙膏记》	皇帝	元丞相	张无颇、王刺史
《琵琶记》	皇帝	牛丞相	蔡邕
《红梅记》	皇帝	贾似道	裴瑞卿
《麒麟记》	皇帝	秦桧	韩世忠
《八义记》	晋灵公	屠岸贾、赵朔、赵盾	—

由上表可知，在君与臣的关系场中，君王与底层士子之间往往需要以重臣为媒介，底层士子对仕途功名的追求需要重臣的引荐才能实现。这在一定程度上反映出晚明的现实状况，万历后期张居正、天启间魏忠贤先后独揽大权，把持朝政，选本表达了期盼这些重臣能够引荐底层士子，为他们开启仕途之门的愿望，反映了底层寒士的普遍心声。《千金记·月下追贤》之所以在明中后期戏曲选本中广泛流传，实际上反映了当时底层士子的一种心理诉求。笔者对这一折在戏曲选本中的流传情况进行了统计，见表4-5。

表4-5 《千金记》之《月下追贤》选本收录情况

序号	选本收录情况
1	《盛世新声》：【双调·新水令】"恨天涯流落客孤寒"
2	《雍熙乐府》：【双调·新水令】"恨天涯流落客孤寒"
3	《词林一枝》：萧何月下追韩信（四下）
4	《乐府玉树英》：萧何追韩信
5	《乐府红珊》：月下追信（十四）
6	《摘锦奇音》：月夜追贤（三下）
7	《吴歈萃雅》：北追"恨天涯"
8	《大明天下春》：萧何追信（五下）
9	《乐府万象新》：萧何追信
10	《赛征歌集》：戴月追贤（五）
11	《词林逸响》：北追"恨天涯"

续表4-5

序号	选本收录情况
12	《增订珊珊集》：月下追贤"恨天涯流落"
13	《乐府南音》：月下追贤"恨天涯流落"
14	《万壑清音》：月下追信
15	《歌林拾翠》：夜宴、别驾、私归、追信、拜将、点将、埋伏、荣归
16	《乐府遏云编》：推轮、追贤、点将
17	《醉怡情》：追贤、点将、别姬、埋伏
18	《群音类选》：仙赐书剑、受辱胯下、夫妻分别、鸿门会宴、霸王夜宴、虞姬自刎、羽刎乌江、报信淮阴、萧何追韩信、仙赐书剑（【沽美酒】只曲）、碎玉斗、楚歌声
19	《六十种曲》
20	《怡春锦》：追贤、点将

《月下追贤》一折主要围绕萧何与韩信这两个人物形象，曲文内容主要围绕"恨天涯流落客孤寒"的被追一方展开，表达了对失意落魄寒士的同情，但是作为矛盾冲突的另一方"萧何"的形象亦不容忽视，尤其是选本《万壑清音》是一角主唱的北曲作品，其中除了韩信唱词，还加入了【双声子】曲牌，塑造了为得到"镇国奇宝"而"不顾程途杳"的重臣惜才爱才的形象，这其实亦是底层寒士渴望受到重视的普遍心理的体现。选本中关于此类形象的描写还有：

【凤凰阁】（外上）官居台鼎，广集众思同辅政。谩忧朔漠有王庭还惧朝端添恺佞，衷心耿耿保天府万载无倾。

——《鸣凤记·议兵不和》

【粉蝶儿】（净董卓上）将相当朝，听吾号令宣。（吕上）爵位崇高，身势恍登蓬岛。

——《连环记·董卓差布》

【节节高】（外赵普上）位列朝班百僚之上，为卿相辅国勤王久，日后图写在凌烟阁上。

——《鲛绡记·雪夜访贤》

【端正好】（外赵盾上）辅三朝，承八命。领宗社一旦衰陵。晋侯骄纵亲奸佞，俺索输忠尽。

——《八义记·赵盾挺奸》

  总之，天启间戏曲选本从正面截选了一系列重臣形象，通过这些角色，表达了底层士子希望这些重臣能够"一片心怀国家恨，两条眉锁庙堂愁"①，"官居台鼎，广集众思同辅政"，这既反映了底层寒士对仕途之路受阻的现实状况的不满，亦反映出了自明天启以来底层士子渴望受到重视的社会普遍心理。除重臣之外，选本还集中截取了一系列普通臣子、底层士族的形象，如韩信、姜维、苏秦、张无颇等，与此类形象相关的内容主要包括以下两方面。

  一是底层寒士中功名与家庭之间的徘徊与抉择，体现了他们面对伦理辩题忠与孝时的矛盾与徘徊的心态。如《词林逸响》选录《琵琶记》【宜春令】"虽然读万卷书"一支、"劝试"中【绣带儿】"亲年老"四支，均表现了想要一展宏图前去赴试但又撇不得"萱花椿树"的蔡邕形象。虽然《琵琶记》在明代戏曲选本中出现频率非常高，共出现 38 次，但是体现蔡邕在忠与孝之间徘徊的《逼试》一折内容仅出现于《词林逸响》《增订珊珊集》《赛征歌集》《南音三籁》《吴歈萃雅》《缀白裘合选》②中，而且这六个选本又主要集中于明末，说明选本所表达的主题与这一时期士人心理有较为密切的联系。对于中下层士族而言，一旦遇到"忠孝"矛盾时，其抉择尤为艰难，因此选本亦截取了大量"忠孝抉择"的情节。如《琵琶记》中蔡邕一旦走上追求功名的道路，就难以尽孝，父母双双饿死草堂。而学者在研究《琵琶记》时，大都认为剧中的悲剧为"伦常礼教本身的矛

---

① 出自《万壑清音》中《气张飞·怒奔范阳》。
② 这几个选本除《缀白裘合选》为明末清初选本外，其余皆为万历中后期至崇祯时期的选本。

盾所致"①，而这种矛盾主要体现为忠与孝的矛盾。对于蔡邕这样出身寒微的中下层士族而言，往往"忘亲为难"，在他们看来忠与孝并无轻重高低之分，如汪道昆曾言"窃惟分莫严于君臣，分在则恩不掩义；亲莫逾于母子，亲在则义不胜恩"②，君臣之义与母子之亲二者并无轻重之分，若士人"以忠为孝"，遑恤其家？对他们而言，"忘家易，忘身难；忘身易，忘亲难"。这种矛盾与徘徊心理显然到明末天启间成为一种普遍的社会心理，如《词林逸响》收录《伍伦记》"祖饯"一套，其中亦表达了中下层士人"不负十载寒窗，映雪囊萤，刺股悬头"，终于"步蹑云霄际圣朝，叨沐恩波浩"时渴望报答君王的心情，又表达了"痛忆亲年迈，不堪回首泪珠抛"，难以尽孝时的伤感之情。关于此套，在《伍伦记》现存的各个版本中均未出现，仅仅收录于《吴歈萃雅》《增订珊珊集》《词林逸响》《乐府南音》《月露音》《乐府遏云编》《南北词广韵选》这七个选本中，而这些均为明万历后期至崇祯前的选本，因此很可能此套为这一时期的文人伪作。此套在这一时期的选本中集中出现亦反映了中下层士人的普遍心声。

二是体现了中下层士子竭尽忠心、以天下为己任的使命意识。明代中后期，文人自我意识的觉醒和主体精神的张扬体现在文化形态领域中表现为开始从官方贵族手中夺取主导权，体现在戏曲创作中则为对文人主观情志与理想的表达，体现在戏曲选本中则为对那些积极向上的文人形象的截取。选本正面截取了尉迟敬德③、姜维、赵云、韩世忠、韩信、张无颇、苏秦、苏武、李亚仙、蔡邕、裴度等中下层寒士形象，通过这些形象表达了明末中后期士人强烈的展现自我、追求功名的理想。戏曲的本质就是对

---

① 陈刚、陈立坤《试论南戏忠孝不能两全》(《戏曲研究》，2010年第1期)一文统计，20世纪80年代以来持此观点的学术论文大致有七篇，分别是：(1) 黄仕忠：《〈琵琶记〉与中国伦理社会》，《文学遗产》，1996年第3期。(2) 刘延堂：《论元杂剧〈琵琶记〉的忠孝观》，《中国青年政治学院学报》，1996年第3期。(3) 崔向荣：《从〈琵琶记〉"三不从"关目的设置看蔡伯偕形象的创造》，《暨南学报》，1999年第9期。(4) 王庆芳：《论〈琵琶记〉中的伦理纲常矛盾及其缘由》，《孝感学院学报》，2005年第6期。(5) 徐蓓蓓：《"全忠"未必忠，"全孝"不能孝——从〈琵琶记〉中蔡伯偕形象的塑造看作者文化心理结构与现实的冲突》，《徐州师范大学学报》，2005年第4期。(6) 刘洪生：《从人性角度看〈琵琶记〉的伦理悲剧》，《四川戏剧》，2007年第6期。(7) 鲁承发、李艳丽：《〈琵琶记〉的主题考辨》，《语文学刊》，2006年第16期。

② 汪道昆：《彭令君归觐序》，见《太函集》(卷八)，黄山书社，2004年版，第176页。

③ 选本《不服老》截取的尉迟敬德被贬到田庄的形象与《三藏取经·诸侯饯别》中的尉迟形象不同，故此处将其列为中下层士子形象。

现实人生的书写，只是中国文人在传统"诗言志""文载道"功利主义观念的影响下，失掉了对自我主体性的观照。明代戏曲家将自我主体性情感表露出来，将作家对人生存在价值的反思融入戏曲创作，通过戏曲创作释放自己的痛苦，满足自己的梦想，解构社会人生，从而也解放了自己的心灵。而选本编选者又通过截取戏曲家所创作的一个个鲜活的人物形象来表达自己的主体性情，可以说戏曲选本是编选者的一种"再创作"，其中亦有编选者自我主体精神、对现实人生的理解与思考。如《不服老·敬德装疯》中【耍三台】一支截取了被贬到田庄而蹉跎岁月的暮年尉迟敬德的落魄形象，但是此时的尉迟感叹自己"老则老，老不了我胸中武艺""老不了虎略龙韬""老不了我一片忠心贯白日"，字里行间依然流露出不息的斗志，具有强烈的展现自我的意识。

三、南曲与家庭人伦：家庭女性与道德关注

从现存的早期南戏作品来看，南戏作品较多关注家庭中夫妻双方之道德伦理操守。如宋元南戏《朱买臣休妻记》《王魁负心》《张协状元》等，这些作品或以文人坎坷功名路为书写对象，表达了对文人积极进取的热情颂扬；或聚焦男性主人公之忘恩背义的行为，表现出对男性文人发迹后背叛糟糠的道德谴责；或兼以女性为书写对象，谴责女性之不安于室；或者关注男女双方，关注夫妻生活的苦难及他们对未来的抉择与迷茫，表现出对他们既同情又嘲讽的矛盾心理。总之，在南戏作品中，对家庭人伦之关注始终是其焦点。

（一）南曲选本中对家庭女性的道德关注

明中后期戏曲选本中所体现的夫妻关系与元代作品相比发生了较大变化。如钮少雅在《九宫正始》中云："元之《王十朋》，今之《荆钗》也；元之《吕蒙正》，今之《彩楼》也。"① 钮少雅仅罗列了同题材作品剧名之流变，这种剧名流变背后其实包含着叙事结构、人物关系、道德伦理观念的变迁。明初南戏《琵琶记》通过五娘的糟糠自厌、剪发待宾等行为塑造了一个丈夫外出后忍辱负重、任劳任怨、孝敬公婆的贤良女性形象。这种

---

① 钮少雅：《九宫正始》，见王秋桂主编：《善本戏曲丛刊》，台湾学生书局，1987年版，第8页。

对女性的道德关注是明代南曲创作的一大焦点,此后《跃鲤记》《升仙记》《狮吼记》《金锁记》等都是从家庭女性道德操守的角度来书写,并且认为女性的道德行为事关家庭和睦、婚姻美满,甚至于南戏"负心婚变母题"所表现的矛头"不是指向志在高攀的男子,而是指向未能恪守妇道、妒性未泯的女子了。不妒,成为女性的最重要的美德之一备受颂扬,以至可以和歌颂男子的不负心的重要价值相提并论"①。天启间南曲选本截取了大量的家庭妇女形象,如苏武妻、赵五娘、苏秦妻、王十朋母、钱玉莲母、周羽妻等,她们都有着较为浓重的道德要求。《琵琶记》之《疑餐》《吃糠》《汤药》《剪发》《筑坟》,通过描写赵五娘在丈夫赴考后,独自承担起照顾公婆、安葬公婆的种种事迹,体现出女性在婚姻中所肩负的伦理职责及其所坚持的道德准则。《跃鲤记·忆母》《荆钗记·忆母》《寻亲记·教子》则主要描述了母子关系及女性在教导子女中的伦理职责。《金印记·鸎钗》《议试》则主要侧重于展现夫妻关系,以及女性在支持丈夫功名道路上的含辛茹苦。如《灌园记》虽然是以齐世子田法章与太史女的故事为主轴,中间穿插了齐王荒淫无度的情节,但是选本选录的情节《制衣》《愁诉》《私会》主要展现的是史女的贤惠,其关注焦点似乎更贴近于家庭女主人公的道德操守。总之,选本中涉及的忠孝节义伦理题材的南曲剧目,关注的焦点在于女性在家庭中的道德操守上,其中又以围绕婆媳关系的"孝"为主。此外家庭关系中还涉及兄妹、父子关系,在夫妻双方离合的情节中牵涉夫妻、婆媳、母子、朋友甚至君臣关系,借此着重展示了女性在家庭中的道德伦理操守。

  选本对家庭女性之道德的关注已成为这一时期选曲的主要焦点。为妻,只能屈从于夫权,如《金印记》中苏秦求取功名没有盘缠时要求妻子将首饰典当,其妻对于苏秦之要求虽然不愿意,但迫于夫权只能屈从。为母,丈夫外出求取功名时,要担负起教育子女的责任,如《寻亲记》中的周羽妻在丈夫外出之后要养育儿子周瑞隆,将其培育成才。为媳,则要孝敬公婆,赵五娘、苏武妻在丈夫外出求取功名后要替丈夫孝顺公婆,赡养老人。总之,选本中这一个个人物形象的截取,体现了对女性的道德关注,而且这种道德关注具有绝对化的意义。人物原本应有选择的余地,苏

---

① 黄仕忠:《中国文学负心婚变母题研究》,《戏剧艺术》,1991年第1期。

秦妻可以选择不去典当首饰，赵五娘亦可以选择不去侍奉公婆，尤其是《跃鲤记》中的庞氏，其遭受婆婆误会而被赶出家门，离开夫家被休出门，其身上所担负的道德责任已经解除，但是此后她更加孝敬婆婆，闻知婆婆生病，偷偷献上鱼汤。对于一个女性而言，突出自我、实现自我、流芳百世的唯一途径便是以"贤德""贞洁"立名，这种道德追求与男性文人之"功名""使命"意识相互映射，所体现的则是明代女性在社会观照下的真实心理，表现了其对自我道德责任的清晰认识。即使历经千难万难，亦不忘身上的道德伦理责任，她们对这种道德伦理责任的承担是义无反顾、发自内心的，其所追求的是一种"绝对道德精神"①。选本对女性伦理道德操守的关注，其深层的含义则是对社会人生、现实生活的关注。朱崇志亦云："选本所收录的戏文大都带有浓厚的伦理色彩，通过夫妻双方的离合牵涉到君臣、父子、婆媳、夫妻、亲友诸多方面的伦理关系，并偏重于强调主人公处理这些关系时所坚持的伦理准则。这显然体现了选本面向民间、关注社会人生的特点。"②

（二）北曲剧目的改编与女性的道德关注

北曲《万壑清音》的编选者止云居士云"然则南曲独无所取乎？余曰否，有南曲练响嗣刻行世"，可见其南北曲皆精通。由此可以推测，南曲作品侧重关注家庭女性的道德操守，这对北曲的编选亦产生了一定影响，其中北曲《万壑清音》改编作品《负薪记》，就体现了对女性道德操守之关注，从这个方面而言，其更类似于南曲作品的选曲倾向。

《负薪记》主要以朱买臣的故事为题材，此题材在中国古代戏曲史上受到历代戏曲家之青睐。从早期南戏《朱买臣休妻记》③到元杂剧《渔樵

---

① 司徒秀英：《明代教化剧群观》，上海古籍出版社，2009年版，第54页。
② 朱崇志：《中国古代戏曲选本研究》，上海古籍出版社，2004年版，第68页。
③ 《南词叙录·宋元旧篇》著录《朱买臣休妻记》。《九宫正史》题名朱买臣，注云"元传奇"。《寒山堂曲谱》引作《朱买臣泼水出妻记》，作者不详，剧本佚。《宋元戏文辑佚》（钱南扬辑录，上海古典文学出版社，1956年版，第54页）收《买臣休妻》之【仙吕过曲·木头丫】【正宫过曲·醉太平】【中吕过曲·石榴花】【仙吕过曲·解三醒】四支曲。

记》①，从《渔樵记》到《负薪记》②，从《负薪记》到《烂柯山》③，从《烂柯山》到《马前泼水》④，朱买臣故事的不同剧本，或聚焦功名路上文人的奋发进取，或对买臣妻弃夫改嫁、不安于室进行道德谴责，或兼写男女，既关注夫妇苦难，又关注个人的抉择或迷茫，甚至表现出对他们既同情又嘲讽的矛盾心理。《万壑清音·负薪记》处在朱买臣故事环链的前端与中段⑤，一般认为其与元杂剧为同源或继承关系，即"大同小异"，然而细读文本会发现二者在叙事焦点、人物关系、创作意图等方面存在较大差异。

《渔樵记》的叙事重心在朱买臣，《负薪记》的关注焦点则转移到了玉天仙，两剧的这种变化源自叙事意指的不同。《渔樵记》的叙事意指为"男子汉不激不发"，"讨休"与"发迹"构成的是一种间接因果关系，"讨休"激起朱买臣求取功名的斗志，其才有了后来的发迹，这是一种激励式的叙事方式，主轴是丈夫朱买臣，"讨休"是为反照功名。而《负薪记》的叙事意指为"妻贤夫祸少"，"逼休"与"泼水"形成了鲜明的对照，这是一种训诫式的叙事方式，关注的是"逼休"行为背后女性的操守问题，体现了对不安于室的妇女的道德警诫，主轴是妻子玉天仙，"逼休"是直面伦理情。从文人的功名路到夫妻的伦理情，朱买臣故事人性书写的轴心

---

① 《渔樵记》出自万历二十六年（1598）息机子编《元人杂剧选》，1958年上海商务印书馆影印本。文中相关引文均出自此本。

② 《万壑清音》第一卷选录《负薪记》，标目"渔樵闲话""逼写休书""诉离赠婿""认妻重聚"。

③ 一名《烂柯记》。《传奇汇考标目》著录，收入无名氏目。《曲海总目提要》卷三十云此本"不知谁撰"。现存康熙六十年陈益儒抄本，中国艺术研究院戏曲研究所资料室藏。未署撰者，凡二卷二十七出。《缀白裘》《纳书楹曲谱》《歌林拾翠》《醉怡情》选入其中"痴梦""悔嫁""泼水""后休""劝妻"等折。姚燮《古今乐府》全本选入。

④ 据清末民初《汪笑侬戏曲集》整理，剧本分"崔氏逼休"和"马前泼水"两部分。另外双红堂藏杂腔唱本《新编京调马前泼水》和台湾地区《俗文学丛刊》第三册生本戏《马前泼水》与此本除少数口语差异外，基本相同。

⑤ 《负薪记》于天启四年（1624）刊刻，止云居士《万壑清音》凡例云"北曲吴兴臧先生有元人百种曲之刻已专美于前矣。所选者悉刊刻不敢蹈袭，然其中若一卷《渔樵闲话》四折则又大同而小异。若拷问承玉，略稍相同，余皆迥别矣"，可知《负薪记》与《渔樵记》差异较大。息机子生平不详，据《刻〈杂剧选〉序》云："余少时见云间何氏藏元人杂剧千百，羡不及录也。"云间何氏指何元朗（1506—1573），按此可知，息机子应稍晚于何元朗。其作仅有《刻〈杂剧选〉序》，推崇词曲，认为"则夫理学之所不能喻，诗文之所不能训且戒者，词曲不有独收其功者乎，焉得小之，刻之以传可也"。而《万壑清音·负薪记》的选编者止云居士生平亦不详，据《〈万壑清音〉题词》推测，作者或为杭州人，书斋名为"听松轩"。

明显发生了偏移。天启间戏曲选本一方面对戏曲作品进行直接改编，另一方面则通过对一些人物形象的截取来寄寓编选者个人的道德伦理观念。如《浣纱记》《灌园记》这些作品实际上涉及的主要是君臣关系、忠奸斗争，但是编选者在截取人物形象时发生了明显变化，《词林逸响》截取了《浣纱记》第二十六出"别子"中【胜如花】两支，体现的是父子分别时的家庭伦理亲情。《灌园记》则截取了"君后授衣"中的唱段，"君后"关系更像是普通的"夫妻"关系。这种对人物形象的截取与原作叙事重心的偏离，实际上与《万壑清音》改编的《负薪记》本质是一样的，都体现了天启间戏曲选本对戏曲作品关注焦点的转变，越来越侧重于对家庭人物形象的截取和家庭道德伦理观的体现。

两剧之人物关系亦存在较大差异。《渔樵记》中的夫妻关系有些变形：朱买臣入赘到女家，依附女方，是"夫随妇唱"的。文中第一折王安道上场介绍朱买臣"在本处刘二公家为婿"，朱买臣上场言"现今于本庄刘二公家为婿"，第二折刘二公上场时言"昔年与他招了个女婿"，都清楚交代了这种婚姻关系，女性的原初位置较为自由。玉天仙虽遵从父亲的权威讨要休书，但当父亲提出"讨休"时，她的第一反应是"父亲越老越不晓事"，并云"想着我与他二十年的夫妻，怎生下的问他要索休书"。可见她念及夫妻二十年感情，并不盲从父亲，对婚姻有自己的主张，后来之所以"讨休"也并非屈从于父亲，而是为丈夫的功名考虑，自此依附关系发生转变，女性成为丈夫功名道路上的依附。

相比《渔樵记》，《负薪记》中是朱买臣娶玉天仙，女性是依附者，是"夫贵妻荣"的。剧中第一折朱买臣上场言"自幼娶得一方妻子"，第二折玉天仙上场言"好笑我家爹爹没见识，将我嫁与朱买臣这穷儒"，第三折刘二公上场言"老夫只生一女，嫁与本村朱买臣为妻"。这些都清晰交代了双方的婚姻关系，女性在婚姻关系中并没有主动选择权，只能抱怨却不由自己决定；当她想离去时，也只能是"骂便由你骂，休书要写给我的"，她放低姿态，甚至讨好朱买臣，"我这般下毒手，他还不肯写"，就开始撒泼，叫喊"朱买臣为生养活妻子不来，每日把我朝锥暮打，要我做歪勾当，赚钱来养他"。虽是"逼休"，其实已经是道德上站不住脚的依附。未嫁从父、出阁从夫的传统伦理道德观认为，妇女应该"从夫的地位，夫贵妇荣；从夫受刑，丈夫犯罪，妻子从坐；从夫的教令，任夫熔铸；直到从一而终，随夫葬于地下"①。《负薪记》中男女双方的婚姻关系实际上隐含着传统伦理道德观的影响，即使是朱买臣妻，也在标榜自己的妇德，曰"东邻西舍人家，那一个不说我四德三从"。与《负薪记》同时期的作品《金玉奴棒打薄情郎》，则用"花"与"枝"的关系形象地表明了男女两性关系："妇人之随夫，如花之附于枝"，"枝若无花，逢春再发；花若离枝，不可再合"。② 在男权社会中，女性在婚姻上的依附是一种客观存在。女方的"逼休"是对传统男权社会夫权观念的挑衅，对她的批判则表明了对传统伦理道德观的坚守。

朱买臣故事的重要情节是"逼写休书"和"马前相认"，围绕夫妻双方"休与不休""认与不认"的家庭纠纷，两组矛盾的主导权发生着变化。在"休与不休"的矛盾冲突中，朱买臣妻子的行为由"讨休"变为"逼休"。"讨休"行为的主导权掌握在讨要者这一方，刘二公在要求玉天仙讨要休书时，便已决定了事件的结果。而"逼休"之所以相逼，就是因为主导权不在自己手中。而"认与不认"的矛盾冲突则发生了由"逼认"到"求认"的转变。《渔樵记》中，朱买臣不相认时，他周围的人便层层施压，结义兄弟王安道、杨孝先以断绝关系相逼，刘二公父女以其"背槽抛粪""忘恩负义"相逼，朱买臣不得不认。而《负薪记》中，朱买臣执意不认，旁人也只能苦苦相求。两组矛盾"由讨到逼""由逼到求"，看似悖反的变化，实质却是同一的，无论文人在婚姻中的地位怎样变化，最终都是以牺牲女性、回护男性为旨归的。

两剧人物关系的转变实际上隐含了深层次的话语霸权与双重道德批判标准。《渔樵记》以文人功名路为书写焦点，凸显了男性文人奋发向上的品质，在夫妻关系中女方虽处于主导地位，导出的却是自我惩罚以成就丈夫的仕途功名；《负薪记》以夫妻伦理情为书写焦点，谴责不安于室的女性低下的道德，在夫妻关系中女方是自我矮化的，体现的是女性对男性的依附。看上去不同的叙事焦点和人物关系却殊途同归，指向了同一种人性困境。

---

① 李志敏：《中国古代民法》，法律出版社，1988年版，第54页。
② 冯梦龙：《金玉奴棒打薄情郎》，见《喻世明言》卷二十七，华文出版社，2019年版，第344页。

两剧中朱买臣妻子玉天仙的形象发生了重大变化。《渔樵记》中"曲成夫名""激夫上进"的女主人公，在《负薪记》中变成了一个嫌贫爱富、铁石心肠、泼辣势利的悍妇。相比宋元南戏《朱买臣休妻》及后来的《烂柯山》对朱买臣妻"否定中同情，同情中否定"①的矛盾心理，《负薪记》对她的批判要尖刻得多。剧作甚至反复借剧中人物口诛笔伐，不仅朱买臣指责她"四德三从，少了几画"，甚至连她父亲也说出"你这不贤之妇，今日连累我也"，对这种行为表示了强烈的不满。主动讨休，她受到的是背弃伦理道德的指责，抛向她的是违背礼教的咒语和声讨。嫌贫爱富，更像是一条界河，把她与自己应在的社会阶层隔断，受到渔夫王安道、樵夫杨孝先的唾弃。在夫妻伦理情的权衡中，朱买臣妻的形象被丑化，一边倒的对女性进行道德谴责，其实也显现了《负薪记》人性书写的一种偏执。

北曲《万壑清音》所改编的《负薪记》，无论是叙事焦点、人物关系还是人物形象都产生了较大的反转，而编选者之所以进行这样的改编，是由于之前北曲杂剧流行的以文人在困境中奋发向上为主题的作品，在明代文人受到重视的社会中失去了现实意义。而以普通家庭之家长里短为题材，体现女性家庭道德操守的作品却自天启以来较受欢迎。尤其是明代后期，随着心学、言情等思潮的回落，文人士子开始对传统道德理学进行反思，认为传统理学对于矫正现实社会浮夸的世风有较为积极的意义。诚如《崇武所城志》记载，"近十年来，士习民心渐失其初，虽家诗书而户礼乐，然趋富贵而厌贫贱。喜告讦，则借势以逞，曲直之余不分，奢繁华，则曳缟而游，良贱几于莫辨，礼逾于僭，皆无芒刺，服恣不衷，身忘灾逮"②。面对"良贱莫辨""礼逾于僭"的社会现实，"闻一淫纵破义之事，则抗决而起，喜谈传诵而不已"③的虚浮世风，天启、崇祯以后的许多文学家、戏曲家从作品出发，呼吁传统伦理道德的回归，亦不失为一种社会担当。由此看来，《万壑清音》中《负薪记》对玉天仙的批判，对她为满足私欲"别嫁个俊俏儿郎，快活下半生"而颠覆传统行为的批判，似乎也有一定的现实背景。

---

① 卜键：《〈烂柯山〉崔氏形象与故事源流寻绎》，《艺术百家》，1987年第4期。
② 《崇武所城志·习尚》，福建人民出版社，1987年版，第36页。
③ 吴承学、李光摩：《晚明文学思潮研究》，湖北教育出版社，2002年版，第330页。

总之，天启以来虽然南北剧曲在相关题材作品的截取上存在较大差异，但无论是北曲作品中对君臣关系的关注，还是南曲作品中对家庭人伦之情的展现，反映其发展趋向则是一致的，都体现了对恢复传统道德伦理秩序的呼吁。

第二节 经世教化观念引导下北曲剧曲中的神仙鬼怪

仙佛宗教题材剧目一直是戏曲作品中的一大题材。据统计，《元曲选》及《元曲选外编》162种元剧中，"神仙道化"类剧目有37种。[1] 明代选本之剧目依然延续元人之题材倾向，在佛道神仙题材上体现出一定的倾向性，尤其是在北曲选本中这一倾向尤为明显。天启间北曲选本《万壑清音》涉及的宗教题材曲目共15剧27折，约占其选曲总目的三分之一，其中截取了神仙鬼怪等一系列宗教人物近70个。而这一时期的南曲选本，除《词林逸响》选录《玉簪记·魂游》【六犯清音】一支为老尼唱段外，几乎没有涉及任何宗教人物，因此此节主要就北曲中的宗教人物展开讨论。表4-6统计了对选本北剧曲中涉及的各种宗教人物。

表4-6 天启间选本北剧曲宗教人物统计

类型	人物角色
神仙	山神（《西游记·收服行者》），花神（《牡丹亭·冥判还魂》），李花仙子（《李丹记·裴谌再度》），海神（《焚香记·诉神自缢》），灵照菩萨（《昙花记·菩萨降凡》），观音（《西游记·擒贼雪耻》），天兵天将（《昙花记·圣力降魔》《龙膏记·无颜买卦》），龙神（《西游记·擒贼雪耻》），钟离、洞宾、铁拐、果老（《蕉帕记·超悟脱化》）
鬼怪	卢杞（《昙花记·凶鬼自叹》），李慧娘（《红梅记·慧娘出现》），柳树精（《蕉帕记·超悟脱化》），孙行者（《西游记·收服行者》），项羽等（《樱桃梦·逢真幻侠》），杜丽娘及四个男鬼（《牡丹亭·冥判还魂》），张汤、杜周、小魔神等（《樱桃梦·破嗔悟道》），判官（《焚香记·阴诉拘夫》《牡丹亭·冥判还魂》）

---

[1] 丁淑梅：《神的色彩，人的世界——元道教题材剧人物形象摭谈》，《文史知识》，1993年第10期。

续表4-6

类型	人物角色
谪仙	昆仑奴、红线女（《双红记·青门钱别》），张无颇、湘英（《龙膏记·无颇买卦》）
僧道	和尚：疯僧（《精忠记·疯魔化奸》），惠明（《西厢记·惠明传书》），唐三藏、丹霞老僧（《西游记》《三藏取经》） 道人：醉僧（西天宾头卢祖师），风魔道人（蓬莱仙子山玄卿），木清泰（《昙花记·郊游点化》），公孙圣（《浣纱记·伍员访外》），木清泰、妻妾（《浣纱记·伍员访外》），卢生、宁阳子（《樱桃梦·逢真幻侠》），西施（《蕉帕记·超悟脱化》），裴谌、王恭伯、青溪道人、赵瑶娟（《李丹记》），吕洞宾、妻妾（《长生记·挥金却怪》），袁大娘（《龙膏记》）

　　天启间北剧曲虽然涉及的仙佛宗教人物多，但这些人物在剧目中呈现的关系并不复杂，总体而言主要有以下两种：一是"度脱者"与"被度者"。这类作品实际上是传统"度脱"剧的延续，通过截取神仙"度人"的情节表现度脱升仙、归隐向道的主题。如钟离子与吕洞宾、青溪道人与裴谌、王恭伯、宁阳子与卢生、木清泰与醉僧、疯魔道人、灵照菩萨与木清泰妻妾、李花仙子与赵瑶娟。但是选本中所体现的"度脱"剧目的内涵已经产生了变化，不单纯是传统度脱精神的延续，"度"与"被度"的关系发生了一定程度的偏转。虽然"明传奇翻演前代神仙道化剧的传统题材"，但是这类作品随着历史语境的变迁，"情感基调由抗世激愤，转向了冲淡、平和"。二是"救人者"与"被救者"，这类作品主要借助于佛教因果报应题材，围绕现实社会中的"善者"与"作恶者"展开，其情节模式一方面体现"为善者"得到"神鬼僧道"救助，最终逢凶化吉；另一方面则截取恶人的种种悲惨下场，达到震慑与训诫作用。儒家是不敬鬼神的，晚明戏曲作品却截取了大量神仙鬼怪的形象，为什么会发生这种转变呢？这种转变和晚明社会的变化有怎样的关联呢？其实度脱剧反映的只是晚明士子注重修身养性的思想核心，随着晚明心学"明心见性""百姓日用即道"等思想的传播，新旧儒学思想在晚明社会体现了由"大我"转向"小我"的趋向，这种趋向促成了个体意识的觉醒，个人的种种世俗欲望日益凸显，而晚明士人勤修"佛道"，旨在通过佛道的"虚空"观念来引导个人欲望，这是一种自我性灵的虚空寄托。此外，选本中所截取的鬼怪因果报应等形象看重的并非虚无缥缈的宗教本身，而是希望在现实世界中借助

宗教题材完成教化作用。梳理选本中各类仙佛宗教形象，有助于进一步揭示晚明文化背景与北曲创作、选本编选等的内在关联，从而对中国古代戏曲史的发展演变做出更清晰的书写与阐释。

一、度脱与心性：出世表象下的心灵度脱

传统"度脱"剧目截取神仙"度人"的情节，所刻画的"被度者"往往由于现实的种种困境而渴望得到仙人指点，其度脱精神的实质是对现实社会的逃避，其中寄寓着他们"忧生慨世、伤时恨己的末世情绪和在异族统治的重重黑暗中蒙耻惧祸、噤若寒蝉的沉重心理"[①]。

（一）他度与自度：被度者主体精神的凸显

"度脱"一词本为宗教用语，无论佛道均有"度脱"传统。所谓"度脱"，即为超度解脱之意，从现实的苦难中获得解脱，寻求精神的依托。佛教中的度脱有"自度"与"度人"之分，其中小乘佛教主要强调"自度"，往往追求自我解脱与度化，大乘佛教则以众生解脱为个人解脱的前提，强调"利生无我"，不仅要自度，更要度人。如《法华经》曰"诸仙之导师，度脱无量众"，《道行般若经》云"初发意菩萨稍增自致至佛，成就作佛已，当度脱十方天下人"[②]。而道教的"度脱"，更强调修道成仙，达致自由逍遥的理想境界，强调的是对现实世界的脱离。早期道教思想中有明显的遁世逃避现实的因素，强调对现实世界的远离，随着道教的发展，逐渐由"自度"转化为"度人"，其中亦包含了为人世济难的思想。以"度脱"思想为题材是元明戏曲中的一种重要类型。这类作品通常被称为"度脱剧"，最早提出"度脱剧"概念的是日本学者青木正儿，他将仙佛宗教类作品分为度脱剧和谪仙投胎剧两类，度脱剧则是神仙向凡人说法，引导他们入仙道的戏剧。[③] 此外，赵幼民、胡可立、容世诚、樊兰先生都对"度脱剧"做过相关界定。赵幼民先生从宗教因素角度出发，将青木正儿所云度脱剧和谪仙投胎剧合二为一，另分为"佛教度脱"与"道教

[①] 丁淑梅：《神的色彩，人的世界——元道教题材剧人物形象摭谈》，《文史知识》，1993年第10期。

[②] 《道行般若经》，见宋先伟主编：《中国佛学经典文库》，大众文艺出版社，2004年版，第491页。

[③] 青木正儿：《元人杂剧概说》，中华书局，1977年版，第26—27页。

度脱"。① 但是赵先生对度脱剧的划分存在明显的局限，如《昙花记》中度脱木清泰者为醉僧和风魔道人，为一僧一道，这种究竟是该归入佛教度脱还是道教度脱呢？综观青木正儿、赵幼民关于度脱剧的界定，仅局限于元杂剧，因此难以涵盖南戏、传奇中的现象。胡可立先生则从度脱剧的主旨出发，认为"度脱剧主旨是劝人看破人间的一切荣华富贵、酒气财色，出家修行以成仙或获得永恒的生命"②。容世诚先生融合胡氏观点，认为度脱剧就是"被度者"通过悟生命的真义，最后得到生命的超升——成仙成佛。③ 樊兰则在容世诚先生的基础上，认为度脱文学包括四个结构要素：度人者、被度者、度脱行为、度脱结果。④ 从戏曲作品角度而言，度脱剧主要包括戏曲人物（度脱者与被度者）、戏曲情境（度脱行为）、结局三个要素。

从天启间戏曲选本所选内容来分析，选本重点截取的人物形象是被度者，展现被度者历经种种磨难与考验，最终感化度脱者，得到点化，实现"生命的超升——成仙成佛"。如选本选录《长生记·长生却怪》一折，使用【正宫端正好】【滚绣球】【倘秀才】等十支曲牌塑造了经历家里被窃、恶鬼降临等种种磨难依旧不忘初心的吕洞宾形象，坚定不移地认为"精进工夫在朝与夕"，最终感化"度人者"钟离子，赐号"纯阳子"，修成正果。而在《李丹记·梁芳证道》中，苍头与青溪道人的对话亦颇有意味：

（末）原来苍头送午栅来。（丑）奉师尊先吃，奉师尊先吃。（末）你主人可回来吃饭么？东人还未。（末）亏你用心。（丑）一向要与老先生说句话，东人在此不好开口。如今略僭言一句，师父休怪。（末）有话但说。（丑）你把他两个哄到洞中来，已经几个月了，何曾说起学仙的事。难道日日打柴汲水服侍你就成得仙么？这道理何曾说起好蹊跷，老师父，老师父分明是捏土供儿戏，抟沙作饼吹。
（末笑介）小厮晓得些什么？也来饶舌，快去请二位来。（丑挥下）

---

① 赵幼民：《元杂剧中的度脱剧》，《文学评论》，1978 年第 5 期。
② 李亦园：《李亦园自选集》，上海教育出版社，2002 年版，第 285 页。
③ 容世诚：《戏曲人类学初探——仪式、剧场与社群·度脱剧的原型分析》，麦田出版社，1997 年版，第 229 页。
④ 樊兰：《张坚及〈玉燕堂四种曲〉研究》，人民出版社，2014 年版，第 101 页。

这段文字是苍头送饭时与青溪道人的对话。苍头认为青溪道人将裴、王二生"哄到洞中",但是几个月来只让二人"日日打柴汲水服侍",认为其所玩的不过是"捏土供儿戏,抟沙作饼吹"的把戏,并不会真正度脱二人。这段话仅从剧情角度言说,但是亦可推断出剧情重心在于展现裴、王二生日日打柴汲水修道之艰辛。如裴生在度化赵瑶娟时云:"今日是他证果之时,不免点化一番,正是色防无义汉,仙度有缘人。"[①] 天启间选本所展示的度脱内容的核心并不在"如何度",如元杂剧中常见的"三度""三醉"情节,而是要凸显被度者之艰辛,如赵瑶娟之"苍忙低徊自伤,望不见终南路长",木清泰妻妾之"修夜课佛火映琉璃,诵晨经磬钟儿声细。礼如来玉毫光里,照禅心皓月临清池",西施之"修真三世,练气千年",木清泰之"备尝艰辛,历试皆过"。而度人者之所以选择去"度",主要原因亦是从被度者角度出发,在一定程度上,被度者达到了"度脱"的标准与要求,如《昙花记·菩萨降凡》云:

(旦贴小旦起就上,安座菩萨,就座礼佛科,旦)弟子色身垢秽,根器下凡。何幸蒙大士降临,五体投地,不胜悲仰。(照)善哉善哉。你早弃繁华,栖心清净。外缘不扰,内境常宁,真灵根法器。

灵照菩萨之所以降临凡间,度脱木清泰之妻妾,是因为她们"早弃繁华,栖心清净。外缘不扰,内境常宁,真灵根法器";而钟离子之所以度脱吕洞宾,亦是因为其在"十度试子,子炯炯灵明,一心不乱,道心必矣"之后。此外,青溪道人度化裴、王二生,吕洞宾度化西施,皆是因为被度者通过自身不懈努力达到了"被度"的标准。与其说选本中这些被度者渴望"被度",争取实现"他度",不如说那些被度者是在"自度"。元杂剧体现的是一种"他度"情节,而天启间戏曲选本则更多地从"自度"的角度,凸显被度者升仙过程所经历的种种磨砺。度脱的过程其实就是被度者苦志修行、道德净化的过程。元杂剧度脱剧所体现的被度者往往是由于现实的种种困境而渴望得到仙人指点,其度脱精神的实质是一种对现实社会的逃避,而选本中所截取的度脱剧所体现的度脱精神则是被度者的一种自觉选择,所凸显的则是被度者通过自身的不懈努力最终达到"度脱"

---

① 刘还初:《李丹记》,见止云居士编:《万壑清音》(卷七),台湾学生书局,1987年版,第561页。

标准,从而实现自我升华,获得心灵的归宿。这是一种积极的生命意识与拼搏精神,是一种自我生命意识的凸显,而非对现实世界的逃避。"度脱"精神由"他度"到"自度"的转化,所反映的是元明两代人不同的文化心理与生命意识。

(二)外度与内度:心性的内在追求与体证

度脱剧主要包括戏曲人物(度脱者与被度者)、戏曲情境(度脱行为)、结局(度脱结果)三个要素。在度脱者与被度者之间,天启间戏曲选本主要关注被度者,选本通过对戏曲人物形象的截取,凸显出被度者的主体精神。而对于戏曲情境的度脱行为,选本之截取则主要体现在向外与向内两个层面,向外体现为借助丹药,向内体现为自我心性的修炼与调节。度脱剧中所截取的丹药情节是晚明以来度脱行为中的重要情境,如《李丹记·梁芳证道》一开始便引出"李丹":

(老旦扮李花仙上)花下初飘白,枝头渐露红。仙长稽首,恭喜你新度两个弟子。未知何日得成正果。(末)料也不久。你看三个李丹转眼间如豆子大了。祖师神通妙法,已定不诬。(老旦)多谢仙师,二子将回,小仙守李根去也。法身频可现,肉眼未容窥。(下)

由剧情可知,李花仙子看守之丹为"旌阳老祖九转金丹",被埋在白鹿洞李树之下,"养透土气,结成丹李",此丹对裴、王二生和赵瑶娟之"度脱"起到了重要作用。此外《蕉帕记·超悟脱化》中吕洞宾度化西施时亦有"赠丹"情节,《龙膏记·无颜买卦》中袁大娘初次见到张无颜即赠"紫金丹"。总之,"赠丹"是天启间戏曲选本中关于度脱行为重要一环,虽然西施自己"真三世,练气千年",已经"借得些丹头在肚子里了",但是想要真正实现"脱胎换骨",依然需要借助于"丹药"的"度脱",这说明"赠丹"仅仅是"度脱行为"中的外度,更重要的则是内度。通过修炼丹药而得道成仙是道教的传统,早在魏晋时期便有葛洪等道教思想家提出通过修炼而服食丹药的主张,但是宋元以来,随着陆王心学的发展,传统的炼丹思想逐渐由向外的追求转向对内的体证。明代以来许多帝王都崇信道家炼丹之术,明太祖朱元璋、明太宗朱棣在位时都曾不断兴建、扩大道教建筑,至明世宗嘉靖皇帝时则"不斋则醮,日无虚日",天启帝的父亲朱常洛即位不到十天,便因服食丹药而毙命。此外元代以来兴起的全真教亦不断吸收融合儒家思想,汲取儒家修身、齐家、治国、平天下的入世思想,遵循"欲修仙道,先修人道"的准则,逐渐将道教追求长生不老的观念转变为追求精神成仙。尤其是明代中后期,关于"心学"之观点各家不一,但其所提倡的"致良知""赤子之心"等以去欲为前提的"超越的心体境界"[1]成为这一时期心学家的共识。这种思想与道教"炼丹"思想相结合,成了这一时期"度脱行为"的独特特点,一方面强调借助于"丹药",这是"度脱行为"中的"外度";另一方面又强调向内修炼,即"内度",如《李丹记·梁芳证道》中云:

【寄生草】(末)天机秘道妙微,下工夫牛斗危。有无无有中含意,实虚虚实中相济,后先先后同一气,这的是真人丹诀照迷,方崔公药镜明心地。

劈破鸿蒙,是为不采之之采,凿开混沌,是为不取之取。故忘中迷,觅中见,见中忘,阳生矣。忘里升,升里见,见里变,铅成矣。定中起,意中升,忘中用,铅引汞矣,铅合汞于内精,会神于外,交会矣。铅汞精神合二为一,却将一念使之,落于黄庭归鼎内矣。

上述文字强调"铅汞精神合二为一",其中"铅汞"即指"丹药",而"精神"则指"心性",这说明度脱行为既强调外在的"丹药",又强调内在的"精神""心性澄明",即"大道在心,一心坚凝,万欲自净,七情不摇,要知大道,只在净心"。作为修道渴望被度脱之人,其度脱行为则是"山中芝草长,炉内药草新。远避来轩客,惟思控鹤人",因此赵瑶娟正是由于其内在"断恩爱学跳纲,觅长生不老方",最终才可"点出灵丹交付排场"[2]。总之,选本中所截取的一系列形象都有艰难的"去欲"追求"心性澄明"的过程,诸如木清泰众妻妾之"礼如来玉毫光里,照禅心皓月临清池",吕严之"总不如把,乾坤万劫,都收在心田内",都体现出度脱行为中由外度到内度的转化,反映出了晚明以来心学与道教"炼丹"思想的交流与融合。

无论是"他度"到"自度"的转变,还是"外度"与"内度"的融

---

[1] 黄卓越:《明中后期文学思想研究》,北京大学出版社,2005年版,第223页。
[2] 刘还初:《李丹记》,见止云居士编:《万壑清音》卷七,台湾学生书局,1987年版,第561—568页。

合，选本对一个个度脱者的截取，对度脱行为的凸显，表面上看是对戏曲人物形象与戏曲情境的接受与传播，所反映的实则是晚明以来士人的心态变化。参禅礼佛一直是中国古代社会文人的独特行径，"从来佛教通儒教，要识儒修即佛修"①，即使到了晚明，很多文人依然礼佛，如王元翰在《报顾泾阳先生》中就记录了晚明文人士大夫与僧人"善知识者"交往的场景，其云："其时京师学道人如林。善知识则有达观、朗目、憨山、月川、雪浪、隐斋、清虚、虞庵诸公宰官则有黄慎轩、李卓吾、袁中郎、袁小修、王性海、段幻然、陶石篑、蔡五岳、陶不退、蔡承植诸君。声气相求，函盖相合。"② 但是这一时期佛禅思想又受到心学、庄学思想的影响。此外，道教在元明以来逐渐发展，其"内丹学"在宋元便已经萌芽，明代中后期又融合了心学重视内心修为的思想，如其云"玉液还丹人人有""本在人身休外觅"③，这在一定程度上使得道教炼丹成仙思想亦更重视自我。总之，这一时期的佛禅思想与道教成仙思想都强调与凸显自我个性与主体精神。而文人思想中亦融入了心学思想，如王畿"灵明洒脱"、唐宋派所提倡的"本色"、李贽之"童心说"、公安三袁之"独抒性灵"都是重视自我张扬个性的思想。这些思想又与传统的佛禅、庄学、明末的道教思想相融合，在这种复杂的思想背景下，晚明文人之戏曲创作、选本编选亦体现出士人思想的内涵与变化。

二、果报与警世：果报外衣下的警世教化

（一）"获助"情节与"为善者"的正面鼓励

除了以渴望摆脱现实世界为主题的度脱剧，选本还截选了大量以表现"善有善报、恶有恶报"为主题的剧作，在这类剧作中最为典型的是"获助"情节。关于此情节，诚如高祯临《明传奇戏剧情节研究》所言，"神助和人助是明传奇戏剧的关键情节"④，他对《六十种曲》中的情节发展进行了统计，其中出现获救得助行为且对情节发展有关键影响的剧目几乎

---

① 高濂：《玉簪记》第二十一出《姑阻》，明末汲古阁刻《六十种曲》本。
② 王元翰：《报顾泾阳先生》，《王谏议全集》，清嘉庆刻本。
③ 马自然：《马自然金丹口诀》，《道藏》（太平部），天津古籍出版社，1988年版。
④ 高祯临：《明传奇戏剧情节研究》，文津出版社，2005年版，第63—65页。

超过总数的三分之二。天启间戏曲选本中涉及"获助"情节的剧目共有九剧十一折。李艳认为"获助"情节在戏曲作品中表现为"道教神灵或有高超道行法力的道人主动施展神力来帮助剧中人,或者神以梦喻形式,或托付他人,代神执行助救等等"①。其所统计的"获助"主要从道教角度出发,关注焦点主要是"神助人"。对天启间戏曲选本中的"获助"情节进行统计,笔者发现其实"获助"情节中的施助者不只有"道教神灵",见表4-7:

表4-7 天启间戏曲选本中"获助"情节统计

善良方	助善抗恶方	邪恶方
崔莺莺、张生	惠明	孙飞虎
崔节度	红线女	田承嗣
唐三藏、陈光蕊夫妇	丹霞老僧	刘洪
唐三藏	山神	孙行者
岳飞	疯僧	秦桧
张无颇	袁大娘	元丞相、王缙
杜丽娘	判官	花神
众姐妹	李慧娘	贾似道
敫桂英	海神	王魁

由上表可知,在选本截取的"获助"情节中,施助者形象身份复杂,既有天神又有谪仙,还有僧道鬼怪,均有一定的宗教背景,且具有超现实的力量。此外,选本所截取的"获助"情节大都体现积善者得到神仙、鬼怪、僧道等的救助,从而姻缘美满、建功立业、富贵长生。就选本截取的"获助"情节的叙事模式而言,主要是施助者介入了善恶双方的争斗中,帮助善良一方战胜作恶一方。就戏曲作品而言,善恶双方的争斗才是冲突与矛盾的焦点,然而天启间戏曲选本所凸显的并不是善恶双方的争斗,其焦点在于施助者,笔者对选本中所涉及的相关人物角色唱词进行了统计,见表4-8:

---

① 李艳:《明清道教与传奇戏曲研究》,《戏剧》,2014年第2期。

表 4-8 天启间选本中施助者曲牌统计

作品	演唱者	曲牌数
《西厢记·惠明传书》	崔莺莺、惠明	共 16 支曲牌，其中惠明演唱 10 支
《双红记·田营盗盒》	红线女、田承嗣、众丫鬟	共 4 支曲牌，其中红线女 2 支
《西游记·擒贼雪耻》	殷氏	8 支
《西游记·回回迎僧》	山神	13 支
《精忠记·疯僧化奸》	疯僧	12 支
《龙膏记·无颇买卦》《无颇脱难》	袁大娘	21 支
《牡丹亭·冥判还混》	判官	10 支
《焚香记·诉神自缢》《阴诉拘夫》	敫桂英、管家	19 支曲牌（其中敫桂英 18 支、管家一支）
《红梅记·慧娘出现》	李慧娘、贾似道	李慧娘 8 支，贾似道 1 支

由上表可知，除《焚香记·诉神自缢》《阴诉拘夫》《西游记·擒贼雪耻》三折唱词主要关注善良弱小的一方敫桂英与殷氏外，其余作品关注的焦点都在于施助者。惠明、疯僧、袁大娘、山神、判官、红线女这一类角色是选本中典型的施助者，选本截取此类作品，其背后有怎样的用意呢？意在凸显什么呢？笔者勾勒了选本中涉及的三方关系，如图 4-1 所示：

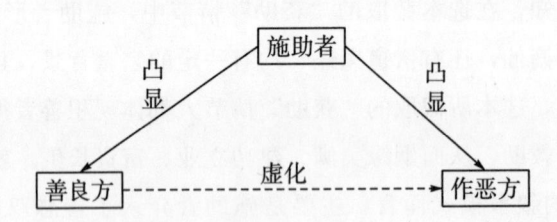

图 4-1 天启间选本中施助者、善良方、作恶方三者关系

在选本所截取的"获助"情节中，施助者、善良方、作恶方构成了此类作品中的三方。就故事情节而言，善良方与作恶方是冲突双方、矛盾焦点。但是这一时期选本所关注的焦点并不在此，本应作为戏曲作品叙事主轴之善恶冲突在选本中逐渐淡化，另外两条线则逐渐凸显，即"施助者—善良方""施助者—作恶方"。选本所凸显的施助者均有宗教背景，这一背景使得此类人物在选本中不仅具有超凡脱俗的宗教本质，而且产生了一种

凌驾于芸芸众生之上的距离感。这种高高在上的宗教形象恰好形成了一种特殊的叙事视角，而选本中此类角色的设定亦为戏曲情节的推进做了某种规定。其实，无论戏曲作品中叙事头绪如何繁多，都"离不开被简化抽象到最基本层面的佛道思想或命运观念的指引与制约"[①]，如《牡丹亭·冥判还魂》中判官处理杜丽娘事情时的情景：

【寄生草】花把青春卖，花生锦绣灾。有一个夜舒莲，扯不住留仙带；一个海棠丝剪不断得囊怪；一个瑞香风赶不上非烟在。你道花容那个玩花亡？可不道你这花神罪业随花败。

（末）花神知罪，今后再不开花了。（净）花神，俺这里已发落过花间四友，付你收管。这女囚慕色而亡，也贬在燕莺队里去罢。（末）禀老判，此女犯乃梦中之罪，如晓风残月。且他父亲为官清正，单生一女，可以耽饶。（净）父亲是何人？（旦）父亲杜宝知府，今升淮扬总制之职。（净）千金小姐哩。也罢，杜老先生分上，当奏过天庭，再行议处。

在《冥判》一折中，胡判官便是杜丽娘还魂的施助者，在审判杜丽娘之前，其先审判了赵大、钱十五、孙心、李猴儿，赵、钱、孙、李四鬼与杜丽娘皆因"风流"而受判，然而双方却有不同的结局，前者被判转世为"花间四友"，后者却还魂再度为人。事情的转机出现在判官听闻杜父"为官清正，单生一女"，才重新考虑，再行议处。杜丽娘之所以能够获得改判，并不是因为她的感化，而是其父"为官清正"。情节虽然反复曲折，但所指向的则是最基本的佛道观念"善有善报，恶有恶报"。选本借助于宗教背景，一方面强化了戏曲作品情节的悬念与神秘性，为戏曲作品之叙事披上了佛道思想的外衣；另一方面又确定了戏曲情节不可移易的最终指向，在一定程度上展示了情节不偏不倚、因果分明的发展规律。

这一时期戏曲选本中的"获助"情节虽然披着宗教色彩的外衣，但是选本并不是为了宣扬宗教，而是为了劝善教化，宣扬"善有善报，恶有恶报"。选本截取仙鬼僧道的施助者形象，所看重的并非虚无缥缈的宗教本身，而是希望在现实世界中借助其题材完成教化作用。

[①] 刘勇强：《一僧一道一术士——明清小说超情节人物的叙事学意义》，《文学遗产》，2009年第2期。

（二）"恶报"情节与作恶者反面训诫

"善恶有报"本是佛教中的重要观念，如印度早期佛教经典《斯康陀奥义书》中便云"揭摩业若已除，则为常福乐"。这种思想与中国传统文化中的"积善余庆""积恶余殃""天道赏善而罚淫"等观念相结合，对中下层士人之文化观念形成了重要影响。选本对戏曲情节的截取在一定程度上体现出了编选者的这种观念，除截取"获助"情节外，还截取作恶者"轮回恶报"的情节，如《昙花记·恶鬼自叹》：

> （鬼卒押净枷扭上净）虎狼生性应难改，富贵迷人不自由。堕马前头还堕马，沉舟侧畔又沉舟。自家卢杞，生前尽着力量。无恶不为。今日受此苦楚。地狱之中，那一样刑罚不受过。也亏我受，也亏我受。我卢杞还是个好汉受得。（鬼卒打一下）不怕你不受。（净）我好汉受刑，不向你小人告免。（卒痛打科，净哭乞哀科，卒）卢杞，方才好汉受刑，怎么又做这个模样？（净哭）狱卒哥，我卢杞皮肉也是娘生父养的，怎么不痛苦？想着我做唐朝大丞相时节，皇帝在我手掌心里翻身，文武百官在我嘴唇皮儿上过活。但眉峰儿蹙一蹙，直令千里流血；笔尖儿摇一摇，教他九族遭殃。喝水成冰，排山倒海。谁想有今日哩，这会儿狱中略得苏息。不免自叹一番。

《昙花记·恶鬼自叹》一折主要截取了奸贼卢杞死后在地狱受苦的情景，卢杞"前尽着力量，无恶不为"，死后在地狱中受尽苦楚。此折共使用【耍孩儿】【五煞】【四煞】等六支曲牌塑造了因生前作恶而死后悔恨的卢杞形象。尤其是卢杞在地狱中遇到了昔日陷害过的颜真卿等人，并且这些人都已经"做了大仙，逍遥快乐"，从而揭示"原来为善终升济，到底行凶必受亏"的主题。此外，《樱桃梦·逢真幻侠》则塑造了"史书上骂名不泯，地狱中苦处无边"的张汤、杜周形象。总之，选本对作恶者进行了无情的鞭挞与超越现实的近乎残酷的惩罚，使其永世不得翻身。这种态度虽与创作者的思想观念相关，但是对此类情节的截取则是编选者的主观选择，因此在一定程度上亦反映了编选者对"业报"思想的接受与认同。

从选本截取"恶报"情节看，阎罗殿中的判官冷酷无情，而阎罗殿亦是阴森威严之地，似乎容不得半点人情，但这仅仅是其对待恶者的态度，对于那些善良柔弱者则充满同情。《焚香记·诉神自缢》《焚香记·阴诉拘夫》中两折一开始都交代判官"今日北方有一妇人到庙伸诉冤枉，不许阻挡"，看似冗余的情节，其实反映出"无情"判官的另一面。"获助"与"恶报"情节一方面从正面积极鼓励人们，只有积善才能"获助"；另一方面则以独特的艺术手法对作恶的人和事进行无情的鞭挞，达到道德训诫作用，凸显"善有善报，恶有恶报"的主题。

选本中截取的"获助"与"恶报"情节以戏曲舞台作为传统伦理道德观的"道德法庭"，所塑造的各种"施助者"与"判官"则充当了特别法庭的法官，以具体行为惩恶助善。在这些情节中，神鬼僧道均被塑造成有侠义心肠、扶危济困的形象，对那些弱小者、善良者表现了无限同情。"施助"情节的常见类型有：为受冤屈者报仇雪恨，使不该死者还魂，助善良者通达富贵。这是对"积善者"的一种正面鼓励与支持。相反，对于那些生前作恶多端、恶贯满盈之人，选本则极尽想象之能事，展示其死后的种种悲惨境遇，体现编选者对作恶者的道德训诫。

儒家本是不信鬼神的，但是天启间选本截取了一系列神仙鬼怪形象和"神助人""地狱轮回"等情节，究竟是什么原因造成了这种转变呢？首先，戏曲文化是儒家礼乐文化的一种延续。"乐教"是儒家的基本观点，倡导"寓教于乐，由善入美"。早在春秋时期荀子就曾说："乐中平则民和而不流，乐肃庄则民齐而不乱"，"乐姚冶以险，则民流漫鄙贱矣"。[①] 而明代以来，随着戏曲文学的不断发展，曲作的地位不断提升，那些被儒家士子视为"末流""小技"之"戏曲"越来越受到重视，如高明就曾云："不关风化体，纵好亦枉然。"[②] 此外，晚明以来，佛道思想对中下层士人亦产生了重要影响。宋元以来，道教劝善书在社会上广为流传，诸如《文昌帝君阴骘文》《太上感应篇》《关圣帝君觉世真经》等所宣扬的"积善"思想对士人产生了重要作用。因此，戏曲选本编选中体现出文人儒释道思想杂糅的底色。选本之所以截取此类情节亦有重要的现实意义。据《崇武所城志》记载，"近十年来，士习民心渐失其初，虽家诗书而户礼乐，然趋富贵而厌贫贱。喜告讦，则借势以逞，曲直之余不分，奢繁华，则曳缟

[①] 钟泰：《荀注订补》，商务印书馆，1935年版，第129页。
[②] 高明：《琵琶记》，中华书局，1958年版，第1页。

而游，良贱几于莫辨，礼逾于僭，皆无芒刺，服恣不衷，身忘灾逮"①。晚明以来，由于心学发展，士人愈来愈关注自我心性，而在一定程度上忽视了礼乐道德，这就使得道德是非善恶观念对人们的束缚越来越小。在这种社会背景下，佛家的"因果报应"思想调动、利用人们的趋利避害之心，驱使人们因渴望善报而为善，因畏惧恶报而不敢作恶，诚如明人钱琦所云：

> 人知忠孝节义之有报，则人伦笃矣。知杀生之有报，则暴殄弭矣。知冤对之有报，则世仇解矣。知贪谋之有报，则吞并者惕矣。
>
> ——《钱公良测语·下》

因此，佛家之"因果报应"、道教之"积善"、儒家之教化思想相结合，对士人之思想和行为都产生了重要影响。选本有意截取"获助""恶报"等情节，其出发点不是宣传佛道的宗教思想，其主旨则是"原来为善终升济，到底行凶必受亏"，目的是教化民众。儒家士子所看重的并不是此类戏曲作品之宗教成分，而是其警诫时人的经世之用，诚如明代吕坤所云："敬事鬼神，圣人维持世教之大端也，其义深，其功大，但自不可凿求，不可道破耳。"② 近代大儒曾国藩曾说，佛家"轮回因果说""警世之功与吾儒略同，亦未可厚贬，而概以不然屏之者也"。③

三、现实与理想：双重张力下的精神困惑

宗教题材剧目中的人物性格和形象归宿"往往表现着神向人和人向神的逆反叛变：天神仙真们常具人的七情六欲、喜怒哀乐，而世俗之人又常走着一条摆脱世俗、散涎逍遥的成仙之路"④，如果说选本中所截取的"度脱"情节体现的是"人向神"的理想追求之路，那么"获助""恶报""谪仙"等情节则体现出"神向人"的理想到世俗的回归道路。"人向神"与"神向人"这两条逆反叛变的道路相互交织与扭结，对人物与情节都造

---

① 《崇武所城志·习尚》，福建人民出版社，1987年版，第36页。
② 吕坤：《白话呻吟语》，中国旅游出版社，1991年版，第104页。
③ 曾国藩：《〈纪氏嘉言〉序》，见《曾国藩全集》，岳麓书社，2011年版，第179页。
④ 丁淑梅：《神的色彩，人的世界——元道教题材剧人物形象摭谈》，《文史知识》，1993年第10期。

成了一种张力。

(一) 人物的张力:亦俗亦僧,非俗非僧

"张力"(tension)一词本属于物理学中的一个词,20 世纪 30 年代被美国学者艾伦·退特引入诗歌领域,主要指"全部外延和内涵的有机整体"。此后"张力"一词被广泛运用于小说、戏剧等领域。所谓"戏剧张力","是因为事物之间和事物内部存在力和运动所造成的这种紧张状态与戏剧舞台艺术中观众的心理期待与作品的刺激形成的状态有'异质同态'的表现"[1]。就戏曲人物而言,指的是人物形象所指与人物内涵之间所形成的异质同态。

就宗教类剧目人物而言,虽然此类人物往往版本不一,且常常代表了不同的宗教信仰,具有不同的文化内涵,但是对此类人物之理解往往是把握作品内涵的一把钥匙。"度人者""助人者"大都是"仙鬼僧道"一类,往往代表了"人向神"追求"摆脱世俗、散诞逍遥的成仙之路",然而选本中多体现的是"假易卜而指尘世之迷途,通剑术而救人生之危难"[2] 的"神向人"的回归之路。如选本截取《双红记·田营盗盒》中的昆仑奴为"谪仙",本属于"神向人"的走向,因此其才会冒险于田营中夜盗金盒,但是《青门饯别》所展示的却又是归隐、告别世俗社会,这又是"人向神"的转化。再如选本中所涉及的袁大娘、惠明、疯僧、公孙圣、钟离子、吕洞宾、醉僧、疯魔道人、判官等人物,都是出家之人,在剧中他们或关注朝廷中的忠奸斗争,或成全尘世间男女爱情,或点化帮助现实生活中的落难之人,体现出对现实生活极大的关注,此类人物形象即构成了巨大张力。需要强调的是,此类人物之外形往往放荡不羁,如《西厢记·惠明传书》一折中对惠明的描述:

【端正好】不念《法华经》,不礼梁王忏,飘了僧伽帽,袒下偏红衫。杀人心逗起英雄胆,两只手将乌龙尾钢椽攥。

【滚绣球】非是我贪,不是我敢,知他怎生唤做打参,大踏步直杀出虎窟龙潭。非是我挣,不是我揽,这些时吃菜馒头委实口淡。那

---

[1] 茅原:《未完成音乐美学》,上海人民出版社,1998 年版,第 88—93 页。
[2] 杨埏:《龙膏记·无颇卖人》,见止云居士编:《万壑清音》卷七,台湾学生书局,1987 年版,第 585 页。

五千人也不索炙膊煎熰,腔子里热血权消渴,肺腑内生心且解馋,有甚腌臜。

....

【倘秀才】(惠)我经文也不会谈,逃禅也懒去参,戒刀头近新来将钢蘸,铁棒上无半星儿土渍尘缄。别的僧不僧俗不俗,女不女男不男,则会斋得饱去僧房中胡掩,那里管焚烧了兜率也似伽蓝。您那里善文能武人千里,尽在这济困扶危书一缄,有勇无憨。

由上可知,惠能虽为和尚,但如凡人一样"不念《法华经》,不礼梁王忏","经文也不会谈,逃禅也懒去参",而且抱怨"吃菜馒头委实口淡",坦言"腔子里热血权消渴,肺腑内生心且解馋,有甚腌臜",总之从整折来看,惠能是一个放荡不羁、癫狂、亦僧非僧的人物。此形象与《昙花记·郊游点化》中"平生醉里颠蹶,醉里却有分别"的醉僧、"倒翻银河半湾,撞碎昆仑一角。上帝罚我害风,四海蓬头赤脚"的疯魔道人,《精忠记·疯魔化奸》中"垢面疯痴"的疯僧同属一类,皆有看上去"不容于世"的外表。不仅戏曲选本截取此类人物,这一时期的小说戏曲中也多有此类形象,如《千忠戮》剧中由吴成学、牛景改妆成的一僧一道、《红楼梦》中的赖头和尚与跛足道人、《水浒传》中的鲁智深形象。为什么这一时期的作品中会出现如此多的同一类型的人物呢?此类人物究竟有怎样独特的时代含义呢?目前学界研究较多的是《红楼梦》中的一僧一道,其中较有代表性的见解有:一是认为此类人物为"佛、道或庄禅的价值信仰的形象符号"[1];二是认为是作者"色空体验的象征符号"[2]。这两种说法都有一定道理,但是前者将人物形象归于"价值信仰的形象符号"显得较为简单化、平面化;后者则将此类人物形象归之于作者的独特体验显得又太过具体化,忽略了时代的普遍性。因此,笔者比较认同刘勇强先生的观点,他认为此类人物既有作者"对佛道文化的体认",但是"也源自他从现实生活中获得的感悟",他还认为此类人物"在出世的表象下表现人类的精神追求与困境"。[3]

---

[1] 刘小枫:《拯救与逍遥》,上海三联书店,2001年版,第214页。
[2] 陈维昭:《轮回与归真》,汕头大学出版社,1993年版,第136页。
[3] 刘勇强:《一僧一道一术士——明清小说超情节人物的叙事学意义》,《文学遗产》,2009年第2期。

选本截取的此类人物或适心任性、超然物外，或放浪不羁、蓬头垢面，一个个看似不容于世的外表下"夸张性地突出世人不明真相的愚昧"①，这即构成了这一时期此类人物的一重张力。此类人物大都"遁入空门"，但他们的种种行为又"不离世间、不即世间，可进可退"，徘徊于出世与入世之间而"非俗非僧、亦俗亦僧"，这又构成了人物的一重张力；这种双重张力，一方面使得戏曲作品中的人物形象给人们留下深刻的印象，造成了强大的艺术效果；另一方面也使得作品中的人物变得扑朔迷离，其人物表象背后的真实内涵变得丰富而难以捉摸，形成了"异质同态"的效果。

（二）情节的张力：弃而不弃，不弃而弃

除了选本中人物形象的张力，选本所截取的某些情节之间亦构成一种张力。选本中所截取的"度脱"剧目大都有较为显著的"弃世"情节。如《长生记·挥金却怪》中吕洞宾只有"抛却家财、视金如土"时方得度脱，《蕉帕记·超悟脱化》中西施只有忘却"多情范蠡"、摆脱"情欲"，才得到吕洞宾度脱。《昙花记·恶鬼自叹》中卢杞在地狱中慨叹自己"苦挣富贵，也无非为妻妾儿孙"，然而儿孙"红烛儿点起，花筐鼓儿打起，直恁的欢乐，怎知我在地狱中受这般苦楚"。总之，选本中此类剧目所表达的主旨是"早弃繁华，栖心清净，外缘不扰，内境常宁"。抛弃尘世繁华的物质与权力，抛弃尘世的七情六欲、人伦道德，是此类作品的主要内涵。然而，选本所截取的内容却与此体现出较大的张力，如《昙花记·菩萨降凡》：

（贴小旦谢起侍立照）德莱，你良人云游几载，可有音信么？（旦悲泪科）弟子良人云游十载，杳绝无音，存亡不审。（照）可惜你这一泪，迟你十年净土。汝良人踪迹，我悉见悉闻。往年西郊外来点化的沙门，是西天宾头卢祖师，道士是蓬莱仙子山玄卿。你良人辞家出门，便遇此二师。备尝艰辛，历试皆过。二师挈之上游天堂，下游地府；东泛蓬莱，西观佛国。诸境既历，道念弥坚。此时已证道果，将

---

① 刘勇强：《一僧一道一术士——明清小说超情节人物的叙事学意义》，《文学遗产》，2009年第2期。

返太原，与你相见。①

　　此段对话是灵照菩萨与木清泰妻德菜的对话，从文本中可知当提及木清泰时，德菜含泪云其"云游十载，杳绝无音，存亡不审"，而此时灵照菩萨批评德菜"可惜你这一泪，迟你十年净土"，由此可见，此段文本强调的是欲成正果，则需抛却"人伦夫妻之情"，然而既是抛却人伦，灵照菩萨为何一上场即问及木清泰的情况，并且最后告知德菜其"将返太原"，夫妻得相聚，显然又是顾及"夫妻人伦之情"。此外，选本截取了大量类似的情景，吕洞宾完成度脱代表着其"人向神"的理想之路已经圆满，然而结尾钟离子却要求吕洞宾回家告别发妻韩氏，此处则又明显念及"夫妻人伦之情"，体现出"神向人"的回归。《西游记·擒贼雪耻》则描述了唐僧一家团聚的场景：

　　【川拨棹】江上设灵祠，用三牲作祭祀。浪卷风嘶，风袅杨枝。（龙王、夜叉背陈光蕊上）（夫人惊，云）哑，孩儿，远远望见江面上，是你父亲的灵魂来了。（唐僧云）这就是我父亲（夫人唱）鬼吏参差，簇捧着屈死的孤穷秀士。十八年霜雪姿我，苍颜他似旧时。（虞云）哑，异哉！这是陈光蕊！有鬼！有鬼！（陈云）我不是鬼！我不是鬼！（虞云）既不是鬼，请上涯来。（做见科）（做抱哭科）（夫人云）相公，你被刘洪推在水中，怎生得活来？（陈云）我曾买鱼，眨眼放之于江，因此龙王养我在水晶宫内十八年。观音佛旨，着我回于阳世。这小和尚是谁？（夫人云）就是你孩儿，今日来报仇雪恨。

　　在此剧中，唐僧皈依佛门体现的是"人向神"的出世之路，然而此处所展现的是唐僧一家团聚共享天伦的欢乐场景，之所以如此安排情节，固然与南戏传奇中的情节套路相关，然而剧中此情节与作品主题在一定程度上构成民一种张力。而且就选本所截取的情节而言，表现"人向神"转变的"度脱"情节在一定程度上侧重于体现夫妻双度的情节。《李丹记·裴谌再度》中所度化之赵瑶娟为王恭伯之发妻，既是"度脱"，则是对现实世界人伦道德的抛弃，然而选本所截取的往往是夫妻双度，诸如吕洞宾夫

---

① 屠隆：《昙花记·菩萨降凡》，见止云居士编：《万壑清音》卷三，台湾学生书局，1987年版，第239页。

妇、木清泰夫妇、王恭伯夫妇。此外，选本所截取的谪仙亦是成双成对的，如昆仑奴与红线女、张无颇与元湘英。值得注意的是，选本中凸显出"双度"，往往是男主人公先度之后，女主人公再度，这种情节的截取难道仅仅只是巧合吗？实际上，在元杂剧中亦有夫妻"双度"的情节，如《岳阳楼》《城南柳》《金安寿》《升仙梦》《玩江亭》五种，其中前三种皆是女性先悟道，而《升仙梦》为男女同时悟道，只有《玩江亭》是男性先悟道。反观天启间选本所截取的夫妻"双度"情节，皆为男性先悟道，在这种夫妻双度的情节中，男女地位存在明显不平等，如下文：

> 后学得粗遗精，有名无实，多以二八女鼎，朝夕淫媾，恣情荡欲，耗气损神，须知养鼎之实只在守我贞元，婴姹自为夫妇，以神交结。阴阳默相往来。当金白水清之时，存无守有；值龙争虎斗之侯虑险防危，采摄散魄余华，资我纯阳灵爽。此为下手工夫，入道阶梯也。何劳姹女与婴儿，透彻分明，说与伊身里乾坤颠倒处，壶中日月运行时。
>
> ——《李丹记·梁芳证道》

由上述文字可以看出，这一时期选本较为关注家庭女性的伦理道德操守。在一定程度上来说，度脱剧中关于女性的相关认识与此是较为一致的，皆有明显的性别偏见，认为女性"花月貌断送了情娘，粉油头污羞了真相"[①]，因此女性之度脱悟道往往在男性之后，而且选本中体现出较为明显的"去欲"色彩。然而天启间戏曲选本虽然截取了"度脱"情节，又在一定程度上凸显"夫妻双度"，这即构成了情节上的一种张力。此外，"双度"情节中的夫妻伦理道德关系是建立在"男尊女卑"的基础之上的，这构成了情节上的又一重张力。在双重张力作用下，选本体现出对传统社会道德伦理观念"弃而不弃，不弃而弃"的彷徨状态。

究竟是什么原因造成了选本中所截取的人物形象与情节上的张力呢？为什么选本中的人物和情节时而体现出"人向神"的理想追求，时而又体现出"神向人"的回归呢？在诗歌传统中，一般认为张力产生的原因是语言能指与所指之间客观上不存在"一对一"的关系，因此二者之间形成了

[①] 出自《蕉帕记·超悟脱化》，《万壑清音》，见王秋桂主编：《善本戏曲丛刊》，台湾学生书局，1987年版，第601页。

"张力",但在戏曲作品中,这种张力的形成难道亦是因为人物与情节与作品之内涵不存在一对一的关系而形成的吗?笔者认为,戏曲作品或选本中之所以形成这种张力,主要是由剧作者或编选者主观的原因造成的,其所体现的是剧作者或编选者在现实与理想张力下的精神困惑与徘徊。明代天启以来,无论是剧作者还是选本编选者,大都为失意的中下层文人士子,现实世界中的黑暗使得他们走向了渴望"摆脱世俗、散诞逍遥"的度脱之路,然而当其可以真正摆脱现实,走上彻底与世隔绝的道路时,他们又是不甘心的。"山水不足以娱其情,名理不足以解其忧",他们的灵魂深处始终有一种入世情结,这种情结始终在召唤着他们,他们仍然是理想主义者——痛苦的理想主义者。"摆脱世俗、散诞逍遥"的一生,他们是不甘心的,他们骨子里魂牵梦绕的仍然是那种名垂千古的济世情怀。这种情怀来自儒家推崇的"事君""为政"的政治信仰,来自"兼济天下"的人生信念。这种信念紧紧地缠绕着中国文人的灵魂,也缠绕着戏曲家们的灵魂,使他们难以放弃和忘却,依然表现出强烈的济世情怀。这种情怀也使得他们在现实与理想中痛苦地煎熬着。在现实与理想的冲突下,作品中的人物和情节都在一定程度上形成了一种张力,这种张力就是那些文人在黑暗现实与出世理想煎熬下真实的写照。

第三节　重情思潮观照下南曲剧曲中的才子佳人

天启以来,无论是"清丽缠绵"的《词林逸响》,还是"雄壮劲切"的《万壑清音》,都选录了风情题材作品,见表4-9统计:

表4-9　《词林逸响》《万壑清音》风情题材剧目统计

《词林逸响》	《琵琶记》《西厢记》《荆钗记》《白兔记》《幽闺记》《焚香记》《明珠记》《彩楼记》《牧羊记》《玉簪记》《跃鲤记》《绣襦记》《玉玦记》《玉合记》《葛衣记》《还魂记》《红梨记》《异梦记》《西楼记》《鸾鎞记》《崔君瑞传》	21种
《万壑清音》	《璿贞订盟》《淑贞鼓琴》(《青楼记》)、《金石不渝》(《焚香记》)、《草桥惊梦》(《西厢记》)、《宫袍报喜》(《樱桃梦》)	4剧11折

《词林逸响》涉及风情题材剧目共 21 种，约占剧目总数的 47%。北曲选本《万壑清音》收录的风情剧目不多，有 7 种 11 折，约占其选曲总数的六分之一。由此可看出，这一时期选本中涉及爱情题材的作品主要集中于南曲作品，因此本节所探讨的"才子佳人"形象以南曲为主，辅助参考北曲中的相关作品。选本中收录如此多的以"情"为主题的作品是晚明戏曲创作"传奇十部九相思"现象的直接体现，也在一定程度上说明此类剧作深受观众喜爱。选本所截取的此类剧作，除《琵琶记》《跃鲤记》《牧羊记》《彩楼记》等少量作品涉及婚姻生活外，其余作品以表现男女主人公相恋为主题，双方虽然历经悲欢离合，但结果大都是"有情人终成眷属"的美满结局。天启间戏曲选本中所截取的风情剧目，刻画了一个又一个痴男怨女的形象，这些形象的塑造"往往是为了言情"，作者胸中常常含有一股磊落不平之气，这种气"发诸形象，使演之场上"，总之"言情是戏曲家塑造形象的目的，戏曲形象之情，往往带有作者强烈的主观色彩"①。

一、晚明以来戏曲之言情思潮

　　明代万历以来，戏曲家们高扬"性情"，阐述了大量的"言情"理论。这些理论探究"情"的起源，高扬人性、人情。如李贽认为"盖声色之来，发于情性，由乎自然"②，在他看来情感的生发是自然而然的，他强调"情"产生的自然性和非理性。徐渭也认为"人生堕地，便为情使"③，也是在强调"情"产生的非理性。汤显祖所云"情不知所起，一往而深""人生而有情，思欢怒愁，感于幽微"④ 等观点与李贽、徐渭观点基本一致，都将"情"与"心性"之学结合起来，形成了晚明"言情"文学的独特内涵与时代特点，充分肯定"发狂大叫，流涕恸哭"⑤ 的自我真性情，谱写了一曲曲对"真情""至情"的赞歌。徐渭、李贽、汤显祖等人虽然

---

① 卜健：《论戏曲形象的言情化特征》，《艺品》，1986 年第 2 期，第 46 页。
② 李贽：《焚书》卷二《读律肤说》，李竞艳注，河南大学出版社，2016 年版，第 383 页。
③ 徐渭：《选古今南北剧序》，见吴毓华编：《中国古代戏曲序跋集》，中国戏剧出版社，1990 年版，第 68 页。
④ 汤显祖：《宜黄县戏神清源师庙记》，见徐朔方笺注：《汤显祖全集》第 2 册，北京古籍出版社，1999 年版，第 1188 页。
⑤ 李贽：《焚书》卷一《杂说》，李竞艳注，河南大学出版社，2016 年版，第 322 页。

未明确说明情感是如何产生的,但实际上还是强调了"人"在情感产生过程中的主体性作用,具有比较浓郁的近代人文主义思潮色彩。其情感理论所突出的重点是个体的作用与价值,其情感起源说有着一定的心学内涵。在他们看来,情感实际上是源于人心的,汤显祖认为情感的生发"感于幽微",而情感的对象化则是"以灵机自相转活"的过程,也就是说其在情感起源上强调主体内心的作用,对于文艺创作尤其是戏曲而言,则更多地体现为人内在的心灵诉求,而非传统文论中外"物"使然的客观反映。此外,还有"言情思想"从"情"的作用出发,认为"人,情种也;人而无情,不至于人矣,曷望其至人乎?情之为物也,役耳目,易神理,忘晦明,废饥寒,穷九州,越八荒,穿金石,动天地,率百物,生可以生,死可以死,死可以生,生可以死,死又可生不死,生又可以忘生,远远近近,悠悠漾漾,杳弗知其所之。而处此者之无聊也,借诗书以闲摄之,笔墨磬泻之,歌咏条畅之,按拍纤迟之,律吕镇定之……岂非宅神育性之术欤"①,充分肯定了"情"对现实人生的指导意义。

除了单纯探究"情"的源起与作用,还有一些戏曲理论家探究"曲"与"情"的关系,认为戏曲文学的本质特征即在于"言情"。如王伯良在《曲律·杂论下》中云:"诗不如词,词不如曲,故是渐近人情。……快人情者,要毋过于曲也。"② 在他看来,戏曲作品"最近人情",亦最能传情,因此"作闺情曲而多及景语,吾知其窘矣。此在高手,持一'情'字,摸索洗发,方挹之不尽,写之不穷,淋漓渺漫,自有余力。何暇及眼前与我相二之花鸟烟云,俾掩我真性,混我寸管哉!世之曲,咏情者强半,持此律之,品力可立见矣",虽然"闺情曲而多及景语",但是唯独对"情"的表达,"写之不穷,淋漓渺漫",其所强调的亦是戏曲作品应该表达"真性",唯有"持此律之,品力可立见"。③ 从这一点看,其主张与李贽"童心说"、公安派的"性灵说"的主张基本是一致的。此外,潘之恒、袁于令等人从曲作者、观众、演员角度出发,认为戏曲作品之"情"是联

---

① 张琦撰:《衡曲麈谈·情痴寤言》,见《中国古典戏曲论著集成》(四),中国戏剧出版社,1959年版,第273页。
② 王骥德:《曲律》,见《中国古典戏曲论著集成》(四),中国戏剧出版社,1959年版,第157页。
③ 王骥德:《曲律》,见《中国古典戏曲论著集成》(四),中国戏剧出版社,1959年版,第157页。

结作家、演员、观众的内在脉络,如袁氏在《焚香记》序中曾云:

> 戏场即一世界,世界只一"情"。人以剧场假而情真,不知当场者有情人也,顾曲者尤属有情人也。即从旁之堵墙而观听者,若童子、若瞽叟、若村媪,无非有情人也。倘演者不真,则观者之精神不动;然作者不真,则演者之精神亦不灵。

在他看来,无论是"顾曲者""当场者"(观众),还是"演者",皆属于"有情人"。唯有作品"有情",演者才能有"精神",也才能打动观众。这种看法与潘之恒的观点一致,他在《鸾啸小品》中就有"情痴"专文,在他看来,《牡丹亭》能"以情写情",因此"别通一窍于灵明之境"。而在这部戏中,观众也必须是"有情人",甚至达到"情痴"的地步,才能在真正意义上理解杜丽娘与柳梦梅之情。他认为戏曲作品之"写情",演员表演之"传情",观众之"有情",三者的统一在戏曲作品中尤为难得。

总之,晚明社会所兴起的层出不穷的"言情"思想,一方面高扬"情"的赞歌,极力推崇"真情""至情"的思潮,在一定程度上造成了"反理"的倾向;另一方面则使得晚明戏曲家开始重新反思"曲体"文学,对戏曲艺术的品格与本质的认识都达到了一定高度。在重情思潮观照下,戏曲创作进入一个以"情"为主题的时代,各类言情作品层出不穷。据郭英德先生《明清传奇史》统计,风情剧约占这一时期作品的45%,这些作品或"颇偏重于写恋爱故事,而且多写男子的负心,或女子的薄命,虽然多半是始离终合地以团圆结局"[1],或"以瑰丽的文辞表达刻骨铭心的相思情怀",表现出挣脱了明初以来的"生命的跃动,情感的激荡"[2]。晚明曲坛上掀起了一股"言情"之潮。这种潮流"从明中叶开始出现的。从理论思想而言,它是以徐渭、李卓吾为创始者。从艺术创作来看,它是以汤显祖的《临川四梦》为中心的"[3]。在这种潮流的冲击与影响下,天启间戏曲选本尤其是南曲作品受到一定程度的影响。晚明"言情"之潮对戏曲作品之选录、人物形象之截取又产生了怎样的影响呢?梳理选本才子佳人形象,可以更为细致地挖掘晚明社会思想与曲学发展的关系,从而对中

---

[1] 周贻白:《中国戏剧史长编》,上海书店出版社,2007年版,第167页。
[2] 季国平:《宋明理学与戏曲》,中国戏剧出版社,2003年版,第115页。
[3] 谭帆:《中国古典戏曲理论史》,华东师范大学出版社,2005年版,第288页。

国曲学史在晚明的发展做出更为深刻、细腻的阐释。

二、言情与才色：发于情性，由乎自然

选本所截取的风情剧目大都是落魄文人得到红颜知己的欣赏与安慰，于是沉迷于"洞房花烛"的美梦，构想出了所谓才子佳人的故事模式。其基本模式是：才子必遇佳人，佳人必配才子，虽经颠沛流离，终得团圆喜庆，这种固定的情节模式使得选本人物具有类型化特点，形象略显单一。然而不可否认的是，这种类型化的故事情节与人物"可以最直接、最畅快地抒发个人心灵中精微隐秘的情感与欲求，使个人在现实生活中难以实现甚至无法实现的理想之梦，在艺术中得到虚幻的实现"[1]。那么编选者借助于这些类型化的人物与情节，表达了明代中后期文人怎样的理想与追求呢？这种追求裹挟在晚明层出不穷的言情思潮中，又产生了怎样的新变呢？

从选本截取的才子佳人之情节类型而言，才子与佳人往往是"一见钟情"式的，如《西厢记》中张生初次见崔莺莺便云"似这般庞儿罕见，只着人眼花缭乱口难言"；《明珠记》中王仙客初次偷窥无双"玉肌香，云鬟薄，春纤嫩，笑拈针指，低低偷眼，隐隐蛾眉"，便痴迷含情，难以自拔；《玉簪记》中潘必正与陈妙常"想着你初见，心甜意甜"；《种玉记》中卫子夫初见霍仲孺便"想他风标堪羡，信翩翩美少年。那更神凝秋水，貌比芳莲，堪遂我三生愿"。又如此段场景：

【玉胞肚】行春到此，趁东风花枝柳枝。忽然间遇着娇娃，问名儿唤作西施。感卿赠我一缣丝，欲报惭无明月珠。

【前腔】何方国士，貌堂堂风流俊姿。谢伊家不弃寒微。却教人惹下相思。劝君不必赠明珠，犹喜相逢未嫁时。

这段场景选自《浣纱记·溪遇》一折，讲述西施与范蠡初次相逢于浣纱溪畔，范蠡便"感卿赠我一缣丝，欲报惭无明月珠"，西施则云"劝君不必赠明珠，犹喜相逢未嫁时"，这种感情亦是"一见钟情"式的。男女双方初次见面便产生情感，以至想要托付终身，谈婚论嫁，这是怎样的一

---

[1] 郭英德：《至情人性的崇拜：明清文学佳人形象诠释》，《求是学刊》，2001年第2期。

种情景？为什么这一时期的选本中截取了如此多的此种情景呢？借助这种场景，创作者与选本编选者欲表达怎样的言情理论呢？再如选本中还截取了《牡丹亭·惊梦》场景：

【隔尾】观之不足由他缱。便赏遍了十二亭台是惘然，倒不如兴尽回家闲过遣。

【山坡羊】没乱里春情难遣，蓦地里怀人幽怨。则为我生小婵娟，拣名门一例里神仙眷。甚良缘，把青春抛的远。俺的睡情谁见，则索因循腼腆。想幽梦谁边，和春光暗流转。迁延，这衷怀那处言？淹煎，泼残生除问天。

【山桃红】则为你如花美眷，似水流年，是答儿闲寻遍，在幽闺自怜。转过这芍药栏前，紧靠着湖山石边。和你把领扣松，衣带宽，袖稍儿揾着牙儿苫也。则待你忍耐温存一晌眠，是那处曾相见，相看俨然。早难道这好处相逢无一言。

【鲍老催】单则是混阳烝变，看他似虫儿般蠢动把风情搧。一般儿娇凝翠绽魂儿颠，这是景上缘。想内成，因中见。呀！淫邪展污了花台殿，咱待拈片落花儿惊醒他。他梦酣春透了怎留连，拈花闪碎的红如片。

【山桃红】这一霎天留人便，草藉花眠。则把云鬟点，红松翠偏。见了你紧相偎，慢厮连，恨不得肉儿般团成片也，逗的个日下胭脂雨上鲜。是哪处相见相看，俨然早，难道这好处，相逢无一言？

【棉搭絮】雨香云片，才到梦儿边，无奈高堂。唤醒，纱窗睡不便。泼新鲜，冷汗黏煎。闪的俺心悠步躰，意软鬟偏。不争多费尽神情，坐起谁忺则待去眠。

【尾声】困春心游赏倦，也不索香薰绣被眠。天呵，有心情那梦儿还去不远。

这是杜丽娘与柳梦梅在牡丹亭前初次相遇的场景，关于二人之情，亦可归为"一见钟情"。作为"至情"化身的杜丽娘，其行为虽然不合礼法，但汤显祖并不是以此剧来反抗儒家的传统道德信仰，不然最后杜丽娘回生后怎会让其父母主婚，其所体现的则是对儒家礼学的遵循。那么，汤显祖借助杜丽娘、柳梦梅的故事要表达怎样的言情思想呢？这种思想与选本中所体现的"一见钟情"的情节模式有无关联?这种关联是否受到明代中期所兴起的心学思潮的影响呢?关于此,汤显祖解释:"因情生梦,因梦成戏",杜丽娘之所以会"因情生梦",梦境是非理性的、自然而产生的,在此基础上所产生的"情"亦是非理性的、自然的,其"无非想说明情欲是与生俱来的,不依赖于外物而存在萌发"①。因此,卜健先生认为杜丽娘是一个"情欲一体的形象"②,孙书磊先生却认为杜丽娘是"在满足生理欲望的同时,她感受到实现自身价值的重要,进而体会到人生的意义",在他看来,杜丽娘是"普遍人性欲望的具体承担者"③,然而究竟杜丽娘代表的是"人性欲望",还是"情欲一体",孰是孰非此处姑且不论,但不可否认的是,杜丽娘对柳梦梅之情并不是"她与某个具体对象的特定情爱,而是她作为一个健全人的本体生命所具有的生理和心理特性,是出于人的自身天性对于性欲的本能需求和渴望。汤显祖寄寓在杜丽娘这一形象中的内涵,正是人的这种生命需求"④,这种"生命需求"建立在自然天性的基础上,从这个意义而言,就具有了晚明以来的心学内涵。

关于这种"情",晚明文人并未形成明确的认识,甚至这种"情"与"欲"有怎样的区分,这种"情"是怎样产生的,他们都不明确,诚如其所言"情不知所起""人生而有情,思欢怒愁,感于幽微""世总为情,情生诗歌,而行于神",但可以确定的是这种"情"或"欲"是与生俱来的,是一种带有自然主义色彩的情感,因此选本所截取的才子佳人故事基本上是"一见钟情"式的。其强调的是"人"在情感产生过程中的主体性作用,具有比较浓郁的近代人文主义色彩。在他们看来,情感实际上源于人心,因此像"梦"似的飘忽不定,选本中大量截取"一见钟情"式的情节,亦在凸显"情"的产生与男女主人公之关联,凸显的仍然是主体自身的作用。汤显祖认为情感的生发"感于幽微",情感的对象化则是"以灵机自相转活"的过程,也就是说其在情感起源上偏向主体自我内心的作用。对于文艺创作尤其是对戏曲而言,更多地体现为人内在的心灵诉求,

---

① 范红娟:《杜丽娘形象变迁和20世纪文本研究》,《河南社会科学》,2011年第5期。
② 卜键:《美丑都在情和欲之间——〈牡丹亭〉与〈金瓶梅〉比较谈片》,《文学评论》,1987年第5期。
③ 孙书磊:《人欲的赞歌》,《江苏教育学院学报》,1996年第1期。
④ 廖奔、刘彦君:《中国戏曲发展史》,山西教育出版社,1993年版,第342页。

而非传统文论中外"物"使然的客观反映。

选本除了凸显"情"的内在性、主体性,还凸显了"情"的哪些特性呢?仔细比对选本中才子佳人相会相恋的场景,发现张生、崔莺莺相逢于"佛殿",相恋于"花园";范蠡、西施相逢于浣溪沙畔;潘必正与陈妙常相逢于道观中的花园。佛殿、花园、道观、江畔是选本中所截取的最为典型的"言情"之所,如《牡丹亭·惊梦》一折中描绘的杜、柳相会之所:

【步步娇】袅晴丝吹来闲庭院,摇漾春如线。停半晌,整花钿。没揣菱花,偷人半面。迤逗的彩云偏,步香闺怎便把全身现。

【醉扶归】你道翠生生出落的裙衫儿茜,艳晶晶花簪八宝填。可知我常一生儿爱好是天然,恰三春好处无人见。不提防沉鱼落雁鸟惊喧,则怕的羞花闭月花愁颤。

【皂罗袍】原来姹紫嫣红开遍,似这般都付与断井颓垣。良辰美景奈何天,赏心乐事谁家院。朝飞暮卷,云霞翠轩。雨丝风片,烟波画船。锦屏人忒看的这韶光贱。

【好姐姐】遍青山,题红了杜鹃,荼蘼外烟丝醉软。春香呵,牡丹虽好,他春归怎占的先。成对儿莺燕呵。闲凝眄,生生燕语明如翦,呖呖莺歌溜的圆。

这是杜丽娘、柳梦梅谈情之地,虽然梦境是虚幻的,但是梦境发生的地点却是在现实世界,这个地方"袅晴丝吹来闲庭院,摇漾春如线","原来姹紫嫣红开遍",风景优美,"恰三春好处无人见",说明此处是一个相对独立的世界,汤显祖为何将杜、柳二人生情之地设置于虚幻的梦境但又是相对独立的一个现实环境中呢?梦境是虚幻的,其往往是自由的境界,花园是现实的环境,往往又是一个相对独立的环境,在这种环境下产生的情感往往是无拘无束,顺乎自然的,这实际上强调了情感的自为性。总之,晚明戏曲选本中凸显此类情感,很明显是受到了晚明以来徐渭、李贽、汤显祖等人言情思想的影响。晚明戏曲选本所选辑的看似类型化的情节,才子佳人于花园、道观、佛殿、江畔等情境中相逢而"一见钟情",凸显的则是晚明以来言情理论思潮中所特有的情感理论与思想色彩,那些类型化的情节与人物所裹挟的则是时代固有的思想色彩与审美情趣。

选本所塑造的才子佳人形象表达了晚明文人独特的审美情趣与追求。

那一个个佳人的美丽形象,不仅仅是"文人心目中理想人格的化身,更是他们现实生活中自我形象的象征"。文人通过向佳人的追求,不仅表现出"他们对幸福的爱情生活的渴望",更在一定程度上体现出他们"对理想的至情人性的神圣崇拜"①,然而值得注意的是,晚明文人的这种崇拜是建立在双方"才""色"基础之上的,诚如吴门拚饮潜夫《春柳莺序》言:

情生于色,色因其才,才色兼之,人不世出。所以男慕女色,非才不韵;女慕男才,非色不名。二者具焉。方称佳话。

晚明戏曲作品所截取的才子佳人都是"才色兼之",才子佳人所表现出的情建立在"才色兼之"的基础上,只有具备才色,男女主人公"方称佳话"。在晚明士人看来,"有才无色,算不得佳人;有色无才,算不得佳人",有才有色方可产生"一段脉脉相关之情"②,否则算不得佳人。选本所收作品中,男女主人公往往都是才色兼之,如崔莺莺与张生、敫桂英与王魁、西施与范蠡、潘必正与陈妙常、李益与霍小玉等。为什么晚明言情戏曲作品要凸显人物的才与色呢?这种对才色的重视体现了晚明文人怎样的思想变迁呢?郭英德先生认为,"明清文学家所肯定的才,不只是生而有之的天资禀赋('性'),也不只是学而有之的知识技能('学'),而是以智慧为核心,融会了天资禀赋、知识技能的个体能力,是构成个性人格的基本要素"③。实际上,无论是"才"还是"色",都是个体个性的体现,"色"是个体人性的外在表现,而"才"则是个体人性的内在表现。晚明文人对才色的重视,体现了他们对不依赖于外在社会的个体人性的重视。

总之,这一时期戏曲选本所截取的言情作品体现了晚明以来的言情思潮,而这种言情思潮又体现出晚明独特的思想内涵。李贽认为"盖声色之来,发于情性,由乎自然"④,这种观点对晚明戏曲创作选本的编选都产生了巨大影响,一方面戏曲创作者在作品中高扬"至情",凸显"情"的价值,展现"情"在"理"的层层束缚下不断显现;另一方面选本编选者亦多聚焦此类作品,凸显"情"的主体性、自为性、内在性。一个个才子

---

① 郭英德:《至情人性的崇拜:明清文学佳人形象诠释》,《求是学刊》,2001年第2期。
② 蒉秋散人:《玉娇梨》,春风文艺出版社,1981年版,第55、68页。
③ 郭英德:《至情人性的崇拜:明清文学佳人形象诠释》,《求是学刊》,2001年第2期。
④ 李贽:《读律肤说》,见《焚书》卷三,中华书局,1975年版,第157页。

佳人形象的编选与截取，反映了晚明以来思想文化的变迁，通过对这些作品的梳理与考量，可以探究晚明心学与言情思潮观照下戏曲文化的变迁与发展。

三、风情与风教：从一而终，情理相融

毋庸置疑，晚明盛行一种重情的文艺思潮，这一时期的思想家、文学家大都提倡肯定人情，推崇情的自为性、主体性、内在性，甚至有些思想家将"情"提到了本体论的层面，认为"性情者，理义之根柢也"。随着一些作品对情的凸显与颂扬，一些学者认为晚明社会进入了一个"以情抗理"的时代，将情与理的关系对立起来，认为"情有者理必无，理有者情必无"。晚明戏曲作品所反映的"情"和"理"究竟是怎样的呢？晚明真的是一个"以情抗理"的时代吗？在编选者看来，"情"与"理"的关系又是怎样的呢？

天启间选本涉及了大量言情作品，如《西厢记》《玉簪记》《牡丹亭》等。选本通过对才子佳人之故事模式、人物形象、故事场景的截取，表现出编选者对"情"的推崇，以及对"情"的自为性、主体性、内在性的认可，这说明选本编选者亦深受晚明心学、言情思潮之影响。如选本中截选了《牡丹亭·惊梦》与《牡丹亭·寻梦》两出，塑造与凸显了为情而生、为情而死的"至情"化身——杜丽娘形象，可谓是对"情"的高度颂扬。除截选此情节外，选本还截选了《冥判还魂》一出，回生之后的杜丽娘由圣上赐婚，父母主婚，所体现的则是"以礼养欲"，尊崇传统儒家礼学。在晚明这个肯定"人情"的时代，选本为何又截取了此类情节呢？这是否意味着晚明文人对"情"的抛弃与否定，是对"理"的复归与肯定呢？关于"情"与"理"之矛盾冲突，实际上并非只有明代中后期才存在，只是晚明随着心学的盛行，自我主体意识不断觉醒，情与理的冲突日益凸显。虽然晚明戏曲作品中有大量高扬情性的作品，但晚明文人的思想观念中不是绝对反传统、反理学的，如《万壑清音》选录《青楼记·淑贞鼓琴》一折：

（两相思）愁锁春山，泪盈秋水，粉褪香腮早黛消。叹萧郎何时相见。跨凤骖霄，吴猛难逢，壶公不遇，长江浪急路途遥，只落得相

思两地。自从那日偶托孤雁传书，不见消息。好烦恼人也。

【点绛唇】门掩清宵，楼台静悄，无人到。槛竹潇潇，月白纱窗晓。

【混江龙】夜深风峭，一庭寒露落松梢。这些时空怜幽景。谁伴良宵，蓦思就里伤怀抱。我素质更添新日病。朱颜不似旧时娇，好似那清霜暗损海棠春，狂风惨淡梨花貌。恐他回来呵，见我这衰容瘦质，恐看作败柳残桃。奴家思量一会，转添烦恼，不如操一曲琴消遣则个。

【油葫芦】玉指调弦韵转高，一声声似奏虞韶。分明按宫商操一曲凤凰交，因念别离情变作孤鸾操，欲把旧时情寄在阳春调，只恐怕有限冰弦弹不尽许多烦恼。只见这玉徽光映秋蟾皎，幽声响彻碧云霄。

此折主要讲述赵璿进京赶考后，淑贞"愁锁春山，泪盈秋水，粉褪香腮早黛消"的状态，通过【点绛唇】【混江龙】【油葫芦】三支曲牌塑造了一个将"离情变作孤鸾操，欲把旧时情寄在阳春调"的痴情少女形象。此折前半出是对淑贞"痴情"形象的塑造，体现了对情的颂扬。除此作外，选本还截选了许多才子佳人的"痴情"形象，如《长亭送别》之崔莺莺、《草桥惊梦》之张生，《玉合记》之柳氏，《玉簪记》之陈妙常，《樱桃梦》之郑氏，这些才子佳人一旦分离便"一个潘郎鬓有丝，杜韦娘非旧时，一个带围宽清减了小腰肢。一个睡昏昏不待观经史，一个意悬悬懒去拈针指。一个笔下写幽情，一个弦上传心事。两下里都一样害相思"，这是一种"痴情"的表现。此外还有一些人物遭遇婚变之后便悲痛欲绝，如《焚香记》之敫桂英、《崔君瑞传》之郑氏、《绣襦记》之郑元和、《西楼记》之于鹃，这些人物遭遇情变之后往往"漏已断我犹垂两泪""泪掩双星，月暗天迷，思昏沉，心乱搅"，亦是一种"痴情"的表现。这一时期选本中为什么截取了如此多的"痴情"形象，难道仅仅就是对"情"的推崇吗？这一个个"痴情"形象的塑造与截取表达了晚明文人怎样的情理观？这种"痴情"的才子佳人形象与传统理学有无关联？如下文：

（旦）功名虽不成，你可同我回去。（生）我临别时说功名不遂，不来相见，因感小姐志诚，特来告辞。（旦作哭介）冤家，我为你受尽苦楚，指望得谐伉俪，谁想盟誓都作空言。昔日恩情化为朝露，妾身既许于君，焉能又跟他姓，君如不从所志，妾身必仗剑而亡，愿以颈血溅君，见我平生贞烈。（仗剑科，生夺剑介）你好似百炼真金，精辉益焕，真烈女也。我以得中状元，故扮白衣特来相试。（旦）你见我仗剑故来哄我。（生）你听我道来。

【后庭花】我为人志量高，论文章压俊豪，名魁虎榜，承天诏，首占鳌头夺锦标，赐金花斜簪乌帽。（生下帽取花看）（旦）恭喜，恭喜。这真道中了状元。（生）只为芳卿丢不下，怕不得路途遥，幸相逢同欢笑，好似梅月共清高，金玉相辉耀。

（生）我有一句话告禀，你不要吃恼。（旦）怎么说？（生）卿虽宦女，奈落娼门，即娶为妻，恐人说议，欲为卿寻访父母下落，差人接你回家，然后纳带求婚，那时节正是宦门之女，状元之妻，却不好也？（旦）你既肯娶我，何不先娶我过门，再待我寻访父母，你中了状元，不念旧情。（哭介）

此段对话依然出自《青楼记·淑贞鼓琴》一出，前文已述其前三支曲牌以及【长相思】一词塑造了淑贞的"痴情"形象，但是这样一个痴情女子听闻赵璠因"功名不遂，不来相见"时，则选择"妾身必仗剑而亡，愿以颈血溅君"，此时的淑贞形象已经不再仅是"痴情"，而变成了"贞烈"。此后淑贞与赵璠双方谈及婚事，赵璠则云"卿虽宦女，奈落娼门，即娶为妻，恐人说议，欲为卿寻访父母下落，差人接你回家，然后纳带求婚，那时节正是宦门之女，状元之妻"，既然双方已经盟誓皆为夫妇，此时的赵璠却又要遵循"父母之命，媒妁之言"，此时的作品究竟是"言情"还是"言理"呢？男女主人公私定终生，本是不合理的事情，但是为何却又要遵循"媒妁之言"呢？这究竟反映了晚明文人怎样的一种情理观呢？

如果说理学家认为理义是性情的根基，那么晚明心学家则认为"盖性情者，理义之根柢者也"[1]。理学家和晚明心学家都主张"情"与"理"的和谐统一，区别则在于"情"与"理"二者究竟谁为第一性。《渔樵记》中当父亲刘二公叫玉天仙讨休书时，她的第一反应是"这个父亲，越老越不晓事了。想着我与他二十年的夫妻，怎生下的问他要索休书？"她之所

---

[1] 朱颖辉：《孟称舜戏曲集》，中华书局，2006年版，第617页。

以于心不忍，是念及传统伦理道德观念，在她的意识中"理"才是第一位的。但是在《万壑清音》所选《负薪记》中，其一出场便云"另嫁一个俊俏郎，且快活这下半世"，在她的潜意识中"性情"是第一位的。晚明的文人思想观念则在传统理学与心学之间徘徊，一方面充分肯定情的自在性、主体性、内在性，反对以理节情、以理代情、以理扼情；另一方面则又在努力寻找情与理的契合点，主张情理相融，如孟称舜在《〈节义鸳鸯冢娇红记〉题词》中写道："传中所载王娇、申生事，殆有类狂童淫女所为。而予题之'节义'，以两人皆从一而终，至于没身而不悔者也。"① 他将才子佳人之"情"与"从一而终""没身而不悔"的儒学传统结合起来，但是这种"从一而终"所遵循的"一"并非"理"而是"性情"，认为"情与性咸本乎诚"，"天下之贞女必天下之情女"。② 这一时期的戏曲选本在选录男女主人公相会前，往往会先选录"砥志"情节，如《词林逸响》选录《西楼记·砥志》一套，男女主人公尚未相恋之前，女主人公"情种愁魔，方晓得我的根苗""可不空负了求凰琴操"，这说明在潜意识中"理"与"情"均是一种形而上的存在。这一时期的文学家们努力寻找"理"与"情"的契合点，认为"理"在"情"中，情之至即为理之"至"，主张情理相融。选本截取大量"痴情"形象，即反映出情理相融的趋势，所谓"痴情"是一种"从一而终"的体现，而这种"从一而终"之情，既是对传统理学的坚守，亦是出自才子佳人内在自我选择，情与理实现了融合。

　　为什么这一时期的戏曲作品均要体现"情理"相融的趋势呢？"情理相融"的趋势有怎样的现实意义呢？其反映了戏曲文学怎样的特征？随着晚明心学的发展与兴盛，戏曲作品中出现了许多"重情"作品，这些作品在一定程度上充分肯定了情的自为性、主体性、内在性，反对对情的束缚与扼制，同时又强调以情入理、情理相融。为什么选本所截选的这些作品虽然高扬"人情"，却又向"性理"回归呢？选本截取的"情痴"形象体现出对"从一而终"之"情"的肯定，而"从一而终"既是对"情"的充分肯定，又是对传统理学的呼应。这种呼应包含了一种"风教"意味。晚

---

① 朱颖辉：《孟称舜戏曲集》，中华书局，2006 年版，第 559 页。
② 朱颖辉：《孟称舜戏曲集》，中华书局，2006 年版，第 619 页。

明戏曲家高扬"人情",但并不是说"戏曲不涉及伦理道德问题",而他们反对对"情"的束缚与扼制,也并不是反对戏曲"感移风化"的作用与功能,诚如王世贞在评价《拜月亭》时提出了"三短"说,其云:"(《拜月亭》)中间虽有一二佳曲,然无词家大学问,一短也;既无风情,又无裨风教,二短也;歌演终场,不能使人堕泪,三短也。"① 可见,"风教"与"风情"虽然在戏曲作品中有时对立,但并不是绝对的,而是相互纠缠在一起的。杨维桢、夏庭芝、高则诚均提出戏曲作品应涉及"人伦""风化",从而使人们从"古今美恶成败"中"惩戒自己的言行"②,实现"厚人伦,美风化"③。总之,晚明戏曲选本截选作品时而体现"人情",时而又凸显"情理",体现出晚明文人在心学思潮与理学之间的矛盾与徘徊,在"风情"与"风教"之间的摇摆。但是不可否认的是,其"终归保持着一种超稳定性的平衡状态,这种平衡状态可以昭示和孕育新的文学观念的因素,却不可能促成观念的质的飞跃。文学观念的彻底打破为前提"④。

第四节　闺恋相思曲的精神寄托

明代后期的曲坛,"散曲中心全部集中在江浙一带,北曲一系几乎绝迹"⑤,散曲选本《吴歙萃雅》《南音三籁》《乐府南音》《吴骚合编》《吴骚集》皆暗示了这一时期散曲兴盛的地域性中心。实际上自嘉靖以来,"南曲日趋隆盛,尤其是昆腔勃兴后,北曲迅速衰落,南曲成了曲坛的主流"⑥。万历天启间的南曲则"处于继续兴盛之中"⑦,作家人才辈出,呈现一派繁荣景象,散曲代表作家有梁辰鱼、沈璟、王骥德、陈所闻、冯梦龙、卜大荒、史叔考、张叔周等。关于北曲,任二北先生认为"昆腔以

---

① 王世贞:《曲藻》,见《中国古典戏曲论著集成》(四),中国戏剧出版社,1959年版,第33页。
② 杨维桢:《沈氏今乐府序》,《东维子文集》卷十一,商务印书馆,2006年版。
③ 夏庭芝:《青楼集》卷首,中华书局,1985年版。
④ 郭英德:《是"风教"还是"风情"?——明清文人传奇作家的文学观念散论》,《中州学刊》,1990年第4期。
⑤ 田守真:《试论明代散曲流变》,《四川师范大学学报(哲学社会科学版)》,1992年第5期。
⑥ 李昌吉:《中国古代散曲史》,华东师范大学出版社,1991年版,第379页。
⑦ 赵义山:《明清散曲史》,人民出版社,2005年版,第208页。

后，只有南曲，而北曲亡矣！南曲又多参词法以为之，形成所谓'南词'，而曲亡矣"①。卢前亦云"昆腔以后有南词，而北曲亡，北曲亡即曲之亡矣"②。李昌集在《中国古代散曲史》中亦云"昆腔兴起以后，南曲乃成曲坛主流，北曲则已成余响。"③然而，赵义山先生在《明清散曲史》中云"嘉靖以后随昆曲盛行，南曲成压倒优势，北曲进一步走向衰落，但这并不等于北曲就已经偃旗息鼓而溃不成军了"，接着列举了万历间的北曲演唱情况，认为北曲成余响至少在"明末天启崇祯以后"，而且地域上"最多只表现在吴中"。

虽然关于嘉靖后期"南北曲"之盛衰学界存在较大争议，二者究竟孰是孰非此处姑且不论，但是，通过对这一时期选本中收录的南北散曲进行梳理，可以看出"南盛北衰"似乎是这一时期曲坛之趋势。就这一时期收录散曲的三个选本而言，除《彩笔情辞》为南北曲兼收外，《词林逸响》风月两卷、《太霞新奏》皆以收录南曲为主。天启间戏曲选本分别收南曲散套353套、南曲小令210首、北曲散套104套、北曲小令100首。可见，南北曲之作品选录在天启间戏曲选本中存在较大差异。明代中后期以来，散曲作品中也融入了士大夫的个人情感，往往"因假闺人之意，以开烈士之膺"④，这一时期曲学创作逐渐"成为文人士大夫社会存在和生命意识的艺术表现形态"⑤。选本编选者在这种创作风潮的影响下亦日益主观化，寄寓了个人的审美情趣与曲学倾向。朱光潜说："编一部选本是一种学问，也是一种艺术。顾名思义，它是一种选择。有选择就要有排弃，这就可显示选者对于文学的好恶或趣味。这好恶或趣味虽说是个人的，而最后不免溯源到时代的风气，选某一时代文学作品就无异于对那时代文学加以批评，也就无异于替它写一部历史，同时，这也无异于选择替自己写一部精神生活的自传，叙述他自己与所选所弃的作品曾经发生过的姻缘。一部好选本应该能反映一种特殊的趣味，代表一个特殊的倾向。"⑥为什么南北曲收录情况在这一时期的戏曲选本中会出现这么大的差别呢？这固

---

① 任二北：《散曲概论》（卷二），凤凰出版社，2013年版，第42页。
② 卢前：《卢冀野曲学论著三种》，商务印书馆，2014年版，第43页。
③ 李昌集：《中国古代散曲史》，华东师范大学出版社，2007年版，第356页。
④ 梁辰鱼撰，彭飞点校：《江东白苧》，上海古籍出版社，1989年版，第5页。
⑤ 郭英德：《明清传奇史》，人民文学出版社，2012年版，第161页。
⑥ 朱光潜：《朱光潜全集》，安徽教育出版社，1993年版，第217-218页。

然与曲学发展之客观趋势相关,但是其中对某些作家或某类作品的编选是否亦包含了选者对于文学的好恶或趣味?编选者的这种选择又反映了晚明怎样的时代风气呢?

闺恋相思曲无论是在明代后期曲坛还是在戏曲选本中都是较为重要的题材。追求"香艳清丽"词风的梁伯龙、沈仕,严格恪守格律的沈璟、冯梦龙皆有大量闺恋相思作品。此类作品"是曲家笔下的常题,是'避世—玩世'哲学隐蔽的别一表现方式"①,那么,晚明戏曲选本中的闺恋相思作品又经历了怎样的兴变?

一、南曲与题材:两大流脉与闺恋相思

任中敏先生在《散曲概论》中云:"起嘉、隆间以迄明末,将近百年,主持词余坛坫者,文章必梁氏为极轨,韵律必推沈氏为极轨,此为昆腔以后之两大派。一时词林,虽济济多士,要不出两派之縠中也。"② 任先生论及明代中后期南曲,主要谈及两派:一派以梁伯龙、沈仕为代表,其典型特点是辞藻之"香艳清丽";另一派则以沈璟、王伯良、冯梦龙等为代表,其典型特点是追求格律。笔者对选本收录南散曲收录作家情况进行了统计,见表4-10:

表4-10 南散曲作家收录情况统计

排序	作家	套数	小令	排序	作家	套数	小令
1	沈璟	37	9	11	陈荩卿	6	3
2	王伯良	34	26	12	高东嘉	6	1
3	梁伯龙	32	12	13	秦时雍	6	3
4	龙子犹	20	5	14	史叔考	6	3
5	张伯起	15	8	15	郑灵舟	6	0
6	沈仕	12	14	16	王九思	6	2
7	陈大声	12	8	17	高濂	5	1
8	张叔周	11	4	18	刘兑生	4	3

---

① 李昌集:《中国古代散曲史》,华东师范大学出版社,2007年版,第322页。
② 任讷:《散曲概论》,见《散曲丛刊》(十四),中华书局,1931年版,第42页。

续表4-10

排序	作家	套数	小令	排序	作家	套数	小令
9	沈自晋	7	7	19	杨升庵	3	11
10	沈子勺	7	1	20	冯惟敏	0	12

　　选本中收录作家情况亦在一定程度上反映出明代后期的曲坛格局。明代后期的散曲创作中心全部集中在江浙一带，北曲一系几乎绝迹，在前20位作家中，王九思、冯惟敏属于北方戏曲家，杨慎属于四川籍作家，秦时雍属于安徽亳州人，刘兑生平籍贯不详，其余人都是江浙一带的作家，而且选本中虽然收录冯惟敏、杨慎、王九思、秦时雍四人的作品，但他们的作品大都是小令。在以上20位作家中，收录作品最多的四位是沈璟、王伯良、梁伯龙、龙子犹，基本可以反衬出明代后期南曲的发展脉络。"韵律必推沈氏为极轨"的韵律派代表人物为沈璟、王伯良、冯梦龙等人。天启间戏曲选本收录沈璟、王伯良、冯梦龙的作品分别排第一、二、四位。选本收录梁伯龙散套32套、小令12首，排名第三位，收录沈仕散套12套、散曲12首，排名第6位。总之，南曲选录在一定程度上与明代中后期南散曲之发展脉络基本吻合，选本收录作品亦主要以明代后期曲坛之两大派为主。关于这两派，"在艺术上，南曲——尤其是昆腔的典雅精致，一方面导致了语言上的华美，另一方面又导致了声律上的严谨，声韵谐和成了作曲的第一要求，这样，作曲便更多地于'曲人'之事"①。不可否认，两派之主张在一定程度上都促进了南曲之"典雅精致"，但也使得此后南曲陷入了题材狭窄的境地。

　　后世研究者提及明代后期南曲，大多从"韵律"和"词风"两个方面论述。除此之外，明代后期的南曲作品在题材上体现出怎样的倾向？这种倾向又体现出晚明文人怎样的思想动态与精神状况？"南人善为艳词，如花底黄鹂等曲，皆与昔媲美"，"南曲所擅长的男女情致成了散曲的主要内容，虽然传统的言志抒怀之作并未绝迹，但已远不像前散曲以'志情'为重要的主题"②。丁淑梅先生认为"南曲之清音一流曲家在创作上表现出

---

① 李昌集:《中国古代散曲史》，华东师范大学出版社，2007年版，第379页。
② 李昌集:《中国古代散曲史》，华东师范大学出版社，2007年版，第379页。

一种鲜明而共同的倾向：那就是不写仕宦之心，不写归隐之志，而以词采形式之美，才力学识之奇，尽情展露市井民俗之鲜，男女风情之艳"①。因此，晚明曲坛"以香奁为题，多写闺中之思、伤感之情"已成了南曲散曲的共性。笔者对散曲收录作品进行了分类，见表4-11：

表4-11 天启间选本散曲收录作品统计

散曲作品分类	套数	小令
风情类	240	128
赠和类	50	46
抒怀类	23	13
咏物类	31	18
悼亡类	3	1
嘲谑类	5	4

选本收录最多的是"风情"题材类作品，其中套数240套、小令128首，代表作家主要有沈仕、陈大声、梁伯龙、沈璟、冯梦龙、卜大荒、郑若虚等。这类作品就内容而言主要分为以下几种：一是闺恋相思类，主要男性词人模拟女性口吻，表达对远方情人的思恋及怨愤之情。此外亦有"男闺怨"的作品，如沈璟之《男思情》【集贤宾】套"彩云妆凤台"，秦时雍之《忆情》《闺情》《寄少华》等，皆通过"男想女"的模式来表达相思之情，但是描写内容集中于"绣幌""梧桐""海棠""珠泪""香腮""娉婷"等闺房意象上，因此与"女想男"的套式并无太大区别。二是欢愉类，这类作品主要描述男女相会时的愉快场景。多以"幽欢""欢会""幽会"为题。三是艳情类。此类作品主要描写绮罗香泽、男幽女怨，充斥着市民情趣。

总之，天启戏曲选本所收南曲散曲，若从语言形式角度而言，倾向于"香艳清丽"与"坚守格律"两类；若从题材角度而言，则南曲之题材范围较为狭窄，以闺恋为主。

---

① 丁淑梅：《中国散曲文学的精神意脉》，中国文联出版社，2001年版，第124页。

二、性别与表达：男女曲家笔下闺恋之情的不同书写

天启间戏曲选本所收南曲闺恋相思作品不仅辞藻香艳清丽，格律严谨，而且表达技巧、抒情模式多样，体现出较高的艺术水准。龙榆生先生就曾盛赞选本《词林逸响》中的相关作品，"类皆清丽缠绵，极堪赏玩"，"其他诸人之作，并属雅音"。① 除较为典型的"男想女"模式外，还有以男性词人口吻模仿女性所作的"女想男"式相思曲，如《词林逸响》所收陈海樵《锁南枝·夜思》五首：

> 黄昏后，鼓一更，知君读易临小亭。灯火隔帘明，人声四邻静。停樽待，扫径迎，猛可的月移花，浑疑是君影。
>
> 天街静，二鼓余，思君此时犹读书。庭草未曾除，囊萤灿如许。门双掩，榻半虚，猛可的竹生风，长疑是君语。
>
> 三更转，夜半天，知君此时犹未眠。铁马傍风传，银河绕檐转。临闲衅，当案前，试展寄来书，浑如对君面。
>
> 樵楼鼓，刚四咚，思君不来尊已空。鬼病害得我带围松，佳期数得我指头痛。灯初暗，睡正浓，可喜的共君眠，原来是一梦。
>
> 残更断，星斗稀，思君出门来也未。隔水一鸡啼，喧林乱鸦起。人将至，喜上眉。休问我夜来情，但看我枕边泪。

这五首散曲用细腻的笔触描写女子在夜间辗转反侧难以成眠，思念丈夫的画面。五首散曲就像五个特写镜头，映出了一幕幕相思的动人形象。全篇各段未曾提及相思，但是一寸月色、一缕清风、一片竹叶、一声鸡鸣、一盏青灯都包含了主人公浓烈的相思，使感情抒发得实在而不空泛，尽情倾吐了女主人公的满腹恩情和辛酸，显示了较高的艺术造诣。

除"男想女""女想男"的相思表达方式外，选本还有一些作品二者兼容，如吴载伯的《冬思》：

> 【普天乐】前生缘今生契，遭磨折成抛弃，俺这里意懒词荒，他那里脂憔香悴，彩云易散琉璃脆，好事蹉跎难相聚。闷恹恹短叹长吁，恨悠悠魂消思疲，远迢迢雾障云迷。

---

① 龙榆生：《〈词林逸响〉述要》，《同声月刊》，1942年第三卷第二号。

【雁过声】因谁寒宵不寐,难捱过更长漏迟。翻来覆去把从前记,一时逢一时知,到如今博得泪眼愁眉,想传来锦字,织成缕缕心间事,比着咱断肠诗无彼此。

【倾杯序】何时倒玉尊煖绣帷,厮守着情和美,奈有意求欢,绊却登程,空自熬煎,差称风致,更问神无验,告天天远,倩人无计,又不觉葭灰微动一阳时。

【玉芙蓉】香闺梦不离,枉把情来去,正严冬朔风,与六出花飞凄凄,暖阁冰凝泪,瘄瘵虚斋影伴梅,无情绪,为相思似痴,肯亏心,薄幸效王魁。

【小桃红】叹江上难逢佩,云雨散台何处?温香软玉非容易,云鬟雾鬓真娇媚,弹丝品竹心如醉,许多般教人怎不悲思?

【尾声】三冬暮春将至,若不重逢心不死,试看草木无情尚有连理枝。

这五首词共使用【普天乐】【雁过声】【倾杯序】【玉芙蓉】【小桃红】五支曲牌,首曲由"俺这里意懒词荒,他那里脂憔香悴"可知,是以"男想女"的口吻来表达相思之情,而【雁过声】一曲通过"寒宵不寐""泪眼愁眉""缕缕心间事"等句可知其为"女想男"。总之,全曲在"女想男"与"男想女"的口吻转换中塑造了男女主人公彼此心心相连,期盼早日相逢的相思之情。

除以上两种相思表达方式外,选本还选录了一些女性作家"相思"之曲,如黄峨、范夫人、方氏,见表4-12统计:

表4-12 天启间选本女性作家作品统计

作者	作品题目	收录内容	选本名称
黄峨	苦雨	【黄莺儿】"积雨酿清寒"四支	《词林逸响》
范夫人	春日书怀	越调【棉搭絮】套"薄寒轻悄"四支	《词林逸响》《太霞新奏》
方氏	新秋	【浪淘沙】"昨夜雨绵绵"两支、【集贤宾】套"高城漏尽"	《太霞新奏》

以上三位作家作品虽然在题材上仍属"闺情"类,但其"别有一种鲜

妍的情趣，纤丽的格调"①。其与男性词人所书写的"闺恋相思"之曲有怎样的区别呢？如下：

　　薄寒轻悄，红雨染春条。翠衬香芸，一片烟丝软蝶娇。杏花梢，啼鸠声高。闲杀秋千院落，睡损鲛绡。担害得，闷对芳辰，结思空拈白玉毫。

　　落英铺绣，景色艳河桥。帘影疏疏，晓日瞳曚映柳梢。镜花销，翠黛慵描。盼杀爊蝓塞远，离恨天遥。断送得，短叹长吁，三度瓜期折大刀。

　　春归院小，风暖淡云飘。户外青山，缭绕吹丝送伯劳。总无聊，都上眉梢。想杀曲江诗酒，锦字宫袍。抛闪得，粉剩脂残，肠断东风为玉箫。

　　栖迟荒徼，落月户梁高。露白中庭，风细云波竹影抛。听铜焦，旅雁天遥。愁杀金鞭难拗，宝袜烟消。折倒得，望眼将穿，甚日脂车万里桥？

　　这首曲通过委婉细腻的心理描写手法，刻画了一位在"薄寒轻悄，红雨染春条"之夜，因鸟叫声而"闲杀秋千院落，睡损鲛绡，担害得，闷对芳辰"的女性闺恋者，由"闷"到"无聊"，最后"肠断""愁难消"的心理变化。一声驴"啼"，搅乱了闺房中"结思空拈白玉毫"的她，看着眼前"落英铺绣，景色艳河桥，帘影疏疏"，望着镜中自己"翠黛慵描""粉剩脂残"，想着相恋的人"离恨天遥""旅雁天遥"，内心绝望伤感到了极点。

　　总之，选本中女性作家的闺恋相思之曲，往往受到时人好评。如王世贞曾对黄峨所作《黄莺儿》"积雨酿春寒"大加赞赏，认为"杨又别和三词，俱不能胜"。相比那些出自男性作家笔下的相思之曲，选本收录的女性作家之曲往往更注重女性内心的真实感受，感情真挚。男性相思之曲中的女性则体现出"独倚栏杆情惨切，离人点点泪如血，一团娇香肌瘦怯""只怕愁病无情灭却容光，血泪渍成行，点点滴在罗衫上"的典型形象，男性体现出"一去了信音绝""自没一纸书来"的负心形象，形成了"诉

---

① 郑振铎：《中国文学史》，陕西师范大学出版社，2010年版，第312页。

怨—忆昔—盼归"的抒情模式,虽然"清词丽句,意象华美,情韵典雅,有'宫体'、'花间'遗风,具有美轮美奂的艺术美",但是"但是缺少一种真情的感发力,有概念化、类型化倾向"。① 为什么晚明南曲中关于女性闺恋相思的作品会形成这种概念化、类型化的倾向?借助这种倾向,晚明曲学家想要表达怎样的精神内涵?这种精神内涵又反映出晚明曲家怎样的精神世界与困惑呢?

三、言情与言志:志情寄托与出世之心

关于散曲文学的主流倾向,从整体而言,"是走着政教分离、自娱娱人、返回自我的道路的",摆脱了传统"诗教观"的影响,其"完全不为讽谏,不为观风俗,见得失地抒发着主体的情感意志,以强烈的主观感情色彩和个人化声音,重视自我生命的宣泄、解脱、满足和超越感"。② 明末南散曲闺恋相思作品是否亦如此呢,借助于概念化、类型化的倾向,其表现了晚明文人怎样的主观情感与个人化的声音呢?晚明南曲的文学旨归往往是意味深长的,选本亦选录了一些作品,就题材而言仍属于闺恋相思一类,但这类作品往往是"因假闺人之意,以开烈士之膺"的言志之作,如沈青门《秋怨》:

【集贤宾】梧桐露冷生嫩黄,半檐秋浸纱窗。玉马无情频斗响,顿惊开梦里鸳鸯。教人暗想,怨只怨西风狂荡。空悒怏,怎能够倩魂重往?

【其二】记别时话儿都是谎,好教人暗里彷徨。莫不是信着他人闲论让,他那壁厢背后轮枪。难遮怎挡?俺只有青天在上。君细访,枉了人算甚高强!

【黄莺儿】消瘦杜韦娘,惨离情泪两行。几回怕人芙蓉帐,衣残麝香,楼空画梁。愁来暗觉如天样,细思量,天犹较短,不比这愁长。

【其二】砧韵度东墙,月中庭漏渐长。秋来倍觉添惆怅,诗闲锦囊,衾闲象床。相思暗把浓愁酿,最心伤,数声归雁,凄楚过潇湘。

---

① 喻芳:《不同性别视角之下的怨歌》,《蜀学》,2014年第1期。
② 丁淑梅:《中国散曲文学的精神意脉》,中国文联出版社,2001年版,第262页。

【猫儿坠】想去秋厮傍，醉倚石头床。觑着眉儿画短长，花前携手说高唐。萧郎，又不知甚处迷留，软玉温香？

【其二】倾心吐胆，博得个假乖张。有话何人远寄将？看今年不似旧行藏。参商，为甚的负却初心，顿忍相忘？

【尾声】谩劳魂梦频相向，这是还不了生前业帐，为雨为云枉断肠。

这部作品分别收录于《词林逸响》和《太霞新奏》，虽然两个选本皆标作者为"沈青门"，但实际上"前四套为沈青门作，后几支为张凤翼续"①。曲词描述了一位无奈叹息与等候心上人的闺中女子，面对心上人"不知甚处迷留，软玉温香"，而她只能是"谩劳魂梦频相向"，"为雨为云枉断肠"。这套曲词可以说是借闺怨言怀，寄寓了创作者孤独寂寞、凄惨悲凉的心境，"沦身未济，落魄不羁""非儿女之情多，是英雄之气塞"显然包含着某种寄寓。由此可见，选本选录大量的闺恋相思作品表面上看是言情的，从深层次来看，女性闺恋相思之情仅仅是创作者寄寓自我情怀的一种媒介，其所描述的女性形态以及营造的闺怨境界只一种表象，其背后往往是个人苦闷不得志又渴望得到重用的志向。当然，并不是说选本所涉及的闺恋相思之作都是言志之作，但不可否认的是南曲概念化、类型化的表达背后，含有某种寄寓。为什么南曲闺恋相思作品会产生这种言情与言志的游离呢？这种复杂的表达背后反映了晚明文人怎样的精神世界和心理状态呢？

单从文学流变的内在演变规律而言，明代中后期的曲学发展走上了类似于词的发展道路。"南派诸家的清雅之曲，其体式虽然为曲，但文学风味却更近词。"② 尤其是嘉靖以来，梁伯龙、沈青门等人走上词的发展道路，梁伯龙作《江东白苎》，其词"读之有学士风"，即指曲作之"类词化"的特征，有意学习花间词、香奁体。在这种模仿过程中，宋词那种借缠绵爱情而有所寄寓的方式亦被借用，因此南曲之曲风与表达更接近花间词与香奁体。

---

① 《吴骚合编》此曲后编著云："此曲前四阕，散见青门《唾窗绒》内，皆佳句也。偶得《敲月轩词稿》，见伯起先生此作，续而成套，诚如贯明月之珠，合苔华之璧矣。但后曲虽飘逸绝尘，惜气稍弱，盖笔致之相岐。不可以过论耳。"可知此套为沈青门、张伯起两人合作。

② 李昌集：《中国古代散曲史》，华东师范大学出版社，2007年版，第375页。

此外，晚明社会的传统文人虽然留恋闺房之乐，迷恋闺恋相思之情，但是，作为封建社会的传统文人，其灵魂深处始终有一种出世的功名情结，这种情结始终在召唤着他们。这种情结来自儒家推崇的"事君""为政"的政治信仰，来自"兼济天下"的人生信念。总之，选本在选曲上体现出对闺恋相思题材的青睐，在一定程度上反映了晚明曲词家文人在心学思潮的引导下"以情反礼"的潜在意味，而且晚明小说、诗歌创作中都表现出这种较浓厚的市民情趣，曲学家又怎能不受这种风潮的影响？晚明南散曲多表现闺房"艳情幽思""满纸娘行多娇"，使得这一时期的南曲呈现出不同于"北之雄壮"的柔婉特点，任半塘先生更将这种柔婉曲风称为"甜俗红腐之习，阃茸萎靡之风"，认为"曲之运终由此而衰，不得谓之由是而振"，此说未免太过偏激，却也比较准确地概括了晚明曲坛的发展趋势。

第五节　青楼讴歈的精神旨趣

一、南北曲与青楼讴歈

无论是粗犷豪放的北曲作品，还是婉约缠绵的南曲作品，均有以青楼生活为题材，展现士与妓唱和与交往的内容。李昌集先生将元初散曲分为志情文学、花间文学与市井文学。在他看来，明代后期的南曲闺怨相思曲属于花间文学一系，而以青楼女子与文人士子交往为题材的曲作则属于市井文学一系。早在马致远、关汉卿等北曲名家笔下就有描写瓦舍青楼的作品，他们在烟花市井中消遣人生，排解现实生活中的苦闷；他们在偎红依翠中散涎逍遥，追求灵魂的自由；他们在调侃谐谑中抒发对现实社会的种种不满。明代以来，随着民众生活境况的普遍提升，北曲作品所包含的寄寓现实的因素逐渐消失，取而代之的则是南曲浅斟低唱，描写女性婀娜身姿的香艳主题。

就天启间戏曲选本而言，这一时期的选本收录北曲青楼曲作品103套、小令189首。其中收录元代作品套数63套、小令87首，主要涉及汤舜民、关汉卿、张养浩等21位元代散曲作家；收录明代嘉靖以前北散曲

37套、小令100首，主要涉及陈大声、诚斋、杨慎、王九思、冯惟敏等8位散曲作家；收录嘉靖后期的北散曲作品仅仅套数3套、小令2首，主要涉及冯延年、孙子真、倪公甫3位散曲作家。戏曲选本的编选往往在一定程度上反映戏曲的创作情况，天启间戏曲选本的收录情况也比较清晰地反映了北曲的创作情况。北散曲自昆腔兴盛以后，虽然并没有迅速消亡，但已走向了没落，北曲此时的境况，诚如《玉玦记》中的这段描述：

　　（丑）大姐，央你唱一套马东篱《百岁光阴》。（小旦做北调唱介）
　　（丑）我不喜北音，要做南调唱才好。（小旦）也罢。
　　（唱）【集贤宾】光阴百岁如梦蝶，回首往事堪嗟。……

　　上述戏文所提及曲词【双调·夜行船】"百岁光阴"一套实际出自马致远的北散曲《秋思》，但是这套曲作在天启间的戏曲选本中却被收入南曲选本《词林逸响》。明胡文焕《群音类选》"北腔"卷五选录了马致远的这套散曲，并注云："近偷入《玉玦记》"，并且唱作"南调"。而李开先在《词谑》中亦对此现象赞不绝口，其云："东篱先生之作，周德清以为古今绝唱，取以为式。且谓其无重押，无衬垫字，非寻常作者可及。虚舟取以改入南腔，亦甚佳，略无牵合扭造痕迹，不妨并美。大江以南歌者每不便于北调，故非改南不传。独以此为冯五郎人马之曲，殊无为。"[①] 由此可见，北曲虽然在明代中后期渐渐淡出，"北腔"之演唱也渐渐不被人们接受，但就其艺术形式而言，"北曲南腔"的演唱形式逐渐产生，这是曲唱艺术的自我革新。

　　天启戏曲选本中的南曲相关青楼曲作，三个选本共有套式130套、小令109首，涉及王元和、陈大声、冯惟敏、梁伯龙、史叔考、杨慎、张伯起、张叔周、张少谷、王九思、王玉阳、宛瑜子、朱镜如、朱长卿、沈懋学等47位作家。选本选录作品主要集中于嘉靖后期散曲作家，元人南曲作品较少，仅涉及李邦佑、王元和、赵天锡3位作家的1套散曲、2首小令。明嘉靖前则涉及陈大声、冯惟敏、沈懋学、杨慎等作家，这些作家的作品以小令为主，套曲作品相对较少。嘉靖后期的作家则涉及梁伯龙、沈宁庵、张伯起、王九思、冯梦龙（龙子犹）等人，这些作家的作品以套曲

---

① 李开先：《词谑》，见《中国古典戏曲论著集成》（三），中国戏剧出版社，1959年版，第293页。

为主。其中陈大声、冯惟敏、诚斋、杨慎、王九思等五位曲家为南北曲兼收。

总之，天启选本选录南北曲之青楼曲与晚明曲学之发展趋势是一致的。嘉靖以来，"南曲日趋隆盛，尤其是昆腔勃兴后，北曲迅速衰落，南曲成了曲坛的主流"①，天启间的南曲"处于继续兴盛之中"②，作家人才辈出，呈现出一派繁荣景象。选本选录的青楼曲多以嘉靖后期的曲学家为主，其中选录最多的是梁辰鱼，有散套22套、小令7首。不可否认的是，自嘉靖之后，梁伯龙的青楼曲席卷整个南曲曲坛。

南北曲之青楼曲作虽然在天启选本中数量较为平衡，但是就其题材分类而言，南北曲并不平均。其中，北曲作品以体制较小的小令为主，散套相对较少，体制较短，而南曲作品则以散套较多，小令相对较少。就题材内容而言，除部分作品南北曲数量相当外，还有一些题材作品的南北曲分布较为不平衡，南曲作品多为与青楼歌姬交往唱和之曲。

二、情辞与谐谑：歌妓之情与文人之谑

综观天启之后曲坛，北曲虽未消亡，但是真正兴盛的依然是南曲。南曲作家人才辈出，南曲创作层出不穷，是这一时期曲坛的真实状况。然而，这是出于怎样的编选目的而在选录南曲的同时又选录了如此多的北曲作品？通过这些作品表现了晚明文人怎样的精神境界与追求呢？张栩作《〈彩笔情辞〉叙》和张冲作《〈彩笔情辞〉引》有较为清晰的交代：

> 往岁六观堂刻《青楼韵语》，声价藉藉，一时海内争先指赏。夫非谓彼妓也而能诗，若诗余，若歌曲至是哉！详观所载集，而妓人之情见乎词矣，故今古多情者莫文士若，而文士之题情，往往托之讴歈，其遏行云于喉吻，留残虫于简编者，奚啻百千？故犁然可采而辑也？尝谓人罔不有情？而独于男女为最切语，男女之青楼，其相遇也常……则夫情之所至，其欢畅者十不二三，其阻郁而哀思者，十有八九。彼且为情痴，此或为情死，当此际也。安能不从乎声而止乎辞。于是借宫商以挥云锦，谐音节而焕珠玑，娱乐是宣，和鸣宛如双凤，

---

① 李昌吉：《中国古代散曲史》，华东师范大学出版社，2007年版，第379页。
② 赵义山：《明清散曲史》，人民出版社，2005年版，第208页。

愤优以导长啸，何减孤猿？总南北别其格律短长，各具丰神，然众孰非采艳于梦花，窃奇于江揽者哉？愚方契佳人之篇章，已寿诸木，而尤惜寸士之清歌，尚暗纹□纷而无所托也。适喜值清和画张人静，搜汗漫中得套数二百余套，小令三百余阙。命之曰："彩笔情辞，噫，有是刻而青楼诸丽其与佳词并不朽云。"

——张栩作《〈彩笔情辞〉叙》

大哉情乎！天地细缊，万物化醇，男女构精，万物化生，余有志于道术，无情于爱欲久矣。因有鼓盆之变，不胜凄其，从子栩集彩笔情辞，进而证之曰："久欲献而不敢也。今叔不乐，阅之，可以怡情。况轮贯云：'三德以明贪欲，际酒楼花洞，醉神仙。'叔父若闭目不观，更是一重公案矣。"余曰：唯，唯！适北宗之士，睥睨于傍，曰："先生崇道德者也，焉用此不经之辞。"余曰：子何见之早也。夫瞿姨之华，蜜女之绿，具呈妙德之匹，林中牧女之供，岂无情耶？至于蓝桥之杵臼，关雎之寤寐，何莫非情之所绾结者哉，虽然犹近于导欲。噫，孰知夫情者大，易天地阴阳窍妙之理。故圣人之情见乎辞，舍情则无以见性，无以致命，人能真其情，则为圣为贤为仙为佛，离其情则为槁木为死灰，溺其情则恐丧吾宝，尼父删诗，并存郑卫，维摩诘不废声闻，采女成就辩才情也，淤泥生莲但取莲花也，岂下乘小机可测其藩篱哉？①

——张冲作《〈彩笔情辞〉引》

《彩笔情辞》全名《石镜山房汇彩笔情辞》，编选者为张栩，其选曲态度为南北兼收，作品内容又"皆为青楼诸姬之曲也"。选集前附有张栩《〈彩笔情辞〉叙》，云其选曲出发点是由于"往岁六观堂刻青楼韵语，声价藉藉，一时海内争先指赏。夫非谓彼妓也而能诗，若诗余，若歌曲。至是哉详观所载集，而妓人之情见乎词矣"，期望通过该选集"而青楼诸丽其与佳词并不朽云"。在张栩看来，南北曲"格律短长，各具丰神"，但他认为"今古多情者莫文士，若而文士之题情，往往托之讴歈"，认为文人之多情，往往借助于"讴歈"，即"歌曲"，因此选录的标准在于"从乎声

---

① 张冲：《〈彩笔情辞〉引》，见张栩辑：《彩笔情辞》，台湾学生书局，1987年版，第10页。

而止乎辞","借宫商以挥云锦,谐音节而焕珠玑"的"情辞"。虎林道人张冲则进一步肯定"情"的作用,所云"孰知夫情者大,易天地阴阳窍妙之理。故圣人之情见乎辞,舍情则无以见性,无以致命,人能真其情,则为圣为贤为仙为佛,离其情则为槁木为死灰,溺其情则恐丧吾宝",都表述了对文人与佳丽"情辞"的推崇。"尼父删诗,并存郑卫,维摩诘不废声闻,采女成就辩才情也",青楼之地虽然如淤泥,但其中生莲,文人与歌姬交往之词虽产生于青楼,但其中所蕴含的"情"是真挚的。可见,编选者出于对"情辞",尤其是男女真挚的情感而特将"青楼"作品选录,因此选曲主题"不越离合悲欢",但"多与青楼韵语相表里"。

天启间选本中选录了大量表达青楼歌姬与士子真挚情感的作品,如《太霞新奏》收录冯梦龙散曲《青楼怨》:

【步步娇】萧索秋风秋叶舞,想遍悲秋赋。流光转盼徂,把燕约莺期,置在何所?搔首悔当初,没来由便把真情诉。

【桂花遍南枝】我是真思真慕,捱朝捱暮。随他冷口讥嘲,兀自热心回护。到如今可疑,到如今可疑,眼见六年辜负。有甚弱水炎山,故把行人阻?影也无,风也无,待向梦中寻,梦还无。

【柳摇金】曲房朱户,香奁懒铺。风月兴全疏,行雨空怀楚。游魂欲绕吴,何幸相如醒痼再访旧当垆。听他诉出衷情,果是原非特故。甘来苦尽,似革偃重苏。今夜里慢叙欢情,先将愁数。

【园林好】不道是鸾交久孤,不道是鱼书久逋,不道是桃源重渡,更不道便登途,更不道又萍浮。

【江儿水】不做美的天方晓,不知心的舟又促。眼睁睁无计留交甫,把近来愁续上当年簿。为暂时欢送上无穷路。喜则喜东风分付,还愁薄命红颜,经不起从前耽误。

【玉交枝】收罗歌舞,待双双飞鸣即都。甘为淡饭荆钗妇,不羡他艳抹浓涂。洞庭湖道深好做泪眼图,莫厘峰高杀只当忧愁堵。咬唇牙伤残口朱,耐黄昏磨穿绣襦。

【玉抱肚】想人情朝露,自当时拼成败局。为甚的故剑重求?多应是活念难枯。从今死守渐台符,良夜迢迢倍揣摩。

【玉山供】语言吞吐,向人前精神强扶。不禁支露尾藏头,没遮拦蝶唤蜂呼。忙中醉里,猛可的名儿错呼,论不得人讥侮。怎支吾,酒筵将散日将晡。

【三学士】业债生憎甚日了除？使多少问卜青蚨。终朝望断无鱼雁，及至传来话总虚。一片热心浑不悟，还依旧是薄幸夫。

【解三酲】受尽他几年孤苦，博得我一夜欢娱。自那日叮咛送别羞回步，眉皱了未曾舒。枉杀我朝来侍佛频撮土，枉杀我暮夜逢人倩寄书。愁无措，论相思滋味，堪做雍巫。

【川拨棹】难凭据，算前程已矣乎。寸心儿怎寄飞奴？寸心儿那寄飞奴？拂云笺先将泪污，等他时痴杀奴，撇他时痛杀奴。

【侥侥令】只愁同草腐。待飞去少双凫，密约在新秋。秋将老，每日把瘦容颜问小姑。

【尾声】阳台遍把襄王慕，一见拼将身命殂，也落得个烈性称呼。

此曲塑造了一位为真情而苦苦等待六年的青楼痴情女子形象，"影也无，风也无，待向梦中寻，梦还无""愁薄命红颜，经不起从前耽误"的她，为了那份真情，"收罗歌舞，待双双飞鸣即都。甘为淡饭荆钗妇，不羡他艳抹浓涂"，这是怎样的一份痴情。《太霞新奏》曲前有冯梦龙序言，其云："余友东山刘某，与白小樊相善。已而相违，倾偕予往。道六年别意，泪与声落，匆匆订密约而去，去则复不相闻。每睏小樊，未尝不哽咽也。世果有李十郎乎？为写此词。"此曲后又有："子犹又作《双雄记》，以白小樊为黄素娘，刘生为刘双，卒以感动刘生为小樊脱籍。孰谓文人三寸管无灵也？"[①]总之，全曲、曲前序言和后记都说明冯梦龙对白小樊这个青楼女子情感的充分肯定。这与《彩笔情辞》中所赞赏的"妓人之情"相一致。选本之所以选录此类作品，与晚明以来盛行的"言情"之潮应有关联，但是选本除了选录表现青楼女子深情的作品外，还有一些作品则显得较为独特，其表现的不是青楼女子与士人的深厚情感，"然亦有语外之义。如嘲谑、伤悼等类是也"，选本选录了部分嘲谑、伤悼的作品，借助于这些作品，表达了编选者怎样的"语外之义"呢？如《彩笔情辞》选录《朝妓佛奴》：

【一枝花】不参懵懂禅，先受荒淫戒。才离水月窟，又上雨云台。

[①] 冯梦龙：《太霞新奏》卷十二，台湾学生书局，1987年版，第612—619页。

东去西来。还不了众生债。竟说甚空是空色是色,苦侏呵四十八愿叮咛咒誓,巴镘呵五十三参容颜变改。

【梁州第七】恰嘴着老达磨泛芦叶浪游海国,又沾上阿罗汉觅桃花远访天台。那里问当年摩顶人何在? 超度了干家子弟,坐化了万种婴孩。则落得拈香剪发,早难道灭罪消灾。虽然道村冯魁布施些钱财,须不曾俏双生供养在书斋。卧房儿伽蓝殿般收拾,客院儿旃檀林般布摆,门面儿龙华会般铺排。左猜,右猜。这渥洼水不曾曹溪派,那庵门甚宽大。但有庞居士般人儿莽注子摁,便慧眼睁开。

【尾声】张无尽气冲冲待打折了莺花寨,韩退之嗔忿忿敢掀翻烟月牌,赢得虚名满沙界。风月所状责,教坊司断革,送配与金山寺江中贩茶客。

表面上看此曲是在嘲笑佛奴,描写青楼娼妓众生相,纵情歌舞声色,但其实作者更多的是在借此游戏人生、嘲讽世情。关于"嘲谑类",选者曾对此类定义云:"换羽移宫多是标瑕摘类,长歌短调哪些惜柳怜花,堪叹贪痴一谜庸夫,□有美刺并陈遗意,红楼艳冶,毋兴狐兔之思,青楼风流,自协凤鸾之偶。"选本作品看似围绕青楼"换羽移宫""长歌短调",描写"惜柳怜花",但在这种文人嘲谑的背后却含有"美刺",讽喻现实。此类嘲谑之作以北曲作品为主,天启之后的南曲作品较少涉及。选本中为什么收录北曲嘲谑类、伤悼类的作品呢?这类作品诚如编选者所言,有"美刺"的作用,除此之外还有怎样的曲学含义呢? 郑振铎先生在《中国文学史》中谈及"翻北曲"与"民歌拟作"现象时云:"一部分的人便想从北曲里汲取些新的题材与内容来","产生了许多'曲海青冰'一类的'以南翻北'之篇什","别部分的人便又想从民间歌谣里,得到些什么惊人的景色与情调"。[①] 无论是"翻北曲"还是"拟作民歌",其出发点都是扩展南曲题材,就其根源则是这一时期"吴音一派,竞为剿袭,靡词如绣阁罗筛、铜壶银箭、黄莺紫燕、浪蝶狂蜂之类。启口即是,千篇一律"[②]。因此,这一时期选本在表现"妓人之情"曲作的同时,亦选录了伤悼、嘲

[①] 郑振铎:《中国文学史》(下),中国文史出版社,2015年版,第833页。
[②] 凌濛初:《谭曲杂札》,见《中国古典戏曲论著集成》(四),中国戏剧出版社,1959年版,第253页。

谑、劝阻类的作品，这反映出编选者选曲作品视野之广，也含有拓展现有南曲题材范围的现实意义。

三、玩世与避世：同而不同的南北青楼曲

无论是表现"妓人之情"的曲作，还是选本中选录的嘲谑、伤悼类作品，都以青楼歌姬为描述对象。朱光潜说："编一部选本是一种学问，也是一种艺术。顾名思义，它是一种选择。有选择就要有排弃，这就可显示选者对于文学的好恶或趣味。这好恶或趣味虽说是个人的，而最后不免溯源到时代的风气，选某一时代文学作品就无异于对那时代文学加以批评，也就无异于替它写一部历史，同时，这也无异于选者替自己写一部精神生活的自传，叙述他自己与所选所弃的作品曾经发生过的姻缘。一部好选本应该能反映一种特殊的趣味，代表一个特殊的倾向。"① 这些南北"青楼曲"选录的背后，反映了晚明文人一种怎样特殊的趣味，又代表了他们怎样特殊的倾向呢？

就选录的南北青楼曲而言，其中一些作品通过青楼女子之娇艳风情，将其"舞按霓裳，歌停金缕"的形态逼真地显示出来。南北曲作家歌咏妓女之散曲，表现了元明以来青楼和娼家的众生相，真实地描述了青楼的种种人情俗态。而选本收录的那些谐谑、伤悼之曲，反映的是曲家的另一种追求，其与选本中那些描写女性娇艳体态和青楼淫蝶风情的作品形成互补，以一种调侃、谐谑的姿态关注青楼中那些"丑陋"的"非美"现象，看似"美刺""愤世"，实际是露骨的色情与"浪子式"的谐谑的混同。这种混同背后，所表现的则是一种世俗的"玩世"精神与追求，如《彩笔情辞》在界定"合欢类"与"调和类"的题材时云：

　　合欢类：情好既投，效一时之鱼水；姻缘若契，期百岁之凤鸾。或拈花醉月于暮朝，或倚玉偎香于楼馆。按以宫商而允叶，乐也融融；比诸弦管而和声，娱斯泄泄。

　　画图摘句：梧影过银床，乍回眸，惊见檀郎。

　　调合类：乍见而欲火方燃，不觉眼挑眉褪；追随而欢颜渐合，潜

---

① 朱光潜：《朱光潜全集》，安徽教育出版社，1993年版，第217—218页。

知心许意招。拨雨撩云，怜日夕魂飞楚岫；潜花映柳，伫昏朝带绾秦楼。良缘之辐辏尚奇，绣腹之珠玑旋吐。

画图摘句：绣床跟底将鞋儿裉，却匆忙未掩楼门。

这两类作品涉及的内容主要是"或拈花醉月于暮朝，或倚玉偎香于楼馆"的男女主人公，"追随而欢颜渐合，潜知心许意招，拨雨撩云，怜日夕魂飞楚岫，潜花映柳，伫昏朝带绾秦楼"，所描述的场景则是"绣床跟底将鞋儿裉，却匆忙未掩楼门"，可谓充满色情与欲望色彩。此类曲作大都标作"幽欢""幽会""欢会""复欢""欢遇"等题目，透过题目亦可窥见作品所表现的主题。选本选录作品咏美妓之细腰、云鬟，甚至于纤足、柔腕、弓鞋，充满肉欲与妖妍，这似乎是青楼香艳文学的不朽主题。在这种肆无忌惮地"嘲风弄月""以诗酒玩世""偶娼优而不辞"的吟咏背后，所折射出的则是文人"避世—玩世"的思想。

选本选录北曲青楼曲以元人作品为主，元人之所以步入青楼，混迹烟花柳巷，则与元代文人的现实境遇有密切关系。元朝是文人科举道路受阻的一个朝代。"自元仁宗延祐二年（公元 1315 年）第一次开科至元顺帝至正二十六年（公元 1366 年）最后一次取士，共 51 年，期间尚有 6 年（公元 1336—1342 年）中断，科举实际实行了 45 年"，而且，不仅是科考次数减少，录取的人数也极少，"最多的一次 101，人最少的一次 53 人"。[①]在少之又少的录取人数中，汉族文人所占比例更少。现实世界的艰难使得他们"皆不屑仕进。乃嘲风弄月，流连光景"[②]，因此元代文人混迹烟花柳巷，沉迷于灯红酒绿中，但是在这种沉迷中依然关注现实，或作"悼亡""劝阻""谐谑"类曲作，"美刺"现实；或于青楼歌咏中寄寓自我之不甘。如《彩笔情辞》选录元人辞《赠妓斗儿》：

【点绛唇】月令随构，箕星共号。抖量错，降谪尘嚣。向人世来量度。

【混江龙】鸿门失却一灵，飞入锦窝巢。饱谙粗细，广见低高。木板儿有钱休再刮，铁梁儿无米莫来敲。欺瞒了些商贾，抵盗了些仓

---

① 许凡：《论元代官吏出职制度》，《文史研究》，1984 年第 6 期。
② 朱经：《〈青楼集〉序》，见《中国古典戏曲论著集成》（二），中国戏剧出版社，1959 年版，第 6 页。

厩，离了街市入深宅。到如今再不零枀枭。毕罢了临尖踢斛，无承望半合一抄。

【油葫芦】改变做宫殿风微燕雀高，清标安在梁左角，更着些彩桩青绿缕金描。再不向迎新送旧临街道，常只是擎升座础居廊庙。躲离了斗级每手内提，却来这画堂中枋上阁。常只是清风明月帘栊罩，抵多少拎弄在小儿曹。

【天下乐】连你那朽板儿粘拈得有下稍，听了些笙箫，居画阁。效高村稳拍拍实是好，要看呵仰着首观，要摸呵怎够得着。攒簇得清闲直到老。

【赚尾】既得向殿宇内做良材，只要你升运里呈奇巧。每日家陪伴着金莲玉藻，乐富贵繁华百载遥，听了些绕梁声尘软香娇，簇花枝篆刻镂雕，一任那粘合处涎干了肉鳔胶。再不怕没梁儿弃，却常子是锦罘罳笼套，受用着宝楼台铜斗儿凤凰巢。

这首曲作表面上看是赠送给妓女斗儿的，但其中"斟量错，降滴尘嚣，向人世来量度"，"鸿门失却一灵，飞入锦窝巢"，既是说斗儿深陷烟花，亦是在云作者自身科场仕途不得志，只得混迹于烟花青楼。但是现实世界"既得向殿宇内做良材，只要你升运里呈奇巧"，无奈之下只得"每日家陪伴着金莲玉藻，乐富贵繁华百载遥，听了些绕梁声尘软香娇，簇花枝篆刻镂雕"。那些北曲作家的出发点是"避世"，在"避世"中进而"玩世"，然而又通过"玩世"而求"避世"，"玩世"只是手段，"避世"才是目的。在这个过程中，北曲作家不能忘却的依然是其"出世"之心，因此在作品中关注现实，寄寓自我，"美刺""嘲谑"现实。

选本选录的南曲作品的作者主要是嘉靖后期的文人。明代中后期"江南一带城市经济的繁荣和竞逐奢华的社会风气所酿造的青楼文化环境，不但为才子们提供了寄情声色的现实条件，同时也是曲文学兴盛的沃土"[1]。更为重要的是，这一时期文人的思想观念已经发生了较大转变，虽然晚明社会政治环境依然黑暗，尤其是万历后期、天启以来，重臣主政，宦官专权，在一定程度上亦使得文人追求功名的道路较为坎坷。然而，晚明以来

---

[1] 赵义山：《论词场才子之曲与明中叶散曲之复兴》，《河北师范大学学报（哲学社会科学版）》，2003年第6期。

"由文化权力下移而带来的明中叶学术文化的多元化、平民化蔚为一大风会,这使江南词场才子们有了云烟功名、粪土王侯的勇气,于是主动疏离政治,走向艺术的人生,在诗画词曲中去实现真自我,在与大众为伍的平民生活中去寻求真快乐。架子既已放下,面子何惧放倒,明初文人雍容正大的君子风度渐行渐远,被取而代之的是自由疏狂的狂士作风:说兴亡常闭口,期富贵怕劳神……因此上笔尖儿判柳评花,心性儿抟香弄粉"[1]。因此,晚明南曲青楼曲作的出发点就是"玩世",这既是文人消解胸中垒块的手段,又是其创作目的,通过"玩世"而实现"避世"之心,因此南曲青楼曲作中往往缺少较为深刻的对现实的关注,晚明文人的"出世"之心在其青楼"吟风弄月""舞按霓裳,歌停金缕"中已经渐行渐远。

由此可见,南北曲青楼曲作涉及元明两代文人,在一定程度上表现了两代文人"玩世乐闲的疏狂作风",然而作品中文化意蕴是截然不同的。北曲作家的作品关注现实,"嘲谑"现实,南曲作家的作品则往往缺少深刻的现实关注。

---

[1] 赵义山:《论词场才子之曲与明中叶散曲之复兴》,《河北师范大学学报(哲学社会科学版)》,2003年第6期。

结 语

"南北曲衍变中的天启戏曲选本研究"是一个非常值得深入研究的选题。天启曲坛呈现出独特的艺术风貌和文学思潮,是明代戏曲史上一段特殊的时期。一方面,昆腔逐渐从明中叶"诸强争艳"的局面中崛兴,成为南曲之"正声";另一方面,北曲亦逐渐从嘉靖以来"北调几废"的衰亡局面中复兴。南曲昆腔的兴盛与崛起,北曲的复兴之潮,使得天启间南北曲的交融更加剧烈。这种交融具体的表现就是:北曲体制不断被南曲体制打破,而南曲体制又不断得到建构和完善。南北曲融合的过程实质上是明末曲学的发展过程,曲体衍变是其重要表征,明曲的地域区分、文学正统的辨识、曲的艺术归属等问题都围绕着明末曲学的发展而展开。天启间,南曲的套曲观念、曲牌成套等逐渐在仿制北曲体制的基础上定型,形成了南曲的宫调声腔体系。尤其是处于鼎盛时期的昆腔并没有停滞不前,而是不断融合和借鉴北曲的音乐体制,不断注入新鲜的血液,从而保持了长久的艺术生命力。正是由于昆山腔融合吸收北曲,南北套曲的内在音乐系统才最终形成。而北曲在这一时期亦经历了重要变化,逐渐冲破元杂剧的体制藩篱,从宫调、曲牌、结构框架、角色体制等诸多方面吸收南曲特色,形成了长短不拘、折出相融、角色均匀、南北皆宜的特点。

除体制外,天启间南北曲在题材、人物、精神风貌等方面也体现出较为清晰的分野。明代中后期戏曲选本较多地体现了编选者个人的主观意识。编选者的取此舍彼反映的是其个人观念与话语形式,而这种个人观念又不自觉地为文化思潮与文艺心理所裹挟,孕育了时代审美观念与思潮的变迁。因此,通过对戏曲选本的研究,往往可以见微知著;通过对选本的分析,往往能够窥见一个时代的审美倾向与道德观念变迁。

总之,无论是选本选录南北曲之曲学体制,还是作品之人物、思想内涵，南北曲既相区别又相关联。通过对选本作品的曲牌、宫调、套式、人物、思想等层面的考察，能够总结出南北曲相互借鉴与融合的规律，探究选本中蕴含的文学精神与时代风潮，总结中国古代戏曲的演变历程与历史规律，以及这一时期的南北曲发展革新在整个历史进程中的价值。

关于这个选题，还有许多值得深入挖掘的地方。首先，本书从天启曲学背景出发，对选本中南北曲之审美风尚做了比较研究。其次，本书以具体曲体演变为着眼点，重点分析了南北曲之曲牌、宫调、套式、犯调等方面所发生的变化。再次，本书从人物关系、情致表达方面分别对南北剧曲与散曲进行了比较研究，以期对天启南北曲融合背景下的选本做全面分析。然而，戏曲艺术是一门综合性艺术，南北曲各具音乐特点，在"南曲北调""北曲南腔"问题的分析中虽然涉及相关舞台演唱形式，但仅是较为狭小的一个层面。南北曲的音乐性、程式性与作品的题材内容、舞台表演、环境转换如何实现既相区别又相融合，是一个值得深入探究的方向。即使是"南曲北调""北曲南腔"的演唱形式，亦有进一步深入挖掘的必要。作为一种戏曲程式化的演唱，这种演唱又与南北曲戏曲作品之情境有怎样的关联？"南北合套""南北小令"问题亦值得深入研究，南北曲发展至晚明逐渐形成了"同体异调"的发展趋势，在这种"同体"形式下，又是怎样完成南北曲的相互转化与融合的呢？总之，本书仅对南北曲双向比对发展过程中的一些现象进行了研究，南北曲音乐程式差异与戏曲情境、舞台、人物、题材等的分野，还有待后续进一步深入研究。

附 录

天启间戏曲选本之曲牌统计

一、北曲剧曲曲牌

宫调	曲牌	数目
黄钟	醉花阴、喜迁乔（喜迁莺）、四门子、节节高、刮地风、古水仙子、出队子	7
南吕	玉交枝、一枝花、乌夜啼、四块玉、菩萨梁州、牧羊关、骂玉郎、金字经、红芍药、感皇恩、采茶歌、随煞	12
双调	驻马听、折桂令、鸳鸯煞、甜水令、太平令、新水令、收江南、庆宣门（和）、庆东原、清江引、乔牌儿、乔木查、七兄弟、梅花酒、落梅风、锦上花、搅筝琶、胡十八、挂玉钩、沽美酒、得胜令、川拨棹、沉醉东风、步步娇、雁儿落、朝天子（亦入越调）	25
仙吕宫	混江龙、点绛唇、端正好、赚煞、元和令带后庭花、元和令、游四门、油葫芦、天下乐、踏鹊枝、胜葫芦、上马娇、赏花时、青哥儿、哪吒令、六么序、柳叶儿、梁州第七、哭皇天、金盏儿、寄生草、后庭花、村里迓鼓	23
越调	紫花儿序、拙鲁速、雪里梅、小桃红、小沙门（秃斯儿）、调笑令、天净沙、剔银灯、耍三台、圣药王、棉搭絮、麻郎儿、小络丝娘、柳营曲（寨儿令）、金蕉叶、鬼三台、东原乐、朝天子、斗鹌鹑	19
正宫	四边静（中吕、正宫）、耍孩儿（中吕、正宫）、朝天子（越调、双调、正宫）、斗鹌鹑（正宫、越调、中吕）、醉太平、小梁州、倘秀才、煞尾、滚绣球、叨叨令、呆骨朵、白鹤子、快活三、脱布衫	14
中吕	快活三（正宫、中吕）、脱布衫（正宫、中吕）、醉春风、迎仙客、尧民歌、上小楼、满庭芳、红绣鞋、粉蝶儿、石榴花、十二月、山坡羊、楚歌引、耍孩儿、四边静	15
商调	醋葫芦	1

二、北曲剧曲中的南曲曲牌

南北曲	宫调曲牌	合计
南曲	大石调：玉楼春 黄钟：西地锦、疏影、凤凰阁 南吕：真薄幸、金钱花、挂真儿、柰子花、懒画眉、大圣乐 商调：水红花、字字金 仙吕：似娘儿、声声慢、番卜算 仙吕入双调：窣地锦裆、江儿水、二犯江儿水、桂枝香 羽调：胜如花 越调：神仗儿、水底鱼、包（鲍）子令 正宫：朱奴儿、双鸂鶒、倾杯玉芙蓉、洞仙歌 中吕：山花子、乔合笙、泣颜回、耍孩儿、小楼犯、黄龙滚犯、越恁好、扑灯蛾犯、叠字儿（扑灯蛾）、菊花新、哭相思 未知：十忧传	39

三、北曲散曲曲牌

宫调	曲牌	合计
黄钟	愿成双、出队子、醉花阴、喜迁莺、刮地风、四门子、古水仙子、寨儿令	8
南吕	一枝花、梁州第七、骂玉郎、感皇恩、采茶歌、牧羊关、三煞、二煞、黄钟煞	9
商调	定风波、金菊香、凤鸾吟、醋葫芦、集贤宾、逍遥乐、梧叶儿、浪来里煞	8
双调	风入松、乔牌儿、新水令、搅筝琶、离亭宴煞、天仙子、豆叶黄、落梅风、沉醉东风、本调煞、行香子、锦上花、小阳关、清江引、碧玉箫、离亭宴带歇拍煞、庆宣和、拨不断、新水令、雁儿落、得胜令、水仙子、**雁儿落挂玉钩**①、鸳鸯煞、驻马听、庆东原、甜水令、折桂令、滴滴金、川拨棹、七弟兄、梅花酒、收江南、步步娇、夜行船、胡十八、**玉环带清江引**、**水仙子带折桂令**	35
仙吕	赏花时、赚尾、八声甘州、六幺遍、穿窗月、元和令、点绛唇、混江龙、油葫芦、天下乐、金盏儿、哪吒令、鹊踏枝、寄生草、一半儿、青哥儿、柳叶儿	17
小石	青杏子、催拍子、荼蘼香、好观音	4

---

① 字体加粗部分是本书重点提及且变化较多、较为典型的曲牌。

续表

宫调	曲牌	合计
越调	斗鹌鹑、紫花儿序、金蕉叶、调关令、秃斯儿、圣药王、小桃红、络丝娘	8
正宫	端正好、滚绣球、倘秀才、醉太平、煞尾、叨叨令、脱布衫、小梁州、塞鸿秋、四换头、**脱布衫带小梁州**、满庭芳、**叨叨令带折桂令**	12
中吕	粉蝶儿、醉春风、迎仙客、普天乐、十二月、尧民歌、净瓶儿煞、醉高歌、喜春来、卖花声煞、红绣鞋、剔银灯、蔓菁菜、柳青娘、道合、石榴花、斗鹌鹑、上小楼、满庭芳、三煞、二煞、一煞、红绣鞋、**醉高歌带红绣鞋**	22
般涉	耍孩儿	1

四、南曲剧曲曲牌

宫调	曲牌	合计
黄钟	鲍老催、**鲍老催犯**①、滴滴金、神仗儿、狮子序、双声子、啄木儿、**啄木鹂**、滴溜子、画眉序、黄龙滚、降黄龙、绛都春序	13
正宫	白练序、洞仙歌、**二犯渔家傲**、**二犯渔家灯**、锦缠道、**锦缠道犯**、普天乐、**普天乐犯**、倾杯芙蓉序、倾杯序、三子（字）令、**刷子序犯**、剔银灯、小桃红（亦入越调）、雁过声、玉芙蓉、**朱锦缠**、朱奴儿、**朱奴儿犯**、醉太平、锦缠道	20
仙吕	八声甘州、不是路、掉角儿、**解袍歌**、解三酲（亦入南吕）、**九回肠**、望吾乡、**一秤金**、**一盆花**、**月云高**、皂罗袍、醉扶归	12
南吕	大胜乐、大迓鼓、东瓯令、**二犯五更转**、犯胡兵、隔尾、古梁州（梁州序）、浣溪沙、节节高、解三酲、金钱花、懒画眉、**梁州新郎**、临江仙、**六犯清音**、**罗江怨**、锣鼓令、梅花塘、三换头、三仙桥、升平乐、素带儿、琐窗寒、太师引、香遍满、香柳娘、**香罗带**、绣带儿、宜春令、渔灯儿、**玉抱鸳**、玉枝花、孤飞雁	34
中吕	古轮台、红芍药、红绣鞋、锦腰儿、榴花泣、**榴花泣犯**、麻婆子、念佛子、**破地锦花**、泣颜回、山花子、太和佛、**摊破地锦花**、剔银灯、瓦盆儿、尾犯序、舞霓裳、永团圆、渔家傲、渔家灯、**虞美人犯**、意不尽、**喜渔灯**、**雁过灯**、红衫儿（亦入正宫）	24
大石	古轮台（亦入中吕）、观音赛、念奴娇序、人月圆	4

---

① 字体加粗部分是剧曲中的集曲。

续表

宫调	曲牌	合计
小石	锦渔灯、锦上花、锦中拍、锦后拍、**骂玉郎带上小楼**、雁过声、倾杯盏序	7
商调	二郎神、高阳台、琥珀猫儿坠、黄莺儿、集贤宾、**集贤莺**、**金落索挂梧桐**、金衣公子、刘泼帽、山坡里羊、山坡羊、水红花、**四犯黄莺儿**、**梧蓼金萝**、**梧桐花**、梧桐树、梧叶儿、**莺集神**、**莺集御林春**、莺啼序、渔父第一、**啄林莺**、字字锦	22
越调	鲍子令、斗黑麻、蛮牌令、棉搭絮、人赚、山桃红、亭前柳、五般宜、五韵美、下山虎、小桃红（亦入正宫）、忆多娇、祝英台	13
双调	**锦堂月**、武陵花、孝顺儿、侥侥令、醉翁子	5
仙入双	傍妆台、步步娇、沉醉东风、楚江情、川拨棹、豆叶黄、**二犯江儿水**、**二犯么令**、风入松、**风云会四朝元**、好姐姐、黑麻序、急三枪、嘉庆子、江儿水、**江头金桂**、浆水令、**锦衣香**、六令儿、品令、锁金帐、忒忒令、五供养、晓行序、侥侥令、尹令、玉抱肚、玉交枝、**玉山颓**、园林好、月上海棠、醉太平	30
羽调	胜如花、排歌	2
合计	其中集曲 44 支，约占四分之一	186

五、南曲散曲曲牌

宫调	曲牌	合计
大石	赛观音、人月圆、念奴娇、古轮台、催拍、松下乐（卢前将其归入仙入双）	6
黄钟	啄木儿、三段子、归朝歌、画眉序、滴溜子、鲍老催、滴滴金、双声子、神仗儿、绛都春序、出队子、闹樊楼、三段子、太平歌、赏宫花、降黄龙、卖花声、归仙洞	19
南吕	奈子花、大胜乐、金字经、不是路、调角儿序、红衲袄、五更转、浣溪沙、东瓯令、大迓鼓、节节高、金莲子、懒画眉、梁州小序、梁州新郎、梁州序、石竹花、素带儿、锁窗寒、太师引、锁窗寒、三换头、解三酲、三学士、香遍满、刘泼帽、秋夜月、醉扶归、香柳娘、香罗带、醉扶归、绣带儿、宜春令、扑灯蛾、针线箱、红衫儿、贺新郎、浪淘沙、一江风	40
商调	集贤宾、琥珀猫儿坠、二郎神、黄莺儿、簇御林、水红花、双头鸡、啄木儿、斗双鸡、莺啼序、高阳台、啄林莺、山坡羊、耍鲍老、渔夫第一、字字锦、满园春、梧桐树、梧叶儿	19

续表

宫调	曲牌	合计
双调	清江引、锁南枝	2
仙吕	皂罗袍、八声甘州、赚、桂枝香、上马踢、月儿高、蛮江冷、望吾乡、小措大、不是路、长拍、短拍、胜葫芦、一封书、醉扶归、傍妆台	16
仙入双	江儿水、园林好、玉交枝、玉抱肚、园林好、侥侥令、好姐姐、玉山颓、风入松、川拨棹、嘉庆子、侥侥令、月上海棠、步步娇、锦衣香、浆水令、忒忒令、五供养、沉醉东风、尹令、品令、豆叶黄、夜行船、斗宝蟾、风入松、娇莺儿、柳摇金、黑麻序、晓行序、朝元令	30
羽调	排歌、胜如花	2
道宫	赤马儿、凫鸭满渡船、拗芝麻	3
越调	忆多娇、棉搭絮、亭前柳、下山虎、小桃红、蛮牌令、山麻秸、五韵美、五般宜、江头送别、江神子、罗帐里生、祝英台、浪淘沙	14
正宫	醉太平、白练序、锦缠道、普天乐、古轮台、锦庭乐、破齐阵、刷子序、尾犯序、倾杯序、玉芙蓉、小桃红、摧拍、一撮棹、雁过声、倾杯序、玉芙蓉、朱奴儿、锦渔灯、锦上花、锦中拍、锦后拍、雁来红、朱奴儿、千秋岁	25
中吕	朝天子、粉孩儿、红芍药（与南吕不同）、两休休、耍孩儿、大影戏、会阳河、孩儿灯、扑灯蛾、好事近、泣颜回、石榴花、千秋岁、两红灯、瓦盆儿、颜子乐	16
集曲	**皂罗袍犯**①、**永团圆犯**、**浣溪沙犯**、侍香金童、榴花泣、楚江情、罗江怨、**渔家傲犯**、**大迓鼓犯**、二犯梧桐树、**东瓯令带皂罗袍**、**水红花犯**、念佛红花、啄木鸟、啄木鹂、六么忆多娇、金络索、金络索挂梧桐、**解三酲犯**、**掉角儿犯**、簇林莺、猫儿坠玉芝、**山羊转五更**、锦堂月犯、姐姐醉翁、胜葫芦犯、安乐神犯、傍章台犯、**香转南枝**、桂花遍南枝、**五供养犯**、**川拨棹犯**、金段子、五供枝、沉醉海棠、川豆叶、普天乐犯、山桃红、倾杯赏芙蓉、摊破地锦花、马鞍儿犯、半面二郎神、摊破集贤宾、惊断莺啼序、歇拍黄莺儿、减字簇御林、偷声猫儿坠、步步入江水、江水绕园林、园林见姐姐、姐姐插娇枝、娇枝催拨棹、二郎试画眉、集贤看黄龙、猫儿戏狮子、御林转队子、画眉画锦、画锦贤宾、贤宾赏黄莺、黄莺一封、一封罗袍、罗袍甘州、甘州解酲、解酲姐姐、姐姐醉翁、醉翁侥侥、**画眉序犯**、**簇御林犯**、**黄莺儿犯**、排歌犯、一封书犯、马鞍儿犯、	132

---

① 字体加粗部分是本书重点提及且变化较多的曲牌。

续表

宫调	曲牌	合计
	红花带念佛、念佛水红花、集莺儿、羽林莺、猫儿逐黄莺、江头金桂、姐姐插海棠、玉山供、**玉枝带六么**、拨棹入江水、**园林带侥侥**、金瓯线解酲、浣溪乐、春天平、奈子落锁窗、锦堂月、二犯昼锦堂、集贤听黄莺、黄莺带一封、一封罗、皂罗袍（疑误，当为皂罗排，后六句为排歌）、甘州歌、甘州解酲、解酲姐、好姐拨棹、拨棹入侥侥、瓦渔灯、女子上阳台引、仙登照画眉、啄木叫画眉、集贤听画眉、**普天乐犯**、**朱奴儿犯**、摊破金字令、夜雨打梧桐、绣带引、懒针线、醉宜春、锁窗寒、大节高、东瓯莲、白乐天九歌、**傍妆台犯**、二犯傍妆台、二犯江儿水、二犯桂枝香、浣溪刘月莲、解袍歌、解酲歌、锦芙蓉、梁沙泼大香、梁州新郎、**柳摇金犯**、**六么令犯**、倚马待风云、莺花皂、月云高醉、醉歌小帐缠春姐、醉归花月度、醉花云、醉罗歌、淘金令、孝南枝、甘州歌、**六犯清音**、**七贤过关**、**七犯玲珑**、**九嶷山**、**九回肠**、**十样锦**、**十二红**、**十二楼**、**巫山十二峰**、**闹十八**	

天启间戏曲选本部分曲牌套式统计[①]

一、北曲剧曲

(一) 仙吕宫

1. 点绛唇、混江龙、村里迓鼓、元和令、寄生草

《渔樵闲话》

2. 点绛唇、混江龙、油葫芦、天下乐、哪吒令、鹊踏枝、寄生草、么篇、煞尾[②]

3. 混江龙、油葫芦、天下乐、**北节节高**[③]、元和令、上马娇、胜葫芦、后庭花、柳叶儿、寄生草、尾声（节节高有分别对应北黄钟、南南吕两个宫调，经比勘，此处为北曲牌）

《郊游点化》

4. 点绛唇、混江龙、油葫芦、天下乐、（南南吕）**金钱花**、后庭花、煞尾

《诸侯饯别》

5. 赏花时、么篇、点绛唇、混江龙、油葫芦、天下乐、（黄钟）**节节高**、元和令、上马娇、胜葫芦、后庭花、青哥儿、寄生草、赚煞、（仙吕）**桂枝香**、前腔、（南商调）字字金、字字金、字字金、字字金、字字金

《席上题春》

6. 点绛唇、混江龙、油葫芦、天下乐、哪吒令、鹊踏枝、胜葫芦、寄生草、么、赚煞尾

《采花邂逅》

---

① 因北选本中南北曲散曲套式变化相对较少，此部分主要摘录了剧曲套式，本书中讨论套式问题亦以剧曲为主。
② 《韩信救主》《伍员访友》结尾为赚煞尾，《无颜买卜》结尾为赚煞。
③ 字体加粗部分为套式中宫调变异曲牌。

7. 点绛唇、混江龙、倘秀才、（南越调）**水底鱼**、油葫芦、天下乐、哪吒令、鹊踏枝、寄生草、村里迓鼓、元和令、上马娇、游四门、胜葫芦、后庭花、柳叶儿、水底鱼

《十面埋伏》

8. 点绛唇、混江龙、油葫芦、天下乐、村里迓鼓、元和令、胜葫芦、上马娇、后庭花、青哥儿、寄生草、煞尾

《淑贞鼓琴》

9. **杳卜算**、**桂枝香**、**前腔**、（仙入双）二犯江儿水、前腔、寄生草、青哥儿、桂枝香

《梁芳证道》

10. 点绛唇、混江龙、油葫芦、天下乐、哪吒令、鹊踏枝、**后庭滚犯**、寄生草、么篇、煞尾

《冥判还魂》

11. 点绛唇、混江龙、油葫芦、天下乐、哪吒令、寄生草、后庭花、**金盏儿**、赚煞尾

《破嗔悟道》

12. （仙吕）**点绛唇**、（双调）新水令、驻马听、水仙子、折桂令、雁儿落、得胜令、沽美酒、收江南①

《夜奔梁山》

13. （仙吕）**端正好**、双调新水令、驻马听、乔牌儿、搅筝琶、雁儿落、得胜令、折桂令、甜水令、收江南、鸳鸯煞仙吕、双调

《超悟脱化》

14. （仙吕）六么序、么、元和令、柳叶儿、青哥儿、赚煞、（正宫）端正好、滚绣球、叨叨令、白鹤子、二煞、三煞、四煞、五煞、煞尾②

《惠明带书》

15. （北仙吕）**混江龙**、（中吕）粉蝶儿、（南中吕）**耍孩儿**、前腔、前腔、前腔、（南中吕）**哭**（**苦**）**相思**、耍孩儿、前腔、江儿水、前腔、前腔

《继盛典刑》

---

① 此套只有引子使用曲牌为仙吕调，后面曲牌皆为双调，暂列入仙吕。
② 此套前后套式实为两套。

16.（仙吕）**似娘儿**、**前腔**、（黄钟）**神仗儿**、（北中吕）粉蝶儿、泣颜回、上小楼、泣颜回、黄龙滚犯、扑灯蛾犯、小楼犯、叠字儿、尾声

《菩萨降凡》

17.（仙吕）**似娘儿**、（南吕）**疏影**、（中吕）**乔合生**、么篇、（越调）圣药王、鲍子令、么篇、秃斯儿、越恁好、么篇、煞尾

《夫妇团圆》

（二）双调

1. 新水令、川拨棹、七弟兄、雁儿落、得胜令、沽美酒

《负薪记·认妻重聚》

2. 新水令、雁儿落、甜水令、折桂令

《收服高丽》

3. 新水令、步步娇、落梅风、乔木查、搅筝琶、锦上花、清江引、庆宣门、乔牌儿、甜水令、折桂令、水仙子、雁儿落、鸳鸯煞

《草桥惊梦》

4. **胜如花**、**前腔**、**前腔**、**前腔**、新水令、驻马听、乔牌儿、搅筝琶、雁儿落、得胜令、沽美酒、川拨棹、太平令、七弟兄、梅花酒、清江引、前腔

《青门饯别》

5. 新水令、驻马听、沽美酒、雁儿落、沉醉东风、川拨棹、七弟兄、收江南、梅花酒、煞尾

《拷问承玉》

6. 新水令、驻马听、雁儿落、川拨棹、七弟兄、梅花酒、收江南

《擒贼雪耻》

7. （正宫）洞仙歌、（双调）新水令、雁儿落、沽美酒、（南吕）金字经、川拨棹、煞尾

《回回迎僧》

8. 新水令、醉东风、雁儿落、得胜令、挂玉钩、川拨棹、七弟兄、梅花酒、煞尾、（南南吕）柰子花

《齐王祭贤》

9. 新水令、驻马听、胡十八、沽美酒、庆东园、沉醉东风、雁儿落、

搅筝琶、尾声

《单刀赴会》

10. 新水令、驻马听、折桂令、水仙子、雁儿落、得胜令、太平令、鸳鸯煞

《宫袍报喜》

11. （仙吕）**天下乐**、（双调）**新水令**、驻马听、双声子、川拨棹、双声子、雁儿落、得胜令、挂玉钩、七弟兄、收江南、梅花酒、煞尾、（南南吕）**奈子花**、**前腔**

《月下追贤》

12. （南商调）**水红花**、（双调）新水令、折桂令、雁儿落、得胜令、沽美酒

《武松打虎》

（三）正宫

1. 端正好、滚绣球、叨叨令、倘秀才、滚绣球、白鹤子、煞尾

《木侯夜寻》《城下觅音》

2. （南南吕）**节节高**、（南仙吕）**声声慢**、（正宫）端正好、滚绣球、倘秀才、呆骨朵、滚绣球、倘秀才、滚绣球、倘秀才、滚绣球、倘秀才、滚绣球、脱布衫、醉太平

《雪夜访贤》

3. 端正好、么篇、滚绣球、倘秀才、滚绣球、倘秀才、叨叨令、白鹤子、煞尾

《萧后起兵》

4. 四边静、耍孩儿、五煞、四煞、三煞、二煞、收尾

《阴告拘夫》

5. （南仙吕）楚歌引、倘秀才、滚绣球、楚歌引、倘秀才、醉太平

《吹散楚兵》

6. 端正好、倘秀才、小梁州、么篇、耍孩儿、三煞、二煞、一煞、煞尾

《掷金却怪》

7. 端正好、滚绣球、叨叨令、倘秀才、滚绣球、煞尾

《赵盾挺奸》

8. 耍孩儿、五煞、四煞、三煞、二煞、煞尾

《凶鬼自叹》

9.（正宫）**端正好**、**滚绣球**、**快活三**、（双调）朝天子、脱布衫、小梁州、雁儿落①

《逼写休书》

10.（正宫）**端正好**、**滚绣球**、（中吕）粉蝶儿、醉春风、迎仙客、上小楼、么篇、耍孩儿、煞尾

《诉离赠婿》

11.（正宫）**端正好**、**滚绣球**、**叨叨令**、**脱布衫**、**小梁州**、（中吕）**上小楼**、满庭芳、快活三、朝天子、（仙吕）步步娇、（南商调）山坡羊

《诉神自缢》

12.（正宫）**倾杯玉芙蓉**、**朱奴儿**、**尾声**、中吕粉蝶儿、泣颜回、上小楼、黄龙滚犯、扑灯蛾犯、小桃红、叠字犯、尾声

《百花点将》

13.（正宫）**剔银灯**、（中吕）粉蝶儿、泣颜回、上小楼、泣颜回、黄龙滚犯、扑灯蛾犯、小楼犯、叠字儿、尾声

《裴湛再度》

（四）中吕

1. 粉蝶儿、醉春风、迎仙客、石榴花、斗鹌鹑、红绣鞋、十二月、尧民歌、快活三、朝天子、耍孩儿、尾声

《封魔化奸》

2. 粉蝶儿、泣颜回、上小楼、泣颜回、黄龙滚犯②、扑灯蛾犯、上小楼犯、尾声

《平章游湖》

3. 粉蝶儿、醉春风、红绣鞋、石榴花、斗鹌鹑、上小楼、么、随煞

《逢真幻侠》

4.（南中吕）菊花新、耍孩儿③、（北仙吕）点绛唇、混江龙、（商

---

① 【雁儿落】为带过曲，带得胜令，选本标识有误。
② 【黄龙滚犯】实际为曲牌【斗鹌鹑】。
③ 此处【耍孩儿】疑是【煞】，可能是误标；【醋葫芦】应当是误题，当为【油葫芦】。

调）醋葫芦、后庭花、（正宫）耍孩儿、（正宫）滚绣球、尾声

《怒奔范阳》

5. 粉蝶儿、石榴花、前腔、（黄钟）**出队子**、十二月、上小楼、（越调）**雪里梅**、（南中吕）**山花子**

《辕门听点》

6. 粉蝶儿、醉花阴、喜乔迁、出队子、刮地风、四门子、古水仙子

《董卓差布》

（五）越调

1. （越调）斗鹌鹑、小桃红、金蕉叶、调笑令、秃厮儿、大圣乐、麻郎儿、么篇、络丝娘①、耍三台、么篇、煞尾

《敬德装疯》

2. 斗鹌鹑、小桃红、天净沙、秃厮儿、圣药王、麻郎儿、络丝娘、东原乐、棉搭絮、拙鲁速、尾声

《璩贞订盟》

3. 斗鹌鹑、紫花儿序、金蕉叶、调笑令、小桃红、秃厮儿、鬼三台、天净沙、麻郎儿、么篇、络丝娘、尾声

《无颇脱难》

4. （南大石调）**玉楼春**、（越调）斗鹌鹑、紫花儿序、小桃红、秃厮儿、麻郎儿、圣药王、络丝娘、东原乐、（南吕）**玉交枝**、鬼三台、煞尾、尾声

《金石不渝》

（六）南吕

1. 一枝花、梁州第七、牧羊关、四块玉、哭皇天、乌夜啼、煞尾

《垓下困羽》

2. 一枝花、梁州第七、隔尾、牧羊关、骂玉郎、感皇恩、采茶歌、哭皇天、乌夜啼、么、红芍药、菩萨梁州、尾

《收服行者》

---

① 此处【络丝娘】应为【小络丝娘】。

3. 挂真儿、一枝花、梁州第七、牧羊关、四块玉、哭皇天、乌夜啼、尾声

《伍员自刎》

4. （南吕）挂真儿、一枝花、梁州第七、牧羊关、四块玉、骂玉郎、哭皇天、乌夜啼、煞尾

《慧娘出现》

5. （南南吕）**骂玉郎**、**前腔**、中吕粉蝶儿、醉春风、迎仙客、石榴花、上小楼、小梁州、朝天子、煞尾

《明珠重合》

6. **一枝花**、（南吕）**懒画眉**、**前腔**、（越调）斗鹌鹑、紫花儿序、金蕉叶、调笑令、秃厮儿、圣药王、么、节节高、尾声

《决策御敌》

（七）黄钟

1. （黄钟）**凤凰阁**、（仙人双）**窣地锦裆**、（中吕）菊花新、（正宫）端正好、滚绣球、煞尾

《议兵不合》

2. （黄钟）出队子、（仙人双）二犯江儿水、二犯江儿水

《田营盗盒》

3. （黄钟）**出队子**、（正宫）倘秀才、（双调）庆东园、雁儿落、沉醉东风、十忧传、（正宫）滚绣球、醉太平、尾声（各个版本中均作"十忧传"但曲谱中均未涉及此曲牌）

《圣力降魔》

4. （黄钟）**出队子**、**前腔**、（正宫）双鸂鶒、前腔、前腔、（仙吕）点绛唇、滚绣球、滚煞尾

《击碎玉斗》

5. （黄钟）**出队子**、越调斗鹌鹑、紫花儿序、柳营曲、么篇、小沙门、圣药王、尾

《计就追获》

二、南曲剧曲

(一) 大石调

1. 观音赛、前腔、人月圆

《幽闺记·间□》

2. 念奴娇序、前腔、前腔、前腔、古轮台、前腔、尾声

《琵琶记·赏月》《浣纱记·采莲》

(二) 黄钟宫

1. 画眉序、滴溜子、神仗儿、画眉序、滴溜子、神仗儿、双声子、鲍老催犯、尾声

《八义记·灯宴》

2. 画眉序、黄莺儿、皂罗袍、啄木儿、玉交枝、玉抱肚、玉山颓、川拨棹、忆多娇、月上海棠、尾声

《紫钗记·盟香》

3. 画眉序、前腔、前腔、前腔、滴溜子、鲍老催、滴滴金、鲍老催、双声子、尾声

《明珠记·节宴》《琵琶记·成新》

4. 降黄龙、前腔、黄龙滚、前腔、前腔、前腔、前腔、尾声

《西厢记·传情》

5. 降黄龙、前腔、黄龙滚、前腔、皂罗袍、前腔

《明珠记·偷觑》

6. (黄钟)绛都春序、前腔、(仙吕)皂罗袍、前腔、(商调)梧叶儿、前腔

《白兔记·寒况》

7. 狮子序、东瓯令、赏宫花、降黄龙、大胜乐

《琵琶记·合亲》

8. (黄钟)画眉序、(商调)黄莺儿、(仙吕)皂罗袍、(商调)啄木儿、(仙吕入双调)玉交枝、玉抱肚、玉山颓、川拨棹、忆多娇、月上海棠、尾声

《紫钗记·盟香》

9.（黄钟）绛都春序、前腔、（仙吕）皂罗袍、前腔、（商调）梧叶儿、前腔

《白兔记·寒况》

(三) 南吕

1. 楚江情、罗江怨

《灌园记·制衣》

2. 楚江情、前腔

《祝发记·追叹》

3. 二犯五更转、前腔、前腔

《琵琶记·筑坟》

4. 犯胡兵、前腔、香遍满、前腔

《琵琶记·汤药》

5. 古梁州、前腔、前腔、前腔

《金印记·寻夫》

6. 懒画眉、前腔、前腔、前腔

《鸾鎞记·闺咏》

7. 懒画眉、前腔、前腔、前腔、前腔

《灌园记·私会》

8. 梁州新郎、前腔、节节高、前腔、尾声

《西楼记·邸聚》

9. 梁州序、前腔、前腔、前腔、节节高、前腔、尾声

《琵琶记·赏荷》《罗囊记·春游》

10. 梁州序、渔灯儿、前腔、锦渔灯、锦上花、锦中拍、锦后拍、骂玉郎带上小楼、前腔、前腔、雁过声、倾杯序

《西厢记·写恨》

11. 罗鼓令、前腔

《琵琶记·疑餐》

12. 三换头、前腔

《琵琶记·请赴》

13. 三仙桥、前腔

《琵琶记·画容》

14. 素带儿、升平乐、素带儿、升平乐

《西厢记·对月》

15. 锁寒窗、前腔、大胜乐、前腔、太师引、前腔

《金印记·鹥钗》

16. 太师引、前腔

《灌园记·愁诉》

17. 太师引、前腔、解三酲、前腔

《琵琶记·馆逢》

18. 梧桐树、东瓯令、大胜乐、解三酲、尾声

《葛衣记·赏梅》

19. 香罗带、前腔、前腔、临江仙、梅花落、香柳娘、前腔

《琵琶记·剪发》

20. 绣带儿、前腔、太师引、前腔

《琵琶记·劝试》

21. 南吕宜春令、前腔、前腔、前腔

《琵琶记·强试》《四节记·游览》

22. 宜春令、玉枝花、玉抱莺、解三酲、前腔、前腔、尾声

《西厢记·请宴》

23. (南吕、仙吕)大胜乐、前腔、不是路、掉角儿、前腔、尾声

《西厢记·闺思》

24. (南吕、仙吕、仙入双)懒画眉、前腔、不是路、前腔、忒忒令、嘉庆子、尹令、品令、豆叶黄、玉交枝、月上海棠、二犯么令、江儿水、川拨棹、前腔、前腔、意不尽

《还魂记·寻梦》

25. (南吕、越调、仙吕)宜春令、前腔、大胜乐、下山虎、亭前柳、蛮牌令、一盆花、胜葫芦、尾声

《牧羊记·寄雁》

26. (南吕、正宫、商调)绣带儿、宜春令、降黄龙（换头）、醉太平、浣溪沙、滴溜子、鲍老催、琥珀猫儿坠、尾声

《玉簪记·欢会》

（四）商调

1. 二郎神、集贤宾、琥珀猫儿坠、前腔、尾声

《绣襦记·调琴》

2. 二郎神、前腔、集贤宾、前腔、莺啼序、前腔、琥珀猫儿坠、尾声

《浣纱记·别施》

3. 二郎神、前腔、莺集神、前腔、啄木鹂、前腔、金衣公子、前腔

《琵琶记·相遘》

4. 二郎神、前腔、啭林莺、前腔、啄木鹂、前腔

《明珠记·煎茶》《玉合记·嗣音》

5. 二郎神、莺集御林春、前腔、前腔、前腔、四犯黄莺儿、前腔、尾声

《幽闺记·拜月》

6. 高阳台、前腔、前腔、前腔、前腔、前腔

《琵琶记·议姻》

7. 黄莺儿、前腔、前腔、前腔

《还带记·分题》

8. 集贤宾、前腔、前腔、前腔、琥珀猫儿坠、前腔、尾声

《金印记·逼钗》

9. 集贤宾、前腔、锁窗寒、醉扶归、前腔、尾声

《西厢记·缄愁》

10. 集贤宾、前腔、莺啼序、前腔、琥珀猫儿坠、前腔（尾声）

《香囊记·邮亭》《玉玦记·商嫖》

11. 解袍歌、前腔

《明珠记·怨诉》

12. 金络索挂梧桐、前腔、三换头、前腔

《浣纱记·女吴》

13. 金索挂梧桐、前腔

《跃鲤记·忆亲》

14. 金索挂梧桐、前腔、前腔、刘泼帽、前腔、前腔

《琵琶记·埋怨》

15. 山坡里羊、前腔、水红花、梧叶儿

《彩楼记·闺思》

16. 山坡羊、前腔

《琵琶记·吃糠》

17. 山坡羊、水红花、梧桐花、水红花、金钱花、念佛子、前腔、前腔、尾声

《幽闺记·行路》

18. 梧蓼金罗、前腔、前腔、前腔

《白兔记·游春》

19. 孝顺儿、前腔、前腔、前腔

《琵琶记·自献》

20. 梧蓼金罗、前腔、玉抱肚、前腔

《浣纱记·溪遇》

21. （商调、越调、南吕）字字锦、前腔、入赚、鹊踏枝、前腔、尾声

《紫钗记·佳期议允》

22. （商调、正宫）渔父第一、刮地风、滴溜子、前腔、前腔、尾声

《崔君瑞传·走雪》

（五）双调

1. 锦堂月、前腔、前腔、前腔、醉翁子、前腔、侥侥令、前腔、尾声

《琵琶记·祝寿》

2. 锦堂月、前腔、醉公子、前腔、侥侥令、前腔、尾声

《双雄记·赏花》

3. 武陵花、前腔、尾声

《金印记·旅叹》《种玉记·往边》

4. （双调、仙吕、正宫）沽美酒、后庭花、洞仙歌、沽美酒、醉太平、沽美酒、醉太平、沽美酒、醉太平、醉太平、沽美酒、醉太平

《绣襦记·乞市》

（六）仙吕调

1. 八声甘州、前腔、解三酲、前腔

《荆钗记·行路》

2. 一秤金、尾声

《牧羊记·劝亲》

3. 月云高、前腔、前腔

《琵琶记·寻夫》

（七）仙吕入双调

1. 步步娇、江头金桂、五供养、玉交枝、玉抱肚、尾声

《种玉记·笺允》

2. 步步娇、醉扶归、前腔、皂罗袍、前腔、好姐姐、前腔、香柳娘、前腔、尾声

《种玉记·昭君出塞》

3. 沉醉东风、前腔、江儿水、前腔、玉交枝、前腔、玉抱肚、川拨棹、尾声

《绣襦记·剔目》

4. 二犯江儿水、前腔

《浣纱记·歌舞》《花亭记·演武》《宝剑记·自序》

5. 风入松、前腔、急三枪、风入松、急三枪、风入松

《琵琶记·扫墓》

6. 风云会四朝元、前腔、前腔、前腔

《琵琶记·自叹》

7. 江头金桂、前腔

《琵琶记·殉情》

8. 罗江怨、前腔、园林好、嘉庆子、尹令、品令、豆叶黄、玉交枝、六令儿、江儿水、川拨棹、尾声

《连环记·忠谋》

9. 忒忒令、前腔、沉醉东风、前腔

《琵琶记·拜托》

10. 忒忒令、园林好、前腔、皂罗袍、江儿水、皂罗袍、川拨棹、前腔、尾声

《西厢记·游殿》

11. 销金帐、前腔、前腔、前腔、前腔

《琵琶记·弹怨》

12. 晓行序、黑麻序、锦衣香、浆水令、尾声

《四节记·春游》

13. 晓行序、前腔、黑麻序、前腔、锦衣香、浆水令、尾声

《玩江楼记·春游》《龙泉记·赏菊》

14. 园林好、前腔、江儿水、前腔、五供养、前腔、玉交枝、前腔、川拨棹、前腔、尾声

《琵琶记·嘱别》《明珠记·惊破》

15. 醉扶归、前腔

《琵琶记·题真》

16. （仙人双、南吕）步步娇、江儿水、清江引、香柳娘、前腔、前腔、前腔、前腔、尾声

《西厢记·惊梦》

17. （仙人双、南吕）二犯江儿水、前腔、懒画眉、前腔、前腔、前腔

《红拂记·私奔》

18. （仙人双、越调）江头金桂、前腔、忆多娇、前腔、斗黑麻、前腔

《香囊记·矢节》

19. （仙人双、越调、仙人双、越调）步步娇、醉扶归、皂罗袍、好姐姐、隔尾、山坡羊、山桃红、鲍老催、山桃红、棉搭絮、尾声

《还魂记·惊梦》

（八）羽调

1. 胜如花、前腔

《荆钗记·苦别》《浣纱记·分离》

（九）越调

1. 越调祝英台、前腔、前腔、前腔

《琵琶记·规奴》《西楼记·砥志》

2. 小桃红、下山虎、五韵美、五般宜、忆多娇、尾声

《玉簪记·愁别》

3. 棉搭絮、前腔、前腔、前腔、前腔、尾声

《西厢记·闺怨》

（十）正宫

1. 白练序、不是路、前腔、红芍药、尾声

《荆钗记·别任》

2. 端正好、滚绣球、叨叨令、脱布衫、小梁州、么篇、上小楼、满庭芳、快活三、朝天子

《焚香记·阳告》

3. 红衫儿、前腔、醉太平、前腔

《琵琶记·嗟叹》

4. 锦缠道、普天乐、古轮台、尾声

《红拂记·渡江》《西楼记·载舟》

5. 锦缠道、前腔、前腔、前腔

《荆钗记·严训》

6. 锦缠道、朱奴儿

《幽闺记·闺情》

7. 普天乐、雁过声、倾杯序、玉芙蓉、小桃红、尾声

《西厢记·送别》

8. 雁过灯、前腔、三字令、四边静、前腔、尾声

《彩楼记·选俊》

9. 雁过声、二犯渔家傲、二犯渔家灯、喜渔灯、锦缠道犯

《琵琶记·忧思》

10. 雁过声、渔家傲、渔灯儿、喜渔灯、锦缠道

《浣纱记·闺欢》

11. 倾杯赏芙蓉、前腔、普天乐犯、朱锦缠、尾声

《五伦记·祖饯》

12. 雁过声、渔家傲、渔灯儿、喜渔灯、锦缠道

《荆钗记·忆别》

13. 刷子序犯、虞美人犯、普天乐犯、朱奴儿犯、尾声

《红梨记·选胜》

(十一) 中吕

1. 粉蝶儿、醉春风、石榴花、斗鹌鹑、出队子、哈麻子、上小楼、圣药王

《千金记·点将》

2. 榴花泣、前腔、泣颜回、前腔、尾声

《四节记·泛舟》

3. 榴花泣、前腔、渔家灯、前腔、尾声

《荆钗记·捞救》

4. 榴花泣犯、渔家灯

《西厢记·暗许》

5. 泣颜回、前腔、古轮台、前腔、尾声

《彩楼记·喜庆》《投笔记·酹月》

6. 山花子、前腔、前腔、前腔、太和佛、舞霓裳、红绣鞋、尾声

《琵琶记·试宴》

7. 尾犯序、前腔、前腔、前腔

《琵琶记·叙别》

8. 尾犯序、前腔、前腔、前腔、锦腰儿、尾声

《西厢记·佺期》

9. 渔家傲、剔银灯、破地锦花、麻婆子

《彩楼记·离情》《幽闺记·泣岐》

10. (中吕、黄钟) (中吕) 红衫儿、前腔、(黄钟) 狮子序、前腔、东瓯令、前腔

《寻亲记·教子》

11. (中吕、正宫) 瓦盆儿、榴花泣、喜渔灯、尾声

《异梦记·思梦》

三、剧曲之南北合套

1. 新水令、步步娇、折桂令、江儿水、雁儿落带得胜令、侥侥令、收江南、园林好、沽美酒、清江引

《荆钗记·祭江》

2. 新水令、步步娇、折桂令、江儿水、雁儿落带得胜令、侥侥令、收江南、园林好、沽美酒、清江引

《跃鲤记·仙聚》

四、集曲

序号	出自	宫调	曲牌	题目	作者
1	《太霞新奏》第109页	商调	半面二郎神、摊破集贤宾、惊断莺啼序、歇拍黄莺儿、减字簇御林、偷声猫儿坠、小尾	答寄	王伯良
2	《太霞新奏》第163页	仙吕入双调	步步入江水（步步娇、江儿水）、江水绕园林（江儿水、园林好）、园林见姐姐（园林好、好姐姐）、姐姐插娇枝（好姐姐、玉娇枝）、娇枝催拨棹（玉娇枝、川拨棹）、尾声	丽情	王伯良
3	《太霞新奏》第90页	南吕宫下	楚江情（香罗带、一江风）、其二、其三、其四	四时宴赏	周献王
4	《太霞新奏》第106页	商调	二郎神、集贤宾、黄莺儿、簇御林、琥珀猫儿坠、尾声	丽情	王伯良
5	《太霞新奏》第108页	商调	二郎试画眉（二郎神、画眉序）、集贤看黄龙（集贤宾、降黄龙）、猫儿戏狮子（猫儿坠、狮子序）、御林转队子（簇御林、出队子）、尾声	寄都门同好	王伯良
6	《词林逸响》第34页	黄钟入双调	画眉画锦、画锦贤宾、贤宾黄莺、黄莺一封、一封罗袍、罗袍甘州、甘州解醒、解醒姐姐、姐姐醉翁、醉翁侥侥、尾声	春闺	刘东生
7	《词林逸响》第33页	黄钟入双调	画眉序犯、锦堂月犯、簇御林犯、黄莺儿犯、排歌犯、一封书犯、马鞍儿犯、皂罗袍犯、红花带念佛、念佛水红花、尾声	秋闺（旅思）	燕仲义

续表

序号	出自	宫调	曲牌	题目	作者
8	《太霞新奏》第139页	商调	集莺儿（犯集贤宾）、羽林莺（犯簇御林）、猫儿逐黄莺（犯猫儿坠）、尾声	端二忆别	龙子犹
9	《太霞新奏》第164页	仙吕入双调	江头金桂（五马江儿水、淘金令、桂枝香）、姐姐插海棠（好姐姐、月上海棠）、玉山供（玉抱肚、五供养）、玉枝带六么（玉交枝、六么令）、拨棹入江水（川拨棹、江儿水）、园林带侥侥（园林好、侥侥令）、尾声	思情	沈伯英
10	《太霞新奏》第165页	仙吕入双调	江头金桂（五马江儿水、淘金令、桂枝香）、姐姐插海棠（好姐姐、月上海棠）、玉山供、玉枝带六么、拨棹入江水、园林带侥侥、尾声	赠童子居福缘	龙子犹
11	《太霞新奏》第140页	商调	金络索（金梧桐、东瓯令、针线箱、懒画眉、寄生子）、其二、其三、其四	代妓赠友	龙子犹
12	《太霞新奏》第134页	商调	金瓯线解酲（金梧桐、东瓯令、针线箱、解三酲）、浣溪乐（浣溪沙、大胜乐）、春天平（宜春令、醉太平）、柰子落锁窗（柰子花、锁窗寒）、尾声	招梦	沈伯英
13	《太霞新奏》第142页	双调	锦堂月（昼锦堂、月上海棠）、二犯昼锦堂（中二句月上海棠、末二句集贤宾）、月上海棠、集贤听黄莺（末三句黄莺儿）、黄莺儿、黄莺带一封（末三句一封书）、一封书、皂罗袍、皂罗袍（疑误，当为皂罗排。后六句为排歌）、甘州歌、（八声甘州、排歌）、甘州解酲（后三句解三酲）、解酲、解酲姐（解三酲换头、好姐姐）、好姐姐、好姐拨棹（后三句川拨棹）拨棹入侥侥（川拨棹换头、侥侥令）、侥侥令、尾声	金闾纪遇	龙子犹
14	《词林逸响》第92页	过曲	九回肠、前腔	离思	沈青门

续表

序号	出自	宫调	曲牌	题目	作者
15	《词林逸响》第 56 页	中吕调	榴花泣、前腔、喜渔灯犯、瓦渔灯、尾声	情束青楼	唐伯虎
16	《词林逸响》第 103 页	过曲	六犯清音、前腔、前腔、前腔、尾声	四时宫怨	高东嘉
17	《太霞新奏》第 93 页	黄钟宫	女子上阳台引（女冠子犯商调高阳台）、仙登照画眉（玩仙灯叫画眉序）、啄木叫画眉（本宫啄木儿合画眉序）、集贤听画眉（商调集贤宾带本宫画眉序）、尾声	咏张敞画眉事	祝希哲
18	《词林逸响》第 104 页	过曲	七犯玲珑、前腔、前腔、前腔	四景题情	高东嘉
19	《词林逸响》第 105 页	过曲	七犯玲珑、前腔、前腔、前腔	四景闺思	杨升庵
20	《彩笔情辞》第 82 页	中吕石榴花套	石榴花、渔家傲犯、尾声	寄远	明古辞
21	《太霞新奏》第 21 页	正宫调	刷子序犯、山渔灯犯、普天乐犯、朱奴儿犯、尾声	闺情（翻新水令北词）	卜大荒
22	《太霞新奏》第 20 页	正宫调	刷子序犯、山渔灯犯、普天乐犯、朱奴儿犯、尾声	丽情	沈伯英
23	《彩笔情辞》第 11 页	正宫刷子序	刷子序犯、渔家傲犯、普天乐犯、朱奴儿犯、尾声	喜谐王姬蕊珠	张叔周
24	《彩笔情辞》第 70 页	双调摊破金字令套	摊破金字令、夜雨打梧桐	遇张月容	梁伯龙
25	《词林逸响》第 15 页	过曲	小措大、不是路、长拍、短拍、尾声	江屯风景	罗钦顺
26	《太霞新奏》第 80 页	南吕宫下	绣带引（绣带儿、太师引）、懒针线（懒画眉、针线箱）、醉宜春（醉太平、宜春令）、锁窗寒（锁窗寒、绣衣郎）、大节高（大胜乐、节节高）、东瓯莲（东瓯令、金莲子）、尾声	题情	沈伯英
27	《太霞新奏》第 81 页	南吕宫下	绣待引（绣带儿、太师引）、懒针线（懒画眉、针线箱）、醉宜春（醉太平、宜春令）、锁窗寒（锁窗寒、绣衣郎）、大节高（大胜乐、节节高）、浣波帽（浣溪沙、刘泼帽）、东瓯莲（东瓯令、金莲子）、尾声	为董遐周赠薛彦升	龙子犹

五、南剧曲曲牌套式与原本比较

剧目	出目	题目	宫调	选本曲牌套式	原本曲牌套式
《琵琶记》	第二十九出《乞丐寻夫》	画容	南吕	三仙桥、前腔	胡捣练、三仙桥、前腔、前腔、忆多娇、前腔、斗黑麻、前腔
《琵琶记》	第二十七出《感格坟成》	筑坟	南吕	二犯五更转、前腔、前腔	挂真儿、五更转、前腔、(卜算子先、粉蝶儿、好姐姐、卜算子后)、五更转、铧锹儿、好姐姐、前腔、前腔
《琵琶记》	第三出《牛氏规奴》	规奴	越调	祝英台、前腔、前腔、前腔	祝英台近、祝英台序、前腔、前腔、前腔
《琵琶记》	第五出《南浦嘱别》	叙别	中吕	尾犯序、前腔、前腔	尾犯序引、尾犯序、前腔、前腔、前腔
《琵琶记》	第九出《临妆感叹》	自叹	仙入双	风云会四朝元、前腔、前腔、前腔	破齐阵引、风云会四朝元、前腔、前腔、前腔
《琵琶记》	第十三出《官媒议婚》	议姻	商调	高阳台、前腔、前腔、前腔、前腔	高阳台、胜葫芦、高阳台、前腔、前腔、前腔、前腔、前腔
《琵琶记》	第二出《高堂祝寿》	祝寿	双调	锦堂月、前腔、前腔、前腔、醉翁子、前腔、侥侥令、前腔、尾声	瑞鹤仙、宝鼎现、锦堂月、前腔、前腔、前腔、醉翁子、前腔、侥侥令、前腔、尾声
《琵琶记》	第五出《南浦嘱别》	拜托	仙入双	忒忒令、前腔、沉醉东风、前腔、	谒金门、忒忒令、前腔、沉醉东风、前腔、腊梅花
《琵琶记》	第十一出《蔡母嗟儿》	埋怨	商调	金索挂梧桐、前腔、前腔、刘泼帽、前腔、前腔	忆秦娥先、忆秦娥后、金索挂梧桐、前腔、前腔、刘泼帽、前腔、前腔
《琵琶记》	第十九出《强就鸾凰》	成新	黄钟	画眉序、前腔、前腔、前腔、滴溜子、鲍老催、滴滴金、双声子、尾声	传言玉女、女冠子、画眉序、前腔、前腔、前腔、滴溜子、鲍老催、滴滴金、鲍老催、双声子、尾声
《琵琶记》	第二十出《勉食姑嫜》	疑餐	南吕	罗鼓令、前腔	薄幸、夜行船、罗鼓令、前腔、前腔、前腔、前腔

续表

剧目	出目	题目	宫调	选本曲牌套式	原本曲牌套式
《琵琶记》	第二十二出《琴诉荷池》	赏荷	南吕	梁州序、前腔、前腔、前腔、节节高、前腔、尾声	夜烧香、梁州序、前腔、前腔、节节高、前腔、余文
《琵琶记》	第二十三出《代尝汤药》	汤药	南吕	犯胡兵、前腔、香遍满、前腔	霜天晓角、犯胡兵、前腔、霜天晓角、香遍满、前腔、青哥儿、前腔、前腔、罗帐里坐、前腔
《琵琶记》	第二十四出《宦邸忧思》	忧思	正宫	雁过声、二犯渔家傲、二犯渔家灯、喜渔灯、锦缠道犯	喜迁莺、雁渔锦、前腔、前腔、前腔
《琵琶记》	第二十五出《祝发买葬》	剪发	南吕	香罗带、前腔、前腔、临江仙、梅花落、香柳娘、前腔	金珑璁、香罗带、前腔、前腔、临江仙、梅花落、香柳娘、前腔
《琵琶记》	第二十八出《中秋望月》	赏月	大石调	念奴娇序、前腔、前腔、前腔、古轮台、前腔、尾声	念奴娇引、生查子、念奴娇序、前腔、前腔、前腔、古轮台、前腔、尾声
《琵琶记》	第三十一出《几言谏父》	合亲	黄钟	狮子序、东瓯令、赏宫花、降黄龙、大胜乐	西地锦、前腔、狮子序、东瓯令、赏宫花、降黄龙、大胜乐
《琵琶记》	第三十一出《几言谏父》	嗟叹	正宫	红衫儿、前腔、醉太平、前腔	称人心、前腔、红衫儿、前腔、醉太平、前腔
《琵琶记》	第三十四出《寺中遗像》	弹怨	仙入双	销金帐、前腔、前腔、前腔、前腔	缕缕金、前腔、销金帐、前腔、前腔、前腔、前腔
《琵琶记》	第三十五出《两贤相遘》	愁诉	商调	二郎神、前腔、莺集神、前腔、啄木鹂、前腔、金衣公子、前腔	十二时、绕地游、前腔、二郎神、前腔、莺集神、前腔、啄木鹂、前腔、金衣公子、前腔
《琵琶记》	第三十六出《孝妇题真》	题真	仙入双	醉扶归、前腔	天下乐、醉扶归、前腔
《琵琶记》	第三十七出《书馆悲逢》	馆逢	南吕	太师引、前腔、解三酲、前腔	鹊桥仙、解三酲、前腔、太师引、前腔

续表

剧目	出目	题目	宫调	选本曲牌套式	原本曲牌套式
《琵琶记》	第三十八出	扫墓	仙入双	风入松、前腔、急三枪、风入松、急三枪、风入松	虞美人、步步娇、前腔、风入松、前腔、前腔、前腔、前腔
《西厢记》	第三十三出《尺素缄愁》	报捷	商调	集贤宾、前腔、锁窗寒、醉扶归、前腔、尾声	折梧桐、集贤宾、前腔、大圣乐、前腔、不是路、皂角儿、前腔、尾声、锁窗寒、醉扶归、前腔、尾声
《西厢记》	第三十三出《尺素缄愁》	闺思	南吕、仙吕	大胜乐、前腔、不是路、掉角儿、前腔、尾声	折梧桐、集贤宾、前腔、大圣乐、前腔、不是路、皂角儿、前腔、尾声、锁窗寒、醉扶归、前腔、尾声
《西厢记》	第五出《佛殿奇逢》	游殿	仙入双	忒忒令、园林好、前腔、皂罗袍、江儿水、皂罗袍、川拨棹、前腔、尾声	光光乍、菊花新、忒忒令、园林好、前腔、皂罗袍、江儿水、皂罗袍、川拨棹、前腔、尾声
《西厢记》	第十七出《东阁邀宾》	请宴	南吕	宜春令、玉枝花、玉抱鸳、解三醒、前腔、前腔、尾声	花心动、步步娇、前腔、宜春令、五供玉枝花、玉抱鸳、解三醒、前腔、前腔、尾声
《西厢记》	第十九出《琴心写恨》	写恨	南吕	梁州序、渔灯儿、前腔、锦渔灯、锦上花、锦中拍、锦后拍、骂玉郎带上小楼、前腔、前腔、雁过声、倾杯序	卜算子、满江红、梁州序、渔灯儿、前腔、锦渔灯、锦上花、锦中拍、锦后拍
《西厢记》	第二十出《情传锦字》	传情	黄钟	降黄龙、前腔、黄龙滚、前腔、前腔、前腔、尾声	西地锦、前腔、降黄龙、前腔、黄龙滚、前腔、前腔、前腔、前腔、尾声
《西厢记》	第二十九出《秋暮离怀》	送别	正宫	普天乐、雁过声、倾杯序、玉芙蓉、小桃红、尾声	临江仙、普天乐、雁声犯、倾杯序、山桃犯、尾声

续表

剧目	出目	题目	宫调	选本曲牌套式	原本曲牌套式
《西厢记》	第三十出《草桥惊梦》	惊梦	仙人双、南吕	步步娇、江儿水、清江引、香柳娘、前腔、前腔、尾声	挂真儿、步步娇、江儿水、清河水、香柳娘、前腔、前腔、前腔、前腔、尾声
《荆钗记》	第三十五出《时祀》	祭江	仙人双	新水令、步步娇、折桂令、江儿水、雁儿落带得胜令、侥侥令、收江南、园林好、沽美酒、尾声	一枝花、新水令、步步娇、折桂令、江儿水、雁儿落带得胜令、侥侥令、收江南、园林好、沽美酒、尾声
《荆钗记》	第二十八出《哭鞋》	苦别	羽调	胜如花、前腔	梧叶儿、山坡羊、山坡羊、胜如花、前腔、前腔、前腔
《荆钗记》	第二十七出《忆母》	忆别	正宫、中吕	雁过声、渔家傲、渔灯儿、喜渔灯、锦缠道、	喜迁莺、雁渔锦、前腔、前腔、前腔、前腔
《荆钗记》	第二十七出《忆母》	别任	正宫	白练序、不是路、前腔、红芍药、尾声	称人心、普贤歌、白练序、赚、前腔、红芍药、前腔、尾声
《荆钗记》	第三十二出《遣音》	捞救	中吕	榴花泣、前腔、渔家灯、前腔、尾声	破阵子、榴花泣、前腔、渔家灯、前腔、尾声
《荆钗记》	第四十一出《唔婿》	行路	仙吕	八声甘州、前腔、解三醒、前腔	小蓬莱、八声甘州、前腔、解三醒、前腔
《荆钗记》	第四十六出《责婢》	严训	正宫	锦缠道、前腔、前腔、前腔	步步娇、红衲袄、前腔、锦缠道、前腔、前腔、前腔
《白兔记》	第八出《游春》	游春	商调	梧蓼金罗、前腔、前腔、前腔	一剪梅、金井水红花、前腔、前腔、前腔
《白兔记》	第二出《访友》	寒况	黄钟、仙吕、商调	绛都春序、前腔、皂罗袍、前腔、梧叶儿、前腔	绛都春引、绛都春序、前腔、皂罗袍、十棒鼓、前腔、梧叶儿、前腔
《幽闺记》	第十四出《风雨间关》	间	大石调	观音赛、前腔、人月圆、前腔	薄幸、赛观音、前腔、人月圆、前腔
《幽闺记》	第八出《少不知愁》	闺情	正宫	锦缠道、朱奴儿	七娘子、锦缠道、朱奴儿

续表

剧目	出目	题目	宫调	选本曲牌套式	原本曲牌套式
《幽闺记》	第十三出《相泣路岐》	泣岐	中吕	渔家傲、剔银灯、摊破地锦花、麻婆子	破阵子、渔家傲、剔银灯、摊破地锦花、麻婆子
《幽闺记》	第十九出《偷儿挡路》	行路	商调	山坡羊、水红花、梧桐花、水红花、金钱花、念佛子、前腔、前腔、尾声	高阳台引、山坡羊、水红花、梧桐花、水红花、金钱花、念佛子、前腔
《幽闺记》	第三十二出《幽闺拜月》	拜月	商调	二郎神、莺集御林春、前腔、前腔、四犯黄莺儿、前腔、尾声	齐天乐、红衲袄、青衲袄、红衲袄、青衲袄、二郎神、莺集御林春、前腔、前腔、前腔、四犯黄莺儿、前腔、尾声
《浣纱记》	第二十五出《演舞》	歌舞	仙人双	二犯江儿水、前腔	风入松慢、前腔、好姐姐、二犯江儿水、好姐姐、二犯江儿水
《浣纱记》	第二十六出《寄子》	分离	羽调	胜如花、前腔	意难忘、胜如花、前腔、燕归梁、泣颜回、摧拍、前腔、一撮棹
《浣纱记》	第二十三出《迎施》	女吴	商调	金络索挂梧桐、前腔、三换头、前腔	虞美人、前腔、一江风、前腔、金络索挂梧桐、前腔、三换头、前腔、生查子、东瓯令、前腔、刘泼帽、前腔
《浣纱记》	第三十出《采莲》	采莲	大石调	念奴娇序、前腔、前腔、前腔、古轮台、前腔、尾声	丑奴儿、古歌一、古歌二、念奴娇序、前腔、前腔、前腔、古轮台、前腔、尾声
《浣纱记》	第三十四出《思忆》	闺欢	正宫	雁过声、渔家傲、渔灯儿、喜渔灯、锦缠道	雁儿舞、喜迁莺、雁渔锦、二犯渔家傲、二犯渔灯儿、喜渔灯、锦缠道
《明珠记》	第十二出《惊破》	赎别	仙人双	园林好、前腔、江儿水、前腔、五供养、前腔、玉交枝、前腔、川拨棹、前腔、尾声	杏花天、红林擒、黑幕序、前腔、步步娇（生、旦、合）、园林好、前腔、江儿水、前腔、五供养、前腔、玉交枝、前腔、川拨棹、前腔、尾声
《明珠记》	第四十一出《珠圆》	怨诉	商调	解袍歌、前腔	薄幸、江头金桂、前腔、前腔、前腔、罗鼓令、前腔、解袍歌、前腔、玉山颓、前腔、十二时

续表

剧目	出目	题目	宫调	选本曲牌套式	原本曲牌套式
《明珠记》	第六出《由房》	偷觑	黄钟	降黄龙、前腔、黄龙滚、前腔、皂罗袍、前腔	临江仙、赏宫花、狮子序、降黄龙、前腔、前腔（生）、前腔（生）黄龙滚、前腔、皂罗袍、前腔
《明珠记》	第三出《酬节》	节宴	黄钟	画眉序、前腔、前腔、前腔、滴溜子、鲍老催、滴滴金、鲍老催、双声子、尾声	念奴娇、花心动、画眉序、前腔、前腔、前腔、滴溜子、鲍老催、滴滴金、鲍老催、双声子、尾声
《金印记》	第八出《逼妻卖钗》	议试	商调	集贤宾、前腔、前腔、前腔、琥珀猫儿坠、前腔、尾声	驻云飞、前腔、集贤宾、前腔、前腔、前腔、琥珀猫儿坠、前腔、一江风、前腔、黄莺儿、前腔、尾声
《金印记》	第十出《见诮》	鬻钗	南吕	锁寒窗、前腔、大胜乐、太师引、前腔	忆秦娥、青玉案、锁寒窗、前腔、大胜乐、前腔、太师引、前腔
《金印记》	第二十四出《长途叹息》	旅叹	双调	武陵花、前腔、尾声	月儿高、武陵花、前腔、尾声
《香囊记》	第十二出《分歧》	矢节	仙入双越调	江头金桂、前腔、忆多娇、前腔、斗黑麻、前腔	西地锦、前腔、江头金桂、前腔、前腔、前腔、忆多娇、前腔、斗黑麻、前腔
《香囊记》	第二十九出《邮亭》	驿逢	商调	集贤宾、前腔、莺啼序、前腔、琥珀猫儿坠、前腔	六么令、前腔、前腔、前腔、集贤宾、前腔、莺啼序、前腔、琥珀猫儿坠、前腔
《彩楼记》	第三出《计议招婿》	选俊	正宫	雁过灯、前腔、三字令、四边静、前腔、尾声	猴山月、锦堂月、临江仙、雁过灯、前腔、三字令、四边静、前腔、尾声
《彩楼记》	第八出《旅邸被盗》	闺思	商调	山坡里羊、前腔、水红花、梧叶儿	凤马儿、山坡里羊、前腔、水红花、梧叶儿
《彩楼记》	第十八出	离情	中吕	渔家傲、剔银灯、破地锦花、麻婆子	金珑璁、步步娇、江儿水、香柳娘、赛红娘、渔家傲、麻锦花、麻婆子、尾声
《彩楼记》	第二十五出《夫妇荣归》	喜庆	中吕	泣颜回、前腔、古轮台、前腔、尾声	七贤过关、西江引、泣颜回、前腔、古轮台、前腔、尾声

续表

剧目	出目	题目	宫调	选本曲牌套式	原本曲牌套式
《牧羊记》	第二十出《寄雁》	寄雁	南吕、越调、仙吕	宜春令、前腔、大胜乐、下山虎、亭前柳、蛮牌令、一盆花、胜葫芦、尾声	一剪梅、南吕宜春令、前腔、大胜乐、越调下山虎、亭前柳、蛮牌令、仙吕一盆花、胜葫芦、尾声
《牧羊记》	第七出《劝亲》	劝亲	仙吕	一秤金、尾声	天下乐、集贤宾、生查子、一秤金、尾声
《寻亲记》	第二十五出《教子》	教子	中吕、黄钟、南吕	红衫儿、前腔、狮子序、前腔、东瓯令、前腔	疏影、临江仙、红衫儿、前腔、狮子序、前腔、东瓯令、前腔
《玉簪记》	第十九出《词媾》	欢会	南吕、正宫、商调	绣带儿、宜春令、降黄龙（换头）、醉太平、浣溪沙、滴溜子、鲍老催、琥珀猫儿坠、尾声	清平乐、绣带儿、宜春令、降黄龙（换头）、醉太平、浣溪沙、滴溜子、鲍老催、琥珀猫儿坠、尾声
《玉簪记》	第二十二出《追别》	愁别	越调	小桃红、下山虎、五韵美、五般宜、忆多娇、尾声	哭相思、小桃红、下山虎、五韵美、五般宜、忆多娇、尾声
《绣襦记》	第二十一出《堕计销魂》	怨别	正宫	普天乐	
《绣襦记》	第十四出《试马调琴》	妓馆	商调	二郎神、集贤宾、琥珀猫儿坠、前腔、尾声	逍遥乐、二郎神、集贤宾、琥珀猫儿坠、前腔、尾声
《绣襦记》	第三十一出《襦护郎寒》	乞市	双调、仙吕、正宫	沽美酒、后庭花、洞仙歌、沽美酒、醉太平、沽美酒、醉太平、沽美酒、醉太平	一江风、沽美酒、后庭花、洞仙歌、沽美酒、醉太平、沽美酒、醉太平、沽美酒、醉太平
《绣襦记》	第三十三出《剔目劝学》	剔目	仙人双	沉醉东风、前腔、江儿水、前腔、玉交枝、前腔、玉抱肚、川拨棹、尾声	金珑璁、前腔、沉醉东风、前腔、江儿水、前腔、玉交枝、前腔、玉抱肚、川拨棹、尾声
《投笔记》	第一出《酹月》	酹月	中吕	泣颜回、前腔、古轮台、前腔、尾声	满庭芳、泣颜回、前腔、滴溜子（众）、古轮台、前腔、尾声

续表

剧目	出目	题目	宫调	选本曲牌套式	原本曲牌套式
《连环记》	第十八出《拜月》	忠谋	仙人双	罗江怨、前腔、园林好、嘉庆子、尹令、品令、豆叶黄、玉交枝、六令儿、江儿水、川拨棹、尾声	罗江怨、前腔、园林好、嘉庆子、尹令、品令、豆叶黄、玉交枝、六令儿、江儿水、川拨棹、尾声
《玉玦记》	第二十九出《商嫖》	争风	商调	集贤宾、前腔、莺啼序、前腔、琥珀猫儿坠、前腔、尾声	三台令、吴小四、集贤宾、前腔、莺啼序、前腔、琥珀猫儿坠、前腔、尾声
《八义记》	第五出《宴赏元宵》	灯宴	黄钟	画眉序、滴溜子、神仗儿、画眉序、滴溜子、神仗儿、双声子、鲍老催犯、尾声	传言玉女、画眉序、滴溜子、神仗儿、画眉序、滴溜子、神仗儿、双声子、鲍老催犯、尾声
《罗囊记》	原作散佚	春游	南吕	梁州序、前腔、前腔、前腔、节节高、前腔、尾声	
《玉合记》	第二十九出《嗣音》	嗣音	商调	二郎神、前腔、啭林莺、前腔、啄木鹂、前腔、尾声	忆秦娥、二郎神、前腔、啭林莺、前腔、啄木鹂、前腔、隔声、簇御林、前腔
《玩江楼记》	原作散佚	春游	仙人双	晓行序、前腔、黑麻序、前腔、锦衣香、浆水令、尾声	夜行船序、前腔、黑麻序、前腔、锦衣香、浆水令、尾声
《宝剑记》	第五十一出	自叙	仙人双	二犯江儿水、前腔	清江引、江波漫引、二犯江儿水、前腔、前腔、莺集御林春、黄莺儿、前腔
《红拂记》	第二出《仗策渡江》	渡江	正宫	锦缠道、普天乐、古轮台、尾声	瑞鹤仙、锦缠道、普天乐、古轮台、尾声
《灌园记》	第十五出《君后制衣》	制衣	南吕	楚江情、罗江怨	捣练子、楚江情、罗江怨、皂罗袍
《灌园记》	第十六出《君后授衣》	愁诉	南吕	太师引、前腔	霜天晓角、太师引、前腔、霜天晓角、桂枝香、前腔、前腔、尾声
《祝发记》	第十四出	追叹	南吕	楚江情、前腔	破齐阵、楚江情、前腔

续表

剧目	出目	题目	宫调	选本曲牌套式	原本曲牌套式
《还魂记》	第十出《惊梦》	惊梦	仙人双、越调、仙人双、越调	步步娇、醉扶归、皂罗袍、好姐姐、隔尾、山坡羊、山桃红、鲍老催、山桃红、棉搭絮、尾声	绕地游、步步娇、醉扶归、皂罗袍、好姐姐、隔尾、山坡羊、山桃红、鲍老催、山桃红、棉搭絮、尾声
《还魂记》	第十二出《寻梦》	寻梦	南吕、仙吕、仙人双	懒画眉、前腔、不是路、前腔、忒忒令、嘉庆子、尹令、品令、豆叶黄、玉交枝、月上海棠、二犯么令、江儿水、川拨棹、前腔、前腔、意不尽	夜游宫、月儿高、前腔、懒画眉、前腔、不是路、前腔、忒忒令、嘉庆子、尹令、品令、豆叶黄、玉交枝、月上海棠、二犯么令、江儿水、川拨棹、前腔、前腔、意不尽
《紫钗记》	第八出《佳期议允》	议允	商调、越调、南吕	字字锦、前腔、人赚、鹊踏枝、前腔、尾声	薄幸、字字锦、前腔、人赚、鹊踏枝、前腔、尾声
《紫钗记》	第十六出《花院盟香》	盟香	黄钟、商调、仙吕、仙人双	画眉序、黄莺儿、皂罗袍、啄木儿、玉交枝、玉抱肚、玉山颓、川拨棹、忆多娇、月上海棠、尾声	忆秦娥、夜游宫、画眉序、黄莺儿、皂罗袍、啄木儿、玉交枝、玉抱肚、玉山颓、川拨棹、忆多娇、月上海棠、尾声
《红梨记》	第二出	选胜	正宫、中吕	刷子序犯、虞美人犯、普天乐犯、朱奴儿犯、尾声	刷子序犯、虞美人犯、普天乐犯、朱奴儿犯、尾声
《异梦记》	第九出《思梦》	思梦	中吕、正宫	瓦盆儿、榴花泣、喜渔灯、尾声	绕红楼、瓦盆儿、榴花泣、喜渔灯、尾声
《西楼记》	第三出《砥志》	砥志	越调	祝英台、前腔、前腔、前腔	祝英台近、桃李争春、祝英台、前腔、前腔、前腔
《西楼记》	第三十出《载月》	载舟	正宫	锦缠道、普天乐、古轮台、尾声	破阵子、锦缠道、普天乐、古轮台、尾声

续表

剧目	出目	题目	宫调	选本曲牌套式	原本曲牌套式
《双雄记》	第七出《富室赏花》	赏花	双调	锦堂月、前腔、醉公子、前腔、侥侥令、前腔、尾声	出队子、船入荷花、锦堂月、前腔、醉公子、前腔、侥侥令、前腔、尾声
《鸳锦记》	第三出《闺咏》	闺咏	南吕	懒画眉、前腔、前腔、前腔	一剪梅、前腔、懒画眉、前腔、前腔、前腔、前腔
《种玉记》	第六出《笺允》	笺允	仙人双	步步娇、江头金桂、五供养、玉交枝、玉抱肚、尾声	步步娇、江头金桂、五供养、玉交枝、玉抱肚、尾声
《种玉记》	第十六出《往边》	往边	双调	武陵花、前腔、尾声	四园春、醉扶归、剔银灯、前腔、武陵花、前腔、尾声

《万壑清音》《词林逸响》收录曲目与明清其他选本比对表

一、《万壑清音》与其他选本曲目比对表

剧目	所收选本	次数
负薪记	1. 《缀白裘》中标作《烂柯山》，实际上第十二册《北樵》、第二册《逼休》、第一册《寄信相骂》是《负薪记》中的内容，而《痴梦》《悔嫁》《泼水》是《烂柯山》中的内容 2. 《纳书楹曲谱》中收录《渔樵》《逼休》《寄信》标作《渔樵记》，《前逼》《痴梦》《泼水》标作《烂柯山》 3. 《歌林拾翠》收录了《烂柯山》之"崔氏逼嫁""追悔痴梦""马前泼水" 4. 《醉怡情》收录《烂柯山》"巧赚""后休""痴梦""覆水" 5. 《怡春锦》收录《负薪记》"立威"一折，但与该剧关联不大，疑为《烂柯山》	5
连环记	1. 乐府玉树英：吕布戏貂蝉（五下） 2. 乐府红珊：退食还忠（十四） 3. 玉鼓新簧：《吕布戏貂掸》【宜春令】"一颦一笑犹关情"（中中） 4. 吴歈萃雅：忠谋"荼蘼径里行" 5. 月露音：元宵"火树星桥"、赐环"朝雨后看海棠" 6. 赛征歌集：退食怀忠（六） 7. 词林逸响：忠谋"荼蘼径里行" 8. 南音三籁：忠谋"荼蘼径里行"、忠谋"长吁气在荼蘼" 9. 增订珊珊集：计就连环"朝雨后" 10. 万壑清音：董卓差布 11. 怡春锦：探敌 12. 歌林拾翠：元宵、赏花、探报、投机、计就、安卓、对镜、执戟、议诛、会合 13. 玄雪谱：潜窥、设计 14. 乐府遏云编：计就、侦报 15. 醉怡情：赐环、拜月、梳妆、掷戟 16. 群音类选：探子 17. 南北词广韵选：【南吕·一江风】"绞从宫样新妆所"、【□□·二犯朝天子】"白玉连环"、【商调·二郎神】"朝雨后看海棠" 18. 缀白裘合选：花亭赏春、月下投机、计就连环（卷二） 19. 钱编缀白裘：议剑、梳妆、掷戟（二）、起布、问探（四）、赐环、拜月（十）、小宴、大宴（十二）	19

续表

剧目	所收选本	次数
金貂记	1. 词林一枝：敬德诈妆疯魔（二下） 2. 八能奏锦：敬德南山牧羊（六下） 3. 群音类选：仁贵私宴、皇叔郊游、鄂公庆寿、饯居田里、退保阳城、城开疑敌、得书败敌 4. 乐府玉树英：桑园戏节、敬德钓鱼、饮社闻召（二上） 5. 乐府箐华：四老饮社（二上）、桑园戏节（三上） 6. 玉谷新簧：国公牧羊（敬德牧羊）（首上）、敬德钓鱼（上上）、桑园戏节（一上）、敬德耕田（二上），另有目无文者有辽王访友（原编者目录为一上，正文原缺）、南山斗草（原编者目录为三上，正文原缺）、南山牧羊（原编者目录为三下，正文原缺）、与樵伴话、国公相劝（原编者目录为五上，正文原缺） 7. 摘锦奇音：罢职耕田（五下） 8. 乐府万象新：尉迟耕田（一下）、桑园戏节、敬德钓鱼（后二上，无题） 9. 大明天下春：翠屏自组、敬德辩奏、牛羊社会（七上）、 10. 大明春：（题《征辽记》）敬德南山牧羊（五下） 11. 千家合锦：敬德牧羊、 12. 万家合锦：犒赏三军 13. 万壑清音：敬德装疯、收服高丽 14. 歌林拾翠：桑园、打朝、牧羊、钓鱼、耕田、装疯 15. 尧天乐：桑园戏节 16. 绣刻演剧 17. 乐府歌舞台：敬德打朝（风） 18. 钱编缀白裘：北诈（二）	18
草庐记	1. 八能奏锦：议请孔明、踏云（雪）空回（原缺）（一上）、 2. 乐府红珊：赴碧莲会（十一） 3. 万壑清音：怒奔范阳、姜维救驾 4. 群音类选：甘糜游宫、舌战群儒、黄鹤楼宴、玄德合卺 5. 绣刻演剧 6. 缀白裘合选：怒走范阳（卷一）	6
鸣凤记	1. 群音类选：二臣哭夏、妻妾分别、采桑相遇、修本劝夫、典刑死节、林公祭郭 2. 乐府玉树英：金阶三打应龙、继盛修本（一上） 3. 乐府菁华：继盛修本（正文作"杨继盛修本"）、邹孙表敦（正文作"邹孙表救严高"）（六上） 4. 玉谷新簧：（题《六恶记》）：三打应龙（一上） 5. 月露音：悲忠"他恃着屠龙手" 6. 乐府万象新：金阶三打应龙（一下） 7. 六十种曲 8. 增订珊珊集：修本"天步有乘除" 9. 万壑清音：议兵不和、继盛典刑 10. 歌林拾翠：辞阁、吃茶、河套、写本 11. 徽池雅调：继盛修本 12. 今乐府选	17

续表

剧目	所收选本	次数
鸣凤记	13. 乐府遏云编：修本 14. 醉怡情：义斥、折奸、释遇、修本 15. 乐府歌舞台：修本（花） 16. 缀白裘合集：义斥、折奸、释遇、修本（贞集） 17. 钱编缀白裘：写本（二）、辞阁、严寿（三）、河套、醉易、放易（四）、吃茶（五）、夏骚、斩杨	
歌风记	1. 万壑清音：韩信遇主、该下困羽 2. 怡春锦：困羽	2
绣球记	1. 雍熙乐府 【山坡羊】"日照谁家庭院" 2. 风月锦囊（题《吕蒙正》） 【五供养】"胸中豪气"；【雁过沙】"告双亲听启"；【桂枝香】"诗书勤苦"；【八声甘州】"孩儿不忖量"；【凤凰阁】"千愁百恨"；【山坡羊】"月照谁家庭院"；【驻云飞】"漫忆侯园"；【绛都春序】"朔风剪水"；（梅香送米之二曲诸本无）【碧玉箫】"旷野云低"；【新增下山虎】"从他去后"（二曲诸本无）、【渔家傲】"闻知道上国招贤展试闱"；【傍妆台】"自相逢"（四曲诸本无）、【红衲袄】"享荣华堂上珍"；【菊花新】"十年勤苦赴丹墀"；【驻马听】"闲是闲非"；【山坡羊】"剪鹅毛雪花片片" 3. 词林一枝：吕蒙正游观破窑（二下） 4. 八能奏锦：（题《绣球记》），版心（题《破窑记》）蒙正回窑居止、小姐（正文作"刘氏"）采芹遇婢（三下） 5. 乐府玉树英：破窑居止、夫妻祭灶、劝小姐回归、冒雪回窑、破窑闻捷（三下） 6. 乐府菁华：破窑居止、夫妻祭灶、冒雪居（正文作"归"）窑、破窑问（正文作"闻"）捷（三下） 7. 乐府红珊：（题《丝鞭记》）吕状元宫花报捷（八） 8. 玉鼓新簧：夫妻祭灶、宫花捷报（正文作"刘千斤破窑得捷"）（一下）、《逻斋空回》【驻云飞】生"柱受勄劳踏雪登高访故交"（上中）、《梅香看问》【剔银灯】旦"侵晨早提篮去采芹"（一中）、《冒雪归窑》【驻云飞】旦"自叹时乖"（二中）、《蒙正投店》【水红花】生"今生相会是前缘"（二中） 9. 摘锦奇音：夫妻祭灶、采芹遇婢、及第差人接妻（五下） 10. 大明天下春：（题《吕蒙正》）破窑劝女、宫花捷报、破窑闻捷、夫妻游寺（五下）	17

续表

剧目	所收选本	次数
绣球记	11. 大明春：夫妻被逐归窑、蒙正夫妻祭灶、小姐破窑闻捷（六下） 12. 乐府万象新：蒙正游街自叹（一下）、夫妻破窑居止（三上）、破窑看女、宫花捷报、荣归游窑（后三下，无题） 13. 万壑清音：（题《绣球记》）夫妇团圆 14. 歌林拾翠：居止、赏雪、祭灶、逻斋、归窑、游街、报喜、荣会、团圆 15. 徽池雅调：蒙正归窑 16. 群音类选：（又题《吕蒙正》）彩楼择婿、相门逐婿、投斋空回、夫妇荣谐、相府相迎 17. 绣刻演剧	
西厢记	1. 雍熙乐府（5本21折）： 【仙吕·点绛唇】"游艺中原"（第一本第一折）、【中吕·粉蝶】"不做周方"（第二本第一折）、【越调·斗鹌鹑】"玉宇无尘"（第三本第一折）、【双调·新水令】"梵王宫殿月轮高"（第四本第一折）、【仙吕·八声甘州】"恹恹瘦削"（第二本第一折）、【正宫·端正好】"不念法华经"（第二本第二折）、【中吕·粉蝶儿】"半万贼兵"（第三本第二折）、【双调·五供养】"若不是张解元识人多"（第四本第二折）、【越调·斗鹌鹑】"云敛晴空"（第五本第二折）、【仙吕·点绛唇】"相国行祠"（第三本第一折）、【中吕·粉蝶儿】"风静帘闲"（第三本第二折）、【双调·五供养】"晚风寒峭透窗纱"（第三本第三折）、【越调·斗鹌鹑】"彩笔题诗"（四本第三折）、【仙吕·点绛唇】"伫立闲阶"（四本第一折）、【越调·斗鹌鹑】"则着你夜去明来"（第四本第二折）、【正宫·端正好】"碧云天黄花地"（四本第三折）、【双调·五供养】"望蒲东萧寺暮云遮"（第四本四折）、【商调·集贤宾】"虽离了眼前闷"（第五本第一折）、【中吕·粉蝶】"从到京师"（第五本第二折）、【越调·斗鹌鹑】"卖弄你仁者能仁"（五本第三折）、【双调·五供养】"玉鞭骄马出皇都"（五本第四折） 2. 风月锦囊： 【仙吕·点绛唇】"游艺中原"（第一本第一折）、【中吕·粉蝶儿】"不佐周方"（第二本第一折）、【越调·斗鹌鹑】"玉宇无尘"（三本第一折）、【双调·新水令】"梵王宫殿月轮高"（四本第一折）、【中吕·粉蝶儿】"半万贼兵"（第三本第二折）、【双调·五供养】"若不是张解元识人多"（第四本第二折）、【仙吕·点绛唇】"相国行祠"（三本第一折）、【中吕·粉蝶儿】"风静帘闲"（三本第二折）、【仙吕·点绛唇】"伫立闲阶"（四本第一折）、【正宫·端正好】"碧云天黄花地"（四本第三折）、【商调·集贤宾】"他须离了这眼前闷"（五本第一折） 3. 词林一枝：俏红娘堂前巧辩、崔夫人拷问红娘（缺）（第三卷下） 4. 八能奏锦：月下赴约（第三卷下） 5. 乐府玉树英：月夜听琴、递柬传情、书斋赴约（第二卷下）	26

续表

剧目	所收选本	次数
西厢记	6. 乐府菁华：月下（正文作"夜"）听琴（一下） 7. 乐府红珊：长亭分别（第六卷）、泥金捷报（八）、佛殿奇逢（十二）、锦字传情（十三） 8. 玉谷新簧：月夜听琴（正文作"莺红月下听琴"）、递柬传情（中下）、夜赴佳期（一下）、小姐私睹丹青（原编者目录为二下，正文原缺） 9. 摘锦奇音：假借僧房、跳墙失约（二下）（会真记） 10. 六合同春：莺生月夜佳期、莺莺月夜听琴（二下） 11. 乐府万象新：莺生月夜佳期、莺莺月夜听琴（二下） 12. 大明春：莺生隔墙酬和、君瑞（正文作"张生"）托红寄柬（三下） 13. 赛征歌集：佛殿奇逢、乘夜踰墙、堂前巧辩、长亭送别 14. 六十种曲 15. 今乐府选 16. 乐府歌舞台：莺莺听琴、巧辩、跳墙 17. 怡春锦：传情 18. 时调青昆：莺莺送别、莺莺听琴、乘夜逾墙 19. 尧天乐：秋江送别、泥金捷报（上下） 20. 歌林拾翠：佛殿、联吟、闹会、请宴、听琴、寄柬、窥柬、踰墙、问病、佳期、巧辩、送别、惊梦、缄愁 21. 万家合锦：斋堂闹会 22. 万壑清音：惠明带书、草桥惊梦 23. 六幻西厢 24. 南北词广韵选：莺莺听琴、僧房纸写、锦字传情、尺素缄愁、长亭送别、月下佳期、白马解围、妆台窥柬、佛殿奇逢、斋坛闹会、夫人停婚、乘夜逾墙、草桥惊梦、墙角联吟、红娘请宴、堂前巧辩、泥封捷报、倩红问病、白马解围 25. 缀白裘合选：佛殿奇逢、琴心挑引、锦字传情、月下佳期（卷一） 26. 缀白裘合集：奇逢、请宴、问病、拷婢（元集）	
双红记	1. 月露音：手语"羡龙媒"、欢会"意悬悬一心牵挂"、偶遇"山花正然" 2. 增订珊珊集：盗盒"更深时候" 3. 万壑清音：田营盗盒、青门饯别 4. 绣刻演剧 5. 乐府遏云编：草笺、打猎	5
妆盒记	1. 词林一枝：寇承玉计赚太子（四下） 2. 八能奏锦：计安太子（原缺）（上上） 3. 乐府玉树英：妆盒藏太子、勘问宫人（二下） 4. 乐府菁华：妆盒匿主、考鞠宫人（二下） 5. 乐府红珊：冷宫生太子 6. 玉鼓新簧：妆盒藏主、鞠问宫人	11

续表

剧目	所收选本	次数
妆盒记	7. 大明春：陈琳救主（二上） 8. 万壑清音：拷问承玉 9. 尧天乐：御园拾弹 10. 徽池雅调：赚出太子、妆盒潜龙、计救太子（二者实为一出） 11. 乐府歌舞台：德武离婚（风）	
昙花记	1. 词林一枝：关羽显圣（二上） 2. 乐府红珊：勘问曹操（十四） 3. 月露音：内修"莲台宝刹"、度迷"逢场对景"、受封"云外逍遥"、怨对"重泉无路"、勘罪"日瞳晓宫帘乍卷"、夜巡"鼓声高兵气壮"、郊游"胜日好郊游"、卜佛"出郭探春阳"、西游"岩峣画阁" 4. 六十种曲 5. 玄雪谱：勘曹 6. 千家合锦：圣力降魔 7. 增订珊珊集：降凡"玉貌娥眉"、自叹"槌胸跌脚" 8. 万壑清音：郊游点化、凶鬼自叹、圣力降魔、木侯夜寻、菩萨降凡 9. 怡春锦：度迷 10. 尧天乐：真君显圣 11. 今乐府选 12. 乐府遏云编：降凡、郊行 13. 南北词广韵选：【南吕·香柳娘】"扫星河"、【双调·新水令】"一朝挥手"、【商调·黄莺儿】"出郭探春"、【商调·山坡羊】"暖酥醒"、【仙吕入双调·步步娇】"紫陌青"、【商调·集贤宾】"莲台宝刹"、【商调·高阳台】"驾雾鞭霆"、【中吕·泣颜回】"拍手笑嘻嘻"、【六犯宫词】"岩峣画阁"、【正宫·锦缠道】"我本是大丈夫"、【黄钟降黄龙】"云外逍遥"、【正宫·玉芙蓉】"是风两鬓飘"、【仙吕·混江龙】"王侯位高"、【南吕·徽画眉】"冥冥地府"、【仙吕·醉罗衫】"美好能为祸"、【黄钟·画眉序】"胜日好郊游"、【大石调·催拍】"念□人长怀道心"	13
西游记	"诸侯饯别""回回迎僧"属于吴昌龄《唐三藏西天取经》 1.《词广正谱》收录《唐三藏》 2.《九宫大成南北词宫谱》收录《唐三藏》 3.《纳书盈曲谱》续集卷二收入《唐三藏·回回》，正集卷二收入《北饯》。 "擒贼雪耻""收服行者"则属于杨讷《西游记》 1.《古今名剧合选柳枝集》收录该剧《二郎神收服猪八戒》，误标作吴昌龄《西游记》 2.《九宫大成南北词曲谱》收录《西天取经》 3.《纳书盈曲谱》续集卷三收录《撇子》《认子》《胖姑》《伏虎》《借扇》《女还》，补遗卷一收录《饯行》《定心》《揭钵》《女国》	4

续表

剧目	所收选本	次数
宝剑记	1. 乐府红珊：看剑励志（五）、对景思夫（七） 2. 吴歈萃雅：山行"风儿催雨儿疾"、自叙"梅花清瘦" 3. 南音三籁：山行"风儿催"、自叙"梅花清瘦" 4. 万家合锦：林冲上山 5. 增订珊珊集：夜奔梁山"数尽更筹""按龙泉" 6. 乐府南音：夜奔梁山"数尽更筹"怜贞释放："乍出闺门行路难"、寺叙"梅花清瘦" 7. 词林逸响：自叙"梅花清瘦" 8. 万壑清音：夜奔梁山 9. 怡春锦：夜奔 10. 尧天乐：计赚林冲 11. 群音类选：神堂相会、公孙弃职、逃难遇义 12. 南北词广韵选：【仙吕人双调·四朝元】"关山远忆"、【梧桐叶】"说别后信息稀"、【双调·新水令】"猛惊回一枕蝴蝶" 13. 月露音：夜奔"按龙泉"	13
鲛绡记	1. 乐府红珊（题《黄袍记》）：雪夜访赵普（九） 2. 吴歈萃雅（题《鲛绡记》）：雪夜访赵普"水晶宫" 3. 万壑清音：雪夜访贤 4. 怡春锦：访贤 5. 乐府遏云编：访贤 6. 乐府歌舞台（题《金藤记》）：访普、论将（雪）	6
题塔记	1. 玄雪谱：壮怀 2. 万壑清音：萧后起兵 3. 乐府遏云编：起兵	3
太和记	1. 万壑清音：《太和记》席上题春	1
焚香记	1. 词林逸响：阳告"恨漫漫"、阴告"虚飘飘" 2. 《六十种曲》 3. 玄雪谱：捉拿 4. 增订珊珊集：接书"雨歇云收"、阳告"恨漫漫"、勾拿"重重离恨" 5. 万壑清音：金石不渝、诉神自绕、阴诉拘夫、决策御敌 6. 怡春锦：阳告 7. 歌林拾翠：人赘、盟誓/议亲、坚志、阳告、阴告、捉魁、对词 8. 今乐府选 9. 乐府遏云编：接书、阳告、阴告 10. 醉怡情：阳告、阴告、折证、回生 11. 乐府歌舞台：桂英阳告、桂英阴告、活捉王魁、王魁对词（风） 12. 缀白裘：阳告（一）	12

续表

剧目	所收选本	次数
义侠记	1. 《六十种曲》 2. 玄雪谱：调叔、说风情 3. 增订珊珊集：调叔 "要问伊家" 4. 万壑清音：武松打虎 5. 怡春锦：巧靖 6. 歌林拾翠：武松打虎、金莲诱叔、挑帘遇庆、王婆巧靖 7. 绣刻演剧 8. 今乐府选 9. 乐府遏云编：打虎、调叔 10、醉怡情：卖饼、诱叔、挑旅、捉奸 11. 乐府歌舞台：诱叔（月） 12. 缀白裘合集：卖饼、诱叔、挑廉、捉奸（亨集） 13. 钱编缀白裘：戏叔、别兄、挑服、做衣（四）、捉奸、服毒、打虎（十）	13
浣纱记	1. 词林一枝：《吴王游湖》（中层） 2. 八能奏锦：越王别吴归国（原缺）（一下）、吴王游湖（原缺）、打围行乐（正文作 "吴王打围"）（二上） 3. 群音类选：伍员自刎 4. 乐府玉树英：吴王游湖（三上） 5. 乐府红珊：吴王游台（十） 6. 玉谷新簧：吴王游湖（中上）、姑苏玩赏（原编者目录为二上，正文原缺） 7. 吴歈萃雅：闺谈 "追思洗纱溪上游"、采莲 "澄湖万顷"、分离 "清秋露黄叶飞"、嘱行 "休回首"、溪遇 "农务村村急"、迎娶 "三年曾结盟" 8. 月露音：嘱行 "休回首"、归湖 "问扁舟何处"、采莲 "澄湖万顷"、分别 "告天地神明"、浣纱 "农务村村急"、歌舞 "当筵要飞尘" 9. 乐府万象新：西施女诉心病（一下）、吴王登舟游湖（后二上，无题）、越王别臣往吴（后四上，无题） 10. 大明天下春：范拉归湖（四上） 11. 大明春：（题《尝胆记》）越王别臣（三上） 12. 赛征歌集：偶遇西施、再顾倾国、扁舟晦迹（中缺） 13. 词林逸响：溪遇 "农务村村急"、女吴 "三年曾结盟"、歌舞 "香喉清俊"、分离 "清秋露"、嘱行 "休回首"、采莲 "澄湖万顷"、闺叹 "追思浣纱" 14. 南音三籁：送子 "清秋露黄叶飞"、闺叹 "追思洗纱"、捧心 "东风无赖"、送年 "休回首"、初会 "农务村村急"、后访 "三年曾结盟" 15. 《六十种曲》 16. 玄雪谱：闺病、忆旧 17. 增订珊珊集：倾城 "农务村村急"、倾国 "三年曾结盟"、寄子 "清秋露黄叶飞" 18. 万壑清音：伍员访外、伍员自刎	30

续表

剧目	所收选本	次数
浣纱记	19. 怡春锦：行春 20. 歌林拾翠：前访、捧心、打围、后访、歌舞、寄子、采莲、死忠、归湖 21. 尧天乐：送别越王 22. 绣刻演剧 23. 今乐府选 24. 乐府遏云编：倾城、游猎、倾国、送行、忆旧、泛湖 25. 南北词广韵选：【中吕·普天乐】"锦帆开气"、【中吕·大环着】"感皇天恩重"、【中吕·尾犯序】"愁泪溢春江"、【大石调·念奴娇序】"澄湖万顷"、【中吕·朝天子】"剑气腾牛斗"、【仙吕入双调·园林好】"告天地"、【正宫·玉芙蓉】"春风舞鹧鸪"、【双调·锦堂月】"台殿风微"、【黄钟·啄木儿】"忠良去国"、【中吕·山花子】"英雄气"、【仙吕入双调·二犯江儿水】"听缥缈"、【双调·锁南枝】"遭身困"、【仙吕·甘州歌】"稽山路远"、【黄钟·黄莺儿】"凤恨实难言"、【黄钟·狮子序】"频年见国事颠"、【中吕·榴花泣】"千年基业"、【越调·棉搭絮】"东风无赖"、【黄钟·画眉序】"高□□代筵殿阁"、【正宫·朱奴儿】"念国土连年战争"、【南吕·金落索】"三年曾结盟"、【南吕·三换头】"孤身支影"、【南吕·梁州序】"三帮齐会"、【商调·二郎神】"休回首"、【正宫·雁过声】"追思浣纱溪上游"、【南吕·宜春令】"前年恨数载心积"、【南吕·绣带儿】"清秋特又西风凉" 26. 醉怡情：后访、歌舞、寄子、采莲 27. 乐府歌舞台：前访倾城、后访倾城（风）、歌舞（花）、寄子（雪） 28. 缀白裘合选：范蠡游春、郊迎西施、西施采莲、西施忆乡、范拉扁舟（卷二） 29. 缀白裘合集：后访、歌舞、寄子、采莲（贞集） 30. 钱编缀白裘：进施、寄子、赐剑（三）、前访、回营、姑苏、采莲（十）	
灌园记	1. 词林一枝：齐王被难（原缺）、辱骂齐王（一上） 2. 吴歈萃雅：愁诉"困蓬蒿这磨折何时了"、制衣"深闺更渐阑" 3. 赛征歌集：太史名高 4. 词林逸响：制衣"深闺更渐阑"、愁诉"困蓬蒿"、私会"蜂媒蝶使" 5. 南音三籁："困蓬蒿"、制衣"深闺更渐阑" 6. 《六十种曲》 7. 玄雪谱：赠袍、私会 8. 增订珊珊集：灌园"困蓬蒿" 9. 乐府南音：灌园"困蓬蒿"、太史名高"细参详" 10. 万壑清音：齐王祭贤 11. 怡春锦：机露、赠袍 12. 尧天乐：投衣御寒 13. 乐府遏云编：赠衣、拷牌、祭忠	16

续表

剧目	所收选本	次数
灌园记	14. 南北词广韵选：【北双调·新水令】"路车舟毂"、【商调·集贤宾】"秋来景物"、【正宫·玉芙蓉】"军威似雷霆"、【正宫·锦缠道】"细参详这替儿"、【南吕·徽画眉】"蜂媒蝶使"、【南吕·太师引】"困蓬蒿"、【仙吕·桂枝香】"看他魁梧相貌"、【商调·金索挂梧桐】"爹行有"、【仙吕·八声甘州】"赢□念当年"、【仙吕·解三酲】"□□往日凤楼" 15. 缀白裘合选：君后授衣（卷四） 16. 月露音：制衣"深闺更渐阑"、授衣"困蓬蒿"	
红梨记	1. 吴歈萃雅：选胜"春色正宜人"、寄酬"雄才藻丽" 2. 词林逸响：选胜"春色正宜人" 3. 南音三籁：路叙"天津桃李"、潜窥"脸儿旖旎性儿和" 4. 六十种曲 玄雪谱：计赚 5. 增订珊珊集：采花"只为着年老家贫" 6. 乐府南音：采花"只为着年老家贫" 7. 万壑清音：采花邂逅 8. 怡春锦：佳期、计赚 9. 审音鉴古录：访素、草地、问情、窥醉、亭会、卖花 10. 今乐府选、乐府遏云编：空题、密近、佳期 11. 乐府歌舞台：酬和、设计、卖花、赴试、完聚（花） 12. 缀白裘合选：再访素秋（卷四） 13. 缀白裘合集：亭近、邀月、卖花、衙会（利集） 14. 钱编缀白裘：踏月、窥醉（二）、盘秋、亭会（三）、访素、草地、北醉（五）、花婆（七）、赶车、解妓（十） 15. 醉怡情：亭近、邀月、卖花、衙会	15
千金记	1. 盛世新声：【仙吕·点绛唇】"天淡云孤"、【双调·新水令】"恨天涯流落客孤寒" 2. 雍熙乐府：【仙吕·点绛唇】"天淡云孤"、【双调·新水令】"恨天涯流落客孤寒" 3. 词林一枝：萧何月下追韩信（四下） 4. 乐府玉树英：萧何追韩信、霸王别虞姬（五上） 5. 乐府红珊：别妻从军（六）、军中夜宴（十一）、月下追信（十四） 6. 摘锦奇音：宫中夜宴、韩信逃归（原缺）、月夜追贤（三下） 7. 吴歈萃雅：豪叹"把英雄都付与淮河水流"、北点将"凭着俺"、北追"恨天涯" 8. 大明天下春：楚王夜宴、萧何追信（五下） 9. 乐府万象新：萧何追信、霸王别虞姬（三上） 10. 词林逸响：北追"恨天涯"、北点将"凭着俺"、十面埋伏"天淡云孤"、豪叹"把英雄都付与淮海水流" 11. 乐府歌舞台：十面埋伏"天淡云孤"、点将（26） 12. 增订珊珊集：月下追贤"恨天涯流落"、北点将"凭着俺手摘星辰"	27

续表

剧目	所收选本	次数
千金记	13. 乐府南音：月下追贤"恨天涯流落"、北点将"凭着俺手摘星辰"、十面埋伏"天淡云孤" 14. 万壑清音：击碎玉斗、月下追信、吹散楚兵、辕门听点、十面埋伏 15. 歌林拾翠：夜宴、别驾、私归、追信、拜将、点将、埋伏、荣归 16. 乐府遏云编：推轮、追贤、点将 17. 尧天乐：（无题）咸阳夜宴 18. 醉怡情：追贤、点将、别姬、埋伏 19. 群音类选：仙赐书剑、受辱胯下、夫妻分别、鸿门会宴、霸王夜宴、虞姬自刎、羽刎乌江、报信淮阴、萧何追韩信、仙赐书剑（【沽美酒】只曲）、碎玉斗、楚歌声 20. 六十种曲 21. 今乐府选 22. 南北词广韵选：【中吕·驮环着】"摆容棋"、【正宫·锦缠道】"把英雄都付与" 23. 缀白裘合选：楚营夜饮、戴月追贤（卷二） 24. 缀白裘合集：追贤、点将、别姬、埋伏（利集） 25. 钱编缀白裘：跌霸（三）、别姬（八）、楚歌、探营（九）、起霸、撇斗、拜将（十二） 26. 怡春锦：追贤、点将 27. 赛征歌集：戴月追贤（五）	
精忠记	1. 万壑清音：疯魔化奸 2. 乐府遏云编：行刺 3. 醉怡情：写本、祭主、见佛、回话 4. 六十种曲 5. 今乐府选 6. 乐府遏云编：行刺 7. 缀白裘合集：写本、祭主、见佛、回话（贞集） 8. 钱编缀白裘：秦本（二）、扫秦（五）	8
麒麟记	1. 群音类选：平康相叙、征途相遇、金山相势、邀友游湖 2. 乐府红珊：元旦成婚（二） 3. 月露音：贺节"埔临青镜"、相势"蠢蠢长江"、途遇"统三军星火赴勤王" 4. 六十种曲 5. 增订珊珊集：（题《麒麟记》）途遇"统三军星火赴勤王"、游春"沽酒谁家好" 6. 万壑清音：韩公报愤、今乐府选（题《麒麟记》） 7. 乐府遏云编：勤王	7
长生记	1. 吴歈萃雅：闲游"春色满皇州" 2. 月露音：郊游"春色满皇州" 3. 千家合锦：八仙庆寿 4. 时调青昆：王道士斩妖、祝寿新词 5. 万壑清音：掷金却怪	5

续表

剧目	所收选本	次数
明珠记	1. 吴歈萃雅：节宴"金厄泛蒲绿"、偷觑"悄步香阁西"、游仙"良宵香"、赠别"为情事离家"、入宫"秋云淡淡横"、怨诉"没来由" 2. 月露音：偷觑"悄步香阁"、入宫"秋云淡淡横"、叙别"一自人深宫" 3. 赛征歌集：释馆藏书、明珠重合（五） 4. 南音三籁：撒酸"没来由担万死"、节宴"金危泛蒲绿"、偷觑"悄步香阁西"、煎茶"良宵香"、送别"为亲事离家"、宫怨"秋云淡淡横"、增订珊珊集：偷觑"悄步香闺西"、游仙"良宵香"、重面"没来由担万死" 5. 词林逸响：节宴"金厄泛蒲绿"、窥绣"悄步香阁西"、偷觑"金剪轻携"、赠别"为情事"，游仙"良宵香"、怨诉"没来由担万死" 6. 万壑清音：城下觅音、明珠重合 7. 怡春锦：珠圆、煎茶、却珠 8. 玄雪谱：窥窗、煎茶、桥逢 9. 乐府遏云编：私窥、游仙、续缘 10. 群音类选：潜地窥春、分珠泣别、母子入宫、母子叙别、重阳增感、塞鸿传寄、拆桥相会、邮亭发书、押衙写诏、无双饮鸡、押衙计成、无双重生 11. 六十种曲 12. 今乐府选 13. 南北词广韵选：【南吕·红衲袄】"莫不是"、【双调·江头金桂】"□□那日倚窗偷望"、【仙吕·解袍歌】"没来由"、【黄钟·画眉序】"金厄泛蒲绿"、【南吕·三学士】"雾縠云鬟"、【双调·锦堂月】"残腊生姿"、【越调·小桃红】"飘零艰窘"、【南吕·宜春令】"承蒙问"、【正宫·刷子序犯】"追怀"、【商调·二郎神】"良宵香"、【双调·新水令】"道人家在碧云捎"、【商调·集贤宾】"阴阴一去无昏晓"、【仙吕入双调·朝元令】"风回楚城"、【□□·十犯玲珑】"秋云淡淡横" 14. 缀白裘合选：窗下窥花、释馆藏书、明珠重合（卷四）	14
三国记	1. 风月锦囊：《三国志大全》（包括《桃园结义》《破黄巾》《连环计》《斩貂蝉》《千里独行》《三顾茅庐》《单刀会》等情节） 2. 八能奏锦：张飞言威祭马、关羽私刺颜良（原缺）（一下） 3. 乐府玉树英：张飞私奔走范阳、关云长数功训子（五下） 4. 乐府红珊：赴单刀会（十一） 5. 玉鼓新簧：（题《三国记》）周瑜差将下书（正文作"周瑜计设河梁会"）、云长护河梁会（正文作"云长河梁救驾"）、曹操灞桥钱别（正文作"曹相灞桥献锦"）（首下） 6. 大明天下春：翼德逃归、赴碧莲会、鲁肃求谋、云长训子、武侯平蛮（六下） 7. 大明春：（题《三国记》）鲁肃请计国公（五下） 8. 乐府万象新：（题《三国记》）张飞私奔范阳、关云长训子（三上）	16

续表

剧目	所收选本	次数
三国记	9. 乐府歌舞台：怒奔范阳"纶巾羽扇" 10. 千家合锦：（题《三国记》）古城相会 11. 增订珊珊集：（题《三国记》）单刀赴会"大江东去" 12. 乐府南音：（题《三国记》）单刀赴会"大江东去" 13. 万壑清音：（题《三国记》）单刀赴会 14. 玄雪谱：（题《三国记》）单刀会 15. 乐府遏云编：赴会 16. 钱编缀白裘：刀会（一）、负荆（五）、训子	
青楼记	1. 万壑清音：睿贞定盟、淑贞鼓琴 2. 怡春锦：订盟、鼓琴	2
百花记	1. 万家合锦：百花点将 2. 时调青昆：百花赠剑 3. 万壑清音：百花点将 4. 歌林拾翠：计议、赴试、赏春、借贷、问罪、得职、私行、教剑、计害、赠剑、拜将、点将 5. 醉怡情：被执、嫉贤、赠剑、点将	5
红拂记	1. 词林一枝：红拂私奔（一上） 2. 八能奏锦：红拂私奔、姐妹自叹（正文作"姐妹伤春"）（二上） 3. 群音类选：李靖渡江、红拂幽叙、逆旅寄迹、靖谒侯门、登高望气、红拂私奔、文靖先声、英雄投合、棋辨真人、虬髯心折、乐昌诉旧、虬髯赠别、乐昌镜合、破镜重圆、虬髯退步、勉夫求名、红拂寄讯、计获高丽、重会虬髯、红拂胥庆 4. 玉谷新簧：（中栏题《侠女私奔》）【二犯江儿水】旦"重门朱户" 5. 吴歈萃雅：渡江"本待学鹤凌霄"、闺思"芳郊春老"、私奔"重门朱户" 6. 《六合同春》 7. 大明春：红拂私奔（三上） 8. 赛征歌集：仗策渡江、侠女私奔、同调相怜、捐家航海 9. 词林逸响：欢会"难提起"、悲别"秋江一望"、魂游"天涯人别"渡江"本待学"、私奔"重门朱户" 10. 月露音：合镜"白茫茫六花飞坠"、下海"一鞭残角斗横斜"、完偶"漫挹快"、关情"朝来献策侯门"、喜音"粉褪玉肌香无边" 11. 南音三籁：渡江"本待学"、买镜"白茫茫六花飞坠"、私奔"重门朱户"、闺思"芳郊春老" 12. 《六十种曲》 13. 玄雪谱：知机、询旧 14. 千家合锦：朝来献策 15. 万家合锦：仗剑渡江 16. 增订珊珊集：渡江"本待学"、心许"朝来献策" 17. 乐府南音：仗策渡江"少小推英勇"、心许"朝来献策"、航海"一鞭残角斗横斜"	27

续表

剧目	所收选本	次数
红拂记	18. 万壑清音：计就追获 19. 怡春锦：私奔、航海 20. 尧天乐：仗剑渡江、红拂私奔 21. 绣刻演剧 22. 今乐府选 23. 乐府遏云编：渡江、私奔、完偶、落梅、侦报、同调 24. 南北词广韵选：【正宫·锦缠道】"本待学鹤友凌霄"【仙吕·解三醒】"琴调瑟弄"、【南吕·香柳娘】"问明月"、【商调·二郎神】"漫恺快叹一雁西飞"、【□□·琥珀猫儿坠】"残红零落"、【越调·斗鹌鹑】"走的我汗似汤浇"、【正宫·玉芙蓉】"堂堂一丈夫"、【越调·斗鹌鹑】"经历一暗处"、【仙吕·入双洞风入松】"□栖身向家"、【南吕·一江风】"路迢迢"、【南吕·梁州序】"冲风度夜"、【越调·棉搭絮】"□孤枕度良宵"、【双调·新永令】"一鞭残角斗横斜"、【中吕·驻马听】"玉笋金" 25. 缀白裘合选：仗策渡江、侠女私奔、同调相怜（卷四） 26. 乐府红珊：红拂私奔（十三） 27. 歌林拾翠：仗剑渡江、问神良佐、见生心许、李郎神驰、侠女私奔、同调相怜、择镜巧遇、徐生重合、捐家航海、觅封送别、避难奇逢、花园拜月、探报军情	
八义记	1. 群音类选：公主赏灯、藏出孤儿、程英寄孤、柞臼自叹、驸马赏灯 2. 吴歈萃雅：游览"天付姻缘美" 3. 大明天下春：孤儿观画（八上） 4. 词林逸响：灯宴"与民欢庆赏元宵" 5. 南音三籁：游览"天付姻缘美" 6. 《六十种曲》 7. 万壑清音：赵盾挺奸 8. 今乐府选 9. 醉怡情：赊饮、赏灯、评话、闹朝 10. 钱编缀白裘：遣粗、上朝、扑犬、吓痴（四）、璐桑（六）、闹朝、盗孤、观画（七）	10
李丹记	1. 万壑清音：梁芳证道、裴堪再度 2. 乐府遏云编：窥郎、诉异、再度	2
红梅记	1. 月露音：幽奔"我脚中事待开言"、湖游"梅开孤屿" 2. 玄雪谱：幽会、拷问 3. 时调青昆：平章游湖 4. 增订珊珊集：诬告"从来不解出香闺" 5. 万壑清音：平章游湖、慧娘出现 6. 歌林拾翠：折梅、游湖、算命、幽会、鬼辩、调牌、寻遇、判奸 7. 徽池雅调：西窗幽会 8. 今乐府选 9. 乐府遏云编：折梅、夜晤	9

续表

剧目	所收选本	次数
龙膏记	1. 月露音：酬咏"新愁谁共"、传情"望家山渺渺"、闺病"多病倦登临"、巧遘"重门悄"、游仙"一生泡影水中圆" 2.《六十种曲》 3. 万壑清音：无颇买卜、无颇脱难 4. 今乐府选	4
蕉帕记	1. 月露音：嫡婚"绣模牵红"、脱化"轻盈多潇洒" 2.《六十种曲》 3. 玄雪谱：闹闹 4. 千家合锦：龙生解迷 5. 时调青昆：花园晚会 6. 万壑清音：超悟脱化 7. 绣刻演剧 8. 今乐府选	8
还魂记	1. 月露音：(题《还魂记》)硬拷"则这怯书生剑气吐长虹"、惊梦"袅晴丝"、寻梦"最撩人春色是今年"、玩真"秋影挂银河"、幽蜡"晚风吹下武陵溪"、写真"春归惹寒悄"、闹荡"海天悠"、婚游"新火点妙香" 2. 词林逸响：(题《还魂记》)惊梦"袅晴丝"、寻梦"最撩人春色" 3. 六十种曲 4. 玄雪谱：(题《还魂记》)自叙、惊梦、寻梦、幽欢、吊拷 5. 增订珊珊集：言怀"河东旧族" 6. 万壑清音：(题《还魂记》)冥判还魂 7. 怡春锦：(题《还魂记》)惊梦、寻梦、幽靖 8. 审音鉴古录：劝农、学堂、游园、堆花（正文无）、惊梦、寻梦、离魂、冥判 9. 绣刻演剧 10. 今乐府选 11. 乐府遏云编：惊梦、寻梦、诊祟、闹荡、冥判、闹宴 12. 醉怡情：入梦、寻梦、拾画、冥判 13. 缀白裘合集：入梦、寻梦、拾画、冥判（亨集） 14. 钱编缀白裘：冥判、拾画、叫画（一）、学堂、游园、惊梦、寻梦、圆驾（四）、劝农（五）、离魂、问路、吊打（十二）	14
樱桃记	万壑清音：逢真幻侠、宫袍报喜、破嗔悟道	1

二、《词林逸响》收录散曲与其他选本比对表

（一）风花两卷所收散曲比对情况统计

序号	体裁	题材	题目	作者	其他选本中收录情况	首句
1	散套	闺怨	阻欢	郑虚舟	题目： 1. 盛世新声、吴骚集、雍熙乐府、旧编南九宫谱、南词韵选、乐府先春、盛世词林俱无题 2. 词林摘艳题作"怨别"，昔昔盐题作"忆旧结盟"，新编南九宫词"情"，吴骚合编题作"闺怨"，群音类选题作"闺情"，南北词广韵选题作"离恨"，南宫词纪题作"大揭帖"，弦索辩讹、吴歈萃雅、乐府珊珊集、词林逸响、南音三籁、古今奏雅、词余皆题作"阻欢" 作者： 1. 曲藻、广韵选、吴骚合编、南曲九宫正始、皆题作元人作 2. 吴歈萃雅、增订珊珊集、南音三籁题高东嘉作 3. 群音类选为李爱山作 4. 词纪、词林逸响、古今奏雅、词余题作郑虚舟 5. 吴骚集、乐府先春题为王百縠作 6. 盛世新声、词林摘艳、雍熙乐府、弦索辩讹、新编南九宫词、昔昔盐、旧编南九宫词、南词韵选、盛世词林不标明作者 曲牌： 1. 新编南九宫词、弦索辩讹、吴歈萃雅、增订珊珊集、词林逸响、南音三籁、古今奏雅、词选皆标作南北合套 2. 雍熙乐府、群音类选南北合套与南套为一题两曲 3. 其余各集只有南曲而无北曲，曲牌数皆不相同，今两曲并收之。合套标作郑若虚，南套标作李爱山	暗想当年
2	散套	闺怨	夏日闺思	陈大声	1. 吴歈萃雅、词林逸响、南音三籁、古今奏雅题作"夏日闺思"，增订珊珊集题作"闺思"，俱注陈大声作 2. 乐府先春、吴骚集、南宫词纪、词林白雪注王雅宜撰，全明散曲收于王氏卷中	昨夜春归
3	散套	闺怨	怨别	刘东生	1. 吴歈萃雅、词林逸响、南音三籁题作"怨别"，吴骚合编题作"闺情"，俱注刘东生作 2. 昔昔盐、南宫词纪题为"别情"，新编南九宫词、南词韵选无题，皆不署名	月夕花朝

续表

序号	体裁	题材	题目	作者	其他选本中收录情况	首句
4	散套	闺怨	夜思	康对山	1. 吴歈萃雅、词林逸响、古今奏雅、南音三籁皆作"夜思"，俱注康对山作 2. 此曲不见收于康对山沜东乐府 3. 伯虎杂曲失题，全明散曲收于唐伯虎卷中	满目繁华
5	散套	闺怨	怨别	唐伯虎	1. 昔昔盐题作"情恨远离"，南宫词纪题作"题情"，南词韵选题作"怨别"，乐府争奇无题，以上皆不注作者 2. 乐府先春、吴骚集、词林白雪无题，群音类选"闺怨" 3. 吴歈萃雅、增订珊珊集、词林逸响、吴骚合编、古今奏雅、南音三籁题作"怨别"，皆署名唐伯虎	楼阁重重
6	散套	闺怨	闺思	文衡山	1. 乐府先春、词林白雪、吴骚集无题 2. 吴歈萃雅、词林逸响、增订珊珊集、吴骚合编、古今奏雅、南音三籁题作"闺思"，俱注文衡山撰 3. 群音类选题作"闺怨"，昔昔盐题作"相思恨别"，乐府争奇无题，皆未署作者	帘控金钩
7	散套	闺怨	闺怨	刘东生	1. 南宫词纪题作"秋怀"，吴歈萃雅、词林逸响、古今奏雅题作"闺怨"，俱注刘东生作 2. 群音类选题作"闺怨"，署名杨德芳 3. 吴国宝洞云清响题作"题情"，曲文与各家传本出入较大。全明散曲录于杨德芳、吴国宝卷中	簟展湘纹
8	小令	闺怨	闺怨	钱鹤溪	1. 乐府先春无题，署名朱射陂作 2. 新编南九宫词题作"情"，注旧词 3. 群音类选题作"闺怨"，昔昔盐题作"传书无便"，乐府争奇无题，皆不署名 4. 吴骚二集题作"春闺" 5. 吴歈萃雅、词林逸响题作"闺怨"，俱注钱鹤溪	万里关山
9	散套	感怀	感旧	梁伯龙	吴骚二集、词林逸响、古今奏雅题作"感旧"，彩笔情辞题作"同胥姬感旧"，吴骚合编题作"秋夜同胥姬坐雨西窗感旧"，俱注梁伯龙撰	半夜萧疏
10	散套	感怀	怀旧	王雅宜	1. 吴骚集无题 2. 词林逸响、增订珊珊集、古今奏雅题为"怀旧"，俱署名王雅宜 3. 乐府先春注董玄宰 4. 江东白苎、群音类选、南宫词纪、南词韵选、彩笔情辞、吴骚合编皆注梁辰鱼撰，全明散曲收入梁辰鱼卷	一夜梧桐

续表

序号	体裁	题材	题目	作者	其他选本中收录情况	首句
11	散套	闺怨	题情	吴无咎	1. 此无咎为赵家女郎寄情作也。赵家女娴于文墨，长于讴咏，而触类妍媚，今人相对绝尘，无咎之与别，今数年矣！犹忽忽不忘，且以其失身俗子为惜。噫，无咎固情之痴者，近因余有是选，遒以前作见挪，阅之，情事宛然，而音韵无忤，遂至选中，作青楼一段佳话云（吴骚二集） 2. 词林逸响没有收录跋语	玉人遥忆
12	散套	闺怨	四时花怨	刘东生	1. 新编南九宫词无题，昔昔盐题为"四季花情"，南词韵选题作"四季"，群音类选无题，仅注云"近入戏，有南北调者在后"，以上皆不署名作者 2. 吴骚集、乐府先春、吴歈萃雅、词林逸响、增订珊珊集、古今奏雅、南音三籁题作"四时花怨"，吴骚合编题作"四时闺怨"，俱注刘东生撰	云雨阻巫峡
13	散套	咏物	咏燕	杨升庵	1. 群音类选题作"燕"，未署名作者 2. 南宫词纪无名氏作 3. 杨升庵夫妇散曲、吴歈萃雅、词林逸响、南音三籁、古今奏雅皆题为"咏燕"，作者为杨升庵 4. 新编南九宫词题作"燕"，注为新词	南浦雨初歇
14	散套	闺怨	思忆春娇	陈大声	1. 词林摘艳题作"题情"，注无名氏 2. 群音类选题作"纪情"，吴骚合编题作"题情"，彩笔情辞题作"怀美"，俱署王元和撰 3. 词林一枝题作"风情妙曲"，昔昔盐题作"忆昔思情"，新编南九宫词题作"情"，南词韵选、盛世词林无题，皆不注撰者 4. 南九宫谱、南曲九宫正始俱引小桃红、山麻□、恨薄情、怨东君、江神子、江头送别六曲，九宫正始注为明散套。九宫大成南北词宫谱引下山虎、山麻□、四般宜、余音四曲 5. 南音三籁、吴歈萃雅、词林逸响、古今奏雅题作"思忆春娇"，词林白雪无题，俱署陈大声	暗思昔日

续表

序号	体裁	题材	题目	作者	其他选本中收录情况	首句
15	散套	羁旅	江屯风景	罗钦顺	1. 群音类选题作"途思",不注撰者 2. 吴歈萃雅、词林逸响题作"途中忆别",目录题作"江屯风景" 3. 南音三籁题作"忆别",古今奏雅题作"江屯风景",俱注罗钦顺作 4. 吴骚合编题作"旅思",注旧词,目录注古调 5. 南词新谱引用小措大、长拍、短拍三支 6. 南词韵选题作情,俱不署作者 7. 新编南九宫词题作情,注古调,南曲九宫正始无题,注元人	暗潮拍岸
16	散套	咏物	咏柳	顾木斋	1. 吴歈萃雅、南音三籁题作"咏柳",俱注高东嘉撰 2. 群音类选题作"柳",南宫词纪、南词韵选题作"咏柳",乐府争奇无题,皆不注作者 3. 新编南九宫词题作"柳",注古词 4. 词林逸响、古今奏雅题作"咏柳",俱注顾木斋	窥青眼
17	散套	咏物	咏梅	梁伯龙	1. 吴歈萃雅、词林逸响、南音三籁、古今奏雅题作"咏梅",俱注梁伯龙作 2. 新编南九宫词注顾状元作。南宫词纪署名顾禾齐作 3. 全明散曲收入顾禾齐卷	春光早
18	散套	咏物	咏草	王雅宜	1. 吴歈萃雅、词林逸响、南音三籁题作"咏草",皆注王雅宜撰 2. 群音类选、新编南九宫词、南宫词纪俱注方洗马撰。全明散曲收入方氏卷中	春烟暖
19	散套	咏物	咏帘栊	梁伯龙	1. 群音类选题作"帘栊",吴骚二集题作"咏帘" 2. 南宫词纪、词林逸响、江东白苎,皆题作"咏帘栊",作者皆注明梁辰鱼	东风软
20	散套	闺怨	秋怀	高东嘉	1. 词林摘艳题作"秋怀"注无名氏散套 2. 南宫词纪、词林逸响、吴歈萃雅、增订珊珊集题作"秋怀",词林白雪属闺情类,吴骚合编题作"秋闺",皆注高东嘉撰 3. 新编南九宫词题作"情",注元散套 4. 首曲【二郎神】首句各选本皆作"人别后",唯词林摘艳、九宫正始作"从别后"	人别后
21	散套	闺怨	闺情	沈青门	1. 乐府先春无题,注潘雪松撰 2. 增订珊珊集题作"闺情",注梅禹金撰 3. 词林逸响、吴歈萃雅、题作"闺情",注沈青门作 4. 群音类选题作"闺怨",昔昔盐题作"忆别闺情",乐府争奇无题。皆不署作者。全明散曲收入沈青门卷	才郎去

续表

序号	体裁	题材	题目	作者	其他选本中收录情况	首句
22	散套	闺怨	秋思	梁伯龙	1. 群音类选、南宫词纪、吴歈萃雅、词林逸响、南音三籁、江东白苎皆题作"秋思" 2. 吴骚合编题作"闺思",吴骚集无题,俱注梁伯龙撰 3. 昔昔盐无题,亦未署名作者	相逢久
23	散套	闺怨	题情	吴载伯	词林逸响、吴骚二集俱注吴载伯撰	咱和你
24	散套	赠和	赠女郎	俞君宣	1. 太霞新奏题目为"传灵修五调",彩笔情辞题作"赠传灵修" 2. 词林逸响题为"赠妓"(目录为"赠女郎")选本中少序"修童名寿,字秋英,又自号无双,善琴、善书、善歌,萧散自放。交不滥于,情亦寡合,日以风尘为恨,欲得一才人,毕其终身。偶出侧理,索一言为品题。予曰:子喜歌,即以歌赠。疾书五调示修,修跃然曰:吾生平无知己,此词吾知己也" 3. 古今奏雅题为"赠女郎"	春时候
25	散套	怀古	吴宫吊古	杨升庵	1. 群音类选、新编南九宫词题作"吊古",作者为杨铁崖,王伯良曲律杂论亦以为杨铁崖作 2. 吴歈萃雅、词林逸响、古今奏雅、南音三籁皆为"吴宫吊古",作者为杨升庵	霸业艰危
26	散套	隐逸	咏虎丘	杜圻山	1. 三径闲题收此篇,无题 2. 词林逸响、怡春锦题作"咏虎丘" 3. 古今奏雅题为"虎丘"	花满金间
27	散套	隐逸	游春	康对山	1. 吴歈萃雅、词林逸响、古今奏雅、南音三籁题作"游春",俱注康对山撰 2. 新编南九宫词题作"景",注旧词 3. 群音类选题作"游春",南词韵选题为"春",皆不录著者	堪赏花朝
28	散套	咏物	题牡丹	杨斗望	吴歈萃雅、词林逸响俱题"题牡丹",作者为杨斗望	素质红颜
29	散套	闺怨	闺怨	王渼陂	1. 乐府先春、词林白雪、吴骚集无题 2. 吴歈萃雅、词林逸响、增订珊珊集、南音三籁、古今奏雅题作"闺怨",俱注王渼陂作 3. 群音类选题作"闺怨",昔昔盐、乐府争奇无题,皆不注作者。全明散曲收录王渼陂卷	无意整云鬟

续表

序号	体裁	题材	题目	作者	其他选本中收录情况	首句
30	散套	闺怨	乍起	祝枝山	1.《吴骚集》《乐府先春》题作无题 2.《吴歈萃雅》《词林逸响》《增订珊珊集》《古今奏雅》《商音三籁》题作"乍别" 3. 吴骚合编题作"题情" 4. 万锦清音题作"四时闺怨"（1～4 都标明作者为祝枝山） 5. 词林白雪无题，标作王雅宜作 6. 新编南九宫词题作"情"，注"旧词" 7. 彩笔情辞题作"赠妓"，注明古词 8.《群英类选》同吴骚合编，题作"题情" 9. 昔昔盐题作"恩情惜别" 10.《南北宫词纪》题为"惜别" 11.《乐府争奇》题作"无题"，未署名作者	一见杜韦娘
31	散套	感怀	题月	杨升庵	吴歈萃雅、词林逸响、古今奏雅皆题为"题月"，俱注杨升庵注	玉宇冻凉风
32	散套	感怀	咏妓	唐伯虎	1. 词林逸响、古今奏雅题作"咏妓"，俱注唐伯虎作 2. 吴骚集、万锦清音注刘东生作 3. 增订珊珊集注梁辰鱼作 4. 吴骚合编注虞竹西作	花下见妖娆
33	散套	羁旅	秋闺（旅思）	燕仲义	1. 吴歈萃雅、增订珊珊集、古今奏雅题作"秋闺" 2. 南音三籁题作"秋日旅思"，乐府南音题作"秋闺旅思"，万锦清音题为"秋旅" 3. 南词新谱录"画眉画锦""马鞍带皂罗"两支，题为"旅思"。以上俱注燕仲义作 4. 群音类选题为途思，新编南九宫词无题，皆署燕参政 5. 词林逸响目录标作"秋闺"，正文题目为"秋闺旅思"	霍索起披襟
34	散套	闺怨	春闺	刘东生	1. 群音类选、吴骚合编题作"闺情"，吴歈萃雅、词林逸响题作"春日闺情"（词林逸响目录题作"春闺"） 2. 珊珊集、古今奏雅、南音三籁题作"春闺"，俱注刘东生作 3. 昔昔盐题作"闺情"，乐府争奇无题，皆未署名作者	鹦鹉报春晴

续表

序号	体裁	题材	题目	作者	其他选本中收录情况	首句
35	散套	闺怨	咏梅	陈大声	1. 南宫词纪、古今奏雅、柯雪斋稿题作"冬暮题情" 2. 群音类选作"闺情",吴歈萃雅、南音三籁题作"寄情梅雪",吴骚合编题作"冬闺",群音类选题作"暮冬",词林逸响题作"咏梅",吴骚集、乐府先春无题,俱注陈大声撰 3. 昔昔盐题作"冬暮题情",三径闲题、乐府争奇无题,皆不注作者 4. 增订乐府珊珊集题作"咏梅",署名刘东生	点检梅花
36	散套	闺怨	四时闺怨	王渼陂	1. 乐府先春、吴骚集无题 2. 群音类选题作"四景闺怨" 3. 吴歈萃雅、词林逸响、增订珊珊集、吴骚合编、南音三籁、古今奏雅、万锦清音题作"四时闺怨",俱注王渼陂作 4. 词林白雪无题,署名张凤翼 5. 南词韵选题作"四季",昔昔盐、南宫词纪题作"四时怨别",皆不提作者 6. 新编九宫词题作"情",注旧词,南词新谱引闹樊楼一支,注所闻作	情浓乍别
37	散套	咏物	咏月	祝枝山	1. 新编南九宫谱题作"月",作者祝枝山 2. 群音类选、吴歈萃雅、词林逸响、商音三籁、增订珊珊集、古今奏雅、新谱(收论夏月可人心性一支)俱题作"咏月",作者祝枝山 3. 昔昔盐题作"月景题情"、乐府争奇无题,俱未署名作者 4. 乐府先春无题,作者张峒初	玉盘金饼
38	散套	闺怨	托雁传情	沈青门	1. 群音类选题作"寄情",不注作者 2. 吴歈萃雅、词林逸响、古今奏雅、南音三籁题作"托雁传情",俱注沈青门作 3. 南曲九宫正始引八声甘州、孤飞燕两支,注明为古词	如醉如痴
39	散套	闺怨	离恨	王渼陂	1. 吴歈萃雅、词林逸响、增订珊珊集、南音三籁、筋骨奏雅题作"离恨",俱注王渼陂作 2. 乐府先春、吴骚集无题,俱注古词 3. 词林白雪无题,署名钱鹤滩 4. 群音类选题作"闺情",昔昔盐作"别离情况",乐府争奇无题,皆不著作者	天长地久
40	散套	羁旅	咏艳	梁伯龙	吴骚合集、词林逸响题作"咏艳",彩笔情辞、吴骚合编题作"赠徐琼英",俱注梁伯龙撰	红楼绣榻

续表

序号	体裁	题材	题目	作者	其他选本中收录情况	首句
41	散套	闺怨	怨别	陈大声	1. 词林逸响、古今奏雅题作"怨别",注陈大声作 2. 乐府先春、吴骚集、吴骚合编署李东阳撰。全明散曲收于李氏卷中	四时欢
42	散套	闺怨	闺怨	薛常吉	1. 吴骚合编题作"秋闺",注文三桥(文彭)撰写 2. 吴歈萃雅、词林逸响、古今奏雅,俱署薛常吉	闭月容
43	散套	感怀	冬思	吴载伯	词林逸响、吴骚二集俱注吴载伯撰	前生缘
44	散套	闺怨	闺怨	郑虚舟	1. 吴歈萃雅、词林逸响、南音三籁、古今奏雅题为"闺怨",俱注郑虚舟 2. 群音类选署名贾仲名 3. 乐府先春注李集虚	教人对景
45	散套	羁旅	青楼佳遇	梁伯龙	1. 群音类选题作"代赠妓" 2. 吴歈萃雅、词林逸响、南音三籁、古今奏雅题作"青楼佳遇" 3. 增订珊珊集题作"佳遇",彩笔情辞题作"赠杨季真" 4. 乐府先春、乐府白雪、乐府争奇、吴骚集无题,唯有乐府争奇未署明作者,其余皆注梁伯龙	貂裘染
46	散套	闺怨	幽闺别恨	陈大声	1. 明抄本、吴骚集、南词韵选、乐府先春无题,群音类选、吴骚合编题作"闺情",南宫词纪题作"题情",南音三籁题作"别恨" 2. 吴歈萃雅、词林逸响、古今奏雅题作"幽闺别恨" 3. 南词新谱引斗双鸡一支,俱注陈大声撰 4. 雍熙乐府重收,题作"风情"(莺啼序)和"闺思"(三台令),昔昔盐题作"夜景题情",词林一支题作"忆别情郎",新编南九宫词题作"情",三径闲题、乐府争奇无题,俱不注撰者	孤帷一点残灯
47	散套	闺怨	冬夜怀旧	周君建	1. 此曲亦见于增订乐府珊珊集,题作"怀旧" 2. 词林逸响题作"冬夜怀旧"	月残一似残灯
48	散套	闺怨	春怨	陈大声	1. 吴歈萃雅、词林逸响、南音三籁、古今奏雅、增订珊珊集题作"春怨",俱注陈大声撰 2. 乐府先春、吴骚集无题,皆署吴昆麓。全明散曲收于吴氏卷中	画楼频倚
49	散套	闺怨	(春暮)书怀	张伯起	1. 词林逸响、三径闲题、古今奏雅题作"春暮书怀" 2. 昔昔盐无名氏题为"情浓恨别"小令四首之第一支(一天愁绪)与此套首曲悉同	一天愁绪

续表

序号	体裁	题材	题目	作者	其他选本中收录情况	首句
50	散套	闺怨	四时闺怨	高东嘉	1. 词林逸响、增订乐府珊珊集、吴歈萃雅皆署名高东嘉 2. 词林摘艳署名无名氏，雍熙乐府、新编南九宫词皆不注撰者。吴骚集署名沈青门。吴骚合编属杨彦华，九宫正始属元人，又属明人	群芳绽锦鲜
51	散套	闺怨	别恨	陈大声	1. 明抄本题作"题情"，词林摘艳题作"春情"，群音类选题作"闺情"，南宫词纪同明抄本 2. 吴歈萃雅、词林逸响、南音三籁、古今奏雅题作"别恨" 3. 吴骚合编、增订乐府珊珊集题作"恨别"，南词韵选题作"春愁"。以上俱注陈大声作 4. 伯虎杂曲、吴骚集、乐府争奇、词林白雪无题，并属唐寅 5. 雍熙乐府题作"闺思"，昔昔盐题作"春至与怀"，新编南九宫词题作"情"，乐府争奇、盛世词林无题，俱不注撰者。全明散曲收于唐、陈两家中	因他消瘦
52	小令	闺怨	风情	梁伯龙	1. 南宫词纪题作"春情"，吴骚合编题作"纪情"，吴骚二集、南词韵选、吴歈萃雅、词林逸响、南音三籁、江东白苎，皆题作"风情"，俱注梁辰鱼作 2. 古今奏雅题作"风情"，未署名作者	梦魂初觉
53	散套	郊游	游春	高东嘉	1. 吴歈萃雅、词林逸响、增订乐府珊珊集俱属高东嘉 2. 词林摘艳、雍熙乐府、新编南九宫词皆不署名撰者 3. 南宫词纪属无名氏 4. 九宫正始以为此为南戏子母冤家曲文	东野翠烟消
54	散套	咏物	咏花	陈大声	1. 群音类选题作"咏花"，昔昔盐题作"百花评咏"，南音三籁题作"咏花名"，乐府争奇无题，俱不注撰者 2. 词林逸响、古今奏雅题作"咏花"，俱署名陈大声 3. 乐府先春无题，注王荆石撰	万卉花王

续表

序号	体裁	题材	题目	作者	其他选本中收录情况	首句
55	散套	闺怨	情束青楼	唐伯虎	1. 吴歈萃雅、词林逸响、古今奏雅、题同唐伯虎杂曲，珊珊集题作"寄别"，俱注唐伯虎撰 2. 南音三籁题作"束寄青楼"，吴骚集无题，皆署名为梅禹金 3. 群音类选题作"寄情"，注马孟河作 4. 乐府先春无题，属章枫山 5. 彩笔情辞题为"寄远"，注为古词 6. 昔昔盐题作"寄束传情"，乐府争奇无题，皆不注作者	折梅逢使
56	散套	闺怨	怨别	毛莲石	1. 词林逸响题作"怨别"，署名毛莲石撰 2. 梨云寄傲、秋碧乐府、群音类选、新编南九宫词、南词韵选、南宫词纪、南音三籁、古今奏雅俱注陈大声作 3. 吴骚集、吴歈萃雅、吴骚合编、万锦清音、增订珊珊集俱注沈青门撰。全明散曲收于陈铎卷	兜底上心来
57	散套	闺怨	秋闺别怨	沈青门	1. 词林逸响、古今奏雅题作"秋闺别怨"，俱注沈青门作 2. 吴歈萃雅、吴骚合编、南音三籁、增订珊珊集、词林白雪皆署名毛莲石 3. 群音类选署名李文蔚。全明散曲收于李文蔚卷	风月两无功
58	散套	闺怨	四时别怨	高东嘉	1. 吴歈萃雅、词林逸响、增订乐府珊珊集皆属高东嘉 2. 新编南九宫词、尧山堂外纪皆属祝枝山 3. 南宫词纪属无名氏，词林白雪属李日华，吴骚集属梁少白 4. 吴骚合编属常楼居，目录下文注旧词	东风转岁华
59	散套	郊游	咏姑苏景	杜圻山	1. 三径闲题收此篇，无题 2. 词林逸响题作"咏姑苏景"	春光不喜寒
60	小令	闺怨	咏别	高东嘉	吴歈萃雅、词林逸响皆收入。词林逸响"错认冤家""夜雨梧桐"四字叠	羞着镜里花
61	散套	闺怨	春思	沈宁庵	1. 吴骚二集题作"春怨" 2. 词林逸响、古今奏雅题作春思，俱注沈宁庵词 3. 南宫词纪、南词韵选、太霞新奏题作"闺情"，皆不署名	春光只剩三

续表

序号	体裁	题材	题目	作者	其他选本中收录情况	首句
62	散套	闺怨	遣愁	郑虚舟	1. 群音类选为"题情",南宫词纪题为"忆情",吴骚合编、彩笔情辞题为"春思"、南词韵选无题,俱署名陈秋碧 2. 三径闲题、乐府争奇无题,昔昔盐题为"酒遣愁怀",作者未署 3. 吴歈萃雅、词林逸响、乐府珊珊集、南音三籁、古今奏雅、题作"遣愁",吴骚集、乐府先春无题,俱署名郑虚舟 4. 陈大声乐府全集柯雪斋稿题为"春怨"	香醪曾解愁
63	散套	闺怨	夏思	吴载伯	词林逸响、吴骚二集俱注吴载伯撰(全明散曲曲牌标作"金梧桐")	红残绿已稠
64	散套	感怀	月夜游湖	沈青门	1. 吴歈萃雅、词林逸响、增订珊珊集、古今奏雅、题作"月夜游湖",俱注沈青门撰 2. 乐府先春无题,注陈五岳撰 3. 南宫词纪题作"泛湖",乐府争奇无题,皆不注作者	长空如洗
65	散套	闺怨	春闺忆别	郑虚舟	1. 吴歈萃雅、词林逸响、南音三籁、古今奏雅题作"春闺忆别",署名郑虚舟 2. 群音类选、昔昔盐、乐府争奇不注作者 3. 新编南九宫词注旧词 4. 吴骚集、乐府先春注祝枝山	幽香新染
66	散套	咏物	咏蝶	梁伯龙	1. 群音类选题作"蝶",南宫词纪、南词韵选、江东白苎题作"咏蝶" 2. 吴骚二集、吴歈萃雅、词林逸响、南音三籁、古今奏雅皆题作"咏蝶",俱注梁伯龙撰	郊原风暖
67	散套	闺怨	凉夜	张伯起	1. 三径闲题、词林逸响题作"凉夜" 2. 南宫词纪、彩笔情辞题作"秋怀",作者以上均题张凤翼 3. 商音三籁题作"离思" 4. 乐府先春、吴骚集无题,作者署名王雅宜	云窗星散
68	散套	闺怨	春闺	张伯起	1. 吴骚二集题作"闺情" 2. 词林逸响、吴骚合编、古今奏雅、万锦清音题作"春闺",作者俱注张凤翼	琼楼人静
69	散套	咏物	咏艳	唐伯虎	1. 吴骚二集、词林逸响、古今奏雅题作"咏艳",作者为唐伯虎 2. 吴骚合编题作"咏遇",作者为唐六如	飞琼伴侣
70	散套	闺怨	夜思	郑虚舟	1. 吴歈萃雅、词林逸响、古今奏雅、题作"夜思",署名郑虚舟 2. 月香亭稿、秋碧乐府、群音类选、南宫词纪、吴骚二集、吴骚合编、南词韵选、南音三籁、南词新谱俱署名陈秋碧	风儿疏剌剌吹动

续表

序号	体裁	题材	题目	作者	其他选本中收录情况	首句
71	散套	闺怨	病怀	顾道行	吴歈萃雅、词林逸响、南音三籁、万锦清音皆题作"病怀",皆署名顾大典	睡昏昏
72	散套	感怀	怀旧	梁伯龙	南宫词纪、南词韵选题作"咏时序悼亡"吴骚二集题作"伤逝",吴骚合编题作"岁时伤逝",词林逸响、古今奏雅题作"怀旧",万锦清音题作"题情",俱注梁伯龙撰	蒲酒启瑶席
73	散套	感怀	恬退	王阳明	1. 吴歈萃雅、词林逸响、南音三籁、古今奏雅题作"恬退",俱署名王阳明 2. 乐府先春注罗念庵作 3. 三径闲题、群音类选、新编南九宫词皆署名王思轩。全明散曲收入王思轩卷	归来未晚
74	散套	郊游	郊游	王雅宜	吴歈萃雅、词林逸响、古今奏雅、南音三籁皆收入,题为"郊游",作者为王雅宜	春眠方晓
75	散套	闺怨	题情	陈秋碧	1. 南宫词纪、柯雪斋词稿题为"集药名题情" 2. 吴骚二集、词林逸响题作"题情" 3. 群音类选题作"集药名",俱注陈秋碧	今年牡丹
76	散套	闺怨	芭蕉夜雨	刘东生	1. 吴歈萃雅、词林逸响、古今奏雅、南音三籁题作"芭蕉夜雨",注刘东生撰 2. 吴骚合编题为"秋闺",署名吴昆麓 3. 吴骚集、乐府先春无题,注古调	芭蕉冷落
77	散套	闺怨	秋怨	沈青门	全明散曲未收入	梧桐露冷
78	散套	闺怨	惜别	张孺彝	1. 吴骚二集、词林逸响标注作者为张孺彝 2. 吴骚合编标注张熙伯。全明散曲亦标张熙伯	怀珠袖璧
79	散套	闺怨	深闺忆别	康对山	1. 南词宫纪、沜东乐府题作"离思" 2. 吴歈萃雅、词林逸响、增订珊珊集、古今奏雅、南音三籁题作"深闺忆别" 3. 吴骚集、吴骚合编为"闺怨",俱注康对山撰 4. 乐府先春无题,署名唐伯虎 5. 新编南九宫词无题,注为古词 6. 群音类选题作"闺怨",昔昔盐作"离别相思",乐府争奇无题,皆不注撰者	东风一夜冽
80	散套	闺怨	愁死	燕仲义	1. 吴歈萃雅、词林逸响、古今奏雅题作"愁思" 2. 南音三籁题作"情思",俱注燕仲义撰 3. 睡窗绒、群音类选、吴骚二集、彩笔情辞、吴骚合编皆属沈青门作。梁辰鱼江东白苎改沈青门作。全明散曲归入沈青门、梁辰鱼卷中	小名儿牵挂

续表

序号	体裁	题材	题目	作者	其他选本中收录情况	首句
81	散套	爱恋	风情	沈青门	1. 词林白雪、乐府先春、吴骚集、彩笔情辞、词林逸响、吴骚合编、古今奏雅、南音三籁首句皆作"宝花阑十二玉亭亭" 2. 昔昔盐、南宫词记作"阑干十二玉亭亭"	宝花阑十二
82	散套	闺怨	闺怨	俞君宣	词林逸响题作"闺怨",少第六首、第八首。全明散曲题为"侯小双十调"序为"时过幼于曲水草堂,与小双诸歌姬环膝征歌,结缭斗草,呼博齿,弄意钱。破盎留长日之谈,催花浃清夜之饮。醒则高绁舞轮,醉则乞寒泼胡,如是者经岁,双忽以家变放弃,异乡流离漂泊竟失所之。予为悲感,遂不能时过幼于。嗣后幼于及难,景升远旅。胡姬黄土,陆姬空门,曲水赤波,草堂白地。诗酒去为春梦,歌舞飞作彩云,而草堂之风流尽矣。然去者知在人间,死者知在地下。独双如坠雨飘风,踪沈影灭,订后期而无处,感泉下而莫必,为之洒涕而赋此。"《自娱集》第六首:"随风系带不堪留,赤壁生尘怕纪游。两行朱字忆筜篌,天涯月底阑干后,少女时花两地愁。"第八首:"喳喳鹊噪破南柯,无数衷肠说未多,你名为喜鹊作哀鸟,相逢一梦犹耽误。知道今夜朦胧甚睡魔。"	花丛槛外感容辉
83	散套	闺怨	怨别	张伯起	1. 三径闲题无题,群音类选题作无题,吴歈萃雅、词林逸响、南音三籁、增订珊珊集、古今奏雅、万锦清音、题作"怨别",彩笔情辞题作"无题",吴骚合编题作"题情",皆署名张伯起 2. 乐府先春、吴骚集署名王稚登	相思欲见
84	散套	闺怨	四时闺怨	郑虚舟	1. 吴歈萃雅、词林逸响、古今奏雅、词选题为"四时闺怨",南音三籁题为"闺怨",作者皆为郑虚舟 2. 吴骚集佚名、新编南九宫词题为旧词,乐府先春注为古调。俱无题 3. 群音类选题为"四景闺情",署名为陈秋碧。但是陈大声乐府全集并不见。且杂用真文、庚青、侵寻、齐微、支思等韵	弹指怨东君
85	散套	闺怨	闺怨	文衡山	1. 群音类选、古今奏雅、词林逸响题作"闺怨" 2. 吴骚合编题作"秋闺",俱注文衡山作 3. 乐府先春、吴骚集无题,皆注古调。昔昔盐题为"情思重合",未注明作者	孤镜画愁眉

续表

序号	体裁	题材	题目	作者	其他选本中收录情况	首句
86	散套	闺怨	苦雨	杨夫人（黄峨）	1. 吴骚二集、词林逸响、古今奏雅、名媛诗纬雅集、曲藻、曲律、尧山堂外纪、盛明百家诗、剑阁芳花集、列朝诗集、升庵合集、元明事类抄皆署名杨夫人 2. 杨升庵夫妇散曲、南宫词纪、群音类选、坚弧补集皆注杨升庵作。全明散曲选小令四句"积雨酿轻寒，夜雨滴空阶。霎雨带残虹，丝雨湿流光"	积雨酿轻寒
87	散套	闺怨	题情	唐伯虎	1. 此首在唐伯虎杂曲中为"失题十二首"，词林逸响此篇共收原曲中四首（分别为第三首、第一首、第六首、第十首） 2. 南宫词纪作"闺思" 3. 吴骚二集、词林逸响、古今奏雅题作"题情"以上皆注唐伯虎 4. 群音类选为"闺怨"，昔昔盐题为"春寒孤闷"，皆不提作者	蝴蝶杏园春
88	散套	闺怨	春景	杜圻山	1. 古今奏雅、词林逸响题作"春景"，俱注杜圻山撰 2. 乐府先春署名黄葵阳，全明散曲收于黄氏卷中	春归后
89	散套	闺怨	秋景	杜圻山	1. 古今奏雅、词林逸响题作"春景"，俱注杜圻山撰 2. 词林白雪属李复初 3. 乐府先春、吴骚集俱注文衡山撰。全明散曲收于文氏卷中	秋归后
90	散套	闺怨	春怨	陈大声	1. 明抄本、南宫词纪、吴骚二集、吴歙萃雅、词林逸响、吴骚合编、南音三籁、南词韵选题作"春怨"，群音类选作"闺怨"，俱注陈大声作 2. 昔昔盐题作"春闺怨"，乐府先春、吴骚集无题，俱不署作者	被儿余
91	散套	闺怨	离思	沈青门	1. 吴歙萃雅、词林逸响题作"离思"，俱注沈青门撰 2. 群音类选、南宫词纪、南词韵选、彩笔情辞、吴骚合编、南音三籁、南词新谱俱注张凤翼。全明散曲收于张氏卷中	一从他春思牵挂

续表

序号	体裁	题材	题目	作者	其他选本中收录情况	首句
92	小令	闺怨	四景题情	李复初	1. 群音类选题作"四景闺情"，新编南九宫词题作"情"，吴骚合编题作"四时闺思"，南宫词纪收入第一首，题作"题情"，俱注李日华撰 2. 吴歈萃雅、词林逸响、古今奏雅题为"四景题情"，皆署名李复初撰 3. 吴骚二集收第三首，题作"秋思"，注古词。南词韵选又第三首，无题，南音三籁收二、三、四首无题，金瓶梅词话无题，俱不注作者。王伯良曲律云"【玉芙蓉】残红水上漂，李日华词也"	残红水上漂
93	小令4	闺怨	闺闷	高东嘉	1. 吴歈萃雅、词林逸响注高东嘉撰 2. 雍熙乐府不注撰者 3. 新编南九宫词注古词 4. 南宫词纪注无名氏 5. 吴骚合编注唐六如，兼收于唐伯虎全集	烟锁垂杨院
94	散套	郊游	潇湘八景	康对山	古今奏雅、词林逸响题作"潇湘八景"，俱注康对山著	梦想巴陵胜
95	散套	郊游	咏西湖景	李日华	1. 词林逸响、古今奏雅题作"咏西湖景" 2. 怡春锦题作"咏景"，俱注李日华撰 3. 增订珊珊集题唐伯虎撰 4. 乐府先春属沈蛟门。全明散曲收于沈氏卷中	小扇轻罗
96	散套	闺怨	四时闺怨	陈大声	1. 新编南九宫词题作"景"，群音类选题作"四时闺情"，俱注秦时雍撰 2. 吴骚集、乐府先春无题，吴骚合编题作"四时闺思"，皆署名文徵明 3. 吴歈萃雅、词林逸响、万锦清音、南音三籁、题作"四时闺怨"，俱注陈大声作 4. 南宫词纪无题，注王雅宜作 5. 南词韵选无题，不注撰者	韶光似酒
97	小令5	闺怨	夜思	陈海樵	1. 吴骚二集、词林逸响、吴骚合编、太霞新奏俱题为"夜思"，曲牌为【锁南枝】 2. 南宫词纪原牌作【孝顺歌】	黄昏后鼓一更
98	散套	咏物	咏桃	顾仲芳	笔花楼新声、词林逸响题作"咏桃"，俱注顾仲芳撰	东风软
99	散套	闺怨	离恨	陆包山	1. 吴骚二集、词林逸响题作"离恨"，俱注陆包山作（梁辰鱼改编） 2. 吴歈萃雅题作"离恨"，南音三籁题作"离怀"，皆属沈青门 3. 古今奏雅题作"离恨"，撰者为祝枝山	万点残红

续表

序号	体裁	题材	题目	作者	其他选本中收录情况	首句
100	散套	闺怨	寒宵闺怨	梁伯龙	1. 南宫词纪题作"怀金陵旧知",南词韵选无题,吴骚二集题作"冬闺" 2. 吴歙萃雅、词林逸响、吴骚合编、南音三籁、古今奏雅题作"寒宵闺怨",俱注梁伯龙撰	寒气透疏棂
101	小令	闺怨	夜思	梅禹金	1. 盛世新声无题,雍熙乐府"盼望",皆不注撰者 2. 诚斋乐府题作"咏闺情五更转" 3. 南音三籁题作"夜思",南词新谱录首曲,俱注朱有燉 4. 吴骚二集题作"夜思",吴骚合编题作闺怨,皆注古调 5. 古今奏雅题作"夜思",帷目次阙页,不详撰者 6. 吴歙萃雅题作"夜怀",词林逸响、万锦清音题作"夜思",俱注作者梅鼎祚 7. 全明散曲录于梅禹金、朱有燉卷中。诚斋乐府曲牌为"楚江情带过金字经"	一更夜气清
102	小令4	闺怨	四时宫怨	高东嘉	1. 词林逸响、增订乐府珊珊集、吴歙萃雅皆、怡春锦题作"四时宫怨",皆署名高东嘉 2. 新编南九宫词、南宫词纪、吴骚合编皆署名李日华 3. 词林白雪属茅平仲,仅收第一首 4. 吴骚集署名文徵明	琐窗人静
103	小令4	闺怨	四景题情	高东嘉	1. 吴歙萃雅、词林逸响皆署名高东嘉 2. 雍熙乐府不注撰者 3. 新编南九宫词、尧山堂外纪、南宫词纪、吴骚合编、曲律皆注祝枝山撰	新红上海棠
104	散套	闺怨	四景闺思	杨升庵	1. 南宫词纪题作"四季闺情" 2. 吴歙萃雅题为"四时闺思" 3. 词林逸响、古今奏雅题作"四景闺思" 4. 南音三籁题作"四时闺怨",吴骚合编题作"四时闺情"	凝妆上翠楼
105	小令	闺怨	闺思	刘东生	1. 风月锦囊无题,雍熙乐府题为"四时思情",俱不注撰者 2. 吴骚二集、吴骚合编录首曲,皆题作"春思",注为古词、元词 3. 古今奏雅、万锦清音题作"闺思",吴歙萃雅、词林逸响、南音三籁俱收第一首,题为"闺思",俱署名刘东生 4. 南曲九宫正始收春夏二曲,题为明人词	春风花草香

续表

序号	体裁	题材	题目	作者	其他选本中收录情况	首句
106	散套	闺怨	寄情	梁伯龙	南宫词纪题作"代妓赠情",吴骚二集、吴歈萃雅、词林逸响、南音三籁、古今奏雅俱题作"寄情",吴骚合编题作"代金陵马瑶姬寄渤海君",南词新谱无题(古今奏雅因目录缺页,作者不详),俱注梁伯龙撰	江东日暮云
107	散套	闺怨	青楼离恨	祝枝山	1. 三径闲题"无题",标作者为祝枝山 2. 词林逸响标作者为祝枝山,题目为"青楼离恨" 3. 吴歈萃雅标作者为高东嘉 4. 增订珊珊集题作"离恨",作者为高东嘉 5. 彩笔情辞题作怀旧,元人辞 6. 吴骚合编题作"惜别",元人辞 7. 九宫正始录十样锦,但未收尾声,注明人词 8. 新谱录绣带儿、宜春令 9. 盛世新声、词林摘艳、乐府先春、旧编南九宫谱、吴骚集、乐府争奇、盛世词林皆为"无题",未署名作者 10. 群音类选题为"题情" 11. 昔昔盐题作"幽窗思妓"作者未署名 12. 雍熙乐府题作"有所思",作者未署名 13. 商音三籁、古今奏雅题为"青楼离恨,但未署名作者	幽窗下
108	散套	闺怨	怨别	张伯起	1. 群音类选、彩笔情辞题为"题情" 2. 吴歈萃雅、词林逸响、增订珊珊集题作"怨别" 3. 吴骚合编题为"怀旧" 4. 乐府先春、三径闲题、南音三籁、吴骚集无题。以上皆注张伯起 5. 昔昔盐题为"灯下思情"、古今奏雅题作怨别、乐府争奇无题,皆不题作者	灯儿下
109	散套	闺怨	七夕有怀	张伯起	曲牌文中写作"绣带儿"	今宵梦
110	散套	闺怨	闺怨	张伯起	1. 吴歈萃雅、词林逸响、增订珊珊集、万锦清音、古今奏雅作"闺怨",南音三籁题作"闺思",以上作者皆署名张伯起 2. 梨云寄傲、群音类选、南宫词纪、吴骚集、吴骚合编、乐府先春皆题作陈大声,全明散曲收入陈大声作品中	伴孤灯
111	散套	闺怨	忆旧	梁伯龙	南宫词纪、南词韵选题作"怀人",吴骚二集、词林逸响题作"忆旧",彩笔情辞题作"代友怀杜隐娘"。吴骚合编题作"昔日春情",南音三籁题作"忆杜隐娘",古今奏雅"忆别",南词新谱无题,俱注梁辰鱼撰	院落清明左右

续表

序号	体裁	题材	题目	作者	其他选本中收录情况	首句
112	散套	闺怨	秋思	祝枝山	1.《吴骚二集》《词林逸响》《阳春奏雅》皆题作"无题"，都注明是祝枝山所作 2.《增订珊珊集》题目相同，但标作者杨斗望	从别后
113	小令	感怀	清课	杨斗望	1. 群音类选调为"水仙子"，题作"归乐"，不注作者 2.《吴歈萃雅》《词林逸响》《南音三籁》题为"清课"，俱注杨斗望作 3. 尧山堂外纪署名杨循吉 4. 杨升庵夫妇散曲选题目为"清课"，署名杨慎	归来重整
114	小令 4	闺怨	春思	徐媛（范夫人）	1.《太霞新奏》题作"春日书怀"，作者为徐氏，范夫人，词出《络纬吟》 2.《词林逸响》未标注题目、曲牌、宫调、作者。收于张伯起《月云高》"梦魂初觉"前	薄寒轻悄

（二）《词林逸响》选录作品作家分析表①

序号	作者	作品数	作品题目
1	梁伯龙	12	感旧、怀旧、风情、秋思、寒宵闺怨、寄情、忆旧、咏艳、青楼佳遇、咏梅、咏帘栊、咏蝶
2	陈大声	11	夜思、夏日闺思、思忆春娇、咏梅、怨别、幽闺别恨、春怨、别恨、春怨、四时闺怨、咏花
3	高东嘉	8	闺闷、四时宫怨、四景题情、咏别、秋怀、四时闺怨、四时别怨、游春
4	张伯起	7	（春暮）书怀、凉夜、春闺、怨别、怨别、七夕有怀、闺怨
5	刘东生	6	闺思、怨别、闺怨、四时花怨、春闺、芭蕉夜雨
6	郑虚舟	6	阻欢、闺怨、遣愁、春闺忆别、夜思、四时闺怨
7	唐伯虎	5	咏妓、怨别、情束青楼、题情、咏艳
8	杜坼山	4	春景、秋景、咏姑苏景、咏虎丘
9	康对山	4	夜思、深闺忆别、潇湘八景、游春
10	沈青门	7	月夜游湖、风情、闺情、托雁传情、秋闺别怨、秋怨、离思

---

① 《词林逸响》共收元明两代 38 人，其中元代仅收高明 1 人，明代 37 人。

续表

序号	作者	作品数	作品题目
11	杨升庵	4	题月、四景闺思、吴宫吊古、咏燕
12	祝枝山	4	乍起、青楼离恨、秋思、咏月
13	顾仲芳	1	咏桃
14	王雅宜	3	怀旧、郊游、咏草
15	王㴋陂	3	闺怨、四时闺怨、离恨
16	吴载伯	3	冬思、题情、夏思
17	顾木斋	1	咏柳
18	文衡山	2	闺思、闺怨
19	燕仲义	2	愁死、秋闺（旅思）
20	杨斗望	2	清课、题牡丹
21	俞君宣	2	闺怨、赠女郎
22	陈秋碧	1	题情
23	顾道行	1	病怀
24	李复初	1	四景题情
25	李日华	1	咏西湖景
26	陆包山	1	离恨
27	罗钦顺	1	江屯风景
28	毛莲石	1	怨别
29	梅禹金	1	夜思
30	钱鹤溪	1	闺怨
31	沈宁庵	1	春思
32	王阳明	1	恬退
33	吴无咎	1	题情
34	薛常吉	1	闺怨
35	杨夫人（黄峨）	1	苦雨
36	张孺彝	1	惜别
37	周君建	1	冬夜怀旧
38	范夫人（徐媛）	1	春思

参考文献

一、著作

蔡铁鹰. 西游记资料汇编[M]. 北京：中华书局，2010.

蔡毅. 中国古典戏曲序跋汇编[M]. 济南：齐鲁书社，1989.

蔡忠，王金星，谭国应. 黄峨诗词曲赏析[M]. 香港：香港教育出版社，2000.

曾永义. 参军戏与元杂剧[M]. 台北：台北联经出版事业公司，1992.

曾永义. 明杂剧概论[M]. 北京：商务印书馆，2015.

曾永义. 戏曲源流新论[M]. 北京：文化艺术出版社，2001.

陈多，叶长海. 中国历代剧论选注[M]. 上海：上海古籍出版社，2010.

陈万鼐. 元明清剧曲史[M]. 台北：台湾商务印书馆，1966.

陈维昭. 轮回与归真[M]. 汕头：汕头大学出版社，1993.

丁淑梅. 中国古代禁毁戏剧史论[M]. 北京：中国社会科学出版社，2010.

丁淑梅. 中国古代禁毁戏曲编年史[M]. 重庆：重庆大学出版社，2014.

丁淑梅. 中国散曲文学的精神意脉[M]. 北京：中国文联出版社，2001.

董康. 曲海总目提要[M]. 北京：人民文学出版社，1959.

樊兰. 张坚及《玉燕堂四种曲》研究[M]. 北京：人民出版社，2014.

冯光钰. 中国曲牌考[M]. 合肥：安徽文艺出版社，2009.

傅惜华. 明代传奇全目［M］. 北京：人民文学出版社，1959.

傅惜华. 明代杂剧全目［M］. 北京：作家出版社，1985.

傅晓航，张秀莲. 中国近代戏曲论著总目［M］. 北京：文化艺术出版社，1994.

高祯临. 明传奇戏剧情节研究［M］. 北京：文津出版社，2005.

顾起元. 客座赘语［M］. 谭棣华，陈稼禾，点校. 北京：中华书局，1987.

郭英德. 明清传奇史［M］. 北京：人民文学出版社，2012.

胡忌，刘致中. 昆剧发展史［M］. 北京：中国戏剧出版社，1989.

黄卓越. 明中后期文学思想研究［M］. 北京：北京大学出版社，2005.

季国平. 宋明理学与戏曲［M］. 北京：中国戏剧出版社，2003.

金宁芬. 明代戏曲史［M］. 北京：中国社会科学出版社，2007.

李昌集. 中国古代散曲史［M］. 上海：华东师范大学出版社，1991.

李茂增. 宋元明清的版画艺术［M］. 郑州：大象出版社，2000.

李修生. 古本戏曲剧目提要［M］. 北京：文化艺术出版社，1997.

李亦园. 李亦园自选集［M］. 上海：上海教育出版社，2002.

李真瑜. 明代宫廷戏剧史［M］. 北京：紫禁城出版社，2010.

梁辰鱼. 江东白苎［M］. 彭飞，点校. 上海：上海古籍出版社，1989.

廖奔，刘彦君. 中国戏曲发展史［M］. 太原：山西教育出版社，2000.

廖奔. 中国戏曲史［M］. 上海：上海人民出版社，2004.

刘廷玑. 在园杂志［M］. 张守谦，点校. 北京：中华书局，2005.

刘小枫. 拯救与逍遥［M］. 上海：上海三联书店，2001.

刘彦君，廖奔. 中国戏剧的蝉蜕［M］. 北京：文化艺术出版社，1989.

卢前. 卢前曲学论著三种［M］. 北京：商务印书馆，2014.

鲁迅. 集外集［M］. 北京：人民文学出版社，1959.

陆侃如. 陆侃如冯沅君合集［M］. 合肥：安徽教育出版社，2011.

宁宗一，陆林，田桂民. 明代戏剧研究概述［M］. 天津：天津教育出版社，1987.

齐森华．中国曲学大辞典［M］．杭州：浙江教育出版社，1997．

钱南扬．戏文概论［M］．上海：上海古籍出版社，1981．

青木正儿．元人杂剧概说［M］．北京：中华书局，1977．

青木正儿．中国近世戏曲史［M］．王古鲁，译．北京：作家出版社，1958．

任中敏．散曲研究［M］．南京：凤凰出版社，2010．

邵曾祺．元明北杂剧总目考略［M］．郑州：中州古籍出版社，1985．

沈德符．万历野获编［M］．黎欣，点校．北京：文化艺术出版社，1998．

司徒秀英．明代教化剧群观［M］．上海：上海古籍出版社，2009．

宋懋澄．九籥集［M］．北京：中国社会科学出版社，1984．

苏子裕．中国戏曲声腔剧种考［M］．北京：新华出版社，2001．

隋树森．全元散曲［M］．北京：中华书局，1964．

孙崇涛．戏曲文献学［M］．太原：山西教育出版社，2008．

孙楷第．戏曲小说书录解题［M］．北京：人民文学出版社，1990．

孙楷第．也是园古今杂剧考［M］．北京：上杂出版社，1953．

谭帆，陆炜．中国古典戏剧理论史［M］．北京：中国社会科学出版社，1993．

陶宗仪．南村辍耕录［M］．李梦生，点校．上海：上海古籍出版社，2012．

王国维．王国维戏曲论文集［M］．北京：中国戏剧出版社，1957．

王骥德．曲律注释［M］．陈多，叶长海，注释．长沙：湖南人民出版社，1983．

王利器．元明清三代禁毁小说戏曲史料［M］．上海：上海古籍出版社，1981．

王秋桂．善本戏曲丛刊［M］．台北：台湾学生书局，1987．

王效倚．潘之恒曲话［M］．北京：中国戏剧出版社，1988．

王云五．丛书集成初编本［M］．北京：商务印书馆，1936．

隗芾，吴毓华．古典戏曲美学资料集［M］．北京：文化艺术出版社，1992．

吴承学，李光摩. 晚明文学思潮研究［M］. 武汉：湖北教育出版社，2002.

吴敢，杨胜生. 古代戏曲论坛［M］. 澳门：澳门文星出版社，2003.

吴梅. 顾曲麈谈［M］. 北京：商务印书馆，1935.

吴梅. 吴梅全集：理论卷［M］. 石家庄：河北教育出版社，2002.

吴晟. 明代笔记中的戏曲史料［M］. 南昌：江西人民出版社，2007.

吴新雷. 中国昆剧大词典［M］. 南京：南京大学出版社，2002.

吴毓华. 中国古代戏曲序跋集［M］. 北京：中国戏剧出版社，1990.

夏写时. 中国戏剧批评的产生和发展［M］. 北京：中国戏剧出版社，1982.

谢伯阳. 全明散曲［M］. 济南：齐鲁书社，1997.

徐朔方. 晚明曲家年谱［M］. 杭州：浙江古籍出版社，1993.

叶德均. 戏曲小说丛考［M］. 北京：中华书局，1979.

叶长海. 中国戏剧学史稿［M］. 上海：上海文艺出版社，1986.

于曼玲. 中国古典戏曲小说研究索引［M］. 广州：广东高等教育出版社，1992.

余从. 中国戏曲史略［M］. 北京：人民音乐出版社，1993.

俞为民，孙蓉蓉. 历代曲话汇编：新编中国古典戏曲论著集成（明代编）［M］. 合肥：黄山书社，2009.

俞为民. 曲体研究［M］. 北京：中华书局，2005.

俞为民. 中国古代曲体文学格律研究［M］. 北京：中华书局，2011.

张庚，郭汉城. 中国戏曲通史［M］. 北京：中国戏剧出版社，1981.

赵景深. 元明南戏考略［M］. 北京：作家出版社，1958.

赵山林. 中国戏剧学通论［M］. 合肥：安徽教育出版社，1995.

赵山林. 中国戏曲传播接受史［M］. 上海：上海人民出版社，2008.

赵义山. 明清散曲史［M］. 北京：人民出版社，2007.

郑骞. 北曲套式汇录详解［M］. 台北：艺文印书馆，1973.

郑振铎. 古典文学论文集［M］. 上海：上海古籍出版社，1984.

郑振铎. 郑振铎文集［M］. 北京：人民文学出版社，1959.

郑振铎. 中国文学史［M］. 北京：北京文史出版社，2015.

郑振铎. 中国古代木刻画史略［M］. 上海：上海书店出版社，2011.

中国戏曲研究院. 中国古典戏曲论著集成［M］. 北京：中国戏剧出版社，1959.

周维培. 曲谱研究［M］. 南京：江苏古籍出版社，1999.

周贻白. 中国戏剧史长编［M］. 北京：人民文学出版社，1960.

朱崇志. 中国古代戏曲选本研究［M］. 上海：上海古籍出版社，2004.

朱光潜. 朱光潜全集［M］. 合肥：安徽教育出版社，1993.

朱恒夫. 中华戏曲论丛［M］. 上海：上海辞书出版社，2004.

庄一拂. 古典戏曲存目汇考［M］. 上海：上海古籍出版社，1982.

二、论文

卜键. 《烂柯山》崔氏形象与故事源流寻绎［J］. 艺术百家，1987（04）：36-46.

卜键. 美丑都在情和欲之间——《牡丹亭》与《金瓶梅》比较谈片［J］. 文学评论，1987（05）：142-148.

陈刚，陈力坤. 试论南戏"忠孝不能两全"［J］. 戏曲研究，2010（01）：146-161.

陈志勇. 稀见明末戏曲选本四种考述［J］. 文化遗产，2014（01）：63-70.

程芸，李艳华. 明人"翻北曲"现象初探——兼论元曲的"经典化"与"再生产"［J］. 南京师范大学文学院学报，2015（03）：66-71.

崔向荣. 从《琵琶记》"三不从"关目的设置看蔡伯喈形象的创造［J］. 暨南学报（哲学社会科学），1999（05）：3-5.

杜海军. 《元曲选》增删元杂剧之说多臆断——《元曲选》与先期刊抄元杂剧作品比较研究［J］. 广西师范大学学报（哲学社会科学版），2008（03）：12-16.

杜海军. 从元杂剧元明刊本之比较论明代戏曲的进步［J］. 艺术百家，2008（03）：142-146.

杜海军. 论戏曲选集的戏曲批评与价值［J］. 广西师范大学学报（哲学社会科学版），2009，45（05）：41-45.

范红娟. 杜丽娘形象变迁和20世纪戏曲文本研究［J］. 河南社会科

学，2011，19（05）：130-134.

郭英德. 是"风教"还是"风情"？——明清文人传奇作家的文学观念散论［J］. 中州学刊，1990（04）：78-82.

郭英德. 至情人性的崇拜——明清文学佳人形象诠释［J］. 求是学刊，2001（02）：80-87.

黄亮.《太霞新奏》用韵研究［J］. 常熟理工学院学报，2011，25（05）：107-109.

黄仕忠.《琵琶记》与中国伦理社会［J］. 文学遗产，1996（03）：89-96.

黄仕忠. 中国文学负心婚变母题研究［J］. 戏剧艺术，1991（01）：39-50.

解玉峰. 元曲杂剧舞台遗存考论［J］. 南大戏剧论丛，2014，10（01）：69-88.

康保成. 从《东窗事犯》到《东窗记》《精忠记》［J］. 艺术百家，1990（01）：75-80.

李春霞. 明代苏州版画探微［J］. 淮北煤炭师范学院学报（哲学社会科学版），2007（03）：144-146.

李艳. 明清道教与传奇戏曲研究［J］. 戏剧（中央戏剧学院学报），2014（02）：83-96.

廖华. 明代坊刻戏曲考述［J］. 山西师大学报（社会科学版），2014，41（02）：98-102.

刘洪生. 从人性角度看《琵琶记》的伦理悲剧［J］. 四川戏剧，2007（06）：61-63.

刘建欣. 戏曲"宗元"思想与明清戏曲选本［J］. 学术交流，2014（02）：161-166.

刘勇强. 一僧一道一术士——明清小说超情节人物的叙事学意义［J］. 文学遗产，2009（02）：104-116.

钱南扬.《南词引正》校注［J］. 戏剧报，1961（Z2）：60-61.

沈周忆. 昆山腔、昆腔、昆曲、昆剧概念之辨歧［J］. 宁波大学学报（人文科学版），2011，24（02）：96-98.

孙崇涛.《金印记》的演化［J］. 文学遗产，1984（03）：45-56.

孙崇涛. 明代戏文的曲调体制——成化本《白兔记》艺术形态探索之一 [J]. 音乐研究, 1984（03）: 46-56.

孙霞. 二十世纪戏曲选本研究概述 [J]. 戏曲艺术, 2006（02）: 28-31.

陶慕宁. 明教坊演剧考 [J]. 南开学报（哲学社会科学版）, 1999（06）: 3-5.

田守真. 试论明代散曲的流变 [J]. 四川师范大学学报（社会科学版）, 1992（05）: 37-44.

王庆芳. 论《琵琶记》中的伦理纲常矛盾及其缘由 [J]. 孝感学院学报, 2002（05）: 74-77.

王小岩.《太霞新奏》征引《曲律》的方式和意义 [J]. 文学遗产, 2008（04）: 133-134.

王瑜瑜. 20世纪中国古代戏曲目录整理与研究综述 [J]. 图书馆理论与实践, 2009（10）: 63-69.

王长友.《长生殿》写作时间考辩 [J]. 社会科学辑刊, 1989（05）: 142-144.

魏洪洲. 明清戏曲格律谱研究 [D]. 黑龙江大学, 2015.

吴敢.《中国古代戏曲选本·剧本选集》叙录 [J]. 徐州教育学院学报, 1999（03）: 3-5.

吴敢. 说戏曲散出选本 [J]. 艺术百家, 2005（05）: 11-16.

吴新雷. 明刻本《乐府红珊》和《乐府名词》中的魏良辅曲论 [J]. 南京师范大学文学院学报, 2005（01）: 128-134.

徐蓓蓓."全忠"未必忠，"全孝"不能孝——从《琵琶记》中蔡伯喈形象的塑造看作者文化心理结构与现实的冲突 [J]. 徐州师范大学学报, 2005（04）: 32-35.

徐扶明. 昆剧中北杂剧剧目初探 [J]. 艺术百家, 1995（04）: 53-60.

徐宏图."昆山腔"源流新证 [J]. 戏曲艺术, 2013, 34（01）: 7-12.

徐宏图. 南戏《江天暮雪》遗存考 [J]. 戏曲艺术, 2005（04）: 75-79.

徐子方. 明杂剧分期论 [J]. 艺术百家，2011，27（03）：162-168.

杨绍固. 论元明度脱剧对《红楼梦》的影响 [J]. 文艺评论，2015（06）：80-84.

俞为民. 昆山腔的产生与流变考论 [J]. 南京大学学报（哲学·人文科学·社会科学版），2004（01）：118-126.

俞为民. 南戏《金印记》的版本及其流变 [J]. 文献，1993（04）：13-32.

俞为民. 南戏《破窑记》版本考述 [J]. 温州大学学报（社会科学版），2015，28（06）：12-23.

俞为民. 南戏《破窑记》本事和版本考述 [J]. 文献，1990（03）：8-42.

喻芳. 不同性别视角之下的怨歌——黄峨与沈仕闺怨曲之比较 [J]. 蜀学，2014（00）：92-97.

赵山林. 古代曲论中的"本色"论 [J]. 文艺理论研究，1998（02）：3-5.

赵义山. 明散曲发展历程之重新认识 [J]. 中国社会科学，2006（01）：168-177.

朱崇志. 中国古典戏曲选本研究刍议 [J]. 重庆工商大学学报（社会科学版），2004（03）：123-125.

卓明星.《万壑清音》所辑佚曲论析 [J]. 沧州师范学院学报，2013，29（01）：33-36.

后　记

逝者如斯夫，不舍昼夜，春去秋来，寒暑三易。三年前，那个丹桂飘香的秋天，我怀揣着对现实的不甘和对明天的憧憬，坚守着一种执着与不屈，毅然决然地走上了读博求学这条道路。回首这三年，酸甜苦辣，冷暖自知。如今，这篇博士论文终于完成，即将出版，不由得让人感慨万千。这篇博士论文不仅凝聚了自己三年的心血与努力，更得益于许多师长、亲朋的鼓励与帮助。

"饮其流时思其源，成吾学时念吾师"，恩师丁淑梅先生学养深厚、治学严谨，对待学生严而有度、宽而有节，值本书出版之际，谨向我尊敬的导师丁淑梅先生致以诚挚的谢意和崇高的敬意。非常有幸成为您的学生，在攻读博士学位的三年里，您孜孜不倦的教诲与引导让我受益匪浅。我在硕士阶段所学专业为文艺学，古代文学根底非常薄弱，加之天资愚钝，因此更多依赖丁老师的倾心指点、耐心引导，才得以完成此篇博士学位论文。此外，我还要感谢四川大学项楚先生、周裕锴先生、谢谦先生等，诸位先生道德与学术并重，宽容博大的胸襟、谦逊朴素的性格，都对我产生了重要启迪与引导。你们的教诲，常让我有"山重水复疑无路，柳暗花明又一村"的感觉，促使我不断进取与探索，在此对各位先生表示诚挚的谢意！

"何当共剪西窗烛，却话巴山夜雨时。"读博期间与我朝夕相处的同学是我最值得珍惜的宝贵财富。感谢我的同门黄俊，三年来，我们一起探讨研究古代戏曲方面的相关问题，相互鼓励，相互安慰。感谢2014级的李淑清、李华云、崔媞、罗历辛、肖田田、刘芸等各位同学，生活上大家相互关心与照应，学习上相互帮助、共同进步，你们的帮助与关怀让我在川大这三年的读博生活倍感温暖。这份同门情谊是我读博期间收获的另一份宝贵的财富。

"可怜天下父母心",读博期间忙于学业,我陪伴父母的时间很少。每每看到他们衰老的面容、发白的双鬓,总是倍感痛心!但是他们从无怨言,总是默默地支持我、鼓励我。感谢我的父母,正是有了他们的鼓励和支持,我才能安心读博,专心学习。感谢我的妻子胡馨月,读书多年,她毫无保留、不求回报地支持我、鼓励我,亲人的爱是我前进的最大动力!

走到今天,想感谢的人非常多,我无法一一表达对他们的感激之情,谨借此书将这份感念铭刻在怀,永记我心,并纪念寒窗苦读的那些岁月!